해리엇의 비밀 수첩

헤리엇의 비밀 수첩 1

초판 1쇄 찍은 날 | 2016년 7월 20일
초판 1쇄 펴낸 날 | 2016년 7월 27일

지은이 | 주산지의꿈
펴낸이 | 예경원

편집 | 유경화 · 안유진

펴낸곳 | 예원북스
등록번호 | 제396-2012-000132호
등록일자 | 2012. 7. 25
YRN | 제1-0151호

주소 | 경기도 고양시 일산동구 호수로 646-24 위너스21-Ⅱ 206A호 (우) 10401
전화 | 031-819-9431 팩스 | 031-817-9432
http://cafe.naver.com/yewonromance
E-mail | yewonbooks@naver.com

ⓒ 주산지의꿈, 2016

ISBN 979-11-5845-178-3 04810
ISBN 979-11-5845-177-6 (세트)

주산지의꿈 장편 소설

헤리엇의 비밀 수첩

YEWONBOOKS ROMANCE STORY

1

C · O · N · T · E · N · T · S

프롤로그

18세기, 잉글랜드 남서부의 데본(Devon).

밤이 내려앉았다. 칠흑의 하늘에 달도 뜨지 않은 그런 신비하고 이상한 밤.

언덕 위 커다란 너도밤나무 아래, 짙은 어둠뿐인 그곳에 별빛이 한 점 스며들었다. 평소 바람의 언덕(Hill of the wind)엔 차가운 냉기를 품은 바람이 일 년 내내 불었지만, 오늘 밤은 묘하게도 바람마저 숨을 죽인 채였다.

어둠 속에 스며들었던 별빛이 서서히 빛이 났다. 모든 신경을 집중하지 않으면 느낄 수 없는 밝음이었지만, 그 빛은 어느새 짙은 어둠으로도 숨길 수 없을 정도로 빛났다. 그리스 로마 신화의 여명의 신 아우로라의 빛과도 닮은 신비로운 광채가 바로 소녀의 아름다운 은빛 머리카락이란 사실을 눈치채기까진 그리 오랜 시간이 걸리지 않았다.

달빛을 모두 흡수해 버린 것 같은 여인의 은빛 머리카락. 그 은빛 장막이 서서히 걷히자 그 속에 숨겨져 있던 아름다운 얼굴이 나타났다. 어둠 속에서도 빛을 잃지 않는 그 신비한 아름다움은 이제 막 소녀에서 숙녀로 성장하기 시작한 여인의 묘함이기도 했다. 중국 도자기처럼 매끄럽고 윤기 나는 피부와 섬세한 이목구비는 신의 산물인 듯했다. 하지만 꼭 감겨 있던 눈이 떠진 순간, 눈동자에 담긴 극심한 아픔과 슬픔에 심장이 아렸다.

첫 월경이 시작된 헤리엇은 지독한 열병에 일주일을 앓아누웠다. 모두 죽을 것이라고 생각했지만, 그녀는 결국 눈을 떴고 헌팅턴 백작가의 사람들은 눈물을 흘렸다. 하지만 무슨 이유에서인지 열병을 앓고 깨어난 헤리엇의 머리카락이 은빛으로 변해 있었다.

그리고 지금, 잠을 자던 헤리엇은 어떤 힘이 이끌려 이곳 바람의 언덕으로 오게 된 것이다. 헤리엇은 자신을 내려다보았다. 새하얀 린넨 잠옷 차림에 맨발. 그리고 그 여린 발은 어둠 속을 정신없이 달리느라, 상처투성이였다. 피투성이가 된 발을 내려다보던 헤리엇은 목덜미를 스치는 서늘함에 놀라 고갤 들었다.

다음 순간 짙은 어둠 속에서 그녀를 물끄러미 응시하고 있는 남자와 마주했다. 어둠보다 더 어두운 말 위에 앉아 있는 사내는 온통 검은색이었다.

따각 따각, 말을 탄 사내가 그녀에게 가까워졌다. 마치 어둠을 지배하는 하데스를 연상시키는 그를 보자, 헤리엇은 두려움을 느꼈다. 지독히도 차가운 기운, 사내의 냉기에 등줄기가 오싹해졌다. 하지만 냉혹한 분위기와는 달리 사내의 얼굴은 너무도 매혹적이었다. 마음을 뺏기고 영혼마저 내어줄 만큼, 사내에겐 신비롭고 강한 힘이 느껴졌다. 독을 품은 치명적인 아름다움, 바로 그것이었다.

칠흑의 밤처럼 지독히도 검은 사내의 눈동자가 헤리엇을 사로잡았다. 순간 헤리엇은 숨을 삼켰고, 더는 몸을 지탱한 채 서 있을 수 없었다. 바닥에 주저앉은 헤리엇을 내려다보던 남자가 말에서 내렸다. 사람의 것이 아닌 듯 완벽한 얼굴엔 음울한 냉소가 어렸다.

무겁게 내려앉은 눈꺼풀을 깜빡여 헤리엇은 정신을 차리기 위해 안간힘을 썼다. 하지만 무거운 눈꺼풀이 사락, 감겼고, 다시 그녀가 눈을 떴을 때, 사내는 바로 앞에 서 있었다. 거만한 눈빛 속에 담긴 기품. 그것은 고귀한 혈통을 지닌 자만이 가지는 절대적인 힘이었다.

"누구……?"

까칠하게 마른 여린 입술이 달싹거리더니 이내, 움직임을 멈췄다. 주저앉아 나무에 기대 있던 그녀의 몸이 천천히 기울어지고 있었다. 파르르 떨며 감기길 거부하는 눈꺼풀 역시 무겁게 내려앉았다. 그녀의 몸이 바닥에 닿으려는 순간 강한 힘이 그녀를 붙잡았다. 헤리엇은 어둠 속으로 빨려 들어가며, 두려움보단 묘한 안도감을 느꼈다.

하지만 사내는 반대였다. 순식간에 그의 품에 안겨든 헤리엇을 안고 복잡한 표정이었다. 달빛보다 더 투명한 은빛 머리카락을 한 헤리엇을 보며 미간을 찌푸렸다.

"……사람, 이었군."

낮게 울리는 남자의 목소리에 안도감이 묻어 있다. 그리고 그의 품에 안겨 정신을 잃은 여자를 보는 그의 시선 역시 놀란 듯 보였다. 신비롭고 아름다운 외모였다. 마치 새벽 여명을 여는 아우로라(새벽의 여신)처럼 그의 눈을 사로잡았다. 그렇게 바람의 언덕엔 낯설고 신비로운 바람이 불었다. 어둠과 빛의 경계, 새벽 속에서.

제1장 **칼 프레데릭**

4년 후, 헌팅턴 백작가.

외출에서 돌아온 마가렛은 마차에서 내리자마자, 신경질적인 표정으로 저택을 둘러보았다.

"정말 마음에 안 들어. 당장, 런던으로 떠나든지 해야지."

1년 전 런던의 사교 모임에서 헌팅턴 백작을 만나 재혼한 마가렛은 사교 시즌이 끝남과 동시에 데본에 있는 헌팅턴 백작가로 왔다. 하지만 첫날부터 모든 것이 그녀의 생각과는 다르게 흘러가자, 짜증이 나기 시작했다.

런던의 화려하고 바쁜 일상에 비해, 데본의 일상은 너무도 단조로웠고 조용했다. 한마디로 하루하루가 너무도 무료했고 지루했다. 볼만한 것이라곤 그림에서나 볼 법한 아름다운 자연, 그것이 다였다. 흥, 아름답다니. 지루하기 짝이 없는 것들뿐인데.

그렇게 1년 내내 똑같은 생활이 반복되자, 마가렛은 좀이 쑤셨다. 다시 화려한 파티와 유행을 앞서가는 의상실이며, 언제나 귀족들의 호기심을 자극하는 가십거리가 있는 런던으로 돌아가고 싶었다.

아니, 돌아가야 했다. 한 달 후 시작될 사교계 시즌에 맞춰, 이번 엔 헌팅턴 백작부인이란 작위와 이제 열여섯이 된 그녀의 딸 올리 비아를 데리고 런던 사교계에 화려하게 컴백할 생각이었다. 사실 사교계로의 화려한 복귀. 그녀가 재미없는 시골의 백작인 헌팅턴 백작을 유혹해 결혼한 이유이기도 했다.

그리고 계획대로 런던으로 돌아가려면, 헌팅턴 백작의 돈이 필요 했고 그 돈을 갖기 위해선 백작의 딸인 헤리엇의 도움이 절실했다.

"쳇, 백작이 결혼도 못한 노처녀 딸에게 경제권을 맡기다니."

마가렛은 불안한 표정으로 손톱을 물어뜯었다. 마음에 들지 않 았다. 윈슬러와 재혼했을 때, 당연히 백작가의 안살림은 자신이 맡 게 될 것으로 생각했다. 하지만 현실은 그렇지 않았다. 올해 스무 살이 된 헌팅턴 백작가의 노처녀가 지금까지 그랬던 것처럼, 돈줄 을 쥔 것이다. 백작을 설득해 헤리엇 대신 자신이 모든 권리를 가 지려 했지만, 백작은 일언지하에 거절했다.

헤리엇 루이자 헤이스팅스. 대체 어떻게 저 앙큼한 것을 쫓아낸 다? 휴! 대체 무슨 생각으로 백작은 헤리엇을 혼인시키지 않았는지 알 수가 없었다.

뭐, 그렇다고 해서 박색은 아니었다. 사실 나이가 많다는 것을 빼면 예쁜 편에 속했다. 만약 헤리엇이 런던 사교계에 제 나이에 데뷔했다면, 그녀에게 청혼하겠다고 무릎을 꿇는 귀족들이 줄을 섰을 게 분명했다. 당연히 혼인 또한 했을 테고.

하지만 혼인을 못한 노처녀는 런던 사교계에 데뷔를 앞둔 그녀의 딸 올리비아에게는 방해물일 뿐이었다. 가장 큰 골칫거리.

만약 헤리엇이 지금에라도 늙은 영주를 만나 혼인이라도 하게 된다면, 그녀가 가지고 갈 엄청난 지참금을 헌팅턴 백작이 지급해야 했다. 그렇게 된다면 그리 넉넉지 못한 헌팅턴 백작가의 자금 사정을 고려해 보건대, 올리비아의 런던 사교계 데뷔는 물 건너갈 게 뻔했다.

"안 돼! 절대 그렇게 놔둘 순 없어."

마가렛은 조금 전 올슨 부인의 의상실에서 전해 들은 이야기가 떠오르자 더더욱 포기할 수 없었다. 올슨 부인의 정보에 따르면, 이번 사교 시즌엔 그 어느 때보다 돈 많고 잘생긴 귀족들이 모일 예정이라고 했다. 옥스퍼드를 졸업한 버킹햄 공작의 장남과 캠브리지의 수재 켄트 공작의 장남 역시 사교계의 큰손, 그레빌 백작부인의 초대장을 받았다고 했다.

그레빌 백작부인의 초대장.

푸른 리본이 장식된 그 초대장은 잉글랜드 귀족이라면 누구나 받고 싶어하는 초대장이었다. 왕비의 최측근이기도 한 그레빌 백작부인은 몇 년 전 죽은 그레빌 백작에게 엄청난 유산을 상속받은 젊은 미망인이었다. 돈과 젊음, 그리고 세련된 아름다움까지 갖춘 그야말로 사교계의 여왕이었다.

훌륭한 신랑감을 붙잡고 싶다면, 그레빌의 푸른 리본을 잡아야 한다는 말이 돌 정도로 그레빌 백작부인의 파티는 화려했고 또한 아름다웠다. 그리고 그녀의 인맥을 총동원해 잉글랜드의 최고의 귀족들을 그녀의 파티에 초대했던 것이다.

마가렛에게도 그레빌의 푸른 리본이 달린 초대장이 필요했다. 올리비아가 최고의 신랑감을 붙잡기 위해선, 무슨 일이 있더라도 그 초대장을 웃돈을 줘서라도 구해야 했다.

"그나저나, 그 초대장을 어떻게 구한다?"

현관문을 열고 저택 안으로 들어서던 마가렛은 장갑을 벗고는 신경질적으로 주변을 두리번거렸다. 그녀가 외출에서 돌아왔다는 사실을 뻔히 알고 있을 텐데도, 아무도 밖으로 나오지 않다니.

"헤리엇, 헤리엇!"

2층을 향해 마가렛이 소리쳤다. 하지만 저택은 고요했고, 그녀의 짜증 섞인 목소리만 홀을 울릴 뿐이었다.

"대체 또 어딜 간 거야?"

마가렛은 헤리엇을 떠올리며 미간을 찌푸렸다. 사실 마가렛의 기준에 헤리엇은 좀 독특한 데가 있었다. 아니, 이상했다. 외모와 분위기는 유행에 뒤떨어지긴 했지만 봐줄 만한 정도였다. 하지만 그 차분한 외모와는 달리 종종 벌이는 기괴한 행동이라니. 한마디로 헤리엇은 고상한 숙녀라면 갖춰야 할 덕목은 하나도 찾아볼 수 없었다.

"오히려 잘된 일이야. 이젠 혼기까지 넘겨 버린, 이상한 노처녀를 데려갈 귀족은 없을 테니까. 그럼, 백작만 잘 구슬리면 된다는 건데……."

"마님, 돌아오셨군요."

그제야 마가렛의 귀가를 알아챈 듯 루엔이 부엌에서 나왔다. 마가렛은 그런 루엔을 보며, 또다시 인상을 썼다. 헤리엇의 유모이자, 헌팅턴 백작가의 하녀장이기도 한 루엔은 곧은 성격에 말수가 적은, 한마디로 하녀인 주제에 마가렛을 불편하게 만드는 여자였다.

"헤리엇은 어디 갔지? 설마, 또 손에 그 더러운 잉크를 잔뜩 묻힌 채 다락방에 처박혀 있는 건 아니겠지?"

마가렛은 헤리엇의 손과 옷자락에 묻어 있던 검은색 잉크를 떠올리며 불결하다는 듯 말했다. 숙녀로서 청결치 못하게 잉크를 가까이하다니. 대체 뭘 하느라 하루의 대부분을 그렇게 먼지 가득한 다락방에 있는 것인지 마가렛으로선 이해할 수 없었다. 쳇, 글을 읽고 쓰는 것도 모자라, 백작가의 재정에 대한 장부 정리 역시 백작이 아니라 헤리엇의 몫이었다.

"아가씨께선 시장에 가셨습니다. 저장 창고에 채소가 다 떨어진 데다 올리비아 아가씨께서 닭고기 수프가 드시고 싶다 하셨거든요."

"그럼 올리비안 어디에, 아, 아니, 그건 됐고. 그것보다 백작님께선 어디에 계시지?"

마가렛은 올리비아가 지금 이 시간이면 뭘 하고 있을지 짐작이 갔다. 아마 평소처럼 백옥 같은 피부를 위해 잠을 자고 있을 테지.

"백작님이시라면, 제나의 오두막에 계실 겁니다."

"또 제나에 가셨단 말이냐?"

마가렛의 입매가 보기 흉하게 일그러졌다. 제나는 귀족들과 마을 사람들이 모이는 술집이었다. 간혹 귀족들 사이에 심심풀이로 도박이 이루어지기도 했는데, 얼마 전 헌팅턴 백작이 술이 취해 도박을 했다가 백작 소유의 작은 땅을 그 도박판에서 잃은 적도 있었다. 없는 살림에 땅까지 잃다니.

"루엔, 헤리엇이 돌아오면 바로 나한테 오라고 해. 꼭 해야 할 말이 있으니까."

윈슬러를 제나에서 데리고 올 수 있는 사람은 헤리엇밖에 없었다. 부인인 자신의 말은 귓등으로 흘려들었지만, 이상하게도 백작은 헤리엇의 말엔 약했다.

"쳇, 정말 마음에 안 들어. 그 어린것에게 고갤 숙여야 한다니, 다 마음에 안 들어."

헤리엇은 잡화점으로 들어가기 전 쓰고 있던 보닛의 리본을 풀었다. 저택에서 마을로 오는 동안 바람이 불어 보닛 안에 꼭꼭 감췄던 머리카락이 잔뜩 흘러내려 있었다. 손가락으로 헝클어진 머리카락을 쓸어내리자, 갈색의 윤기 나는 머리카락이 헤리엇의 아름다운 얼굴을 감싸며 물결쳤다. 흠잡을 곳 없이 섬세한 얼굴에서 느껴지는 기품과 움직임 하나하나에서 배어 나오는 우아함까지. 작은 시골 마을에선 쉽게 찾아볼 수 없는 아름다움이었다.

하지만 머리카락을 쓸어 보닛에 밀어 넣는 헤리엇의 표정은 조금 긴장된 듯 보였다. 며칠 전 젠의 도움을 받아 갈색으로 염색해 자신의 머리색을 알아볼 리 없었지만, 자꾸만 신경이 곤두섰다.

4년 전, 열병을 앓고 난 후 그녀의 갈색 머리카락이 은빛으로 변해 버렸다. 그리고 그날 이후 루엔은 그녀의 머리카락 색을 감추려는 듯 헤리엇의 머리카락을 갈색으로 염색하기 시작했다. 그래서 젠과 루엔, 그리고 아버지 윈슬러 외엔 그녀가 은빛 머리카락을 가졌다는 사실을 아는 사람은 없었다.

헤리엇은 다시 보닛을 깊이 눌러쓴 후, 풀어지지 않게 단단히 묶었다. 그리곤 다시 한 번 숨을 내쉬었다. 사실 잡화점 앞에 서서 평소보다 더 긴장한 이유가 있었다.

한 달이 넘게 기다리고 기다리던 편지가 마침내 도착했던 것이다. 잠시 더 문 앞에 서 있던 헤리엇이 마침내, 잡화점의 문을 열고 안으로 들어갔다. 그러자 동그란 안경 너머로 잡화점 주인인 월이 고갤 들었다.

"헤리엇 아가씨, 드디어 오셨군요."

"월, 잘 있었어? 젠에게 연락받았어. 런던에서 우편물이 도착했다고."

쓰고 있던 안경을 벗어 책상 위에 올려놓은 월은 서둘러 잡화점 안쪽으로 들어가더니 봉투 하나를 들고 나왔다.

"아가씨께서 기다리시던 편지가 맞으시지요?"

월에게 봉투를 건네받은 헤리엇은 봉투 앞에 찍힌 붉은 직인을 확인했다.

"브리튼 출판사, 편집자 네빌."

헤리엇의 손끝이 천천히 봉투 위에 쓰인 검은색 잉크를 따라 움직였다. 동시에 글씨를 쫓아 이동하는 헤리엇의 시선엔 벅찬 기쁨으로 반짝이기 시작했다.

"응, 맞아. 지난번 보낸 책에 대한 대답일 거야."

헤리엇의 말에 월 역시 긴장한 표정을 했다. 3년 전 헤리엇이 종이 뭉치를 들고 월의 잡화점을 찾았을 때부터 시작이었다. 하지만 그땐, 이 아름다운 숙녀의 작품이 이렇게 런던에서 주목받는 소설이 되리라곤 전혀 예상치 못했었다. 그저 귀족가의 숙녀가 심심풀이로 하는 취미일 뿐이라고 여겼었다. 사실 런던에서 멀리 떨어져 있는 데본에서는 그 유명세를 실감할 수 없었지만, 지금 런던에선 칼 프레데릭이 쓴 소설이 선풍적인 인기를 끌고 있는 모양이었다.

"아가씨, 여기에 앉아서 천천히 읽고 가세요. 전 어서 가서, 지난번 아가씨께서 주문한 펜촉과 종이들을 가져오겠습니다."

월이 헤리엇을 위해 길을 열어주자, 헤리엇이 통로를 따라 들어가 안쪽에 놓인 의자에 자릴 잡고 앉았다. 자리에 앉자 기대감과 함께 긴장감으로 심장이 조여들었다.

헤리엇 루이자 헤이스팅스. 그것이 그녀의 이름이었지만, 그녀
에겐 또 다른 이름이 있었다. 소설가, 칼 프레데릭. 헤리엇은 칼 프
레데릭이란 이름으로 또 다른 삶을 살고 있었다.

"여기."

"고마워, 윌."

헤리엇은 눈치 빠르게 편지봉투를 자를 칼을 건네는 윌을 향해 미
소를 지었다. 윌은 그런 헤리엇을 보며, 얼굴을 붉혔다. 티 하나 없이
깨끗한 상앗빛 피부에 조각처럼 섬세한 이목구비. 보닛의 넓은 챙에
그 아름다운 얼굴을 숨기고 있었지만, 그 신비로운 아름다움을 엿보
기엔 충분했다. 아마 헤리엇의 미모는 데본뿐만 아니라, 런던의 명망
있는 귀족가의 숙녀들과 견주어도 절대 밀리지 않을 게 분명했다.

아니, 어쩜 잉글랜드에서 가장 아름다울지도 모를 일이지. 안타
깝게도 그런 아름다운 귀족 아가씨가 스무 살이 되도록 혼인을 하
지 못하다니. 정말 이해할 수 없는 미스터리였다.

윌은 헤리엇의 가치를 알아보지 못하는 멍청한 귀족들을 마음속
으로 욕하며, 헤리엇을 위해 사들인 종이와 펜을 가지러 창고로 향
했다.

헤리엇은 윌이 나가자, 칼을 이용해 조심스럽게 봉투의 끝을 잘라
냈다. 예리한 칼날에 종이가 잘리며 사각 소리가 났고, 그녀의 심장
박동 역시 빨라졌다. 칼을 탁자 위에 내려놓은 헤리엇은 봉투 안에서
편지를 꺼냈다. 그리곤 신중한 모습으로 읽어 내려가기 시작했다.

─친애하는 칼 프레데릭 님께.

지난번 보내주신 작품은 잘 받아보았습니다. 읽는 내내 손에 땀을 쥐
게 하는 흥미로운 사건과 인물들의 섬세한 심리 묘사들. 저의 마음을 움

직이는 데 충분한, 아니, 완벽한 글이었습니다. 아마, 이번 작품 역시 런던에서 돌풍을 일으키는 획기적인 작품이 될 것이라 확신합니다. 이에 칼 프레데릭 님의 두 번째 작품 역시 브리튼에서 출간하고 싶습니다.

"아, 다행이야."

거기까지 읽어 내려간 헤리엇은 참았던 숨을 내쉬었다. 이렇게 해서 그녀의 두 번째 작품이 세상에 나오게 된 것이다. 헤리엇은 흥분을 가라앉히며 나머지 내용을 읽어 내렸다.

—그리고 또 한 가지 프레데릭 님께 제안을 드리고자 합니다. 이 제안은 프레데릭 님의 세 번째 작품에 관련된 계약이기도 합니다.

"아직 쓰지도 않은 세 번째 작품을 계약하겠다는 건가? 말도 안 돼."

하지만 헤리엇의 눈빛이 달라졌다. 뜻밖의 제안에 놀란 헤리엇은 서둘러 길고 긴 장문의 편지를 읽어 내렸고, 시간이 흐를수록 헤리엇의 눈빛이 복잡해졌다. 끝까지 편지를 다 읽은 헤리엇은 작게 한숨을 내쉬며, 봉투 안에 편지를 밀어 넣었다. 편집자 네빌의 제안은 놀랍고도 불가능한 일이었다. 절대 두 번 생각해 볼 필요가 없을 정도로. 그때 윌 역시 낡은 종이에 싼 꾸러미를 들고 서둘러 잡화점 안으로 들어오는 것이 보였다.

"헤리엇 아가씨, 주문하셨던 물건입니다. 여기 탁자 위에 놓아…… 아가씨, 무슨…… 일이십니까? 혹시 편지에 좋지 않은 내용이라도, 그러니까……."

"아니, 그런 게 아니야. 사실 내가 기다리던 답이었어."

아니, 오히려 그녀가 기대했던 것보다 더 좋은 결과였다. 브리튼에서 세 번째 작품에 대한 출간 계약과 함께 그녀가 썼으면 하는 작품의 소재까지 언급해 온 것이니까. 다만 그 작품의 소재가 헤리엇을 심각하게 만들었다. 사실 편지를 읽는 내내, 네빌 편집자의 제안이 너무도 흥미로운 내용이라 소설가로서 호기심이 발동했고 또 도전해 보고 싶기도 했다. 하지만…… 아무리 생각해도 불가능한 일이었다.

"그런데 왜 어두운 표정이십니까?"

"고민이 하나 생겼거든."

헤리엇이 작게 한숨을 내쉬었다. 그러자 월이 심각한 표정으로 잡화점 안을 살피더니, 헤리엇과 자신밖에 없다는 사실을 확인한 그가 조심스럽게 속삭였다.

"혹시 편집자가 눈치챈 건가요? 아가씨께서 남자 이름으로 글을 쓰셨다는 사실을요?"

심각한 얼굴이었다. 그 모습에 헤리엇은 왠지 웃음이 났다.

"그건 아니야. 아마 그쪽에서 내가 여자란 사실을 알았다면, 세 번째 작품에 대한 제의도 없었을 테니까."

사실 여성이 소설을 쓴다는 것 자체가 흔치 않은 일이었고, 글이 출판된 후에도 남성들 사이에서 평가 역시 절하당하는 것이 보편적이었다. 그래서 헤리엇은 편견 없이 자신의 작품을 평가받기 위해, 자신의 이름보단 필명을 사용하는 쪽을 택할 수밖에 없었다.

"네에? 다음 작품에 대한 제의가 있었다굽쇼? 그럼 좋은 일이잖습니까. 전 또, 아가씨께서 하도 인상을 쓰셔서 나쁜 일이 생긴 줄 알았지 뭡니까요."

이까지 드러내며 환하게 웃는 월을 보면서도 헤리엇은 따라서 웃을 수 없어 씁쓸했다. 그의 말처럼 정말 기쁜 소식이었다.

"그래, 아주 좋은 일이긴 하지."

다만, 브리튼 출판사의 편집자인 네빌이 제의한 세 번째 이야기가 바로 미치광이 백작에 관한 이야기란 점이었다.

바람의 언덕 서쪽, 콘웰 공작 소유의 저택에 사는 미치광이 백작.

소문엔 콘웰 공작의 먼 친척이라고 알려진 미치광이 백작은 4년 전 마을에 모습을 드러낸 후 그곳에서 생활하고 있었다. 아니, 은둔자처럼 칩거하고 있다는 말이 맞을 듯했다.

간혹 마을에 내려올 때면 머리에서 발끝까지 온통 검은 옷에 검은 말을 타고 있었다. 어둠처럼 검은 머리카락과 얼굴의 반을 가린 수염 역시 그를 두렵게 만들었다. 그래서인지 백작에 대한 소문은 시간이 갈수록 잔혹해졌다.

소문엔 뺨에 있는 커다란 흉터를 가리기 위해 머리카락과 수염을 자르지 않는다고 했다. 무엇보다 그는 어둑어둑 해가 질 무렵, 검은 그림자처럼 모습을 드러낸다는 것이었다.

낯선 이방인에 대한 두려움과 그를 둘러싼 냉소적인 소문은 그를 경계하게 했다.

"월, 그만 가봐야겠어."

"그럼 런던으로 보내실 편지는 언제?"

"마음을 정하게 되면, 젠을 보낼게."

헤리엇은 월이 건네준 꾸러미를 받아 들고는 잡화점을 나왔다. 몇 달 동안 기다리던 편지를 받고 기뻐해야 했지만, 헤리엇의 마음은 무겁게 내려앉고 있었다.

미치광이 백작을 소재로 글을 써달라니. 헤리엇은 런던에 사는 편집자인 네빌이 어떻게 데본의 작은 숲에 칩거 중인 미치광이 백작에 대해 알고 있는지 궁금했다. 혹시 네빌은 그 미치광이 백작과 친분이 있는 건가? 그렇지 않고는 네빌이 미치광이 백작에 대한 존재를 알 리 없었다.

길가에 서서 생각에 잠겨 있던 헤리엇의 눈에 채소 가게에서 나오는 젠이 들어왔다. 젠 역시 헤리엇을 발견하곤 빠른 걸음으로 다가오기 시작했다.

"많이 기다리셨나요? 채소가 신선한 게 없어서 좀 늦었어요. 닭은 저녁 무렵에 가져다주겠다고 했으니, 걱정 마세요. 그런데 가신 일은 잘 안 된 건가요?"

헤리엇의 어두운 얼굴을 보자, 눈치 빠른 젠은 일이 잘못된 것이라고 결론을 내린 모양이었다.

"아니야. 그냥, 좀 생각할 게 있어서."

"난, 또. 걱정했잖아요. 그럼, 어서 돌아가요. 마님께서 오셨으면 또, 화를 내실 거예요. 휴, 정말 주인님께선 왜 마가렛 마님 같으신 분과 혼인을 하셨는지. 정말 이해할 수 없다니까요. 저흰 백작님께서 지금까지 혼인을 하지 않은 이유가 엘레나 마님을 너무 사랑하기 때문이라고⋯⋯. 아차, 죄송해요. 전 그냥⋯⋯."

젠이 입을 막으며 헤리엇의 눈치를 보았다. 사실 젠이 생각 없이 뱉어낸 말들을 마가렛이 들었다면 회초리를 들었을 테지만, 헤리엇은 그런 젠을 보며 피식 웃을 뿐이었다.

"내 앞에선 상관없지만, 새어머니나 올리비아 앞에선 주의하도록 해. 그땐 나도 널 도와줄 수 없을 테니까."

"네, 명심할게요. 아 참, 물건들은 저에게 주세요. 제가 들고 갈게요."

젠이 헤리엇이 들고 있는 꾸러미로 손을 뻗었다. 그러자 헤리엇이 괜찮다는 듯 거절하기 위해 손을 내밀었다.

"아니야, 이건 내가……. 이런!"

젠의 손을 피하려다 들고 있던 꾸러미가 바닥으로 떨어졌다. 그러자 안에 들어 있던 종이 뭉치와 펜이 바닥을 나뒹굴었다. 하지만 문제는 유리병 안에 들어 있던 잉크병 하나가 깨진 것이다. 순식간에 검은색의 잉크가 헤리엇의 치마를 물들였다.

"죄송해요. 제가……."

"괜찮아, 내가 할게."

안절부절못하고 서 있는 젠을 뒤로하고 헤리엇이 서둘러 무릎을 꿇고 앉아 바닥에 떨어진 종이 뭉치와 물건들을 주워 담기 시작했다. 응당 하녀가 할 일이었지만, 헤리엇에겐 소중한 물건이었기 때문에 하나하나 직접 확인해야 했다. 다행히 주문했던 나머지 잉크병들은 무사했다. 안도하며 바닥에 떨어진 유리를 한쪽으로 치우기 위해 유리 조각을 집어 든 순간, 윽! 아릿한 아픔이 느껴졌다.

"어머, 피예요, 아가씨. 유리에 베었나 봐요. 어떡해요."

헤리엇의 손에서 흘러내리는 피를 보며, 젠 역시 헤리엇 옆에 무릎을 꿇고 앉았다. 울기 직전인 듯 젠의 눈동자엔 눈물이 그렁그렁했다.

"죄송해요, 제가 조심했어야 했는데."

"젠, 괜찮으니까 일어나. 마차가 다니는 도로에 그렇게 있으면 위험……."

그때였다. 조금 전까지만 해도 텅 비어 있던 도로에 마차를 끈 말이 달려오고 있었다.

"젠, 일어나. 어서!"

지금 피하지 않는다면, 젠이 위험할 수도 있었다. 놀란 헤리엇이 서둘러 자리에서 일어섰다. 그리곤 재빨리 젠의 팔을 붙잡고는 도로 위로 끌어당겼다. 하지만 이번엔 너무 힘껏 당긴 모양이었다. 다행히 무서운 속도로 지나치는 말과 마차를 피하긴 했지만, 헤리엇의 몸이 균형을 잃고 휘청거렸다. 혼자라면 충분히 균형을 잡을 수 있을 테지만, 넋을 놓고 있는 젠까지 챙겨야 하는 상황이라 여의치 않았다.

"엇, 잠깐. 어엇!"

균형을 잡지 못한 헤리엇의 몸이 한쪽으로 기울었다. 이젠 틀렸다고 생각하고 고통을 떠올리며 눈을 질끈 감는 순간, 강한 힘이 헤리엇의 허릴 붙들었다. 그것이 커다랗고 단단한 남자의 팔이란 사실은 귓가를 울리는 남자의 목소리를 통해 알 수 있었다.

"위험해."

낮고 강한 목소리였다. 그 목소리만으로 안도할 수 있을 만큼. 남자의 품에 안긴 헤리엇의 콧속으로 짙은 사향 냄새가 스며들었다. 나른하고 청량한 향이 묘하게 심장을 간질였다.

"아……."

안도의 한숨이 입술을 통해 새어 나왔다. 그리곤 그녀의 허릴 단단히 휘감고 있는 남자에게 고맙다는 인사하기 위해 고갤 들었다.

"당신은……."

검은색. 그녀를 붙든 남자는 온통 검은색이었다. 어깨까지 내려온 검은 머리카락과 얼굴의 반을 가린 검은 수염. 그리고 입고 있는 옷 역시 실크로 된 검은 옷이었다. 런던에서 유행하는 귀족들의 세련된 옷차림과는 달랐다. 하지만 눈앞에 서 있는 장신의 남자와는 너무도 잘 어울리는 옷이었다.

몸이 굳어졌다. 남자를 올려다보는 헤리엇의 눈동자 역시 그의 얼굴에 고정된 채 움직일 줄을 몰랐다. 그 모습에 남자의 검은 눈동자가 날카로워졌다.

콘웰 공작가의 저택에 사는 미치광이 백작. 그녀를 안고 있는 남자가 바로, 그 미치광이였다.

"조심성이 없군."

백작의 입가가 차가운 냉소로 비틀리는 것이 보였다. 마치 조심성 없는 하녀를 꾸짖듯 헤리엇을 바라보는 눈매가 가늘어져 있었다. 백작은 마차와 말을 피하려다 도로에서 나뒹굴 뻔한 헤리엇을 하녀라고 생각한 모양이었다.

"도와주셔서, 감사합니다."

정신을 차린 헤리엇이 백작에게서 떨어졌다. 그리곤 백작의 서늘한 시선을 피해 고갤 숙였다. 하지만 헤리엇은 백작의 시선을 느낄 수 있었다. 그의 시선이 헤리엇의 치마에 묻은 잉크로 향하는가 싶더니, 잠시 후엔 바닥에 어지럽게 쏟아져 있는 종이 뭉치와 펜에가 있었다. 백작은 엉망이 된 종이 뭉치를 들어 흙먼지를 털었다.

"귀한 물건을 망쳐 버렸군."

그것이 다였다. 헤리엇의 손에 종이 뭉치를 건네준 백작은 별일 아니라는 듯 가던 길을 가기 시작했다. 그가 멀어지자, 헤리엇은 참고 있던 숨을 내쉬었다. 이상했다. 소문처럼 미치광이 백작은 무섭지도 잔혹하지도 않았다.

"아가씨, 방금 저 사람…… 미치광이 백작이죠?"

그제야 정신이 든 젠이 두려운 표정으로 헤리엇에게 낮게 속삭였다. 헤리엇은 대답 대신 바닥에 떨어진 물건들을 줍기 시작했다. 그러다 문득 헤리엇은 뭔가 떠올랐는지 젠을 돌아보았다.

"젠, 친척 중에 백작의 저택에서 일하는 사람이 있다고 하지 않았어?"

"있긴 하죠. 일주일에 한 번씩, 필요한 생필품을 가져다주고 청소를 해주는 게 다예요. 하지만 저택에서 한 번도 미치광이 백작을 본 적은 없다고 했어요. 그런데도 저택에 갈 때마다 얼마나 무서운지 속옷에 오줌을 지린 적도 있다고 하니, 말 다 한 거죠."

젠의 말에 헤리엇은 백작이 주워준 종이 뭉치를 다시 한 번 내려다보았다. 그리곤 숄을 벗어 그 안에 종이 뭉치와 다른 물건들을 넣고 쏟아지지 않게 단단히 묶었다.

그때 외투 주머니에 든 편지가 바스락거렸다. 헤리엇은 외투 주머니에 손을 밀어 넣고는 편지를 꼭 쥐었다.

열여섯 그날 이후, 헤리엇은 조용히 생활해 왔다. 대부분에 숙녀들이 남편감을 찾아 사교계에 진출하기 위해 혈안이 되어 있는 사이, 그녀는 다락방에 틀어박혀 글을 썼다.

명망 있는 귀족과의 혼인. 숙녀라면 응당 혼인해 대를 이을 아들을 낳아야 하는 것이 숙명이었지만, 헤리엇은 혼인 같은 건 하지 않을 생각이었다. 그러기 위해선 칼 프레데릭이란 이름이 필요했다.

그리고 오늘 칼 프레데릭에게 특별한 제안이 담긴 편지가 도착했고, 동시에 미치광이 백작이 그녀 앞에 나타났다. 4년 동안 한 번도 마주친 적 없는 미치광이 백작. 그 우연한 만남이 마치 헤리엇에게 지금부터 뭘 해야 하는지 암시하는 것처럼 느껴졌다.

가능할까? 집으로 돌아가는 헤리엇의 머릿속은 복잡하기만 했다.

저택에 도착한 헤리엇은 현관 앞에 서 있는 화려한 마차를 보며 작게 한숨을 내쉬었다. 헌팅턴 백작가에 손님이 와 있는 모양이었다. 그리고 그 손님이 누군지 헤리엇은 짐작할 수 있었다. 올슨 의상실의 주인인 올슨 부인. 아마 마가렛과 올리비아가 드레스를 또

맞추기 위해 올슨 부인을 저택으로 부른 모양이었다.

그때, 현관문이 열리고 집사 노먼이 밖으로 나왔다.

"노먼, 손님이 오신 모양이지?"

"네, 마님께서 올슨 부인을 부르신 모양입니다."

"그래? 그럼 난 내 방으로 가서 옷 좀 갈아입은 후, 씻어야겠어. 사고가 좀 있었거든. 만약 어머니께서 찾으시면……."

"저기, 헤리엇 아가씨!"

헤리엇이 저택 안으로 들어가려 하자, 노먼이 조급한 목소리로 그녀를 불러 세웠다. 헤리엇이 돌아보자, 노먼이 난처한 얼굴로 서 있었다.

"어머니께서 날 찾으신 모양이군."

"네, 곧바로 응접실로 오시라고……."

노먼의 말에 헤리엇은 자신의 드레스 자락에 묻은 검은색 잉크를 내려다보았다. 분명 이런 차림으로 응접실에 들어간다면, 마가렛을 비롯해 응접실에 모인 여자들의 놀림거리가 될 게 뻔했다. 하지만 초조한 표정으로 서 있는 노먼을 보자, 옷을 갈아입어야겠다는 말조차도 할 수 없었다. 분명 자신이 돌아왔다는 사실을 새어머니 마가렛 역시 알고 있을 테고, 그녀가 조금이라도 늑장을 부린다면 노먼을 추궁할 게 뻔했다. 마가렛이 헌팅턴에 온 후, 매일같이 벌어지는 일상이었으니까.

"노먼, 그럼 이 꾸러미 좀 다락에 가져다줘."

"네, 아가씨."

서둘러 헤리엇이 건네는 숄 뭉치를 받아 든 노먼이 안도하며, 계단을 오르는 것이 보였다. 지금 헌팅턴 백작가는 살얼음판을 걷듯 냉기가 서려 있었다. 평화롭던 저택은 단조로움을 참지 못해 신경질을 부려대는 마가렛 때문에 조용할 날이 없었다. 그리고 그 대부분의 이유가 바로, 헤리엇이 틀어쥔 돈 때문이기도 했다.

똑똑!

응접실의 문을 두드린 헤리엇은 문을 열고 안으로 들어갔다. 그러자 소파에 앉아 차를 마시고 있던 세 사람의 시선이 헤리엇에게 향했다.

"이제 돌아온 모양이구나."

찻잔을 들어 올리는 마가렛이 시선이 차가웠다. 그리곤 가까이 오라는 듯 손짓했다. 마치 헌팅턴 백작가의 딸이 아닌, 하녀에게 하듯.

"헤리엇, 올슨 부인에게 돈을 주도록 해. 그리고 이번엔 런던에서 쓸 모자며, 보석 역시 주문해 놓았으니까 넉넉하게 돈을……."

우아하게 찻잔을 내려놓으며, 과장되게 말하던 마가렛이 헤리엇을 올려다보곤 말을 멈췄다. 헤리엇을 머리에서부터 발끝까지 천천히 살피더니 마가렛의 눈동자가 경악으로 커졌다.

"대체 이게 무슨 꼴이니? 정말 불결하기 짝이 없구나. 숙녀가 되어서는 몸가짐이 꼭 하찮은 하녀들과 똑같다니. 내가 다 부끄러워서는……."

차갑게 쏘아붙이는 마가렛의 시선엔 경멸이 느껴졌다. 헤리엇은 드레스 자락에 묻은 검은색 잉크 자국을 내려다보았다. 병이 깨지며 튄 검은 얼룩과 함께 젠을 구하려다 흙먼지까지 뒤집어쓴 터라 더했다. 마치 허드렛일을 하는 하녀처럼 보였다. 왜 백작이 자신을 하녀 대하듯 했는지 알 수 있었다. 이런 꼴이니, 응당 그럴 수밖에.

"죄송합니다. 잉크병을 떨어뜨리는 바람에. 곧 갈아입고 다시 오겠습니다."

"아니, 그럴 필요 없다. 여기 있는 사람들은 이미 네가 숙녀로선 자격이 없다는 사실을 다 알고 있으니까. 뭐가 더 창피하겠니. 올슨 부인, 그럼 부탁하지. 런던으로 떠나기 전까지, 다 끝마쳐 줬으면 좋겠어."

마가렛의 말에 올슨 부인이 헤리엇의 눈치를 살폈다. 그리곤 자신에게 불똥이 튀지 않을까 하는 마음에 서둘러 자리에서 일어섰다.

"올리비아 님의 드레스는 기한까지 꼭 끝마칠 것입니다. 그런데 헤리엇 님 역시 드레스를 맞춰야 하지 않을까요? 이번 사교 시즌엔 헤리엇 님도 함께……."

쨍그랑.

잔에 든 홍차가 바닥으로 쏟아져 테이블보를 적셨다. 올슨 부인의 말에 마가렛은 심기가 불편한 듯 입가를 씰룩였다. 올슨 부인역시 테이블에 넘어져 있는 찻잔을 보며, 자신이 실수했다는 사실을 깨달았다. 그리고 마가렛이 이번 런던행에 헤리엇은 동행하지않을 생각이란 것도.

"올슨 부인, 이제 돌아가야 하지 않나?"

"아, 네. 백작부인, 그럼 전 이만."

자릴 피하는 것이 답이라고 생각한 올슨 부인이 마가렛에게 허릴 숙였다. 그리고 헤리엇을 스쳐 지나간 순간, 미안한 얼굴을 했다. 헤리엇 역시 올슨 부인을 향해 괜찮다는 듯 눈을 깜빡였다.

"돈은 수일 내로 보낼게요."

"데본에서 헤리엇 아가씨를 믿지 않으면 누굴 믿겠어요. 천천히 보내셔도 괜찮습니다."

올슨 부인이 응접실을 나가자, 마가렛이 자리에서 일어섰다.

"설마, 조금 전 올슨 부인의 말도 안 되는 소릴 마음에 두는 건아니겠지? 너처럼 나이도 많은 노처녀가 사교계 데뷔라니. 그렇게 된다면 넌 아마 사교계에서 웃음거리가 될 거야. 또한 우리 올리비아 역시 남편감은커녕 놀림거리가 될 테고. 너의 되지도 않는 욕심 때문에. 다, 너 때문에."

가시 돋친 말들을 쏟아내는 마가렛을 보며, 헤리엇은 마음이 상하기는커녕 안타까웠다. 자신이 사교계에 함께 가겠다고 나설까 봐 두려워하는 꼴이라니.

"전, 가지 않습니다."

"그래? 그렇다면 다행이구나."

"그리고 한 가지 모르시는 사실이 있는 것 같아 말씀드리겠습니다. 지금까지 사교계에 나가지 않은 이유는 제가 혼인을 원치 않았기 때문이었습니다. 그 누구도 아닌, 제 뜻입니다."

감정이 담기지 않은 차분한 목소리. 언제나 이성적인 헤리엇을 보며, 마가렛은 미간을 찌푸렸다. 그리고 창문을 통해 들어오는 저녁 햇살에 짙게 변한 헤리엇의 눈동자를 보자, 괜스레 주눅이 들었다. 매 순간 자신의 부족한 부분을 비추는 저 무채색의 눈동자가 불쾌했다.

"사실, 너처럼 나이가 많은 숙녀가 신랑감을 찾는 일은 낙타가 바늘구멍을 통과하는 것보다 어려운 일이지. 그럼, 난 쉬어야겠어. 오후 내내 드레스 치수를 재느라 힘들었거든. 올리비아, 넌 가서 목욕을 하도록 해. 숙녀란 피부에서 꽃향기가 나야 하는 법이거든. 넌, 절대 흙먼지와 잉크는 절대 가까이해선 안 돼."

마가렛의 말에 그때까지 얌전히 앉아 있던 올리비아가 헤리엇을 흘끗거리며 키득거렸다. 마가렛이 누굴 빗대어 말하는지 알아차린 것이다.

"어머니, 전 구두에 흙이 묻는 건 질색이란 것 아시잖아요. 그리고 책이라면 머리가 아파 죽을 지경인데, 무슨! 그럼, 전 지난번에 어머니께서 주신 장미 입욕제로 목욕해야겠어요. 이제 런던으로 돌아갈 날이 한 달밖에 남아 있지 않다니. 너무 설레요."

올리비아가 자랑스러운 듯 말하고는 서둘러 응접실을 나갔다. 평범한 숙녀가 책을 읽고 쓸 정도로 머리가 좋다는 건, 장점이 아니었다. 오히려 남편의 골머리를 썩게 할 뿐이었다. 최고의 숙녀란 가문의 대를 이어줄 아들을 낳는 것이었다. 올리비아 역시 그것이 숙녀의 가장 중요한 덕목이라고 생각했다.

이제 응접실 안에 헤리엇과 마가렛 두 사람만 남게 되었다. 잠시 침묵이 흘렀고, 헤리엇은 자신을 쏘아보는 마가렛의 시선을 담담하게 받아냈다. 1년 전 헌팅턴 백작인 윈슬러가 마가렛과 재혼해 이곳으로 마가렛과 올리비아를 데려왔을 때, 그녀는 누구보다 두 사람과 잘 지내고 싶었다.

하지만 마가렛의 생각은 달랐다. 오늘처럼 마가렛은 헤리엇을 올리비아의 앞길을 막는 장애물로 여기고, 눈엣가시처럼 미워했다. 그래서 한 번은 헤리엇을 도둑으로 몰아 백작가에서 쫓아내려 했었다. 하지만 윈슬러는 마가렛의 거짓말을 믿지 않았다. 오히려 마가렛에게 호통을 쳤다. 그 일을 계기로 마가렛은 백작이 없을 땐 적대감을 숨기지 않게 된 것이다.

"아버님께선 제나에 가신 모양이군요."

"돌아오니, 루엔이 그러더구나. 제나에 가셨다고."

"모셔올까요?"

헤리엇의 말에 마가렛이 눈살을 찌푸렸다. 윈슬러가 제나에 갔다는 말을 들었을 땐 마음이 조급해졌다. 한 달 앞으로 다가온 사교계 시즌에 맞춰 런던으로 가기 위해선 윈슬러의 허락이 필요했다. 아니, 그의 돈이 필요했다. 시즌이 끝날 때까지 머물러야 할 집이며, 경비 일체를 지급받아야 했으니까.

"아니, 그럴 필요 없겠어. 때가 되면 돌아오시겠지."

"그럼, 전 이만 가보겠습니다. 옷을 갈아입고 싶거든요."

"그래, 그게 좋겠구나. 네 불결한 모습을 보니 내가 다 진저리가 나는 것 같거든. 만약 네가 그런 꼴로 런던 거리를 돌아다녔다면……."

"웃음거리가 되었겠죠. 하지만 전 데본에 있고, 런던엔 갈 생각이 없답니다. 그러니 새어머니께서 절 창피하게 여기실 필요도 없을 테지요."

감정조차도 담기지 않은 서늘한 목소리였다. 마가렛을 바라보는 표정 역시 그랬다. 그 변화 없는 초연함에 마가렛은 또다시 화가났다. 언제나 이 어린 여자아이에게 지는 것 같은 패배감을 맛봐야했던 것이다.

언젠가 저 서늘한 얼굴이 슬픔으로 바뀌는 것을 꼭 보고 싶었다. 폭발하는 감정을 이기지 못하고 무너지는 모습을 꼭 보고 싶다고 마가렛은 생각했다.

"다행이구나. 그나마 주제를 아는 아이라. 만약 백작께서 널, 런던 사교계에 데뷔시킨다고 하시거든 싫다고 거절하도록 해. 그 나이론 늙은 귀족의 후처로도 들어가기 힘들 테니까."

악담을 퍼붓고 난 마가렛은 몹시도 기분이 좋은 듯 보였다. 마가렛이 의기양양한 표정으로 응접실을 나서자, 헤리엇은 참고 있던 숨을 내쉬었다. 숨이 막힐 것 같았다. 당장에라도 저택을 떠나 혼자 살아가고 싶을 만큼. 그러기 위해선, 네빌 편집자의 제안을 꼭받아들여야 할 것 같았다.

❖

제나의 오두막은 정오를 기점으로 사람들이 하나둘씩 모여들기 시작하다, 오후가 되면 이미 앉을 좌석이 없을 만큼 사람들로 가득 찼다. 그래서 제나는 오전 내내 침대에서 나른한 고양이처럼 게으름을 피우다 느지막이 일어났다.

오늘 역시 홍차와 스크램블 에그로 늦은 아침을 먹은 후, 화장을 시작했다. 런던의 최신 유행에 맞게 가슴골이 거의 드러난 화려한 드레스를 입었다. 사실 슈미즈와 페티코트를 속옷으로 입어야 했지만, 자신은 귀족가의 숙녀가 아닌 술집에서 술과 몸을 파는 여자였다. 언제든 돈을 주고 자신을 사겠다는 남자가 있다면, 쉽게 옷을 벗을 준비가 되어 있는.

하지만 제나에겐 한 가지 원칙이 있었다. 술과 몸을 파는 여자였지만, 폭력을 쓰는 남자에겐 절대 자신이 데리고 있는 여자들을 내주지 않았다. 아무리 큰돈을 준다고 하더라도 말이다. 이곳 데본으로 오기 전, 런던의 사교 클럽에 있었던 경험으로 귀족들이 얼마나 변태적인 취미를 갖고 있는지 알고 있었다. 자신 역시 처음으로 아버지의 손에 끌려갔을 때, 치욕스럽고 고통스러운 폭력 앞에 무너져 내렸으니까.

제나는 입술을 조금 더 붉게 칠하곤 거울 속에서 요염하게 입술을 내밀었다. 서른이 조금 넘어 이젠 화장으로 가리지 않으면 안 될 정도로 눈가에 그늘이 졌지만 아직은 봐줄 만했다. 만족스러운 미소를 지으며, 자리에서 일어난 제나는 서둘러 방을 나왔다.

"제나, 2층에 미치광이 백작을 찾는 손님이 와 있어."

그녀의 일을 도와주는 체드가 제나를 보곤 빠른 걸음으로 다가왔다.

"백작의 손님이라고 했어?"

"그렇다니까. 최신 유행하는 코트를 입고 실크 헤트까지 쓴 모습이 엄청난 부자인 모양이야. 앞섶에 단 장식용 시계 역시 분명 금이었어. 분명 런던에서 온 모양이야."

체드의 말에 제나의 눈동자가 빛나기 시작했다. 항상 검은 코트를 입고 나타나는 미치광이 백작에게 돈 많은 런던 귀족 손님이라니. 설마 미치광이 백작 역시 사실은 돈 많은 귀족인 건가? 그래 어쩌면 콘웰 공작의 영지에 있으니 공작의 아들일지도 모르겠군.

사실 미치광이 백작이 콘웰 공작의 아들이든 아니면 그 먼 친척이든 중요하지 않았다. 백작은 여자를 좋아하지도 않았고, 그렇다고 술을 좋아하는 것도 아니었다. 가끔 들러 위스키 한두 잔을 마시는 것이 다였고, 도박 또한 즐기지 않았다. 그가 아무리 많은 돈을 가진 귀족이라고 할지라도, 제나의 주머니를 불려줄 부류는 아니었다.

특히 차가운 검은 눈동자를 한 백작은 너무도 영리했다. 그 검은 눈동자와 마주치면, 그녀의 모든 생각을 읽어내기라도 하듯 두려움이 밀려들었다.

"흥미롭긴 하지만, 우리에겐 도움이 되지 않을 거야. 런던에서 왔다면, 우리처럼 싸구려 술집에서 여잘 품진 않을 테니까. 런던에 있는 비밀 사교 클럽은 시골뜨기 제나의 오두막관 비교도 되지 않거든."

제나의 말에 체드가 고갤 끄덕였다. 제나는 술집 안을 천천히 둘러보았다. 사실 작은 시골 마을에 있는 술집으론 제나의 오두막은 큰 편이었다. 내부 역시 런던의 사교 클럽과 비교할 바는 아니었지만, 규모와 장식 면에서 가히 떨어지는 정도는 아니었다. 그래서인지 제나의 오두막엔 데본의 귀족뿐만 아니라 상인계층인 부르주아에 이르기까지 다양한 사람들이 모여 돈을 썼다. 그리고 돈을 버는데 타고난 감각이 있는 제나는 얼마 전, 런던에서 무용수들을 데려와 공연을 시작했다.

화려한 음악에 맞춰 코르셋을 입고 춤을 추는 여인들을 보며, 남자들은 주머니를 열었다. 레이스로 장식된 손바닥만 한 속옷을 입고 풍만한 가슴과 엉덩이를 흔들어대면, 귀족이든 평민이든 상관없이 남자들은 혼을 빼는 족속이었던 것이다.

"홋, 남자야 다 똑같지."

제나는 탁자 위에 놓여 있던 부채를 펼쳤다. 이 부채 역시 귀족가의 숙녀들 사이에서 유행하는 것 중 하나였다. 덥지 않았지만 제나는 요염한 몸짓으로 부채질하며 테이블에 앉아 카드게임을 하는 귀족들을 바라보았다. 그중엔 헌팅턴 백작 역시 자릴 차지하고 앉아 있었다. 제나는 헌팅턴 백작을 보자, 작게 한숨을 내쉬었다. 1년 전 재혼한 헌팅턴 백작은 그 후 부쩍 제나를 찾았다. 그리고 최근 들어서는 카드 도박에 손을 대기 시작했고, 급기야 얼마 전엔 농지 하나를 날렸단 얘길 전해 들었다.

"쯧쯧, 어쩌다 그런 여자랑 결혼해서는. 헤리엇 아가씨만 불쌍해진 건가? 탐욕스럽고 이기적인 새어머니 밑에서 마음고생을 하게 생겼으니 말이야."

제나는 혀를 끌끌 차며, 미간을 찌푸렸다. 그러다 문이 열리는 소리에 고갤 돌렸다.

열린 문 사이로 태양빛이 빨려 들어왔다. 그리고 장신의 사내가 서 있었다. 역광을 받아 그렇지 않아도 온통 검은색인 사내는 위험스러울 정도로 어두웠다. 그의 등장으로 오두막에 있던 귀족들의 시선이 일제히 문으로 향했다. 하지만 미치광이 백작의 존재를 확인한 귀족들은 황급히 시선을 돌렸다. 특별히 그가 제나에 와서 그들을 위협한 적은 없었지만, 그에게서 뿜어져 나오는 냉기와 사람을 주눅이 들게 하는 힘은 무시할 수 없었다.

마치 맹수를 알아본 초식동물처럼 본능적으로 몸을 사린다는 표현이 맞을 듯했다.

이튼은 나무문을 열고 술집 안으로 들어갔다. 그러자 한꺼번에 쏟아지는 호기심 어린 시선에 눈을 가늘게 떴다. 언제나 그렇듯 감정 없이 무감한 눈으로 그들의 시선을 무시한 채 안으로 들어가자, 귀족들은 그와 시선이 마주칠세라 서둘러 고갤 돌리는 것이 보였다. 4년 전 처음으로 이곳에 들렀을 때부터 한결같은 시선이었다. 호기심과 두려움을 동시에 느끼며 그의 눈을 피해 그를 살피는 기색은 시간이 지나도 바뀌지 않는 광경 중의 하나였다. 그때, 여주인인 제나가 요염하게 엉덩이를 흔들며 이튼에게 다가왔다.

"백작님, 백작님을 찾아온 손님께선 2층 끝 방에 계십니다. 제가 필요하시면 부르세요. 특별히 오늘 밤엔 런던에서 온 아이로……."

"방해하지 말았으면 좋겠군."

언제나 그렇듯 제나가 겁도 없이 이튼의 팔을 붙잡았다. 그리곤 붉게 칠한 요염한 입술을 내밀곤 그를 올려다보며 교태를 부렸다. 하지만 제나의 유혹에도 이튼의 반응은 싸늘하기 그지없었다. 방해하지 말라는 말 한마디로 그의 팔에 휘감긴 제나의 손을 차갑게 털어낸 이튼은 계단 쪽으로 발길을 돌렸다. 그의 차가운 반응에도 제나는 아쉬운 듯 이튼의 넓고 단단한 등을 홀린 듯 바라보았다. 저 차가운 사내가 욕망에 사로잡혀 자신을 안는 상상을 하자, 온몸이 뜨겁게 피가 끓는 느낌이었다. 남자가 주는 쾌락을 아는 제나의 본능이 탐욕스럽게 일렁이고 있었다.

제나에게 단단히 못을 박은 후, 이튼은 삐꺽 소리가 나는 계단을 끝까지 올라갔다. 4년 동안 제나에 왔지만 2층은 처음이었다.

"끝 방이라고 했었지."

이튼은 제나가 가르쳐 준 대로 복도를 따라 가장 안쪽에 있는 방으로 걸음을 옮기기 시작했다. 얼마 가지 않아, 이튼은 살짝 열린 문 사이로 흘러나오는 여자의 신음을 들을 수 있었다.

"하앙…… 좋아. 조금 더…… 하아!"

싸구려 침대가 흔들리며 요란한 소리가 났다. 아직 밤이 되려면 조금 이른 시각이었지만, 욕정을 이기지 못한 귀족이 제나에 있는 창녀 하나와 대낮부터 질펀한 정사를 벌이는 모양이었다. 사실 제나의 오두막 1층이 술을 마시고 심심풀이 삼아 도박을 하는 장소라면, 2층은 숙박을 위한 곳이었다. 그리고 그 숙박은 일명 제나의 아가씨들과 정사를 나누는 것이 대부분이었다. 아직 이른 시각이라, 조용할 것으로 생각해 약속 장소를 2층으로 정한 것이었는데 그의 착각이었던 모양이다. 욕망이란 밤낮이 없다는 것을 말이다.

"어떠냐? 내 물건이 마음에 드는 모양이지? 내 오늘, 네년을 죽여주지."

"하앙…… 하아. 제발 죽여줘요."

맨살을 부딪치는 질척하고 탐욕스러운 소리와 함께 창녀의 콧소리가 더욱 커졌다. 그 목소리에 음심이 동한 사내가 다급한 욕정을 참지 못하곤 욕설을 뱉어내는 소리가 들렸다. 이튼은 차가운 얼굴로 열린 문을 발로 걷어찼다. 그러자 거친 소리를 내며 문이 닫혔다. 하지만 이미 욕망에 사로잡힌 남녀에겐 그 소리마저 들리지 않은 모양이었다.

이튼은 눈살을 찌푸리며 복도를 다시 걸었다. 언제부터였을까? 이튼은 여자들의 분 냄새와 향수 냄새가 역겨웠다. 남자를 유혹하는 교태로 가득한 눈빛과 몸짓 역시 마찬가지였다. 남자인 그 역시 욕망이 없다면 거짓이겠지만, 싼값에 몸을 주고받는 행위를 혐오했다.

또한 육체의 욕망으로 이성을 잃는 것 역시 원치 않았다. 그에게 이제 여잔, 믿지 못할 존재였고 권력 앞에 자신의 몸을 팔 줄 아는 탐욕 덩어리였다.

"여자란, 거짓말로 남을 속이는 것 역시 능하지."

한순간 이튼의 검은 눈동자에 차가운 냉소가 어리는가 싶더니, 언제 그랬냐는 듯 순식간에 다시 무감해졌다. 복도 끝까지 빠르게 걸어간 이튼은 방문 앞에 다다르자, 노크도 없이 문을 열었다. 그러자 그를 기다리고 있던 잘생긴 귀족 사내가 자리에서 일어섰다.

"그동안 몰라보게 변했군, 이튼. 대체 그 모습은 어떻게 된 거지? 완벽한 신의 산물이라고 칭송받던 자네의 얼굴은 대체 어디로 간 건지 모르겠군. 정말, 자네 때문에 혼절을 밥 먹듯이 하던 숙녀들이 자넬 본다면 한탄을 하겠어."

이튼은 이죽거리며 손을 내미는 에이든 햄프턴을 노려보았다. 하지만 어느새 차갑던 눈매가 부드러워지더니, 에이든의 손을 강하게 붙잡았다.

"오랜만이군, 에이든. 그동안 책과는 좀 멀리 있었던 모양이군. 구릿빛으로 보기 좋게 그을린 걸 보면."

"옥스퍼드를 졸업한 후, 난 여행을 좀 했지. 그러는 이튼 자넨 은둔자가 된 모양이군. 대체 그 수염은 언제 깎은 거지? 그리고 어깨까지 오는 그 머린…… 안타깝군. 지금까지 난 자네의 완벽한 외모를 아무도 모르게 흠모해 왔는데…… 이렇게 망쳐 버리다니."

에이든이 조금은 과장 섞인 목소리와 표정으로 장난스럽게 말했다. 그러자 이튼은 아무렇지 않은 듯 어깰 으쓱해 보이고는 자리에 앉았다. 탁자를 사이에 두고 마주한 두 사람은 4년 전 옥스퍼드 시절로 되돌아간 듯 눈을 빛냈다.

"그러는 자네야말로 이젠 입에 발린 말을 잘도 해대는군. 아직도 그 달변으로 미망인들을 꾀는 건 아니겠지?"

이튼이 과거의 에이든을 떠올리며 비꼬자, 에이든은 호탕하게 웃어넘겼다.

"나야, 뭐 이튼 자네와 달리 여잘 좋아하거든. 특히 내 키스에 무아지경에 빠진 숙녀들을 사랑하지."

에이든의 말에 이튼의 입가가 비틀렸다. 냉소가 아닌, 즐거움이 깃든 미소. 데본의 사람들을 차갑게 얼어붙게 하던 차가운 냉소가 사라지고, 친구를 만나 4년 만에 처음으로 부드러워졌다.

"그러다 큰코다칠 때가 있을 테니, 조심하는 게 좋아. 난 또다시 이른 새벽, 증인을 서기 위해 불려 나가는 일은 질색이니까. 4년 전 딱 한 번이면 충분해."

이튼이 그때 일을 떠올리며 미간을 찌푸렸다. 4년 전, 옥스퍼드를 졸업하고 사교계에 나간 에이든은 첫눈에 사랑에 빠져 버렸다. 하지만 그가 사랑에 빠진 숙녀는 불행히 유부녀였다. 그리고 그걸 체른 자작에겐 들킨 후, 에이든은 자작과 결투를 벌여야 했었다.

"그땐, 죽는 줄 알았지. 이튼 자네의 중재가 없었다면, 난 아마 자작의 총에 죽었을 거야. 사실 그때 이후, 조금 더 현명해지긴 했지. 절대 처녀와 유부녀는 쳐다보지도 않게 되었거든."

에이든이 자랑처럼 너스레를 떨어대자, 이튼이 어이없는 얼굴을 했다.

"언젠간 자네의 못된 버릇을 단단히 고쳐 줄 숙녀가 나타났으면 좋겠군. 코가 꿰어 쩔쩔매는 모습을 보고 싶거든."

이튼의 말에 에이든이 즐거운 듯 또다시 웃었다.

"나 역시 간절히 원하는 바지. 자, 다시 만났으니 한잔하는 게 어때?"

에이든이 탁자에 놓인 술잔을 이튼에게 건넸다. 그러자 술잔을 받아 든 이튼은 호박색의 위스키가 가득 채워지는 것을 물끄러미 바라보았다.

"다시 만나게 되니 좋군."

"나 역시 마찬가지야."

이튼과 에이든이 동시에 술잔을 비웠다. 목을 타고 뜨거운 액체가 넘어가자, 심장이 타는 듯 뜨거웠다. 하지만 그 느낌 역시 그리울 정도였다. 이튼은 검은색 캐릭(carrick. 18세기 말부터 나타난 길이가 긴 스타일의 남성용 코트. 영국에서 프랑스로 퍼진 코트로서 깃은 케이프가 겹치고 라펠이 있음)을 벗어 의자에 걸쳐 놓았다. 장신에 군살 없이 완벽한 몸을 가진 이튼이 움직일 때마다 타고난 기품이 느껴졌다.

에이든은 친구인 이튼을 보며, 다시 한 번 감탄했다. 옥스퍼드 시절부터 뛰어난 두뇌와 완벽에 가까운 얼굴을 가진 그였다. 사실 여자에겐 지나치다 싶을 정도로 냉소적인 그였지만, 런던의 숙녀들은 그런 음울하고 차가운 분위기의 이튼에게 열광했다.

그런데 그런 그가, 이곳에서 미치광이 백작이라고 불리다니. 정말 아이러니한 일이었다.

"그런데 이곳 사람들은 자넬 미치광이 백작이라고 부르더군. 대체 그런 별명은 어떻게 갖게 된 건가?"

에이든의 질문에 이튼의 입가가 부드럽게 휘었다. 사실 이튼이 미치광이란 별명을 갖게 된 사건은 아주 사소했다. 데본에 처음 왔을 땐, 지독한 상실감과 고통에 시달리고 있었다. 또한 갑작스런

몸의 변화 역시 그를 당혹스럽게 했다. 그래서 이튼은 답답함과 알수 없는 불안에서 벗어나기 위해 시간에 상관없이 말을 타고 달렸다. 밤과 낮도 없이 몸속에서 뜨거운 뭔가가 용솟음칠 때마다 아름다운 숲과 그 숲의 경계와 맞닿은 해안로까지 미친 듯이 질주했었다. 그렇게 밤새 말을 달리다 새벽이 되어서야 지친 몸을 이끌고 저택으로 돌아왔다. 그래야만 몸속에 들끓던 알 수 없는 힘에서 벗어나 정신을 차릴 수 있었다.

그날 역시 마찬가지였다. 밤새 숲을 달리던 이튼이 지친 말에게 물을 마시게 하고, 그 역시 잠시 쉴까 하고 들른 마을에서 일이 벌어진 것이다.

벌이었다. 다행인지 불행인지 말구유 앞엔 야생화가 피어 있었고, 그 야생화의 꿀을 찾아 날아왔던 벌이 버둥거리던 말의 엉덩이를 쏜 것이다. 너무도 순식간에 벌어진 일이었다. 말에서 내리지 못한 이튼은 고통에서 벗어나기 위해 발버둥치는 말 위에서 사투를 벌여야 했다.

갑작스럽게 벌어진 큰 소동에 마을 사람들이 밖으로 나왔고, 이튼이 미친 듯이 버둥거리는 검은 종마를 진정시키는 모습을 다 지켜보았다. 엄청난 힘과 죽음 직전에서 살아난 그의 모습을. 그날 이후, 미치광이 말을 제압한 미치광이 백작이란 소문이 돌았다. 그리고 이튼은 사람들의 귀찮은 관심에서 벗어나기 위해 그 소문을 그저 내버려 두었다. 그렇게 4년이 지났고, 데본의 사람들은 그를 두려워했다. 시선을 마주치는 것도, 말 거는 것조차 꺼리게 되었다.

"벌 때문이었군. 허무하게도 말이야."

"아마 내가 말에서 떨어져 죽을 것으로 생각했을 거야. 하지만 죽지 않았지. 미치광이 말을 제압하고 그들 앞에서 당당히 서 있었으니까."

"훗, 그래서 미치광이 백작이 된 것이군. 어쩐지 이튼 자네와 꼭 맞는 별명인 것 같아. 자넨 정말, 하나에 빠지면 미치광이가 되잖아."

"실없는 소리 그만하고, 왜 데본에 왔는지나 말해."

이튼의 말에 에이든이 피식 웃음을 터뜨렸다. 아무리 숨기려 해도, 이튼에겐 숨길 수 없었다. 어린 시절부터 이튼은 사람의 생각을 읽어내는 재주가 있었다. 우연인지 아니면 통찰력이 있는 것인지 알 수 없었지만, 그에게 특별한 능력이 있었다.

"콘웰 공작께서 전하라는 말이 있어서 왔어. 형님께서 돌아가신 모양이야."

"언제?"

"1년 전 대서양을 횡단하던 배 안에서였던 것 같아. 이번에 인도로 갔던 배가 돌아왔는데, 폐하께 자네 형님의 사망을 알린 모양이야."

"그래서 아버지께서 널 나에게 보낸 것이군. 작위완 상관없던 차남에게 콘웰 공작이란 작위를 물려줘야 할 테니까."

"맞아. 장례식엔 올 거지? 그 후에 정식으로 형님이 물려받았던 백작 작위를……."

"아니, 안 가. 형님이 가졌던 백작 작위도, 또 콘웰 공작이란 작위 역시 필요 없어."

이튼이 술병을 들어 호박색의 위스키를 가득 따랐다. 그리곤 말릴 새도 없이 단숨에 들이켰다. 뜨거운 액체가 목구멍을 태울 듯 흘러내렸다. 이튼은 지독한 열기를 견디며 잔을 탁자에 내려놓았다. 4년 동안 알코올 섭취를 최대한 자제하고 있었지만, 오늘은 술이 필요했다.

"네가 원치 않아도, 어차피 네가 물려받게 될 거야. 만약 그렇게 작위가 싫다면, 적당한 여잘 만나 결혼해 아들을 낳으면 되겠군.

그럼 네 아들에게 네가 그렇게도 싫어하는 작위를 짐짝처럼 떠넘기면 될 테니까."

농담처럼 뱉어내는 에이든의 말에 이튼은 미간을 찌푸렸다. 알고 있었다. 거부한다고 해서 벗어날 수 없다는 것을. 또한 받아들여야 한다는 것을. 그가 콘웰이란 이름하에 있는 한, 공작가의 아들에게 주어지는 숙명 역시 받아들여야 한다는 것을.

"네가 내 친구가 아니었다면, 주먹을 날렸을 거야."

"알아. 그래서 난 항상 자네의 친구라는 사실을 자랑스러워하고 있지. 런던엔 언제 올 생각인가?"

"아직, 계획에 없어. 영원히 돌아가지 않을지도 모르지."

이튼이 딱 잘라 거절했다. 하지만 에이든은 이튼이 런던으로 돌아올 것이라고 확신했다. 아니, 돌아올 수밖에 없다는 말이 맞을 듯했다.

"곧 사교 시즌이 시작되는 건 알고 있을 테고. 그 시기에 맞춰 돌아오는 것은 어떤가? 화려한 파티와 정숙하고 아름다운 숙녀들이 가득한 사교계로 말이야."

"날 결혼 시장으로 밀어 넣을 생각인 모양이군. 하지만 유감스럽게도 난, 결혼 같은 건 할 생각이 없네."

"결혼이 싫으면, 연애도 좋지. 전처럼 비밀 사교 클럽에서 짜릿한 경험을 하는 것도 좋고. 아 참, 최근에 흥미로운 소설이 하나를 발견했지. 작가 이름이 칼 프레데릭이라고 했지 아마?"

에이든이 술잔을 들어 올리며 눈을 빛냈다. 그 모습에 이튼은 작게 한숨을 내쉬었다.

"네가 흥미를 느낀 소설이라면, 미스터리겠군. 정말 예전부터 저급한 소설에 흥미를 갖는 것 역시 변하지 않았군."

"이것 불쾌하군. 내가 좋아하는 소설을 저급하다고 하다니. 하지만 자네 역시 흥미가 생길걸? 몰락한 귀족가를 배경으로 한 이야기인데, 숨겨진 가문의 비밀과 그 비밀을 품고 성장한 소녀가 주인공이거든."

"에이든, 자네 이젠 여자들이 읽는 그런 류의 소설을 좋아하게 된 건가?"

"자네가 그런 반응을 보일 줄 알았지. 하지만 철학과 사상이 담겨 있지 않다고 무시하기엔 그 소설엔 뭔가가 있어. 감성보단 이성을 중시하는 지금의 풍조와도 맞아떨어지기도 하지만, 주인공의 절제된 감정이라든지 심리묘사가 마치 내가 그 인물이 된 것 같은 기분이 들게 하거든. 그래서 귀족가의 숙녀들에게 더 많은 인기가 있다고 들었어. 특히 신흥계급 사이에선 선풍적인 인기라고 하더군."

"그래서 하고 싶은 말이 뭔지나 말하게."

이튼의 말에 에이든의 표정이 바뀌었다. 그리곤 조금은 진지한 얼굴로 입을 열었다.

"전에 이튼 자네가 했던 말이 떠올랐거든. 600년 전, 자네의 가문에 얽힌 비밀 말이야. 그리고 자네에게 유전된⋯⋯."

"그게 무슨 뜻이지? 구체적으로 얘길 해보게."

에이든의 마지막 말이 이튼의 흥미를 자극한 모양이었다. 에이든을 쏘아보는 눈빛이 몹시도 날카로웠다. 그러자 이튼의 반응에 에이든의 입가에 의미심장한 미소가 떠올랐다.

"이로써 자네가 런던에 올 이유를 하나 찾았군. 얼마나 인기가 있는지, 이미 절판된 책이라 자네가 구하고 싶어도 구할 수 없을 걸세. 그러니 그 책에 흥미가 생기거든 런던으로 오게. 내가 자네를 위해 미리 준비해 두지."

마치 중요한 열쇠를 쥔 소년처럼 의기양양한 표정을 짓고 있는 에이든을 보며, 이튼은 코웃음을 쳤다. 하지만 다시 술잔을 채우는 그의 시선은 이미 날카로워져 있었다.

이튼 에드워드 스튜어트. 콘웰 공작가의 장남인 월터가 죽음으로써 이젠 콘웰 공작의 작위를 물려받게 되었다. 그리고 그에게 남겨진 가문의 유산과 숙명처럼 짊어져야 할 스튜어트 가의 비밀 역시.

"글쎄, 호기심이 사람을 죽이는 법이라고 했네. 난 호기심 때문에 죽고 싶지 않거든."

냉소적으로 대답한 이튼이 자리에서 일어섰다. 그러자 에이든 역시 당황한 듯 따라 일어섰다.

"벌써 돌아가려고?"

"집으로 가는 게 좋겠군. 먼 곳에 온 친구를 여기서 재울 순 없으니까."

건조한 목소리였지만 에이든은 이튼의 마음을 충분히 느낄 수 있었다. 그 역시 밤새 남녀가 교합하는 소릴 들으며, 조잡한 침대에서 불편하게 잠을 청하고 싶진 않았다. 에이든은 침대 위에 걸쳐 놓은 코트와 모자를 챙겨 들었다. 그리곤 이튼을 따라 방을 나와 복도를 따랐다. 그러다 이튼이 계단 앞에서 걸음을 멈췄다. 아래층에 무슨 일이 있는 모양이었다. 에이든은 호기심 어린 눈으로 이튼 옆에 섰다.

"무슨 일인데?"

에이든이 고갤 쭉 빼자, 그곳엔 만취해 비틀거리는 나이 든 귀족이 젊은 여인의 팔에 이끌려 문을 나가는 것이 보였다.

"설마 숙녀는 아니겠지?"

에이든의 목소리에 담긴 물음은 확신이었다. 작은 시골 마을의 술집이긴 했지만, 귀족가의 숙녀가 드나들 곳은 아니었다. 하지만 젊은 여인의 뒷모습은 너무도 우아했다. 어두운 등불 사이로 보이는 여인의 곧은 등은 귀족가의 숙녀의 타고난 기품이었다. 이튼은 여자가 문을 나서기 전, 드레스 자락에 묻어 있는 검은 얼룩을 주시했다.

"하녀야. 주인을 모시러 온 모양이군."

이튼이 별일 아니라는 듯 계단을 내려갔다. 하지만 에이든은 계단을 내려가는 이튼의 등을 물끄러미 응시했다. 아는 여자인 건가? 단정하듯 말하는 이튼의 대답 속에 마치 여자를 알고 있는 것처럼 들렸다.

설마? 사람들의 관심에서 벗어나기 위해 미치광이 백작이란 별명까지 얻은 마당에 저런 하녀와 친분이 있을 리 없지.

"어머, 백작님. 벌써 가시게요? 전 또 친구분이 오셨다기에 여기서 주무실 것으로 생각하고, 최고로 예쁜 아이들로 준비를 시켜놨는데."

콧소리를 내며 제나가 아쉬운 얼굴을 했다. 하지만 제나의 팔은 차가운 냉기를 뿜어내는 이튼이 아닌, 에이든의 팔을 붙잡았다. 눈빛 하나로 살기를 뿜어내는 서늘한 이튼보단 조금은 부드러운 인상의 에이든이 공략하기 쉬울 것이라 판단한 모양이었다.

"유감스럽지만, 마담. 오늘 내가 필요한 것은 여자가 아니라, 친구와 회포를 푸는 것이라서. 다음에 혹 이곳에 들른다면, 그땐 한번 생각해 보지. 하지만 내가 이곳에 묵게 된다면 여자가 질러댄 비명 때문에 술집 문을 닫아야 할지도 모르는데, 괜찮겠나?"

에이든의 말에 제나가 멍한 표정을 지었다. 그러다 두 사람이 오두막을 나가고 나서야, 에이든이 뱉어낸 성적인 농담을 이해한 듯 얼굴을 붉혔다. 미치광이 백작 역시 위험스러운 매력을 지닌 사내였지만, 옆에 있던 귀족 역시 욕심이 났다.

사내의 넘치는 욕정 앞에 이성을 잃고 정신없이 비명을 질러본 때가 언제인지 기억도 나지 않았다. 온몸에 들끓기 시작한 열기를 달래며, 아쉬운 듯 닫힌 문을 바라보던 제나가 고갤 돌렸다. 그리곤 교태 섞인 몸짓으로 술을 마시고 있는 사내 옆에 앉았다. 밤이 찾아든 제나의 오두막은 지금부터가 시작이었으니까.

저택으로 돌아오는 마차 안에서 헤리엇은 드레스 자락을 꼭 쥐었다. 아버지를 찾아 또다시 제나에 간 것보다, 그곳에서 예기치 못했던 사람을 또 보았다는 생각에 헤리엇은 혼란스러웠다.

그였다. 2층 계단에서 그녀를 쏘아보던 남자는 다름 아닌, 미치광이 백작이었다. 검은 눈동자가 그녀의 목덜미를 훑어 내린 것과 동시에 헤리엇의 몸이 뻣뻣하게 굳어졌었다. 본능이 위험을 감지하듯 그가 그곳에 있음을 느꼈다. 그의 시선을 떠올리는 것만으로 등줄기가 서늘해지다니. 헤리엇은 최대한 긴장을 풀며, 잠든 윈슬러에게 신경을 집중하려 노력했다.

사실 귀족들의 호기심 어린 시선쯤, 아무렇지 않았다. 어린 시절부터 술에 취한 헌팅턴 백작을 제나에서 저택으로 데리고 온 사람은 헤리엇이었으니까.

하지만 백작의 시선은 다른 이들과는 달리 무시할 수 없는 뭔가가 있었다. 아마 그를 둘러싼 대부분의 소문이 잔혹하기 이를 데 없다는 것도 하나의 이유겠지만, 헤리엇은 그에게 또 다른 뭔가가 있다는 느낌을 떨쳐 버릴 수 없었다.

"날 알아본 걸까?"

헤리엇은 그녀가 윈슬러를 부축해 문을 나서기 전 백작의 시선이 그녀의 드레스 자락에 멈춰 있는 것을 보았다. 그래 알아보았을 테지. 하지만 관심도 없을 테지. 헌팅턴 가의 하녀 따위에겐. 그 사실에 헤리엇은 조금 안도했다.

"제나엔 다신 오지 말라고 했는데, 왜 또 온 것이냐?"

잠이 들었다고 생각한 윈슬러가 입을 열었다. 마차에 기대 커다란 손에 얼굴을 묻고 있어 윈슬러가 어떤 표정인지 확인할 수 없었지만, 헤리엇은 목소리에 담긴 참담함을 가슴 깊이 느낄 수 있었다. 언제부턴가 윈슬러는 헤리엇의 시선을 피하기 시작했다. 아니, 사실은 똑똑히 기억하고 있었다. 그녀가 초경을 치른 날, 일주일간의 열병을 앓고 난 후부터였다. 그녀의 머리카락 색이 은빛으로 바뀌던 날이었고, 서재에서 루엔과 얘길 한 다음 날이었다.

"새어머니께서 런던에 가실 것 같아요. 곧 사교계 시즌이 시작될 테니까요."

"흥!"

헤리엇의 말에 윈슬러가 코웃음을 쳤다. 1년 전 런던의 사교 모임에서 마가렛을 만났을 때가 떠올랐던 것이다. 남편을 잃은 지 얼마 되지 않았는지 마가렛은 검은 상복 차림이었다. 창백해 보이는 얼굴에 슬픔이 깃들어 있었고, 작은 바람에도 쓰러질 것처럼 위태해 보였다. 윈슬러는 그런 마가렛을 보며, 마가렛이라면 애정이 없는 결혼 생활을 할 수 있을 것 같았다. 사실 재혼 같은 건 하고 싶지 않았지만, 헌팅턴 백작이란 의무를 저버릴 순 없었다. 아들을 낳아야 한다는 의무를. 하지만 결혼한 후부터 마가렛은 본색을 드러내기 시작했다. 거짓말과 욕심으로 가득 찬 허영을 숨기려 하지 않았다.

젠장! 그의 욕심이 빚어낸 실수였기 때문에 자신을 원망하는 것 외엔 할 수 있는 것이 없었다. 그래서 윈슬러는 하루가 멀다고 제나의 오두막에서 술을 마셨다. 그리고 최근엔 시간을 때우기 위해 카드게임에도 손을 대기 시작했다.

"지난번 들어온 소작료로 런던에 집을 하나 얻을 수 있을 거예요. 그리고 필요한 물건들과 하인들도 구하고, 또 파티에 참석할 옷 역시……."

윈슬러의 차가운 반응에도 헤리엇은 자신의 생각을 얘기했다. 그런 헤리엇을 보며 윈슬러가 성급하게 입을 열었다.

"그럼 넌, 어떻게 할 생각이냐? 네 의붓어머니와 의붓 동생과 함께 갈 테냐?"

순간 마차 안에 침묵이 흘렀다. 사교계의 데뷔라. 만약 윈슬러가 그 말을 하는 것이라면, 새어머니 마가렛의 말대로 웃음거리가 될 게 뻔했다. 스물이 된 노처녀가 사교계 데뷔라니. 가당치도 않았다. 무엇보다 헤리엇이 원치 않은 일이었다.

"아니요, 전 가지 않을 겁니다. 새어머니께선 이미 런던에 익숙한 분이시니, 올리비아와 잘해내실 거라 생각합니다. 멋진 신랑감을 구하실 테죠."

"정말 넌, 혼인할 생각이 없는 모양이구나."

윈슬러의 목소리에 씁쓸함이 묻어 있었다. 헤리엇 역시 느낄 수 있을 만큼.

"여자로 살고 싶지 않습니다."

"설마, 지난번 얘기처럼 수도원으로 들어갈 생각인 건 아니지?"

"그게 가능하다면, 저는……."

윈슬러가 더는 듣고 싶지 않다는 듯 손을 내저었다. 무슨 이유에서인지 헤리엇은 사교계에 데뷔하지 않겠다고 고집을 피웠다. 귀족가의 숙녀라면 누구나 사교계에 데뷔해 잘생긴 귀족과의 혼인을 꿈꿨다. 하지만 헤리엇은 혼인해 아내로서 의무를 다하는 삶보단, 조용하고 평안하게 생활하길 원했다.

휴! 어쩌면…… 다행인 건가?

윈슬러는 고갤 들어 자신의 아름다운 딸을 바라보았다. 클수록 엘레나를 닮아가던 딸은 어느새 자신이 사랑했던 여인보다 더 아름다워져 있었다. 심장이 무섭게 가라앉았다. 그리고 지독한 아픔에 숨을 쉴 수도 없을 지경이었다.

"이제 네 마음대로 하렴."

윈슬러는 눈을 감아버렸다. 그 역시 어떻게 해야 할지 결정을 내릴 수 없다는 게 답이었다. 얼마 후 마차가 저택에 도착했고, 집사인 노먼의 부축을 받아 윈슬러는 침실로 향했다. 하지만 헤리엇은 방으로 가는 대신 세탁실로 향했다. 씻고 싶었다. 하지만 집 안에서 씻기엔 너무 늦은 시각이었고, 무엇보다 목욕하려면 젠을 깨워야 했다. 세탁실로 걸어가며, 헤리엇은 그 누구도 깨우지 않고 깨끗이 씻을 수 있는 장소를 떠올렸다. 그리곤 태양빛에 바짝 마른 수건과 세탁해 놓은 옷을 들고 익숙한 듯 저택을 나섰다.

호수에 도착한 헤리엇은 가지고 온 옷과 수건을 바위 위에 내려놓았다. 이 호수는 콘웰 공작가 영지 내에 있는 탓에 찾는 사람이 거의 없었다. 전엔 간혹 숲에 있는 약초와 버섯을 캐기 위해 마을 사람들이 종종 오기도 했지만, 그나마 4년 전부터 저택에 미치광이 백작이 살고 있다는 소문이 퍼지면서 발길이 뚝 끊겨 버렸다.

숲 중앙에 있는 바람의 언덕 역시 마찬가지였다. 데본의 가장 아름다운 경치를 한눈에 볼 수 있는 최상의 장소였지만, 이젠 인적이 끊겨 너도밤나무만이 외롭게 그곳을 지킬 뿐이었다.

헤리엇은 잔잔한 호수의 수면을 바라보며, 쓰고 있던 보닛의 끈을 풀었다. 그러자 보닛 속에 있던 갈색 머리카락이 어깨 위로 쏟아져 내렸다. 풍성하고 윤기 있는 갈색 머리카락이 바람에 일렁이자, 헤리엇은 손을 뻗어 머리카락을 쓸어내렸다. 지금 런던의 귀족들 사이에선 머리카락을 금발로 염색하는 것이 유행이라고 했다. 특히 남자 귀족들은 백발로 보이기 위해 머리에 쓴 가발에 밀가루를 뿌리는 사람도 있다고 했다.

"휴, 금발은 고사하고 내 원래 색으로 되돌아갔으면 좋겠군."

손끝으로서 흘러내리는 머리카락을 쓸어내리는 헤리엇의 표정이 침울했다. 어느새 짙은 갈색으로 염색했던 색이 사라지고, 달빛을 흡수한 은빛이 나타났다. 조만간 루엔에게 부탁해 염색해야 할 것 같았다.

헤리엇은 천천히 플리스(로브 위에 입는 케이프 형태의 방한용 외투. 모자가 달린 망토와 비슷)의 끈을 풀기 시작했다. 사락사락 옷이 스치는 소리가 유난히 크게 들리자, 헤리엇은 괜스레 주위를 살폈다. 이상하게도 오늘은 누군가 그녀를 지켜보고 있다는 느낌이 들었다.

"말도 안 되는 소리. 이렇게 늦었는데, 누가 있겠어."

플리스의 끈을 다 풀어낸 헤리엇은 반듯하게 접어 바닥에 놓았다. 입고 있는 드레스를 마저 벗자, 헤리엇은 모슬린 천으로 된 슈미즈 차림이 되었다. 시원한 물속으로 들어갈 생각을 하자, 헤리엇의 입가에 미소가 떠올랐다. 천천히 물가로 걸음을 옮기기 시작하자, 코르셋이 필요 없을 정도로 가녀린 몸매가 걸을 때마다 얇은 모슬린 천을 통해 여실히 드러났다.

첨벙, 첨벙!

발끝에 닿는 시원한 감촉에 기분이 좋았다. 천천히 물 안으로 들어
간 헤리엇은 호수 안으로 몸을 묻었다. 그러자 머리에서 발끝까지 시
원하고 깨끗한 물이 먼지를 씻어냈다. 헤리엇은 미리 가지고 온 비누
로 거품을 냈다. 새하얀 거품으로 머리를 감은 후, 입고 있던 슈미즈
에도 비누칠을 했다. 모슬린이 물에 젖자, 마치 피부처럼 달라붙었다.

목욕을 마친 헤리엇은 물에 젖은 긴 머리카락을 한쪽으로 넘겼
다. 그러자 물에 젖은 목덜미며 매끄러운 어깨가 달빛에 드러났다.
투명하게 빛나는 아름다운 얼굴과 달빛을 받아 물속에 앉아 있는
헤리엇은 마치 호수의 여신 림나이아처럼 신비롭고 고혹적이었다.

헤리엇은 호수를 가르며 천천히 헤엄을 쳤다. 누구의 눈치도 보
지 않고 마음껏 몸을 움직이자, 기분이 한결 좋아졌다. 한참을 헤
엄을 치며 시간을 보내던 헤리엇이 밖으로 나왔다. 느긋하게 헤엄
을 치다 보니 밤이 늦었단 사실을 잊고 있었던 것이다. 물 밖으로
나온 헤리엇은 집에서부터 가져온 커다란 수건을 집어 들었다. 그
리곤 젖은 머리카락을 천천히 닦아냈다.

"슈미즈를 벗어야 하나?"

헤리엇은 잠시 고민했다. 젖은 옷을 입은 채로 마른 옷을 입을
생각을 하자 불쾌감이 몰려왔다. 헤리엇은 본능적으로 주위를 살
폈다. 그리곤 주위에 아무도 없다는 사실을 확인하곤 망설임 없이
젖은 슈미즈를 벗기 시작했다.

물에 젖은 얇은 천이 몸에 찰싹 달라붙어서인지 쉽게 벗어지지
않았다. 몇 번이고 헛손질하던 헤리엇은 들고 있던 수건을 바닥에
내려놓고는 본격적으로 옷을 벗기 시작했다. 잠시 후 아무것도 걸
치지 않은 헤리엇의 아름다운 몸이 달빛에 드러났다.

가녀린 목덜미를 지나, 아찔하게 호를 그리며 솟아오른 둥근 가슴이 관능적으로 흔들렸다. 그리고 상앗빛 투명한 가슴 위에 핑크빛 돌기가 차가운 물에 단단하게 솟아 있었다. 코르셋으로 몸을 조일 필요도 없이 마른 몸이었지만, 예상외로 가슴과 엉덩이는 풍만했다. 곧은 등줄기를 따라 관능적으로 휘어진 엉덩이를 지나자 사슴처럼 쭉 뻗은 날씬한 다리가 눈을 사로잡았다. 달빛에 드러난 헤리엇의 몸은 눈을 뗄 수 없을 만큼 순수한 관능이 숨겨져 있었다.

바닥에 놓았던 수건을 들어 다시 물기를 닦았다. 젖은 옷을 벗고 수건으로 몸을 닦아내자, 한결 기분이 좋아졌다. 헤리엇은 집에서 가져온 젠의 드레스를 집어 들다 말고, 입술을 깨물었다. 생각해 보니, 저택에서 나오느라 서두르는 바람에 속옷을 챙겨오지 못한 것이다.

"뭐, 밤이니 상관없겠지."

하는 수 없이 알몸에 젠의 드레스를 입었다. 잠시 후 에이프런으로 허릴 질끈 동여매자, 속옷을 입지 않아 허전하던 다리가 그나마 안정감을 찾는 느낌이었다. 수건에 젖은 슈미즈를 넣고는 집으로 가져가기 쉽게 돌돌 말았다. 그리곤 바닥에 놓인 플리스를 어깨에 걸치곤 질끈 동여맸다. 대충 돌아갈 준비를 끝낸 헤리엇이 신발에 발을 꿰려는 순간, 어디선가 날 선 시선을 느꼈다. 놀란 헤리엇은 그대로 멈춰 섰고, 두려움에 본능적으로 몸이 굳어졌다.

"누구……?"

어둠 속 나무 아래, 사람의 그림자가 어른거렸다. 그리고 그 사람은 꼼짝도 하지 않은 채 헤리엇을 주시하고 있었다. 언제부터 있었던 걸까? 검은 옷을 입은 장신의 남자가 꼼짝도 하지 않은 채 헤리엇을 보고 있었다. 검은 눈동자가 위험스럽게 빛났다. 먹잇감을 눈앞에 둔 맹수가 그 숨 막히는 긴장감을 즐기듯 여유로워 보이기까지 했다. 사냥에 성공할 것을 이미 알고 있는 듯, 그렇게.

도망쳐야 했다. 헤리엇은 그가 누군지 알 수 있었다. 오늘 낮에도 그리고 조금 전 제나의 오두막에서도 봤으니까. 그녀의 목덜미로 날아들던, 그 선명하게 느껴지던 서늘함을 기억하고 있었다. 헤리엇은 입술을 깨물며 주먹을 꼭 쥐었다.

미치광이 백작, 그에게서 도망쳐야 했다. 그렇게 생각한 순간, 헤리엇이 달리기 시작했다. 예민해진 귀를 통해 그 역시 그녀를 뒤쫓아오는 것을 느낄 수 있었다. 바람을 가르며 숲을 달리는 헤리엇의 심장이 미친 듯이 요동쳤다.

아, 젠장! 여린 입술을 통해 숙녀가 입에 담아서는 안 될 욕이 튀어나올 것 같았다. 있는 힘껏 숲을 달리는 동안 나뭇가지가 헤리엇의 얼굴을 찢어놓았다. 하지만 그런 작은 생채기쯤 신경 쓸 새도 없이 헤리엇은 바로 뒤까지 쫓아온 백작에게서 벗어나기 위해 힘껏 내달렸다. 그렇게 한참을 달려, 숲의 입구에 다다를 무렵, 나뭇가지가 헤리엇의 플리스를 힘껏 잡아당겼다. 펄럭이던 외투의 천이 나뭇가지에 휘감긴 모양이었다.

"아!"

다급하게 외투 자락을 잡아당긴 순간, 백작의 강한 팔이 헤리엇의 허리를 휘감았다. 그리곤 순식간에 그녀의 몸이 공중으로 들어올려지더니, 강한 힘에 풀 위로 쓰러졌다. 다행히 그녀가 넘어진 곳은 초록의 잔디 위였고, 묵직하게 내리누르는 남자의 무게가 느껴지자 헤리엇은 질끈 눈을 감았다. 벗어나야 했다. 하지만 그녀를 짓누르는 강한 힘에 의해 헤리엇은 꼼짝도 할 수 없었다. 포기하지 않고 미친 듯이 버둥거리는 동안 숨이 차올랐다.

헉, 헉! 거친 숨을 몰아쉬며 헤리엇이 차갑게 쏘아붙였다.

"놔줘요! 당장, 놓아줘요!"

하지만 헤리엇의 목소리가 미세하게 떨리고 있음을 백작 역시 눈치채고 있었다.

"왜 도망갔지? 아니, 왜 날 뒤따라온 것인지 물어야 하나?"

내가 뒤따라왔다고? 헤리엇은 그녀를 내려다보는 백작을 어이 없다는 듯 쏘아보았다. 그러다 백작의 눈동자 색깔이 묘하게 달라져 있음을 느낄 수 있었다. 검붉은 달. 적월을 연상케 하는 눈빛이었다. 그리고 그에게서 나는 달콤한 알코올 냄새와 함께 짙은 사향 냄새가 그녀의 콧속으로 스며들었다.

아마 제나의 오두막에서 술을 마신 모양이었다. 하지만 저 눈빛 역시 알코올 때문이 아님을 본능적으로 알 수 있었다.

"그런 적 없어요. 난 씻기 위해……."

"거짓말. 지금껏 호수에서 목욕하는 여잔 본 적이 없어."

아마 그의 말처럼 대부분에 숙녀들은 집에 있는 욕조에서 목욕하는 것이 일상이었을 테지. 하지만 헤리엇은 가끔 숨이 막혔다. 좁은 저택 안에 있으면 금방이라도 숨이 멎을 것처럼 답답했다. 또한 헤리엇은 데본에서 태어나고 자란 토박이였다. 어린 시절부터 종종 숲의 호수에서 시간을 보내서인지, 성인이 된 지금도 숲의 호수에서 목욕하는 것이 그리 불가능한 일은 아니었다.

"런던이야 이렇게 아름다운 숲이 없기 때문이겠죠. 하지만 데본은 달라요. 저처럼 이렇게……. 잠깐, 지금 뭐 하는……."

그의 눈빛이 짙어졌다. 거친 숨을 뱉어내는 숨결이 어느새 뜨거워져 있었다. 열기를 품은 사내의 그것처럼. 잠시 후 그녀를 물끄러미 내려다보던 그가 그녀 쪽으로 고갤 숙였다. 그러자 그의 얼굴이 바로 코앞까지 가까워졌다.

"비켜요! 난 아무것도…….."

검은 눈동자에 어린 붉은 기운. 뭔가 묘한 분위기의 눈동자였다. 알코올 때문이 아닌, 뭔가 특별한 기운이 느껴지는 그런 눈이었다. 헤리엇은 그의 눈동자에 홀린 듯, 그가 뿜어내는 특별한 힘에 사로잡혔다. 그에게서 시선을 뗄 수가 없었다.

"아름답군. 정신을 잃을 정도로…….."

그 역시 뭔가 거부할 수 없는 강한 힘이 이끌린 듯 손을 뻗어 그녀의 턱을 천천히 쓸어내렸다. 그리고 입술을 꽉 깨문 채 파르르 떨고 있는 헤리엇의 여린 입술을 허기진 시선으로 쏘아보았다. 숨이 막힐 듯한 긴장감이 두 사람 사이에 흘렀다. 입안에 타들어가듯 날카로운 감각에 헤리엇은 마른침을 삼켰다.

"뭐 하는……. 비켜…… 흐흡!"

그의 입술이 가까워졌다고 생각한 순간, 그의 입술이 깨물 듯 그녀의 입술을 물었다. 그리곤 뜨거운 숨을 뱉어내며 그녀의 입술에 키스했다. 호수에서 오랫동안 있었기 때문인지, 차갑게 굳은 헤리엇의 입술이 그의 뜨거운 열기에 불에 덴 것처럼 화끈거렸다.

그의 키스에 놀란 헤리엇이 숨을 멈췄다. 하지만 다음 순간 헤리엇은 정신을 차렸다. 그에게서 벗어나야 했다. 그러기 위해 고갤 힘껏 가로저어 그의 입술을 떼어내려 했다. 하지만 그럴수록 백작은 집요하게 그녀의 입술을 파고들었다. 마치 하나처럼 달라붙어 떨어지지 않았다. 이상했다. 그 역시, 뭔가와 싸우는 것처럼 느껴졌다. 마음속에 일고 있는 어떤 강한 힘에서 벗어나기 위해 안간힘을 쓰는 것 같은 그런…….

그럴 리 없어. 그저 이 남자는 여자에게 발정한 미친 백작일 뿐이야!

순간, 거칠게 거부하던 헤리엇이 저항을 멈췄다. 그리곤 오히려 그녀의 입술 안으로 혀를 밀어 넣고는 강하게 얽어오는 그의 혀를 천천히 받아들이기까지 했다. 그녀의 반응에 결박하듯 꽉 끌어안은 손의 힘이 느슨해졌고, 그의 움직임 역시 부드러워지기 시작했다. 그때였다. 헤리엇은 그 순간을 놓치지 않고 그의 혀를 꽉 깨물었다.

"윽!"

순식간에 백작이 그녀에게서 떨어졌다. 백작은 고통을 참으며 미간을 찌푸린 채 그녀를 노려보았다. 재빨리 바닥에서 일어선 헤리엇이 도망치기 시작했다. 다행스러운 것은 백작은 더는 그녀를 뒤쫓지 않는다는 점이었다. 어둠을 가르며 달리는 헤리엇의 입안에서 비릿한 피 맛이 느껴졌다.

백작의 피. 입안에 감도는 달큼한 맛이 느껴지는 피 맛에 헤리엇은 묘하게 심장이 두근거렸다. 처음 겪는 낯선 감각에 헤리엇은 마음을 가다듬었다.

과연, 이런 일까지 있었는데 할 수 있을까? 그녀의 계획대로 백작의 저택으로 의심 없이 들어갈 수 있을까?

하지만 이상했다. 조금 전 백작과의 충격적인 만남 때문인지 불가능할 것 같진 않았다. 무엇보다 계속해서 백작과 마주치는 동안, 헤리엇은 마음을 굳혔다. 뭔가 그녀를 강하게 끌어당기고 있었다. 그것이 백작에 대한 강한 호기심이든, 아니면 작가로서의 강한 열망이든 상관없었다. 자꾸만 그녀에게 주어진 단 한 번밖에 없는 기회란 생각이 들었다. 그녀의 삶을 바꿀 단 한 번의 선택. 그리고 헤리엇은 그것을 붙잡을 생각이었다. 그가 아무리 미치광이 백작이라고 할지라도. 헤리엇은 어둠을 뚫고 서둘러 저택으로 향했다.

제2장 공작가의 새로운 방문객

　이튿 에드워드 스튜어트. 콘웰 공작가의 차남이었던 그는, 며칠 전 형의 죽음으로 콘웰 공작가의 상속자가 되었다. 모든 것이 원하지 않는 방향으로 흘러가고 있었다. 이튿은 치밀어 오르는 욕설을 뱉어내며, 탑의 꼭대기에 기대섰다. 서늘한 눈빛은 생각에 잠긴 듯 가늘어져 있었고, 그 생각 역시 마음에 들지 않는 듯 찌푸린 상태였다.

　사실 이튿의 신경을 거슬리게 한 것은 형의 죽음으로 그가 빌어먹을 콘웰 공작가의 상속자가 되었다는 사실보다, 며칠 전 숲에서 만난 그 여자 때문이었다. 간혹 술에 취한 그는 통제할 수 없는 강한 힘에 이성을 잃을 때가 있었다. 아니, 어쩌면 술이 원인이 아닌지도 몰랐지만, 그날은 위스키를 세 잔밖에 마시지 않은 상태였기 때문에 몸속에 날뛰는 뜨거운 피를 충분히 통제할 수 있다고 생각했었다.

술에 취해 먼저 잠이 든 에이든을 남겨두고, 이튼은 저택을 나섰다. 뜨겁게 요동치는 피와 몸속에서 자꾸만 깨어나려고 하는 어떤 힘을 호수의 차가운 물로 식히기 위해서였다. 지독한 갈증에 심장이 송곳으로 찔린 듯 아팠다. 이튼은 그 아픔을 꾹 눌러 참으며 숲으로 들어갔다. 지난 4년 동안 익숙해진 길이었기 때문에 울창한 가지 사이로 비쳐 들어온 달빛만으로도 충분히 호수를 찾을 수 있었다.

아름드리나무로 우거진 숲의 중앙, 초록의 잔디를 지나 안으로 들어가면 조용히 목욕을 즐길 수 있는 작은 호수가 있었다. 평온하고 잔잔한, 그래서 그의 몸속에 들끓는 뜨거운 힘이 중화되는 느낌이었다.

하지만 그가 호수에 도착한 순간, 이튼은 걸음을 멈춰야 했다. 오늘 밤은 이미 호수를 차지한 손님이 있었다. 우아한 움직임으로 물살을 가르며 수영을 하는 사람은 여인이었다. 그것도 그의 눈에 들어올 정도로 익숙한 모습의 여인. 훗, 몇 번 본 게 다인 사람을 기억하다니…….

여체를 보고 싶다는 호기심 따위가 아니었다. 그저 꼼짝도 할 수 없었다. 이튼은 누군가 강한 힘으로 그의 발을 묶어놓은 듯 움직일 수 없었다. 그렇게 나무에 기댄 채 홀린 듯 여자를 바라보았다.

이유를 알 수 없는 갈증. 몸의 아래쪽에서 꿈틀거리는 사내의 갈증이 아닌, 머리에서부터 시작된 갈증이었다. 벗은 것이나 다름없는 여인에 대한 욕망이 아닌, 사내의 욕구와는 다른 지독한 갈망이었고, 파괴적이고 더 집요한 이 느낌은 너무도 강력해 숨 쉬는 것조차 잊게 만들었다. 머리에서 시작돼 심장을 찢고 온몸으로 퍼져 나가는 강력한 독처럼, 그를 순식간에 잠식시켰다.

"결박의 주문, 그래 마녀가 건, 사악한 주술에 걸렸을지도 모르겠군."

이성적인 사고를 지닌 이튼이었지만, 이 알 수 없는 상황을 설명하려면 이것밖엔 없는 듯했다.

다음 순간, 여자가 호수 밖으로 나왔다. 그리곤 젖은 머리카락과 몸을 닦아내던 여자가 갑자기 입고 있던 옷을 벗기 시작했다. 물빛 투명한 옷을 벗자, 은은한 달빛을 머금은 여인의 나신이 모습을 드러냈다. 짙은 침향. 여자에게선 사내를 유혹하는 달콤하고 강렬한 향이 났다. 그리고 그를 끌어당겼다.

여자를 품는 것 따윈 관심도 두지 않던 그였다. 하지만 달빛에 고스란히 드러난 아름다운 나신을 드러낸 여인이 이튼의 생각을 바꾸어놓았다. 호수의 여신, 림나이아. 아니, 새벽의 푸른 기운을 흠뻑 받아 신비롭게 빛나는 신화 속 새벽의 여신 아우로라가 분명했다.

심장에 스미는 뜨거운 열기. 꼼짝없이 묶여 있던 그의 발이 움직였다. 평소처럼 무시하고, 지나쳐 버리면 그만이었을 일. 4년 전 그날 이후, 그에겐 그런 것들이 일상이 되어버린 지 오래였으나, 오늘은 그럴 수 없었다. 다신 여인과 인연 같은 건 없을 것이라 맹세했었는데…….

"누구……?"

여자가 고갤 들었고, 여자의 시선이 그에게 닿은 순간 검은 눈동자에 당혹감이 스치는 걸 볼 수 있었다. 그리고 다음 순간 여자가 달아나기 시작했다. 순식간에 그의 심장 속에 뜨거운 사냥 본능이 깨어났다. 뜨겁게 이는 열기와 몸속에 흐르는 피가 날뛰기 시작했다. 그렇게 깨닫기도 전에 그에게서 도망치는 여자를 붙잡기 위해 뛰고 있었다. 맹수가 두려움을 느끼고 도망치는 초식동물을 쫓듯 그의 심장엔 낯선 희열로 고동치고 있었다.

지독한 갈증. 조급한 허기짐. 그 날 선 열기가 그를 집어삼켰다.

차가운 새벽을 달려, 마침내 여자를 붙잡았다. 들끓는 열기에 그의 손이 거칠었다. 한순간 강한 힘에 떠밀려 여자의 허릴 붙잡아 풀 위를 나뒹굴었다. 꼼짝도 하지 못하게 여자를 결박한 채 여자의 몸을 내리눌렀다. 거친 숨을 몰아쉬는 여자. 그 숨결이 왜 이리 달콤한지. 다행히 그를 쏘아보는 여자의 눈빛이 두려움이 아닌, 분노로 번득이는 것을 보자 이튼의 본능이 깨어나기 시작했다. 고집스럽게 쏘아보는 여자의 눈빛을 받아내며, 이튼 역시 거친 숨을 내뱉었다.

그 순간 구름 속에 숨었던 달이 밖으로 나왔고, 달빛이 여자의 아름다운 얼굴을 비췄다. 낯이 익었다. 분명…….

"4년 전 보았던……."

하지만 그 소녀의 머리카락은 온통 은빛이었다. 의식을 잃고 그의 어깨에 얼굴을 묻었을 때, 은빛 장막 사이로 소녀의 얼굴을 똑똑히 보았었다. 4년이란 시간은 그때의 앳된 모습은 사라지고, 성숙한 아름다움을 지닌 여인으로 바꾸어놓았다. 사내의 피를 끓게 하는 그런 치명적인 아름다움으로. 여인의 검은 눈동자. 그 눈동자 속에 자신의 핏빛 눈동자가 어렸다.

짙은 어둠 속에서 빛나는 핏빛 눈동자.

그 후론 아무것도 기억나지 않았다. 지독한 만족감과 함께 시작된 갈급한 욕망. 가득 채우고, 빼앗고 소유하고 싶다는 강한 열망이 있을 뿐이었다.

"젠장!"

이튼은 혀에 느껴지는 아릿한 아픔에 미간을 찌푸렸다. 고통과 함께 의식이 돌아왔을 땐, 그의 입안에서 짙은 피 맛이 느껴졌다. 여자의 달콤한 타액과 섞인 피 맛이.

호수로 다시 돌아온 이튼은 거울처럼 그의 얼굴을 비추는 호수의 수면을 보며, 눈동자가 붉게 변했다는 사실을 깨달았다.

4년 전 시작된 변화. 그 변화가 그의 삶을 지옥으로 만들었다. 미치광이로 만들었고, 이 숲의 저택에 가둬 버렸다. 그 변화의 징후 중 하나가 바로 핏빛 눈동자였다. 4년 만에 처음으로 이성을 잃어버린 자신. 그리고 그 이유는 알코올과 그리고…….

"말도 안 되는 소리. 그저 우연일 뿐이야."

이튼은 머릿속에 떠오른 생각을 부정했다. 그리고 탑을 내려오기 위해 몸을 돌린 순간, 그의 눈을 의심했다. 그 여자였다. 우거진 나뭇가지와 여자가 쓰고 있는 모자가 얼굴을 가리고 있었지만, 분명했다. 그리고 그 여자는 숲 속에서 저택까지 이어진 길을 따라 걸어오고 있었다. 마치 최종 목적지가 그가 사는 저택이라도 된 듯이.

이튼이 움직이기 시작했다. 원형으로 된 탑의 계단을 내려오는 그의 표정이 차갑게 굳어졌다. 하지만 그의 눈빛은 사냥감을 발견한 맹수처럼 또다시 빛나기 시작했다.

숲으로 들어선 후 한참을 걸은 후에야 헤리엇은 아름다운 저택 앞에 다다랐다. 커다란 숲으로 둘러싸인 콘웰 공작가의 저택은 중세의 성곽처럼 크고 웅장했다. 소문엔 공작가에서 사냥을 위해 지은 여름 별장이라고 했다. 하지만 헤리엇은 회백색 대리석으로 된 아름다운 저택을 보며 겨울과 더 잘 어울린다고 생각했다.

눈 덮인 겨울 숲, 새하얀 자작나무로 이루어진 그 아름다운 숲 중앙에 있는 그림보다 더 그림 같은 저택. 그리고 그 저택에 사는 미치광이 백작. 헤리엇은 그 저택을 바라보며, 심장이 뛰었다. 그리고 동시에 온몸의 피가 싸늘하게 식는 느낌이었다.

뭐지? 대체 왜 느낌은…….

"아가씨, 웬 걸음이 그렇게 빠르세요. 따라잡느라 숨넘어가는 줄 알았네요."

뒤따라온 젠이 어깨에 멘 바구니를 내려놓으며 호들갑스럽게 말했다. 그 목소리에 헤리엇은 멈췄던 숨을 천천히 내쉴 수 있었다.

"젠……."

하지만 목구멍이 꽉 조여와 젠의 이름을 부르는 것조차 힘이 들었다. 그 모습에 젠은 헤리엇의 뒤로 굳게 닫힌 저택의 문을 쏘아보았다. 헤리엇이 이렇게 긴장한 이유가 앞으로 만나게 될 미치광이 백작이라고 생각한 모양이었다. 젠 역시 조금 긴장한 듯 주춤 뒤로 물러섰다.

"괜찮…… 을까요? 낯선 사람을 극도로 꺼리는 미치광이라고 하던데……."

젠이 놀란 듯 서둘러 입을 막았다. 그리곤 잔뜩 굳은 얼굴로 주위를 두리번거렸다. 평소라면 그 모습에 웃음을 터뜨렸겠지만, 헤리엇 역시 긴장한 탓인지 웃음은커녕 미소조차 지을 수 없었다.

"이모님이신 미아가 팔을 다쳤다고 하면, 백작 역시 우릴 돌려보내진 않을 거야. 만약 우릴 쫓아낸다면, 백작이 먹을 일주일 치식량은 구경도 못 할 테고 미아가 다 나을 때까지, 저택은 그야말로 돼지우리가 될 테니까."

헤리엇의 말에 젠이 그녀의 말에 동의한다는 듯 고갤 끄덕였다.

"맞아요. 우린 아픈 미아를 대신해 온 것이니, 겁낼 필요 없는 거죠."

말은 그렇게 야무지게 했어도 젠은 안심이 되지 않은 눈치였다. 그리곤 하녀인 자신의 옷을 빌려 입은 헤리엇을 보며 걱정스러운 얼굴을 했다. 며칠 전, 미치광이 백작을 거리에서 봤을 때부터 불안했었다. 그리고 며칠 전 은근슬쩍 미아에 대해 물었을 때 눈치챘어야 했다. 정말 생각 없이 미아가 팔을 다쳤다는 얘길 하지 말았어야 했는데. 젠은 지금 성급하게 입을 놀린 자신의 혀를 깨물고 싶을 뿐이었다.

젠은 자신의 옷을 입고 저택의 문을 쏘아보고 있는 헤리엇을 물끄러미 바라보았다. 헤리엇 루이자 헤이스팅스는 헌팅턴 백작의 하나밖에 없는 딸이었지만, 어린 시절부터 엉뚱한 데가 있었다. 그 엉뚱함은 가끔 도를 넘어서 무모하기까지 했다. 숙녀가 갖춰야 할 교양과 덕목은 뒷전이고 매일같이 책 속에 묻혀 살았다. 그리고 급기야는 혼인도 하지 않겠다고 하더니, 무슨 바람이 불었는지 이젠 미치광이 백작을 직접 만나려고 했다.

"젠, 걱정하지 마. 백작은 아무 이유 없이 우릴 죽이진 않을 테니까. 그 정도의 이성은 있으리라 생각해."

"정말 그럴까요? 그렇겠죠, 아가씨?"

"응. 그리고 저택 안에선 날 아가씨가 아니라, 헤리엇이라고 불러야 해. 난 지금 너와 함께 저택에 온, 고용인 신분이니까."

"아, 네. 네? 말도 안 돼요. 제가 어떻게 아가씨를 이름으로……."

"경어도 쓰면 안 돼. 아니, 그냥 넌 아무 말도 하지 않는 게 좋겠어."

헤리엇의 말에 젠이 두 손으로 입을 꼭 막고는 고갤 끄덕였다.

그때였다. 굳게 닫혀 있던 저택의 문이 열리고 있었다.

문을 두드리지도 않았는데, 어떻게 안 걸까? 설마 숲에 들어왔을 때부터 지켜보고 있었던 건가?

헤리엇은 몸을 바로 세우곤, 앞을 주시했다. 그러자 문을 연 저택의 집사가 헤리엇과 젠을 번갈아 보았다.

"오늘은 다른 사람이군."

집사가 미아가 아니어서인지 두 사람을 저택으로 들이는 것을 망설이는 듯했다.

"팔을 다쳐 대신 왔습니다. 식료품만 놓고 돌아가겠습니다."

헤리엇이 집사의 의문을 풀어주자, 집사가 고갤 끄덕였다. 하지만 집사는 여전히 뭔가 당황스러운 모양이었다.

"따라와. 백작님께서 보자고 하시는군."

"네? 그게 무슨……?"

"나 역시 이런 일은 처음이라. 서둘러."

단조로운 목소리로 말하는 집사에게선 서두르는 기색이 역력했다. 아마 그의 말처럼 난생처음 있는 사건을 접한 듯 집사는 조급해 보이기까지 했다. 집사의 뒤를 따라 걸으며, 헤리엇은 입술을 깨물었다. 날 알아본 게 분명해. 그래서 날 데리고 오라고 한 것이겠지? 순식간에 손바닥에 식은땀이 배어났다.

최대한 담담한 표정으로 정원을 가로지르며 헤리엇은 저택의 구조며 모습을 천천히 살피기 시작했다. 저택은 밖에서 보는 것보다 훨씬 아름다웠다. 아니, 아름답다는 표현으론 다 말할 수 없을 정도로 숲과 어우러져 신비롭기까지 했다. 마치 세상에 존재하지 않은 무언가 같은 느낌이 들 정도로.

특히 저택의 별채로 보이는 회백색의 대리석으로 만들어진 원형의 탑은 눈을 뗄 수 없을 만큼 정교한 멋이 느껴졌다. 아마 저 아름다운 원형 탑의 꼭대기에서 백작은 그녀가 숲을 지나 저택으로 오는 모습을 지켜본 것이겠지.

미로처럼 생긴 길을 따라 한참을 걷고 난 후에야 세 사람은 저택의 현관 앞에 도착했다. 집사가 두 사람을 향해 돌아서더니, 헤리엇의 뒤에 서 있는 젠을 보곤 입을 열었다.

"뒤에 있는 넌, 부엌 옆 저장 창고로 가도록 해. 가져온 물건들을 정리하고 부엌 옆에 빨랫감을 두었으니 그것도 빨도록 하고. 그리고 너……."

너라고 하대를 하던 집사가 헤리엇의 검은 눈동자와 마주한 순간 움찔 말을 멈췄다. 허름한 옷차림을 한 여인은 분명 하녀였다. 하지만 하녀라고 하기엔 너무도 우아했다. 마치 귀족가의 숙녀가 하녀의 옷을 빌려 입었지만, 타고난 기품을 숨길 수 없는 것처럼.

"헤리엇입니다. 그리고 함께 온 아인, 젠이구요."

"전…… 어, 아니, 난, 워릭이라고 합니다."

워릭은 자신이 왜 헤리엇이라고 하는 하녀에게 존대하는지 이해할 수 없었다. 하지만 자신도 모르게 눈앞의 여인에게 고갤 숙이고 있었다. 자신의 행동에 당황한 워릭이 서둘러 저택의 현관문을 열었다. 그리고 이튼이 있는 서재로 걸음을 옮겼다.

"이곳입니다. 그럼, 전 이만."

헤리엇을 남겨둔 채 워릭은 이 불편한 상황에서 벗어나려는 듯 재빨리 자릴 떴다. 복도에 혼자 남게 된 헤리엇은 오크나무로 된 서재 문을 쏘아보았다. 긴장감을 숨기려 했지만, 자꾸만 손바닥엔 땀이 배어났다. 천천히 호흡을 가다듬던 헤리엇은 마침내 망설임을 끝내고 문을 두드렸다.

똑똑!

"들어와."

낮게 울리는 백작의 목소리는 강한 힘이 느껴졌다. 한 번 들으면 절대 잊히지 않는 그런. 헤리엇은 다시 한 번 숨을 크게 내쉬었다. 그리곤 손잡이를 돌렸다. 이제 백작을 정면으로 대면해야 할 시간이었다. 미치광이 백작을 완벽히 속이기 위해, 그리고 그녀의 계획을 실행하기 위해선 꼭 치러야 할 순간이기도 했다.

서재로 들어선, 헤리엇은 백작이 앉아 있는 책상으로 천천히 걸음을 옮기기 시작했다.

의자에서 일어선 이튼이 창가로 걸어갔다. 그가 창문을 가리고 있던 묵직한 커튼을 걷자, 어둡던 서재에 밝고 따사로운 햇살이 들어왔다. 그리고 밝은 햇살이 들어와 비춘 곳은 다름 아닌, 헤리엇이 서 있는 곳이기도 했다. 마치 무대에 선 배우에게 쏟아지는 밝은 조명처럼 자신을 향해 쏟아지는 햇빛에 헤리엇은 주먹을 꼭 쥐었다. 그의 의도는 분명했다. 그녀의 표정 하나까지 놓치지 않고 살필 생각인 듯했다.

다시 책상으로 돌아와 의자에 앉은 이튼은 가죽 의자에 몸을 깊숙이 묻었다. 그리곤 햇살 아래 서 있는 여자를 천천히 살피기 시작했다. 그의 서늘한 시선에도 여자는 주눅이 들기는커녕 턱을 치켜들곤 초연한 표정으로 서 있었다. 고용인에 불과한 여인이 취할 수 있는 행동치곤, 조금 건방진 태도였지만 무슨 이유인지 그녀의 행동이 신경에 거슬리지 않았다.

평민들이 입는 수수한 드레스 위에 짙은 단색의 에이프런을 맨 여자는 그저 마을에 사는 평범한 여인일 뿐이었다. 허드렛일을 하는 무지렁이 하녀. 하지만 이상했다. 눈앞의 여인에겐 타고난 기품이 있었다. 마치 잘 훈련받은 귀족가의 여인처럼.

"이름이 뭐지?"

"헤리엇입니다."

그에게 자신의 이름을 말한 순간, 헤리엇은 입안이 바짝 마르기 시작했다. 이제 그의 시험이 시작된 것이다.

"헤리엇이었군."

이튼의 목소리가 불만스러운 듯 비틀렸다. 내 이름이 마음에 들지 않는 건가? 하지만 다음 순간 헤리엇은 이튼이 왜 벌레 씹은 표정을 지은 이유를 알 수 있었다.

"헤리엇, 여긴 왜 온 거지? 너도 지금 이 상황이 우연이라고 하기엔 너무 작위적이라고 느끼고 있을 것 같은데? 그러니 사실대로 말하는 게 좋을 거야."

확신에 가까운 물음에 헤리엇은 담담한 표정으로 고갤 들었다. 그리곤 서늘한 눈빛보다 감정 없는 목소리가 더 사람을 두렵게 할 수 있다는 사실을 처음으로 깨달았다. 그렇다고 여기서 물러설 순 없었다. 백작이 생각하는 것처럼, 헤리엇 역시 두 사람의 만남이 우연이라고 치부하기엔 너무도 잘 짜인 연극의 각본 같다는 생각을 했으니까.

"미아가 사흘 전 팔을 다쳤습니다. 일부러 제가 팔을 부러뜨리지 않은 이상, 우연이라고 생각합니다. 아무리 이 상황이 제가 백작님께 일부러 접근한 것처럼 보일지라도요."

"훗!"

이튼의 입가가 어이없다는 듯 차갑게 비틀렸다. 그 모습이 얼마나 서늘한지 헤리엇은 드레스 자락을 꼭 쥐었다. 그리곤 그를 설득하기 위해 입을 열었다.

"백작님께 개인적으로 원하는 건 없습니다. 처음부터 백작님에 대해 아는 것도 없을뿐더러, 며칠 전 우연히 만난 게 다이니까요."

"아는 게 없어서 원하는 것도 없다는 뜻이군. 그럼 오늘은 왜 이곳에 왔는지 말해봐. 날 설득할 수 있다면 그렇게 하는 게 좋을 거야. 만약 거짓말을 한다면, 널 상처 입힐지도 몰라. 난 미치광이니까."

위협에 가까운 협박이었다. 대체 왜 그가 자신을 향해 저렇게 날을 세우는지 알 수 없었지만, 헤리엇은 이 대답이 그에게 무척이나 중요한 일이란 사실을 본능적으로 느낄 수 있었다.

"전 다만, 팔을 다친 미아를 대신해 식료품을 전하고 저택 청소를 하기 위해서 온 것뿐입니다."

"단지 다친 사람을 대신해, 일을 하러 온 것뿐이란 것이군."

"그럼, 뭐가 또 있다는 거죠?"

헤리엇이 시치미를 떼며 그를 올려다보았다. 그러자 이튼 역시 그녀를 차갑게 쏘아보았다. 그녀가 숨기고 있는 것이 무엇인지 찾아내려는 듯 한순간도 헤리엇에게서 시선을 떼지 않았다. 그건 헤리엇 역시 마찬가지였다. 그의 말대로 그를 설득해야 했다. 그녀를 믿을 수 있도록. 그러기 위해선 복종적이고 순종하는 모습으론 그를 설득할 수 없을 것 같았다.

"쓰고 있는 보닛을 벗어봐."

"네?"

헤리엇은 처음으로 당황했다. 그리곤 그의 말에 불안함을 느낀 듯 주먹을 꼭 쥐었다. 이튼은 그 순간을 놓치지 않고 재촉했다.

"벗어봐. 내 집에서 일할 고용인의 얼굴을 확인하는 건 당연한 일이니까. 원치 않는다면, 돌아가면 그만이야."

이튼의 말에 헤리엇은 입술을 꼭 깨물었다. 두 사람이 한 치의 물러섬도 없이 서로를 쏘아보았다. 날카롭게 부딪히는 눈빛이 매서울 정도였다. 헤리엇은 대답 대신 보닛의 끈을 천천히 잡아당겼다. 그러자 이튼의 눈빛이 날카롭게 빛났다.

사락, 사락! 끈을 풀었다. 헤리엇은 보닛을 끌어당겨 천천히 벗었다.

그러자 갈색 머리카락이 순식간에 어깨 아래로 흘러내렸다. 정교하게 조각된 아름다운 얼굴 역시 드러났다. 창문을 통해 들어오는 햇살이 비단처럼 아름다운 머리카락과 헤리엇의 아름다운 얼굴 위에서 눈부시게 부서져 내렸다.

한쪽 손으로 보닛을 꼭 움켜쥔 헤리엇이 고갤 들었다. 그리곤 이제 되었느냐는 듯 도전적인 눈빛으로 그를 쏘아보았다.

순간 자신만만하게 그녀를 쏘아보던 이튼의 미간이 살짝 찌푸려지는 것이 보였다. 또 뭔가가 마음에 들지 않은 눈치였다. 굳은 얼굴로 그녀를 쏘아보던 그가 자리에서 일어섰다.

뭐 하려는 거지?

그의 갑작스러운 행동에 헤리엇의 몸이 뻣뻣하게 굳어졌다. 그의 의도는 분명했다. 그녀를 가까이에서 보려는 모양이었다. 그가 다가왔다. 6척이 넘는 장신의 백작은 존재 자체가 위압적이었다. 거기다 그 서늘한 중압감에 압도된 헤리엇은 꼼짝도 할 수 없었다.

"무, 무슨……."

바짝 마른 입술을 혀로 축이며 헤리엇이 말을 잇지 못했다. 그녀의 앞에 멈춰 선 그가 그녀의 머리카락을 예고도 없이 붙잡았던 것이다.

"원래부터 갈색이었나?"

윤기 나는 머리카락을 한 움큼 붙잡은 이튼은 자세히 보려는 듯 그쪽으로 잡아당겼다. 그러자 그 힘에 이끌려 헤리엇은 어느새 그의 앞으로 바짝 다가선 꼴이 되었다.

"……윽!"

아팠다. 하지만 지금 헤리엇은 그가 머리카락을 잡아당기는 아픔보다, 두려움이 컸다.

설마 내 머리카락색이 은빛이란 사실을 알고 있는 건가? 아니, 그럴 리 없었다. 그 비밀을 알고 있는 사람은 헌팅턴 백작가의 사람 중에서도 일부뿐이었으니까.

"그럼 무슨 색이란 거죠? 전 태어날 때부터 이 색이었습니다."

헤리엇은 최대한 무심한 얼굴로 그를 쏘아보았다. 하지만 그의 눈동자엔 강한 의문이 떠올라 있었다. 그 말을 믿지 않는다는 듯.

"훗, 그렇군."

턱을 살짝 치켜들곤 아픔을 참아내고 있는 헤리엇을 보자, 이튼은 붙잡고 있던 머리카락을 놓아주었다. 내 말을 믿는 건가? 아니면, 거짓말이라고 확신하고 있는 걸까? 헤리엇의 머릿속은 복잡했다. 특히 감정을 읽을 수 없는 백작의 얼굴이 그녀를 더욱 초조하게 만들었다. 그렇게 잠시, 두 사람 사이엔 숨이 막힐 것 같은 긴장감이 흘렀다.

"이곳에 오는 걸 남편이 싫어하지 않았나 보군."

"남편 같은 건 없습니다. 혼인 같은 건, 하지 않았으니까요."

이튼의 눈동자가 흥미롭다는 듯 빛이 났다. 이렇게 아름다운 외모를 가진 여인이 혼인하지 않다니. 마을의 사내들이 장님이 아니라면, 눈앞에 여자의 콧대가 하늘만큼이나 높은 것일 테지. 그러다 노처녀가 된 건가?

"성격 때문인 모양이군. 대부분의 사내란 아름다운 얼굴에, 텅 빈 뇌를 가진 고분고분한 여인을 선호하지."

"그렇죠, 대부분의 사낸. 하지만 백작님은 그런 대부분의 사내가 아니란 말처럼 들리는군요. 제가 잘못 생각한 건가요?"

헤리엇의 질문에 이튼의 입가가 차갑게 비틀렸다. 건방진, 너무도 건방졌다. 평소 그의 성격이라면 당연히 자신의 신분을 망각하고 날뛰는 하녀 따위 두 번 생각하지 않고 내쫓았을 테지만, 이상하게 즐거웠다. 이 하찮은 하녀와 말씨름을 하는 이 상황이 몹시도 흥미로웠다.

이튼의 시선이 고집스럽게 다문 헤리엇의 입술에 가닿았다. 붉은 입술이었다. 다른 숙녀들처럼 입술에 아무것도 바르지 않았지만, 유난히 붉었다. 다시 맛보고 싶을 만큼.

헤리엇은 그의 시선에 입술을 깨물었다. 그저 바라볼 뿐이었지만 그의 시선에 아랫입술이 아릿했다. 마치 그날처럼 지독한 키스로 범해지는 느낌이었다.

잠시 후, 그가 시선을 돌렸다. 그러자 팽팽하던 긴장감이 조금 사그라졌다.

"난 그 대부분의 사람에 해당하지 않아. 그러니 앞으로 저택에서 일하고 싶거든 똑똑하게 행동하는 게 좋아. 내가 뭘 싫어하는지, 그리고 무엇을 거슬려 하는 것까지도. 장식이 아닌 그 예쁜 머리로 잘 생각하도록 해."

이튼의 이죽거림에 헤리엇의 눈빛이 날카로워졌다. 그리곤 여유를 되찾은 듯 입가에 미소를 머금곤 입을 열었다.

"다행입니다. 백작님께서 머리 나쁜 골 빈 하녀보다, 생각하고 움직이는 고용인을 더 아끼신다니 말입니다. 그럼 전 지금까지처럼 행동하면 되겠군요. 사실 전, 제 건방진 태도가 백작님의 심기를 건드릴 것으로 생각해 걱정하던 참이었거든요."

"걱정을 했다라? 훗, 자신만만하군."

"흑!"

순식간에 그의 손이 그녀의 긴 머리채를 휘어잡았다. 그리곤 검은 눈동자에 눈물이 어릴 만큼 세게 끌어당겨졌다. 건방지고 어리석은 하녀를 훈육하려는 듯 이튼의 손길엔 자비가 없었다. 헤리엇은 입술 사이로 흘러나오려는 신음을 꾹 눌러 삼켰다.

여기서 물러설 순 없었다. 헤리엇은 본능적으로 이 서재로 들어선 순간, 그가 자신을 시험하고 있다는 사실을 느낄 수 있었다. 미치광이 백작이라고 소문난 이 남자의 시험에 통과하기 위해선 거짓이 아닌 자신을 내보여야 했다. 그녀가 품은 의도는 숨겨야 했지만, 그녀 자신을 속일 필요는 없다고 생각했다.

만약 그녀가 그를 속인다고 할지라도, 속을 백작 또한 아니었다. 그녀를 쏘아보는 검은 눈동자에 날카로운 칼끝처럼 날카로운 지성이 빛나고 있었으니까.

"자신만만하거나, 거만해서가 아닙니다. 그저 타인의 시선이 아닌, 제 시선으로 세상을 살고 싶은 것뿐입니다. 제 자신을 속일 순 없으니까요. 제가 마음에 들지 않으신다면……."

"훗, 하녀 주제에 자신의 시선으로 세상을 살고 싶다고 말하다니. 정말 특이한 아이구나, 넌!"

"그건 백작님도 마찬가지 아니십니까? 백작님은 사람들의 말처럼, 진짜 미치광이는 아니니까요."

아픔을 참으며 고집스럽게 말하는 헤리엇을 보며, 이튼이 눈살을 찌푸렸다. 알고 있는 건가? 내가 타인의 시선에서 자유로워지기 위해 소문을 부인하지 않았다는 사실을?

헤리엇의 검은 눈동자에 눈물이 맺혀 있었다. 다른 여자였다면 분명, 눈물을 무기로 그에게 놓아달라 애걸을 했겠지만, 이 여잔 달랐다. 눈물이 금방이라도 흘러내릴 것처럼 고통스러울 텐데도, 여자의 입술에선 신음 한 번 흘러나오지 않았다.

하녀치곤 자존심이 세군. 아니, 여자치곤 심지가 곧은 건가? 이튼은 처음으로 헤리엇을 하녀가 아닌 인격이 있는 한 사람의 여자로 바라보았다.

"건방져. 하지만 좋아."

이튼이 매섭게 붙잡고 있던 헤리엇의 머리채를 놓았다. 그러자 갑작스러운 그의 행동에 균형을 잡지 못한 헤리엇이 위험스럽게 흔들리다 바닥에 주저앉았다. 그런 헤리엇을 이튼은 굳이 도와줄 생각이 없는 듯 차갑게 내려다보았다.

"일주일에 두 번, 저택에 오도록 해. 한 번은 지난번 하녀처럼 식료품을 가져오면 돼."

"그럼, 나머지 한 번은 뭘……."

"그건 그때 가서 생각해 봐야겠군. 청소를 시키든, 아니면 마구간을 치우게 하든."

헤리엇은 그를 올려다보았다. 창문을 통해 들어오는 햇살에 냉소를 머금고 있는 그의 모습이 마치 악마처럼 사악해 보였다. 순간 헤리엇은 그날 숲에서 본 그의 붉은 눈동자를 떠올렸다. 온통 칠흑처럼 짙은 어둠 속에서 아름답게 빛나던 붉은빛. 헤리엇은 호기심이 생겼다. 그리고 브리튼 출판사의 편집자 네빌의 말처럼 아주 흥미로운 글의 소재가 될 것 같았다.

헤리엇이 천천히 자리에서 일어섰다. 그리곤 들고 있던 보닛을 다시 머리에 썼다. 머리카락을 보닛에 모두 밀어 넣고는 단단하게 끈을 묶기 시작했다. 그러자 초조함 역시 천천히 사라지기 시작했다.

이유를 알 수 없었지만, 헤리엇은 그가 위험한 사람은 아닐 것이라 확신했다. 미치광이 백작이란 소문과는 달리 그는 그 누구보다 이성적인 인물이었다. 비밀을 갖고, 그 비밀을 숨기려 하고 있었지만, 그 누구보다 총명하고 명석한 두뇌를 가진 인물이었다.

"그럼 오늘은 미아가 했던 것처럼, 식료품을 저장 창고에 넣은 후 화덕에 빵을 만들어놓고 돌아가겠습니다. 다음 방문일은……사흘 후가 되겠군요."

헤리엇의 말에 이튼이 고갤 끄덕였다.

"사흘 후에 뵙겠습니다, 백작님."

이튼에게 인사를 한 후, 헤리엇은 서재를 나왔다. 문을 닫고 나서야, 헤리엇은 참았던 숨을 내쉬었다. 조금 전 문이 닫히는 그 순간까지 날카롭게 날아드는 그의 시선에 온몸이 꼿꼿하게 긴장되어 있었다.

첫 번째 관문은 통과했다. 하지만 백작은 쉽게 속일 수 있는 인물이 아니었다. 매 순간 긴장을 놓쳐서는 안 될, 강한 맹수였다.

사흘 후, 그는 어떤 계획으로 그녀를 당혹스럽게 해 쫓아내려 할지 궁금했다. 아니, 쫓아낼 궁리가 아니라 스스로 도망치게 하려는 것일 테지. 하지만 그녀 역시 쉽게 포기할 생각이 없었다. 사실 조금 전까지 그에 대한 의구심을 떨쳐 버릴 수 없었지만, 헤리엇은 지금 작가로서의 직감이 발동하기 시작했다.

편집자 네빌의 말이 맞았어. 다음 작품의 주인공은, 미치광이 백작이었다.

❖

헌팅턴 백작가의 저녁은 언제나 침묵 그 자체였다. 1년 전부터 대부분의 저녁 식탁엔 집안의 가장인 백작의 자린 비어 있었다. 그 래서인지 자연스럽게 백작부인인 마가렛 역시 두통을 핑계로 방에 서 저녁을 먹게 되는 시간이 많아졌고, 얼마 후엔 올리비아 역시 다이어트를 핑계로 방 안에서 저녁을 먹게 되었다. 텅 빈 저녁 식 탁엔 언제나 그렇듯 헤리엇만이 자릴 지킬 뿐이었다.

하지만 오늘 밤은 예외인 듯했다. 여전히 아버지 윈슬러의 자린 비어 있었지만, 마가렛과 올리비아가 식탁에 앉아 헤리엇을 기다 리고 있었다.

"이제 온 거니?"

"아, 네. 늦어 죄송합니다."

헤리엇이 의자에 앉자마자, 마가렛은 불만스러운 표정으로 입을 열었다.

"오늘은 종일 어딜 다녀온 거니? 그리고 그 꼴은 또 뭐야? 설마 하녀인 젠의 옷을 빌려 입고 밖을 돌아다닌 건 아니겠지? 정말, 내 가 창피해서. 쯧쯧!"

헤리엇의 옷을 쏘아보는 마가렛의 눈빛엔 경멸이 어려 있었다. 하지만 헤리엇은 언제나 그렇듯 차분한 목소리로 대답했다.

"숲에 다녀왔어요. 미아가 팔을 다쳤다고 해서, 약초를 구할 겸."

"미아? 설마 젠의 이모라는 그 여잘 말하는 건 아니지?"

마가렛은 하찮은 하녀를 위해 헤리엇이 숲에 들어가 약초까지 캐러 갔다는 사실이 이해가 되지 않은 모양이었다. 정말 오지랖은 이 마을 최고라니까. 하찮은 마을 사람들까지 신경을 쓰다니.

"맞아요. 얼마 전 일을 하다 미아의 팔이 부러졌거든요. 얼른 나았으면 해서, 젠과 함께 다녀왔어요. 아, 그리고 어머니. 저 당분간 일주일에 두 번 수도원에 갈 생각입니다."

"뭐? 수도원에? 고리타분한 그곳엔 왜 가려는 건데?"

이번엔 수프를 떠먹던 올리비아가 숟가락을 경박하게 내려놓은 후 다급하게 물었다. 그런 이상한 곳을 가려 하는 헤리엇을 이해할 수 없다는 표정이었다.

"올리비아, 숙녀가 경박하게 무슨 행동이니."

마가렛이 올리비아를 쏘아보자, 턱을 내밀고 헤리엇을 보던 올리비아가 자세를 바로 했다.

"죄송해요, 어머니."

"한 달 후면, 런던에 갈 거야. 최대한 교양과 품위를 지켜야 한다고 했잖니? 실수하면 안 돼. 최고의 신랑감에게 어울리는 최고의 신부가 되어야지. 내 말, 명심해."

"네, 어머니."

풀이 죽은 올리비아가 고갤 숙였다. 그리곤 천천히 음식을 먹기 시작했다. 그 모습을 찡그린 얼굴로 바라보던 마가렛이 다시 맞은편에 앉아 있는 헤리엇에게로 고갤 돌렸다.

정말 마음에 안 들었다. 올리비아와는 달리 음식을 먹는 헤리엇의 태도는 어디 하나 나무랄 데가 없었다. 수수한 드레스 차림인데도 헤리엇은 최고급 실크 드레스 차림의 올리비아에겐 없는 빛이 있었다. 타고난 우아함과 기품. 작은 움직임 하나에도 눈을 사로잡는 뭔가가 있었다. 쳇! 불만스럽게 입을 삐죽인 마가렛은 거만한 표정으로 헤리엇에게 말했다.

"수도원에 왜 가려는 거지? 혹시, 아예 수도원에 들어가려는 거니?"

헤리엇의 대답을 기다리는 동안 마가렛의 눈동자가 처음으로 빛나는 것을 보았다. 그녀의 바람이 바로 그것이란 사실을 숨기지도 않았다.

"수도원에서 약초와 의학에 관련된 책이 많아, 빌려올 생각입니다. 그리고 성 캐서린 수도원의 원장님께 의학 실무를 배울까 해서요."

"그래? 쳇, 그런 하찮은 것을 배워서 뭘 한다고. 좋도록 하려무나. 어차피 한 달 후엔, 나와 올리비아는 런던에 가 있을 테니까. 그곳에 가든, 아니면 아예 살든 네 마음대로 해. 난 신경 쓰지 않으니까."

마가렛은 실망감을 숨기려 하지 않았다. 눈엣가시인 헤리엇이 그녀가 런던에 갔다가 돌아왔을 땐, 수도원으로 들어가고 없었으면 좋겠다고 생각했다.

정말, 방법이 없을까? 그렇게만 된다면, 속이 다 시원할 텐데. 아님, 돈 많고 나이 든 귀족에게 시집을 보내는 방법도 좋을 것 같은데.

"그럼 허락하신 걸로 알겠습니다."

헤리엇은 앞에 놓인 고기 스튜를 떠먹기 시작했다. 안도와 함께 입가에 미소가 떠올랐다. 이제 의심 없이 집을 비울 수 있게 되었으니, 백작에게만 들키지 않게 조심스럽게 행동하면 되었던 것이다.

그때, 식당 문이 거칠게 열렸다. 그리곤 술에 취한 헌팅턴 백작이 식당 안으로 들어왔다.

"어머, 백작님!"

마가렛을 비롯해 헤리엇과 올리비아가 자리에서 일어섰다. 하지만 윈슬러는 그에게 다가와 팔을 부축하는 마가렛을 밀어내고는 헤리엇에게 다가왔다.

"수도원에 가겠다고 했느냐?"

"네. 집엔 없는 서적들이 수도원에……."

"안 돼. 허락하지 않겠다."

헤리엇은 윈슬러를 올려다보았다. 술을 마신 듯 그의 얼굴은 붉어져 있었고, 눈동자 역시 핏발이 서 붉었다. 제나의 오두막에서 종일 시간을 보내다 지금 돌아온 모양이었다.

"가고 싶습니다."

윈슬러가 강경한 태도로 말하자, 헤리엇 역시 지지 않고 말했다. 화가 난 윈슬러와는 달리, 차분하게 자신의 뜻을 굽히지 않는 헤리엇을 보자 윈슬러의 눈썹이 치켜 올라갔다.

"헤리엇! 감히 내 의견을 무시할 참이냐?"

"무시하는 것이 아닙니다. 부탁드리는 것입니다, 아버님. 수도원에 갈 수 있게 허락해 주세요. 집에서 무료하게 시간을 보내는 것보단, 수도원에서 책을 읽고 원하는 것을 배우는 게 저에겐 훨씬 보람 있는 삶입니다. 그러니, 허락해 주세요."

"난 네가 뭘 하든 상관없다. 하지만 수도원에 가는 건 절대 허락하지 않을 생각이다. 절대, 안 돼!"

윈슬러의 단호한 모습에 헤리엇이 작게 한숨을 내쉬었다. 그가 왜 이렇게 화를 내는지 짐작 가는 것이 있었던 것이다.

"아버님께서 뭘 걱정하시는지 알고 있습니다. 하지만 지금은 필요한 서적이 있어서 가는 것뿐입니다. 길지 않을 테니, 허락해 주세요."

윈슬러는 지난번 헤리엇이 했던 말을 기억하고 있었던 것이다.

평생을 수도원에 들어가 평온하게 살고 싶다고 했던 말을.

"정말 그게 다인 것이겠지?"

"네."

당분간은 그랬다. 때가 되면…… 달라질 테지만.

"좋아. 그럼 난, 오늘부터 네 혼처를 알아볼 생각이다."

"아버님, 그게 무슨……."

"그래요, 백작님. 헤리엇의 혼처를 알아보신다니, 그게 무슨 말씀이세요. 혼기를 놓친 노처녀를 데려갈 귀족이 어디 있다고. 그리고 흠이 있는 신부를 데려가겠다고 나서는 귀족이 있다고 하더라도, 엄청난 지참금을 내놓아야 할 텐데. 올핸, 우리 올리비아도 사교계에 데뷔해야 할 테고 또……."

"그 입 다물어. 여기서 한마디만 더 했다간, 런던행은 아예 없을 테니까."

윈슬러가 서늘한 기세로 마가렛에게 소리쳤다. 그러자 마가렛은 자존심이 상한 듯 표정을 일그러뜨리더니 서둘러 고갤 숙였다. 한 번도 이렇게 화를 낸 적 없는 백작이었기 때문에 마가렛은 조금 두려웠다. 성정이 폭력적인 성격은 아니었지만, 사내가 술을 먹고 화가 나면 어떻게 변할지 마가렛은 너무도 잘 알고 있었다. 전남편 역시 그랬으니까.

"아버님, 죄송합니다. 조금 전 하셨던 말씀은 따를 수 없을 것 같아요. 전, 혼인하고 싶지 않습니다. 아니, 할 수 없습니다. 아버님께서도 그 사실을 잘 알고 계시지 않습니까?"

순간 윈슬러의 눈빛이 당혹감으로 커졌다. 차분하게 가라앉은 헤리엇을 보자, 불안감이 밀려들었다. 설마, 알고 있는 건가? 아니, 헤리엇이 리치먼드 가에 대한 이야기를 알 리 없었다. 하지만 당혹스러움을 숨기지 못한 윈슬러가 버럭 소리쳤다.

"헤리엇! 그만 그 입 다물어라. 다시 그런 소릴 했다간……. 젠장!"

차마 말을 끝마치지 못한 윈슬러가 식당을 나가 버렸다. 순식간에 침묵이 찾아들었다. 폭풍이 지나간 것처럼 고요해진 식당 안엔 여자 세 명만이 멀뚱히 서 있었다.

"아, 머리가 지끈거리는군. 젠! 젠!"

마가렛이 손으로 관자놀이를 꾹꾹 누르며 젠을 소리쳐 불렀다. 하지만 날카로운 시선은 헤리엇에게 향해 있었다. 이 모든 것이 마치 헤리엇 때문이란 듯이.

"네, 마님. 부르셨습니까!"

"두통약을 내 침실로 가져다줘. 올리비아, 너도 어서 방으로 들어가거라."

"하지만 어머니. 백작님께서 우릴 런던에 보내주지 않으면……."

올리비아의 말에 마가렛의 눈이 날카로워졌다. 그리곤 짜증 섞인 표정으로 올리비아에게 소리쳤다.

"넌 그런 걱정할 필요 없다. 여기, 골칫덩어리인 네 의붓 언니가 모든 걸 해결할 테니까. 그렇지, 헤리엇? 설마 백작님의 말에 마음을 바꿔, 네 여동생인 올리비아의 앞길을 막을 생각은 아니겠지?"

마가렛과 올리비아, 그리고 젠의 시선이 헤리엇에게 향했다.

"걱정 마세요, 어머니. 런던엔 꼭 갈 수 있을 겁니다."

헤리엇의 대답에 만족한 마가렛이 서둘러 식당을 빠져나갔다. 그리고 그 뒤를 올리비아가 따랐다. 헤리엇은 서로 닮아 있는 두 사람의 뒷모습을 물끄러미 바라보았다.

"아가씨, 괜찮으신 거죠?"

혼자 남겨진 헤리엇에게 젠이 다가왔다. 그녀가 걱정되었는지,

젠의 얼굴은 어느새 울상이 되어 있었다. 헤리엇은 괜찮다는 듯 그런 젠의 손을 꼭 잡아주었다.

"젠, 난 괜찮아. 넌 어서 어머니께 두통약과 물을 가져다 드리렴. 꾸물거렸다간, 또 야단맞을지도 몰라. 지금 어머니의 신경이 예민해진 모양이니까."

헤리엇의 말에 젠이 고갤 끄덕이곤 식당을 나갔다. 혼자 남겨진 헤리엇은 바닥에 떨어진 솔을 집어 들었다. 그리곤 식당을 나와 3층으로 올라가기 시작했다.

1년 전까지 그녀의 방이던 2층은 지금, 올리비아가 사용하고 있었다. 대신 그녀는 3층 다락방 옆으로 방을 옮겼다. 사실 그녀가 방을 옮긴 건, 계모인 마가렛 때문이 아니라 저택 사람들의 눈치를 보지 않고 새벽까지 글을 쓰기 위해서였다. 젠과 루엔 외엔 헤리엇이 글을 쓰고 있다는 사실을 몰랐다.

다락방으로 들어간 헤리엇은 창문을 열었다. 어둡던 방 안에 달빛과 별빛이 쏟아져 들어왔다. 헤리엇은 창문을 통해 콘웰 공작가의 숲을 물끄러미 바라보았다. 그렇게 한참을 서 있던 헤리엇이 다락방 구석에 놓인 책상으로 돌아와 등불을 켰다. 그리곤 서랍에서 종이와 펜을 꺼내 편지를 써 내려가기 시작했다.

―친애하는 브리튼 출판사, 네빌 편집자님께.

보내주신 편지는 잘 받아보았습니다. 제 능력 이상의 평가에 몸 둘 바를 몰라 한참을 망설이다, 이제야 펜을 듭니다. 만약 가능하다면, 네빌 편집자님께서 하신 제안, 해보고 싶습니다. 지금은 우선, 백작에 대한 자료가 없는 관계로 저택으로 들어갈 방법을 찾는 중입니다. 만약 일이 잘돼, 저택에서 백작을 알 기회가 생긴다면 다시 연락드리겠습니다.

글을 써 내려가던 헤리엇은 잠시 생각에 잠긴 듯 펜을 든 손을 멈췄다. 호수에서 다시 만났던 백작을 떠올리며, 헤리엇은 미간을 찌푸렸다. 그렇게 한참을 생각에 잠겨 있던 헤리엇은 멈췄던 손을 움직여 또다시 긴 장문의 글을 써 내려가기 시작했다.

창문을 통해 들어온 달빛이 헤리엇의 여린 어깨를 비췄다. 부서질 듯 가느다란 어깨가 약해 보이지 않는 건, 장시간 글을 쓰는 동안에도 흔들리지 않은 곧음 때문이었다. 또한 그 어떤 것에도 초연할 수 있는 평정심 때문이기도 했다.

그날 이후, 혼자서 견뎌야 했던 지독한 외로움을 겪은 후 그녀가 알게 된 어깨를 짓누르는 진실에서 자유로울 수 있도록 희망을 놓아버렸기 때문이기도 했다. 희망을 놓은 후에 다시 꿈꾸게 된 미래. 지금 헤리엇에겐 절박한 생의 이유이기도 했다.

백작이 없었다. 당연히 콘웰 저택에 오면, 만날 수 있다고 생각했던 백작은 없었다. 헤리엇은 계단의 바닥을 마저 닦아낸 후, 자리에서 일어섰다. 장시간 걸레를 들고 바닥을 청소하느라 허리가 욱신거렸다. 이마에 흘러내린 땀을 닦으며 헤리엇은 다시 한 번 주인이 없는 텅 빈 저택을 보며 작게 한숨을 내쉬었다.

"대체 어딜 간 거지? 당연히 저택에 있을 것으로 생각했었는데……. 혹시 제나에 간 건 아니겠지?"

혼잣말을 하던 헤리엇이 물통을 들고, 현관문을 나섰다. 그러자 지금까지 어디에 있었는지 모습을 숨기고 있던 워릭이 복도를 뛰어오는 소리가 들렸다.

"어딜? 혹시 집으로 돌아가려는 것이라면……."

"아직 해야 할 일들이 많이 남은걸요. 4년 동안 묵은 때를 닦아 내느라 걸레가 더러워져서, 빨려던 참이었어요."

"아, 그렇군. 우물은 저택 후원에 있으니……."

"아니, 호수로 갈까 해요. 사실 이걸 세탁하려면, 나무뿌리가 필요할 것 같거든요. 아마 그 나무뿌리와 함께 빨면, 새의 깃털처럼 뽀얀 색을 되찾게 될 겁니다."

헤리엇이 워릭에게 보란 듯이 걸레를 들어 흔들어 보였다. 새하얗던 걸레는 4년 동안 한 번도 청소하지 않은 저택을 닦아낸 후라, 원래 색을 잃어버린 듯 시커멓게 변해 있었다. 워릭은 더럽고 냄새나는 걸레가 코앞까지 다가오자, 본능적으로 뒷걸음질을 쳤다.

"그런 나무뿌리가 있다니, 신기하군."

"런던에서는 잘 만들어진 세탁용 비누가 있다고 들었지만, 데본에선 구하기 힘들거든요. 그래서 이 마을에선 흔히들 사용하는 세탁 방법이랍니다. 그럼 다녀오겠습니다."

헤리엇이 걸레를 다시 통에 넣고는 호수 쪽으로 걸음을 옮기기 시작했다. 사실, 조금 전 그녀가 워릭에게 말한 세탁 방법이 있는지 헤리엇 역시 알지 못했다. 그저 헤리엇은 워릭이 집안일에 대해 잘 알지 못하는 점을 이용해 호수에 갈 핑계를 댄 것뿐이었다.

백작과 약속한 대로 사흘이 지나 저택에 온 헤리엇은 잔뜩 긴장한 채였다. 사흘이란 시간 동안 백작을 다시 본다면, 어떻게 행동해야 하는지 머릿속으로 그려보기를 수백 번. 하지만 막상 저택에 도착한 헤리엇은 그녀의 예상과 달리 백작이 아닌 워릭이 그녀를 맞았을 때 왠지 모를 실망감과 허무함이 동시에 밀려들었다. 마치 잔뜩 기대한 자신만 바보가 된 기분이었다.

사실 백작에게 자신은, 일주일에 두 번 저택에 찾아오는 하찮은 하녀일 뿐이란 사실을 잊고 있었다. 아니, 자만했던 모양이었다. 자꾸만 우연이 겹쳐 백작을 만나게 되고, 또 백작 역시 그녀를 하찮은 하녀에게 하듯 무시하지 않았었다. 그녀를 향해 있던 그의 시선은 분명, 그녀와 마찬가지로 숨길 수 없는 호기심이었다.

"휴, 지난번처럼 호수에 있는 걸까?"

오전 내내 저택을 청소하며 헤리엇은 생각하고 또 생각했다. 처음 생각은 그저 그림자처럼 백작의 눈에 띄지 않고 그를 관찰하는 것이었다. 하지만 오전 내내 코빼기도 볼 수 없는 백작을 보며, 결국 직접 찾아 나서기로 한 것이다.

저택을 나와 울창한 숲을 헤치고 호수로 가는 동안 헤리엇은 다시 긴장하기 시작했다. 호수에서 백작을 만났을 때, 어떻게 말을 할지 머릿속으로 끊임없이 연습했다. 워릭과는 달리 백작은 무척이나 기민한 사람이었기 때문에 그녀의 거짓말을 믿지 않을 게 분명했다.

하지만 헤리엇은 또다시 실망하고 말았다. 백작이 호수에 없었던 것이다. 바람 한 점 없는 텅 빈 호수를 바라보다, 헤리엇이 돌멩이를 들어 호수에 던졌다. 풍덩 소리와 함께 잔잔하던 수면에 둥근 파문이 일기 시작했다.

헤리엇은 들고 있던 나무통을 바닥에 내려놓은 후, 털썩 바닥에 주저앉았다. 긴장이 풀리자, 순식간에 피곤이 밀려들었다. 어젯밤 저택에 와 백작을 대면할 생각에 잠을 설친 데다가, 익숙하지 않은 고된 집안일까지 하느라 온몸의 근육이 욱신거렸다.

앉아 있던 헤리엇은 잠시라도 지친 몸을 쉬기 위해 잔디 위에 편하게 누웠다. 아하! 살 것 같았다. 잔디의 푹신함이 마치 건초 더미로 만든 매트리스 위에 누워 있는 것 같아 한결 기분이 좋았다.

"대체 어딜 간 거야!"

"날 찾아다닌 모양이군."

순간 헤리엇은 너무 놀라 벌떡 자리에서 일어나 앉았다. 갑자기 날아든 백작의 목소리에 헤리엇의 심장이 미친 듯이 뛰고 있었다. 소리가 나는 곳으로 몸을 틀자, 차가운 냉소를 머금고 있는 백작이 그녀를 내려다보며 서 있었다. 분명 조금 전까지 호수는 텅 비어 있었다. 인기척도 내지 않고, 대체 어떻게 여기에 있는 거지? 헤리엇은 바로 옆에 서 있는 백작을 보며 놀라지 않을 수 없었다.

"백작님⋯⋯."

목소리가 떨렸다. 최대한 침착하려 했지만, 갑작스러운 백작의 등장은 헤리엇이 마음을 가다듬을 시간도 주지 않을 정도로 놀랄 일이었다. 그러자 이튼 역시 그녀에게 다가오기 시작했다. 차가운 눈빛에 담긴 감정은 분명, 경멸이었다.

온몸에 힘이 들어가지 않았다. 위험스러운 눈빛으로 그녀를 쏘아보며 다가오는 그를 보며, 당장에라도 도망치고 싶었지만, 몸이 말을 듣지 않았다. 아니, 도망친다고 할지라도 얼마 가지 않아 잡힐 게 뻔했다. 차라리 도망가다 잡히느니, 아무렇지 않은 듯 앉아 있는 것이 좋을 듯했다.

코앞까지 다가온 그가 그녀를 내려다보았다. 정오가 조금 넘은 시간이라 햇빛이 그의 머리 위에서 내리쬐고 있는 탓에 그의 얼굴엔 그늘이 졌다. 그래서인지 낮에 보아도 백작의 모습은 정말 위압적이었다. 검은색 캐릭 코트를 입고 서 있는 그는 마치 루마니아의 흡혈백작처럼 음산하기까지 했다. 특히 그녀를 내려다보는 검은 눈동자의 냉기에 헤리엇은 온몸이 얼어붙을 것 같았다.

"왜 날 찾은 거지?"

"아, 그건. 그러니까, 저택에 왔는데 백작님께서 보이지 않아서요. 당연히 주인이 없으니, 궁금할 밖에요."

"내가 없어도 워릭이 네가 해야 할 일을 말해주었을 텐데? 설마, 워릭이 자신의 임무를 망각하고 너에게 내 명을 전하지 않은 건 아닐 테지?"

"아닙니다. 워릭 집사님께선 제가 도착하자마자, 오늘까지 끝마쳐야 할 일의 목록을 일목요연하게 말씀해 주셨습니다. 아주 긴, 목록을요."

"그래?"

순간 그의 표정이 변했다. 무감하던 눈빛이 더욱 날카로워지더니, 그녀 옆에 무릎을 구부리고 앉았다. 흠칫 놀라 헤리엇의 어깨가 떨리며 뒤로 물러서려 했지만, 앉아 있었기 때문에 더는 움직일 수도 없었다. 순식간에 그의 얼굴이 그녀의 코앞에 있었고, 그에게서 뿜어져 나오는 살기에 헤리엇은 뭔가 잘못되었음을 직감했다.

"그럼 이유가 뭐지?"

순간 입안이 바짝 타들어갔다. 낮게 깔린 그의 목소리가 너무도 음산했다.

"뭘 기대하고 찾아온 거지? 설마 이걸 바란 건가?"

그의 입가가 냉소적으로 비틀리는가 싶더니, 그의 손이 그녀의 어깨를 붙잡았다. 그리곤 강한 힘에 떠밀려 헤리엇의 몸이 잔디 위에 다시 눕혀졌다. 순식간에 그가 그녀를 덮치듯 몸을 숙여왔다. 하지만 헤리엇은 그에게 붙잡힌 어깨의 통증을 참아내느라, 그를 밀어낼 수도 없었다.

"이런 자세를 좋아하는 모양이군."

그제야 헤리엇은 그녀의 몸을 내리누르는 그의 무게를 느낄 수 있었다. 그리고 지금, 무척이나 위험한 상황이란 것도. 그의 검은 눈동자가 날카롭게 빛나고 있었던 것이다.

"백작님…… 잠깐만. 오해가……."

"오해라? 정말 오해라면, 곧 풀리겠지."

그 말을 끝으로 그의 입술이 헤리엇의 입술을 덮쳤다.

"흡!"

그의 입술이 닿는 순간, 헤리엇은 숨을 삼켰다. 그의 눈빛만큼이나 차가울 것으로 생각했던 입술은 뜨거웠다. 물어뜯을 듯 거칠게 그녀의 입술을 빨아당겼다. 화가 나 있는 듯했다. 그녀에게도, 그리고 이유는 알 수 없지만 자신에게도.

헤리엇은 눈을 질끈 감았다. 마음 같아선 그를 당장에라도 밀어내고 싶었다. 그녀를 덮쳐누르며 입술을 빼앗고 있는 남자의 혀를 지난번처럼 피가 나게 깨물어 버리고 싶었다. 하지만 헤리엇은 저항하는 대신, 꼼짝도 하지 않은 채 누워 있었다. 두려움에 온몸이 잔뜩 경직되었지만, 주먹을 꽉 쥔 채 버텼다.

흔히 신분이 낮은 하녀가 편안한 삶을 위해 주인을 유혹하는 일은 많았다. 아니, 주인이 젊고 예쁜 하녀를 강제로 취하는 경우가 더 많았지만. 뭐, 상황이야 어찌 되었든 간에 지금 이튼은 헤리엇을 주인을 유혹하려는 하녀로 오해하고 있었다.

"겁도 없이……."

잠시 입술이 떨어진 사이 이튼의 목소리가 헤리엇의 심장을 짓눌렀다. 또다시 이튼의 입술이 헤리엇의 입술을 파고들었다. 화가 난 상태여서인지, 이튼은 그녀가 아무런 저항도 하지 않고 있다는 사실을 아직 깨닫지 못했다. 아마 그녀에 대한 실망감 때문인 듯했다.

이른 새벽 말을 타기 위해 저택을 나오는 순간, 이튼은 오늘이 헤리엇이란 하녀가 저택에 온다는 사실을 알고 있었다. 평소 오전 시간의 대부분을 승마와 책을 읽는 데 사용하긴 했지만, 오늘처럼 잠시 머뭇거린 적은 없었다. 그리고 지치도록 말을 탄 후, 집으로 돌아가는 대신 호수로 말머리를 돌린 적도.

알 수 없었다. 머릿속에 왜 자꾸만 그를 쏘아보던 검은 눈동자가 떠오르는지. 평소 승마를 즐기던 그였지만, 오늘은 이상하게도 지루했다. 가능한 한 빨리 저택으로 돌아가, 매 순간 그의 신경을 자극하는 그 시건방진 하녀의 코를 납작하게 밟아주고 싶었다. 낯선 감정을 부인하며, 이튼은 말을 달려 호수로 향했다.

그리고 결국 이 호수에서 헤리엇을 본 순간 깨달았다. 그가 그녀를 의식하고 있다는 사실을. 여자로서의 관심인지, 아니면 오랜만에 말이 통하는 말 상대로서의 관심인지 알 수는 없었다. 하지만 그녀와 함께 있는 시간이 승마를 하는 것보단 즐겁다는 사실이었다.

머리에 피가 몰렸다. 헤리엇이 그를 찾아 일부러 호수에 왔다는 사실을 안 순간, 왜 이렇게 실망감에 화가 나는지 알 수가 없었다. 어쩌면 기대하고 있었는지도 몰랐다. 헤리엇이란 하녀는 다른 여자들과 다른 뭔가가 있다고 말이다.

젠장! 이튼의 손이 거칠게 헤리엇의 가슴을 움켜쥐었다. 겁을 주고 싶었다. 너 같은 건, 아무리 그를 유혹해도 결국 성공하지 못할 것이란 사실을 철저히 알려줄 생각이었다. 가슴을 움켜쥔 손에 힘을 주자, 꼭 다문 헤리엇의 입술에서 낮은 신음이 새어 나왔다. 아픔으로 미간이 찌푸려졌고, 커다란 눈에 눈물이 어리는 것이 보였다.

그 모습에 이튼의 표정이 굳어졌다. 아픔을 느끼는 헤리엇을 보자, 망설여졌다. 하지만 이내 이튼의 입술이 헤리엇의 목덜미를 물어뜯을 듯 빨아 당겼다. 그리곤 어깨에서 드레스를 거칠게 끌어당기곤 얇은 모슬린 천에 싸인 가슴을 다시 움켜쥐었다.

순간 이튼은 놀랐다. 옷 위로 움켜쥔 가슴의 감촉과는 달리 얇은 천에 쌓인 맨살의 감촉은 생각 이상으로 말캉하고 부드러웠다. 손안에 착 감기는 감촉과 적당한 크기. 그의 손길에 떨리는 여자의 숨결까지 느낄 수 있을 정도였다.

순식간에 뜨거운 분노가 다른 감정으로 변하려 했다. 손안에 잡힌 부드러운 살결을 느끼며 그의 손에 힘이 들어갔다. 그리곤 속옷마저 끌어 내린 다음 커다란 손바닥으로 문지르듯 쥐었다. 매끄럽고 촉촉한 감촉에 이튼은 거친 숨을 삼켰다.

"윽, 백작님!"

해리엇은 너무도 놀라 몸을 경직시켰다. 그녀의 맨가슴을 움켜쥔 그의 손길에 두려움이 밀려들었다. 여기서 이튼이 이성을 찾지 않는다면, 너무 위험했다.

"백작님!"

다시 그를 불렀다. 하지만 이튼은 그녀가 부르는 소리가 들리지 않는 듯 고갤 숙여 그녀의 입술에 짙은 키스를 퍼붓기 시작했다.

"흡!"

뜨거운 혀가 그녀의 혀를 뿌리째 뽑기라도 하려는 듯 강하게 휘감았다. 쩌릿한 아픔과 함께 해리엇은 눈물이 핑 돌았다. 당혹스러웠다. 두렵고 불결하다는 생각보단, 키스라는 것이 입술을 부딪치는 것이 다가 아니란 사실에 놀라고 있었다. 그녀의 타액을 모두 빨아들이려는 듯 입안을 훑는 혀가 마치 살아 있는 생물처럼 느껴졌다.

해리엇이 손을 뻗어 그녀의 가슴을 움켜쥐고 있는 이튼의 손을 붙잡았다. 그리곤 고갤 흔들어 그의 입술에서 최대한 벗어나려 했다. 갑작스러운 그녀의 행동에 이튼이 움직임을 멈췄다. 그 역시 뭔가 이상하다는 사실을 이제야 깨달은 것이다. 헤리엇에게서 입술을 뗀 그가 방어적인 태도를 보였다. 지난번처럼 방심한 틈을 타, 그의 혀를 깨물지도 모른다는 생각 때문이었다.

"제발, 제 말 좀 들어보세요. 백작님, 제발!"

하지만 달랐다. 공격하기 위해 저항을 멈춘 것이 아니라, 처음부터 저항 같은 건 하지 않고 있다는 사실을 깨달은 것이다. 이튼이 거친 숨을 내쉴 때마다, 가슴 부근이 크게 흔들렸다. 이튼은 예기치 못한 순간에 뜨거워져 버린 열기를 억누르기 위해 안간힘을 쓰는 중이었다.

"대체 뭐지? 네가 하고 싶다는 말, 그 말이 뭔지 말해."

그가 거칠게 그녀에게서 떨어졌다. 그녀를 내리누르던 몸을 일으켜 세우곤, 한 발짝 그녀에게서 더 떨어졌다. 그러자 헤리엇은 그가 풀어헤쳐 놓은 드레스의 앞자락을 끌어 올리며, 재빨리 자리에서 일어나 앉았다.

"처음부터 백작님을 유혹할 생각 같은 건 없었습니다. 만약 그럴 생각이었다면, 이렇게 노골적으로 백작님을 찾아다니진 않았을 것이고요. 좀 더, 은밀하고 조심스럽게 행동했을 겁니다. 여자가 남자를 유혹할 수 있는 모든 방법을 동원해서요."

헤리엇의 말에 이튼은 미간을 찌푸렸다. 남자에게 순결을 빼앗길지도 모를 상황이었다. 하지만 헤리엇은 조금 전까지 그런 상황에 놓였던 여자라고 생각하기엔, 너무도 침착했다. 마치 처음부터 그가 그녀를 가질 생각 따윈 없었다는 사실을 알고 있었다는 듯이.

"그래서 지금 오해라는 건가?"

"네. 절대 백작님을 침대로 유혹할 생각 같은 건 없습니다."

단호하게 말하는 헤리엇을 보며, 이튼은 조금 자존심이 상했다. 그의 생각처럼 헤리엇이 그렇고 그런 하녀가 아니란 사실을 알게 돼, 마음이 놓이긴 했지만 다른 의미에서 실망감이 밀려들었다. 그리고 또 한편으로는 눈앞에 여자가 무척이나 흥미롭기도 했다.

"그럼 난 이 상황에서 자존심이 상해야 하는 건가? 여자에게 아무런 매력도 없는 사내란 뜻이니까."

"매력이란 각자의 취향에 의해 만들어지는 시각적 착각이라고 생각합니다."

"시각적 착각이라. 참 재미있는 말을 하는군. 하지만 정확히 알겠군. 그러니, 한마디로, 난 네 취향의 사내가 아니란 뜻이군."

"백작님 역시 제가 백작님께 매력적인 여자가 아니듯, 저 역시 마찬가지란 사실을 알려 드리고자 한 것뿐입니다. 하지만 다 오해는 아닌 것 같습니다. 지금 생각해 보니, 호기심이 생긴 건 맞으니까요."

"나에게 호기심이 생겼다는 것이냐?"

"데본에서도 이곳은 아주 작은 시골 마을입니다. 4년 전 백작님께서 이곳에 온 일이 가장 큰 사건일 정도로요. 또한, 백작님을 둘러싼 소문 역시 그렇습니다. 평온하지만 권태로울 정도로 고요한 일상에 커다란 파문처럼 다가온 대사건이었다면 이해하시겠습니까?"

"그래서 지루하고 권태롭던 너에게 내가 호기심의 대상이 되었다는 것인가?"

"백작님께선 화가 나시겠지만 사실입니다. 이 마을 대부분이 백작님께 호기심을 갖고 있다는 데 제 전 재산을 걸 수도 있습니다."

"전 재산이라. 하녀 주제에 벌어놓은 돈이 있나 보지?"

이튼의 입가가 차갑게 비틀렸다. 돈까지 걸며 확신하는 헤리엇을 보자, 자꾸만 신경이 거슬렸다.

"조금 전에도 말씀드렸듯이, 여기선 돈 쓸 곳도 없거든요."

헤리엇의 말에 이튼이 어이없다는 표정을 했다.

"도박을 하는 건, 주인에게 배운 모양이군. 지난번 헌팅턴 백작이 카드 도박에서 땅을 잃었다는 소문을 들었지. 너 역시 모든 것을 빼앗기지 않으려거든 함부로 내기 따윈 하지 않는 게 좋아. 특히 내기 상대가 여자라면, 남자란 종족은 그 여자가 가진 돈만을 원하진 않을 테니까."

이튼의 시선이 헤리엇의 입술을 지나 조금 전 그가 풀어헤쳐 놓은 가슴에 머물렀다. 그 순간 헤리엇은 이튼의 말속에 담긴 뜻을 바로 이해했다. 순식간에 얼굴이 붉어졌다. 숨김없이 드러낸 사내의 욕망에 얼굴이 화끈거렸다.

"절 걱정해 주시는 건가요, 백작님?"

"여전히 건방져. 거슬릴 정도로. 그리고 이건 걱정이 아니라, 충고라는 거야."

"죄송합니다, 백작님."

"주인에게 고갤 숙일 땐, 눈빛을 숨겨야 하는 법이지. 네 감정이 고스란히 네 눈동자에 담겨 있으니까."

이튼은 헤리엇을 보며, 마땅찮은 얼굴을 했다. 하지만 다음 순간, 그의 얼굴이 그대로 얼어붙었다. 예고도 없이 헤리엇이 그를 향해 환한 미소를 지었던 것이다. 이튼이 당황한 틈을 타, 헤리엇이 자리에서 일어섰다.

"다음부턴 꼭 그렇게 하겠습니다. 그럼, 전 돌아가 봐야 할 것 같습니다. 아직 백작님께서 명하신 목록을 다 끝마치지 못했거든요."

그가 붙잡을 틈도 주지 않고, 옆에 놓인 나무통을 들고 저택 쪽으로 걸음을 옮기기 시작했다. 이튼은 도망치듯 그에게서 벗어나는 헤리엇의 등을 날카롭게 쏘아보았다. 그러다 머릿속에 떠오른 의문을 참지 못하고 헤리엇을 향해 소리쳤다.

"멈춰!"

그의 명령대로 헤리엇이 걸음을 멈췄다. 이튼 역시 자리에서 일어섰지만, 헤리엇에게 다가가진 않았다. 외투 속에 손을 밀어 넣은 이튼은 낮게 울리는 묵직한 목소리로 말했다.

"내가 두렵지 않나? 분명 두려웠을 텐데, 넌 나에게 저항하지 않았어."

이유를 듣고 싶은 모양이었다. 그녀가 저항하지 않은 진짜 이유를.

"백작님은 오늘, 술을 마시지 않았으니까요."

알코올 냄새가 나지 않았다. 그리고 가장 큰 이유는 그의 눈동자 역시 검정색이란 것이었다. 그 밤처럼 핏빛 붉은색이 아니라. 순간 그의 입가에 미소가 떠올랐다.

헤리엇이 돌아서 걷기 시작했다. 그의 미소를 본 순간, 그의 답을 듣지 않아도 알 수 있었다. 헤리엇은 또 한 번, 이튼의 시험을 통과했다는 사실을. 그에게서 멀어지자, 긴장으로 굳어졌던 어깨에 힘이 빠져나갔다.

툭! 걸레가 든 나무통이 바닥으로 떨어졌다. 손에 힘이 빠져 나무통을 들 힘도 없었던 것이다. 이제야 온몸이 떨리기 시작했다. 백작 앞에선 태연한 척했지만, 온몸에 힘이 풀릴 정도로 긴장하고 있었다. 아니, 숨도 쉬지 못할 정도로 두려웠다. 자신의 몸을 내리누르는 남자의 무게와 그녀의 의지와 상관없이 거칠게 옷을 벗겨내는 남자의 손길에 피가 마르는 느낌이었다.

"하아!"

참았던 숨을 몰아쉬며 헤리엇은 눈을 감았다. 잠시 그렇게 마음을 진정시킨 후, 헤리엇은 감았던 눈을 천천히 떴다. 그리고 바닥에 떨어진 나무통을 집기 위해 허리 굽힌 순간, 뒤에서 말발굽 소리가 들려왔다. 생각 없이 고갤 돌리려는데, 강한 힘이 그녀의 허리를 휘감는 게 느껴졌다.

"흐악!"

날카로운 신음과 함께, 뿌리칠 새도 없이 그녀의 몸이 위로 들려졌다. 그리고 다음 순간 헤리엇은 이튼의 단단한 팔에 안겨, 말 위에 앉아 있었다.

"백작님! 대체 무슨…… 내려주십시오."

헤리엇이 진심으로 놀란 표정으로 그를 돌아보았다. 하지만 그녀의 시선이 그의 얼굴이 아닌 가슴에 가 멈췄다. 이렇게 그의 품에 안기고 보니, 그가 얼마나 크고 강인한지 실감할 수 있었다. 순간 헤리엇은 걱정이 되기 시작했다. 그녀가 가진 지성으로 그를 조종할 수 있을 것으로 생각했지만, 그는 그녀가 생각하는 것만큼 만만치 않은 상대였다. 매 순간, 그녀의 예상을 깨고 예측할 수 없는 행동을 해왔으니까. 또한, 게으르고 자신의 생각이라곤 눈곱만큼도 없는 데본의 귀족과는 차원이 달랐다.

"떨어지고 싶지 않거든, 꽉 붙들도록 해."

붙들라고 했지만, 헤리엇은 어딜 어떻게 잡아야 하는지 알 수가 없었다. 처음 말을 타보는 데다가, 이튼의 종마는 너무 컸다. 헤리엇이 어떻게 해야 할지 몰라 머뭇거리는 사이, 이튼의 팔이 그녀의 허리를 단단히 휘감아왔다.

"겁 없이 굴더니, 말은 두려운 모양이군."

그의 입가에 살짝 미소가 어린 것도 같았다. 마치 그녀가 어쩔 줄 몰라 당황해하는 이 상황이 즐겁다는 듯. 어쩌면 헤리엇의 약점을 발견해서 즐거운지도 몰랐다.

"이럇!"

그녀가 반박할 틈도 주지 않고, 이튼이 말에 배를 발로 찼다.

"하흡!"

순식간에 몸이 뒤로 쏠리며, 헤리엇의 등에 장벽같이 단단한 그의 가슴이 닿았다. 헤리엇은 최대한 허릴 세워 균형을 잡으려 했지만 소용없었다. 바람을 가르며 무서운 속도로 달리는 생경한 느낌에 헤리엇은 입술을 꽉 깨물 뿐이었다.

결국, 두려움에 진 헤리엇은 본능적으로 그녀의 허릴 단단히 휘감은 이튼의 팔을 꽉 붙들었다. 그러자 그녀의 허릴 휘감은 이튼의 손에 힘이 들어갔다. 여전히 눈을 뜰 수 없을 만큼 두려웠지만 불안진 않았다. 그의 품에 단단히 안겨 있자, 떨어질지도 모른다는 불안감은 사라진 것이다.

휴! 그의 품에 안겨 말을 달리는 동안 헤리엇은 당분간 그의 시선에서 벗어나야겠다고 생각했다. 계속해서 그를 자극했다간, 무슨 일이 일어날지 그녀 역시 장담할 수 없을 것 같았다. 더욱 위험한 상황에 처하게 될지도 몰랐다.

휘릭! 말의 빠른 속력에 머리에 쓰고 있던 헤리엇의 보닛이 벗겨져 바람에 날아가려 했다. 헤리엇은 서둘러 보닛의 끈을 붙잡았지만, 이미 윤기 나는 갈색의 아름다운 머리카락은 흘러내린 후였다. 달콤한 향기를 품은 머리카락이 뒤에 앉아 있는 이튼의 얼굴을 간질였다. 그리곤 그의 몸을 어루만지듯 가시덤불처럼 휘감았다.

제3장 소네트

원형의 계단을 오르며, 헤리엇은 거친 숨을 내쉬었다. 언제나처럼 숲을 지나, 젠과 함께 콘웰 저택에 도착했다. 가져온 식료품을 지난번처럼 부엌 옆 저장 창고에 정리해 놓은 후, 화덕에 빵을 굽기 시작했다. 오전 내내 분주하게 시간을 보내는 동안, 백작은 코빼기도 보이지 않았다. 저택에 있는 것이 분명했지만, 서재에 틀어박힌 채 꼼짝도 하지 않고 있었다. 헤리엇에겐 오히려 다행스러운 일이었다.

"휴!"

계단참에 잠시 멈춰 선 헤리엇은 이마에 흘러내리는 땀을 닦아 냈다. 그리곤 탑 꼭대기를 향해 연결된 원형의 계단을 다시 오르기 시작했다. 계단을 오르는 동안 헤리엇은 연신 감탄사를 뱉어냈다. 솜씨 좋은 석공에 의해 정교하게 조각된 대리석 계단은 밟는 것 자체가 미안할 정도로 아름다웠다.

계단을 끝까지 올라간 헤리엇은 순간, 걸음을 멈추고 자신의 눈을 의심했다. 온통 검은색이었다. 회백색의 화려한 대리석과는 대조된 검은색의 문. 헤리엇은 그 웅장하고 아름다운 문에 홀린 듯 바라보았다.

"이건, 신화 속 한 장면인 건가?"

단단하고 견고한 검은색의 나무문에 섬세하게 조각된 세 명의 신. 화가 난 아름다운 여신은 아프로디테인 듯했다. 그리고 아프로디테는 사랑에 빠져 서로를 애틋하게 바라보고 있는 두 연인을 쏘아보고 있었다.

"이건 군신 아레스군."

그럼 이 장면은 전쟁의 신 아레스가 사랑에 빠져 버린 새벽의 여신 아우로라가 분명했다. 연인이었던 아레스가 아우로라에게 첫눈에 반해 사랑에 빠져 버리자, 그 질투로 아프로디테는 아우로라에게 끔찍한 저주를 퍼부었다고 했었다.

그 저주가 뭐였지? 헤리엇은 눈살을 찌푸리며, 그 저주의 내용을 기억해 내려 했다.

"참 이상한 취미군. 이런 곳에 대체 누가 신화의 한 장면을 조각해 놓다니."

이상했다. 헤리엇은 아름다운 문에서 눈을 뗄 수가 없었다. 사로잡힌다는 말이 무엇인지 알 수 있을 만큼, 헤리엇은 나무문에 조각된 그림을 홀린 듯 바라보았다. 심장이 미친 듯이 뛰고, 또 욱신거렸다. 손끝이 파르르 떨려 조각된 그림을 만질 수도 없을 정도로.

한참을 그렇게 문을 바라보며 서 있던 헤리엇은 조심스럽게 문을 밀었다. 조각품에 정신이 팔려 그녀가 해야 할 일을 잊고 있었던 것이다.

끼릭, 끼익!

육중한 문이 열렸다. 탑의 꼭대기 있는 방은 어두웠다. 하지만 짙은 사향 냄새가 났다. 이 방에선 백작에게 나던 체향과 함께 나무 향으로 가득했다. 안으로 들어간 헤리엇은 창문 쪽으로 걸어가 커튼을 열어젖혔다. 그러자 한꺼번에 햇살에 방 안으로 밀려들었다. 천천히 원형으로 되어 있는 방을 돌며, 차례차례 창문에 쳐진 커튼을 걷었다. 그러자 온통 책장으로 이루어진 방 안의 전경이 모습을 드러내기 시작했다.

　"이건……."

　개인 소유의 도서관. 원형 탑의 꼭대기 방은 콘웰 공작가 소유한 도서관인 모양이었다. 서고를 가득 채운 방대한 양의 책을 본 헤리엇은 이 저택이 지어진 후부터 저택의 주인들이 수집한 책을 이곳에 보관해 놓은 모양이라고 추측했다.

　"수도원보다 더 많을지도 모르겠군."

　헤리엇은 질서 정연하게 놓인 책장 사이를 천천히 따라 걷기 시작했다. 손끝으로 오래된 책들을 하나하나 만지며 지나치다, 익숙한 책 하나를 발견하곤 걸음을 멈췄다.

　소네트. 셰익스피어의 유일한 시집, 소네트였다.

　반가운 마음에 책을 꺼내 든 헤리엇이 조심스럽게 책장을 펼쳤다. 그리고 그녀가 가장 좋아하는 소네트 18번을 펼쳤다. 하지만 한 구절을 채 읽기도 전에 창문 틈새로 들어온 바람이 책장을 넘겨 버렸다. 그녀를 방해하듯.

　고갤 든 헤리엇이 서둘러 책을 탁자 위에 올려놓고는 창문이 열린 곳으로 걸어갔다. 그리곤 열린 창문을 활짝 열었다. 기분 좋은 바람이 방 안으로 밀려들어 왔다. 아마 수천, 아니, 수만 권의 책이 이렇게 잘 보관될 수 있었던 이유가 바로 자연통풍을 위해 만든 지붕과 창 때문인 듯했다.

"아, 청소. 또 넋을 빼고 있었네."

헤리엇은 서둘러 바닥에 놓여 있는 걸레를 집어 들고는 청소를 시작했다. 해가 지기 전에 집으로 돌아가기 위해선 서둘러야 할 것 같았다.

열린 창문을 통해 들어온 바람이 묵직한 커튼을 자꾸만 흔들었다. 따사로운 햇살이 비쳐 들어온 원형 탑의 도서관은 너무도 평온했다. 기분 좋은 상쾌함이 밀려 들어와 청소하느라 부지런히 움직이는 헤리엇의 어깨를 자꾸만 두드렸다.

최근 긴장으로 바짝 곤두섰던 신경이 서서히 가라앉는 느낌이었다. 몸을 움직이는 노동은 힘이 들긴 했지만, 머릿속에 떠오른 상념을 밀어내는 데 효과가 컸다.

얼마의 시간이 흐른 후, 청소를 다 끝낸 헤리엇은 조금 전 탁자 위에 올려놓았던 셰익스피어의 소네트를 들고 벽 한쪽에 놓여 있는 소파로 걸어갔다. 아마 이곳에서 책을 읽게 될 경우, 편안하게 읽을 수 있게 가져다 놓은 모양이었다. 소파에 앉자 헤리엇의 입가에 만족스러운 미소가 떠올랐다. 너무도 푹신해, 지친 몸을 쉬게 하는 덴, 안성맞춤인 듯했다. 소파 깊숙이 몸을 묻은 헤리엇은 최대한 편하게 자세를 잡았다.

평온하고 한적하게 흐르는 시간. 헤리엇은 들고 있던 책을 펼쳤다. 그리고 천천히 시집을 읽기 시작했다. 순식간에 헤리엇은 책 속으로 빠져들었다.

❖

이튼은 잠든 헤리엇을 마땅찮은 시선으로 내려다보았다. 이 시간이면 당연히 청소를 끝내고 다른 곳에 있을 거라 생각했다. 하지만 이튼의 예상과는 달리 여자는 소파에 몸을 묻곤 곤히 잠들어 있었다.

'훗, 여기가 어딘 줄 알고 겁도 없이 잠이 들다니.'

이튼은 오후의 따사로운 햇살 아래 잠들어 있는 헤리엇을 보며, 미간을 찌푸렸다. 살짝 입술을 벌린 채 잠이 든 그녀의 입술은 맛보고 싶을 만큼 유혹적이었다. 그 입술의 감촉을 알고 있기에 어쩌면 더 그런지도 몰랐다. 휴! 눈을 가늘게 뜨고 헤리엇의 입술을 쏘아보던 이튼은 가까스로 그녀의 입술에서 시선을 돌렸다. 그러자 보닛의 끈 사이로 보이는 붉은 흔적을 발견하곤 숨을 삼켰다.

분명 목덜미에 찍힌 붉은 흔적은 그가 며칠 전 호수에서 그녀의 목에 남긴 자국이었다. 새하얗고 여린 피부에 찍힌 붉은 흔적은 그를 유혹하듯 묘하게 관능적이었다.

하지만 한편으로 너무도 연약해 보였다. 두려움을 삼키며, 그를 쏘아보던 당돌한 모습은 찾아볼 수도 없을 만큼 헤리엇은 무방비 상태로 잠들어 있었다.

'잠든 모습은 연약하기 짝이 없는데, 눈만 뜨면 눈을 치켜뜨니 문제야. 설마 나에게 했듯이, 헌팅턴 백작가에서도 그렇게 행동하는 건 아니겠지? 만약 그렇게 성질을 있는 대로 부렸다간, 주인이 가만있지 않을 텐데 말이야.'

사실 그가 걱정할 일은 아니었다. 하지만 헤리엇이 헌팅턴 백작에게 야단을 맞는 것을 생각하자 괜스레 기분이 좋지 않았다. 사실 건방지게 구는 하녀를 따끔하게 혼을 내는 것은 아주 흔한 일이었다. 아니, 잘잘못을 떠나 주인의 기분 상태에 따라 매질을 당하는 하녀들 역시 부지기수였다.

그런데 그런 하찮은 일을 떠올리는 것만으로 신경이 날카로워지다니. 정말 어이없게도 눈앞의 하녀 아이에게 주인으로서 소유욕을 느끼는 모양이었다.

이튼은 바지 주머니 속에 밀어 넣었던 손을 꺼냈다. 그리곤 잠을 자느라 벗겨진 보닛을 조심스럽게 잡아당겨 바닥에 떨어뜨렸다. 은은한 라벤더 향과 함께 햇살을 받아 윤기 나는 갈색 머리카락이 그녀의 어깨 아래로 흘러내렸다. 원형 탑의 도서관에 들어섰을 때부터 나던, 달콤한 향기가 바로 헤리엇에게서 나는 체향인 듯했다. 손을 뻗어 머리카락을 만지는데도 헤리엇은 깨어나지 않았다.

머리카락을 어루만지던 이튼의 손이 창백할 정도로 새하얀 이마를 쓸어내렸다. 그러자 간지러운 듯 헤리엇의 미간이 살짝 찌푸려졌지만, 여전히 눈을 뜨지 않았다. 이번엔 이튼의 손길이 조금은 대담해졌다. 곧 콧날을 스치고 지나간 손길이 어느새 그녀의 입술에 닿았다.

말캉하고 부드러운 감촉에 손끝이 묘하게 떨렸다. 이튼의 시선 역시 장밋빛의 투명한 입술에 고정된 채 움직일 기미를 보이지 않았다. 입술이 바짝 타들어갔다. 순식간에 밀려드는 강한 갈증에 이튼은 화들짝 놀라 헤리엇의 입술에서 손을 거둬들였다. 하지만 그의 시선은 그녀의 입술을 지나, 헤리엇의 여린 목덜미에서 떠날 줄 몰랐다. 맹수의 허기진 그것처럼, 이튼은 그가 느끼는 감정을 여과 없이 드러냈다.

바지 주머니에 다시 손을 밀어 넣고는 한 발짝 뒤로 물러섰다. 지금 그녀에게서 떨어지지 않는다면, 또다시 달콤하고 여린 입술을 범해 버릴 것 같았다.

이 여잘 만날 때마다, 이 입술을 탐했었다. 처음엔 알코올의 열기로, 그리고 두 번째는 그녀를 시험하기 위해. 하지만 지금은 알코올에 취해 있지도 않았고, 그녀를 시험할 필요도 없었다.

그런데도 이튼은 그녀의 입술에서 눈을 뗄 수가 없었다. 아니, 이성적인 사고가 가능한 지금, 이튼은 잠들어 있는 하녀의 입술이 갖고 싶었다. 아니, 입술뿐만이 아닌 모양이었다. 몸의 한 부근이 뻐근해지며, 피가 몰리기 시작하는 걸로 보아 욕망을 느끼고 있다.

정말 미친 게 틀림없었다. 그에게 수없이 구애해 오던, 런던의 아름다운 숙녀들에게 눈길 한 번 주지 않던 그였다. 그런데 그가 고용한 하녀를 보며, 몸이 단 수컷처럼 발정을 하다니. 아니, 하녀 하나쯤 갖는 건 문제도 아니었다. 문제는 그가 망설이고 있다는 사실이었다. 귀족가의 숙녀에게나 느낄 법한 망설임을 하찮은 하녀 아이에게 느끼다니.

"으음!"

자세가 불편한 듯 헤리엇이 뒤척였다. 그러자 그녀의 무릎에 놓여 있던 책이 바닥으로 떨어지려 했다. 순간 이튼은 허릴 숙여 책이 바닥에 떨어지기 직전, 붙잡았다. 그러다 그의 기척에 잠에서 깨어난 헤리엇과 눈이 마주쳤다.

"백작님……."

검은색 눈동자에 당혹감이 서려 있었다. 그리곤 책을 들고 서 있는 이튼을 보자, 상황을 이해한 듯 서둘러 소파에서 일어나 앉았다.

"죄송합니다. 청소는 다 끝냈고, 잠깐 쉬려 했던 것뿐인데……."

당황한 헤리엇과는 달리 이튼은 헤리엇에겐 시선조차 주지 않고, 손에 든 책을 천천히 살피기 시작했다.

"소네트군."

"아, 그게……."

머뭇거리는 헤리엇을 무시한 채 이튼은 셰익스피어 소네트 중 그가 가장 좋아하는 28번을 천천히 읽기 시작했다.

"운명과 세인의 눈이 날 천시할 때, 나는 혼자 버림받은 신세를 슬퍼하고, 소용없는 울음으로 귀머거리 하늘을 괴롭히고, 내 몸을 돌아보고 내 형편을 저주하나니."

거기까지 읽어 내린 이튼의 입가가 차갑게 비틀렸다. 그가 가장 좋아하는 구절이었지만, 읽을 때마다 그의 심장을 찌르는 비수 같은 구절이기도 했다. 또다시 밀려드는 서늘함을 몰아내기 위해 이튼이 책을 덮으려는 찰나, 헤리엇이 차분한 목소리로 그다음 구절을 암송하기 시작했다.

"내가 가진 것에는 만족을 느끼지 못할 때, 그러나 이런 생각으로 나를 경멸하다가도 문득 그대를 생각하면, 나는……. 아, 죄송합니다. 그냥 생각 없이……."

순간 헤리엇은 혀를 깨물고 싶었다. 그녀 역시 평소 너무도 좋아하던 구절이었기 때문에 아무 생각 없이 소네트의 다음 구절을 암송해 버린 것이다. 놀란 듯 보이던 이튼의 눈빛이 이번엔 흥미로운 듯 반짝이는 것이 보였다. 그리곤 천천히 책을 내려놓은 다음, 마지막 구절을 암송하기 시작했다.

"첫 새벽 적막한 대지로부터 날아올라 천국의 문전에서 노래 부르는 종달새. 그대의 사랑을 생각하면 곧 부귀에 넘쳐 내 운명, 제왕과도 바꾸지 아니하노라."

잠시 두 사람 사이에 침묵이 흘렀다. 그리고 이튼의 시선이 헤리엇을 천천히 살피고 있었다. 그 시선에 헤리엇의 입술이 바짝 타들어가기 시작했다. 헤리엇은 그 침묵에서 가능한 한 빨리 벗어나고 싶었지만, 형태 없는 족쇄처럼 그녀를 붙들어 도망칠 수 없었다.

"글을 읽을 줄 아는군. 아니, 소네트를 암송할 정도라니 글을 읽을 줄만 아는 게 아니라, 좋아하는 모양이군."

"아, 그게……. 죄송합니다. 하찮은 하녀 주제에……."

"꾸짖으려는 것은 아니니 그렇게 경계할 것 없어. 그저 궁금할 뿐이니까."

이튼은 헤리엇이 글을 읽을 줄 안다는 사실을 숨기려 하는 이유를 짐작할 수 있었다. 하찮은 하녀 주제에 글을 배웠다는 것. 사실 런던의 중간 계급에 속하는 신흥 귀족 중 딸에게 글을 가르치는 경우가 종종 있었다. 하지만 하찮은 하녀 아이가 글이라니.

"제가 모시는 분께서 알려주셨습니다."

"그럼 조금 전 암송한 소네트 역시 네가 모시는 분이 자주 읽었던 모양이군."

"네, 자주 듣다 보니 저도 모르게 그만."

헤리엇은 최대한 침착한 모습으로 변명을 늘어놓았다. 그리고 그 변명을 이튼 역시 믿는 눈치였다. 정말 다행이었다.

"그렇다고 하더라도, 신기하군. 혹시 읽고 싶은 책이 있다면 와서 읽어도 좋아."

"아닙니다. 전 조금 전처럼, 책만 읽으면 자는걸요. 만약 읽고 싶은 책이 있다면 제가 모시는 분께 부탁하면 됩니다."

"그래? 그렇다면 어쩔 수 없지. 그런데 네가 모신다는 분이 혹시 헌팅턴 백작부인은 아닐 테지?"

"네, 제가 모시는 분은 백작가의 영애이십니다."

"그래? 헌팅턴 백작에게도 딸이 있는 모양이군."

이튼의 눈동자가 호기심으로 빛났다. 헌팅턴 백작의 딸이라. 책을 즐겨 읽는다는 백작의 딸이 궁금했다. 하녀 아이에게 글을 가르치고, 소네트를 읽어주는 것으로 보아, 눈앞의 이 아이처럼 독특한 숙녀일 것 같았다.

"네."

"궁금하군. 어떤 주인인지."

순간 헤리엇의 표정이 살짝 굳어졌다. 하지만 이내 고갤 숙여 표정을 숨긴 탓인지, 이튼은 그녀가 당혹스러워하고 있다는 사실을 눈치채지 못했다.

"그만 나가보도록 해. 아니, 오늘은 이만 돌아가도 좋아."

이튼이 책을 들고 책장 사이로 들어갔다. 그리곤 헤리엇이 책을 꺼낸 곳에서 정확히 멈추더니, 비어 있는 공간에 책을 밀어 넣었다. 설마, 이렇게 많은 책의 위치를 다 알고 있는 건 아닐 거야. 하지만 익숙한 듯 책장 사이를 오가며 책을 꺼내는 이튼을 보자, 그 설마가 사실일지도 모른다는 생각이 들었다. 그때 헤리엇의 시선을 느낀 듯 이튼이 고갤 들었고, 당황한 헤리엇이 서둘러 고갤 돌렸다.

"할 말이라도 남았나?"

가지런히 꽂힌 책 사이로 귀찮다는 듯 그녀를 보는 이튼의 시선이 느껴졌다. 그 순간 헤리엇은 자신도 모르게 마른침을 삼켰다. 묘했다. 서늘한 검은 눈동자가 그녀를 바라보자, 가슴 부근이 간질거렸다.

"아닙니다. 그럼 사흘 후에 뵙겠습니다."

당황한 헤리엇이 이튼에게 인사를 한 다음, 서둘러 방을 빠져나갔다. 잠시 후 문이 닫히자, 이튼은 들고 있던 책에서 시선을 돌렸다. 창문을 통해 들어온 바람이 커튼을 흔들었다. 아직 달콤한 라벤더 향이 나는 것 같았다. 책장을 넘기던 이튼의 입가에 미소가 어렸다. 그리고 책을 들고 조금 전 헤리엇이 앉아 잠이 들었던 소파로 걸어갔다. 그러다 바닥에 떨어져 있는 보닛을 발견하곤 천천히 집어 들었다.

"미련을 남기고 간 건가?"

아니, 미련이 남는 건 그녀가 아니라 그인 모양이었다. 이튼은 들고 있던 책을 소파에 내려놓은 후, 서고를 나왔다. 그리곤 원형의 계단을 내려가기 시작했다.

얼마 후, 이튼은 얼마 가지 않아 헤리엇을 붙잡을 수 있었다. 이튼이 걸음을 멈추고, 보닛을 건네려는 순간 헤리엇이 당혹스러운 얼굴로 그를 돌아보았다.

"여긴 어떻게……?"

놀란 듯 뒷걸음치던 헤리엇이 휘청! 균형을 잃고 흔들렸다. 이튼은 손을 뻗어 그의 품 안으로 끌어당겼다. 그리고 다음 순간, 이튼은 그녀가 당황한 이유를 알 수 있었다. 그녀의 등 뒤로 욕망으로 뜨겁게 달아오른 남녀가 한데 얽혀 있었다.

"쉿!"

고갤 숙인 이튼이 헤리엇의 귓가에 낮게 속삭였다. 뜨거운 숨결이 그녀의 귓불을 스치자 헤리엇의 몸이 떨리는 것이 느껴졌다. 달콤한 향이었다. 남자의 욕망을 자극하는 투명하고 달콤한. 그리고 또 한편으로 쉽게 떨쳐 낼 수 없는 향이기도 했다. 그의 입술이 그녀의 귓불을 스쳤다. 거친 열기를 품은 입술이 뜨겁게 팔딱이는 귓불을 스친 후, 의도적으로 그녀의 목덜미에 닿았다.

"들키고 싶지 않으면, 조용히 해."

헤리엇의 얼굴이 새빨갛게 달아올랐다. 나무에 기댄 채 한 몸처럼 얽혀 있는 연인들이 짙은 열기를 참지 못하고 입술을 겹치고 있었다. 젖은 입술이 맞닿았다 떨어질 때마다 젠의 입술에선 기분 좋은 신음이 흘러나왔다. 잠시 후 키스를 퍼붓던 알렉스가 더는 참지 못하겠다는 듯 젠의 드레스의 가슴 섶을 끌어 내리고 풍만하게 부풀어 오른 가슴을 빨기 시작했다. 그러자 젠의 입술에선 더욱 짙은 달뜬 신음이 새어 나왔다.

자릴 피해야 했다. 이렇게 서 있다간, 보지 말아야 할 것까지 봐 버릴 것 같았다. 당황한 헤리엇은 그 자릴 피하려 했다. 하지만 처음 보는 남녀의 정사 장면에 놀라 마음처럼 발이 움직이지 않았다.

아, 정말 난처했다. 이런 모습을 젠과 알렉스가 보기라도 한다면, 낭패였다. 서로 얼굴을 마주 보기 민망할 정도로. 헤리엇은 두 손으로 입을 꼭 누른 채 서둘러 자릴 뜨기 위해 돌아섰다. 하지만 바로 뒤에 서 있던 이튼을 본 순간 그 자리에 얼어붙고 말았다. 그나마 다행스러운 것은 두 손으로 입을 꾹 누른 상태였기 때문에 놀라 지른 신음이 목구멍 속으로 삼켜졌다는 사실이었다. 저항할 새도 없이 그의 팔이 그녀의 허릴 단단히 휘감아왔다. 그리곤 얼음처럼 서 있는 헤리엇을 힘껏 끌어당기더니, 그의 품이 가둬 버렸다.

"쉿!"

귓가에 이튼의 뜨거운 숨결과 함께 낮은 목소리가 들려왔다.

"들키고 싶지 않으면, 조용히 해."

이튼 역시 헤리엇의 어깨너머로 젠과 알렉스를 본 모양이었다. 순식간에 헤리엇의 뺨이 붉어졌다. 그가 그녀가 보았던 장면을 똑같이 봤다고 생각하자, 수치심에 얼굴이 화끈거렸다.

"난 그러니까, 일부러 보려던 게 아니라……."

"알고 있어. 이제 여길 벗어날 거야. 들키고 싶지 않거든, 조용히 날 따라와."

이튼의 말에 안심한 헤리엇이 서둘러 고갤 끄덕였다. 그의 품에서 벗어난 순간, 헤리엇은 안도했다. 하지만 그것도 잠시, 그의 손이 그녀의 손목을 단단히 붙잡았다.

헤리엇은 그녀의 손을 붙잡은 커다란 손을 바라보았다. 그의 손은 아름다웠다. 남자의 손이라고하기엔 무척이나 길고 섬세했지만, 여자들의 여린 느낌과는 달랐다. 그녀의 손을 단단히 그러쥔 그의 손에선, 강한 힘이 느껴졌다. 그리고 묘하게 섹시했다. 달콤하고 야릇한 상상을 불러일으킬 만큼 관능적이었다.

그가, 멈춰 섰다. 헤리엇 역시 걸음을 멈추곤 주위를 두리번거렸다. 익숙한 나무와 잡목을 보자, 호수 근처인 모양이었다. 안도의 숨을 내쉬며 헤리엇이 고갤 들다, 자신을 바라보고 있던 이튼과 눈이 마주쳤다.

두근! 아, 이런. 몹시도 난처했다. 너무도 가까운 두 사람의 거리가 그랬고, 또 그녀에게서 한순간도 떨어지지 않는 그의 시선 또한 그녀를 당혹스럽게 했다. 침묵과 함께 그녀의 일거수일투족을 주시하는 그의 시선이 부담스러워 시선을 피고 싶을 정도로.

"사랑하는 남녀 사이엔 당연한 일이야. 그러니 그렇게 놀랄 것 없어."

"저도 그 정돈 알고 있어요."

당황해 얼굴을 붉히는 그녀와는 달리 그의 눈동자가 즐거운 듯 반짝였다. 그 어떤 일에도 초연할 것 같던 대범한 그녀가, 조금 전

남녀의 키스 장면을 보고 당황해하다니. 이튼은 예상과는 달리 순진한 반응의 헤리엇을 보자 놀리고 싶어졌다.

"그래? 갑자기 궁금해지는군. 네가 뭘, 어디까지 알고 있는지 말이야."

"어디까지라니. 백작님께 놀림당할 만큼 무지하지는 않습니다."

헤리엇이 새침하게 눈을 흘기곤 그에게서 떨어지려 했다. 하지만 소용없었다. 그녀가 뒤로 물러선 만큼 그가 다가왔던 것이다. 또다시 가까워진 거리만큼, 헤리엇의 몸이 긴장으로 굳어졌다. 그가 내뿜는 묘한 열기에 자꾸만 심장이 간질거렸다.

"확인해 보고 싶어지는군."

낮게 울리는 목소리가 귓불을 스쳤다. 차가운 공기 때문인지, 그의 숨결이 유난히 뜨겁게 느껴졌다. 헤리엇은 자꾸만 달라붙는 그의 시선에 입술을 깨물었다. 그러자 이번엔 그의 시선이 그녀의 입술에 머물러 있었다. 도망치고 싶었다. 그의 시선에서 그리고 위험스러워 보이는 그에게서.

"전 이만 가봐야, 할 것 같아요. 그러니까, 젠이…… 훗!"

순간, 그가 손을 뻗어왔다. 그의 손끝이 그녀의 뺨을 스치듯 지나가더니, 흘러내린 그녀의 머리카락을 쓸어 넘겨주었다.

"제가 할게요."

헤리엇이 서둘러 그의 손을 밀어냈다. 그러자 이번엔 그의 손이 그녀의 갸름한 턱을 지나, 뜨겁게 팔딱이는 귓불을 스쳤다.

"흡!"

그의 손이 귓불에 닿는 순간, 헤리엇은 움찔 몸을 굳히며 서둘러 귓불을 가렸다. 그저 우연이라고 생각하고 싶었다. 하지만 그녀를 바라보는 그의 눈빛을 본 순간 그가 의도적으로 그녀의 귓불을 어루만졌음을 알 수 있었다. 그가 불러일으킨 묘한 긴장감에 헤리엇은 입안이 바짝 타들어갔다. 두 사람 사이에 감도는 팽팽하게 날선 감정에 심장이 꽉 조여들었다.

하지만 더 이상한 점은 그의 손길이 마치 기분 좋은 바람처럼 느껴진다는 사실이었다. 싫다고 거부해야 했지만, 꼼짝도 할 수 없었다. 자꾸만 밀려드는 묘한 감각에 헤리엇은 숨을 참으며 그의 손길을 견디며 서 있었다.

"떨고 있는 걸 보니, 내가 두려운 모양이군."

"두려운 게 아니라 긴장되는 것뿐이에요."

"맞아, 이게 바로 남녀 사이에 생기는 성적인 긴장감이라고 하는 거야."

그의 눈빛이 재미있다는 듯 빛났다. 그리고 다음 순간, 그의 손끝이 대담하게도 그녀의 입술을 건드렸다. 흠칫! 살을 에는 듯 아릿한 감각에 놀라 헤리엇이 고갤 들었다. 그러자 그 순간, 기다렸다는 듯 그가 고갤 숙여왔다.

말도 안 돼. 설마 지금 키스를……. 고갤 돌려야 했다. 그의 입술을 피해야 했다. 하지만 헤리엇은 고개를 돌리는 대신, 질끈 눈을 감아버렸다. 그 행동이 이튼에게 어떤 감정을 불러일으켰는지 짐작도 하지 못한 채 헤리엇은 몸을 굳힌 채 서 있었다.

부드러운 바람이 불어왔다. 달콤함을 품은 짙은 사향 냄새가 그녀의 코끝을 간질였다. 그 나른하고 기분 좋은 감각에 헤리엇은 주먹을 꼭 쥐었다.

하지만 그녀의 예상과는 달리 아무 일도 일어나지 않았다. 잠시 후 눈을 뜨자, 이 상황이 재미있다는 듯 웃고 있는 이튼을 볼 수 있었다. 순식간에 얼굴이 붉어졌다. 마치 그녀의 속마음을 모두 꿰뚫어 보는 듯 그의 입가에 차가운 냉소가 걸려 있었다.

"설마, 내가 너에게 키스할 거라 생각한 건 아닐 테지?"

얼굴이 화끈거렸다. 그녀의 생각이 가당치도 않다는 듯 거만한 표정으로 그녀를 비웃고 있는 그를 보자, 땅속으로라도 숨고 싶은 마음이었다.

"아니에요. 절대!"

"그래? 난, 또. 네가 내 키스를 바라는 줄 알았지. 눈까지 꼭 감고는……."

"아닙니다. 저는 다만…… 백작님께서 갑자기 다가오셔서 놀란 것뿐이에요."

아니라고 잡아떼 보았자, 이미 늦은 모양이었다. 그녀의 허술한 변명을 비웃듯 그의 입가가 차갑게 비틀려 있었다.

"그럼 백작님은 저에게 뭘 하시려고 한 거죠? 말씀해 보세요. 제 생각엔 분명……."

"여기! 이걸 떨어뜨리고 갔더군."

헤리엇이 발끈해 설명을 요구하자, 이튼이 주머니에서 뭔가를 꺼내 헤리엇에게 주었다.

"이건…… 제 보닛."

그제야 헤리엇은 자신이 보닛을 쓰고 있지 않다는 사실을 깨달았다. 그에게 받아 든 보닛을 재빨리 머리에 썼다. 잠이 들었을 때, 보닛의 끈이 풀어져 바닥에 떨어진 모양이었다.

"이제 내가 키스가 아니라, 보닛을 건네려고 했다는 사실을 믿겠군. 착각이었단 것도."

착각이란 말에 헤리엇의 얼굴이 붉어졌다. 정말 어이없게도 그가 키스할 것이라고 생각하다니. 밀려드는 당혹감에 헤리엇은 고개도 들지 못한 채 애꿎은 보닛의 끈만 묶어댔다.

"죄송합니다. 그리고 이 보닛, 가져다주셔서 감사합니다."

"그럼 사흘 후 다시 보도록 하지."

당황해 서 있는 헤리엇을 남겨둔 채 이튼은 걸어가 버렸다. 혼자 남겨진 헤리엇은 참고 있던 숨을 천천히 내쉬었다. 순식간에 바보가 된 느낌이었다.

헤리엇은 화끈거리는 뺨을 두 손으로 감쌌다. 하지만 민망함은 전혀 사라지지 않았다. 잠시 그렇게 서 있던 헤리엇은 집으로 돌아가기 위해 걸음을 옮기기 시작했다. 젠이 있는 곳으로 갈까도 생각했지만, 또다시 이튼과 마주치게 될까 봐 엄두가 나지 않았다. 무엇보다 너무도 혼란스러워 지금은 아무도 만나고 싶지 않았다.

떨어지는 빗방울을 툭툭 털어내며, 이튼은 제나의 오두막에 문을 열었다. 그러자 후끈한 열기와 함께 왁자지껄한 소음이 왈칵 밀려들었다. 이튼은 싸구려 술 냄새와 섞인 여자의 짙은 향수 냄새에 미간을 찌푸렸다. 순간 돌아갈까도 했지만, 이튼은 역겨운 냄새를 참고 안으로 들어갔다.

그의 등 뒤로 문이 닫혔다. 하지만 그가 몰고 온 차가운 냉기에 사람들의 시선은 여전히 그에게 향해 있었다. 그저 비가 몰고 온 차가운 습기였지만 미치광이 백작이란 평판을 가진 이튼이었기 때문에 그 냉기 역시 그의 일부처럼 느껴지는 모양이었다.

그와 시선이 마주치자, 어떤 귀족들은 두려운 듯 고갤 돌리는 사람도 있었다. 어색한 침묵을 뚫고 이튼은 평소 그의 지정석이나 다름없는 구석 자리로 걸음을 옮겼다. 그러자 호기심으로 그를 바라보던 사람들 역시 다시 와자지껄하게 술을 마시기 시작했다.

"어머, 밖에 비가 오나 보네요. 체드, 여기 깨끗한 수건 좀 가져와 주겠어?"

어느새 이튼에게 다가온 제나가 색코트에 묻은 빗방울을 보더니, 체드를 불렀다. 잠시 후 체드가 건네 수건을 받아 든 제나가 조심스럽게 그의 코트에 묻은 빗방울을 털어내기 시작했다. 하지만 빗방울을 닦아주는 동안에도 그녀의 눈빛은 그의 몸을 핥듯 보고 있었다.

이튼의 근육질의 몸을 훔쳐보는 제나의 눈동자엔 숨길 수 없는 욕망이 담겨 있었다. 4년이었다. 4년 동안 한 번도 백작을 눈여겨보지 않았었다. 그런데 제나는 이제야 백작이 얼마나 사내답고, 여자의 몸을 뜨겁게 달굴 줄 아는 사내인지 깨달은 것이다.

이런 보물을 이제야 알아보다니. 흥, 다 미치광이란 소문 때문이었다. 그리고 섣불리 다가설 수 없게 하는 강한 카리스마가 또 한몫한 것이겠지만. 제나의 손끝이 파르르 떨리며, 소녀처럼 얼굴을 붉혔다. 온몸에 피가 뜨겁게 날뛰었고, 당장에라도 이 위험스러운 남자의 품에 안겨 광기와도 같은 쾌락을 맛보고 싶었다.

"빗속을 뚫고 오시다니. 혹시 이 밤에 만나고 싶은 사람이라도 있으셨나요? 차가운 몸을 뜨겁게 달궈줄 부드럽고 촉촉한 살 냄새가……."

"귀찮군."

감정 없이 무감한 목소리가 제나를 사정없이 밀어냈다. 수염으로 가려진 이튼의 얼굴에선 목소리만큼이나 아무런 감정도 나타나 있지 않았다. 남녀 사이엔 증오보단 무관심이 더 잔인하더니, 백작의 시선이 딱 그랬다. 런던의 귀족들은 그녀를 멸시하고 천박하다욕하면서도 그녀의 뜨거운 속살을 비집고 들어와 욕망으로 몸을 떨 땐, 미친 듯이 그녀를 탐했었다. 세상 그 어떤 숙녀보다 아름답다는 찬사까지 지껄여 대곤 했다.

정말 여자에겐 관심이 없는 걸까? 제나는 이튼의 서늘한 옆얼굴을 보며, 진심으로 궁금해졌다. 또한 저 수염 속에 가려진 백작의 진짜 얼굴도. 이상하게도 제나는 백작이 굉장히 잘생겼을 것 같은 느낌이 들었다. 반듯한 이마와 곧고 진한 눈썹. 그리고 높고 곧은 콧날까지. 완벽하게 균형을 이룬 백작의 얼굴은 지금까지 봐왔던 그 어떤 얼굴보다 인상적이었다. 특히 검고 서늘한 눈빛이 여자들의 심장을 자꾸만 건드렸다. 겉모습은 신사였지만, 여자를 안을 땐 맹수처럼 뜨거울 것 같은 느낌이 들었다.

하지만 제나는 이미 그녀를 외면한 채 앉아 있는 이튼을 남겨두고 자리에서 일어서야 했다. 지금은 그녀가 옷을 벗고 그의 눈앞에서 춤을 춘다고 할지라도, 눈 하나 끔쩍하지 않을 게 분명했다. 제나가 아쉬운 듯 입맛을 다시며 손님들이 앉아 있는 테이블을 지나 걸어가자, 그중 한 남자가 제나의 가는 허리를 낚아채듯 끌어당겼다.

"오늘은 유독 암컷 냄새를 풍기는 걸 보니, 몸이 바짝 달아오른 모양이군. 어때, 제나? 오늘 내 밑에 깔려 천국을 맛보는 게?"

남자는 드레스 위로 탐스럽게 올라온 제나의 가슴을 꽉 움켜잡고는 거칠게 비벼댔다. 남자의 음란한 행위에 바짝 달아오른 제나의 입에선 낮은 신음이 새어 나왔다. 하지만 아무리 몸이 달았다고 해도, 오늘은 다른 사내에게 안기고 싶은 기분이 아니었다. 사실 창녀에게 기분 따위 중요하지 않았지만, 오늘은 그랬다.

"흥! 그 물건으론 어림도 없어요. 밤새 이쑤시개로 쑤셔봐야 시원하기는커녕, 화만 날 테니까요."

제나의 농담에 순식간에 남자들이 웃음을 터뜨렸다. 제나의 입담이야, 모르는 이가 없을 정도였기 때문에 불쾌해하는 사람은 없었다.

"쳇! 이쑤시개라니. 그보단 더 크다는 걸 잊은 모양이군."

남자가 제나의 허릴 놓으며 앞에 놓인 술잔을 들어 벌컥 들이켰다. 그러자 제나가 남자의 어깨에 손을 올려놓으며 그의 귀에 뭔가를 낮게 속삭였다. 그러자 불쾌해하던 남자의 눈빛이 열기로 번득이더니, 더는 기다릴 수 없다는 듯 2층 계단을 뛰듯 올라갔다. 그 모습에 제나의 입가가 살짝 비틀렸다. 사내들이란 다 똑같다니까.

그때였다. 오두막 한쪽에서 도박에 열중해 있던 헌팅턴 백작이 자리에서 일어섰다. 이미 술에 잔뜩 취한 백작은 몸을 가눌 수 없을 정도로 휘청거렸다. 아마 오늘 가져온 돈을 모두 잃고 집으로 돌아가려는 모양이었다.

"저러다 영지는 물론 저택까지 넘어가지 않을까 걱정이군. 그렇게 된다면, 아가씨만 불쌍해지실 텐데 말이야. 정말 어쩌려는 건지, 쯧쯧쯧!"

윈슬러가 저택으로 돌아가기 위해 밖으로 나가자, 제나가 닫힌 문을 보며 안타까운 표정을 했다. 그러다 자리에서 일어서는 이튼을 발견하곤, 서둘러 그를 뒤따랐다.

"어머, 벌써 돌아가시게요? 아직 술도 드시지 않고선……."

하지만 제나의 앙탈은 허공에서 맴돌 뿐이었다. 이미 이튼은 문을 열고 밖으로 나가 버린 것이다. 제나는 멍한 얼굴로 닫힌 문을 바라보아야 했다. 오두막을 나온 이튼은 길옆에 서 있는 헌팅턴 백작가의 마차를 물끄러미 응시했다.

"하찮은 하녀일 뿐이야."

내뱉은 말과는 달리 이튼의 표정은 굳은 상태였다. 정말, 젠장할 정도로 마음에 들지 않았다. 습기로 가득한 어두운 밤도, 그리고 머릿속을 점령한 그 여자도.

❖

올슨 부인의 의상실에 앉아 차를 마시는 동안, 헤리엇은 지루함을 감추기 위해 애썼다. 오래 앉아 있지 않겠다는 듯 드레스 위에 걸친 외투도 벗지 않은 채 응접실에 앉아 차를 마시고 있었지만 헤리엇을 제외한 여자들은 그녀의 의도엔 관심조차 두지 않고 있었다. 사실 의상실에 있는 여자들은 올리비아가 입고 나온 드레스를 감상하느라 정신이 없었다.

대체 일을 어쩐다? 분명, 젠이 기다리고 있을 텐데.

사실 오늘은 콘웰 가에 가는 날이 아니었기 때문에, 젠과 함께 미아의 상태를 보러 갈 참이었다. 하지만 집을 나서던 헤리엇을 마가렛이 붙잡았고 그녀의 의사와는 상관없이 막무가내로 올슨 부인의 의상실로 끌고 온 것이다.

"헤리엇, 이 드레스 좀 봐주겠니? 정말, 내 딸이지만 너무도 예쁘구나. 그래 올리비아, 헤리엇이 볼 수 있게 몸을 돌려보렴."

소파에 앉아 차를 마시던 헤리엇이 찻잔을 내려놓았다. 그리곤 그녀를 향해 돌아선 올리비아를 물끄러미 응시했다. 살굿빛 드레스를 입은 올리비아는 무척이나 사랑스러웠다. 사교계의 첫 데뷔인 만큼, 올리비아의 귀엽고 사랑스러운 외모를 돋보일 수 있는 드레스를 찾는 모양이었다.

"아름답구나, 올리비아. 어머니, 올리비아에게 너무도 잘 어울리는 드레스예요."

헤리엇의 대답에 세 여인이 동시에 참았던 숨을 내쉬는 것이 보였다. 마치 그녀의 대답이 무척이나 중요하다는 듯. 하지만 마가렛은 이내 표정을 숨기곤, 응당 들어야 할 얘기라는 듯 다시 거만한 미소를 머금었다.

"우리 올리비아야 워낙 미모가 되니까. 참, 올슨 부인. 지난번 주문했던 모자는 도착했겠지? 요즘 런던에선 화려하게 보이기 위해 술과 리본 장식을 많이 한다던데."

"그건 걱정 마세요. 런던에서 최신 유행하는 모자가, 다음 주까진 도착할 테니까요."

올슨 부인의 대답에 만족한 마가렛이 다시 올리비아를 돌아보았다. 하지만 올리비아는 지금 입고 있는 드레스가 딱히 마음에 들지 않는 눈치였다.

"왜, 뭐가 마음에 들지 않는 거지?"

마가렛의 질문에 올리비아가 기다렸다는 듯 대답했다.

"어머니, 제 친구 제인을 기억하시죠? 지난번 제인에게 편지가 왔었는데 지금 런던은 잘록한 허리를 강조하고 가슴을 드러낸 드레스가 유행이라고 했어요. 제인은 최대한 어깨를 드러내고, 소매를 크게 부풀리는 드레스를 입을 거라고 했는데, 제 드레슨……."

올리비아는 자신의 드레스가 마음에 들지 않는다는 듯 한숨을 내쉬었다.

"너무 답답해 보이지 않나요? 어쩌면 이 드레스를 입고 무도회에 갔다가 촌스럽다고 손가락질을 받게 될지도 몰라요."

올리비아가 입고 있는 드레스의 어깨를 아래로 끌어당겨 가슴선을 드러냈다. 그러자 마가렛은 경박해 보이는 올리비아의 행동에 미간을 찌푸렸다.

"올리비아, 당장 멈추지 못해!"

짜증 섞인 목소리로 소릴 지르던 마가렛은, 헤리엇의 시선을 의식한 듯 입을 다물었다. 그리곤 억지로 미소를 지으며, 낮게 속삭였다.

"그런 드레스는 천박한 창녀들이나 입는 거야. 또, 남자를 유혹하려는 미망인들이 즐겨 입지. 넌 첫 데뷔인 만큼, 최대한 정숙하고 우아하게 보여야 해. 그래야 좋은 평판을 얻어 런던에서 가장 훌륭한 신랑감들의 청혼을 받을 수 있을 테니까."

"하지만 시골뜨기라는 평판이 따라다닌다면, 전 창피해서 죽어 버릴 거예요. 이런 옷은 세련되지 못한 헤리엇 언니에게나 잘 어울리는 드레스라고요. 고리타분하고 촌스럽잖아요."

올리비아가 헤리엇이 입고 있는 드레스와 코트를 마땅찮은 눈으로 쏘아보았다. 평소 헤리엇은 최대한 단정하고 실용적인 옷을 선호하는 편이었다. 그런데다 오늘은 미아에게 갔다가, 숲에 들어가 약초를 캘 생각이었기 때문에 드레스는 물론 입고 있는 외투 역시 짙은 색에 장식이라곤 찾아볼 수도 없는 단순한 형태였다.

하지만 올리비아의 말과는 달리 수수한 차림에도 헤리엇은 무척이나 아름다웠다. 허릴 곧게 펴고 앉아 차를 마시는 모습은 마치, 왕실의 티타임에 초대받은 높은 신분의 숙녀처럼 기품이 넘쳤다. 마가렛 역시 그 사실을 깨닫고 있었기 때문에 더욱 심기가 불편했다.

"올리비아, 진정 좀 해."

"하지만 이런 드레스라면, 런던의 눈 높은 귀족들을 사로잡기는커녕, 천덕꾸러기가 될 거라고요."

올리비아의 말에 마가렛이 작게 한숨을 내쉬었다. 하지만 마가렛 역시 고집을 피울 수는 없었다. 1년 동안 런던을 떠나 있었던 터라, 올리비아의 말이 사실이라면 낭패였다.

"그럼, 이 드레스는 그대로 두고 이브닝드레스를 하나 더 만들면 어떨까요? 이브닝드레스는 올리비아 님의 말씀처럼 최신 유행하는 스타일로요."

올슨 부인이 이때다 싶었는지 두 사람 사이에 끼어들었다. 그리곤 수단 좋게 올리비아에게 이브닝드레스를 하나 더 만들라고 부추겼다. 그러자 뚱해 있던 올리비아의 얼굴이 환해지더니, 마가렛의 팔에 매달려 조르기 시작했다.

"어머니, 올슨 부인의 말처럼 이브닝드레스를 하나 더 만들어주세요. 만약 만들어주지 않는다면, 전 런던엔 가지 않겠어요. 여기 이 시골에서 헤리엇 언니처럼, 평생 노처녀로 늙어 죽겠어요."

올리비아의 철없는 투정에 마가렛의 표정이 일그러졌다. 정말, 아무리 예쁘게 봐주려 해도 자꾸만 헤리엇과 자신의 딸 올리비아가 비교되는 것은 어쩔 수 없었다.

"그래, 좋도록 하렴. 헤리엇, 드레스를 하나 더 만들어야겠다. 돈은 네가 올슨 부인에게 알아서 지급하도록 해."

마가렛의 말에 올리비아의 표정이 환해졌다. 그리곤 헤리엇의 대답을 기다리지도 않고, 탈의실로 들어가 버렸다. 헤리엇은 그런 올리비아를 보며, 마가렛이 이른 아침부터 자신을 올슨 부인의 의상실로 끌고 온 이유가 이것 때문이란 사실을 알 수 있었다.

"올슨 부인, 새로 만들 드레스 비용까지 합산해서 저에게 보내주시겠어요? 전 지금 바빠서 가봐야 할 것 같거든요."

작게 한숨을 내쉰 헤리엇이 자리에서 일어섰다. 그러자 벌써 옷을 갈아입은 올리비아가 탈의실에서 나오며 헤리엇의 팔을 붙잡았다.

"기다려요, 헤리엇 언니. 어머니께서 언니를 의상실에 데려온 이유가 바로 돈도 내고 또 하녀처럼 부리기 위해……."

"올리비아, 지금 대체 무슨 말을 하는 거니! 당장 그 입 다물지 못하겠니? 올슨 부인, 그럼 다음에 또 보도록 하지. 올리비아, 당장 따라와."

순간 올슨 부인 앞에서 자신의 속내를 들켜 버린 탓인지 마가렛의 얼굴이 새빨갛다 못해 새파래졌다. 그리곤 올슨 부인이 건넨 드레스 꾸러미를 들고 재빨리 의상실 문을 나섰다. 올리비아는 이유도 없이 화를 내는 마가렛 때문에 억울한 모양이었다. 그렇게 마가렛의 뒤를 따라 밖으로 나온 올리비아는 헤리엇을 지나쳐 마차가 세워진 곳으로 걸어가며 헤리엇의 발을 일부러 꽉 밟아왔다. 헤리엇은 아픔에 미간을 찌푸렸다.

"올리비아, 어서 타지 않고 뭐 하는 거니?"

마차에 오르던 마가렛이 차가운 목소리로 올리비아를 불렀다.

"네, 어머니. 지금 가요."

마가렛의 재촉에 올리비아가 드레스 자락을 들고 서둘러 마차에 올랐다. 그러자 마가렛은 헤리엇이 마차에 타지 못하게 팔을 뻗어 문을 막았다.

"헤리엇, 짐을 너무 많이 실었더니 마차가 좁구나. 넌 걸어서 오도록 해."

6인용 마차는 언뜻 봐도 자리가 차고도 넘쳤다. 그녀를 태우기 싫을 뿐만 아니라, 심술을 부리고 싶은 모양이었다.

"먼저 돌아가세요. 저도 어차피 미아에게 갈 참이었거든요."

헤리엇의 대답에 마가렛의 표정이 일그러졌다. 정말 분했다. 마음 같아선 인형처럼 표정 없는 저 얼굴에 손톱자국을 만들어놓고 싶었지만, 보는 눈이 너무 많았다. 대신 마가렛은 문을 닫는다는 핑계로 멀쩡히 서 있는 헤리엇을 손으로 힘껏 밀쳤다.

의기양양한 표정으로 마차 문을 닫은 마가렛은 서둘러 마차를 출발시켰다. 헤리엇은 멀어져 가는 헌팅턴 백작가의 문장에 새겨진 마차를 보며, 씁쓸하게 웃었다.

잠시 도로 위에 서 있던 헤리엇이 미아에게 가기 위해 발길을 돌릴 때였다. 두근! 그가 있었다. 언제부터 그가 거기에 있었는지 알 수 없었지만, 이튼이 차가운 시선으로 그녀를 바라보고 있었다.

"백작……."

그녀의 입술이 그를 부르기 위해 움직였다. 하지만 그 순간, 이튼이 그녀를 외면하듯 돌아섰다. 어, 잠깐! 이유를 알 수 없었다. 아니, 생각해 보지도 못했다.

"기다려요."

멀어져 가는 이튼을 본 순간, 헤리엇의 다리가 제멋대로 움직이기 시작했다. 도로를 건넌 헤리엇은 조금 전 그가 들어간 골목길로 걸음을 옮겼다. 그렇게 건물과 건물 사이를 연결한 좁은 통로를 따라 한참을 걸어가던 헤리엇이 걸음을 멈췄다. 없었다. 분명 조금 전까지 보이던 백작이 감쪽같이 사라져 버린 것이다.

"어디로 간 거지? 분명……. 하흡!"

순식간에 이튼에게 팔을 붙잡힌 헤리엇은 좁은 골목길의 그늘 사이로 끌어당겨졌다. 그리곤 건물의 벽과 그 벽보다 더 단단해 보이는 이튼 사이에 낀 채 그를 올려다보아야 했다.

"놀랐잖아요. 그렇게 갑자기 잡아당기면……."

"날 왜 따라온 거지?"

"네?"

이튼의 질문에 헤리엇은 멍해졌다. 사실 그녀 역시 왜 이튼의 뒤를 쫓아왔는지 알 수가 없었으니까. 왜였지? 왜 자신을 외면하고 가버리는 그를 미친 듯이 따라온 걸까?

"아, 그게 반가웠던 모양이에요. 저택에서가 아니라, 마을에서 만나니 저도 모르게……."

"정말 웃기는군."

그녀의 대답이 마음에 들지 않는다는 듯 차갑게 비틀린 이튼의 입가에 냉소가 떠올랐다. 눈빛 역시 위험스럽게 빛나고 있었다.

"백작님?"

헤리엇이 위험을 감지하곤, 조심스럽게 그를 불렀다. 그러자 이튼이 눈을 가늘게 뜨고 그녀를 내려다보았다.

"너란 아인, 정말…… 대책이 없는 것 같군."

"그게 무슨?"

"잊은 모양이니, 다시 한 번 말하지. 난 이 마을에서 미치광이로 통해. 그건, 나와 엮이게 된다면 네 평판은 끝이란 뜻이야. 잘 기억해 둬."

"제가 상관없다면요? 흐윽!"

순간 헤리엇은 숨을 쉴 수가 없었다. 그의 몸이 그녀를 강하게 눌러온 것과 동시에 그가 고갤 숙여왔다. 당황스럽게도 이젠 고개만 들어도 그의 얼굴이 보일 정도로 가까워져 있었다. 헤리엇은 비켜달라는 말을 하기 위해 고갤 들었다.

하지만 동시에 그가 고갤 숙였다. 그러자 그의 뜨거운 숨결이 그녀의 입술에 닿을 듯 가까워졌다. 헤리엇은 바짝 긴장했다. 입술에 닿는 뜨거운 열기만큼이나, 그녀를 바라보는 검은 눈동자 역시 도망치고 싶을 정도로 뜨거웠다.

"놓아주세요."

"상관없다고 말한 순간, 이미 늦었어."

"백작님……!"

당혹스러움에 헤리엇이 그의 시선을 피해 고갤 돌렸다. 그러자 이튼이 그녀의 턱을 단단히 그러쥐더니, 그를 바라보고 했다.

"늦었어. 도망칠 생각이었다면, 그런 표정으로 날 뒤쫓지 말았어야 했어."

그런 표정? 대체 내가 어떤 표정으로 그를 쫓아왔다는 거지?

헤리엇은 그가 도대체 무슨 말을 하는지 이해할 수 없었다. 하지만 분명한 건, 그녀에 대한 감정이 지금 변했다는 것이었다. 더 이상 그의 눈에 헤리엇은 하찮은 하녀가 아니었다. 이제 신분에 상관없이 헤리엇은 그에게 여자다. 헤리엇은 입안이 바짝 타들어가는 열기를 감추려는 듯 입술을 축였다. 그러자 그의 눈빛이 더욱 위험스럽게 빛나기 시작했다.

"널 데려올까 해."

이튼의 말에 헤리엇이 놀라 눈을 번쩍 떴다. 낭패였다. 그녀를 하녀로 알고 있는 이튼이 그녀를 헌팅턴 백작에게 돈을 내고 데려갈 모양이었다.

"안 돼요. 그럴 순 없습니다. 전, 싫습니다."

"그것 역시 늦었어."

헤리엇이 고갤 가로저으며 싫다고 했지만, 이튼은 이미 마음을 정한 듯 단호했다.

"조만간 백작을 만날 생각이야. 그러면 넌…… 내 것이 되겠지. 네 주인은 바로 내가 될 거야."

그 말을 끝으로 이튼이 그녀를 놓아주었다. 그녀를 내리누르던 무게가 사라지자, 헤리엇은 비로소 참고 있던 숨을 내쉬었다. 하지만 생각처럼 마음은 가볍지 못했다. 또다시 묵직한 바윗돌을 가슴에 얹은 느낌이었다. 말도 안 돼. 만약 백작이 아버지 윈슬러를 찾아온다면, 자신이 한 거짓말이 한순간에 들통날 게 뻔했다. 백작가의 딸이 하녀로 신분을 속인 채 그에게 접근하다니. 아마 그는 무섭게 화를 낼 테고, 또⋯⋯.

내 계획은 수포로 돌아가고 말겠군. 헤리엇은 절대 그렇게 할 수 없었다.

"백작님⋯⋯."

"할 얘기가 있거든, 오늘 밤 호수로 와. 기다리지."

아, 그를 뒤쫓는 것이 아니었다. 하지만 의식하지도 못한 순간, 그녀의 다리가 그를 쫓아 뛰고 있었다. 왜였을까? 단지 반가움 때문이었나? 하지만 그것만은 아니란 생각이 들었다.

그럼 뭘까? 미치광이 백작에게 느끼는 자신의 감정은 뭐지? 작가로서의 호기심. 그래 그 호기심이 다였다. 그것뿐이었다.

헤리엇은 자꾸만 솟아나는 의구심을 호기심으로 결론 내렸다. 그리곤 천천히 걸음을 옮기기 시작했다. 오늘 밤, 호수에서 그를 만나게 된다면, 그 답을 알 수 있을까? 아니, 나가지 않는 게 좋을 것 같았다. 그의 말을 무시하면 그만이었고, 저택에 갔을 때도 최대한 마주치지 않으면⋯⋯.

하아! 헤리엇은 미아의 집에 도착할 때까지 고민에 빠져 있었다. 그리고 결국, 결정할 수밖에 없었다. 오늘 밤, 호수에서 백작을 만나기로.

제4장 사로잡힌다는 것

사각사각, 스걱스걱!

날카롭게 벼린 면도날이 거품이 묻어 있는 뺨을 훑고 지나갔다. 그러자 수염으로 덮여 있던 매끈하고 각진 턱이 천천히 모습을 드러냈다. 익숙한 손놀림으로 수염을 깎던 이튼은 거울 속에 비친 날렵한 턱을 만족스러운 듯 쓸어내렸다. 그러자 조금 떨어진 곳에서 가죽 줄을 들고 서 있던 워릭이 이튼에게 다가왔다. 이튼은 수염과 함께 거품이 묻은 면도날을 가죽 줄에 닦아낸 후, 다시 수염을 깎는 데 열중했다.

4년 만이었다.

데본에 있는 콘웰 영지에 온 후 이튼은 수염은 물론 어깨까지 자라난 머리카락을 아무렇게나 방치했다. 런던에서와는 달리 외모에 특별히 신경 쓸 필요도 없었을 뿐더러, 매일 아침 자라난 수염을 깎을 정도로 마음의 여유가 없다는 것이 이유였다.

미치광이 백작, 아니, 어쩌면 그 소문처럼 이튼은 미치광이일지도 몰랐다. 소문처럼 콘웰 영지에 온 그는 미치광이처럼 행동해 왔었다.

모든 것이 귀찮았고, 또, 치 떨리게 싫어 자포자기한 삶이었다. 엉망인 채로, 아니, 엉망이 된 채로 그저 시간을 흘려보내기로 마음먹고 데본에 왔었다. 끔찍한 분노와 온몸에 날뛰는 알 수 없는 갈증. 심장을 파고드는 미친 듯한 허기에 이튼은 죽어가고 있었다. 한순간, 그를 붙잡고 있는 이성의 끈이 날아가 버릴까 봐 하루하루 치열하게 내면과 싸워야 했다.

하지만 운명이란 순식간에 달라졌다. 콘웰 공작가의 장남이었던 형이 죽고, 이제 이튼이 정식으로 공작가의 후계자가 되었다. 그리고 또 한 가지. 죽었다고 생각했던 그의 심장이 또다시 꿈틀거리기 시작했다. 그 어떤 것으로도 채울 수 없었던 허기가 아주 조금이지만, 채워지는 느낌이 들기 시작했다.

"주인님, 런던으로 돌아가실 생각이십니까?"

워릭의 말에 이튼은 미동도 하지 않았다. 아니, 면도칼을 든 그의 손이 바짝 긴장하며, 위험스럽게 빛났다. 아마 워릭은 4년 만에 수염을 깎고 단정하게 머릴 자르는 이튼을 보자, 그가 런던에 있는 콘웰 공작가로 돌아가기로 마음을 정했다고 생각한 모양이었다.

"아니, 당분간 돌아갈 생각 없어. 만약 아버지께 다시 연락이 온다면, 분명히 전하도록 해."

이튼은 이미 워릭이 아버지와 연락을 주고받고 있다는 사실은 잘 알고 있었다. 또한 이튼이 런던을 떠나 데본에 올 때 아버지가 왜 워릭을 함께 보냈는지도 알고 있었다. 감시자. 아마 콘웰 공작은 워릭을 통해 이튼의 변화를 지켜보고 있었던 것이다.

"아, 그게. 죄송합니다, 주인님. 공작님께서 신신당부하신 일이라…… 저 역시 어쩔 수가 없었습니다. 용서해 주십시오."

워릭이 이튼 앞에 무릎을 꿇었다. 그리곤 머릴 조아리며 용서를 구했다.

"널 탓하려는 게 아니야, 워릭. 오히려 고마워하고 있어. 네가 내 곁에 없었다면, 아버진 내가 이곳에 있는 걸 허락하지 않으셨을 테니까."

이튼의 말에 워릭의 얼굴이 감격으로 일렁거렸다. 이튼이 태어났을 때부터, 워릭은 콘웰 가에 종속된 집사였다. 그래서인지 이튼이 데본으로 내려간다고 했을 때, 워릭은 한 치의 망설임도 없이 그의 뒤를 따랐던 것이다.

"주인님께서 그렇게 말씀해 주시니, 정말 기쁩니다. 하지만 공작님께선 주인님이 돌아오시길 바라고 계십니다. 이곳에 계시는 4년 동안, 아무런 변화도 없었다는 사실을 제가 이미 고했으니까요. 아마 런던으로 돌아가시면, 주인님의 혼인을 서두르실 모양입니다."

워릭의 말에 이튼의 표정이 서늘해졌다. 혼인이라. 콘웰 공작가의 상속자가 된 이상, 당연히 혼인해 후계자를 낳아야 했다. 그것이 이튼에게 주어진 새로운 의무였으니까.

하지만 아버지의 바람과는 달리 이튼은 혼인 따위 할 생각 없었다. 그의 몸속에 흐르는 짙은 피. 저주처럼 몸속에 날뛰는 뜨거운 열기를 품고 있는 한, 런던으로 돌아갈 생각도 그리고 혼인 따위할 생각도 없었다.

4년 전, 그날. 이튼은 처음으로 이성을 잃었다. 그리고 정신을 차렸을 때, 그의 앞에 펼쳐진 광경은 참혹 그 자체였다. 하지만 그를 두렵게 한 것은 아무것도 기억나지 않았다는 사실이었다. 짐승처럼 거친 숨을 내쉬는 자신이, 잔혹한 냉기가 그의 심장을 얼어붙게 했다. 자신이 두려웠다. 이성을 잃고 몸속에서 날뛰는 강한 힘을 주체할 수 없는 자신이 치가 떨리도록 싫었다.

그런데 그 치가 떨리도록 지독한 증오를 자식에게 물려줘야 한다니. 이튼은 용납할 수 없었다. 무슨 일이 있더라도, 이 저주받은 피는 자신의 대에서 끝내고 싶었다.

"돌아가지 않아. 혼인은 없을 거야. 콘웰 공작의 작위는 내가 아니라 다른 사람에게 넘어가게 될 테고."

"하지만……."

워릭은 이해할 수 없는 모양이었다. 갑자기 수염을 깎고, 머릴 자르는 이튼을 보자 워릭은 당연히 그가 런던으로 돌아갈 것이라 생각했었다. 하지만 아닌 모양이었다. 그렇다면, 대체 왜? 설마? 여인이 생기신 걸까?

"늦을 거야. 기다릴 필요 없어."

이곳에 온 4년 동안, 이튼은 원할 때면 시간과 상관없이 외출을 했었다. 하지만 오늘은 뭔가 달랐다. 여전히 서늘하고 냉기가 감도는 주인이었지만, 묘하게 들떠 있는 것처럼 보였다. 마치 마음을 빼앗긴 숙녀를 만나러 가는 느낌이었다. 설마? 주인님께 여자라니. 그런 일은 없을…….

"워릭, 2층 방을 치워놓도록 해. 곧 쓸 일이 생길 거야."

워릭의 발걸음이 뚝 멈췄다. 그의 눈동자가 크게 흔들렸고, 믿을 수 없다는 듯 이튼의 응시했다.

"2층 방이라면……."

하지만 워릭은 이튼의 대답을 더는 들을 수 없었다. 이미 그의 주인은 현관을 나가 버린 후였던 것이다.

"맙소사! 사실이었어. 주인님께, 여자라니."

굳게 닫힌 문을 보며, 워릭은 고갤 설레설레 흔들었다. 사실 런던에서도 한 번도 없었던 일이었다. 아니, 엄밀히 말해서 딱 한 사람 주인님께 여자가 있었다. 약혼녀였던 질리언 님. 하지만 그 일을 겪은 후, 다신 없을 줄 알았다. 그런데…….

대체 누굴까? 누가 냉혹한 백작의 마음을 사로잡은 거지? 하지만 혼인 같은 건, 하실 생각이 없다고 하셨는데……. 혹시 제나의 오두막에 있는 창녀 중 하나인 건가? 아님, 마을의 처녀 중 하나?

아무리 머릴 써 생각이란 걸 해보았지만, 짐작이 가는 여자는 없었다. 창문으로 다가가선 워릭은 말을 타고 나가는 이튼을 여전히 놀란 표정으로 바라보았다. 그렇게 한동안 입을 다물지 못한 채 멍하니 서 있었다.

나무숲에 몸을 숨긴 채 헤리엇은 호수를 초조한 얼굴로 노려보았다. 호수에 서서 그녀를 기다리고 있는 이튼의 뒷모습을 확인한 순간, 헤리엇은 나무 옆에 쪼그리고 앉아 작게 한숨을 내쉬었다.

그와 약속한 대로 호수에 오긴 했지만, 헤리엇은 선뜻 그에게 다가갈 수 없었다. 낮에 그녀를 내려다보던 그의 눈빛이 자꾸만 떠올라, 그녀를 망설이게 했다. 이번엔 그가 진심이었으니까. 전에는 그녀를 떼어버리려 겁을 주려던 것이었지만, 지금은 달랐다. 남자가 여자에게 원하는 유일한 방식으로 그녀를 원하고 있었다.

"날 데려오겠다니. 내가 누군 줄 알면, 놀랄 테지."

아니, 놀라는 정도가 아니겠지. 그녀의 거짓말에 분노하며, 콘웰 공작가에 다신 얼씬도 하지 못하도록 할지도 몰랐다. 그럼, 어떡한다? 아직 백작에 대해 아무것도 알아내지 못했는데…….

여전히 마음을 정하지 못하고 망설이던 헤리엇이 목을 길게 빼고 호수 쪽으로 고갤 돌렸다. 어둠이 내려앉은 숲의 호수. 그 호수를 비추는 달을 배경 삼아 서 있는 백작의 실루엣이 눈에 들어왔다. 코트 깃을 세우고 서 있는 장신의 남자는 서 있는 것 자체만으로도 어둠을 누르고, 그것을 지배하는 자처럼 보였다. 헤리엇은 한순간 그에게 빨려들 듯 눈을 뗄 수가 없었다.

하아! 참았던 숨을 천천히 내뱉으며, 헤리엇이 자리에서 일어섰다. 그리곤 강한 힘에 이끌리듯 이튼이 있는 곳으로 걸음을 옮기기 시작했다.

사박, 사박!

드레스 자락이 나뭇잎을 스쳤다. 헤리엇은 그에게 다가갈수록 온몸이 긴장으로 뻣뻣해지는 것을 느꼈다. 천천히 숨을 내쉬려 했지만, 그것 역시 마음처럼 쉽지 않았다. 대신 헤리엇은 머리에 쓴 후드를 단단히 여미며, 얼굴을 가렸다.

고갤 들어선 안 돼. 그와 눈이 마주치기 전에 그녀가 준비해 온 말을 모두 끝마쳐야 했다. 만약 말하는 중간에 그와 눈이 마주치기라도 한다면, 또다시 그의 페이스에 휘말려 아무것도 말하지 못한 채 속수무책으로 그에게 휘둘릴지도 몰랐다.

사실 이런 적은 처음이었다. 한 번도 자신의 생각을 제대로 전하지 못한 적이 없었는데, 그에겐 그랬다. 그의 시선이 부담스러웠고, 거슬리고 신경 쓰여 외면하고 싶었다. 아니, 외면한 순간에도 그의 시선에 목덜미가 선뜻할 정도로 의식되었다.

그때, 그녀의 인기척을 느낀 듯 이튼의 발걸음이 멈췄다.

"왔군."

그의 목소리에 헤리엇은 본능적으로 숨을 삼켰다. 그리곤 그가 다가오기도 전에, 준비해 왔던 말을 숨도 쉬지 않고 쏟아내기 시작했다.

"백작님 뜻은 따를 순 없습니다. 전, 헌팅턴 백작가를 떠날 수 없어요. 아니, 떠나지 않을 겁니다. 하지만 지금처럼 일주일에 2번 콘웰 공작가엔 갈 생각입니다. 그러니 백작님께서 생각을 바꿔주세요. 무엇보다 헌팅턴 백작님 또한 허락하지 않으실 겁니다."

순식간에 말을 뱉어내는 헤리엇을 보며, 이튼의 입가에 차가운 냉소가 떠올랐다. 망토 위로 잔뜩 긴장한 어깨가 떨리고 있는 것이 보였다. 손을 뻗어 쓰고 있는 얼굴을 가리고 있는 코트의 후드를 벗기고 싶었지만, 참았다. 그랬다간 펄쩍 뛰며 금방이라도 도망갈 기세였으니까. 하지만 거슬렸다. 헤리엇이 마지막으로 했던, 그 말이 신경이 쓰였다.

"내가 싫다고 한다면? 네 뜻과 상관없이 널, 백작에게서 데려온다면 어쩔 거지?"

"그럼, 저도 싫습니다. 백작님 뜻대로 제 남은 삶을 결정할 순 없으니까요. 그럼 전, 이만 돌아가겠습니다. 제 뜻은 백작님께 전했으니까요."

헤리엇이 그 자리에서 벗어나기 위해 도망치듯 돌아섰다. 하지만 이내, 커다란 손이 그녀의 손목을 휘감았다. 뿌리치면, 떼어낼 수 있을 만큼 꽉 붙잡은 것은 아니었다. 하지만 헤리엇은 그의 손을 뿌리치지 못했다.

"그럼, 오늘 여기에 온 이유가 뭐지?"

"네?"

"내가 싫었으면, 여기까지 와서 그런 시답지도 않은 변명 따위 늘어놓지 않았을 거란 뜻이야. 그저, 무시했겠지. 그러니까…….."

그가 천천히 그녀를 돌려세웠다. 그리곤 그녀의 턱을 들어 올리곤 그를 보게 했다.

"넌, 날 의식하고 있다는 뜻이지. 여자가 남자에게 느끼는 그런 류의 감정을 갖고서."

"그럴 리 없어요."

"아니, 내 말이 맞아. 지금도 넌 내 손길에 이렇게 떨고 있잖아."

순식간간 헤리엇의 뺨이 달아올랐다. 마치 자신의 마음을 들킨 것 같아, 수치심에 입술을 깨물었다.

"그건 밤이라 추워서 그런 것뿐입니다. 절대 백작님을 의식한 게……. 어? 저기…… 백작님의 얼굴에 있던 수, 수염이…….."

말도 안 되는 소리라는 듯 딱 잘라 거절할 참이었다. 그런데 그의 얼굴이 지금까지완 너무도 달랐다. 달빛에 드러난 그의 얼굴은 완벽할 정도로 잘생겼다.

맙소사! 세상에나. 말도 안 돼! 이 모습이 미치광이 백작이었다니.

"수염이 없어졌어요. 머리카락도 짧아지고…….."

헤리엇의 시선이 선이 날렵한 그의 턱에 가닿았다. 그리고 짧게 잘린 그의 머리카락에도. 이튼 역시 헤리엇의 반응에 조금은 멋쩍은 표정을 했다. 자신의 외모에 감탄하며 넋을 잃고 쓰러지는 숙녀들을 심심치 않게 보아온 터라, 별로 신경 써본 적이 없었다. 하지만 헤리엇의 반응에 왠지 뿌듯했다.

"귀찮아서. 그럼 하던 얘기를 마저 하도록 하지."

"아, 그렇죠."

놀라움과 충격이 가신 것은 아니었지만, 지금 이렇게 정신을 잃고 그의 잘생긴 얼굴에 감탄할 때가 아니었다. 헤리엇은 마음을 가다듬고는 차분하게 입을 열었다.

"그러니까, 다시 말씀드리자면 절대 백작님을 남자로 의식하고 있지 않다는 것입니다."

그녀의 말에 그의 눈빛이 심상치 않게 빛나기 시작했다. 그리곤 그가 그의 품으로 그녀를 힘껏 끌어당겼다. 순식간에 그의 품에 안긴 헤리엇은 그에게서 벗어나기 위해 버둥거렸다.

"거짓말."

낮게 가라앉은 그의 목소리가 그녀의 귓불을 스쳤다. 순간 뜨거운 열기에 헤리엇은 몸을 움츠렸다.

"잠깐, 놓아주세요."

당황한 헤리엇이 눈을 동그랗게 떴다. 그러자 그의 입가에 미소가 떠올랐다. 수염이 없는 단정한 그의 턱은 악마의 그것처럼 너무도 매력적이었다. 현혹될 것 같았다. 아니, 지금 그녀는 이튼의 완벽한 얼굴에 현혹되어 버렸다.

"키스할 거야. 그리고 필요하다면, 더한 것도."

"싫어요. 전……."

헤리엇이 손으로 자신의 입술을 가리며 고갤 가로저었다. 이튼은 깜찍한 행동을 하는 헤리엇을 보자, 피식 미소가 새어 나오려 했다. 생각지도 못한 그녀의 순진한 반응에 그의 심장이 자꾸만 간질거렸다. 그 작고 가느다란 손쯤 밀어내고 키스하면 그만이었으니까.

"싫다는 말이 왜 내 귀엔 원한다고 들리는 걸까? 아마, 내 귀엔 네 마음을 듣는 귀가 따로 있는 모양이야."

"말도 안 돼요. 그런 귀가 있을 리 없잖아요. 그리고 다 큰 처녀가 아무나와 키스할 순 없어요."

"맞아. 아무나와 키스할 순 없지. 하지만 이미 넌, 내 것이거든. 그러니 내 것에 키스하는 건, 아무런 문제가 될 수 없는 법이지."

"제가 왜 백작님의 것이란 거죠? 전 절대, 백작님 것이 아닙니다. 지금도, 앞으로도."

헤리엇이 말도 안 된다는 듯 딱 잘라 말하자, 이튼이 묘한 표정으로 그녀를 내려다보았다.

"둔한 건지, 아니면 시치미를 떼는 건지 모르겠군. 하지만 뭐, 상관없어. 키스를 해보면, 곧 알게 될 테니까."

"엇, 잠깐……. 흐읍!"

그가 헤리엇의 손을 밀어냈다. 그리곤 커다란 손으로 그녀의 섬세한 턱을 붙잡더니 바짝 끌어당겼다. 놀란 헤리엇은 그에게 벗어나기 위해 버둥거렸지만, 이미 그녀의 얼굴은 커다랗고 단단한 손에 붙들려 꼼짝도 할 수 없었다. 그렇게 그에게 붙잡힌 채 헤리엇은 그의 입술이 가까워지는 모습을 바라보아야 했다. 긴장으로 입안이 바짝 타들어가는 것을 느끼며, 헤리엇은 숨을 쉬는 것도 잊었다.

"예뻐."

순식간에 헤리엇의 뺨이 뜨거워졌다. 수염을 깎고 나타난 백작은 전과 다름없이 위험스러운 존재였지만, 그 느낌 자체가 달랐다. 묘하게 그녀의 심장이 술렁거렸고, 자꾸만 민망함에 얼굴이 달아올랐다. 도망치고 싶었지만, 또 다른 한편으로 설레었다. 낯선 기대감에 심장이 뛰었다. 끌리고 있는 건가? 그의 말처럼, 내가 그를 원하고 있는 걸까?

혜리엇이 혼란스러워하는 동안, 서로의 숨결이 뺨에 닿을 만큼 가까워졌다. 짙은 사향 냄새와 섞인 그의 향에 혜리엇은 취할 것 같았다.

"눈 감아."

귓가를 간질이는 그의 부드러운 목소리에 넘어갈 것 같았다. 어떻게 하지? 이대로 눈을 감아버리면……. 그렇게 혜리엇이 망설이는 사이, 그의 입술이 그녀의 망설임을 밀어냈다.

흡! 그의 입술이 닿는 순간, 혜리엇은 저절로 눈이 감겼다. 등줄기를 타고 흐르는 낯선 기운에 몸이 떨리고 있었다. 언제나처럼 거칠게 그녀의 입안을 헤집고 밀어붙이는 키스가 아니라, 마치 나비의 날갯짓처럼 조심스럽고 부드러웠다. 그녀를 유혹하려는 듯 부드럽게 움직이는 그의 입술의 감촉이 생경하면서도 싫지 않았다. 느릿느릿 움직이는 그의 입술이 애가 탈 정도로 달콤했다. 또한 그의 입술이 닿는 곳마다 뜨거운 불에 덴 듯, 아릿했다.

"하아!"

잠시 떨어졌던 그의 입술이 그녀의 입술을 다시 찾았다. 뜨거운 습기를 품은 혀가 장미 꽃잎처럼 부드러운 입술을 핥고 건드리자, 혜리엇의 입술 사이로 달뜬 숨결이 새어 나왔다. 욕망이 담긴 거친 키스와는 달리 바르르 떨리는 입술 끝을 뜨거운 혀가 자꾸만 자극하자, 혜리엇은 조급증이 밀려와 자신도 모르게 입을 벌렸다. 그러자 기다렸다는 듯 그의 혀가 여린 입술을 가르고 촉촉이 젖은 입안으로 미끄러지듯 들어왔다.

그녀의 혀를 휘감고 빨아 당기는 느낌에 솜털까지 일어섰다. 장난을 치듯 입안을 핥고, 예민한 곳을 찔러 대자 몸 안에서 뜨거운 감각이 일렁거렸다. 갈증. 알 수 없는 묘한 갈증이었다. 그리고 그 갈증을 이튼 역시 느끼고 있는 듯했다.

"흐흡, 하아!"

끊어질 듯 가녀린 신음이 새어 나왔다. 그녀의 변화에 조심스럽게 움직이던 그가 그녀의 턱을 바짝 끌어당긴 후 더욱 깊숙이 입안을 파고들었다. 참을성 없이 뱉어내는 숨결 역시 거칠어졌다.

헤리엇은 그의 변화에 바짝 긴장했다. 나른하게 일렁이던 감각이 순식간에 격한 파도를 만나 부서지듯 강하게 그녀의 혀를 휘감아왔다. 타액으로 젖은 입술이 부딪혀 올 때마다, 키스는 점점 더 농밀해져 갔다. 타들어갈 듯 강한 열기가 그녀를 휩쓸었다. 온몸 구석구석까지 나른한 열감이 일어, 두 발로 서 있을 수 없을 정도였다.

위험해, 위험했다. 그의 키스가 주는 농밀하고 짙은 열기에 빠져들수록 헤리엇의 본능이 위험하다고 외치고 있었다.

"하아, 잠깐. 훗, 놓아…… 놓아주세요."

헤리엇이 두 손을 뻗어 그를 밀어냈다. 헤리엇이 당황한 표정으로 그에게 벗어나려 하자, 이튼 역시 막지 않았다. 온몸을 태울 듯 강하게 끓어오르는 열기가 참을 수 없을 만큼 지독했지만, 그 역시 놀라고 있었다. 키스뿐이었지만, 정신없이 그녀에게 열중하고 만 것이다. 하지만 머릿속이 개운했다. 4년 동안 그를 괴롭히며, 지끈 대던 두통이 놀랍게도 사라지고 없었다.

"이제 알았겠지? 너 역시 날 원하고 있다는 것을 말이야. 그러니 내게 와. 내 곁에 있어. 그것이 너에게도 좋아."

이튼이 당황한 표정으로 서 있는 헤리엇에게 물었다. 그러자 혼란스러운 듯 흔들리던 헤리엇의 눈동자가 어느새 냉정을 되찾기 시작했다.

"아니요, 싫습니다. 전, 헌팅턴 백작가를 떠날 생각이 없습니다."

"이미 넌, 내 것이라고 말했을 텐데?"

"아까부터 계속 그러시는데, 제가 왜 백작님 것이란 거죠? 이해할 수 없군요."

헤리엇이 눈을 치켜떴다. 그러자 이튼이 거만한 표정으로 팔짱을 끼더니 대답했다.

"다 큰 처녀가 아무나와 키스할 수 없다고 했었지? 그럼, 키스가 아니라 한 남자에게 알몸을 보여준 여잔 어떨까?"

"그게 무슨……?"

"그날, 호수에서 난 네 모든 걸 보았지. 오직 주인이 될 자에게만 보여야 할 몸을 이미 내게 다 보여놓곤, 발뺌할 셈인 모양이군."

"하지만 그건, 우연히……."

헤리엇은 입술을 깨물었다. 어떤 이유에서건 그가 그녀의 몸을 모두 본 것은 사실이었다. 혼인도 하지 않은 숙녀가 남자에게 벗은 몸을 보인다는 건, 있을 수 없는 일이었다. 아마 이곳이 런던이었다면 그녀의 평판은 바닥에 떨어졌을 테고, 어쩌면 헌팅턴 백작가의 명예를 실추시켰다는 이유로 쫓겨날 수도 있었다. 가문의 수치인 여잔, 모든 사람에게 비난거리일 뿐이었으니까. 헤리엇은 주먹을 꼭 쥐었다. 그리곤 차갑게 그를 쏘아보며, 입을 열었다.

"절 협박하시는 건가요, 백작님?"

"협박이 아니라, 너에게 기회를 주는 거야. 사실 네가 만약 숙녀였다면, 목숨과도 같은 네 명예를 지켜주기 위해 혼인해야 했겠지만, 네가 숙녀라 아니라 그에 합당한 일을 하려는 것뿐이야. 내 곁에서 내 여자로 평생을 안락하게 살게 해줄 생각이거든."

순간 헤리엇의 얼굴이 굳어졌다. 혼인, 그녀가 숙녀였다면 자신과 혼인을 했을 거라니. 말도 안 되는 소리였다. 다행히 이튼은 그녀가 신분이 낮은 하녀라고 생각해서인지 그녀와 혼인하는 대신, 정부 삼을 생각인 듯했다. 대부분의 귀족들은 부인에게선 가문을 이을 후계자를 보기 위해 혼인을 하지만, 성적인 욕망을 채우기 위해선 정부를 두곤 했다.

"널 부인이 아닌, 정부로 두려는 게 마음에 들지 않는 모양이군."

이튼은 헤리엇이 잔뜩 굳은 얼굴을 한 이유가 그것이라고 생각한 모양이었다.

"하지만 그렇게 싫어할 것 없어. 어차피 난, 평생 혼인 같은 건 하지 않을 생각이니까. 그러니 평생, 내게 여잔 너 하나뿐이란 뜻이야. 내 유일한 여자가 되는 것으론 만족할 수 없다는 건가?"

헤리엇은 심장이 쿵 내려앉았다. 그는 평생 혼인할 생각이 없는 모양이었다. 그나마 그녀가 신분이 낮은 하녀였기 때문에 그의 곁에 둘 생각을 한 모양이겠지만, 만약 그녀가 귀족가의 숙녀란 사실을 알게 된다면 아마 그는 그녀가 일부러 덫을 놓았다고 생각할 수도 있었다. 그를 혼인이란 속박에 밀어 넣기 위해, 신분까지 속이고 계획적으로 그에게 접근했다고 오해할 수도 있었다.

아, 일이 어렵게 꼬이고 있었다. 헤리엇은 혼란스러움에 머릿속이 쥐가 날 것 같았다. 이 일을 어쩌면 좋지? 헤리엇은 입술을 깨물며 고민에 빠졌다. 우선, 시간을 벌어야 할 것 같았다. 그녀의 정체가 발각된다면, 그가 화를 내는 문제에서 끝나는 것이 아니라 더욱 심각한 문제가 일어날지도 몰랐으니까. 그리고 그동안, 헤리엇은 이튼이란 인물에 대해 더 많이 알아내야 했다.

"기회 같은 건, 필요 없습니다. 전 그 누구의 부인도, 그렇다고

정부도 될 생각이 없으니까요. 그러니 백작님께서 신경 쓰실 필요,
더더욱 없습니다. 전, 백작님의 유일한 여자 같은 건 되고 싶지 않
으니까요."

헤리엇의 말에 이튼의 눈빛이 날카로워졌다. 그녀의 대답이 거
슬린 모양이었다.

"아니, 넌 선택할 수 없어. 그저 네가 마음을 바꿀 시간을 주려
는 것뿐이니까."

조금은 화가 난 듯 퉁명스러운 목소리로 대답한 이튼이 그의 말
을 증명이라도 하려는 듯 그녀의 손목을 꽉 틀어쥐었다. 강한 힘에
눈물이 핑 돌 만큼 아팠다. 하지만 이튼은 그녀의 사정 따위 봐줄
생각이 없는 모양이었다. 조금 전 키스를 해올 때와는 달리, 이튼
의 눈빛이 위험스럽게 빛나기 시작했다.

"잊지 마, 이미 넌, 내 것이란 걸."

"백작님……."

손목에 느껴지는 아픔을 참으며, 헤리엇이 그를 불렀다. 그러자
이튼이 그녀의 손을 놓아주며 짧게 대답했다.

"생각할 시간은 주도록 하지. 아니, 네 마음을 깨달을 시간이라
고 하는 게 맞겠군. 하지만 길진 않을 거야."

아무리 시간을 주어도 마음을 바꿀 생각 따위 없다고, 단호하게
말하고 싶었다. 그녀 역시 이튼처럼 혼인 같은 건 할 생각이 없었
으니까.

"제 몸이 갖고 싶으신 거라면, 가져도 상관없습니다. 하지만 전,
절대 누군가의 것이 되지 않을 겁니다."

"그렇게 장담을 하니, 자존심이 상하는군. 내가 그렇게 네게 매
력이 없다는 건가? 하지만 조금 전 내 키스에 반응하던 넌, 분명 내

게 푹 빠져 있었을 텐데?"

자존심이 상한 듯 이튼의 얼굴이 눈에 띄게 굳어졌다. 자신은 그녀의 모든 것이 신경 쓰이고 거슬렸지만, 그녀는 아니라고 생각하자 화가 났다.

"그건……."

헤리엇이 난처한 표정으로 다음 말을 잇지 못했다. 그제야 이튼은 조금은 만족스러운 듯 그녀를 보며 냉소적으로 말했다.

"흥, 변명하지 못하는 걸 보니 내 생각이 맞나 보군. 그렇다면, 나 역시 몸뿐인 관계라도 상관없어. 난 지금 여기서 당장 널 쓰러뜨리고 갖고 싶을 만큼 널 원하고 있거든."

얼굴이 뜨겁다 못해 불이 나는 것 같았다. 이젠 서슴없이 자신의 욕망을 내뱉는 이튼을 보며, 헤리엇은 신중해야겠다고 생각했다. 정말 갈수록 태산이었다. 헤리엇은 자꾸만 꼬여가는 상황에 머리가 지끈거렸다.

"좋아요. 백작님 말씀처럼, 제게 시간을 주세요. 평소처럼, 똑같이 일주일에 2번 콘웰 저택으로 가겠습니다. 자꾸 만나다 보면, 저 역시 마음을 바꾸게 될지도 모르니까요."

헤리엇이 조금 전 이튼이 했던 말을 되뇌며 비꼬듯 말했다. 헤리엇은 절대 이튼의 말처럼 되지 않을 생각이었다. 그의 말처럼 그에게 끌리고 있다고 하더라도, 그의 여자가 될 생각은 없었다. 아니, 자신은 그 누구의 여자도 될 수 없는 몸이었다.

"좋아. 시간을 주지. 대신, 한 가지 조건이 있어."

"조건이라니, 그게 뭐죠?"

"내가 원할 때마다, 널 안을 거야."

"……."

말도 안 돼. 헤리엇은 그의 어이없는 조건을 들으며 눈을 치켜떴다. 너무 위험했다. 글을 쓰는 것 따위 포기하고 그에게서 도망치는 것이 현명할지도 몰랐다.

　"전……."

　헤리엇이 원치 않는다고 대답하려는 순간, 이튼이 다시 그녀의 팔을 붙잡곤 끌어당겼다. 또다시 입술을 겹칠 듯 그가 고갤 숙였다. 하지만 그는 키스하는 대신, 그녀가 똑똑히 들을 수 있도록 낮게 속삭였다.

　"너 역시 원하게 될 것이다. 내가 그런 것처럼."

　심장이 미친 듯이 뛰었다. 지독한 소유욕을 드러낸 고백에 온몸이 뜨겁게 요동치는 느낌이었다. 그래서인지 헤리엇은 아니라고 부정하지 못했다. 헤리엇은 순간 두려움이 밀려왔다. 그에게 한번 빠져 버린다면, 죽을 때까지 헤어 나올 수 없을 것 같은 예감이 들었다.

　"아니요, 절대 아니에요!"

　헤리엇은 그녀의 머릿속에 떠오른 자신의 생각을 부인하듯 소리 쳤다. 그리곤 그를 힘껏 밀어냈다. 그리곤 뛰기 시작했다. 그에게서 벗어나기 위해, 힘껏 내달렸다. 차가운 바람이 헤리엇이 쓰고 있던 망토의 후드를 벗겨냈지만, 헤리엇은 그 사실조차 깨닫지 못한 채 호수를, 아니, 그에게서 달아났다.

　이튼은 코트 주머니에 손을 밀어 넣고 자신에게서 도망치는 헤리엇을 바라보았다. 숲에서 불어온 바람에 그녀가 쓰고 있던 코트의 후드가 바람에 날려 벗겨졌다. 그러자 허리까지 내려오는 머리카락이 바람에 깃발처럼 휘날렸다. 순간 이튼의 눈빛이 가늘어졌다. 그녀였다. 4년 전, 바람의 언덕에서 보았던 그 소녀. 무슨 이유에서인지 염색까지 하고 자신을 감추고 있었지만, 분명했다.

어둠을 가르며 달리는 헤리엇의 머리카락은 순식간에 달빛을 모두 흡수해 은빛으로 빛나고 있었다. 아우로라. 그래 새벽의 여신 아우로라가 처음으로 전쟁의 신 아레스를 만났을 때, 그에게서 도망쳤듯 헤리엇 역시 그에게서 달아나고 있었다. 강한 운명에 떨며, 그에게서 도망치고 있었다. 하지만 곧 붙잡힐 운명이었다. 그의 손에, 그의 운명 앞에.

"세상에, 세상에나……."

젠은 놀란 눈을 동그랗게 뜨곤 믿을 수 없다는 듯 이튼을 바라보고 있었다. 콘웰 공작가에 도착하자마자, 헤리엇과 젠은 저택의 정원에서 나무를 손보고 있는 이튼을 멀리서 볼 수 있었다. 조금 떨어진 거리였지만, 똑똑히 그의 모습을 볼 수 있었다. 평소 저택을 비우거나, 아니면 서재에 틀어박혀 있던 그였기에 갑작스럽게 모습을 드러낸 그에게 헤리엇은 초조함이 밀려들었다.

"아가씨, 저분이 정말 미치광이……. 아니, 백작님 맞으신 건가요?"

젠이 손등으로 눈을 거칠게 문질렀다. 그리곤 그런 이튼을 믿을 수 없다는 듯 다시 목을 빼고 바라보았다. 사다리 위에 올라가 전정가위로 나뭇가지를 자르고 있는 그의 머리 위로 햇살이 쏟아져 내렸다. 눈이 부시다는 말이 비단, 아름다운 숙녀를 두고 하는 말이 아님을 헤리엇은 이튼을 보며 느낄 수 있었다.

장신의 키에 몸에 꼭 맞는 검은색 실크 바지와 셔츠를 입은 이튼은 군살 없는 완벽한 근육질의 몸을 드러내고 있었다. 하지만 위험할 정도로 무서운 힘을 뿜어내는 몸보단, 두 사람의 시선을 사로잡은 것은 수염 아래 숨겨져 있던 완벽에 가까운 얼굴이었다.

"세상에 저렇게 잘생긴 사람이 있었다니. 아가씨, 정말 저렇게 생긴 사람은 제 생전 처음이라니까요."

젠이 심장이 벌렁거린다는 듯 가슴에 손을 올려놓았다. 그리곤 얼굴까지 붉히고는 이튼을 곁눈질했다. 아주 홀딱 빠진 눈을 한 젠을 보자, 헤리엇은 헛웃음이 새어 나올 정도였다. 사실 놀라긴 헤리엇 역시 마찬가지였다. 어둠을 배경 삼아 달빛 아래서 그를 보았을 때보다, 뜨거운 태양 아래 서 있는 그는 숨을 쉴 수 없을 만큼 잘생긴 모습이었다. 그 얼굴에 헤리엇의 심장 역시 쿵쾅거릴 정도로.

"그래, 그런 것 같구나."

헤리엇은 그녀가 느끼는 감정을 젠에게 들키지 않기 위해 최대한 담담한 목소리로 대답했다. 그리곤 억지로 그에게서 시선을 돌렸다. 그러자 젠은 무감해 보이는 헤리엇의 반응을 보며, 믿을 수 없다는 얼굴을 했다.

"설마, 아가씬 아무렇지 않으세요? 저렇게 잘생긴 귀족 나리를 봤는데도 심장이 뛰지 않으신다는 거예요? 전, 저런 분을 가까이에서 봤다는 사실만으로도 오줌을 지릴 것 같은데. 정말 아가씨 심장은 얼음처럼 차가운 게 틀림없어요."

"내가 심장이 뛸 이윤 없다고 봐. 그리고 너 역시 알렉스가 안다면, 화를 내지 않을까?"

"당연히 화를 내겠죠. 하지만 달라요. 알렉스는 현실이고, 내 손에 닿는 것이지만, 백작님은 언감생심 꿈도 꿀 수 없는 먼 존재니까요. 아무리 백작님께서 잘생겼어도, 저에겐 꽃이나 나비가 아름다운 것이랑 똑같은 것이거든요."

젠이 알렉스를 생각하며 행복한 듯 배시시 웃었다. 그 모습에 헤리엇은 피식 웃음을 터뜨렸다. 사랑이란 그런 모양이었다. 그렇다면, 난 어떻지? 나에게도 백작은 꽃과 나비와 같은 것일까? 작게 한숨을 내쉰 헤리엇이 이튼에게 들킬세라, 젠의 옷자락을 잡아끌었다.

"어서 가자. 오늘 할 일이 또 태산만큼 쌓여 있을 테니까."

헤리엇이 이튼이 눈치채기 전에 그곳을 벗어나려 했다. 하지만 이미 늦은 모양이었다. 인기척을 느낀 듯, 이튼이 그녀가 있는 쪽으로 고갤 돌리더니, 오롯이 그녀를 응시했다. 멀리 떨어져 있어도 느낄 수 있을 만큼 그의 시선은 너무도 강렬했다. 두 사람이 이튼의 시선에 담긴 감정을 모두 눈치챌 수 있을 만큼. 당황한 헤리엇이 서둘러 고갤 돌렸다. 헤리엇은 발길을 돌려 걸음을 옮기려는 순간, 젠이 눈치도 없이 호들갑을 떨었다.

"어머, 아가씨. 이쪽으로 와요. 백작님이 이쪽으로……."

젠의 목소리에 헤리엇의 몸이 살짝 굳어졌다. 하지만 이내 호흡을 가다듬었다. 도망치듯 자릴 피해, 그에게 비웃음을 사고 싶지 않았다. 햇살을 등지고 걸어오는 이튼을 보며, 헤리엇은 주먹을 꼭 쥐었다. 자꾸만 입술이 말라, 헤리엇은 혀로 입술을 축여야 했다.

"왔군."

바로 앞까지 다가온 이튼을 보자, 헤리엇이 고갤 숙여 인사를 했다. 하지만 헤리엇은 고개를 들지도 않은 채 황급히 말했다.

"그럼, 저흰 집사님께 가보겠습니다. 오늘 해야 할 일들이 많아서요."

그를 피하듯 빠른 걸음으로 저택으로 향하는 헤리엇을 보며, 이튼의 입가가 차갑게 비틀렸다. 아마 헤리엇은 옆에 젠이란 아이가 있기 때문에 그가 쉽게 행동을 하지 못할 것으로 생각한 모양이었다. 하지만 그건, 착각이었다. 이튼은 더 이상 타인의 시선 따위 신경 쓰지 않았다. 그것보다, 이튼은 헤리엇에게 똑똑히 그녀가 누구의 것인지 알려줘야겠다고 생각했다.

"잠깐, 멈춰."

그녀에게 성큼성큼 다가간 이튼이 그녀의 팔을 붙잡더니, 강한 힘으로 그에게 돌려세웠다. 순식간에 돌려세워진 헤리엇은 굳은 표정으로 그를 응시했다. 옆에 서 있던 젠 역시 이튼의 갑작스러운 행동에 조금 놀란 모습이었다.

"젠이라고 했던가? 넌, 저택으로 들어가 워릭에게 오늘 할 일이 뭔지 알아보도록 해."

"아, 네."

"그리고 헤리엇. 넌, 날 따라오도록 해."

이튼은 그녀가 대답할 새도 없이 그녀의 손목을 붙잡고 걷기 시작했다. 그에게 손목을 붙잡힌 헤리엇이 놀라 소리쳤다.

"잠깐, 백작님."

헤리엇은 그에게 끌려가지 않기 위해 버텼다. 하지만 단단히 붙잡힌 팔을 빼려 했지만 벗어날 수 없었다.

"말했을 텐데? 내가 원할 땐, 언제든 널 갖겠다고."

"하지만……."

콘웰 저택으로 오는 동안, 헤리엇 역시 그 생각을 하지 않은 것은 아니었다. 하지만 이렇게 빨리 그가 행동에 옮길 것이라곤 전혀 예상치 못했던 것이다. 당황해 얼굴을 붉히는 헤리엇을 보자, 이튼이 피식 웃었다. 그리곤 고갤 숙이더니, 아주 진지한 표정으로 속삭였다.

"걱정 마. 난 아무 때나 발정하는 짐승은 아니니까. 오늘은 책을 읽을 생각이야."

순간 헤리엇은 이튼의 목소리가 듣기 좋다고 생각했다. 녹아들 것처럼 부드러워 자꾸만 듣고 싶어질 정도였다.

"그렇다면, 제가 오히려 방해가 될 겁니다."

"아니, 전혀. 넌 내가 책 읽는 동안, 베개로 쓸 생각이거든."

베개라니. 헤리엇은 눈살을 찌푸리며 그를 올려다보았다. 그러자 그의 눈동자가 장난기로 반짝이기 시작했다.

"베개가 싫다면, 내 몸을 데워줄 담요가 되어도 상관없어. 선택은 네가 하도록 해. 베개든 담요든."

마치 아주 큰 아량이라도 베풀 듯 이튼이 그녀에게 선택의 기회를 주었다. 헤리엇은 그런 이튼을 어이없다는 얼굴로 바라보았다. 뭐지? 뭔가 변해 있었다. 그녀를 대하는 태도며, 표정 역시 미묘하지만 다르게 느껴졌다. 여전히 그녀를 바라보는 눈빛은 서늘했고, 섣불리 다가설 수 없을 만큼 그녀를 두렵게 만드는 냉기 또한 그대로였다.

하지만 뭐라 설명할 수 없는 부분이 있었다. 헤리엇은 또다시 앞서 걷기 시작한 이튼을 보며, 생각에 잠겼다. 그리고 그렇게 헤리엇은 이튼의 손에 이끌려 원형 탑 꼭대기에 있는 도서관으로 향했다. 그를 위한 베개나, 아니면 담요가 되기 위해.

도서관 창문을 통해 햇살이 들어와 비쳤다. 그리고 그 햇살은 헤리엇의 머리 위로 떨어지듯 내려앉았고, 그녀의 여린 어깨 위로 부서졌다. 고요한 침묵이 흐르는 도서관 안에 헤리엇의 낭랑한 목소리가 들려왔고, 그 목소리가 무척이나 평화롭게 느껴졌다. 하지만 정작 책을 읽는 헤리엇의 상태는 가히 평화롭지 못했다. 불편함,

아니, 난감함에 심장까지 졸아들 지경이었다.

"나의 눈은 낮에는 사물을 허술히 보고, 밤이면 가장 잘 보인다. 잘 때 나의 눈은 꿈속에서 그대를 알고, 눈은 감겼어도 빛 받아 어둠 속에서 밝은 존재로 향하게 되느니."

헤리엇은 읽던 책을 내려놓고는 그녀의 무릎을 베고 누워 있는 이튼을 흘끗 내려다보았다. 책을 읽을 때 쓸, 베개라고 하더니 베개는 물론이고 그는 그녀에게 책을 읽어달라고 했다. 헤리엇은 눈까지 감은 채 편하게 누워 있는 이튼을 보며, 입을 삐죽였다.

휴! 한 시간 넘게 책을 읽은 탓인지 목도 아팠지만, 자꾸만 좀이 쑤셔 엉덩이가 들썩였다. 그녀의 허벅지를 베고 누운 그의 머리를 당장에라도 치우고 싶어 미칠 지경이었지만, 헤리엇은 입술을 깨물고 꾹 참아냈다. 그런 헤리엇과는 달리 그녀의 다릴 베고 있는 이튼은 너무도 평온했다. 고른 숨을 내쉬며 미동조차 없는 얼굴은 잠이 든 듯 고요했다.

정말, 잠든 건가? 한동안 미동도 하지 않은 걸로 보아 잠이 든 게 분명했다. 헤리엇은 직접 확인해 보기 위해 손을 뻗어 슬쩍 그의 머리카락을 스쳤다. 반응이 없었다. 그러자 이번엔 조금 더 대담하게 손끝으로 그의 뺨을 슬쩍 찔러보았다.

"휴!"

여전히 미동도 하지 않는 이튼을 보며, 헤리엇은 들고 있던 책을 옆으로 내려놓았다. 그리곤 뻑뻑해진 눈을 손끝으로 꾹꾹 눌러 긴장을 풀었다. 그러다 그녀의 시선이 자연스럽게 이튼의 얼굴로 향했다.

창문을 통해 들어온 햇살에 반듯한 이마와 끌로 정교하게 깎아 놓은 듯 보이는 완벽한 콧날까지. 이튼의 얼굴은 손을 뻗어 만져 보고 싶을 정도로 매력적이었다. 그리고 차가운 느낌이 드는 그의 입술. 서늘함이 감도는 입술은 그녀의 심장을 간질이듯 묘하게 섹시했다. 순간 부드럽게 그녀의 입술을 쓸던 그 감촉이 떠오르자, 헤리엇의 뺨이 순식간에 뜨거워졌다.

대체 지금 뭘 상상하는 건지. 서둘러 그의 입술에서 눈을 떼곤 고갤 돌리려는 순간, 입가에 미소가 떠오르는 것이 보였다. 설마, 설마……. 헤리엇은 그 미소에 긴장했다. 그리고 천천히 시선을 들자, 언제 깨어났는지 그녀를 물끄러미 응시하고 있었다. 검은 눈동자에 짓궂은 감정까지 담고서.

"어, 일어나셨군요."

당황한 헤리엇이 소파에서 벌떡 일어섰다. 그러자 그 여파로 이튼 역시 소파에서 반쯤 몸을 일으켰다. 그리곤 그에게서 멀어지려는 헤리엇의 손목을 꽉 붙잡고는 확 끌어당겼다.

"엇, 지금 뭐 하는……."

순식간에 끌려간 헤리엇은 그의 몸에 반쯤 깔린 채 소파에 누워 있었다.

"비켜주세요. 이젠 베개 노릇은 할 만큼 했다고 생각합니다."

헤리엇은 최대한 침착한 표정으로 말하기 위해 애썼다. 하지만 그에게 몸을 눌린 상태였기 때문에 그가 놓아줄 마음이 생기지 않는 한 꼼짝도 할 수 없었다. 그리고 그녀를 내려다보는 이튼의 검은 눈동자를 본 순간, 입술을 깨물었다. 그는 그녀를 놓아줄 생각이 없는 모양이었다. 깊이를 알 수 없는 검은 눈동자가 그녀를 내려다보며, 위험스럽게 빛나고 있었던 것이다.

"이제 베개 노릇은 그만해도 좋아. 지금 필요한 건, 다른 것이니까."

그가 그녀에게 손을 뻗어왔다. 흠칫 놀라 고갤 돌리자, 그가 피식 웃었다. 그의 손이 보닛의 끈을 잡아당겨 그녀의 머리에서 벗겨냈다. 아름다운 머리카락이 폭포수처럼 흘러내렸다. 이튼은 손을 뻗어 윤기 나는 머리카락을 천천히 어루만졌다. 그의 손길에 헤리엇은 숨을 삼켰다. 모든 솜털이 곤두설 만큼 그가 뿜어내는 성적 긴장감에 헤리엇의 몸이 떨리기 시작했다. 그가 고갤 숙였다. 그녀의 목덜미에 그의 숨결이 느껴졌다. 그의 입술이 예민해진 그녀의 목덜미에 닿을 듯 말 듯 스쳤다.

"백작님……."

"쉿!"

귓불을 간질이던 그가 고갤 들었다. 그리곤 손을 뻗어 그녀의 턱을 붙잡더니 엄지손가락으로 입술을 쓸었다. 그리곤 그녀의 입술에서 시선을 떼지도 않은 채 낮게 입을 열었다.

"한밤중 깊은 잠 속에 시력 없는 눈에도…… 불완전하고도 아름다운 그림자가 보인다면. 그대를 볼 때까지는 낮은 다 밤이요, 꿈에 그대를 본다면, 밤은 언제나 밝은 낮이라."

낮게 읊조린 시는 분명, 그녀가 조금 전 읽었던 소네트의 마지막 구절이었다. 처음부터 그는 깨어 있었던 게 분명했다. 그런 척했을 뿐.

"그래, 감상은 어땠지? 수염보단 수염이 없는 이 얼굴에 홀딱 반한 건가? 특히 내 입술을 무척이나 좋아하는 것 같더군."

"반하긴 누가 반했다고 이러세요. 그리고 입술 같은 건 보지도 않았어요. 그냥, 수염이 없어 너무 신기해서 본 것뿐이에요."

헤리엇이 딱 잘라 그의 말을 부인했다. 하지만 이튼은 그녀의 말을 믿지 않는 눈치였다. 그가 손끝으로 그녀의 입술을 건드렸다. 헤리엇은 그의 손길에 입술이 바짝 타는 느낌이었다. 그의 손이 닿는 곳이 불에 덴 듯 뜨거웠다. 왜 이렇게 긴장되는 걸까? 그를 밀어내고, 필사적으로 벗어나야 했지만, 그의 손길이 닿으면 꼼짝도 할 수 없었다.

"아직은 내가 인내심이 남아 있으니, 상관없어."

그가 헤리엇에게 고갤 숙였다. 그리곤 긴장한 채 숨까지 참고 있는 헤리엇의 입술에 입술을 댔다. 하지만 키스는 아니었다. 그저 그녀의 입술을 스친 것뿐이었다. 왜일까? 오히려 그 행동이 헤리엇을 더 긴장되게 만들었다. 낯선 두려움과 함께 설레듯 심장이 미친 듯이 뛰고 있었다. 그와 키스하고 싶다는 듯.

"곧, 인정하게 되겠지."

뜨거운 숨결이 그녀의 입술을 건드렸다. 닿을 듯 닿지 않는 그의 행동에 헤리엇은 조급증이 밀려들었다. 입안이 바짝 타고, 자꾸만 마른침을 삼켜야 했다. 말도 안 되지만, 헤리엇은 그의 키스를 원하고 있었다. 달콤하고 뜨겁게 달아오르게 하는 그 낯선 느낌. 심장이 오그라들 것 같은 긴장감과 온몸을 휘젓는 그 느낌을 또다시 느끼고 싶었다. 중독성이 강한, 그의 키스를.

헤리엇은 그 날 선 긴장감을 어쩌지 못하고 입술을 깨물었다. 하지만 그는 바짝 긴장한 그녀와는 달리 무척이나 여유로워 보였다. 금방이라도 한입에 먹어치울 듯 짙은 욕망을 품고 그녀의 입술을 바라보고 있었지만, 이율배반적이게도 그는 꼼짝도 하지 않고 있었다. 맹수가 사냥 전, 먹잇감의 주위를 배회하듯 여유로웠다.

"이건 네 거짓말에 대한 벌일까, 아니면 나에게 하는 고문일까?"

그 말과 함께 이튼은 몸을 일으켰다. 순식간에 그녀를 내리누르던 야릇한 무게감이 사라졌다. 그리고 팽팽하게 날 선 성적 긴장감을 거둬낸 이튼은 평소의 차가운 얼굴로 바닥에 떨어진 책을 집었다. 그렇게 책을 손에 들고 책장이 있는 서고로 걸어간 이튼은 언제 그랬냐는 듯 서늘한 표정으로 책을 읽기 시작했다. 뒤늦게 소파에

서 일어나 앉은 헤리엇은 아무 일 없다는 듯 평온한 그 모습에 얼굴이 붉게 달아올랐다. 여전히 혼란스러운 그녀와는 달리 그는 너무도 냉정해 보였다. 마치 자신만 그에게 잔뜩 휘둘린 느낌이었다.

민망해진 헤리엇이 바닥에 떨어진 보닛을 집어 들곤 서둘러 흘러내린 머리카락을 정리하기 시작했다. 정말 얄미울 정도로 냉정한 남자였다. 보닛을 쓰고 흐트러진 드레스 자락을 정리하는 동안 헤리엇은 수치심에 죽고 싶었다. 아니, 자꾸만 그의 앞에서 냉정함을 잃는 자신이 한심하게 느껴졌다.

"백작님, 그럼 전 이만 가보겠습니다. 필요하신 것이 있다면……."

똑똑! 똑똑!

"주인님, 워릭입니다."

그때 노크 소리와 함께 문 앞에서 집사 워릭의 목소리가 들려왔다. 밖으로 나가려던 헤리엇이 조금은 당황한 표정으로 이튼 쪽으로 고갤 돌렸다. 그러자 이튼은 그녀에게 시선조차 주지 않고 말했다.

"나가면서, 워릭에게 들어와도 좋다고 해."

"아, 네. 알겠습니다, 백작님."

헤리엇이 입술을 깨물곤 문 쪽으로 걸어가기 시작했다. 그녀에게 볼일이 없다는 듯 냉정하게 밀어내는 그의 태도가 몹시도 불쾌했다.

"뺨이 빨갛군. 가서 세수하는 것이 좋겠어."

문을 열기 직전, 그가 놀리듯 말했다. 정말 백작은 악마처럼 사악했다. 자신이 어떤 마음인지 뻔히 알고 있으면서, 그것을 꼭 집어 말하는 심술이라니.

벌이었다. 그의 말처럼, 그에게 거짓말을 한 벌이 확실했다. 헤리엇은 그렇게 생각하고 벌컥 문을 열었다가, 놀라 서 있는 워릭을 보곤 서둘러 고갤 숙였다. 워릭은 헤리엇이 아직까지 이곳에 있었다는 사실에 무척이나 놀란 모양이었다. 민망함에 헤리엇은 재빨리 말했다.

"백작님께서 들어오시라고 했습니다."

워릭의 대답을 기다리지 않고 헤리엇은 그를 지나쳤다. 그리곤 원형의 계단을 뛰듯 내려가며 생각했다. 자신에겐 벌이었지만, 그에겐 고문이라고 했다. 대체 뭐가 그에겐 고문이란 건지 알 수가 없었다.

헤리엇이 방을 나가자, 이튼은 그제야 참고 있던 숨을 내쉬었다. 그리곤 한 줄도 읽지 못한 책을 책장에 밀어 넣었다. 몸 한 부분이 뜨거운 열기로 뻐근했다. 참을 수 없는 욕망에 온몸의 피가 날뛰고 있었다.

이튼은 불편함을 호소하며 금방에라도 뛰쳐나올 듯 달아오른 본능을 가라앉히는데, 한동안 안간힘을 써야 할 테지만, 기분은 가히 나쁘지 않았다. 여자를 원하는 남자의 본능. 사실 이튼은 그런 본능은 인내심 약한 남자들의 변명쯤으로 여겼었다. 하지만 그것이 아닌 모양이었다. 원하는 여잘 만났을 때, 자꾸만 자극하고 장난치며 그 여자를 손에 넣는 느낌이 묘하게 그를 설레게 했다. 아직 헤리엇이 그녀의 마음을 인정하려 하지 않고 있었지만, 그가 그런 것처럼 그녀 역시 오늘 일로 인해 자신의 본심이 뭔지 깨닫게 될 것이라 확신했다.

"주인님, 무슨 좋은 일이라도 있으신 겁니까?"

도서관으로 들어온 워릭이 혼자서 미소를 짓고 있던 이튼을 보며, 놀라 물었다. 그러자 이튼이 나른하게 기지개를 켜며 워릭을 돌아보았다.

"잠을 좀 잤더니, 두통이 사라졌거든."

"두통이요? 세상에나, 정말 두통이 사라졌다고요? 정말 다행입니다. 그럼 이제 더는 걱정하지 않아도 되겠군요."

워릭의 말에 이튼의 눈썹이 치켜 올라갔다. 그리곤 뭔가를 깨달은 듯 심각한 얼굴로 변하기 시작했다. 그러자 워릭은 당황한 표정으로 이튼의 눈치를 살폈다.

"제가 무슨 실수라도……. 전, 다만 주인님께서 두통이 사라졌다기에 이젠 예전처럼……."

"워릭!"

"네, 주인님."

"두통이 사라졌다는 건, 4년 전으로 돌아가기 시작했다는 뜻이겠지?"

"당연한 말씀입니다. 이 모든 게 바로, 그 두통 때문이니까요."

당연한 말을 하느냐는 듯 워릭이 이튼을 바라보았다. 그 모습에 이튼의 얼굴이 눈에 띄게 굳어졌다. 아직 확실하진 않았다. 그저 처음으로 휴식을 취한 덕분에 그의 두통이 잠시 멈춘 것일 뿐이었다. 아니, 그러고 보니 요즘 어땠더라? 사실 최근 들어 전과는 달리 머릿속이 맑은 날이 많아진 것이다.

훗! 그럴 리 없어. 그저 우연히 겹친 착각일 뿐이야.

이튼은 마음속에서 움트려는 희망의 싹을 단번에 잘라냈다. 지금까지 한 번도 없다고 들었다. 짙고 검은 피를 가진 스튜어트 가의 사내가 원래대로 되돌아간 적은. 심장이 욱신거렸다. 4년 전 그의 심장을 아슬아슬하게 비켜간 차가운 금속의 느낌에 등줄기가 서늘해졌다. 이마에 솟아난 식은땀을 소매로 쓸며, 이튼이 창가로 걸어갔다. 그리곤 탑의 꼭대기의 창문을 통해 정원을 가로지르는 헤리엇을 바라보았다. 그녀 역시 그의 시선을 느낀 듯, 걸음을 멈추더니 그가 서 있는 창 쪽으로 시선을 돌렸다.

가능할까? 아니, 불가능해.

이튼은 차갑게 그녀를 외면하곤 돌아섰다. 그에게 희망이란 그의 생명을 좀먹는 벌레일 뿐이었으니까.

원형 탑의 계단을 내려온 헤리엇은 정원을 가로질러 저택으로 향했다. 인정하고 싶지 않았지만, 헤리엇은 그를 원하고 있었다. 정숙한 숙녀라면 그럼 감정 따위 느껴선 안 되는 것이었다. 하지만 헤리엇은 그의 키스를 원했다.

휴! 그녀를 바라보며 웃던 그의 검은 눈동자를 떠올리자, 헤리엇은 작게 한숨을 내쉬었다. 입가에 어린 냉소와 모든 걸 다 알고 있다는 듯 거만하게 빛나던 눈동자.

이튼은 그녀의 마음을 모두 눈치챈 듯했다. 그가 의도했던 것이 그녀 스스로 그에게 걸어오는 것이라면, 그의 계획은 어느 정도 성공한 게 분명했다. 그녀도 어쩌지 못할 정도로 헤리엇은 그를 의식하고 있었으니까.

문득 목덜미에 느껴지는 날카로운 시선에 헤리엇은 걸음을 멈췄다. 이끌리듯 그녀의 시선이 원형 탑의 꼭대기로 향했고, 그곳에서 그녀를 내려다보고 있던 이튼과 눈이 마주쳤다.

두근, 또다시 심장이 무섭게 뛰고 있었다. 유리창 앞에 서 있는 그의 분위기는 평소처럼 서늘했다. 수염을 깎고 머릴 단정하게 자른 탓에 그의 외모는 런던의 그 어떤 귀족들과 견주어도 나무랄 곳 없이 완벽한 신사였지만, 그를 휘감고 있는 분위기는 여전히 위험스러웠다.

악마처럼 잘생긴 모습 안에 알아서는 안 될, 차갑고 비밀스러운 위험이 숨겨져 있는 듯했다. 그래서 헤리엇은 그에게서 시선을 뗄 수가 없었다.

그가 유리창에서 사라지고 나서야, 헤리엇은 그에게서 시선을 돌릴 수 있었다. 저택의 문을 열고 안으로 들어간 헤리엇은 문에 기대섰다. 헤리엇은 천천히 숨을 내쉬며, 가슴을 쓸어내렸다.

"휴, 정말 위험해."

위험했다. 자신에게 내려진 리치먼드 가의 저주를 잊을 만큼. 그는 너무도 달콤한 독 같았다. 헤리엇의 나이 16살, 첫 월경이 시작되었다. 그리고 그날 밤, 헤리엇은 이유를 알 수 없는 고열로 사경을 헤맸다. 그렇게 일주일이 지난 후, 헤리엇이 깨어났을 땐 그녀의 머리카락이 은빛으로 변해 있었다. 은빛 머리카락. 리치먼드 가문의 여인 중, 첫 월경이 시작되고 그 머리색이 은빛으로 변한 사람에겐 지독한 저주가 따라붙었다.

600년 전에 시작된 리치먼드의 저주에 따르면, 은빛 머리카락의 여인은 꼭, 사랑하는 사람을 자신의 손으로 죽이게 된다는 것이었다. 그리고 그 죗값으로 아이를 낳을 수 없었다.

"여인이 아이를 낳을 수 없다는 것은…… 그 어떤 것도 허락되지 않는다는 것."

여인으로서의 행복도, 그리고 삶도 없다는 뜻이었다.

"얼마나 좋았을까요? 내 머리카락이 갈색이었다면……."

그랬다면, 그랬다면……. 헤리엇은 고갤 떨구며 가슴속에 부는 스산한 바람을 잠재우기 위해 안간힘을 썼다.

마구간에 서서 종마의 등 위에 안장을 올리고 있는 워릭을 보며, 이튼이 미간을 찌푸렸다.

"워릭, 할 말이 있으면 말하도록 해. 그렇게 흘끗거리지 말고."

이튼은 승마용 부츠와 장갑을 끼며 말했다. 그러자 워릭이 기다렸다는 듯 이튼에게 다가오더니, 심각한 표정을 했다.

"제 생각이 맞는다면 2층 방을 사용할 분이……. 그러니까 그분이 제가 생각하는……."

워릭은 더는 말을 잇지 못하겠다는 듯 이튼의 눈치를 살폈다. 하지만 안절부절못하는 워릭과는 달리 이튼의 표정은 아무런 변화도 느껴지지 않았다.

"워릭, 헌팅턴 백작에 대해 알아봐 줘."

"헌팅턴 백작이라면……."

"헤리엇을 헌팅턴 백작가에서 데려올 생각이야."

한 치의 망설임도 없다는 것은 이미 결심이 확고하단 뜻이었다. 그가 아무리 말려도 그의 주인은 헤리엇이란 하녀 아이를 콘웰 저택에 들일 모양이었다.

"하지만……."

입을 다물지 못하는 워릭을 보며, 이튼은 작게 한숨을 내쉬었다. 놀랐겠지. 콘웰 공작가의 후계자가 된 이튼이 하찮은 하녀에게 2층의 안주인 방을 주겠다고 했으니까. 사실 이튼 역시 처음엔 헤리엇에게 별채의 고용인이 머무는 방을 주려 했었다. 그리고 그가 원할 때, 그녀를 취하면 그만이었으니까.

하지만 이튼은 생각을 바꿔, 헤리엇에게 2층 방을 주기로 결정한 것이다. 사실 이건 로맨틱한 마음에서 나온 생각은 결코 아니었다. 아버지인 콘웰 공작에게 보내는 그의 대답이었다.

콘웰 공작이란 작위를 받기 위해 아버지가 정해놓은 정략혼 같은 건 할 생각이 없다는 그의 대답. 극단적인 방법이긴 했지만, 그 효과는 그 어떤 것보다 클 것이라 확신했다.

그리고 또 다른 이유는 헤리엇이 그의 유일한 여자가 되리라는 사실 때문이었다. 뜨겁게 요동치는 심장과 몸속을 날뛰는 욕망과는 달리 이튼의 머릿속은 평온했다. 습관처럼 찾아들던 극심한 두통도, 그리고 자신도 어쩌지 못할 정도로 들끓던 불안함도 없었다.

"하지만 공작님께서 아시면, 절대 인정하지 않으실 겁니다. 어쩌면 백작님을 쫓아낼 수도 있습니다."

"그게 나든, 아니면 내가 선택한 여자든 상관없어. 워릭, 난 콘웰 가로 돌아가지 않아. 작위 역시 물려받지 않을 생각이야. 그러니 아버지께, 사실대로 전하도록 해. 그것이 날, 돕는 일이야."

이튼이 말에 올랐다. 그리곤 고삐를 붙잡곤 마구간을 빠져나가 버렸다. 혼자 마구간에 남겨진 워릭은 한동안 멍하니 서 있어야 했다.

하필, 하녀라니.

워릭은 터덜터덜 마구간을 나왔다. 그리곤 이튼의 명령대로 헌팅턴 백작에 대해 알아보기 위해 마을에 있는 제나의 오두막으로 향했다.

제5장 거래

똑똑!

헤리엇은 문을 두드리는 소리에 들고 있던 펜을 내려놓았다. 그리곤 쓰고 있던 종이를 서둘러 책상 서랍에 밀어 넣고는 의자에서 일어나, 문 쪽으로 걸어갔다.

"루엔, 무슨 일이지?"

문을 연 헤리엇은 유모인 루엔이 쟁반을 들고 서 있는 것을 보자, 긴장을 늦췄다.

"오늘 저녁에 약을 드시는 것을 잊으신 것 같아서요. 그래서 제가 약을 준비해 왔습니다."

"아, 약을 먹지 않았었나? 바빠서 오늘 약을 먹는 날인지 잊은 모양이야."

헤리엇이 옆으로 비켜서자 루엔이 안으로 들어왔다. 순간 쟁반 위에 놓은 그릇을 보자, 헤리엇의 표정이 미묘하게 변했다. 사실

약을 먹어야 한다는 것을 잊었다는 말은 거짓말이었다. 언제나 그렇듯, 약을 먹을 때마다 떠오르는 저주가 싫을 뿐이었다.

"새벽엔 날씨가 찹니다. 늦게까지 글을 쓰시려면, 문을 닫으세요."

루엔은 책상 위에 쟁반을 올려놓은 후, 헤리엇이 열어놓은 다락방의 천창을 닫았다.

"그리고 절대 잊어선 안 됩니다. 꼭 정해진 날짜에 약을 드셔야 한다는 것을요."

"알았어. 이젠 잊지 않을게."

창문을 닫은 루엔이 헤리엇 앞에 섰다. 마치 감시라도 하듯, 루엔의 시선은 움직일 줄 몰랐다. 헤리엇은 언제나 그렇듯 무표정한 얼굴로 리치먼드 가의 비약을 먹었다. 4년 전, 그녀의 머리카락이 은빛으로 변한 후부터 일주일에 한 번씩 거르지 않고 먹어온 약이라 어렵지 않게 약을 삼켰다.

"이 약을 죽을 때까지 먹어야 한다니, 귀찮군."

루엔은 함께 준비해 온 물컵을 헤리엇에게 건넸다. 물과 함께 독약처럼 쓴 약이 목구멍을 타고 내려갔다. 지독히도 썼다. 그래서 헤리엇은 이 약을 리치먼드의 독약이라고 불렀다.

"정해진 날짜에 약을 꼭 드셔야 합니다."

"알아, 알고 있어."

헤리엇은 걱정으로 일그러진 루엔을 보며 고갤 끄덕였다. 언제부터였는지 정확히 기억나진 않았다. 아니, 기억하고 싶지 않았다. 사실 헤리엇은 루엔에게 그 약을 받아 든 순간, 바닥에 그 약을 던지고 발로 짓이겨 버리고 싶었다. 하지만 그러지 못한 이유는 자신보다 더 상처 입은 얼굴로 서 있는 루엔 때문이었다.

그날 루엔이 나에게 뭐라고 했었더라. 그래…… 살기 위해선, 이

약을 꼭 먹어야 한다고 했었다. 그것이 벌써, 4년 전이었다. 물컵을 쟁반에 내려놓은 헤리엇은 그녀를 말없이 바라보고 있는 루엔을 돌아보았다.

"네 말대로 약은 다 먹었다. 그리고 이젠 잊지 않을 거야. 그러니 어서 가서 쉬어."

루엔은 방을 나가기 전, 팔에 걸치고 있던 숄을 헤리엇의 어깨에 둘러주었다. 드레스 위로 숄에 남아 있던 루엔의 온기가 그대로 전해졌다. 그 무엇과도 다른, 따뜻함. 그 온기엔 헤리엇을 걱정하는 루엔의 마음이 고스란히 담겨 있었다.

"지난번에 만들어준 숄도 그냥 있는데, 왜 또 만들었어. 관절염이 또 도지면 어쩌려고."

헤리엇의 질책에 루엔이 빙긋 웃으며 그녀에게 손을 내밀었다.

"보세요, 이번엔 손도 아프지 않았답니다. 그리고 지난번처럼 그렇게 오래 걸리지도 않았고요."

루엔의 변명에 헤리엇은 어쩔 수 없다는 듯 한숨을 내쉬었다. 최근 관절염을 앓기 시작한 다음엔 루엔의 손은 앙상하게 변했고, 관절 부근이 툭 불거졌다. 그녀 앞에선 숨기려 했지만, 무척이나 고통스러워했다.

"그렇다 해도, 이젠 안 돼."

"네, 아가씨. 이젠 나이가 들어 더는 만들 수도 없으니 안심하세요."

헤리엇의 어깨 위에 숄을 고쳐 매주는 루엔의 손길이 무척이나 다정했다. 작은 등불에 비친 루엔의 주름진 얼굴을 보자, 헤리엇의 심장이 서걱거렸다.

"고마워, 루엔."

헤리엇의 한마디에 루엔의 입가에 미소가 떠올랐다.

"아가씨도 무리하지 마시고, 주무세요. 너무 늦게까지 글을 쓰시면, 몸이 축날지도 모르니까요."

"알았어. 그렇지 않아도 자려던 참이었어. 그나저나 넌 왜 자지 않은 건데? 설마, 내 약 때문이야? 만약 그렇다면, 이젠 그러지 마. 잊지 않고 먹을 테니까."

"그저 나이가 드니, 잠이 오지 않아서요."

루엔이 어색하게 웃자, 순간 헤리엇은 이 시간까지 루엔이 자지 않은 이유를 알았다.

"아버지께서 아직 들어오시지 않은 모양이군."

헤리엇의 말에 루엔의 표정이 살짝 굳어지더니, 이내 고갤 끄덕였다.

"루엔, 이젠 그럴 필요 없어. 아버진, 새어머니께서 기다리시면 되는 거야."

"당연히 마님께서 기다리셔야죠. 그저 잠이 오지 않아, 깨어 있었던 것뿐이라니까요."

헤리엇은 루엔의 거짓말을 믿지 않았다. 20년 동안, 루엔이 아버지 윈슬러와 자신을 가족처럼 돌봐왔다는 사실을 너무도 잘 알고 있었다.

"정말이라니까요."

루엔이 다시 한 번 아니라고 말했다. 그러자 헤리엇은 한숨을 내쉬었다. 루엔은 엘레나의 하녀였다. 그리고 어머니 엘레나가 죽은 후 지금껏 자신을 키워온 유모였다.

헤리엇은 4년 전 바람의 언덕에서 정신이 들었을 때를 떠올렸다. 까무룩 정신을 잃고 있던 헤리엇이 눈을 떴을 때, 루엔이 그녀의 곁을 지키고 있었다. 그리고 똑똑히 말했었다. 저주를 피할 방법을 꼭 찾을 수 있을 것이라고.

그 저주라는 것. 루엔의 말대로 정말 풀어낼 방법이 있지 않을까? 모든 것에 시작이 있으면, 끝도 있는 법이었다. 몰락해 이젠 흔적조차 찾을 수 없는 리치먼드 가문에 대해 적어놓은 역사서나, 아니면 뭔가를 알고 있는 사람들을 찾게 된다면……. 저주를 풀 실마리를 찾을 수 있을지도 몰랐다.

"피곤하군. 너도 어서 들어가 자도록 해. 아버진, 내가 기다릴 테니까."

"아닙니다, 저도 아가씨와 함께……."

"아니야, 루엔. 어서 들어가서……."

그때, 누군가 헌팅턴 백작가의 현관문을 두드리는 소리가 들렸다.

"무슨 일이지?"

헤리엇이 창문으로 걸어가 문을 열고 아래를 내려다보았다. 저택의 현관문 앞에 한 남자가 서 있었고, 그와 동시에 저택 안으로 마차 한 대가 들어오는 것이 보였다. 아마, 제나의 오두막에 갔던 윈슬러가 이제야 귀가한 모양이었다. 하지만 뭔가 이상했다. 저택의 문을 두드리는 남자는 자세히 보니 제나의 오두막에서 보았던, 체드란 남자였다. 그리고 현관 앞에 마차를 멈춘 마부가 윈슬러를 위해 마차의 문을 연 것이 아니라, 저택의 문을 두드리고 있던 체드와 함께 저택 안으로 들어오는 것이 보였다. 이내 어둡던 백작가가 대낮처럼 환해졌다. 그리곤 다급하게 뭔가를 웅성거리는 소리가 들려왔다.

"무슨 일이 생긴 모양이야. 루엔, 내려가 봐야겠어."

심상치 않은 분위기에 헤리엇은 루엔이 씌어준 숄을 바짝 당겨 묶고는 다락방을 나섰다. 그리고 헤리엇이 계단을 반쯤 내려갔을 때, 헐레벌떡 뛰어 올라오던 집사 노먼을 만날 수 있었다.

"아가씨, 헤리엇 아가씨! 큰일 났습니다. 백작님께서, 백작님께 서 많이 다치셨습니다."

마부에 의해 반쯤 끌려 나온 듯, 집사 노먼은 잠옷 차림이었다. 그리고 그의 얼굴은 새파랗게 질려 벌벌 떨고 있었다.

"아버지께서 다치셨다고?"

헤리엇은 노먼을 지나쳐, 재빨리 계단을 뛰어 내려갔다. 그리곤 놀라 서 있는 고용인들을 지나쳐 현관문을 나섰다. 그러자 마부의 등에 업혀 있는 윈슬러를 볼 수 있었다.

"대체 무슨 일이지?"

"헤리엇 아가씨, 제나에서 싸움이 있었습니다. 만취하신 데다, 백작님께서 카드게임 도중 돈을 많이 잃으신 모양입니다. 무리 중 한 사람과 실랑이가 있었던 모양인데, 넘어지다 머릴 탁자에 부딪 히셨다고 들었습니다."

"의사는, 당장 마을에 사람을 보내도록 해."

"제나가 미리 사람을 보냈을 테니, 곧 오실 겁니다."

그때까지 마부 옆에 서 있던 덩치 큰 체드가 대답했다. 그러자 헤리엇은 체드에게 고맙다는 듯 고갤 끄덕여 보인 후, 마부를 재촉 하며 저택 안으로 들어갔다.

"어서, 방으로 옮겨줘."

서둘러 저택으로 들어간 헤리엇은 노먼을 비롯한 고용인에게 명 령했다.

"노먼, 뜨거운 물이 필요해. 그리고 상처를 소독할 약재와 깨끗한 천을 가져오도록 해. 의사가 도착하면, 바로 2층으로 올려 보내줘."

"알겠습니다, 아가씨."

급박한 상황에서도 침착하게 대처하는 헤리엇 덕분에 노먼은 안심한 듯 서둘러 약재와 붕대를 가지러 창고로 향했다. 그리고 복도를 따라가며, 루엔과 젠에게 뜨거운 물을 준비하라고 시켰다. 조용하던 저택이 순식간에 아수라장이 되었다. 하지만 그 소동 가운데, 마가렛과 올리비아의 모습은 찾아볼 수가 없었다.

제나의 오두막에서 나오는 워릭의 표정이 유령이라도 본 듯 멍했다. 사실 그가 전해 들은 말을 믿을 수가 없었던 것이다. 하지만 술집의 여주인인 제나에게 금화 한 닢을 주고 산 정보였기 때문에 진실이 분명했다. 그렇다면, 이튼에겐 희소식이었다.

"헌팅턴 백작의 유일한 핏줄이 헤리엇 님이셨다니."

순간 워릭은 대체 왜, 그분은 하녀라고 신분까지 속인 채 콘웰 저택에 들어온 건지 궁금해졌다. 세상에, 그렇다면 헤리엇의 거짓말에 이튼과 자신은 깜빡 속아 넘어간 것이다.

"어쩌면 공작님도 그렇게 화를 내시진 않으실지도 모르겠어. 시골에 영지를 둔 백작이긴 했지만, 귀족은 귀족이잖아. 하녀보다야 백배 낫지."

마을을 벗어나, 숲으로 들어서는 동안 워릭은 흥분을 가라앉히지 못했다. 이대로 이튼의 두통이 사라지고, 또 백작의 딸과 결혼까지 하게 된다면 예전으로 돌아갈 수 있을지도 모른다는 희망이 생겼다.

그러다 문득, 워릭은 걸음을 멈췄다.

"잠깐, 헌팅턴 백작님의 딸이 헤리엇 님이시라면……."

그렇다면 큰일이었다. 조금 전 제나에게 전해 들은 말 중, 저스틴 남작이 도박 빚 대신, 헌팅턴 백작의 딸을 데려갈 것이라고 했던 말이 떠오른 것이다.

"맙소사, 어서 백작님께 알려 드려야 해."

멈췄던 워릭의 발이 다시 다급하게 움직이기 시작했다.

윈슬러의 코트 주머니에서 발견한 차용증. 그 차용증을 확인한 순간, 헤리엇은 조금 전 저택을 찾아와 빚 대신 올리비아를 달라고 협박하고 돌아간 저스틴의 말이 사실임을 알 수 있었다. 차용증을 들고, 서둘러 집사인 노먼과 함께 헌팅턴 백작가의 재정 상태를 알아보기 위해 장부를 하루 온종일 뒤적였지만, 결론은 절망이었다. 갑자기 그렇게 큰돈이 생기지 않는 한, 꼼짝없이 도박 빚에 저택과 영지를 저스틴의 손에 올려놓아야 할 판이었다. 그렇게 되면, 그의 말대로 헌팅턴 가의 사람들은 하루아침에 길바닥 신세였다.

"네빌 편집자에게 연락해야 하는 건가?"

헤리엇은 관자놀이를 꾹꾹 누르며, 한숨을 내쉬었다. 그녀가 칼 프레데릭으로 글을 쓰는 동안, 거기에서 생긴 계약금과 인세는 모두 브리튼 출판사의 네빌 편집자에게 맡겨놓은 상태였다. 하지만 그 돈을 가져오기엔, 시간이 너무 촉박했다. 또한 저스틴의 태도로 보아, 절대 기다려 줄 것 같진 않았다.

무엇보다, 어젯밤 저스틴의 방문으로 인해 올리비아가 몸져눕는 바람에 일은 더욱 어려워져 갔다. 그리고 마가렛. 자신을 쏘아보던 마가렛을 떠올리자, 또다시 한숨이 밀려 나왔다.

똑똑!

"아가씨, 저 젠이에요."

"들어와."

서재 문을 열고 들어온 젠은 쟁반에 홍차와 함께 간단히 요기할 수 있는 파이를 가지고 왔다. 달콤한 향기와 함께 먹음직스러운 파이를 보아도, 헤리엇은 전혀 식욕이 없었다. 하지만 이런 상황인데도 헤리엇은 파이를 보자 이튼을 떠올리고 있었다. 모든 것을 잃고 쫓겨날지도 모를 이런 상황에서 그를 떠올리다니. 헤리엇은 그런 자신이 한심하게 느껴졌다.

"어서, 드세요. 그래야 뭐든 힘내서 하시죠."

"고마워, 젠. 홍차만 마실게."

지금은 아무것도 먹고 싶지 않았다. 아니, 먹는다고 하더라도 목구멍에 걸려 넘어갈 것 같지 않았다. 헤리엇의 말에 젠이 침울한 얼굴을 했다. 그리곤 파이를 한 조각 집어 들더니, 문득 뭔가 떠오른 듯 헤리엇을 바라보았다. 눈까지 빛내고는.

"아가씨, 백작님요. 미치광이 그 백작님이요."

"백작님이 왜?"

"그러니까 그분께 돈을 빌리는 건 어떨까 하구요. 뭐, 쉽게 누군가를 믿고 돈을 빌려줄 정도로 인정머리가 있는 분 같진 않았지만, 헤리엇 아가씨께서 부탁하시면 가능하지 않을까 싶기도 하고. 이건 순전히 제 감이긴 하지만, 아가씨가 부탁하신다면 분명 도움을 주실 거라고 생각해요."

젠의 말에 헤리엇이 눈살을 찌푸렸다. 정말, 그것이 가능할까?

"돈을 빌린다고? 백작님께?"

"집사인 노먼님께 들었어요. 내년 봄이나 되어야 소작료와 양모 사업에 투자했던 돈이 들어올 거라고요. 그러니 그때까지만 빌려 달라고 사정해 보는 것도 좋지 않을까 해서요."

찻잔을 내려놓은 헤리엇은 젠의 말을 곰곰이 곱씹었다. 만약 그렇게만 된다면, 그보다 더 좋은 해결 방안은 없을 것 같았다. 그리고 그때쯤이면 브리튼 출판사에 맡겨놓았던 돈 역시 받을 수 있었다. 생각대로만 된다면, 저택과 영지를 지킬 수 있었다.

하지만 머릿속에 떠오른 이성적인 사과와 달리, 헤리엇은 선뜻 내키지 않았다. 그에게 아버지 윈슬러의 차용증을 내밀고 돈을 빌리기 위해선, 그녀가 그를 속였다는 사실을 말해야 했으니까.

훗! 언젠가는 들통 날 일이긴 했지. 하지만 이런 식으로 그에게 알리고 싶진 않았다. 좀 더 후에, 그러니까…… 아!

"헤리엇 아가씨!"

젠의 재촉에 생각에 잠겨 있던 헤리엇이 자리에서 벌떡 일어섰다.

"젠, 지금 가봐야겠어."

"네? 이 밤에 어딜…… 혹시 콘웰 저택에 가시려고요?"

"응. 지금 가야겠어."

결심했을 때 가야 했다. 만약 지금이 아니면, 헤리엇은 용기를 낼 수 없을 것 같았다. 젠의 말처럼 그게 유일한 해결 방법이라면 가야 했다. 이대로 저스틴에게 저택과 영지를 잃을 수 없었다. 또한, 올리비아 역시 헌팅턴 백작가의 일로 희생을 강요할 순 없었다.

"하지만 너무 시간이 늦었는데……."

"걱정 마, 별일 없을 테니까."

헤리엇은 차용증을 반듯하게 접어 꼭 쥐었다. 그리곤 서둘러 서재를 나왔다.

"아가씨, 잠깐만요."

젠이 심각한 얼굴로 그녀의 팔을 붙잡았다.

"빨리 얘기하도록 해. 서둘러 가야 하니까."

"제 말은 그러니까. 혹시, 혹시라도 아가씨께서……. 그러니까 아가씨께서 백작님을 마음에 두신 것이라면……."

문손잡이를 돌리던 헤리엇이 동작을 멈췄다. 그리곤 잠시 미동도 하지 않은 채 젠을 돌아보았다.

"만약 그렇다면, 진실을 말하세요. 꼭, 그러셔야 해요."

젠의 말에 헤리엇의 손이 미묘하게 떨리고 있었다. 헤리엇은 애써 담담한 척 웃어 보이곤, 별일 아니라는 듯 말했다.

"걱정 마, 다녀올게."

그 말과 동시에 헤리엇은 콘웰 저택을 향해 발걸음을 재촉하기 시작했다.

호수의 차가운 물이 이튼을 집어삼켰다. 물살을 가르며 호수 안으로 몸을 묻고 있는 이튼의 어깨 위로 차가운 어둠이 내려앉았다. 또다시 예고도 없이 시작된 미칠 것 같은 열기가 이튼을 집어삼키고 있었다. 호수의 차가운 물이 그의 뜨거운 몸을 식히고 있었지만, 그것만으로 역부족이었다. 뼛속까지 스며드는 냉기로도 식히지 못하는 열기는 점점 그의 이성을 잠식하려 했다.

"젠장, 좋아지는 줄 알았더니."

그 어느 때보다 평온한 일상이었다. 4년 동안 그를 괴롭히던 지독한 두통이 사라지고 머릿속이 맑아지기 시작했다. 어쩌면……

예전으로 돌아갈 수 있지 않을까 하는 희망이 그의 마음속에서 움트고 있는 순간이기도 했다. 하지만 허무하게도 그 희망이란 것은, 한순간에 목이 꺾인 인형처럼 생명을 잃어버렸다.

빌어먹을, 헤리엇이 백작의 딸이었다니.

그런 맑은 눈을 하고 개나 줄 거짓말을 지껄여 댄 헤리엇을 떠올리자, 또다시 온몸이 타들어가는 지독한 고통에 심장을 움켜쥐었다. 빌어먹을! 믿었던 친우에게 배신을 당한 것도 아니었다. 무엇보다 혼인을 약속했던 여인에게 배신을 당한 것 또한, 더더욱 아니었다.

그래, 아니었다. 만난 지 얼마 되지도 않은 여인이었다. 자신에게 거짓말을 아무렇지 않게 지껄이는 그런 여인이기도 했다. 하지만…… 참 이상했다. 믿을 수 없게도 이튼은 통제할 수 없는 강한 배신감을 느끼고 있었다. 4년 전 생긴 상처 부위가 또다시 욱신거렸다.

물에 비친 붉은 눈. 이튼은 이 저주 같은 눈을 참을 수 없어, 물속으로 얼굴을 묻고 천천히 침잠해 들어갔다. 얼음장처럼 차가운 호수의 깊고 깊은 물속으로 들어간 이튼은 몸속에 날뛰는 뜨거운 피를 진정시키기 위해 노력했다.

어둠이 찾아든 호수. 그리고 그 호수의 깊숙한 곳 역시 짙은 어둠이었다.

하지만 딱 한곳. 달빛이 수면에 닿는 그곳만이 유일하게 어둠이 아닌 빛이 스며들어 있었다. 정말 아름다운 빛이었다. 심장이 뛰고, 설렐 만큼 유혹적인 빛. 그리고 그 빛의 한가운데에 그녀가 서 있었다.

과연 이 빛은 희망일까, 아니면 거짓으로 점철된 치명적인 독일까? 어쩌면 헤리엇이란 여인은 그에게 양날의 검일지도 몰랐다. 희망이지만, 그 희망을 손에 쥔 순간 그에겐 독이 되어버리는. 무엇보다 그녀가 거짓말쟁이라는 사실을 알게 된 순간에도 그녀를 원하고 있다는 것이었다. 이성으로도 억누를 수 없는 그런 본능이 그를 헤리엇이 있는 곳까지 이끌었다.

물속 깊이 몸을 묻었던 이튼이 물 밖으로 모습을 드러냈다. 고요하던 호수에 짙은 어둠과도 같은 냉기가 감돌았다. 숲을 빠져나와 호수를 향해 걸어가던 헤리엇 역시 싸한 물소리에 걸음을 멈췄다.

이튼…… 이었다. 고요하던 호수의 수면이 무수한 파문을 일으키더니, 그가 호수 안에서 모습을 드러냈다. 암흑처럼 검은 물살을 가르고 그녀에게 오고 있었다. 차가운 냉기와 함께 그를 휩싸고 있는 무거운 기운에 헤리엇은 알 수 없는 두려움을 느꼈다.

붉은 눈. 이튼의 눈은 이 호수에서 그를 처음 보았을 때처럼, 붉은 핏빛으로 젖어 있었다. 술을 마신 것 같진 않았다. 하지만 무슨 이유에서인지, 이튼은 평소와 다른 모습이었다. 화가 난 듯 그녀를 보는 눈동자가 분노를 담고 있었다. 헤리엇은 본능적으로 두려움을 떨쳐 내려는 듯 주먹을 꼭 쥐었다.

"헤리엇 루이자 헤이스팅스."

냉기였다. 그녀의 이름을 말하는 이튼의 입가가 냉소로 비틀렸다.

"……."

"왜 말이 없지?"

이튼은 헤리엇의 흔들림 없는 표정이 거슬리는 모양이었다.

"말해봐, 변명거리가 있다면 들어주지."

헤리엇은 그런 이튼을 보며, 한숨부터 밀려 나왔다. 늦어버린 모양이었다. 그녀가 자신의 거짓말에 대해 변명할 기회조차도 잃어버린 것이다.

답답했다. 심장 역시 아릿했다. 자신이 그를 속인 당연한 결과였지만, 그가 자신을 믿지 않는다고 생각하자 자꾸만 심장이 서걱거렸다. 예상보다 큰 충격에 헤리엇은 혼란스러웠다.

"꿀 먹은 벙어리가 된 모양이군. 헤리엇, 변명이라도 해보시지. 그렇지 않으면…… 정말 너란 여잘 어떻게 해버릴지도 모를 것 같거든."

그의 목소리에서 느껴지는 분노에 헤리엇은 주먹을 꼭 쥐었다. 여기서 물러날 순 없었던 것이다.

"변명은 하지 않겠습니다. 백작님께서 생각하시는 것처럼, 전 하녀가 아닌 헌팅턴 백작의 딸 헤리엇 루이자 헤이스팅스입니다."

헤리엇은 딱딱하게 굳은 목소리로 이튼에게 예의를 갖췄다. 이제 더는 건방진 하녀 헤리엇이 아니라, 윈슬러 백작의 딸이었다.

"그럼 이 모든 것이 네 거짓말임을 인정한다는 건가? 날 속인 것까지 모두?"

"그렇습니다."

이튼의 눈동자가 더욱 붉은빛을 띠었다. 화가 났다. 저 무감한 얼굴을 무너뜨리고 싶은 충동을 느낄 정도로. 빌어먹을, 거짓말쟁이에게 흔들리고 있다니. 인정하고 싶지 않았지만, 모든 것을 감안하고서라도 눈앞에 서 있는 맹랑하기 짝이 없는 헤리엇이 갖고 싶었다.

"왜 속인 거지? 신분까지 속여가며, 저택에 숨어든 진짜 이유가 뭔지 말해."

낮게 가라앉은 목소리가 무척이나 위협적이었다. 헤리엇은 그 서늘함에 뒤로 물러서고 싶은 충동을 느꼈다. 하지만 물러서는 대신 마음을 다잡았다. 지금 물러선다면, 모든 것을 잃을 수밖에 없었다.

"죄송합니다."

그녀의 대답에 그가 한 발짝 그녀에게 다가섰다. 그가 가까워지자, 그의 표정을 선명히 읽혔다. 입안이 바짝 타들어갔다. 위압적일 정도로 차가운 냉기. 그리고 심장을 태울 듯 뜨거운 붉은빛의 눈동자가 그녀를 찌를 듯 쏘아보았다. 눈빛으로 사람을 죽일 수 있다면, 날카로운 살기에 그녀는 이미 죽었을 게 분명했다.

"날 속인 주제에 변명까지 하지 않겠다니."

"흑!"

순간, 헤리엇은 지독한 아픔에 미간을 찌푸렸다. 그녀의 머리카락을 쥔 강한 힘에 헤리엇의 몸이 흔들렸다. 목덜미에 느껴지는 차가운 손의 감촉에 헤리엇은 위험을 감지했다. 그는 자신을 죽일 수도 있었다. 그 살기는 분명, 착각이 아니었다. 말로만 하는 협박 따위가 아니었다. 등줄기 소름이 끼칠 정도로 생생한 살기였다.

"내가 우스운 모양이군. 네 몸에 빠져 발정난 종마처럼 굴었으니, 당연히 그럴 수밖에 없었을 테지. 하지만 육체의 쾌락이란 한순간일 뿐이야. 그 쾌락을 위해 내가 널 봐줄 것으로 착각했다면, 지나친 오만이야. 이 손에 조금만 힘을 주면, 네 가느다란 목이 부러져 버릴 테니까."

아픔으로 헤리엇의 눈에 눈물이 어렸다. 그의 말처럼 그의 손이 그녀의 목을 부러뜨릴 듯 힘이 들어갔다. 헤리엇은 그의 분노를 온몸으로 느끼며, 서늘한 냉기에 몸을 떨었다. 두려웠다. 하지만 그 두려움은 죽을지도 모른다는 사실보다, 그를 다신 볼 수 없다는 것이 더 컸다.

"윽!"

또다시 헤리엇의 입술 새로 고통에 찬 신음이 흘러나왔다. 그리고 고갤 든 헤리엇은 붉은빛을 뿜어내는 눈동자와 마주했다. 그리고 그 순간, 헤리엇은 깨닫고 말았다. 이 아름다운 사내 앞에 절대 나서지 말아야 했다는 걸. 건드리지 말아야 할 것을 건드린 느낌.

아니, 절대 알아선 안 되는 비밀에 직면한 느낌이었다.

"한 번도 백작님을 상대로 자만해 본 적 없습니다."

"……."

헤리엇의 말에도 이튼은 아무런 반응이 없었다. 그러자 또다시 입을 열었다.

"처음 콘웰 저택으로 백작님을 뵈러 간 순간을 제외하곤, 매 순간 진지했고 거짓 또한 없었습니다. 믿지 않으실 테지만, 사실입니다."

"그렇다면, 말해. 나에게 접근한 이유가 뭔지. 그러면 널 믿을 테니까. 지금까지의 거짓말 역시 용서해 줄 생각이다. 그러니 어서 말해."

말…… 할까? 마음이 흔들리는 건, 그가 뿜어내는 살기와 이유를 알 수 없는 두려움 때문이 아니었다. 그가 다시 그녀를 믿겠다는 말 한마디에 헤리엇은 흔들리고 있었다. 지금껏 들은 그 어떤 약속보다, 매혹적인 말이었다.

하지만…….

"절 믿지 마십시오. 용서 또한 하지 마세요. 대신 저와 거래를 해주세요."

거래라. 정말 재미있는 말이었다. 이튼은 그녀의 예상 밖의 제안에 입가에 냉소가 어렸다. 거짓말쟁이에게 진실을 말할 기회를 주려고 했다. 하지만 헤리엇은 그가 내민 손을 뿌리치고 그에게 거래를 제안한 것이다. 맹랑하고, 정말 거만한 여자였다. 하지만 다른 한편으로 그녀의 제안이 궁금한 것 역시 사실이었다.

"정말 너란 아인, 끝도 없이 날 놀라게 하는군. 거래라니."

두 사람의 시선이 허공중에 부딪혔다. 자꾸만 두려워 시선을 피하고 싶었다. 하지만 지금 그의 시선을 피한다면, 모든 것이 끝날 게 분명했다. 대범해야 했다. 거래란, 그렇게 해야 했다. 자신의 감정을 속이고, 상대까지 흔들 만큼 완벽하게.

"좋아. 말해, 너의 거래가 내 마음을 움직인다면, 그 빌어먹을 거래 하도록 하지."

그가 그녀를 놓아주자 헤리엇은 코트 주머니에 손을 넣어 종이를 꺼냈다. 그리곤 그에게 건넸다. 종이를 받아 든 이튼은 달빛을 등불 삼아 내용을 확인했다.

"차용증이군. 도박 빚에 모든 걸 잃을지도 모른다고 하더니, 사실인 모양이군."

이튼의 입가에 서늘한 냉소가 어렸다. 그리곤 헤리엇이 건넨 종이를 전혀 흥미가 없다는 듯 바닥에 던져 버렸다.

"아버지께서 저스틴 남작에게 저택과 영지를 담보로 돈을 빌리셨고, 도박에 진 지금 헌팅턴 저택과 영지를 그에게 넘겨야 할 상황입니다."

"자업자득이군."

"돈은 갚겠습니다. 몇 달 후면 소작료가 들어올 겁니다. 그리고 양모 사업에 투자한 돈 역시 회수될 예정이고요. 만약, 장부를 보길 원하신다면 보여 드리겠습니다."

헤리엇은 이튼을 설득하기 위해 최선을 다했다. 하지만 그에게서 돌아오는 건 싸늘한 냉소뿐이었다. 불안했다. 이대로 그의 마음을 돌리지 못한다면…….

"그러니 내게 돈을 빌려달라는 말이군."

"그렇습니다."

"흥, 내가 왜 그래야 하지? 나에게 넌 거짓말쟁이일 뿐인데 말이야. 그것도 날 처음부터 철저히 기만한, 거짓말쟁이. 만약 내가 너라면, 그런 널 위해 돈을 빌려줄 수 있을까?"

"솔직히 모르겠습니다. 하지만 생각하겠죠. 그 거래가 나에게 이익인지 아닌지. 만약 이익이라고 한다면, 거절할 이유는 없을 겁니다."

"그 거래가 나에게 이익이 된다면, 이란 전제라……."

"네, 이익이 된다면요."

그의 눈빛이 재미있다는 듯 반짝였다. 그가 그녀의 손목을 붙잡았고, 바짝 끌어당겼다.

"하지만 네가 감당할 수 있을까? 귀족가의 숙녀인 네가 말이야."

"제겐 재고의 여지가 없는 문제입니다. 이제 백작님께서 원하시는 거래의 대가가 뭔지 말씀해 주세요."

헤리엇이 담담한 얼굴로 대답했다. 그러자 이튼의 입가가 차갑게 비틀렸다.

"내가 원하는 거래의 대가가 뭐든, 다 된다는 뜻으로 받아들이면 되는 것이겠지?"

헤리엇은 잠시 생각에 잠겼다. 그리곤 이튼을 응시하며, 고갤 끄덕였다. 그가 원하는 거래의 대가가 뭐든 선택이 아닌, 받아들일 수밖에 없는 입장이었다.

"좋아, 말하지."

그가 고갤 숙였다. 그리곤 감정이라곤 하나도 느껴지지 않는 건조한 목소리로 말했다.

"내가 괜찮다고 할 때까지 내 옆에 있도록 해."

"그게 무슨……?"

"그때까지 넌, 내 소유란 뜻이야. 소유물. 혼인 따위가 아닌, 소유물로 내 곁에 있을 수 있다면, 빌려주지. 하지만 과연 네가 용납할 수 있을까? 숙녀인 네가, 하찮은 하녀처럼 내 숨겨진 여자로 살아가야 하는 수모를 말이야."

이튼이 불가능하다는 듯 헤리엇을 보며 웃었다. 하지만 그가 모르는 것이 하나 있었다. 자신은 숙녀였지만, 혼인을 할 수 없다는 것을. 아이를 낳을 수 없다는 사실을 모르고 있었다. 그래서 그의 곁에 아내란 이름으로 있을 수 없다는 사실도.

오히려 헤리엇에겐 다행스러운 일이었다. 거래란 명목 아래, 그의 옆에 머무를 수 있는 기회였으니까. 그리고 그동안만, 오롯이 여인이 될 생각이었다. 이튼의 여인이. 그렇게 그의 정부라는 이름으로 곁에 있다가, 그가 마음이 변해 그녀를 버린다면 그녀의 자리로 돌아오면 되는 일이었다. 미련 따위 절대 남기지 않고…… 냉정하게. 그래, 그럴 수 있었다. 아니, 꼭…… 그래야 했다.

그렇게 헤리엇은 칼 프레데릭으로 돌아가 그를 주인공으로 한 작품을 쓰면 그만이었다. 브리튼 출판사의 네빌 편집자와의 약속대로.

"제겐 아주 중요한 일입니다. 가문의 흥망이 이 거래에 달려 있으니까요. 그러니 전 거절할 이유가 없습니다."

"적당한 시기가 되었을 때, 너와 혼인할지도 모른다고 생각하는 것이라면 네 착각이야. 절대 그런 일은 없을 테니까. 끝까지 진실을 말하지 않는 너 같은 여자완 더더욱. 이젠 그런 사람들을 보면, 치가 떨리거든."

"그건 걱정하지 않으셔도 좋습니다, 백작님. 저 역시 절대 누군가의 아내가 되고 싶진 않으니까요. 그게 누구든, 절대 원치 않습니다."

그 말을 끝으로 헤리엇이 그의 손에서 벗어났다. 그리곤 바닥에 떨어진 차용증을 들어 다시 코트의 주머니 안으로 밀어 넣으려 했다.

"이리 내. 내가 직접 갚도록 하지. 거짓말쟁이인 네가 날 속일 수 없도록, 증인을 세워야 하니까."

"증인이라면……."

이튼이 헤리엇에 손에 든 차용증을 빼앗았다. 그리곤 싫다면 말해보라는 듯 그녀를 내려다보았다. 설마 이 차용증을 들고 제나의 오두막에 가려는 것일까?

"소문이 두렵다면 거절해도 좋아. 난, 상관없으니까."

"아닙니다."

헤리엇이 포기한 듯 고갤 숙이며, 힘없이 대답했다. 그러자 이튼이 눈을 가늘게 뜨곤 헤리엇을 쏘아보았다.

"소문이 있더군. 저스틴 남작이 도박 빚 대신, 헌팅턴 백작가의 딸과 혼인할 것이라는……."

"아, 그건……."

"나보다 저스틴 남작을 찾아가는 것이 더 쉬운 선택이었지 않았을까? 적어도 남작은 너와 혼인을 할 생각이었던 모양이니까."

순간 헤리엇은 멍해졌다. 그리곤 그녀를 쏘아보고 있는 이튼을 본 순간, 깨달았다. 저스틴 남작이 도박 빚 대신 혼인하려고 하는 사람이 자신이라고 착각하고 있다는 것을. 대체 왜 그가 그런 생각을 하게 되었는지 알 수 없었다.

"그건, 사실이 아닙니다. 남작이 원한 건, 그러니까……."

"대단한 효심이군. 도박 빚에 딸을 넘긴 아버지인데…… 감싸고 돌다니."

사실 이튼은 너무도 쉽게 그의 제안을 받아들인 헤리엇이 마음에 들지 않았다. 이상했다. 그녀가 먼저 거래를 제안했고, 그가 응한 것이었다. 하지만 모든 것이 불만투성이였다. 자꾸만 그녀의 행동이 그의 신경을 거슬리게 했다. 사실 그녀가 자신이 아닌 저스틴 남작을 찾아갔더라면 절대 용납되지 않았을 테지만, 이튼은 모든 것이 마음에 들지 않았다.

제기랄, 대체 무슨 상관이야? 그녀 말대로 난 내가 원하는 거래의 대가만 받으면 그만인데.

"그게 아니라……."

"이 거래에 대한 계약서는 사흘 후에 콘웰 저택에서 쓰도록 하지."

이튼이 헤리엇의 말을 더는 듣고 싶지 않다는 듯 그녀를 지나쳐 저택을 향해 걸어가기 시작했다. 그러다 문득 깨달았다. 몸속에 들끓던 통제할 수 없는 힘이 사라지고 있었다. 깨질 것 같은 두통도 점점 줄어들고 있었다.

이튼은 의문이 들었다.

헤리엇 루이자 헤이스팅스, 과연 자신에게 그녀는 독일까, 아니면……?

맙소사, 말도 안 돼!를 연발하는 제나를 지나쳐, 이튼은 제나의 오두막 안으로 들어갔다. 하지만 제나의 오두막에 있던 사람들 역시 수염을 깎은 이튼을 본 후 보인 반응은 제나와 다를 바 없었다. 믿지 못하겠다는 표정과 너무 놀라 입을 다물지 못하는 사람이 태반이었다.

"정말 그 미치…… 아니, 콘웰 저택에 사시는 백작님 맞으신 건가요?"

제나가 이튼의 잘생긴 얼굴에 홀린 듯 뒤를 따르며 다시 한 번 확인했다. 정말 조각처럼 완벽한 얼굴이었다. 그 모습에 제나는 노골적으로 관심을 드러냈다. 하지만 이튼은 그녀의 시선을 차갑게 외면한 채 둥근 테이블에 둘러앉아 한창 카드 중인 무리에게 다가갔다. 그의 서늘한 기세에 놀란 듯 그가 지나쳐 갔던 자리의 사람들이 하나둘씩 자릴 피하기 시작했다.

얼굴을 가리던 수염은 사라졌지만, 위압적인 분위기는 그대로였다. 아니, 오히려 더 두려웠다. 붉은빛을 뿜어내는 그의 눈동자에 서린 날카로움이 심장을 파고드는 칼날처럼 느껴졌다.

"저스틴 남작이 누구지?"

이튼이 무리 앞에 멈춰 선 후 빙 둘러앉은 남자들을 쏘아보았다. 그러자 그중 날카로운 인상의 한 젊은 귀족이 이튼을 바라보았다. 그리곤 왜 그러냐는 얼굴을 했다.

"당신이 저스틴 남작인가?"

"그렇소만, 내게 볼일이 있는 겁니까?"

자신을 쏘아보고 서 있는 이튼을 본 저스틴은 이상하다는 듯 고갤 갸웃했다. 그러자 이튼이 주머니 속에 들어 있던 헌팅턴 백작의 차용증을 들이댔다. 그제야 저스틴은 이튼이 왜 자신을 찾아왔는지 이해한 모양이었다.

"이걸 왜 백작님께서 가지고 계시는지 궁금하군요."

고갤 갸웃하며, 이유를 모르겠다는 표정으로 앉아 있던 저스틴이 뭔가 떠오른 듯 심각한 얼굴을 했다.

"혹시 길에 떨어진 것을 주우셨다면, 이리 주십시오. 제가……."

털썩, 쨍그랑! 이튼이 코트 주머니에서 금화가 가득 든 주머니를 꺼내 테이블 위로 던졌다. 그러자 저스틴이 묵직한 주머니를 열어 금화를 확인했다.

"금화군요. 그런데 이건 왜?"

"헌팅턴 백작님의 대리인으로 온 것이니 허튼 소릴 또 지껄였다간 무사하지 못할 줄 알아."

"하지만 이걸 왜 백작님께서……?"

주머니를 받아 든 후에도 저스틴이 여전히 떨떠름한 표정을 했다. 그러자 이튼이 손을 뻗어 그의 어깨 위에 손을 올려놓았다. 그저 손을 올려놓는 것뿐이었지만, 이튼의 행동은 무척이나 위협적으로 느껴졌다.

"받기 싫다면, 다시 가져가도록 하지. 어때, 가져갈까?"

"아니, 그게 아니라……."

"그렇다면, 이건 더는 필요 없겠군."

어깨 위에 올려놓았던 손을 거둬들인 이튼이 차용증을 그의 눈앞에서 찢어버렸다. 이로써 차용증의 효력이 사라진 것이다. 순간, 갈기갈기 찢어진 종이를 보며 저스틴은 아쉬운 듯 입맛을 다셨다. 올리비아를 차지할 절호의 기회였는데, 다 된 일을 망쳐 놓다니.

"설마, 백작님께서도 헌팅턴 백작가의 영애에게 관심이……."

쾅! 순간 테이블을 울리는 강한 힘에 놓여 있던 카드들이 흐트러졌다. 그리곤 싸늘한 눈으로 저스틴을 쏘아보며 낮게 으르렁거렸다. 그만 들을 수 있는 작은 목소리로.

"입을 조심하는 게 좋아. 함부로 그 입을 놀렸다간, 쥐도 새도 모르게 죽을지도 모르거든."

"아, 그게 저는……."

"알았으면, 조심하는 게 좋아. 다시 한 번 저택에 찾아가 난동을 부렸다간, 협박으로 끝나지는 않을 테니까 말이야."

"네, 명심하겠습니다."

그제야 이튼이 그의 어깨에서 손을 거둬들였다. 그리곤 두려워 떨고 있는 저스틴을 남겨두곤 제나의 오두막을 나섰다.

"백작님…… 잠깐……."

그때 제나가 오두막을 나가려는 이튼의 팔을 붙잡았다. 이튼은 여전히 서늘한 눈으로 제나를 돌아보자, 그 서슬에 놀란 제나가 화들짝 놀라 이튼의 팔을 놓았다. 그리곤 한 치의 망설임도 없이 오두막을 나가 버렸다.

순간 제나는 닫힌 문을 바라보며, 본능적으로 가슴을 쓸어내렸다. 수염을 깎은 미치광이 백작은 그녀의 상상 이상으로 완벽한 외모를 지닌 사내였다. 하지만…… 왠지 그녀를 보던 붉은 눈동자가 몹시도 위험스럽게 느껴졌다.

사내로서 굉장히 매력적인 사내였지만, 그녀가 넘볼 상대는 아니었다. 백작은 그녀가 상상하는 것보다 훨씬 위험한 인물이란 생각이 들었다.

헌팅턴 백작의 대리인이라니? 두 가문 사이에 접점이 있었던가?

제나는 호기심에 눈동자가 빛나기 시작했다. 그러다 제나는 혹시나 하는 생각에 미치광이 백작과 헌팅턴 백작가의 헤리엇을 떠올렸다.

"말도 안 돼!"

제나가 혀를 끌끌 차며, 고갤 가로저었다. 그리곤 돈주머니를 들고 멍한 눈으로 앉아 있는 저스틴에게 다가갔다.

"자자, 남작님! 2층으로 가보세요. 이번에 새로 온 아이가 엄청 미인이거든요. 그래야, 남은 밤도 뜨겁게 보내죠."

제나의 말에 저스틴이 의자에서 일어나 2층으로 걸음을 옮기기 시작했다. 그 모습을 보며, 남자는 어쩔 수 없다고 생각하며 냉소를 지었다. 이로써 그 밤의 소동 역시 잠잠해지기 시작했다.

제6장 위협적인 불청객

런던, 콘웰 공작가.

묵직한 발걸음 소리가 복도를 울렸다. 아직 어둠이 물러가지 않은 새벽, 콘웰 공작가의 집사인 제롬이 조금 전 데본에서 도착한 전갈을 들고, 공작의 서재로 향했다. 4년 전 공작가의 차남, 아니, 이젠 콘웰 공작가의 후계자가 된 이튼과 함께 데본의 여름 별장으로 내려간 워릭에게서 온 서신이었다. 편지를 든, 제롬의 주름진 입가에 안도의 미소가 떠올랐다. 공작은 물론 집사인 제롬 역시 고대하고 고대하던 전갈이었던 것이다.

2년 만에 처음으로 데본에서 온 서신을 쥔, 제롬의 마음이 급해졌다. 얼마 전, 집사인 워릭에게 공작님의 뜻을 전하는 편지를 보냈지만, 워릭에게선 그 어떤 대답도 없었다. 그런데 급작스럽게 서신을 보내오다니.

똑똑!

"공작님, 집사 제롬입니다."

"들어오게."

서둘러 서재로 들어간 제롬은 이른 새벽부터 책상에 앉아 차를 마시고 있는 레이놀즈를 바라보았다. 얼마 전 쉰다섯이 된 공작은 검던 머리카락이 하얗게 변하기 시작했지만, 그에게서 뿜어져 나오는 강한 힘은 젊은 귀족들 못지않았다. 아니, 연륜에 의해 쌓인 경험 덕분인지 차분한 모습에서 느껴지는 강인함은 주변 사람들을 휘어잡는 힘이 있었다.

"이른 시각부터 무슨 일인가?"

"데본에서 마침내 연락이 왔습니다."

서둘러 걸어간 제롬이 들고 있던 편지 봉투를 책상 위에 내려놓았다. 그러자 찻잔을 들고 있던 레이놀즈가 재빨리 잔을 내려놓는 것이 보였다. 그리곤 방 안을 밝히는 등불에 평소의 과묵한 모습과는 달리 조금은 상기된 표정으로 편지를 집어 드는 공작을 볼 수 있었다.

"공작님, 어서 뜯어보십시오."

제롬이 초조한 얼굴로 재촉했다. 하지만 레이놀즈는 바로 편지를 뜯어 확인하는 대신, 잠시 편지를 물끄러미 내려다보았다.

"그저 편지일 뿐인데, 긴장되는군."

그 말과 함께 레이놀즈는 책상 위에 놓여 있던 작은 칼을 들어 편지 봉투의 입구를 잘라냈다. 봉투에서 종이를 꺼내 든 레이놀즈는 그 안에 적힌 내용을 천천히 읽어 내리기 시작했다. 시간이 길어질수록 레이놀즈의 표정이 점점 굳어졌다. 인자하던 눈매가 가늘어졌다. 표정 없는 얼굴 역시 차갑게 변하는가 싶더니, 손에 들린 편지를 구겨 버렸다.

"공작님, 무슨 일이십니까? 이튼 님께 무슨 일이라도……."

"런던으로 돌아오지 않겠다고 했다는군. 작위는 물론이고, 버킹 햄 공작가와 추진 중인 혼약 역시 거절한다는 내용이야."

"네? 하지만 이튼 님께선 콘웰 공작가의 유일한 상속자이십니 다. 만약 돌아오지 않으신다면, 콘웰 공작가는……."

미간을 찌푸린 레이놀즈를 보며, 제롬은 서둘러 입을 닫았다. 평 소 인자하던 공작이었지만, 화가 나면 소름이 돋을 정도로 두려운 존재였던 것이다. 그리고 그런 공작의 모습을 가장 많이 닮은 아들 이 바로, 이튼이었다. 비슷한 성정을 지닌, 두 남자가 지금 첨예하 게 대립하고 있었다. 거기다, 고집스럽기까지 한 두 남자가.

"제롬!"

"네, 명령하십시오. 공작님."

"데본으로 가야겠다. 서둘러 차비하도록 해."

"데본에요?"

"그래. 이튼에게 여자가 생긴 모양이야. 그것도 신분에 맞지 않 는 여자가. 당장 가서, 직접 확인해 봐야겠어. 만약 그 여자가 날파 리라면, 당장 제거해야겠지."

"이튼 님께 여자라고요?"

제롬은 레이놀즈의 말에 믿을 수 없다는 얼굴을 했다. 4년 전, 그 사건 이후 여자에겐 관심조차 없을 줄 알았었다. 가장 믿었던 자들에게 철저히 배신당하고, 죽음 직전까지 이르렀던 이튼이었 다. 그런 그가 여자를 곁에 둘 정도로 믿게 되었다는 건가? 아니면 버킹햄 공작가와의 정략혼을 피하기 위해 악수를 놓은 건 아니겠 지? 아니, 어쩌면 충분히 그러고도 남을 사람이긴 했다. 지금 이튼 이 처해 있는 상황은 최악 그 자체였으니까.

제롬 역시 떨떠름한 표정으로 레이놀즈를 바라보았다. 이마에 깊이 팬 주름이 그간의 짙은 고민을 대변해 주는 것 같았다.

"그래. 여자가 생기다니."

생각에 잠겨 있던 레이놀즈의 눈동자가 순간 빛나기 시작했다. 워릭 외에 곁에 사람을 둘 수 있게 되었다는 건…… 그렇다는 건, 몸의 변화가 멈췄다는 건가? 만약 그렇다면, 어쩌면…….

"제롬, 서둘러 줘야겠다. 당장 떠날 수 있게."

"네, 공작님."

레이놀즈의 명령에 제롬이 서둘러 서재를 나갔다. 그러자 레이놀즈 역시 자리에 앉아 있을 수 없는 듯 자리에서 일어났다. 창가로 걸어간 레이놀즈는 짙은 안개와 함께 여전히 어둠에 잠겨 있는 런던을 바라보았다.

또다시 시작되는 건가? 콘웰 가의 끊어낼 수 없는 숙명이. 대대로 콘웰 가의 남자들 중, 하나에게 이어져 온 지독한 운명은 이번엔 이튼에게 이어졌다. 또다시 피바람이 불어닥치는 것은 아니겠지? 레이놀즈는 앞으로 닥칠 일들이 두려워, 주먹을 꼭 쥐었다. 아니, 레이놀즈는 무엇보다 그 운명을 짊어진 이튼이 안타까웠다. 어쩌지 못하는 그의 숙명이.

한 계단, 한 계단, 원형 탑 꼭대기로 올라가는 헤리엇은 마치 감옥으로 가는 죄수처럼 느껴졌다. 마음이 묵직하게 가라앉고 있었다. 처음으로 느끼는 초조감. 그에게 거래를 제안하기 위해 그 앞에 섰을 때도 이렇게 두렵진 않았었다. 그런데 왜 이렇게 심장이 뛰는 건지 알 수가 없었다. 헤리엇은 크게 심호흡을 한 후, 마음을 가다듬었다. 그리곤 묵묵히 계단을 올랐다. 초조함에 손바닥에 배어 나온 땀을 닦기 위해 코트 자락을 붙잡은 순간, 바스락 소리를 내며 주머니 안에서 뭔가가 구겨지는 소리가 들렸다.

그러자 또다시 구겨진 종이만큼 헤리엇의 심장 역시 파스락 소리를 내며 부서졌다. 헤리엇은 마음을 가다듬은 후, 천천히 코트 주머니 속으로 손을 밀어 넣어 편지를 꼭 쥐었다. 거친 종이의 느낌이 그녀의 손목을 채운 족쇄 같다는 생각이 문득 들었다. 그리고 그 족쇄 불행히도 그 누구도 아닌, 그녀 스스로 채운 것이었다.

"휴!"

오늘 아침 눈을 뜨자마자, 젠을 통해 편지 한 통이 건네졌다. 긴장한 얼굴의 젠을 본 순간, 헤리엇은 이튼이 보낸 편지란 걸 본능적으로 알 수 있었다. 편지 안엔 그저, 모든 것이 끝났으니 약속을 지키란 말 외엔 없었다.

안도감을 느껴야 했다. 저택도 영지도 모두 지킬 수 있었으니까. 하지만 모든 것이 해결되었다는 말에, 헤리엇의 마음은 가슴에 돌을 얹어놓은 듯 무거웠다. 그리고 그 이유 역시 헤리엇은 알고 있었다.

거짓말. 그에게 결국 말하지 못한 진실 때문이었다.

계단 꼭대기에 도착한 헤리엇은 압도할 것 같은 문을 응시했다. 이 문을 처음 본 순간이 떠올랐다. 강렬한 감동과 함께 헤리엇은 심장이 욱신거렸었다. 묘하게 심장이 서걱거리고 자꾸만 두려움이 밀려들었다.

신화 속 한 장면을 개인 서고의 문에 그대로 옮겨놓다니. 그녀가 자주 방문하는 성 캐서린 수도원의 지하 서고에서 보았던 고서적 중 이것과 비슷한 장면의 그림을 본 듯도 했다. 그건 분명 군신 아레스와 아프로디테, 그리고 아레스가 첫눈에 반한 아우로라에 관한 장면이었다.

하지만 그 고서적에서 보았던 것과는 조금 달랐다. 분명 세 명의 신에 얽힌 이야기는 연인인 아레스가 아우로라에게 반해 사랑에 빠지자, 아프로디테가 아우로라에게 저주를 걸었다는 내용이었다.

절대 신을 사랑할 수 없는 저주. 그리고 그 저주로 새벽의 여신 아우로라는 아레스에 대한 사랑을 망각한 채 그의 사랑을 거부하게 되었다. 그 후, 인간 남자와 사랑에 빠진 아우로라를 보며 군신 아레스는 통제할 수 없는 질투의 감정을 품고 바라보았을 테지. 심장을 태우고, 모든 것을 없애 버리고 싶을 정도로 강한 살기 또한 느꼈을 게 분명했다.

"하지만 달라. 이건 세 명의 신의 모습을 한, 인간이야."

그래, 분명 인간이었다. 신의 모습을 하고 있었지만, 각자 사랑하는 사람을 바라보며 서 있는 그들의 옷엔 가문을 상징하는 문장이 새겨져 있었다. 시간의 흐름에 그 문장의 정확한 형태가 일그러진 채였지만, 분명했다. 만약 그렇다는 건, 잉글랜드에 존재하는 세 개의 귀족 가문에 얽힌 사건일 가능성이 컸다. 그리고 군신 아레스의 손가락에 끼워져 있는 반지의 문장은……. 헤리엇이 더 자세히 보기 위해 한 발짝 문으로 다가섰다.

"그러고 보니, 아우로라를 닮았군. 아니, 아름다움으로 본다면 아프로디테라고 해야 하나?"

흠칫! 헤리엇은 등 뒤에서 들려온 이튼의 목소리에 몸을 경직시켰다. 당연히 이 문 너머, 서고에 있을 것으로 생각했었다. 그런데 예고도 없이 그가 뒤에서 나타나자, 헤리엇은 긴장할 수밖에 없었다. 어느새 헤리엇 옆에 선 이튼은 그녀와 함께 섬세한 아름다움과 웅장한 힘이 느껴지는 부조(평면상에서 요철 기복을 가한 조형 표현으로 조소 기법의 하나. 평면에 형상이 도드라지게 한다. 평면 위에 표현된다는 점에서는 회화에 가깝지만, 입체적인 감각으로 표현된다는 점에서는 조각의 일종이다)를 응시했다.

"나도 이곳에서 이 부조를 보았을 때, 이상하다고 생각했어. 이런 거대한 작품은 성당이나 혹은 궁을 장식하는 게 보통이니까."

헤리엇의 생각을 읽기라도 한 듯 이튼이 말했다.

"신화에 관심이 많은 분이 계셨던 모양이에요. 아마, 그래서 이곳에……."

"그럴 수도 있겠지. 하지만 이 장면은 신화의 한 장면과는 상관없어."

단호하게 들리는 이튼의 목소리에 헤리엇이 그를 바라보았다. 냉정한 목소리완 달리 음울한 눈빛이었다. 무감한 눈동자엔 날카로운 냉기가 아니라, 숨 막히도록 처절한 아픔이 담겨 있었다. 순간 헤리엇은 이 부조와 관련해 뭔가 숨겨진 비밀이 있음을 알았다.

"신화의 한 장면이 아니라면, 무엇인지 궁금하군요?"

그제야 헤리엇의 시선을 느낀 듯 이튼이 그녀에게 고갤 돌렸다. 그러자 언제 그랬냐는 듯 그의 검은 눈동자엔 아무것도 담겨 있지 않았다. 그녀에게 말하고 싶지 않다는 듯 그녀를 보는 이튼의 눈빛은 차갑기 그지없었다.

"그저 오래된 가문에 하나씩 있을 법한 얘기일 뿐이지. 지독한 감정으로 얽혀 있는. 그럼 들어갈까? 이제 정식으로 우리 두 사람에 관한 얘길 해야 할 것 같으니까."

아, 맙소사! 잊고 있었다. 그녀가 무슨 이유로 이곳으로 그를 만나러 온 것인지를. 호기심으로 빛나던 헤리엇의 얼굴이 다시 긴장으로 굳어지기 시작했다.

그가 손을 뻗어 문을 힘껏 밀었다. 그러자 굳게 닫혀 있던 육중한 문이 서서히 움직이기 시작했다.

덜컹! 심장을 꽉 움켜잡는 소리와 함께 헤리엇은 한순간 빛과 어둠의 경계가 무너지는 느낌을 받았다. 원형 탑의 서고 안은 이튼과 헤리엇이 서 있던 복도와는 달리 짙은 어둠으로 가득했다. 그리고 천천히 문을 밀고 들어간 이튼이 그 어둠 속으로 사라졌다.

그 모습에 헤리엇은 떨리는 주먹을 꼭 쥐었다.

차락~! 소리와 함께 창문을 가리고 있던 묵직한 커튼 하나가 사라졌다. 그러자 짙은 어둠 속에 유일한 빛 하나가 방 안으로 새어 들어왔다. 그리고 그 빛 속에 이튼이 서 있었다.

마치 군신 아레스처럼. 잔혹하고 냉혹한 눈으로 그녀를 바라보고 있었다.

책상을 사이에 두고 이튼과 마주해 서 있는 헤리엇은 긴장감으로 온몸의 피가 차갑게 식는 느낌이었다. 그가 제안한 거래에 응하기 위해 그를 찾았지만, 차갑게 그녀를 외면하고 있는 이튼을 보자 초조해졌다.

"앉지 않겠다면, 그대로 돌아가도 좋아."

그녀에겐 시선조차 주지 않은 채 이튼이 말했다. 그의 말처럼 돌아가고 싶었다. 또한 의자에 앉고 싶지도 않았다. 의자에 앉는다면, 키 차이 때문에 그를 올려다봐야 했다. 그렇지 않아도 위압적인 분위기를 뿜어내는 이튼 때문에 초조한데, 그를 올려다보는 자세로 있고 싶진 않았다. 차라리 다리가 아프더라도, 그를 내려다보는 지금이 더 좋을 듯했다.

또다시 피를 바짝 태울 것 같은 침묵이 계속되었다. 헤리엇은 아무런 말도 하지 않는 이튼을 보며, 미간을 찌푸렸다.

혹시, 이 침묵의 의미는 기다리고 있다는 건가? 내가 먼저 선택해, 움직이길……?

헤리엇은 결심이 선 듯, 그가 앉아 있는 원형의 탁자가 있는 곳으로 걸어갔다. 그녀의 움직임을 분명히 눈치챘을 테지만, 이튼의 시선은 여전히 책에 닿아 있었다.

사락, 사락! 툭, 털썩!

대리석으로 된 차가운 바닥 위에 헤리엇이 입고 있던 코트가 떨어졌다.

"지금 뭐 하는 거지?"

바닥에 떨어진 헤리엇의 코트를 본 이튼이 그제야 차가운 눈을 들어 그녀를 쏘아보았다. 여전히 무감했지만, 그녀를 보는 그의 입가엔 차가운 냉소가 떠올라 있었다. 헤리엇은 그의 차가운 물음에도 말없이 드레스의 단추를 풀기 시작했다. 헤리엇은 그에게서 시선을 떼지 않은 채 목 부분에서 시작해 원피스 드레스의 밑단까지 촘촘히 박혀 있는 진주로 된 단추를 손끝으로 찾아 천천히 풀어 내려갔다.

사락, 사락! 이젠 어두워진 방 안은 옷자락이 스치는 소리만 들려왔다. 끝까지 단추를 푼 헤리엇은 드레스를 바닥에 벗어놓은 코트 위로 던져 놓았다. 모슬린 천으로 된 슈미즈와 페티코트 차림이 된 헤리엇은 그녀를 쏘아보고 있는 이튼에게서 시선을 거두지 않았다.

"흥미롭군. 이게 그대가 생각하는 거래의 대가인 모양이지?"

말과는 달리 그의 목소리는 무척이나 딱딱했다. 뭐가 또 마음에 들지 않는 모양이었다. 분명 헤리엇은 그가 원하는 거래의 대가가 그녀의 육체라고 생각했다. 그날 밤, 호수에서 그 역시 그렇게 말했었다.

곁에 있으라고. 그가 원치 않을 때까지 그의 것으로. 소유물로 그의 곁에 있으라고 했다. 혼인 따윈 없을 것이란 말과 함께. 그런데 마치 아닌 것처럼 그녀를 쏘아보고 있었다. 그녀의 행동에 마음이 상한 듯, 그렇게.

"흥미롭다니, 백작님께서 원하시던 것이 이것이 아니었나요?"

"그대에게 소유란 육체의 쾌락을 의미하는 모양이군."

"저에게 소유물이란, 그런 것입니다. 그럼, 백작님은 아니시란 건가요?"

헤리엇의 표정이 굳어졌다. 이튼이 대답 대신 읽고 있던 책을 내려놓았다. 그리곤 자리에서 일어나더니 책상을 돌아 그녀에게 다가왔다.

"아니, 맞는 것 같군. 나에게 소유물이란 감정 없는 거래일 뿐이지."

그녀 앞에 선 이튼은 원형의 탁자 위에 걸터앉았다. 그리곤 헤리엇에게 손을 뻗는 대신 가슴 팔짱을 낀 채 그녀를 바라보았다. 움찔. 바로 코앞까지 다가온 이튼의 시선에 헤리엇은 입안이 바짝 마르는 느낌이었다.

"그래 내가 거래의 대가로 소유하게 된 것이 얼마나 가치가 있는 것인지 감상을 해야겠군. 마저 벗어주겠나?"

이튼의 말에 헤리엇이 주먹을 꼭 쥐었다. 그녀의 가치를 평가하듯 차갑게 쏘아보는 그의 눈빛이 너무도 서늘했다. 온몸이 경직되기 시작했다.

너무 쉽게 생각한 걸까? 헤리엇은 그에게 두 사람의 관계가 그저 거래뿐이란 것을 분명히 할 생각이었다. 그와 감정적으로 얽혀 두 사람의 관계를 끝내야 했을 때, 절대 질척거릴 일 없다는 것을 알려 줘야 했으니까. 그리고 그녀 역시 그러고 싶었다. 모든 것이 끝났을 때, 그녀가 계획했던 그녀의 삶으로 미련 없이 되돌아가고 싶었다.

하지만 자꾸 손끝이 떨리고 있었다. 그의 시선에 자꾸만 손바닥에 땀이 배어 나와 서늘해졌다. 그녀가 먼저 내건 거래였고, 자존심과 함께 드레스를 벗어 바닥에 던져 버렸지만, 막상 그의 서늘한 시선 아래 서자 움츠러드는 것은 어쩔 수 없었다.

앞으로 두 사람의 관계가 이런 형태일 테지. 그리고 이런 관계는 헤리엇 자신의 선택이었다. 헤리엇은 고갤 꼿꼿이 세운 후 그에게 시선을 고정한 채 천천히 숨을 내쉬었다. 그리곤 손을 움직여 꽉 조인 슈미즈의 끈을 풀기 위해 힘껏 잡아당겼다.

툭, 투둑!

가슴을 조였던 끈이 풀어지자 모슬린 천 속에 감춰져 있던 가슴의 융기가 천천히 드러났다. 그의 시선이 그녀의 가슴에 융기로 향하는 것이 느껴졌다. 그러나 이튼의 눈빛은 여전히 무감했다. 아무런 감흥도 느껴지지 않는다는 듯.

지금까지완 달리 그의 차가운 태도에 헤리엇은 수치심이 밀려들었다. 그래, 그는 돈으로 그녀를 산 주인이었다. 그리고 자신은 그의 소유물일 뿐이었고.

헤리엇은 마음을 단단히 다잡았다. 어차피 그녀가 한 선택의 길, 그의 앞에서 당당하고 싶었다. 망설임을 떨쳐 낸 헤리엇은 손을 뻗어 어깨를 감싸고 있던 슈미즈를 끌어 내렸다. 그러자 둥글고 매끄러운 어깨가 모습을 드러냈다. 그리고 동시에 가슴을 감싸고 있던 천 역시 함께 밀려 내려가자, 상앗빛의 투명한 둥근 융기 위에 붉은 정점이 아슬아슬하게 그 모습을 드러냈다.

그의 서늘한 시선이 가늘어지는 것이 보였다. 책상에 걸터앉아 가슴 팔짱을 낀 채 앉아 있었지만, 그의 머릿속은 냉정한 모습처럼 태연하지 못한 듯했다.

툭, 투둑! 또다시 가슴을 조였던 마지막 가죽 끈을 잡아당기자, 앞 솔기가 벌어져 가슴의 매혹적인 골이 유혹하듯 드러났다. 그리고 천에 눌려 있던 부드러운 융기가 매혹적인 자태로 흔들렸다. 순간 그의 눈빛이 짙어졌다. 얇은 모슬린 천 위로 솟아오른 붉은 유두가 매혹적인 빛을 띠고 그를 유혹하고 있었던 것이다. 헤리엇 역시 그의 눈빛의 변화를 눈치챌 수 있었다. 아무리 차가운 얼굴을 하고 있었지만, 그는 그녀에게 끌리고 있었다.

"이제 만족하시나요? 만약 그렇지 않다면 더 보여…… 홋!"

순식간에 그의 손이 그녀의 손목을 붙잡았다. 손목을 휘감는 강한 힘. 그 힘을 느낀 순간, 헤리엇은 그의 품으로 끌어당겨졌다. 그와 동시에 차갑고 딱딱한 책상 위에 눕혀졌다. 그리고 그녀의 몸을 내리누르는 이튼의 단단한 몸도. 지금 그녀는 원탁의 탁자 위에 눕혀진 채 꼼짝도 할 수 없었다.

"정말 겁도 없이, 남자를 자극하다니."

"그럼 성공한 모양이군요. 내가 원했던 일이 바로, 백작님을 겁도 없이 자극하는 것이었으니까요."

"거래의 대가로 만족하느냐고 물었지?"

"네, 그렇습니다."

그녀의 대답에 이튼의 손이 그녀의 한쪽 어깨에 아슬아슬하게 걸려 있는 슈미즈를 마저 끌어 내렸다. 그러자 군살 없이 마른 몸과는 달리 부드러워 보이는 가슴이 모습을 드러냈다. 두 개의 둥근 융기 위에 매혹적인 자태를 뽐내며 솟아 있는 붉은 유두가 관능적으로 흔들렸다. 그녀의 몸을 내려다보는 그의 눈빛이 험악할 정도로 사나워졌다.

"만족이란 끝이 없는 것이지. 이렇게 눈으로 보면, 만지고 싶고 만지면 갖고 싶어지는 법이거든."

흠칫! 그의 손이 그녀의 가슴을 꽉 쥐었다. 아릿한 아픔과 함께 등줄기에 낯선 감각이 타고 흘렀다. 그의 손가락이 붉은 정점을 비틀었다. 그 나른한 감각에 헤리엇은 순간 신음을 흘릴 뻔했다.

"나를 자극한다는 건방진 소릴 하다니."

그 말과 함께 그의 입술이 그녀의 가슴을 베어 물었다. 그리곤 뜨거운 물기를 머금은 혀가 단단해진 유두를 희롱하듯 빨아 당겼다. 심장이 뛰었다. 긴장으로 굳어졌던 몸이 그의 나른한 애무에 순식간에 뜨거워졌다. 그에게 반응하고 싶지 않았다. 그녀의 가슴을 어루만지고 가슴을 희롱당하는 지금도 냉정함을 잃지 않는 이튼처럼, 그녀 역시 그러고 싶었다.

"훗!"

하지만 그의 손길과 그의 입술에 헤리엇은 나른한 쾌락에 몸이 떨려왔다. 온몸으로 퍼져 나가는 아릿한 감각에 눈을 질끈 감았다. 그의 손길이 그녀의 가슴을 훑고 납작한 배를 쓸어내리는 것이 느껴졌다. 그녀의 목덜미에 얼굴을 묻은 그가 그녀의 귓불을 세게 빨아 당기자, 헤리엇은 등줄기를 타고 흐르는 날 선 감각에 몸을 떨어야 했다.

"헤리엇, 눈을 떠. 날 봐."

뜨거운 입김이 귓불을 건드렸다. 헤리엇은 꼭 감았던 눈을 떠, 이튼을 올려다보았다. 너무도 차가운 눈빛이었다. 그녀의 아랫배를 내리누르는 그의 일부는 그녀가 입고 있는 얇은 모슬린 천을 뚫을 듯 단단하게 발기된 상태였지만, 그의 눈은 너무도 찼다.

그저 남자가 여자를 원하듯 욕망뿐이었다. 그녀에겐 그 어떤 감정 하나도 나눠줄 생각이 없다는 듯. 욱신! 그의 시선에 심장이 서걱거렸다. 수치심에 얼굴이 붉어졌다. 헤리엇은 입술을 꼭 깨물곤 최대한 냉정한 얼굴로 그를 올려보았다.

"거래란 이런 거야. 몸은 뜨겁되, 머릿속은 냉정해야 하지. 그리고 마음은 계산적이어야 하고. 그것이 바로, 거래야."

"그럼, 백작님은 그러신가요?"

그가 손을 뻗어 그녀의 턱을 붙잡았다. 잔뜩 흐트러져 있는 헤리엇을 보자, 냉정한 말과는 달리 그의 몸 역시 뜨거운 피로 날뛰고 있었다. 그리고 이 모든 것이 그의 신경을 거슬렸다. 그의 말처럼 냉정해야 했고, 철저하게 계산적이어야 했다. 그런데 그에게 거래의 대가로 그녀의 몸을 내준 헤리엇이 마음에 들지 않았다.

"그래, 그댄 내게 아무것도 아니야. 지금도, 이후에도."

그가 그녀의 턱을 놓아주었다. 그리곤 언제 그랬냐는 듯 그녀의 손목을 붙잡곤 책상에서 일으켜 세웠다. 순식간에 그가 멀어지자, 헤리엇은 서둘러 탁자 위에서 내려왔다. 그리곤 반쯤 내려간 슈미즈를 끌어 올려 드러난 가슴과 어깨를 가렸다. 그사이 자신의 자리로 돌아간 이튼은 얼음이 뚝뚝 떨어질 듯한 냉기 가득한 목소리로 입을 열었다.

"이것이 그대가 지켜야 할 거래의 조건이다. 다음에 내게 안길 땐, 마음은 놓고 오도록 해. 피곤하군. 그만 돌아가도 좋아."

그가 그녀에게서 등을 돌렸다. 그리곤 차갑게 그녀를 외면한 채 창가로 걸어가 밖을 바라보았다. 그 차가운 등이 마치 헤리엇을 거부하는 것처럼 보였다. 헤리엇은 그의 외면에 냉정해지기 위해 노력했다. 잔뜩 흐트러진 자신과는 달리 그는 흠잡을 곳 없이 너무도 단정한 모습이었다.

화가 났다. 냉정한 그와는 달리 자꾸만 그로 인해 흔들리는 자신이. 헤리엇은 떨리는 손으로 슈미즈를 바로 했다. 서두르지 않았다. 바닥에 떨어져 있는 옷을 집어 들고 당장에라도 이곳을 벗어나고 싶었지만, 그에게 도망치는 모습 같은 것 보이고 싶지 않았다. 그것이 더 자존심이 상하는 일이었으니까.

헤리엇은 최대한 천천히 드레스를 입었다. 그러는 동안 그녀의 마음 역시 차분히 가라앉기 시작했다. 바닥에 떨어져 있던 코트를 주워, 마저 입은 헤리엇은 그 어느 때보다 냉정한 목소리로 말했다.

"냉정한 머리와 계산적인 마음. 저 역시 앞으론 꼭 지키겠습니다. 충고 감사했습니다."

그에게서 돌아선 헤리엇은 등을 꼿꼿이 세운 후 당당한 모습으로 서고를 가로질러 문으로 걸어갔다. 문이 열리고, 다시 문이 닫혔다.

그제야 창문 밖을 응시하던 이튼이 문을 향해 돌아섰다.

젠장! 이성과 본능이 첨예하게 대립했다. 거짓을 말하는 여잘 절대 믿어선 안 된다는 이성과 어쩌면 그녀는 다를지도 모른다는 본능. 하지만 그 이성과 본능보다 그를 가로막는 더 큰 장벽이 있었다.

자신에게 내려진, 콘웰 공작가문의 저주. 그 지독한 저주는 그의 곁에 있는 모든 이들을 죽음과 불행으로 이끌었다. 그의 손에 쥔 검, 그 검이 자신의 심장은 물론 그가 사랑하는 이의 심장을 피로 물들이게 되겠지. 씁쓸한 미소를 지으며, 이튼이 다시 고갤 돌렸다. 그리곤 창문을 통해 정원을 가로질러 대문을 나서는 헤리엇을 내려다보았다. 자신에게서 벗어나기 위해 도망치는 헤리엇을 보자, 그의 심장이 서늘해졌다.

냉정한 머리와 계산적인 마음. 그에게 필요한 것은 바로, 이것이었다. 그녀가 아니라, 그에게 필요한 조건이었다.

❖

콘웰 저택에서 이튼을 만나고 돌아온 후, 헤리엇은 이튼을 만날 수 없었다. 그렇게 의미 없이 시간이 지나갔다. 그러는 동안 헤리엇은 평소처럼 생활하며 시간을 보냈다. 오늘 역시 젠과 함께 마을로 들어서다 들뜬 분위기의 사람들을 보며 고갤 갸웃했다. 잔뜩 상기된 얼굴로 이야기를 나누는 사람들은 가끔 호기심 어린 눈으로 광장 쪽을 바라보곤 했다. 대체 무슨 일일까? 헤리엇과 젠이 길을 따라 안으로 들어가서야, 사람들이 왜 이렇게 들떠 있었는지 알 수 있었다.

집시. 1년에 단 한 번, 마을을 찾아오는 유랑극단인 집시들이 온 것이다. 집시들이 머무는 일주일은 축제 기간이나 다름없었다. 젠 역시 광장 중앙에 세워진 천막을 보았는지 환한 미소가 걸렸다.

"아가씨, 집시들이 왔나 봐요."

"그래, 그런 모양이야."

"작년엔 동양의 진귀한 물건들을 잔뜩 가지고 왔었다고 들었는데, 올해는 어떤 것을 가져왔을지 너무 기대돼요."

젠이 작년에 집시들의 공연을 보지 못했던 일이 떠올랐는지, 아쉬운 얼굴을 했다. 하지만 이내 광장에 세워진 천막을 보며 눈을 빛냈다.

"규모를 보니, 작년보다 더 커진 것 같아. 아마, 볼거리도 더 많을 테지."

"사실 전 집시들의 공연도 좋지만, 축제의 밤이 기다려져요. 새벽까지 계속되는 축제의 밤 동안 놀 수 있잖아요. 광장에 모여 춤도 추고, 맛있는 것도 먹고. 사실 작년엔 몸이 아파, 밤 축제를 구경하지 못해 얼마나 아쉬웠는지 몰라요. 이번엔 아가씨도 함께 구경하실 거죠?"

젠이 눈을 빛내며 헤리엇을 바라보았다. 젠은 헤리엇과 함께 축제의 밤을 구경하길 원하는 것 같았지만 헤리엇의 생각은 달랐다. 헤리엇은 젠과 알렉스 두 사람을 방해하고 싶지 않았다. 사실 축제의 밤은 연인들에겐 1년에 단 한 번, 다른 사람들의 시선 따위 신경 쓰지 않고 하룻밤을 보낼 수 있는 절호의 기회였던 것이다.

"아니야, 젠. 내 몫까지 네가 구경하도록 해."

"하지만 1년에 딱 한 번 있는 축제잖아요. 집시들이 오지 않는다면, 밤에 자유롭게 외출할 기회도 없을 테고. 아 참, 아가씨. 이번엔 백작님과 함께 축제에 오시는 건 어때요? 아가씨께서 부탁하시면 분명……"

"말도 안 되는 소리. 아마, 원치 않으실 거야."

헤리엇이 단호한 표정으로 젠의 말을 부정했다. 그러자 젠이 조금은 실망한 얼굴을 했다. 그렇게 잘생긴 백작과 헤리엇 아가씨가 함께 축제에 나타난다면 너무도 신날 것 같았다. 무엇보다 서로 호감을 갖고 있는 두 사람의 관계가 급속도로 가까워질 테고, 어쩌면 청혼을 할 수도 있었다. 그렇게만 된다면, 헤리엇을 노처녀라고 무시하는 올리비아와 마가렛의 코를 납작하게 해줄 수도 있을 것 같았다.

"그렇겠죠? 축제엔 관심도 없는 분처럼 보이긴 했어요."

헤리엇의 말에 수긍하듯 젠이 고갤 주억거렸다. 하지만 여전히 아쉬운 눈치였다.

"만에 하나라는 게 있는 거잖아요. 그러니, 말이라도……."

"그건 됐으니까, 광장에 다녀오고 싶거든 다녀와. 난 그동안 잡화점에 있을 테니까."

헤리엇이 서둘러 화제를 돌렸다. 그러자 젠이 눈을 빛내며, 광장쪽으로 고갤 돌렸다.

"정말, 그래도 돼요?"

"다녀와. 만약 1시간 후에도 네가 오지 않으면, 혼자 저택으로돌아갈 테니 서두를 필요 없어."

헤리엇의 말에 순간 젠의 얼굴이 붉어졌다. 그 말은 알렉스와 만날 테면 만나고 오라는 뜻이었다.

"네, 아가씨. 그럼, 나중에 봬요."

서둘러 광장으로 뛰어가는 젠을 보며, 헤리엇의 입가에 미소가떠올랐다. 잠시 후, 젠의 뒷모습이 광장으로 모여드는 사람들 사이로 섞여 보이지 않게 되었다. 그러자 헤리엇 역시 어깨에 걸친 숄을 바짝 당겨 여민 후, 서둘러 잡화점으로 향했다.

브리튼 출판사의 네빌 편집자에게 편지를 보낼 생각이었다. 그리고 그 내용은 브리튼 출판사가 보관 중인 칼 프레데릭의 인세를빠른 시일 내에 모두 지급해 달라는 내용이었다. 잡화점 앞에 선헤리엇은 코트 주머니에서 작은 편지 봉투를 꺼냈다. 봉투를 내려다보는 헤리엇의 눈빛이 깊어졌다.

사실 브리튼 출판사에 맡겨둔 인세는 그녀가 데본을 떠나, 칼 프레데릭으로 살기 위해 마련해 둔 돈이었다. 런던 근교에 집을 하나사서, 그곳에서 평생을 살 생각이었다. 글을 쓰면서. 가슴에 돌을얹어놓은 듯 무거웠다. 봉투를 쥔 손에도 힘이 들어갔다. 이 결정으로 그녀의 계획이 늦어지게 된 것이다. 하지만…… 이튼에게 진

빚을 갚는 게 먼저였다. 자꾸만 그녀를 흔들어놓는 그에게서 최대한 멀리 떨어져야 했으니까. 작게 한숨을 내쉰 헤리엇은 눈을 감았다. 그리곤 결심이 서자, 문을 열고 잡화점 안으로 들어갔다.

"월, 런던으로 편지를 보내고 싶은데 가능할까? 최대한 빨리 말이야."

계산대 앞에 서 있는 월에게 다가가던 헤리엇이 걸음을 멈췄다. 잡화점에 누군가 있었다. 이튼, 그였다. 그가 왜 이곳에 있는 거지? 그를 바라보는 헤리엇의 심장이 뛰기 시작했다. 창문을 통해 들어온 햇살을 받고 서 있는 그는 사람의 눈을 사로잡는 완벽한 신사의 모습이었다.

이튼과 얘길 나누던 월이 당황해 서 있는 헤리엇에게 잠시만 기다려 달라는 듯 손을 들어 보였다. 그리곤 이튼에게 고갤 끄덕이며, 대답했다.

"최대한 빨리 구해보도록 하겠습니다. 하지만 워낙 희귀본이라 구하는 데 시간이 걸리지도 모르겠습니다."

"시간이 걸리더라도 꼭 구해줬으면 해. 부탁하지, 월."

"네, 이튼 님. 누구 부탁이신데요, 꼭 구해 드리겠습니다. 그럼, 잠시만 기다려 주시겠습니까. 손님이 오셔서."

이튼에게 양해를 구한 월이 서둘러 헤리엇에게 다가왔다. 하지만 헤리엇은 월이 다가오는 것이 그리 달갑지 않았다. 이미 헤리엇의 신경은 월의 어깨너머로 그녀를 바라보고 있는 이튼에게 쏠려 있었다.

그의 입가에 미소가 떠올라 있었다. 뜻밖의 장소에서 그를 만나 놀란 그녀와는 달리, 이튼은 이 상황이 몹시도 재미있는 모양이었다.

"죄송합니다, 헤리엇 아가씨. 먼저 온 손님이 계셔서요."

"아니야, 월."

헤리엇은 평소처럼 행동하려 했지만, 그녀를 바라보는 그의 강렬한 시선에 긴장으로 자꾸만 턱이 굳어졌다. 그때 이튼이 잡화점에서 나가려는 듯 문 쪽으로 걸어오는 것이 보였다. 헤리엇은 그가 다가올수록 입안이 바짝 타들어가는 느낌이었다.

어떻게 해야 하지? 아는 척을 해야 하는 건가? 아니면 모르는 사람인 듯 그냥 지나쳐야 하는 건가?

망설이던 헤리엇은 고갤 들어 이튼을 바라보았다. 그러자 그녀의 생각을 모두 읽은 듯 그의 입가에 냉소가 떠올라 있었다. 그리곤 그녀가 난처해하는 모습을 더 보려는 듯 그는 문을 나가는 대신, 잡화점의 진열대를 살피기 시작했다.

"편지를 보내신다고 하셨죠? 지금 당장, 알아보겠습니다."

"그렇게 해주면 고맙겠어."

대답하는 동안에도 헤리엇의 시선은 이튼 쪽으로 향했다. 봉투 역시 선뜻 건네지 못했다. 그러자 윌 역시 헤리엇이 망설이는 이유를 알아챈 모양이었다.

"우편물은 아가씨께서 직접 안에 넣어두세요. 사실 전, 창고에서 축제의 밤에 쓸 가면을 가져와야 하거든요."

"가면은 왜?"

"이번 축제의 밤엔 연인들을 위해 가면을 쓴다고 하더라구요. 광장에 천막을 설치하고 있는 모양인데, 일주일 동안 마을이 북적이겠어요. 이번 축제엔 아가씨께서도 구경하셔야지요?"

"난 번잡한 건 싫어서. 이번에도 집에 있을 생각이야."

"하지만 이번 축제의 밤엔 가면무도회가 있을 모양이에요. 광장에 모인 사람들이 모두 가면을 쓰고 자유롭게 축제를 즐길 수 있게 말입니다. 아마, 젊은 연인들에겐 더할 나위 없이 즐거운 시간이 될 것 같아요."

"가면무도회라. 누구 생각인지 모르지만, 재미있겠군."

진열대의 물건을 구경하던 이튼이 두 사람의 대화에 끼어들었다. 그리곤 두 사람에게 다가왔다.

"이튼 님도 참석하시는 게 어떠세요. 기분 전환이 되실 겁니다."

"글쎄, 무도회를 함께 즐길 사람이 없어서. 윌, 책이 도착하거든 저택으로 사람을 보내도록 해."

"오는 대로 연락드리겠습니다."

윌의 대답에 이튼이 두 사람을 지나쳐 문 쪽으로 걸음을 옮기기 시작했다.

"아 참, 이튼 님. 잠시만 기다려 주시겠습니까?"

윌이 뭔가 좋은 생각이 떠오른 듯 서둘러 진열대 옆에 놓인 상자를 뒤적였다. 그사이 헤리엇과 이튼의 시선이 허공에서 부딪혔다. 팽팽하게 날 선 긴장감이 두 사람 사이에 흐르고 있었다. 예민한 사람이라면, 두 사람 사이에 흐르는 이상 기류를 눈치챘을 테지만 다행히 윌은 그러지 못한 모양이었다.

"아, 찾았네요."

윌이 만족스러운 표정으로 허릴 폈다. 그리곤 물건을 손에 들고 이튼에게 돌아섰다.

"여기 이 가면, 이튼 님께 드리겠습니다. 그리고 헤리엇 아가씨께도요. 아마 이 가면을 쓰면, 사람들의 시선 같은 건 신경 쓰지 않고 편히 축제를 즐기실 수 있을 겁니다."

윌이 이튼과 헤리엇에게 각각 가면을 하나씩 건넸다. 설마, 눈치챈 건가? 헤리엇은 윌이 내민 가면을 내려다보며, 미간을 찌푸렸다.

"아니야, 윌. 난……."

"고맙군. 그런데 이 가면, 페어인 모양이군."

"네, 연인들이 쓰는 가면이거든요."

월의 말에 이튼의 입가에 미소가 떠올랐다. 그리곤 그녀와는 달리 월이 건넨 가면을 받아 든 이튼은 몹시도 흥미롭다는 듯 손에 든 가면을 내려다보았다. 대체 뭘 하려는 거지? 설마 저 가면을 쓰고 축제의 밤에 열리는 가면무도회에 진짜 참석이라도 하려는 걸까?

헤리엇은 그의 예기치 못한 행동에 미간을 찌푸렸다.

그때였다. 이튼이 월이 아니라 헤리엇에게 고갤 돌렸다. 그녀에게 곧장 날아드는 그의 시선에 헤리엇의 심장이 쿵 내려앉았다. 월이 흥미로운 눈으로 두 사람을 보고 있다는 사실을 뻔히 알고 있을 텐데도, 이튼은 시선을 돌리지 않았다. 냉기가 흐르는 차가운 얼굴이 아니라, 남자가 여자에게 가지는 호감이란 감정을 가득 담고서 바라보고 있었다.

"페어라. 축제의 밤에 만날 수 있었으면 좋겠군."

두근! 약속이었다. 농담처럼 말했지만, 이튼은 지금 가면무도회에 나오라고 말하고 있었다. 이튼이 그녀를 지나쳐 잡화점을 나갔다. 흠칫, 놀란 헤리엇이 서둘러 주먹을 쥐었다. 그가 그녀의 옆을 지나치며, 일부러 그녀의 손등을 스친 것이다. 뜨거웠다. 그녀의 심장도 그리고 그가 우연을 가장해 만진 손등이 참을 수 없을 만큼 뜨거웠다.

"아가씨께서도 어서 받으세요. 이튼 님께서 첫눈에 반하신 모양입니다. 절대 그런 말씀을 하실 분이 아니신데 말이에요. 어쩐지, 아가씨께서 잡화점 안으로 들어오시기 전부터 눈을 떼지 못하시더니만……."

그가 그녀에게서 눈을 떼지 못했다고? 하지만 헤리엇은 전혀 눈치채지 못했다. 아니, 오히려 냉담할 정도로 서늘한 표정에 서운할 정도였다. 그런데 그녀가 잡화점으로 들어서기 전부터 날 바라보고 있었다니.

"정말 그랬어? 하지만……."

"저도 놀랐는걸요. 사실 지금껏 이런 적이 없어서 더 놀랐답니다. 아가씨께 단단히 빠지신 모양이에요."

윌이 확신에 찬 얼굴로 헤리엇에게 가면을 건넸다. 헤리엇은 깃털과 아름다운 장식으로 만들어진 가면을 물끄러미 내려다보았다. 페어라고 했었다. 연인들이 쓰는. 천천히 가면에 달린 깃털 장식을 어루만지며, 헤리엇이 윌에게 넌지시 물었다.

"윌은 백작님을 잘 아는 모양이지? 백작님이 아닌, 이튼 님이라고 부르는 걸 보면 말이야."

"네, 잘 알지요. 사실 이튼 님은 백작님이 아니십니다. 콘웰 공작가의 차남이시거든요. 처음 이튼 님을 뵈었을 때가, 이튼 님께서 10살 되던 해였습니다. 그때도 지금처럼 잘생기고 말이 없던 소년이셨어요. 오늘처럼 책을 구해달라며, 저희 잡화점을 찾으셨지요."

"백작이 아니시라고? 하지만 소문엔……."

"그러게 말입니다. 왜 소문이 그렇게 났는지, 저 역시 알 수가 없다니까요. 아마 이튼 님께선 변명하는 게 귀찮아 그냥 두신 모양이지만, 절대 미치광이가 아니십니다. 제가 알기론 옥스퍼드에서 손꼽히는 수재라고 들었습니다. 그래서 전, 당연히 졸업 후에도 대학에 남으실 것으로 생각했었는데, 4년 전 갑자기 이곳으로 오셔서 얼마나 놀랐는지."

"옥스퍼드에 다녔다고?"

"네, 정말 대단하신 분이시죠. 그러니 만약 축제에서 이튼 님을 만나시거든 도망치지 않으셔도 됩니다. 냉정하신 성격이긴 하지만, 절대 남을 해치실 분은 아니거든요. 그리고 조금 전 보셨던 것처럼, 무척이나 잘생기셨지요. 런던에서도 가장 잘생겨 숙녀들께 인기가 많았다고 들었습니다. 머리도 좋으신 데다 인물까지 좋으니, 콘웰 가의 차남이셨지만 최고의 신랑감이 분명했으니까요."

평소와 달리 윌은 말이 많았다. 무슨 이유에서인지 윌은 헤리엇에게 이튼의 장점을 끊임없이 나열하고 있었다. 마치 중매쟁이처럼 두 사람을 맺어주려는 듯.

"제 말을 믿으세요. 이튼 님은 런던 최고의 신사이실 뿐만 아니라, 교양 있는 분이십니다. 그러니 두려워하실 것 없습니다."

윌이 헤리엇에게서 편지봉투를 받아 들며 다시 한 번 거듭 말했다. 조금 전, 그녀가 이튼을 보고 긴장한 이유가 그를 둘러싼 미치광이란 소문 때문이라고 생각한 모양이었다.

"사람이 많아 만나지 못할 거야. 하지만 만나게 된다면, 도망치진 않을 생각이야."

헤리엇의 말에 윌이 고갤 끄덕였다. 그리곤 고맙다는 말과 함께 가면을 손에 든 헤리엇이 잡화점을 나왔다. 헤리엇의 시선이 빠르게 주위를 살폈다. 하지만 이튼은 이미 가버린 후였다.

심장이 뛰었다. 조금 전 윌에게 들은 이튼에 관한 얘기에 헤리엇의 심장이 자꾸만 들썩거렸다. 윌의 말처럼 이튼이 콘웰 공작가의 차남이라면, 작위를 계승할 필요도 없었고 꼭 후계를 남길 의무 또한 없었다. 또다시 심장이 뛰었다.

만날 수 있을까? 이 가면을 쓰고, 가면 축제의 밤에 그를 만날 수 있을까? 대답은 당연히 만날 수 있다였다. 그가 먼저 제안한 약속이었으니까.

❖

헤리엇이 부엌으로 들어서자, 화덕에 빵을 굽고 있던 루엔이 고 갤 들었다. 그리곤 헤리엇을 보며, 안심한 듯 가슴을 쓸어내렸다.

"아가씨, 표정이 밝은 걸 보니, 마을에 가셨던 일이 잘되신 모양 이군요. 정말 다행이에요."

루엔의 말에 헤리엇이 손을 들어 자신의 얼굴을 어루만졌다. 깨 닫지 못하고 있었지만, 자신이 웃고 있었던 모양이었다.

"응, 생각보다 빨리 해결될 수도 있을 것 같아. 오늘 중으로 런 던으로 사람을 보내기로 했거든. 빵을 구운 모양이지?"

"네, 지금 막 구웠으니 이리 와 앉으세요. 며칠 전에 사과 잼을 만들었는데, 갓 구운 빵과 함께 드시면 맛있을 거예요."

"사과 잼을 만들었다고?"

어느새 부엌 벽에 세워진 찬장으로 걸어간 루엔은 잼이 담긴 병 을 꺼내며 고갤 끄덕였다.

"마을에서 사과를 너무 많이 보내와서요."

루엔이 사과 잼이 담긴 병을 헤리엇 앞에 내려놓았다. 그리곤 밀봉 해 놓았던 뚜껑을 열었다. 순간 부엌 안에 향긋하고 달콤한 사과 향 이 가득했다. 그 달콤한 향에 헤리엇의 입안에 어느새 침이 고였다.

"향이 좋은걸. 올해도 네 덕분에 맛있는 사과 잼을 먹을 수 있겠 어. 잘 먹을게, 루엔."

의자에 앉은 헤리엇이 빵이 담긴 접시를 받아 들었다. 그리곤 조 금 전 화덕에서 꺼낸 따끈따끈한 빵을 먹기 좋게 자른 후, 달콤한 향이 나는 사과 잼을 듬뿍 발라 입에 넣었다. 상큼한 향과 달콤한 맛이 입안 가득 퍼졌다.

"맛있어."

"여기, 홍차와 함께 드세요."

"고마워."

헤리엇에게 홍차를 건넨 루엔이 그녀의 맞은편에 자릴 잡고 앉았다. 그리곤 천천히 헤리엇을 살피기 시작했다. 부엌 창으로 들어오는 햇살에 헤리엇의 아름다운 얼굴이 선명했다. 보닛을 쓰고 있었지만, 그녀의 새하얀 뺨에 어린 것은 분명 홍조였다. 얼굴이 붉어질 만큼 마을에서 무슨 일이 있었던 게 분명했다. 하지만 루엔은 그 일이 뭔지 짐작조차 할 수 없었다. 분명한 건, 소녀처럼 들뜬 모습은 4년 만에 처음이란 것이었다.

"마을에 집시들이 왔다고 하던데, 보셨나요?"

"응, 광장에 세워진 천막을 봤어. 그리고 작년보다 더 규모가 커졌는지, 사람들도 더 많아진 것 같았어. 아마 지금까지완 달리, 유례없이 성황이지 않을까 해."

"장도 서겠군요. 진귀한 물건도 많을 테고. 아가씨도 젠과 함께 다녀오세요. 지금까지 한 번도 그런 곳엔 가지 않으셨잖아요."

루엔의 말에 헤리엇은 잠시 생각에 잠긴 듯 말이 없었다. 하지만 이내 고갤 가로저었다.

"아니야, 아버지도 아프신데……."

"백작님이시라면, 걱정 마세요. 제가 곁에 있을 테니까요."

루엔의 말에 헤리엇이 미간을 찌푸렸다. 그리곤 찻잔을 내려놓으며, 루엔을 보았다. 중년의 나이가 된 루엔은 여전히 예뻤다. 선한 눈빛도 그대로였고, 부드러운 미소 역시 변한 게 없었다.

"루엔……."

"헤리엇, 여기 있었구나."

그때, 부엌으로 마가렛이 들어왔다. 그리곤 루엔과 함께 앉아 있는 혜리엇을 발견하곤 서둘러 다가왔다. 완벽하게 세팅된 머리며, 화장을 한 마가렛을 보자 혜리엇은 눈살을 찌푸렸다. 오늘도 아버지 윈슬러의 방엔 가보지도 않은 모양이었다.

"무슨 일이시죠?"

"저스틴 남작의 빚을 갚았다는 얘길 들었다. 이젠 전혀 문제 없는 것이겠지?"

"네, 문제없을 겁니다."

"휴, 정말 다행이구나. 백작님께서 벌여놓은 일로, 아무 상관도 없는 우리 올리비아가 피해를……."

"이젠 그럴 일 없을 겁니다."

혜리엇이 차가운 목소리로 마가렛의 말을 잘랐다. 마가렛 역시 혜리엇의 태도가 변했다는 사실을 깨달은 듯 눈을 가늘게 떴다.

"그렇다니 다행이구나."

"하실 말씀이 없으시면, 전 올라가 보겠습니다."

"그럼 이건, 아가씨 방으로 가져다 드릴게요."

"부탁할게, 루엔."

혜리엇이 자리에서 일어나 부엌을 나섰다. 마가렛과 한시도 같이 있고 싶지 않았던 것이다.

"루엔, 백작님께 가보도록 해. 게으름 피울 생각 같은 건 하지 마. 정말, 하나같이 마음에 안 들어."

"네, 백작부인. 아가씨께 간식을 가져다 드린 후, 가보겠습니다."

"그럼 가는 김에 올리비아에게도 간식을 가져다주도록 해. 요즘 마음고생 때문에 도통 아무것도 먹지 못했거든."

"네, 알겠습니다."

루엔이 화덕에서 이제 막 구워진 빵을 꺼냈다. 그리곤 접시에 먹음직스럽게 자른 후, 쟁반 위에 놓았다.

"잠깐, 올리비아에겐 왜 사과 잼을 주지 않는 거지? 아깝다는 거야?"

불쾌한 감정을 담은 마가렛의 목소리에 막 부엌을 나가려던 헤리엇이 걸음을 멈췄다.

"아닙니다. 올리비아 님께선 살이 찌신다고, 사과 잼은 싫다고 하셔서……."

"웃기는 소리. 헤리엇을 위해 만든 것이니, 올리비아에겐 나눠주고 싶지 않다는 건 아니고?"

"아닙니다, 절대……."

"건방진……."

마가렛이 화를 참지 못하고 루엔의 뺨을 때리려는 듯 손을 올렸다. 하지만 날카롭게 날아든 헤리엇의 목소리에 순간, 주춤했다.

"당장, 멈추세요."

어느새 다가왔는지 헤리엇이 마가렛의 손목을 꽉 붙들었다. 그러자 루엔은 물론 마가렛의 얼굴이 빨갛게 변하기 시작했다.

"너, 지금 뭐 하는 거니? 당장 놓지 못해!"

"제 사람들에게 함부로 하지 마세요."

"뭐? 네 사람들?"

"네, 헌팅턴 백작가의 사람들은 모두 제 사람입니다. 지금까진 참아드렸지만, 이젠 그럴 생각 없습니다. 그러니 함부로 하지 마세요."

"너, 지금 무슨……. 감히 너 따위가 내게 그런 말을 할 수 있을 것 같아? 난, 헌팅턴 백작부인이야. 이 저택의 안주인이라고!"

"세상엔 주인이 아파 병상에 누워 있는데, 나 몰라라 하는 안주인은 없습니다."

"뭐? 지금 내가 백작님의 간호를 하지 않는다고 타박이라도 하는 거니?"

"타박이 아니라, 알려 드리는 겁니다. 이 저택에서 백작부인이란 이름으로 머물고 싶으시다면, 자신의 의무를 다해야 한다는 것을요."

헤리엇의 차가운 태도에 마가렛이 분노를 참으며 그녀를 쏘아보았다. 의무라니. 백작부인으로 이곳에 있고 싶다면, 의무를 다하라니.

"네가 감히 무슨 권리로 내게 명령하는 거지? 결혼도 하지 못한 하자품에다, 언제 쫓겨날지 모르는 백작의 수치인 주제에 감히 내게 협박을 해? 네가 그러고도……."

"이건, 백작가의 수치이자 동시에 헌팅턴 백작가의 상속녀로서 새어머니께 드리는 마지막 충고란 걸 잊지 마셨으면 좋겠군요."

"뭐? 상속녀?"

"네. 새어머니께서 아들을 낳지 않는 한, 제가 이 저택의 상속녀란 사실은 절대 변하지 않으니까요. 그러니 올리비아와 런던에 가고 싶으시다면, 제 사람에게 함부로 하지 말아주세요. 또한 새어머니께서 하셔야 할 의무 역시 다하셔야 할 겁니다."

헤리엇이 그제야 마가렛의 손을 놓아주었다. 얼음처럼 싸늘한 얼굴로 마가렛을 쏘아보자, 그 기세에 눌려 마가렛 역시 아무런 말도 하지 못했다. 그제야 헤리엇이 지금껏 아버지를 위해 자신과 올리비아를 참아내고 있었다는 사실을 깨달은 것이다.

"루엔, 쟁반 이리 줘. 내 것은 내가 직접 가지고 갈 테니까."

"아니에요, 아가씨. 제가……."

"넌, 네 방에 들어가 쉬도록 해. 오늘 새벽까지 아버지를 간호하느라 잠도 자지 못했잖아. 앞으로 새어머니께서 2층에 계실 거야."

헤리엇이 단호하게 말하자, 루엔이 마가렛의 눈치를 흘끗 봤다. 그러자 마가렛은 하인들 앞에서 창피를 당했다는 수치심에 얼굴을 붉혔다. 그리곤 잔뜩 찡그린 얼굴로 헤리엇을 쏘아보았다. 하지만 더 부아가 나는 건, 화가 나 미칠 것 같은 자신과는 달리 헤리엇의 얼굴은 너무도 싸늘하다는 것이었다. 냉정하기 그지없었다.

마가렛은 불안해졌다. 평소 말이 없는 성격이긴 했지만, 경험상 헤리엇은 뱉은 말은 꼭 실행에 옮겨왔다. 설마, 진심은 아니겠지? 만약 헤리엇이 돈을 주지 않는다면, 런던에 갈 수 없었다. 그렇게 되면, 올리비아 역시 저스틴 남작 같은 파렴치한에게 시집을 가야 했다. 절대, 그건 안 될 일이었다.

"헤리엇, 진심은 아니겠지?"

"그 어느 때보다 진심입니다."

그 말과 함께 헤리엇이 부엌을 나가 버렸다. 마가렛은 화가 나 미칠 것 같았다. 너무도 분해, 누구에게든 화풀이하고 싶었지만 그럴 수도 없는 노릇이었다.

쳇! 저 인정머리 없는 어린 계집이 돈주머니를 들고 날 협박하다니. 마음 같아선, 앞에 서 있는 루엔이란 계집의 머리채라도 잡고 흔들고 싶었지만, 그렇게 했다간 정말 돈 한 푼 받지 못할 수도 있었다.

"헌팅턴 백작가의 상속녀라고? 쳇, 내가 아들만 낳는다면⋯⋯ 너 따윈."

마가렛은 입술을 깨물었다. 헌팅턴 백작가의 상속자를 낳고 싶어도, 낳을 수 없었다. 헌팅턴 백작과 재혼 후 한 번도 동침한 적이 없었던 것이다. 마가렛은 화를 꾹 참으며 2층 윈슬러의 방으로 향했다. 어떻게 해서든 우선은 런던으로 가야만 했다.

두고 봐. 런던만 가게 된다면, 올리비아에게 그럴듯한 신랑감을 찾아줄 테니까. 그리고 이곳으로 돌아왔을 땐, 널 꼭 내쫓아주지.

❖

밤이 찾아든 광장은 화려한 불빛들로 가득했다. 적당한 흥분과 소음. 사람의 심장을 두근거리게 하는 음악과 웃음소리. 그리고 음악과 함께 매혹적인 집시 여인의 야릇하고 격정적인 춤이 광장 중앙으로 사람들을 불러 모으고 있었다. 화려함 속에 느껴지는 자유분방함에는 경직되었던 사람들의 마음까지도 풀어지게 하는 힘이 있었다.

헤리엇과 젠 역시 천천히 사람들 틈에 섞여 광장 중심으로 들어갔다. 줄지어 쭉 늘어선 좌판 위엔 동양에서 들여온 갖가지 진귀한 보석과 물건들로 가득했다. 그리고 그 옆으론 런던에서 최신 유행하는 장신구들이 쭉 나열되어 있었다.

"아가씨, 우리 사탕 사먹어요. 색색이 구슬처럼 정말 예뻐요."

젠이 유리병에 담겨 있는 사탕을 보곤 눈을 빛냈다. 그러자 헤리엇이 주머니에서 동전 한 닢을 꺼내 주인에게 건넸다. 유리병을 받아 든 젠이 서둘러 뚜껑을 열었다. 그리곤 그 안에 들어 있던 사탕하나를 꺼내 헤리엇에게 건넸다. 초록의 투명한 사탕을 입안으로 넣자, 향긋한 과일 향과 함께 달콤함이 녹아들었다.

"맛있어요. 하지만 먹어 없애기엔 너무 아까울 만큼 예쁘네요."

젠이 유리병에 든 색색의 사탕을 보며, 황홀한 표정을 지었다. 헤리엇은 그 모습에 미소를 지었다. 사실 데본의 작은 마을엔 이렇게 집시들과 함께 큰 시장이 열리지 않는 한 이런 종류의 과자를 먹을 기회가 없었던 것이다.

"아가씨, 이쪽으로 와보세요."

젠이 신기한 것을 발견했는지 헤리엇의 팔을 잡아끌었다. 그리곤 두 사람이 간 곳엔 보석으로 만들어진 장신구가 진열대 위를 가득 채우고 있었다. 젠은 그중 진주로 장식된 핀을 헤리엇에게 건넸다.

"아니야, 난 괜찮아."

"왜요? 한번 해보세요. 아가씨께 잘 어울려요."

젠이 헤리엇이 쓰고 있던 보닛의 끈을 풀었다. 그리곤 흘러내린 갈색 머리카락에 대보았다.

"정말 난 관심 없어. 그러니 너나 하나 골라봐. 하나 사줄 테니까."

"정말 사주신다고요?"

"그래. 그러니 어서 골라봐."

순간 젠의 눈빛이 반짝였다. 하지만 이내 가당치도 않다는 듯 고갤 가로저었다.

"아니에요, 아가씨. 이렇게 귀하고 좋은 걸 제가 어떻게 가져요."

"어디 보자. 이 핀은 어때? 마음에 들어?"

젠의 거절에 헤리엇이 진열대에 놓여 있던 머리핀 하나를 집어 들었다. 그리곤 젠의 머리 위에 올려놓았다.

"예쁘다, 젠."

헤리엇이 젠의 손에 오팔로 장식된 핀을 놓았다. 장미 꽃잎이 정교하게 조각된 머리핀은 무척이나 예뻤다. 젠 역시 마음에 드는지 황홀한 눈으로 핀을 내려다보았다.

"이걸로 할게요."

헤리엇이 코트 안쪽에서 동전 주머니를 꺼냈다. 그리곤 주인에게 계산하는 동안 젠의 시선은 여전히 그녀의 손에 놓인 오팔로 된 핀을 보고 있었다.

"아가씨, 감사해요. 제 평생 이런 귀한 건 처음이에요. 소중하게 간직할게요."

젠이 두 손으로 머리핀을 꼭 쥐었다. 젠의 갈색 눈동자가 불빛에 반짝이고 있었다. 헤리엇의 뜻밖의 선물에 감동한 모양이었다.

"알았으니까, 얼른 가봐. 저기 알렉스가 온 것 같아."

"알렉스가요?"

젠이 뒤를 돌아보았다. 그러자 조금 떨어진 곳에 서 있는 알렉스를 볼 수 있었다. 어느새 젠의 입가엔 행복한 미소가 떠올랐다. 연인들의 눈빛은 어둠을 밝히는 등불처럼 촉촉이 젖어 있었다.

"얼른 가봐. 작년엔 아파서 제대로 구경하지도 못했잖아. 재미있게 놀다 와."

"하지만 아가씨 혼자 두고 어떻게요. 함께⋯⋯."

"내 걱정은 하지 않아도 돼. 어서!"

헤리엇의 재촉에 젠이 입술을 깨물며 알렉스를 향해 고갤 돌렸다. 하지만 헤리엇 혼자 남겨두고 알렉스에게 가는 게 영 마음이 놓이지 않는 눈치였다.

"안 되겠어요. 저는 나중에⋯⋯."

"백작님께서 오실 거야."

"네? 백작님이시라면, 콘웰 공작가의 그분을 말씀하시는 건가요?"

"응. 그러니까 내 걱정은 하지 말고 어서 가."

헤리엇의 말에 그제야 젠이 안심한 듯 고갤 끄덕였다.

"진즉 말씀하시지 않고요. 헤헤, 방해되지 않게 얼른 갈게요."

젠이 즐거운 듯 미소까지 짓고는 서둘러 알렉스에게 걸어가는 것이 보였다. 젠이 다가가자, 알렉스가 젠의 손을 잡았다. 다정하게 서로를 보는 눈빛이 너무도 다정했다. 알렉스가 헤리엇에게 고맙다는 듯 고갤 숙였다. 그리곤 젠의 손을 붙잡고 인파 속으로 사라졌다.

헤리엇 역시 천천히 걸음을 옮기기 시작했다. 젠에겐 이튼을 만나기로 약속했다고 했지만, 엄밀히 말해 약속은 아니었다. 하지만 헤리엇의 심장은 설렘으로 뛰고 있었다. 우연히…… 아니, 그가 그녀에게 올 것이란 걸 알고 있었다.

일렬로 줄지어 선 상가를 따라 걷던 헤리엇은 여성용 장갑을 발견하곤 걸음을 멈췄다.

"사슴 가죽으로 만들어 부드럽습니다. 지금 런던에선 선풍적인 인기랍니다. 한 번 끼어보세요. 아름다운 아가씨께 잘 어울리실 것입니다. 자, 여기요."

주인의 넉살에 헤리엇은 주인이 건넨 장갑을 받아 들었다. 귀하다는 은빛 여우 털이 달린 장갑은 너무도 부드러웠다. 그리고 장갑에선 장미 향기가 났다.

"어서 끼어보세요."

주인의 말에 헤리엇이 고갤 들었다. 천천히 장갑 안으로 손을 밀어 넣었다. 헤리엇은 손에 감기는 부드러운 감촉이 마음에 들었다. 그리고 은은하게 퍼지는 향기도.

"예쁘군요. 마음에 들어요. 이건, 얼마죠?"

헤리엇이 장갑을 벗으며 주인에게 가격을 물었다. 그러자 주인은 대답 대신 헤리엇의 어깨너머 누군가를 바라보고 있었다. 대체 누굴 보고 있는 거지?

"은화 한 닢입니다, 나으리."

나으리란 말에 헤리엇의 심장이 무겁게 뛰기 시작했다. 그제야 그의 익숙한 체향이 심장을 간질였다.

"여기."

이튼이 주인에게 은화 한 닢을 건넸고, 헤리엇은 그런 이튼을 홀린 듯 바라보았다. 언제부터 옆에 있었던 걸까? 헤리엇은 옆에 서 있는 이튼을 보자, 자꾸만 입꼬리가 올라가려 했다.

"언제 왔어요?"

"예쁘군. 잘 어울려."

"아! 여기, 돈은 드릴게요."

헤리엇이 동전 주머니를 열어 은화를 꺼내려 하자, 이튼이 그녀의 손을 붙잡곤 돈을 꺼내지 못하게 했다.

"이건 선물이야. 약속을 지킨 것에 대한."

그날 잡화점에서 스치듯 지나치며 했던 말이 약속…… 이었나? 그랬던 모양이었다. 그녀가 그랬던 것처럼, 그 역시 약속이었던 것이다.

"약속 때문에 나온 건 아니에요. 그저 구경하고 싶어서……."

"그랬겠지. 그리고 그걸 핑계로 당신은 날 만나기 위해 나온 걸 테지. 조금 전 젠이 말해주더군. 여기서 날, 기다리고 있다고."

이튼의 말에 얼굴이 화끈거렸다. 그저 젠을 보내기 위해서 한 말이었다고 핑계를 대고 싶었지만, 믿지 않을 게 분명했다. 그를 만난 순간부터 헤리엇의 심장은 미친 듯이 뛰고 있었고, 눈동자 역시 기쁨으로 빛나고 있을 테니까. 아마, 이튼 역시 그녀의 반응을 눈치채지 못했을 리 없었다. 그녀 역시 이튼이 기뻐하고 있음을 온몸으로 느낄 수 있었으니까.

"젠을 만났나요?"

"지난번 숲에서 함께 있던 남자와 같이 있더군."

"알렉스예요. 아버지께 말씀드려, 내년엔 결혼을 시켜야겠어요."

"그게 좋겠더군. 남녀 사이란 한순간에 타오르는 법이니까."

헤리엇의 뺨이 붉어졌다. 얼마 전 숲에서 보았던 일이 떠올랐던 것이다. 이튼 역시 그녀의 생각을 읽은 듯 입가에 미소가 떠올랐다. 그리곤 그녀의 손을 붙잡았다.

"뭐 하는…… 놓아주세요."

헤리엇이 붙잡힌 손을 빼내려 했다. 그러자 이튼은 손에 힘을 주며, 그녀를 놓치지 않겠다는 듯 단단히 그러쥐었다. 그에게 붙잡힌 손목이 뜨거웠다. 그 뜨거움이 묘하게 야릇하다고 생각한 순간, 그의 입가에 의미심장한 미소가 떠올랐다.

"그럼 갈까? 광장에 공연이 한창이더군."

그에게 손을 붙잡힌 채 헤리엇은 그와 함께 걸었다. 그러는 동안 사람들의 시선이 저절로 두 사람에게 향했다. 밤이었지만, 대낮처럼 환하게 불을 밝힌 등불 때문에 두 사람의 외모가 더욱 두드러져 보였다. 서늘한 인상의 잘생긴 귀족과 신비롭고 아름다운 숙녀. 밤을 밝히는 달빛처럼 함께 걷는 두 사람은 눈이 부셨다.

"백작님, 잠깐만! 손을 놓아주세요."

"안 돼."

발 디딜 틈도 없이 북적이는 광장은 여자 혼자 다니기엔 위험했다. 그리고 이렇게 손을 잡고 있지 않는다면, 그녀를 놓칠 수도 있었다.

"하지만 사람들이……."

그제야 이튼이 주위를 둘러보았다. 사람들의 시선이 두 사람에게 향해 있었다. 그제야 걸음을 멈춘 이튼이 주머니에서 뭔가를 꺼냈다.

"이렇게 하면 문제없겠지?"

가면이었다. 잡화점 주인인 윌이 이튼에게 주었던 가면을 그녀에게 씌워준 것이다.

"백작님!"

"이튼, 백작이 아니라 이튼이다."

"앗!"

그때 길을 지나던 행인이 헤리엇의 어깨를 쳤다. 이튼은 균형을 잃고 넘어지려는 헤리엇의 허릴 단단히 붙잡곤 그의 품으로 끌어당겼다.

"조심하도록 해."

"아, 네. 백작님."

"이튼이야."

그가 다시 한 번 그의 이름을 말했다. 이튼, 헤리엇의 입안에서 그의 이름이 맴돌았다.

"이…… 튼."

홋! 순간 그의 입가에 미소가 떠올랐다. 원형 탑 꼭대기에서 서늘하게 그녀를 쏘아보던 그 차가운 미소가 아니었다. 냉정하게 거래라며 선을 긋던 무감한 얼굴이 아니라, 심장이 두근거릴 만큼 따뜻한 감정을 품고 그녀를 바라보고 있었다. 그를 따라 웃고 싶어질 만큼.

"이러다 공연이 다 끝나겠군."

이튼의 손에 이끌려 광장으로 간 헤리엇은 만돌린 선율에 맞춰 춤을 추고 있는 집시 여인을 볼 수 있었다. 눈에 띄는 화려한 외모의 집시 여인은 몸매가 다 드러난 드레스를 입고 음악에 맞춰 관능적인 춤사위를 선보이고 있었다. 음악이 격정적으로 변할수록 여인의 몸 역시 나른한 쾌락을 불러일으키듯 선정적으로 변했다. 얼굴이 붉어질 정도로 노골적인 분위기에 헤리엇의 얼굴이 붉어졌다. 그나마 다행인 것은 이튼이 씌워준 가면 덕분에 난처함을 숨길 수 있었다.

헤리엇은 집시 여인의 춤을 보며, 부럽다고 생각했다. 그 자유로움이 그리고 자신의 감정에 솔직한 모습이 너무도 행복해 보였다. 헤리엇이 죽어도 가질 수 없는 그 자유가 너무도 부러웠고, 또 갖고 싶었다.

"아름답군."

순간, 헤리엇이 미간을 찌푸렸다. 그의 목소리에 담긴 감정이 마음에 들지 않았다. 그의 말처럼 집시 여인이 아름다운 것은 사실이었다. 하지만 불쾌했다.

"아름다운 여인이에요. 남자의 마음을 사로잡을 만큼."

헤리엇은 마지못해 동의했다. 그의 말처럼 여인은 아름다웠다. 만돌린 선율에 맞춰 관능적으로 움직이는 아름다운 몸매뿐만 아니라, 집시 여인은 사람의 마음을 사로잡는 매혹이란 단어와 너무도 잘 어울렸다. 붉은 입술과 나른한 눈동자. 그리고 눈을 뗄 수 없게 만드는 숨이 막힐 것 같은 관능까지. 헤리엇 역시 인정할 수밖에 없었다.

"그렇군. 남자를 흔들어놓을 만큼, 아름다워."

이튼의 말에 헤리엇의 얼굴이 굳어졌다. 그리곤 여인에게서 고갤 돌려 이튼을 차갑게 쏘아보았다.

"그렇게 마음에 드시면, 가지시면 되겠군요. 아마, 이튼 님 정도라면 거절하지 않을 테니까요."

순간 헤리엇은 후회했다. 담담한 목소리로 말하고 싶었지만, 차갑게 뚝뚝 끊어지는 목소리엔 불쾌감이 고스란히 담겨 있었다. 질투…… 라는 감정이.

"그럴까 생각 중이야."

"그럼 전, 이만 가봐야겠군요. 즐거운 시간을 방해하면 안 되는 법이니까."

헤리엇이 쓰고 있던 가면을 거칠게 벗어, 이튼의 손에 건넸다.

"화가 난 모양이군."

"아니요, 화나지 않았어요."

헤리엇이 집으로 돌아가려는 듯 몸을 돌리자, 이튼이 그녀의 팔을 붙잡곤 다시 그를 보게 했다.

"눈꼬리가 올라간 걸 보니, 화가 난 게 분명해."

"아니에요. 화나지 않았어요. 당신이 어떤 여인을 마음에 들어 하든 말든, 저완 아무런 상관도 없는 일이니까요."

"정말 아무런 상관도 없는 게 맞나? 내가 다른 여인과 춤을 추는데도 전혀 아무렇지 않다는 건가?"

이튼의 물음에 헤리엇이 입술을 깨물었다. 아니, 상관없지 않았다. 그가 다른 여인을 바라보며, 아름답다고 말하자 헤리엇은 불쾌감에 화가 났다.

"화를 낼 때가 더 예쁘다고 생각한 사람은 네가 처음이다."

"……."

어리둥절한 표정으로 서 있는 헤리엇을 그가 그의 품으로 바짝 끌어당겼다. 가까웠다. 서로의 숨결이 닿고, 얼굴에 어린 표정 하나까지 알아챌 수 있을 정도로 가까워진 거리에서 헤리엇과 이튼은 서로를 바라봐야 했다.

"날 거절하지 않을 거라고 하지 않았나? 그런데 돌아가겠다니."

"그건 제가 아니라, 오해를……."

"오해는 내가 아니라, 네가 한 것 같은데? 난 집시 여인이 아니라, 널 보고 있었거든."

그가 고갤 숙였다. 그러자 주위의 소음이 사라졌다. 그녀의 뺨에 닿는 그의 뜨거운 숨결과 그녀의 귓가에 나직이 속삭이는 그의 목소리가 아프게 파고들었다. 심장이 뛰었다.

"질투하는 것 맞지?"

확신에 찬 얼굴로 물어오는 이튼이 마음에 들지 않았다. 이 순간에도 냉정함을 잃지 않는 그가 얄미울 정도였다. 그리고 그 순간,

헤리엇은 그가 냉정함을 잃는 모습을 보고 싶어졌다.

"질투…… 라면 어쩔 건데요?"

달콤한 유혹. 여자가 남자를 유혹하듯 낮게 가라앉은 목소리와 함께 눈을 살짝 내리떴다. 그리곤 일부러 그의 팔을 건드리며 나른하게 웃었다. 그녀를 바라보던 그의 눈동자가 순식간에 변했다.

"날 유혹하는 건가?"

"그렇다면, 어쩔 건데요? 내가…… 유혹하는 거라면."

대답 대신 그의 눈동자가 그녀를 태울 듯 순식간에 뜨거워졌다. 헤리엇이 그에게서 눈을 떼지 않은 채 붉은 혀를 내밀어 마른 입술을 축였다. 그러자 그의 시선이 홀린 듯 그녀의 입술을 바라보았다. 당장에라도 그녀를 삼킬 듯 뜨거운 눈빛에 헤리엇 역시 심장이 간질거렸다. 짜릿함. 그래, 강하고 냉혹한 남자를 유혹하는 느낌은 짜릿함 그 자체였다.

"젠장! 겁도 없이……. 헤리엇, 각오 단단히 하는 게 좋아."

그 말을 끝으로 그가 그녀의 허릴 단단히 휘감았다. 그리곤 그녀가 저항할 틈도 주지 않고 광장을 빠져나가기 시작했다. 어느새 사람들 틈을 빠져나와 어둠 속으로 들어온 헤리엇은 그의 손에 의해 말에 태워졌다. 그의 단단한 품에 안겨 그의 가슴에 얼굴을 묻자, 헤리엇은 묘하게도 안도감을 느꼈다. 처음부터 그녀가 있어야 할 곳이 마치, 그의 옆자리란 생각이 들었다.

그래서인지 더는 두렵지 않았다. 그의 곁에 있고 싶었다. 이 선택으로 많은 것이 달라지겠지만, 지금은 그랬다. 자신의 감정에 솔직해지는 것. 계산적인 거래가 아닌, 온전한 그녀의 선택. 또다시 심장이 뛰기 시작했다. 그녀의 허릴 휘감은 그의 팔 역시 태울 듯 뜨거웠다. 그녀의 마음처럼.

❖

이튿이 흘러내린 그녀의 머리카락 안으로 손을 밀어 넣었다. 머리카락을 어루만진 것뿐이었지만, 헤리엇은 나른한 감각이 온몸으로 퍼져 나가는 것을 느꼈다. 두 사람은 지금 콘웰 숲 중앙에 있는 사냥터지기의 오두막에 있었다. 작지만 깨끗하게 관리된 걸로 보아, 이튿이 종종 들러 사용하는 모양이었다.

헤리엇은 오두막 창문을 통해 들어온 달빛에 그의 검은 눈동자를 바라보았다. 짙은 욕망을 품고 그녀를 바라보는 눈빛이 헤리엇의 심장을 태울 만큼 뜨거웠다. 이튿 역시 그녀의 얼굴에 담긴 감정을 고스란히 읽었을 것으로 생각하자, 헤리엇은 얼굴이 뜨거워졌다.

"훗!"

그의 손끝이 간질이듯 그녀의 입술을 쓸었다. 애를 태우듯 느릿느릿 움직이는 그의 손길에 헤리엇의 입술이 또다시 바짝 타들어 가기 시작했다. 본능적으로 마른 입술을 축이기 위해 혀를 내밀었다. 그러자 그의 손끝이 그녀의 혀에 닿았다. 묘했다. 그녀의 혀가 그의 손끝에 닿자, 그의 눈동자가 더욱 짙어졌다.

"야해. 설마 일부러 그러는 건 아니겠지?"

그의 손끝이 그녀의 혀를 간질였다. 고양이처럼 더 핥아보라는 듯. 잠시 망설이던 헤리엇이 붉은 혀를 내밀어 그의 손끝을 할짝댔다. 달콤한 타액을 품은 붉은 혀가 유혹하듯 움직이자, 이튿의 눈빛이 더욱 깊어졌다.

"앞으로 보닛을 벗지 않는 게 좋겠어."

"네?"

"그런 표정, 다른 사람에겐 보이지 마. 이건 명령이야."

그런 표정이라니. 헤리엇은 그가 말하는 그런 표정이 어떤 것인지 알 수 없었다. 하지만 다음 순간 헤리엇은 아무것도 생각할 수 없었다. 그가 고갤 숙이더니 그녀의 입술에 진한 키스를 해왔다. 강한 팔이 그녀의 허릴 휘감았다. 힘껏 끌어당겨지는 느낌과 함께 헤리엇은 순식간에 그의 품에 갇혀 버렸다. 입술을 빨아 당기는 힘과 뺨을 간질이는 뜨거운 숨결에 헤리엇의 심장이 간질거렸다.

"흡!"

뜨거운 혀가 그녀의 입술을 열고 안으로 들어왔다. 짙은 욕망을 담고 들어온 혀는 자비도 없이 그녀의 혀를 휘감곤 욕심껏 빨아 당겼다. 그의 혀에 얽혀 빠져나가지 못하게 단단히 휘감겨진 느낌은 속박이라기보단, 쾌락인 듯했다. 헤리엇은 등줄기를 타고 흐르는 나른한 열기에 온몸이 뜨거워지고 있었다.

언제였는지 깨닫지도 못하는 사이 그녀의 어깨에 걸쳐져 있던 코트가 바닥에 떨어졌다. 그의 손이 드레스 위로 부풀어 오른 그녀의 가슴을 꽉 쥐었다. 부족했다. 날뛰는 허기를 채우기엔 이 정도론 부족했다. 천 위에서가 아니라, 직접 손으로 그 부드럽고 말캉한 감촉을 느끼고 싶었다.

"헤리엇."

입술을 뗀 그가 그녀를 조급하게 불렀다. 감겼던 헤리엇의 눈꺼풀이 올라가자 검은 눈동자 안에 이튼이 담겼다. 묻고 있었다. 이젠 멈추지 않을 생각이니, 선택하라고.

"이튼……."

어쩌면 윌에게 가면을 받아 든 그 순간, 헤리엇의 선택은 이미 시작되었는지도 몰랐다. 그에게 가볼 생각이었다. 망설임 없이, 두려움도 없이 그의 곁에, 그와 함께 있는 길을 선택한 것이다.

미래에 대한 약속 같은 건, 필요 없었다. 거래, 그래 이튼이 말했던 것처럼, 몸은 뜨겁고 머릿속은 냉정하며, 마음은 계산적인 거래라고 해도 상관없었다. 중요한 건, 어쩌면 헤리엇에게 허락되지 않을 그 어떤 감정이 이제 막 시작되었다는 것이었다. 지금 그녀의 선택의 끝이 그녀의 심장을 갈기갈기 찢고 죽이는 일일지라도, 이젠 외면하고 싶지 않았다.

"당신을 원해요. 다른, 그 어떤 것보다."

그의 가슴이 크게 들썩거리는 것이 보였다. 그녀의 말에 그 역시 더는 망설일 이유가 없어진 것이다. 그의 손이 그녀의 목덜미를 그러잡고는 강하게 끌어당겼다. 순식간에 그의 혀가 그녀의 입안으로 깊숙이 들어왔다.

"훗!"

맞닿은 입술 사이로 여린 신음이 새어 나왔다. 그에 의해 헤리엇은 오두막 안쪽에 놓여 있던 침대에 눕혀졌다. 그의 거친 손길에 그녀가 입고 있던 드레스가 바닥에 떨어졌다. 며칠 전 그녀가 그랬던 것처럼 가슴을 단단히 묶고 있던 슈미즈의 가죽 끈이 그에 의해 풀리자, 새하얀 융기가 누군가의 손길을 기다리듯 먹음직스럽게 부풀어 올랐다.

그의 손이 얇은 모슬린 천을 밀어내곤 새하얀 가슴을 꽉 쥐었다. 하아! 나른한 신음을 뱉어내며, 이튼이 눈을 감았다. 헤리엇 역시 그의 손길에 온몸이 떨리기 시작했다. 크고 단단한 손이 가슴 위의 붉은 정점을 비틀고 쓸기를 반복했다. 아릿한 아픔과 함께 또다시 등줄기를 타고 나른한 열기가 일었다.

"예뻐. 이 붉은색, 날 미치게 하는 색이야."

그의 입술이 붉은 정점을 깨물었다. 윽! 순간 헤리엇의 입술을 통해 아린 신음이 새어 나왔다. 하지만 다음 순간 그의 붉은 혀가 깨문 상처를 핥기 시작했다. 그의 뜨거운 숨결이 그녀의 예민한 피부에 붉은 화인을 찍어놓았다.

어깨에 걸려 있던 슈미즈를 끌어 내리자, 가느다란 목덜미와 함께 아름다운 어깨가 모습을 드러냈다. 맹수의 공격성을 자극하는 몸이었다. 몸속에 뜨거운 피가 날뛰게 하고, 그 격정에 이튼이 이성을 잃을 만큼 농염했다. 붉은 정점을 핥던 이튼은 그녀의 목덜미에 입술을 비볐다. 축축하고 뜨거운 그의 입술이 예민한 목덜미와 귓불에 비벼지자, 헤리엇은 움찔 몸을 떨었다.

"하아……."

순식간에 두 사람을 둘러싼 열기가 오두막을 태울 듯 뜨겁게 달아올랐다. 침대에 누워 있는 그녀의 몸 위로 그의 무게가 느껴졌다. 그 나른한 감각에 헤리엇은 아랫배 안쪽이 뜨거워졌다. 다리 사이 은밀한 곳이 간질거렸다. 그의 입술이 그녀의 귓불을 훑고 또다시 그녀의 가슴의 정점을 빨자, 움찔거리며 나른한 감각에 허리가 비틀렸다.

집요하게 그녀의 가슴을 자극하던 그의 입술이 멀어졌다. 몸을 일으킨 이튼은 그의 손길에 잔뜩 흐트러진 헤리엇을 보자, 뜨거운 욕망에 온몸의 피가 날뛰는 것을 느낄 수 있었다. 짙어진 감정만큼, 몸속의 열기 역시 폭발할 듯 뜨거워졌다.

그가 셔츠를 벗었다. 그러자 검은색 실크 셔츠 속에 숨겨져 있던 군살 없이 단단한 근육질의 가슴이 모습을 드러냈다. 입고 있던 바지를 마저 벗어 던진 이튼이 그녀를 내려다보았다. 그의 뜨거운 시선에 헤리엇은 입술을 깨물었다.

숨이 막힐 것 같았다. 욕망을 품은 남자의 시선은 그녀의 가슴을 뜨겁게 태웠고 숨도 쉬지 못할 만큼 그녀를 긴장하게 했다. 그리고 그의 시선이 닿는 모든 곳이 불에 덴 듯 뜨거웠다. 남녀가 몸을 섞는다는 건 시선 하나, 숨결 하나까지도 나눈다는 뜻이란 걸 깨달은 것이다.

그가 그녀의 허리에 걸쳐 있던 슈미즈를 마저 벗겨냈다. 달빛에 알몸이 된 두 사람의 몸이 비쳤다. 이튼의 시선이 둥글게 부풀어 오른 가슴을 지나, 잘록한 허리 아래 은빛 수풀에 고정되었다. 순간 헤리엇이 다리를 모았다. 수치심이 아닌, 부끄러움이었다. 그곳을 훑고 허기진 맹수처럼 바라보는 그의 눈빛이 민망할 정도로 노골적이었다. 그가 손을 뻗어 그녀의 다릴 벌린 후 위로 밀어 올렸다. 그러자 수풀에 가려진 여린 속살이 모습을 드러냈다. 이미 투명한 애액으로 젖은 그곳은 그를 유혹하듯 수줍게 떨리고 있었다.

"아, 거긴……."

또다시 헤리엇이 몸을 비틀어 드러난 밀부를 가리려 했다.

"안 돼. 다 내 것이다. 그러니 다 보여줘."

욕망으로 잔뜩 쉰 그의 목소리가 그녀의 심장을 간질였다. 그녀를 바라보는 그의 눈동자 역시 짙은 열기와 함께 붉은빛을 띠기 시작했다. 붉은 눈동자. 맹수의 눈과도 같은 그 묘한 빛에 헤리엇은 순식간에 빨려들 것 같았다. 그녀가 천천히 몸에 힘을 빼자, 그가 그녀에게 몸을 겹쳐 왔다. 금방이라도 그녀의 안으로 들어올 것처럼 얽혀드는 그의 움직임에 헤리엇은 입술을 깨물었다.

"젖었군."

그가 말하지 않아도 알고 있었다. 그의 손끝이 이미 애액으로 젖은 그녀의 밀부를 쓸어내리는 것을 느낄 수 있었다. 흡! 또다시 그녀의 입술을 통해 젖은 신음이 새어 나왔다. 그의 손끝이 예민해진 속살을 젖히고 밀부 안을 파고들자, 헤리엇이 흠칫 몸을 떨었다. 자꾸만 아랫배에 힘이 들어갔다. 달콤하고 애가 탈 정도로 나른한 갈증이 밀려들고 있었다.

"하아, 흐흣!"

헤리엇은 나른한 열기에 다릴 오므렸다. 그의 손이 그녀의 허벅 다리 사이에 갇혀 버렸다. 나른하게 밀려드는 쾌감에 헤리엇의 몸이 자꾸만 야릇하게 비틀렸다. 꽉 닫힌 그녀의 다리 사이에서 그의 손이 좀 더 깊은 곳으로 파고들었다. 뜨겁고 매끄러운 감촉과 함께 내벽을 채운 액이 그를 안으로 빨아 당겼다. 깊고 뜨거운 늪. 그녀의 안은 한 번 들어가면 빠져나올 수 없는 달콤한 늪 같았다.

이튼이 그녀의 다릴 다시 위로 밀어 올렸다. 그리곤 그녀의 밀부에서 손을 빼낸 다음, 금방이라도 폭발할 듯 일어선 그의 일부를 그녀의 밀부 입구로 가져갔다. 이미 그녀의 입구 역시 안에서 흘러내린 액으로 젖어 있었다. 그의 일부 끝이 여린 속살을 비집고 들어가 단단히 닫혀 있던 문을 열었다.

"하악……."

아팠다. 충분히 젖어 있었지만 한 번도 누군가의 침입이 없었던 여린 살이 성이 나 크게 부풀어 오른 그를 받아들이기엔 역부족인 듯했다. 밀려드는 아픔에 헤리엇의 눈가에 눈물이 맺혔다. 헤리엇은 질끈 눈을 감고는 아픔을 견디기 위해 침대 시트를 꽉 그러쥐었다.

"헤리엇, 힘을 빼. 긴장을 풀어야……."

알고 있었다. 그녀의 몸이 경직돼, 그가 그녀의 안으로 들어오는 것이 힘이 든다는 걸. 하지만 마음처럼 쉽지 않았다. 몸에 힘을 빼려 했지만, 그녀의 여린 살을 찌르며 밀고 들어오는 날 선 감각에 자꾸만 아랫배에 힘이 들어갔다. 그가 힘을 주어 그녀의 안으로 밀고 들어올 때마다, 그녀의 몸이 흠칫흠칫 떨리는 것이 느껴졌다. 입술을 깨문 그녀가 이튼의 눈에 들어왔다.

"헤리엇, 날 봐."

그가 손을 뻗어 그녀의 턱을 붙잡곤 그를 보게 했다. 그러자 질끈 눈을 감고 있던 헤리엇이 눈꺼풀을 밀어 올려 그를 올려다보았다. 붉은 눈동자가 그녀를 내려다보고 있었다. 걱정으로 잔뜩 찌푸려진 미간과 숨길 수 없는 열기가 동시에 느껴졌다.

"그만두고 싶다면……."

"백작님은 그럴 수 있나요? 지금 여기서 멈출 수 있는 건가요?"

그녀의 물음에 이번엔 이튼이 질끈 눈을 감았다. 잠시 후 눈을 뜬 그의 눈동자에 짙은 욕망이 떠올라 있었다. 그리고 그 욕망은 멈추는 것은 불가능하다고 말하고 있었다.

"사랑을 나누다 아파서 죽었다고 하는 사람은…… 아직 한 명도 없었던 것 같아요."

헤리엇의 발칙한 발언에 이튼의 입가에 미소가 떠올랐다. 아름다운 눈에 매달린 것은 분명, 아픔 때문에 맺힌 눈물이었다. 그런데 헤리엇은 도망치는 대신, 그를 향해 몸을 열고 있었다.

"그래, 아파서 죽었다는 사람은 없지."

순간 그의 눈동자가 짙어졌다. 그리곤 의미심장한 미소가 그의 입가에 떠올랐다.

"하지만 반대로 미칠 것 같은 쾌락에 죽을 것 같다고 느낀 사람은 많아. 너 역시, 그럴 거야."

헤리엇의 눈동자가 놀라움으로 커졌다. 그의 노골적인 약속에 헤리엇은 입술을 깨물었다. 온몸이 화끈거렸다. 그 미칠 것 같은 쾌락이 뭔지 아직은 알 수 없었지만, 그녀를 바라보는 그의 눈빛에 온몸이 달아올랐다. 그는 그녀에게 그런 표정 짓지 말라고 했지만, 그 역시 마찬가지였다. 그렇게 서늘한 얼굴로 야한 말을 아무렇지도 않게 내뱉다니. 심장이 자꾸만 뜨거워졌다.

"훗, 빨개졌군. 사과처럼 말이야."

이튼은 헤리엇에게 조금 전 말한 죽을 것 같은 쾌락을 주고 싶었다. 아직은 그녀의 몸이 그를 밀어내고 있었지만, 달콤한 쾌락에 몸을 떨며 온몸으로 그를 받아들이길 원했다. 그 어떤 때라도 그녀가 그를 밀어내길 원치 않았다. 지독한 소유욕. 그는 지금, 눈앞의 여자에게 그런 소유욕을 느끼고 있었다. 그가 손을 뻗어 그녀의 가슴을 움켜쥐었다. 그리곤 단단하게 솟아오른 붉은 정점을 비틀며, 입술에 키스했다.

"훗!"

그의 혀가 또다시 그녀의 입안을 온통 헤집어놓기 시작했다. 깊숙이 들어와 안을 훑어 내리며, 그녀의 혀를 휘감곤 뿌리째 뽑을 듯 빨아 당겼다. 저릿한 아픔과 함께 또다시 짙은 열기가 일기 시작했다.

욱신! 순간 헤리엇은 심장이 따끔거렸다. 갑작스러운 아픔에 등줄기에 식은땀이 배어나왔다. 무슨 일이지? 왜 심장이……. 시트를 쥔 헤리엇의 손이 파들파들 떨렸다. 아픔을 밀어내려는 듯 헤리엇의 미간이 잔뜩 찌푸려졌다. 이튼 역시 헤리엇의 반응을 읽은 듯 입술을 떼고 그녀를 내려다보았다.

"무슨 일이지? 참을 수 없을 만큼 아픈 건가?"

그가 그녀의 안에서 빠져나오려는 듯 몸을 움직이려 했다. 그러자 헤리엇이 그의 허리에 두 다리를 단단히 감고는 나가지 못하게 했다.

"아니에요. 갑자기 심장 부근이 아파서……."

"심장이?"

이튼이 걱정스러운 얼굴로 그녀의 왼쪽 가슴을 내려다보았다. 그리곤 손을 뻗어 그녀의 심장 위에 손을 올려놓았다. 열을 품은 그의 손이 그녀의 심장을 어루만지듯 온기를 전했다. 그의 손길에 헤리엇은 욱신거리던 아픔이 서서히 가라앉는 것을 느꼈다. 신기할 정도로 이상한 느낌이었다.

"지금은 괜찮아요. 갑자기 아파, 놀란 것뿐이에요."

헤리엇이 이젠 괜찮다는 듯 고갤 끄덕였다. 하지만 이튼은 여전히 걱정스러운 듯 그녀를 내려다보고 있었다.

"정말 괜찮아요. 그러니 어서, 약속을 지키세요."

헤리엇의 대담한 농담에 이튼의 걱정이 사라졌다. 그리곤 그녀의 앙큼한 입술에 나른하게 입을 맞췄다. 하흣! 그의 혀가 그녀의 입술을 훑더니 어느새 신음이 새어 나온 입술 사이로 파고들었다. 동시에 그의 일부가 단단히 맞물린 내벽을 가르고 안으로 밀고 들어왔다.

"하흣! 하아, 이튼……."

순식간에 깊숙이 파고들어 온 그가 그녀의 내벽을 가득 채웠다. 헤리엇은 질끈 눈을 감았다. 아픔과 함께 익숙하지 않은 이물감이 느껴졌다. 한 치의 틈도 없이 꽉 맞물린 두 육체가 마치 하나인 것처럼 얽혀 있었다. 이제 막 여인이 된 헤리엇의 몸이 농염함을 품고 그의 몸에 휘감겼다. 그녀를 가득 채웠던 그가 천천히 움직이기 시작했다. 그가 애액으로 젖은 내벽을 가르며 진퇴를 거듭하는 동안 헤리엇은 밀려드는 아픔에 입술을 깨물었다. 하지만 싫지 않았다. 여린 살을 쓸어내는 아릿한 아픔과 함께 느껴지는 그 묘한 감각이 싫지 않았다. 안을 가득 채웠다가 썰물처럼 빠져나간 그가, 또다시 그녀의 안을 가득 채우는 느낌에 묘한 갈증이 느껴졌다. 욱신거리는 아픔과 함께 그가 그녀의 내벽을 건드릴 때마다 간질거리는 느낌과 함께 뜨거운 열감이 일기 시작했다.

"헤리엇, 날 봐. 괜찮아?"

그의 물음에 헤리엇의 얼굴이 붉어졌다. 그녀가 느끼는 그 나른한 열감을 감지한 것처럼 그가 물어왔던 것이다. 헤리엇은 대답 대신 그의 목에 팔을 감았다. 그리곤 뜨거운 숨결을 내뱉으며 나른하게 속삭였다.

"훗, 모르겠어요."

하지만 그녀의 말과는 달리 그의 귓가에 뱉어내는 짙은 신음은 그녀가 느끼는 것이 아픔만은 아니란 사실을 말해주고 있었다.

"하아…… 흐흣!"

그가 허리를 움직이자, 짙은 열기에 그녀의 목소리 역시 젖어 있었다. 그가 그녀의 안으로 깊이 파고들었다. 더는 욕망을 참지 않아도 된다는 사실에 이튼은 강한 힘으로 허리를 움직였다. 그가 더 깊숙이 그녀의 내벽을 가르며 파고들 때마다 헤리엇의 입술에선 짙은 신음이 새어 나왔다.

"이튼…… 하아."

밀려드는 나른한 쾌락에 숨을 헐떡이며 헤리엇이 그의 이름을 불렀다. 등줄기를 훑어 내리던 아픔은 이젠 나른한 열기로 바뀌어 있었다. 이상했다. 입안이 바짝 타들어가는 듯 자꾸만 입이 탔다. 헤리엇은 그가 주는 나른한 쾌락에 온몸이 바들바들 떨렸다.

"헤리엇……."

그가 그녀를 불렀다. 이튼 역시 등줄기를 타고 흐르는 짙은 쾌락에 이성이 날아갈 것 같았다. 그의 입술이 다시 그녀의 입술을 찾았다. 뜨거운 숨결을 뱉어내는 두 입술이 단단히 얽혀들었다. 풀리지 않을 것처럼 단단하게 결합된 부분에서 질척질척 젖은 소리가 났다. 그가 입술을 떼고 그녀를 내려다보았다. 이튼의 서늘한 얼굴 역시 짙은 쾌락을 참아내는 듯 잔뜩 찌푸려져 있었다. 그리고 붉은 눈동자. 묘한 열기를 품은 눈동자가 핏빛으로 물들어 있었다. 헤리엇이 손을 뻗어 그의 얼굴을 천천히 어루만졌다. 그리곤 입가에 미소가 번지더니, 낮게 속삭였다.

"붉은빛이에요. 아름다운 붉은빛."

이튼에겐 숨기고 싶은 붉은색이었다. 아름답기는커녕 절대 들키고 싶지 않은, 그런 색이었다. 그런데 아름답다니. 그에겐 저주나 다름없는 색이 그녀의 눈엔 아름답게 보인다는 사실에 이튼은 알 수 없는 안도감이 밀려들었다. 그리고 동시에 이튼은 지독한 소유욕을 느꼈다.

"잊지 마, 헤리엇. 넌 내 것이다."

그의 손이 그녀의 몸을 올가미처럼 휘감았다. 그리곤 그녀의 허릴 단단히 붙잡은 후 또다시 그녀의 안으로 깊숙이 들어가 박혔다. 그녀를 갖겠다고 생각한 순간부터 그의 몸속엔 뜨거운 피가 날뛰기 시작했었다. 두통과 함께 시작되는 익숙한 열기. 이성을 날려버리고 지독한 본능이 지배하는 그 힘이 그의 몸속을 날뛰었다.

그런데…… 달랐다. 그녀의 안에 자신을 묻고 등줄기를 타고 식은땀이 배어나올 정도로 지독한 쾌락에 몸을 떠는 동안, 두통은 사라지고 없었다. 뜨거운 욕망에 몸을 떨며 허기진 맹수처럼 그녀를 소유하는 동안, 의식은 더욱 선명해졌다. 심장에 있던 검은 피가 한꺼번에 뜨거운 열기에 증발해 버린 듯, 그를 흔들어놓던 파괴의 힘이 점점 사라지는 것을 느꼈다.

4년 만에 갖는 평화였다. 심장을 옥죄던 두려움이 사라지고, 나른한 만족감과 함께 안도가 찾아들었다. 그녀가 준 평화였다. 그리고 안도감이었다. 실낱같던 희망이기도 했다.

"헤리엇, 넌 내 것…… 이다."

그의 거친 움직임에 그녀의 몸이 꽃잎처럼 흔들렸다. 뒤엉켜 하나가 된 몸이 격정으로 흔들렸다. 땀으로 젖은 두 육체가 진득한 아교처럼 단단히 달라붙었다.

팽팽하게 날 선 쾌락이 두 사람을 집어삼켰다. 작은 오두막 안에 아름다운 두 육체가 하나인 듯 단단히 얽혀 관능적으로 흔들리고 있었다. 낡은 침대가 두 사람의 움직임을 견디지 못하고 삐꺽삐꺽 비명을 질러대고 있었다. 열에 들뜬 남녀의 거친 숨소리가 하나로 녹아들었다. 지독한 욕망. 그리고 숨이 막힐 것 같은 쾌락이 두 사람을 집어삼켰다.

어둠 속에 갇힌 숲 속의 작은 오두막. 고요한 침묵과 서늘한 냉기를 품고 있던 숲에 뜨거운 바람이 불고 있었다. 짙은 어둠을 밀어내듯, 그렇게 달콤한 열기를 품은 바람이 불고 있었다.

같은 시각, 콘웰 공작가의 숲에 마차 한 대가 들어섰다. 그리고 잠시 후, 콘웰 공작가의 저택 앞에 마차 한 대가 멈춰 섰다. 온통 검은색의 마차엔 콘웰 공작가를 상징하는 문장이 새겨져 있었다.

덜컹, 덜컹!

묵직한 철문이 새벽의 어둠을 가르며 움직이기 시작했다. 그리곤 긴장한 듯 보이는 워릭이 문을 열고 밖으로 나왔다. 이른 시각이었지만, 평소와 달리 워릭의 차림새는 한 치의 흐트러짐도 없었다. 공작가의 집사답게 완벽한 모습이었다.

서둘러 마차의 문을 연 워릭은 안에 탄 사람이 내릴 수 있도록 옆으로 비켜섰다. 잠시 후, 열린 문 안에서 콘웰 공작인 레이놀즈가 나왔다. 그리고 그 뒤를 콘웰 공작가의 집사장인 제롬이 따르고 있었다.

"이튼은 어디에 있지?"

"잠시 외출하셨습니다."

워릭의 말에 레이놀즈가 코트 안에 달린 주머니에서 금으로 된 회중시계를 꺼내, 시간을 확인했다.

"이렇게 늦은 시간까지 돌아오지 않다니, 종종 있는 일인가?"

"가끔 답답함을 느끼실 때마다 새벽까지 말을 달리고 오셨습니다. 하지만 최근엔 그 횟수가 줄어든 상태입니다."

"그래? 다행이군. 그럼 오늘은 답답함을 느끼고 나갔다는 말이군."

레이놀즈의 말에 워릭이 잠시 머뭇거렸다. 사실 오늘은 평소처럼 답답함을 견디지 못하고 밖으로 나간 것이 아니었다. 온종일 들뜬 듯 보이던 이튼은 밤이 되자마자, 마을로 향했던 것이다. 사실 어떻게 보면 평범한 외출일 수도 있었지만, 중요한 건 지금 마을은 축제가 열리고 있다는 점이었다. 그리고 축제에서 이튼은 누군가를 만날 생각인 듯했다. 아마 그 누군가는 헌팅턴 백작의 딸인 헤리엇 님이 분명했다. 하지만 워릭은 그 말을 재빨리 삼키곤 서둘러 고갤 숙였다.

"아침엔 돌아오실 것입니다."

"그래, 어차피 시간이 늦었으니 아침에 봐야겠군."

레이놀즈가 굳은 얼굴로 저택 안으로 들어섰다.

"워릭, 오랜만이구나."

"4년 만이군요, 아버지."

제롬은 이제 완벽한 집사의 모습을 한 워릭을 자랑스러운 얼굴로 바라보았다. 그리곤 워릭의 어깨를 두드려 주고는 서둘러 레이놀즈의 뒤를 따랐다. 갑작스러운 콘웰 공작의 방문에 워릭은 걱정되기 시작했다. 그리곤 초조한 얼굴로 두 사람을 따라 저택 안으로 들어갔다.

제7장 위험한 초대장

타닥, 타닥! 화덕 안에 밀어 넣은 나무가 뜨거운 열기와 함께 타올랐다. 이튼은 젖은 머리카락을 수건으로 닦아내며 오두막 안쪽에 있는 침대로 고갤 돌렸다. 뼛속까지 파고드는 지독한 열기였다. 아무리 그녀의 안으로 자신을 밀어 넣고, 미친 듯이 그녀를 가져도 등줄기를 관통하는 욕망은 잦아들 줄 몰랐다. 아픔인지, 아니면 쾌락인지 알 수 없는 눈물을 흘리는 헤리엇을 내려다보며, 이튼은 가슴을 가득 채우는 짙은 만족감을 느꼈다.

그를 집어삼키던 공허가 사라지고 있었다. 그녀의 여린 속살을 집요하게 파고들어 자신을 묻을 때마다, 그의 몸에선 알 수 없는 힘이 느껴졌다. 이튼은 손을 들어 주먹을 꼭 쥐었다. 4년 만에 느끼는 기분 좋은 상쾌함이 이튼은 낯설었다.

이튼의 눈에 헤리엇이 뒤척이는 것이 보였다. 어스름한 새벽의 여명 아래 헤리엇이 있었다. 새벽의 차가운 기운에 시트를 목까지 끌어당겨 덮고 있었지만, 시트 아래 아름다운 곡선을 이룬 실루엣은 숨길 수 없었다.

그의 것, 자신의 소유였다. 이튼은 처음으로 느끼는 지독한 소유욕에 놀라는 중이었다. 사락! 또다시 헤리엇이 몸을 뒤척였다. 그러자 이번엔 덮고 있던 시트가 흘러내려 가녀린 어깨와 함께 뽀얀 가슴의 융기가 모습을 드러냈다.

순간 이튼의 몸에 뜨거운 피가 날뛰기 시작했다. 조금 전 호수에서 차가운 물로 씻은 후였지만, 헤리엇을 보자 몸 한 부분이 불편해졌다. 아마 헤리엇을 볼 때마다, 이 묵직한 불편함을 계속 느껴야 할 것 같았다.

이튼은 오두막 한쪽에 가져다 놓은 목욕통 안에 우물에서 가져온 물을 부었다. 그리곤 화덕 위에서 끓고 있는 뜨거운 물을 마저 붓고는 손을 넣어 온도를 확인했다.

사냥터지기의 오두막. 그녀를 가져야겠다고 생각한 순간, 이곳이 떠올랐다. 4년 동안 비어 있던 이 오두막은 오직 그만의 공간이었다. 집사인 워릭에게도 허락되지 않는 곳이었다.

그런데 그런 곳에 헤리엇이란 여잘 데려오다니. 이튼은 아직도 자신이 왜 그녀를 이곳으로 데려왔는지 이해할 수 없었다. 아니, 이해의 문제가 아닌 듯했다. 그래 본능이었다. 이성을 초월해, 그의 본능은 헤리엇이 필요하다고 외치고 있었다. 그가 짐승이 아니라, 이튼 에드워드 스튜어트로 살기 위해선 그녀가 절실했다.

가벼운 걸음으로 헤리엇이 누워 있는 침대로 다가간 이튼은 한동안 날카로운 눈빛으로 헤리엇을 내려다보았다. 그에게 거짓말을 한 여인이었고, 지금도 자신에게 진실을 숨기고 있는 여인이기도 했다. 그에게 겁도 없이 거래를 제안하고, 그의 서늘한 태도에도 절대 도망치지 않은 여인이었다. 언제나 당당하고 고집 센, 욕심 많은 여인이었지만 그를 바라보며 유혹할 땐, 너무도 달콤하고 대범했다.

이튼은 손을 뻗어 헤리엇의 얼굴을 가리고 있는 머리카락을 쓸어 넘겨주었다. 새벽까지 계속된 정사로 피곤함이 역력했다. 그의 손길이 그녀의 턱을 지나, 가녀린 목덜미를 스쳤다. 그러자 깊게 잠들어 있던 헤리엇이 일어나려는 듯 눈을 깜빡였다. 이튼은 서둘러 헤리엇에게 손을 거뒀다. 그리곤 잠에서 깨어나 그를 올려보는 헤리엇을 서늘한 눈으로 바라보았다.

"일어났군."

"아, 네. 제가 늦잠을……. 몇 시나 된 거죠?"

"아직 새벽이야. 하지만 일어나야 해. 집으로 돌아가야 할 테니까."

이튼의 말에 헤리엇이 침대에서 몸을 일으켰다. 흠칫. 그러다 다리 안쪽 깊숙한 곳에서 전해지는 아픔에 몸을 움츠렸다. 또한 그와의 정사로 예민해진 몸에 시트가 스치자, 아릿한 감각에 어쩔 줄 몰랐다.

"아픈 모양이군."

"아, 조금……."

얼굴을 붉히며 헤리엇이 시트를 끌어당겨 몸을 가리려 했다. 하지만 이튼은 그녀가 단단히 붙잡고 있던 시트를 밀어내고는 그녀를 두 팔에 안았다.

"잠깐, 지금 뭐 하는……."

"씻는 게 좋겠어. 그럼 한결 몸이 가벼워질 거야."

이튼의 품에 안겨 헤리엇이 그를 올려다보았다. 젖은 머리카락과 차가운 몸. 그녀가 잠이 든 동안, 그는 이미 씻고 온 모양이었다. 물에 젖은 청량한 체향이 느껴졌다. 헤리엇은 그 강하고 지독히도 나른한 그 향이 좋았다. 그의 품에 얼굴을 묻고 흠뻑 취하고 싶을 만큼.

"호수에 다녀온 모양이군요."

"오랜만에 몸이 너무 가벼워서."

헤리엇은 그의 대답에 미간을 찌푸렸다. 오랜만에…… 몸이 가볍다라? 남자란 여자를 안은 후엔 몸이 가벼워지는 건가? 반대로 자신은 온몸이 물에 젖은 솜뭉치처럼 무거웠다. 몸은 이해할 수 없을 만큼 예민했지만, 근육 여기저기가 비명을 질러댈 만큼 욱신거렸다.

다음 순간 헤리엇의 몸을 뜨거운 물이 감쌌다. 부드럽게 출렁이는 뜨거운 물에 굳었던 근육이 뜨거운 온기에 노곤해지는 느낌이었다. 순간 헤리엇의 입술에선 만족스러운 한숨 소리가 새어 나왔다.

"마음에 드는 모양이군."

"아, 네. 이걸 다, 직접……. 고마워요."

헤리엇이 물속에 몸을 묻으며 고갤 숙였다. 사실 묻지 않아도 너무도 당연한 사실이었다. 이 사냥터지기의 오두막엔 이튼과 그녀 둘뿐이었으니까. 타인에 대한 배려 따위 전혀 없을 것 같은 남자였다. 뜨거운 물이 그녀의 몸을 적시듯 그녀의 심장 역시 더운 열기로 일렁였다. 헤리엇은 앞에 서서 그녀를 내려다보고 있는 그의 시선에서 조금이라도 벗어나기 위해 등을 돌렸다. 여전히 목덜미와 어깨에 그의 시선이 느껴졌지만, 그 정도는 참을 수 있을 것 같았다.

"저쪽으로 가주세요."

"이미 다 보았는데, 새삼스럽군."

"그건…… 그렇지만. 부탁…… 할게요."

갈색 머리카락 사이로 보이는 헤리엇의 귓불이 붉어져 있었다.

그리고 등을 보이고 있었지만, 목덜미 역시 붉게 변해 있었다. 심장을 미세한 바늘이 건드린 느낌이었다. 아릿하고 묘한 열기에 심장이 일렁거렸다. 욕망은 분명, 아니었다. 그렇다고 그가 4년 동안 느껴온 절망적인 열병 또한 아니었다. 지독한 모래 폭풍 같은 열기가 아니라 바짝 마르고 갈라진 마른 땅을 봄바람처럼 건드리는 감정이었다.

마음을 가득 채웠다가, 썰물처럼 빠져나가 버리면 허무하고 텅 빈 그런 감정이 아니라, 호수의 잔잔한 수면처럼 고요하지만 깊은 그런 느낌이었다.

"돌아가기 전에 차를 마시는 게 좋겠군."

이튼이 오두막 중앙에 놓인 화덕으로 걸어가 주전자를 올려놓았다. 등 뒤로 물소리가 났다.

"저택으로 들어와. 그게 좋겠어."

순간 물소리가 멈췄다. 이튼은 그녀가 어떤 표정일지 충분히 짐작이 갔다. 난처한 표정으로 입술을 깨물겠지. 아니, 그건 아닐 것 같았다. 그가 아는 헤리엇은 다른 여인들처럼 망설인다거나, 물러서는 법이 없었으니까. 오히려 그를 쏘아보고 있을 것 같았다.

헤리엇의 행동을 상상하는 이튼의 입가에 미소가 떠올랐다. 그리곤 뜨거운 김이 모락모락 나는 주전자를 들어 찻잔에 따라 들고 헤리엇에게 다가갔다. 그러자 헤리엇은 기다렸다는 듯 이튼을 쏘아보며 차갑게 말했다.

"불가능해요."

"가능하게 만들어. 난 그래야겠어."

이튼 역시 고집스럽게 말했다. 헤리엇은 이튼이 건네는 찻잔을 받아 드는 대신, 목욕통에서 일어섰다. 그리곤 알몸으로 목욕통을 나온 후 그를 지나쳐 침대로 걸어갔다. 침대 옆에 놓인 수건으로 몸을 대충 닦은 후, 헤리엇은 옷을 입기 시작했다. 그의 시선이 느껴졌지만, 화가 난 헤리엇은 그 시선을 무시했다.

"저에게 욕심이 많다고 하셨나요?"

"그래, 넌 욕심이 많아."

"흥, 아니요. 욕심은 제가 아니라, 백작님이 많으신 것 같군요. 정말 제멋대로에, 자신만 생각하는 욕심쟁이 바로 백작님이세요. 제가 뻔히 저택에 갈 수 없다는 것을 알고 있으면서도 고집을 피우시다니."

헤리엇이 드레스 자락에 팔을 꿰며 그를 쏘아보았다. 그러자 그의 입가에 미소가 떠올랐다. 이 상황이 너무도 즐겁다는 듯.

"그럼 한동안, 이곳에서 널 만나야겠군. 저택이 아니라, 이곳에서."

이튼이 바닥에 떨어져 있던 헤리엇의 코트를 집어 들었다. 그리곤 그녀의 어깨 위에 걸쳐 주며 말했다.

"내 이름은 이튼, 이튼이다."

콘웰 저택의 마구간으로 들어선 이튼은 잠시 걸음을 멈췄다. 콘웰 공작가의 문장이 새겨진 검은색 마차와 마구간에 매어놓은 갈색 말을 본 순간, 그의 표정이 변했다. 저택을 찾아온 손님이 있는 모양이었다. 그것도 그가 가장 원치 않는 손님이.

"백작님, 공작님께서 런던에서 오셨습니다."

현관에서 이튼이 돌아오길 기다리던 워릭이 서둘러 마구간 안으로 들어서며 다급히 말했다. 하지만 이튼은 잔뜩 긴장한 듯 보이는 워릭과는 달리 무감한 표정으로 말의 고삐를 단단히 맸다. 그에게

서 느껴지는 서늘한 기운에 워릭은 초조해졌다. 간혹 그의 주인은 무슨 생각을 하는지 알 수 없을 때가 종종 있었던 것이다. 그리고 그때가, 바로 지금이었다.

"언제 도착하셨지?"

"새벽에 오셨습니다. 그리고 지금은 서재에 계십니다."

이튼이 워릭을 지나쳐 마구간을 나갔다. 그러자 워릭은 걱정스러운 얼굴로 이튼의 뒤를 쫓았다.

"모두 제 잘못입니다. 공작님께선 제가 보낸 전갈 때문에 오신 듯합니다."

"런던에 편지를 보낸 모양이군."

"죄송합니다, 백작님. 그 당시엔 헤리엇 님께서 하녀의 신분이라고 생각한 나머지……."

이튼은 워릭의 말에 작게 한숨을 내쉬었다. 워릭의 말을 통해 콘웰 공작인 레이놀즈가 데본에 온 이유를 알 수 있었다.

"그럼 아버진 헤리엇을 하녀로 알고 계시겠군."

"저기, 그게……."

또다시 망설이며 선뜻 대답하지 못하는 워릭을 이튼이 돌아보았다. 그러자 워릭은 그의 눈치를 보며, 난처한 얼굴을 했다.

"제가 다 말씀드렸습니다. 헤리엇 님께서 헌팅턴 백작가의 영애시라고요."

"아버지께선 뭐라고 하셨지?"

"그게, 아무런 말씀도 없으셨습니다."

이튼은 눈살을 찌푸리며 서재로 향했다. 대체 무슨 속셈인지 짐작조차 할 수 없었다. 처음엔 헤리엇을 그에게서 떼어낸 후, 런던으로 돌아가길 종용하기 위해서라고 생각했다. 동시에 그의 변화를 직접 눈으로 확인하기 위해서. 하지만 변수가 생긴 것이다. 하녀의 신분이라고 생각했던 여인이 귀족의 영애라면, 어쩌면 레이놀즈는 다른 수를 생각하고 있을 게 뻔했다. 잠시 후, 서재에 도착한 이튼은 문을 두드렸다.

"들어와."

낮게 울리는 레이놀즈의 목소리에 이튼은 문을 열고 서재로 들어갔다. 그러자 아직 어둠이 걷히지 않은 창문 앞에 레이놀즈가 위압적인 분위기를 내뿜으며 서 있었다. 4년 전 냉정하게 그를 쏘아보던 그 모습 그대로.

"늦었구나."

"연락도 없이 어쩐 일이십니까?"

"내가 온 것이 싫은 모양이구나."

"싫고 좋고의 문제가 아니라, 불편할 뿐입니다."

레이놀즈는 자신의 감정을 숨김없이 드러내는 이튼을 바라보았다. 서재를 밝히는 등불이 이튼의 얼굴을 비추고 있었다. 흠잡을 곳 없이 완벽한 얼굴과 단정한 차림새는 런던에 있을 때와 전혀 달라진 점이 없어 보였다. 하지만 더 서늘하고 더 냉혹해져 있었다. 날카로운 눈빛과 그에게서 느껴지는 강한 힘은 레이놀즈 역시 선뜻 다가설 수 없을 만큼 강렬했다. 하지만 달랐다. 지독한 어둠뿐이던 이튼의 눈빛이 변해 있었다.

"좋아 보이는구나."

"4년 동안 자신을 통제하는 법을 배웠으니까요. 데본엔 왜 오신 겁니까?"

이튼의 말에 레이놀즈의 눈매가 가늘어졌다. 그 한마디 말에 레이놀즈는 이튼이 4년이란 시간을 치열하게 보냈음을 느낄 수 있었다. 그리고 여전히 그 치열한 싸움을 계속하고 있다는 것 역시.

"에이든을 보내도 돌아오지 않으니, 내가 직접 올 수밖에."

"헛걸음하셨습니다. 전, 런던으로 돌아가지 않습니다."

이튼이 단호한 목소리로 대답했다. 그러자 레이놀즈는 그럴 줄 알았다는 듯 고갤 끄덕였다. 그리곤 자신의 아들인 이튼을 물끄러미 응시했다. 4년 전 런던을 떠날 때 보았던 짙은 그림자가 사라지고 없었다. 그 모습에 레이놀즈는 안도했다.

"여자가 생겼다고 하더니, 헌팅턴 백작의 딸 때문인 모양이군."

"아닙니다."

"그래? 그럼 결심하기 쉬워지겠구나."

레이놀즈의 말에 이튼의 입매가 굳어졌다.

"거절합니다."

"넌 내가 무슨 말을 할지 이미 알고 있는 모양이구나. 하지만 이건, 명령이다. 네가 콘웰 공작가의 후계자인 이상, 내 명을 따라야 할 것이다."

"아버지!"

"나 역시, 네가 원치 않는 일을 강요하고 싶지 않구나. 그러니 네가 선택하도록 해."

두 사람의 시선이 어둠 속에서 부딪혔다. 뻔히 자신이 런던으로 돌아가지 않으리란 사실을 너무도 잘 알고 있는 사람은 바로, 레이놀즈였다.

"제가 어떤 선택을 할 수 있는지 말씀해 주십시오."

그제야 레이놀즈의 입가에 여유로운 미소가 떠올랐다.

"버킹햄 공작가와의 정략혼과 헌팅턴 백작가와의 혼약. 둘 중 어느 하나를 선택하든 네 자유다. 대신, 어떤 선택을 하든지 넌 런던으로 돌아가야 한다."

혼인과 런던행. 두 선택 모두 레이놀즈가 원하는 것은 이튼의 결혼이었다. 그럴 테지. 콘웰 공작가의 장남이 죽은 것이다. 그로 인해 차남이었던 이튼이 후계자가 되어버렸으니까. 레이놀즈는 그어떤 위험을 감수하더라도, 콘웰 공작가의 후계를 원하고 있었다.

"둘 다, 거절하겠습니다."

이튼의 대답에 레이놀즈가 눈살을 찌푸렸다.

"난 너에게 기회를 준 것이다. 그런데 넌 그 기회를 던져 버릴 모양이구나. 지금 내가 헌팅턴 백작의 딸과의 혼약을 허락하겠다는 뜻이란 건 알고 있겠지?"

이튼의 입가가 차갑게 비틀렸다. 콘웰 공작가의 후계자와 혼약을 할 수 있는 가문은 런던 최고의 가문이어야 했다. 지금껏 수백 년을 이어왔듯, 콘웰 가의 불문율에 가까운 전통이었다. 그런데 가문의 전통을 벗어나는 파격적인 제안을 하다니. 하지만 이튼은 기회라고 말하는 그 제안, 받아들일 생각 따윈 전혀 없었다. 자신이 낳은 아들, 그 아이가 자신과 같은 운명이길 원치 않았다. 자신을 끝으로 콘웰 가의 가혹한 운명의 고리를 끊어버리고 싶었다.

"뭔가 큰 착각을 하신 모양이시군요. 워릭이 무슨 말을 했든, 전그 누구와도 결혼할 생각 없습니다. 그건 아버지께서 더 잘 알고 있는 사실일 겁니다. 제가 왜 결혼할 수 없는지. 또한, 왜 런던으로 돌아갈 수 없는지를. 그럼, 조심히 돌아가십시오."

더는 할 말이 없다는 듯 이튼이 서재를 나갔다. 혼자 남겨진 레이놀즈는 굳게 닫힌 문을 서늘한 눈으로 쏘아보았다.

헌팅턴 백작의 딸도 아닌 건가? 레이놀즈가 미간을 찌푸리며 생각에 잠겼다. 하지만 변해 있었다. 어린 시절부터 이튼은 아들이었지만 함부로 할 수 없는 구석이 있었다. 깊이를 알 수 없는 검은 눈동자로 그를 응시할 때마다, 레이놀즈는 알 수 없는 불안감을 느꼈었다. 그런데 그 불안감이 4년 전 현실이 된 것이다. 이튼에게 주어진 가혹한 운명. 레이놀즈는 당사자인 이튼보다 더 절망적이었다. 그래서 집사 워릭의 편지를 받았을 때, 서둘러 데본으로 온 것이다.

확실히 변했어. 4년 전 런던을 떠날 당시, 이튼의 눈은 죽어 있었다. 영혼은 물론 모든 것을 놓아버린 듯 자신의 운명에 수긍한 듯 보였다. 체념과 함께 짙은 어둠이 그를 집어삼킨 듯 보였다. 하지만 4년이 지난 지금은 달라져 있었다. 여전히 냉혹할 정도로 무감한 표정이었지만, 검은 눈동자는 생기로 반짝이고 있었다. 숨기려 하고 있었지만, 이튼의 마음이 그 여자에게 향해 있다는 것쯤 너무도 쉽게 알 수 있었다. 그리고 이튼에게서 뿜어져 나오는 강한 기운은 레이놀즈의 심장을 뛰게 할 정도로 강력했다.

12세기 잉글랜드의 사자왕 리처드 1세의 기사였던 제1대 콘웰 공작의 모습 그대로였다. 십자군과 함께 전쟁터를 누비던 핏빛 전사, 전쟁의 신이라 불린 콘웰 공작은 핏빛의 붉은 눈을 하고 있었다. 그리고 그가 사랑했던 한 여인. 그 광기 가득한 사랑과 함께 콘웰 가의 저주 역시 시작되었다.

"이튼을 설득할 수 없다면, 다른 방법을 찾아야겠지."

레이놀즈의 입가에 여유로운 미소가 떠올랐다. 헌팅턴 백작의 딸이라고 했던가? 내가 직접 만나봐야겠군. 어떻게 이튼의 마음을 저렇게 흔들어놓았는지, 직접 확인해야 했다.

❖

창문 틈을 비집고 들어온 햇살이 침대를 둘러싼 두꺼운 휘장을 뚫고 깊은 잠에 빠져 있는 헤리엇의 머리카락 위로 쏟아져 내렸다.

똑똑! 똑똑!

"아가씨, 헤리엇 아가씨!"

조급함이 묻어 있는 젠의 목소리와 함께 다시 방문을 두드리는 소리가 들려왔다. 그제야 깊은 잠에서 깨어난 헤리엇은 몸을 일으켜 주변을 두리번거렸다. 그리곤 자신의 방이란 사실을 깨닫곤 작게 한숨을 내쉬었다.

하지만 벌써 낮인 모양이었다. 조금 열려 있는 창문을 통해 들어온 햇살로 보아, 아침이 한참 지났다는 사실을 알 수 있었다. 노곤함에 아침이 되었다는 사실조차 깨닫지 못하고 늦잠을 잔 모양이었다. 당황한 헤리엇이 서둘러 침대에서 내려왔다.

"읏!"

바닥에 발을 내려놓던 헤리엇은 아랫배 안쪽에 느껴지는 아릿함에 멈칫했다. 지독한 아픔은 아니었지만, 조심하지 않으면 아픔이 느껴질 정도의 불편함이었다.

"아가씨, 어디 아프신 건 아니시죠?"

밖에서 헤리엇의 한숨 소릴 들은 듯 젠이 발을 동동거리며 다시 물어왔다.

"아니야, 젠."

서둘러 옷장으로 걸어간 헤리엇은 손에 잡히는 대로 드레스를 꺼냈다. 평소라면 젠이 옷을 입는 걸 도왔겠지만, 헤리엇은 젠이 들어오기 전에 옷을 입기 시작했다. 젠에게 보이고 싶지 않았다. 얇은 모슬린 천 아래 남겨진 붉은 흔적들을.

"아가씨, 저 들어갈게요."

더는 기다릴 수 없다는 듯 젠이 문을 열고 방으로 들어왔다. 그리곤 옷장 앞에 서서 드레스를 입고 있는 헤리엇에게 다가오더니, 서둘러 그녀를 돕기 시작했다.

"부르시지 그러셨어요? 몸은 괜찮으신 거죠? 이렇게 늦잠을 주무신 적이 없으셔서, 모두 걱정하고 있었습니다. 또 새벽까지 글을 쓰신 것이겠죠?"

"어, 뭐 그렇지."

젠이 허릴 굽혀 드레스의 단추를 마저 채웠다. 그리곤 옷장에서 레이스로 만든 리본을 꺼내 날씬한 허리에 묶기 시작했다. 헤리엇은 평소보다 더 화려하게 치장하는 젠을 보며, 고갤 갸웃했다.

"지난번에 올슨 의상실에서 보낸 가운을 입는 게 좋을 것 같아요."

젠이 옷장 문을 열어 서둘러 물빛 가운을 꺼냈다. 그리곤 헤리엇이 쉽게 입을 수 있도록 도왔다.

"이 정돈 혼자 입을 수 있어. 그리고 집에 있을 텐데, 가운까지 입을 필요는……."

"하지만 안 돼요. 이건 어디까지나 제 일이니까요. 그리고 입으셔야 해요. 오늘 밤은 광장에서 가면무도회가 열리는 날이잖아요."

젠이 헤리엇의 가운 자락을 정리한 후, 창문으로 다가가 커튼을 걷었다. 창문을 통해 햇살이 들어오자, 어둡던 방 안이 환해졌다.

"그러니 가장 아름답게……. 어, 아가씨…… 머리카락이……."

"머리카락? 그게 왜?"

헤리엇이 그제야 흘러내린 자신의 머리카락을 붙잡았다. 그녀의 손바닥에 놓은 머리카락은 은빛. 은빛이었다. 분명, 어젯밤까지 갈색이었던 머리가 밤사이 감쪽같이 은빛으로 변해 있었던 것이다.

"하룻밤 사이에 어떻게 이런 일이?"

"제 말이요. 갑자기 왜 은빛이 되어버린 거죠? 아직 염색하려면 시간이……."

헤리엇은 거울에 머리카락을 비춰 보았다. 모두 은빛이었다. 두피에서부터 머리카락 끝까지 똑같이 은빛이었다. 대체 왜 이런 일이?

"나도 모르겠어. 왜 은빛이 되었는지."

헤리엇 역시 놀란 얼굴을 했다. 이런 일은 처음이라 헤리엇과 젠은 어리둥절한 얼굴로 서로를 바라보았다. 그러다 젠이 아무 일 아니라는 듯 헤리엇에게 다가왔다.

"아마, 지난번 런던에서 가져온 염색액이 한꺼번에 물이 빠지는 모양이에요."

"그런 것이겠지?"

"네. 그러니 너무 걱정 마세요. 제가 염색해 드릴게요."

"그래, 알았어. 그런데 넌 무슨 일로 온 거야? 무척이나 다급해 보이던데."

"아 참, 내 정신 좀 봐. 아가씨, 어서 응접실로 내려가 보세요. 콘웰 공작가에서 사람을 보내왔어요."

"콘웰 공작가라면, 백작님께서 집사인 워릭을 보내셨다는 거야?"

"아니요, 워릭 님이 아니세요. 그분 말로는 자신이 콘웰 공작가의 집사라고 하셨어요. 아가씨를 만나뵙기 위해 왔다고 하셨고요."

콘웰 공작이라고? 설마 런던의 콘웰 공작이 데본에 왔다는 건가?

"공작가의 집사가 왜 날 만나러 온 거지?"

"그러니 내려가 보셔야 합니다. 지금 마가렛 마님과 올리비아 님도 응접실에서 아가씨를 기다리고 계시거든요. 콘웰 공작가의 문장이 새겨진 마차가 저택에 도착하자마자, 마님께선 바람처럼 현관으로 내려오셨더라고요."

젠이 마가렛과 올리비아의 행동을 떠올리며 마땅찮은 표정을 했다. 윈슬러 백작님께서 다치셨을 땐, 코빼기도 보이지 않더니 런던에서 가장 명망 있는 귀족 가문에서 사람을 보냈다는 말에 내려오다니. 정말 속이 빤히 보이는 행동이었다.

젠의 말에 헤리엇의 입가에 서늘한 미소가 떠올랐다. 하지만 지금은 마가렛과 올리비아에게 신경 쓸 여유가 없었다. 콘웰 공작이 그녀에게 사람을 보내다니. 분명, 이튼과 관련 있는 것일 테지.

"젠, 가봐야겠어."

긴장감에 자꾸만 미간이 좁혀졌다. 이튼은 공작이 그녀에게 사람을 보냈다는 것을 알고 있는 걸까? 당연히 모르고 있을 것 같았다. 만약 이튼이 알았다면, 콘웰 가의 집사가 이곳에 오지는 못했을 테니까.

헤리엇은 보닛을 꺼내 은빛으로 빛나는 머리카락을 숨겼다. 그리곤 방을 나와 계단을 내려가기 시작했다. 잠시 후, 응접실 앞에 도착한 헤리엇은 천천히 숨을 내쉰 후 마음을 가다듬었다.

똑똑!

"들어와요."

마가렛의 목소리가 들려왔다. 젠의 말대로 백작부인이란 이름으로 콘웰 공작이 보낸 집사와 함께 있는 모양이었다. 헤리엇이 차가운 얼굴로 문을 열고 들어가자, 응접실 소파에 앉아 차를 마시고 있는 세 사람이 있었다. 아니, 차는 마가렛과 올리비아가 마시고 있었고, 콘웰 공작가의 집사인 듯 보이는 남자는 소파에 앉지도 않은 채 곧은 자세로 서 있었다.

"헤리엇, 손님을 기다리게 하다니, 예의가 아니구나."

마가렛이 찻잔을 내려놓으며 헤리엇을 차갑게 쏘아보았다.

"늦어 죄송합니다."

헤리엇이 안으로 들어서자, 콘웰 공작가의 집사 제롬이 헤리엇을 향해 허릴 숙였다. 굳은 얼굴로 마가렛과 올리비아에겐 시선조차 주지 않던 제롬이 서둘러 헤리엇에게 다가왔다.

"헤리엇 님 되십니까? 콘웰 공작가의 집사, 제롬입니다. 연락도 없이 찾아온 점, 먼저 사과드리겠습니다."

헤리엇은 콘웰 공작가의 집사라고 자신을 소개한 제롬을 바라보았다. 검은색 프록코트에 크라운이 높은 회색 모자를 쓰고 있는 제롬은 명망 있는 귀족가의 집사답게 흠 하나 찾아볼 수 없을 정도로 깍듯했다.

"아닙니다. 그런데 무슨 일로 콘웰 공작가에서 제게 사람을 보냈는지 궁금하군요."

헤리엇의 말에 제롬이 그녀를 물끄러미 응시했다. 그녀가 서재로 들어오는 순간, 알 수 있었다. 수수한 드레스 차림이었지만, 그를 대하는 태도에선 숨길 수 없는 기품이 느껴졌다. 특히 총명해 보이는 검은 눈동자를 보자, 이튼과 무척이나 닮은 사람이란 걸 느낄 수 있었다.

"잠시 단둘만 있을 수 없겠습니까? 공작님께서 헤리엇 님께만 전하라는 말씀이 있었습니다."

제롬의 말에 헤리엇이 마가렛과 올리비아에게 돌아섰다.

"새어머니, 그리고 올리비아. 잠시 자리 좀 비켜주시겠어요?"

"뭐? 지금 우리보고 나가라는 것이니?"

"공작님께서 긴히 전할 말씀이 있다고 하셔서요. 부탁드리겠습니다, 백작부인."

제롬의 말에 차를 마시고 있던 마가렛이 잔을 내려놓고는 마지못해서 소파에서 일어섰다. 나가고 싶지 않은 눈치였지만, 공작가의 집사에게 나쁜 인상을 주기 싫어서인지 밖으로 나갔다.

"공작님께서 헤리엇 님께 편지를 보내셨습니다. 여기."

응접실 문이 닫히자마자, 제롬이 가슴에 품고 있던 봉투를 건넸다. 봉투 위엔 콘웰 공작가를 상징하는 붉은 인장이 찍혀 있었다.

"무슨 일인지 묻고 싶지만, 알려줄 순 없을 테죠?"

봉투를 받아 든 헤리엇이 제롬을 바라보았다.

"알려 드리고 싶지만, 알지 못합니다. 공작님의 뜻은 깊고도 넓으시니까요."

콘웰 공작에 대한 제롬의 신뢰가 대단한 모양이었다. 헤리엇을 바라보는 제롬의 표정은 자부심으로 가득 차 있었다.

"공작님께선 언제 데본에 오신 건가요?"

"오늘 새벽 도착하셨습니다."

그렇다는 건, 이미 공작은 이튼과 자신의 관계에 대해 알고 있다는 걸까? 아니면, 이 모든 게 우연인 걸까?

"런던에서부터 모두 알고 오신 건가요? 아니면……."

헤리엇의 질문에 제롬은 잠시 생각에 잠긴 눈치였다. 그리곤 이내 사실대로 말하기로 결정한 듯 입을 열었다.

"콘웰 저택에 있는 워릭을 알고 계십니까? 워릭이 바로, 제 아들입니다. 그 아이가 런던으로 편지를 보내왔습니다. 그래서 공작님께서 직접 데본에 오신 것이고요. 제가 아는 것은 여기까지입니다."

"알려주셔서 감사합니다."

"읽어보십시오. 공작님께선 이 자리에서 바로, 헤리엇 님의 답변을 받아오라고 하셨습니다."

제롬의 말에 헤리엇이 손에 든 봉투를 물끄러미 바라보았다. 그리곤 천천히 봉투를 열어 안에 들어 있는 내용을 확인했다. 제롬은 편지를 읽고 있는 헤리엇을 천천히 살폈다. 하지만 내용을 확인하는 헤리엇의 표정에선 아무것도 알아낼 수 없었다. 잠시 후, 헤리엇은 편지를 봉투 안에 넣고는 제롬에게 돌려주었다.

"편지 안에 적힌 내용은 백작님껜 비밀이겠군요."

"네, 그렇습니다."

헤리엇은 잠시 생각에 잠겼다. 지금 바로, 이 편지에 대한 답을 해야 했다. 사실 답변을 하는 건 어렵지 않았다. 다만, 또다시 이튼에게 거짓말을 해야 할 상황에 놓이게 된 것이다.

"공작님께 알았다고 전해주세요."

헤리엇의 대답에 굳어 있던 제롬의 얼굴에 안도가 어리는 것을 볼 수 있었다.

"그럼, 이만 돌아가 보겠습니다. 그날, 사람을 보낼까요?"

"아니요, 그럴 필요 없습니다."

헤리엇의 대답에 제롬이 고갤 끄덕였다. 그리곤 헤리엇에게 받아 든 봉투를 주머니에 넣고는 응접실을 빠져나갔다. 혼자 남겨진 헤리엇은 작게 한숨을 내쉬었다. 이틀 후 콘웰 저택. 공작은 그곳으로 헤리엇을 부른 것이다. 잠시 후, 닫힌 문이 열리고 마가렛과 올리비아가 응접실 안으로 들어왔다.

"대체 무슨 일로 콘웰 공작께서 너에게 편지를 보냈는지 궁금하구나. 설마, 큰 실수를 저지른 건 아니겠지?"

큰 실수라? 정말 이튼과 한 그 거래가 큰 실수인 걸까? 런던에서 콘웰 공작을 불러들일 만큼, 그렇게 큰일이었던 걸까? 헤리엇은 대답 대신 작게 한숨을 내쉬었다.

"그런 일 없습니다. 그럼 전, 올라가 보겠습니다."

"잠깐, 무슨 일인지 말해줘야 할 것 아니니? 왜 콘웰 공작님께서 너에게 사람을 보냈고, 무슨 일을 계획하고 계시는지도. 그래야 대 책을……."

"대책 같은 건 필요 없습니다. 저스틴 남작이 그랬던 것처럼 공작님께서 올리비아를 공작가와 강제로 결혼을 시킬 일은 없을 테니까요."

"아, 뭐. 그렇지 않다니 다행이구나."

마가렛은 다행이라고 했지만, 전혀 다행이라고 생각하는 것 같진 않았다. 영국 최고의 명문가인 콘웰 공작가. 공작에겐 두 명의 아들이 있었고, 그중 한 명과 올리비아가 혼인만 하게 된다면 그야말로 최상이었던 것이다. 헤리엇은 마가렛의 호기심을 무시하고 응접실을 나갔다. 문이 닫히기 전, 마가렛이 숙녀로서는 절대 입에 담지 말아야 할 욕설을 삼키는 소리가 들려왔다.

"쳇, 정말 차갑기가 얼음보다 더하다니까."

뒤도 돌아보지 않고 응접실을 나가는 헤리엇의 싸늘한 모습을 보며 마가렛이 주먹을 꼭 쥐었다. 정말 인정머리라곤 눈곱만큼도 없는 계집이었다. 그런데 그런 어린 계집에게 콘웰 공작이 사람을 보내오다니. 대체 어떻게 된 일인지, 무척 궁금했다.

설마, 콘웰 공작 영지에 사는 미치광이 백작이 콘웰 공작의 아들은 아니겠지? 그래, 아니야. 아니, 절대 아니어야 했다. 콘웰 공작가와 혼담이 오가게 된다면, 당연히 저 싸늘한 노처녀 헤리엇이 아니라 올리비아여야 했던 것이다.

"어머니, 대체 무슨 일이죠? 왜 콘웰 공작님께서 헤리엇 언니를 찾는 건데요? 설마 정략혼 같은 건 아니겠지요?"

"정략혼은 무슨! 감히 콘웰 공작가와 데본의 시골 영주의 딸이 가당키나 해? 말도 안 되는 소리지."

하지만 불안했다. 뜬금없이 콘웰 공작가라니.

"어머니, 설마 그 미치광이 백작은 아니겠죠? 소문에 공작가와 먼 친척이라고 했었던 것 같은데……."

"웃기는 소리. 그 미치광이가 콘웰 공작가의 사람일 리 없어. 그저 돈이 없어 신세 지러 온, 뜨내기 친척일 뿐일 거야."

"하지만 이상해요. 사실, 그 미치광이가 도박 빚을 대신 갚아줬을 때부터 그랬어요. 뜬금없이 미치광이 백작이라니. 그런데 오늘은 콘웰 공작가에서 사람이 왔고요. 정말 만에 하나 미치광이 백작이 콘웰 공작가의 사람이라면……."

"그만, 올리비아. 말도 안 되는 소리 그만하고 넌 올라가 봐. 런던으로 떠날 준비를 해야지."

"런던으로 갈 수 없을지도 모른다면서요."

올리비아가 의기소침한 표정으로 말했다. 그러자 마가렛의 눈빛이 날카로워졌다.

"아니, 우린 갈 거야. 런던엔 무슨 일이 있어도 가게 될 테니까."

마가렛의 말에도 올리비아는 반신반의한 눈치였다. 젠장! 마가렛은 닫힌 문을 쏘아보며, 입안으로 욕설을 삼켰다. 우선 콘웰 공작이 왜 헤리엇을 찾아왔는지 알아야 했다. 헤리엇의 약점. 그것을 찾아야 했다.

축제의 마지막 밤. 7일간 계속되었던 축제의 마지막 밤은 광장에 모인 사람들을 위해 집시들이 준비한 공연으로 시작되었다. 사람들 사이로 하나둘씩, 가면을 쓴 사람이 보이기 시작했다. 아마 가면을 쓴 사람의 대부분은 자신의 신분을 속이고 축제에 참여한 귀족이거나, 아니면 평소 사랑하는 여인 앞에서 용기를 내지 못했던 남자들이 대부분인 듯했다. 오늘 축제의 마지막 밤은, 젊은 여인들의 사랑으로 뜨거울 것 같았다.

헤리엇은 머리에 쓴 보닛을 잡아당겨, 끈을 단단히 묶었다. 은빛, 갑자기 은빛이 되어버린 머리카락을 다시 갈색으로 염색하려 했다. 하지만 무슨 일이인지 염색액을 몇 번이나 머리에 들이붓다시피 했지만, 헤리엇의 머리카락은 여전히 은빛이었다. 마치 기름을 잔뜩 먹은 종이처럼 갈색의 염색액을 뱉어내고 있었다.

"아가씨, 벌써 모였나 봐요. 어서 광장으로 가요."

젠의 재촉에 헤리엇은 들고 있던 가면을 꼭 쥐었다.

"젠, 잠깐만……."

"설마 돌아가시려는 건 아니죠? 그리고 이것은 벗어버리세요. 아마, 이렇게 하는 쪽이 훨씬 아가씨답지 않을 테니까."

젠이 헤리엇에게 다가오더니, 꾹꾹 눌러쓴 보닛의 끈을 풀고 벗겨냈다. 그러자 달빛에 은빛으로 반짝이는 머리카락이 헤리엇의 어깨 위로 쏟아져 내렸다. 정말 눈부시도록 아름답다는 말이 실감이 날 정도로 헤리엇의 아름다운 얼굴과 잘 어울리는 색이었다.

"잠깐, 이리 줘. 누가 보기라도 한다면……."

"제 말이요. 누가 보기라도 한다면, 절대 아가씨란 사실을 알지 못할 거예요. 어쩌면 백작님도 아가씨를 알아보지 못할지도 모르죠. 헤헤, 그러니 이건 제가 가지고 있을게요."

젠이 보닛을 자신의 코트 주머니에 밀어 넣는 것이 보였다. 그리곤 헤리엇의 손에 들린 가면을 받아 들곤, 얼굴에 씌워주었다. 은빛 머리카락. 그래, 그녀의 머리카락이 은빛이란 사실을 아는 사람은 극소수였다. 어쩌면 젠의 말처럼 이 모습이 오히려 자신을 숨길 수 있는 최상의 방법일지도 몰랐다. 아이러니하게도.

"정말 가면으로 아가씨의 얼굴을 가리는 것이 너무도 아쉽지만, 어쩔 수 없죠. 이제 어서 가요, 아가씨. 백작님께서 벌써 광장에서 기다리고 계실지도 모르니까요."

젠이 멍하니 서 있는 헤리엇의 손을 붙잡았다. 그리곤 사람들이 모여 있는 광장으로 향했다. 광장에 가까워질수록 가면을 쓴 사람들이 보였다. 흥겨운 음악 소리에 맞춰 춤을 추는 사람들 역시 보였다.

런던의 사교계에선 궁정악사들의 연주에 맞춰 왈츠를 춘다고 했다. 하지만 이곳은 데본의 작은 시골 마을이었고, 궁정의 왈츠와는 달리 잉글랜드 전통춤인 모리스 댄스가 한참이었다. 남자 12명이 가면을 쓰고 광장 중앙에서 춤을 추는 모습은 무척이나 인상적이었다. 춤을 추는 남자들에게선 사내다운 강한 힘이 느껴졌다.

그때 모리스 댄스를 추고 있던 한 남자가 사람들 사이에 서 있던 젠에게 다가왔다. 가면을 쓴 남자는 건장한 몸을 하고 있었고, 걸음걸이 역시 자신감에 찬 듯 당당했다. 그러자 광장에 모여 있던 사람들의 시선이 남자가 선택한 젠에게 쏠렸다. 호기심과 부러움. 그리고 두 사람을 기점으로 이제 막 시작된 연인들의 밤의 열기에 순식간에 광장은 뜨거워졌다.

"젠."

"알렉스?"

가면 너머 보이는 알렉스의 눈동자에 젠의 입가에 수줍은 미소가 떠올랐다. 알렉스가 고갤 끄덕인 후, 젠의 손을 붙잡았다. 그리곤 알렉스가 헤리엇에게 양해를 구하려는 듯 입을 열었다.

"저기, 아가씨……."

"어서 가봐."

"곧 오실 거예요. 그러니, 여기서 기다리세요."

그 말과 함께 젠은 알렉스의 손에 이끌려 사람들 틈으로 사라졌다. 혼자 남겨진 헤리엇은 여전히 모리스 댄스를 추고 있는 남자들을 바라보았다. 이젠 가면을 벗은 남자들은 검을 들고 춤을 추고 있었다. 남성을 상징하는 강렬한 춤이 어느새 끝나가고 있었다.

그러자 광장에 모여 있던 사람들 역시, 하나둘 짝을 이뤄 광장을 빠져나가는 것이 보였다. 아마 그동안 마음에 두었지만 서로 마음을 열지 못한 남녀가 오늘 밤, 어둠과 가면을 핑계로 마음을 내보이려는 모양이었다.

헤리엇 역시 천천히 걸음을 옮겼다. 그녀의 심장 역시 뛰고 있었다. 사냥터지기의 오두막에서 그에게 안긴 후 그를 다시 볼 생각을 하자, 얼굴이 붉어졌다. 그가 이곳에 올 것이란 사실을 알고 있었다. 축제의 마지막 밤, 그와 약속했었으니까.

모리스 댄스는 끝났지만, 집시들의 공연은 계속되고 있었다. 사람들을 지나 광장 중앙으로 걸어가던 헤리엇은 사람들 속에서 자신을 바라보고 있는 남자를 발견하곤 걸음을 멈췄다. 심장이 뛰기 시작했다. 이튼은 다른 사람들처럼 가면을 쓰지는 않았다. 가면을 쓰지 않은 그는 어둠 속에서도 강한 힘을 뿜어내고 있었다. 또한 그의 시선은 오롯이 그녀에게 향해 있었다.

"온통 은빛이군."

헤리엇에게 다가온 이튼이 손을 뻗어 그녀의 은빛 머리카락을 어루만졌다. 그녀의 머리색을 보고 그는 놀라지도 않았다. 그저 아름다운 것을 보고 감탄하듯 이튼의 눈동자가 찬탄으로 빛나고 있었다.

"아, 이건……."

"예쁘군. 아우로라 같아. 새벽의 여신의 머리카락을 여기서 보게 되다니."

아우로라. 그래 콘웰 저택의 원형 탑에 있던 여신이었다. 헤리엇은 문에 새겨진 신비로운 부조를 떠올리는 사이 그의 손이 그녀의 머리카락 속으로 파고들었다. 그의 손이 은빛으로 빛나는 머리카락을 휘감아올 때마다, 모든 감각이 예민하게 반응하기 시작했다.

"언제 왔어요?"

"네가 광장에 들어설 때부터."

"그랬다면서 왜 바로 오지 않은 거죠? 또 날, 지켜본 모양이군요."

헤리엇이 그의 손에서 머리카락을 잡아당겼다. 그러자 이튼이 헤리엇의 손목을 붙잡곤 그에게 바짝 끌어당겼다. 한층 가까워진 거리만큼 그의 숨결이 느껴졌다. 그리고 그의 뜨거운 눈빛 역시. 그의 입가에 미소가 떠올랐다.

"앙탈이 심하군."

"앙탈이라니…… 제가 언제?"

"그럼 내가 보고 싶었던 모양이군. 이렇게 재촉할 만큼."

"보고 싶었던 것이 아니라, 그저 약속이……."

이튼의 입가에 떠오른 미소가 더욱 깊어졌다. 그리곤 의미심장하게 빛나는 그의 눈을 본 순간, 헤리엇은 말을 멈췄다. 아무리 아니라고 변명을 해보았자, 그가 믿을 것 같지 않았다. 이미 그를 기다리고 있던 헤리엇을 다 보았을 테니까. 그를 찾으며 주위를 두리번거리던 모습도, 그리고 초조하게 발을 동동 구르던 모습까지.

"그럼 갈까?"

"어딜 가려는 건데요?"

"축제에 왔으니, 즐겨야지."

그 말과 함께 이튼이 헤리엇의 손을 잡아끌었다. 사람들 사이를 지나쳐 걸어가다, 이튼은 한 진열대 앞에 멈춰 서더니 헤리엇을 돌아보았다.

"좋아하면, 고르도록 해."

그의 옆으로 바짝 다가선 헤리엇은 진열대 위에 놓인 색색의 사탕을 내려다보았다. 본 건가? 며칠 전 젠과 함께 사탕을 사던 자신을?

"전 별로……."

"여기, 이걸로 하지."

헤리엇이 거절하려 하자, 이튼이 서둘러 사탕이 담긴 병 하나를 골랐다. 그리곤 주머니에서 동전을 꺼내 주인에게 건네는 것이 보였다.

"이제 사버렸으니, 어쩔 수 없군."

사탕이 담긴 유리병을 받아 든 헤리엇은 이튼을 올려다보았다. 묘한 느낌이었다. 익숙지 않은 얼굴로 서 있는 그도 그랬지만, 그의 선물을 받고 기뻐하는 자신도 낯설었다.

"고마워요, 잘 먹을게요."

헤리엇은 유리병 뚜껑을 열어 사탕 하나를 입에 넣었다. 달콤했다. 젠과 함께 먹었을 때보다 더, 진한 달콤함이었다. 달콤함에 입가에 미소가 떠올랐다.

"여기."

헤리엇이 사탕 하나를 꺼내 이튼에게 건넸다. 그러자 이튼은 고갤 가로저으며 말했다.

"단 건 좋아하지 않아."

"그랬군요. 달콤함을 모르다니, 안됐네요."

"아니, 곧 더 달콤한 것을 먹게 될 테니까 상관없어. 이제 다른 곳으로 가볼까?"

이튿이 헤리엇의 손을 잡고는 다시 걷기 시작했다. 그의 뒤를 따르며, 헤리엇의 얼굴이 붉어졌다. 더 달콤한 것이란 말이 마치 자신을 먹겠다는 것처럼 들렸던 것이다.

"갑자기 왜 먹고 싶다는 호기심이 생긴 거죠? 사실 호기심 때문에 싫어하는 것을 먹진 않잖아요. 왜 먹은 건데요? 어엇, 이튿. 잠깐……. 흡!"

갑자기 멈춰 선 그의 등에 헤리엇은 쿵 하고 얼굴을 부딪쳤다. 그리곤 다음 순간, 그의 품에 안긴 헤리엇은 더는 아무런 말도 할 수 없었다. 그가 입술을 부딪쳐 온 것이다. 놀란 헤리엇의 눈이 가면 속에서 깜빡거렸다. 그의 어깨너머로 사람들의 호기심 어린 시선이 느껴졌다.

"잠깐, 사람들이……."

당황한 헤리엇이 그를 밀어내려 하자, 이튿이 입고 있던 검은색 코트 자락을 열어 그녀를 감쌌다. 그의 코트 속에 갇힌 채 헤리엇은 그의 입술을 느껴야 했다. 주변의 소음이 사라지고 있었다. 그곳이 광장이란 것도, 그리고 축제로 사람들로 붐비고 있다는 것도 잊을 만큼 그의 키스는 달콤했다. 그녀의 입술을 헤집고 빨아 당기는 나른한 감각에 헤리엇의 눈꺼풀이 무겁게 가라앉았다. 그녀의 입술을 훑던 그가 고갤 들었다. 가면 너머 보이는 그의 눈동자가 순식간에 뜨거워져 있었다.

"달군."

이튿의 말에 헤리엇의 뺨이 뜨거워졌다. 조금 전까지 입안에 있던 사탕이 사라지고 없었던 것이다. 헤리엇의 시선이 그의 입으로 향했다. 하지만 그의 단정한 입매는 달콤함이라곤 전혀 느껴지지 않을 만큼 차가웠다.

"이걸 무슨 맛으로 먹는지 모르겠군."

사탕의 단맛과 달콤한 향이 마음에 들지 않는다는 듯 이튼이 미간을 찌푸려졌다. 순간 헤리엇의 입가에 미소가 떠올랐다. 그의 말대로 어지간히 단 음식을 싫어하는 모양이었다.

"쌤통이라고 해야 하나요? 그러니 누가 허락도 없이 훔쳐가래요?"

퉁명스럽게 말하는 목소리와는 달리 헤리엇의 입가에 자꾸만 미소가 배어 나왔다.

"다음부턴 직접 먹는 것보단, 맛만 보는 게 좋겠군."

"맛만 본다고요?"

헤리엇이 이해할 수 없다는 얼굴로 고갤 들자, 이튼의 입가에 미소가 떠올랐다. 그리고 다음 순간 그의 입술이 그녀의 입술을 스치고 지나갔다.

"이렇게."

뜨거운 혀가 사탕의 달콤함이 묻어 있는 헤리엇의 입술을 쓸었다.

"흡! 이러지 마요. 사람들이……."

헤리엇이 그를 밀어내며, 두 손으로 입술을 가렸다. 그를 올려다보며 헤리엇은 다행이라고 생각했다. 지금 자신은 가면을 써, 이튼은 물론 주변의 사람들 역시 그녀의 표정을 읽을 수 없었던 것이다.

"걱정 마. 축제를 구경하느라 우린 안중에도 없으니까."

그의 말처럼 두 사람을 신경 쓰는 사람은 없는 듯했다. 하지만 이렇게 사람들이 많은 곳에 서서 키스하는 것은 편치 않은 일이었다.

"하지만……."

헤리엇이 여전히 그를 밀어내려 하자, 이튼이 그녀의 손을 붙잡았다. 그리곤 빠르게 광장을 빠져나가기 시작했다. 광장을 벗어나자, 이튼은 가장 가까운 골목으로 들어섰다. 마을은 어둠 속에 잠이 든 듯 조용했다. 모두 마지막 축제의 밤을 즐기기 위해 광장으로 간 탓인지 인적이라곤 느껴지지 않았다. 그렇게 골목길을 따라 걸어가던, 이튼은 건물과 건물 사이 가장 어두운 곳으로 그녀를 밀어 넣더니 몸을 밀착해 왔다. 벽과 이튼 사이에 갇혀 버린 헤리엇은 그를 올려다보았다.

"이젠 괜찮겠지?"

"잠깐, 흐흣!"

그가 손을 뻗어 그녀의 턱을 살짝 기울인 후, 깊숙이 혀를 밀어 넣었다. 부드럽게 시작된 키스는 그녀가 입술을 열어 그를 받아들인 순간, 집요해졌다. 깊숙이 입안을 파고들며 그녀의 입술을 빨아 당기던 그가 이번엔 그녀의 혀를 단단히 휘감았다. 강한 힘으로 그녀의 혀를 얽고 빨아 당기자, 헤리엇은 저릿한 아픔에 신음을 흘렸다. 하지만 이내 그 아픔은 온몸이 떨릴 정도로 날카로운 쾌감을 불러일으켰다. 심장을 할퀴듯 찾아드는 짙은 열기에 헤리엇은 그의 옷자락을 꽉 붙들었다.

"아직 부족해."

거칠고 뜨거운 숨결을 뱉어내며, 이튼이 그녀의 귓불을 세게 물었다. 흣! 나른한 감각이 등줄기를 타고 흐르더니, 다리 안쪽 은밀한 부분에 묘한 열기가 어렸다. 간질거리는 느낌과 함께 아릿한 쾌감. 그의 키스에 익숙해진 그녀의 몸이 빠르게 반응하고 있었다.

"흡!"

아릿한 아픔과 함께 등줄기를 타고 전율이 흘렀다. 헤리엇이 놀라 손으로 귀를 가리자, 이튼이 고갤 숙여 그녀의 귓가에 낮게 속삭였다.

"오늘은 더 많은 걸 구경하고 싶었는데…… 도저히 안 되겠어."

도저히 안 되겠다니. 헤리엇의 손을 잡고 어디론가 향하는 이튼을 보고, 당황한 헤리엇이 서둘러 그의 팔을 붙잡았다.

"지금, 어딜 가려는 건데요? 축제는 아직 시작도 안 했다고 조금 전에⋯⋯."

순간 이튼의 눈동자가 의미심장한 빛을 띠며 빛나기 시작했다.

"맞아, 아직 시작도 하지 않았지."

"네⋯⋯?"

"사냥터지기의 오두막에 갈 생각이야. 그게 싫다면, 너와 단둘이 있을 수 있는 곳이라면 어디든 상관없어. 지금 여기라도."

두근! 달콤한 말과는 전혀 상관 없을 것처럼 차가운 얼굴로 이번엔 이튼이 그녀를 유혹하고 있었다. 그가 그녀를 잡아끌었다. 그녀의 팔을 붙잡은 손이 뜨거웠다. 아무것도 생각할 수 없었다. 그에게 붙잡힌 손의 열기와 심장 소리, 그리고 그녀를 바라보는 눈빛에 붙잡혀 걷는 것 외엔.

등줄기를 타고 흐르는 짙은 쾌락에 헤리엇의 몸이 떨리고 있었다. 시트를 그러쥔 가는 손이 자꾸만 비틀리며 나른한 고통을 참아내고 있었다. 집요하게 계속되는 그의 손길에 헤리엇은 작은 스침에도 몸을 떨 만큼 예민해졌다.

그의 집요한 혀에 한바탕 공격을 받은 가슴은 이미 붉은 흔적으로 가득했고, 단단하게 솟아오른 핑크빛 유두 역시 그녀의 몸이 농밀한 쾌락이 흔들릴 때마다, 더욱 예민해졌다.

"하아, 이튼⋯⋯. 하훗!"

시트를 쥐었던 손이 또다시 비틀렸다. 벌어진 입술 새로 흘러나온 신음을 삼키는 헤리엇의 얼굴은 달콤한 쾌락에 잔뜩 흐트러져 있었다. 흥건히 젖은 그녀의 밀부는 이제 힘을 주지 않아도 본능적으로 그의 일부를 안으로 미친 듯이 빨아 당겼다. 이튼 역시 집요할 정도로 그녀의 여린 속살 안쪽을 거칠게 파고들었다. 절대 나가고 싶지 않다는 듯.

그러던 이튼이 순간, 움직임을 멈췄다. 커다란 손이 그녀의 날씬한 두 다리를 들어 그의 허리에 단단히 휘감았다. 그가 강한 힘으로 여린 속살을 파고들자, 꽉 닫혀 있던 입구가 열리며 촉촉이 젖어 있는 내벽이 그를 꽉 조였다. 이젠 그를 받아들이는 일이 그리 고통스럽지 않은 듯 그녀의 입술에선 나른한 신음이 새어 나왔다.

"훗!"

또다시 그녀의 입술에서 나른한 쾌락을 참치 못하고 신음이 흘러나왔다. 한 몸처럼 엉겨 단단히 결합된 부분에서 열이 났다. 쾌락에 몸을 떨며 땀에 젖은 몸이 비벼지고 엉키듯 부딪힐 때마다, 헤리엇은 그 농밀한 쾌락에 속수무책으로 빠져들고 있었다.

"하아, 헤리엇!"

이튼 역시 마찬가지였다. 이튼이 그녀의 안을 집요하게 파고들 때마다, 단단한 근육으로 이뤄진 이튼의 몸은 더욱 강해지는 느낌이었다. 응집되어 있던 강한 힘이 자꾸만 제어할 곳을 잃고 날뛰려하고 있었다. 이미 헤리엇의 몸은 쾌락의 정점을 향해 치닫고 있는 듯했지만, 이튼의 몸속에 날뛰는 뜨거운 피는 식을 줄 몰랐다. 오히려 더욱 거세게 요동치고 있었다.

끝없이 타오르는 불같았다. 이튼은 꺼지지 않는 욕망에 몸부림치며 자꾸만 그녀의 안으로 파고들었다. 그와의 정사로 이미 촉촉이 젖은 내벽은 그가 거칠게 안을 파고들 때마다 여린 속살을 열며 그를 반겼다. 짙은 쾌락에 허릴 비틀며 그의 일부를 꽉 움켜쥐는 힘 역시 그를 미치게 했다. 그를 받아들이는 것이 버겁다는 듯 몸을 사리던 헤리엇도 이젠 그가 주는 농밀한 쾌락에 흥건히 젖어 있었다.

"헤리엇!"

잔뜩 쉰 목소리로 그녀를 불렀다. 그의 목소리에 반응하듯 꽉 닫혀 있던 그녀의 눈꺼풀이 위로 밀려 올라가더니, 젖은 눈으로 그를 올려다보았다.

"이튼…… 홋!"

"안 돼."

그의 목소리에 헤리엇이 입술을 깨물었다. 그녀의 몸은 이미 미칠 것 같은 쾌락에 녹아버릴 것 같았다. 그런데 그는 아직 아닌 모양이었다. 헤리엇은 순간 겁이 났다. 지금도 이 열기에 몸이 타버릴 것 같은데, 그는 아직 아니라고 단호하게 말하고 있었다.

"하지만……."

"아직 시작도 하지 않았어. 견뎌."

"하흑, 하웃, 이튼……."

또다시 그녀의 입술에선 신음이 새어 나왔다. 이젠 신음은 흐느낌으로 바뀌어 있었고, 짙은 열기를 숨길 수도 없게 되었다. 그가 그녀의 매끄러운 내벽을 가르며 오갈 때마다, 질척해진 그녀의 안 역시 그를 강하게 빨아 당기며 미친 듯이 조였다. 자신의 몸을, 더는 통제할 수 없게 된 것이다.

"널 안을 때마다, 미칠 것 같아."

그녀의 은빛 머리카락에 얼굴을 묻으며 이튼이 낮게 속삭였다. 귓가를 파고드는 뜨거운 숨결과 그 숨결 안에 고스란히 담겨 있는 지독한 쾌락에 헤리엇이 몸을 떨었다. 정말 미칠 것 같았다. 그녀의 여린 살을 파고들어 자신을 묻을 때마다 몸속에서 잠자던 힘이 깨어나는 느낌이었다. 지치기는커녕, 강한 힘이 온몸을 지배하기 시작했다. 그 강한 힘은 파괴가 아닌, 몸속 저 밑바닥에서부터 솟아나는 기분 좋은 힘이었다. 살고 싶은, 그래 살고 싶다는 희망이었다.

"흐흑, 하웃. 이튼…… 하흡!"

그의 등줄기를 타고 땀이 흘러내렸다. 이미 정사의 열기로 젖은 몸이 또다시 하나처럼 얽혀들었다. 단단히 그녀의 밀부 안에 뿌리를 내린 그가 안으로 파고들며 그녀의 예민한 속살을 건드렸다. 그의 자극에 그녀의 안에선 끈적끈적한 애액이 흘러나와 그를 적셨다. 틈 하나 없이 밀착된 그곳은 떨어질 줄 모르고 자꾸만 하나로 얽혀들었다.

헤리엇의 심장이 미친 듯이 뛰었다. 너무 뛰어 묵직한 통증이 느껴질 만큼, 아릿했다. 그를 사랑하는 일이 지독한 쾌락과 함께 심장의 통증을 동반하는 일인 것 같은 느낌을 지울 수 없었다.

"훗!"

그의 손이 봉긋하게 솟아오른 그녀의 가슴을 움켜쥐었다. 단단해진 유두를 비틀자, 그의 손안에서 더욱 붉어졌다. 땀으로 젖은 몸이 날카롭게 부딪혀 하나로 얽힐 때마다 단단히 결합된 부분에선 야릇한 소리가 났다. 퇴폐적이기까지 한 그 소리에 헤리엇은 얼굴은 물론 온몸이 붉게 달아올랐다. 하지만 밀어낼 수 없었다. 아니, 그럴수록 그녀의 몸은 자꾸만 그를 조이며, 미친 듯이 그를 빨아 당기고 있었다.

"훗, 헤리엇! 그렇게 조이면…… 윽!"

그가 거친 숨을 뱉어내며, 그녀의 귓불을 깨물었다. 거친 숨결과 함께 아릿한 아픔이 밀려들었다. 흡! 헤리엇은 아픔과 함께 등줄기에 땀이 솟을 정도로 날 선 쾌락이 또다시 온몸을 훑고 지나감을 느꼈다. 시트를 그러쥐었던 헤리엇의 손이 그의 목덜미를 휘감았다. 그리곤 더는 참을 수 없다는 듯 강하게 몸을 떨며 그의 목에 얼굴을 묻었다.

"홋, 이튼…… 하흑!"

믿을 수 없는 강한 힘으로 그녀의 안을 파고든 그를 단단히 조이며, 헤리엇은 마침내 쾌락의 끝에 도달했다. 발끝까지 퍼져 나가는 농밀한 열기에 온몸이 떨려왔다. 하지만 헤리엇은 그 달콤한 쾌락의 여운을 느낄 수 없었다. 또다시 그녀의 안으로 찌를 듯 파고드는 이튼 때문에 또 다른 쾌락의 파도를 맞이해야 했던 것이다.

그렇게 헤리엇은 그의 어깨를 붙잡은 채 정신없이 흔들렸다. 격정적으로 부딪혀 오는 그를 받아내기 위해 헤리엇의 가느다란 허리가 위험스러울 정도로 휘며, 비틀렸다. 이젠 밀부의 안쪽 여린 속살까지도 잘게 떨리는 것이 느껴졌다. 계속되는 그의 공격에 통제력을 벗어난 헤리엇의 몸은 오직 본능만이 존재했다. 그녀의 안을 가득 채운 그를 품고 미친 듯이 조이며, 그를 끊어놓을 듯 빨아 당겼다. 지독한 욕망에 이성은 날아가 버린 듯했다.

"홋, 헤리엇."

한데 얽혀 관능적으로 흔들리던 남녀의 몸이 일순, 움직임을 멈췄다. 끝없이 계속될 것 같던 이튼의 입술에선 욕망에 찬 억눌린 신음이 새어 나왔다. 그 역시 쾌락의 정점에 다다른 것이다. 그의 입술이 헤리엇의 입술을 찾았다. 나른한 쾌락과 함께 찾아온 짙은 만족감에 헤리엇의 입술을 삼키듯 키스했다.

"하아, 이튼."

또다시 찾아든 농밀한 쾌락에 헤리엇의 허리가 나른하게 비틀렸다. 그를 품고 달콤한 크림을 훔쳐 먹은 고양이처럼 만족스러워하는 자신이 너무도 낯설었다. 그가 그녀의 입술을 놓아주곤 그녀의 목덜미에 얼굴을 묻었다. 그리곤 그녀를 꽉 끌어안은 채 바닥에 떨어진 시트를 주어 두 사람의 몸에 단단히 휘감았다.

거칠게 뛰는 그의 심장 소리가 들려왔다. 헤리엇은 그의 심장 소리를 들으며 천천히 눈을 감았다. 노곤했다. 온몸을 가득 채운 지독한 쾌락이 서서히 가라앉기 시작하자, 나른한 만족감에 졸음이 밀려들고 있었다.

돌아가야 했다. 지금 잠이 들면…… 흠칫!

순간 헤리엇이 놀라 눈을 떴다. 그러자 그녀의 머리카락에 얼굴을 묻고 있던 이튼이 그녀의 머리카락을 손으로 어루만지고 있었다.

"은빛이었어. 달을 품은 은빛."

이튼은 모로 누워 한 손으로 턱을 괴곤 그녀의 머리카락을 손을 쓸어내렸다. 그리곤 눈을 동그랗게 뜬 채 그를 올려다보고 있는 헤리엇을 재미있다는 듯 바라보았다.

"4년 전, 바람의 언덕에서 널 보았지."

런던을 떠나 데본의 저택에 처음 온 날이었다. 그리고 그 밤, 바람의 언덕에 있는 떡갈나무 아래 서 있는 헤리엇을 본 순간 사람이 아니라고 여겼었다. 그를 데려가기 위해서 온 사신이라고 생각했었다. 만약 그런 것이 존재한다면. 하지만 정신을 잃고 그의 품에 날아든 소녀는 사람이었고, 이튼은 낯선 소녀를 품에 안은 채 처음으로 평온함을 느꼈었다. 그 밤, 이튼은 혼란스러웠다. 한참을 그렇게 소녀를 안고 있던 이튼은 멀리서 들려오는 인기척 소리에 그곳을 떠나야 했다.

운명이었던 걸까? 이렇게 4년이 흘러 이러질 만큼 강한 그런 것이었나?

"아, 알고 있었군요. 하지만 난 기억이……."

"날 본 순간, 의식을 잃었으니 기억하지 못할지도 모르겠군."

"아, 그런 일이 있었군요."

헤리엇은 묘한 느낌이 들었다. 모든 것이 시작된 그날, 그를 만났다니. 헤리엇의 눈빛이 흐려졌다. 또다시 알 수 없는 불안감이 밀려들었다.

"뭘 생각하는 거지?"

이튼이 생각에 잠긴 헤리엇의 머리카락을 쓸어주었다. 그러자 헤리엇은 불안감을 떨쳐 내며 그를 올려다보았다. 불을 켜지 않은 오두막은 어두웠다. 그래서인지 눈으로 보지 않아도 그의 움직임 하나, 그녀를 걱정하는 그의 감정까지도 몸으로 느낄 수 있었다.

"콘웰 공작님께서 저택으로 사람을 보내셨어요."

순간 헤리엇의 머리카락을 쓰다듬던 그의 손이 움직임을 멈췄다. 그의 눈빛 역시 날카로워지며, 미간을 찌푸렸다.

"집사 제롬이겠군. 그가 무슨 말을 했지?"

"내일 저택으로 오라고 했어요. 만나서 할 얘기가 있다고."

"당연히 거절했겠지?"

"아니요, 거절하지 않았어요."

"그럼, 만나기로 했다는 건가?"

"네. 피한다고 해서, 달라질 문제가 아닌 것 같았거든요."

"젠장!"

짐작했어야 했다. 그가 아버지의 제안을 거절했을 때, 헤리엇을 만날 것이란 걸.

"공작님을 만나기 전, 제가 꼭 알아야 할 일이 있다면 말해주세요."

"아니…… 없어."

하지만 이튼의 눈빛은 이미 날카롭게 빛나고 있었다. 열기로 짙어졌던 눈빛은 또다시 싸늘하게 식어 있었다.

"이튼, 제가 잘못한 건가요?"

헤리엇이 그의 팔 위에 손을 올려놓았다. 그제야 이튼은 걱정스러운 얼굴로 그를 올려다보고 있는 헤리엇을 보며, 작게 한숨을 내쉬었다.

"아니, 잘못한 건 네가 아니야. 나 때문이지. 이 모든 게, 다 나 때문에 벌어진 일이야. 그러니 그런 표정 할 것 없어."

그의 눈빛이 흔들리고 있었다. 그 모습에 헤리엇은 답답해졌다. 이튼과 콘웰 공작과의 사이에 두 사람 사이를 가로막는 사연이 있는 모양이었다. 서로 대립할 정도로 심각한 일이.

"이튼……."

"난, 이곳을 떠날 생각 없어."

그 말은 날 떠나지 않겠다는 것으로 받아들여도 되는 걸까? 헤리엇은 가슴에 일렁이는 작은 희망에 설레는 자신을 느낄 수 있었다.

콘웰 공작가의 차남. 그에겐 후계를 이어, 상속자를 낳아야 할 의무 같은 건 없었다. 어쩌면, 어쩌면 자신이 아이를 낳지 못한다 해도 이튼은 괘념치 않을 수도 있었다.

그렇게만 된다면…… 그가 자신을 받아들인다면…….

"당신 곁에 있을게요. 공작님께서 런던으로 돌아가시면…… 저택으로 갈게요."

그녀의 수줍은 대답에 이튼의 입가에 미소가 떠올랐다. 그리곤 그녀의 턱을 붙잡더니, 그녀의 입술에 깊숙이 키스를 해왔다. 서서히 식어가던 열기가 또다시 몸속을 일렁이기 시작했다. 그의 키스

역시 점점 농밀해지며 단단히 혀를 휘감아왔다.

"흐흣!"

"예민해졌군. 키스에도 반응하다니."

입술을 뗀 이튼이 헤리엇을 내려다보고 있었다. 하지만 그 역시 그녀와 마찬가지였다. 키스만으로 그의 몸은 이미 단단해져 있었다. 몸이 부서질지도 몰랐다. 그의 지칠 줄 모르는 지독한 욕망을 감당하려면 몸이 몇 개가 필요할지도 몰랐다. 하지만 헤리엇의 몸은 밀려드는 나른한 기대감에 서서히 깨어나고 있었다.

"흐흑…… 이튼."

그녀의 몸 위로 올라온 그가 그녀의 다릴 위로 밀어 올리곤, 또다시 깊숙이 파고들었다. 이미 한 번의 정사로 그녀의 안은 그를 받아들일 수 있을 만큼 촉촉이 젖어 있었다. 등줄기를 타고 날카로운 전율이 흘러내렸다. 단 한 번의 진입으로 이튼 역시 짙은 쾌감을 맛보았다. 심장이 뛰었다. 머릿속으로 쥐가 날 정도로 날 선 쾌감과 함께 그의 목에 얼굴을 묻고 매달려 오는 헤리엇이 너무도 사랑스러워 피가 뜨거워졌다.

"기대되는군. 너와 함께할 시간이."

"흣!"

내벽을 비집고 다시 그녀의 깊숙한 곳으로 밀려들었다. 그가 충분히 길을 들인 곳이었지만 또다시 안으로 밀고 들어가자 빈틈없이 그를 조이며, 그를 밀어내려 했다. 그 야릇한 압박감에 이튼은 순식간에 이성의 끈을 놓았다. 배려 따윈 없이 온몸을 강타하는 조급한 갈증을 풀어내기 위해 그녀의 속살을 미친 듯이 파고들었다.

어둠으로 가득한 작은 오두막엔 또다시 남녀의 거친 숨소리로 가득했다. 관능적인 호를 그리며 하나로 뒤엉킨 육체가 뜨거운 열기를 만들어냈다. 아마 그 격정에 몸을 떠는 열기는 지금부터가 시작인지도 몰랐다. 두 사람의 축제는 이제 막 시작되었으니까.

❖

콘웰 공작가의 저택으로 들어선 헤리엇은 긴장을 감추기 위해 주먹을 꼭 쥐었다. 제롬의 안내로 서재로 가는 동안 헤리엇은 다리에 철 뭉치라도 매단 듯 무척이나 무겁게 느껴졌다. 그래서인지 복도를 따라 걷는 그녀의 걸음이 무척이나 더뎠다.

"들어가십시오, 공작님께서 기다리고 계십니다."

서재 문을 연 제롬이 헤리엇이 안으로 들어갈 수 있도록 옆으로 비켜섰다. 그러자 헤리엇은 손을 뻗어 드레스 자락을 들어 올린 후, 천천히 서재 안으로 들어섰다. 콘웰 공작이 서 있는 책상으로 걸어가는 동안, 헤리엇은 고갤 들어 앞을 주시했다. 그리곤 그녀를 보며 책상에 앉아 있는 콘웰 공작을 마주할 수 있었다.

"그대가 헌팅턴 백작의 딸, 헤리엇인 모양이군."

나직하게 울리는 공작의 목소리엔 힘이 느껴졌다. 그리고 그녀를 바라보는 날카로운 눈매 역시 그랬다. 이튼. 그래 이튼이 나이가 들면, 지금 눈앞에 서 있는 공작의 모습일 것이란 생각이 들었다. 그 정도로 콘웰 공작과 이튼은 외모는 물론 사람을 압도하는 서늘한 분위기까지 몹시도 흡사했다.

"헤리엇 루이자 헤이스팅스입니다."

다행이었다. 긴장한 것과는 달리 차분하게 들리는 자신의 목소리에 헤리엇은 안도했다. 콘웰 공작에게 자신이 긴장해 있는 모습을 들키고 싶지 않았다.

"강심장이군. 뭐, 그 정도는 되어야 이튼의 마음을 사로잡았겠지만."

레이놀즈의 입가에 미소가 떠올랐다. 그 미소 역시 헤리엇은 이튼과 닮았다고 생각했다.

"긴장해야 할 이유가 없기 때문입니다."

"아니, 그댄 긴장해야 해. 내가 지금부터 그대의 삶을 바꿀 제안을 할 생각이거든."

어느새 레이놀즈의 입가에 미소가 사라졌다. 그녀를 바라보는 눈빛 역시 더는 부드럽지 않았다. 차갑게 그녀를 바라보는 공작의 눈빛은 처음 이튼을 이 서재에서 보았을 때와 같은 것이었다. 강한 경계심과 함께 불신으로 가득했다. 그리고 숨길 수 없는 호기심 역시.

"제안이라면, 공작님께선 저와 거래를 하실 생각인 모양이군요."

"거래라고도 할 수 있겠지. 하지만 그건, 헤리엇 그대가 어떤 선택을 하느냐에 달렸다. 거래가 될지, 아니면 제안이 될지는."

"공작님께서 하시는 제안, 저는 받아들이지 않을 생각입니다. 그렇다면 무효가 되는 것이겠죠."

"아니, 그럴 수 없다. 어떤 것이든, 그대는 받아들여야 할 것이다."

콘웰 공작의 단호한 목소리에 헤리엇의 심장이 무겁게 가라앉았다. 공작의 제안은 이튼이 알아서는 안 될, 또 다른 비밀인 모양이었다. 그에게 다른 거짓을 말하지 않기 위해 애를 쓰고 있었지만, 또다시 헤리엇은 그럴 수밖에 없는 상황에 놓이게 된 것이다.

헤리엇은 주먹을 꼭 쥐었다. 그리곤 최대한 감정이 담기지 않은 차가운 얼굴로 레이놀즈를 바라보았다.

"6개월 전, 콘웰 공작가의 장남이 죽었지."

순간 헤리엇의 심장이 조여들었다. 콘웰 공작가 장남의 죽음. 그

것이 의미하는 것은 다름 아닌, 차남인 이튼이 콘웰 공작가의 후계자가 되었다는 뜻이었으니까.

"놀라지 않는군. 혹시 알고 있었나?"

"아닙니다. 최근에서야 그가 콘웰 공작가의 차남이란 사실을 알게 되었습니다."

"흠, 그래?"

헤리엇의 침착한 모습에 레이놀즈의 입매가 위로 올라갔다. 정말 생각보다 강심장인 모양이었다. 예의에 벗어나지 않을 정도의 수수함과 단정함. 그리고 사람의 눈을 사로잡는 신비로운 얼굴. 외모에서 풍기는 분위기는 우선 합격점이었다. 하지만 그것보다 레이놀즈의 마음을 흡족하게 한 것은 헤리엇이 그 어떤 상황에도 차분하게 대처하는 모습이었다. 아름다운 외모는 물론 지성까지 갖춘 숙녀인 모양이었다.

"그럼 이제 알았겠군. 이튼이 콘웰 공작가의 상속자가 되었다는 사실을 말이야. 그리고 공작가의 후계자가 된 자의 의무 역시."

의무. 그래 콘웰 공작가의 후계자가 된 자가 제일 먼저 생각해야 할 일은 가문의 존속이었다. 수백 년 이어온 가문의 명예와 존속을 위해 명망 있는 귀족가와 정략혼을 해야 했고, 또 후계를 낳아야 했다. 그것이 한 가문의 후계자가 된 자와 그의 반려가 된 여인이 짊어진 가장 큰 의무였다. 그 의무를 다하지 못한 여인은 가장 큰 죄악을 짓는 것이었고, 그 때문에 이혼을 당하거나 내쫓김을 당하는 일 역시 귀족가에선 다반사로 있는 일이었으니까. 따라서 가문의 존속을 위해 여자는 목숨이 끊어지는 한이 있어도, 아들을 낳아야 했다.

"알고 있습니다."

"그럼 얘기가 쉬워지겠군. 난 어제 이튼에게 두 가지를 제안했지. 그 첫 번째 제안은 버킹햄 공작가와의 정략혼이었다."

레이놀즈는 헤리엇의 반응을 보기 위해 잠시 말을 멈췄다. 하지만 스무 살밖에 되어 보이지 않는 어린 숙녀의 얼굴에선 아무것도 느낄 수 없었다. 마음속으로, 아니, 머릿속으로 수많은 생각이 스쳐 지나갈 것이 분명했지만 헤리엇은 담담히 다음 말을 듣기 위해 서 있었다.

"그리고 두 번째 제안은 그대와의 혼약이었지."

순간 헤리엇의 입매가 차갑게 굳어졌다. 버킹햄 공작가와의 정략혼에 대해 들었을 땐, 전혀 놀라지 않았다. 왜냐하면 영국 최고의 가문끼리의 정략혼은 너무도 당연한 절차였으니까. 하지만 자신과의 혼약이라니. 심장이 뛰고, 눈물이 날 정도로 기쁜 제안이었지만 한편으로 심장에 무수히 많은 바늘이 박히는 느낌이었다.

이튼과의 혼약. 그의 곁에서 평생을 함께 있을 너무도 달콤한 기회였다. 콘웰 공작의 제안을 듣고 나니, 헤리엇는 그의 옆에 있고 싶었다. 너무도 간절하게. 하지만…… 그녀가 절대 가질 수도 가져서는 안 되는 것이었다. 아무리 그것이 달콤해도, 불가능했다.

"하지만 이튼은 둘 다 거절했지."

그가 거절했군. 그래서인 모양이었다. 어젯밤 이튼이 그녀에게 아무것도 하지 말라고 한 이유가.

"그러니 그대가 선택할 수밖에 없다. 이튼은 콘웰 가의 상속자로서 혼인을 해, 후계자를 낳아야 할 의무가 있지. 한 가문의 상속자가 된 이상, 거부한다고 해서 거부할 수 있는 것이 아니란 걸, 그대 역시 잘 알고 있을 것이다. 그러니 그대가 선택하라. 이튼과 혼인해 콘웰 가의 뒤를 이을지, 아니면 그를 놓아줄지."

욱신! 또다시 심장이 꽉 조여들었다. 이번엔 그 아픔이 너무도 커, 숨을 쉴 수조차 없을 정도였다. 헤리엇은 주먹을 꼭 쥐었다. 선택하고 싶었다. 콘웰 공작의 제안을 헤리엇은 받아들이고 싶었다. 그래도 될까? 어쩌면 그에게 지독한 거짓말이 될 수도 있는 선택이었다. 자신이 아이를 낳을 수 없는 몸이란 사실을 알았을 때, 그가 느낄 배신감이 엄청날 것이란 것도. 그리고 콘웰 공작 역시 마찬가지였다. 만약 자신의 비밀을 안다면, 이런 제안 같은 건 절대 하지 않을 게 분명했다.

"만약 제가 공작님의 제안을 받아들인다고 할지라도, 그는 동의하지 않을 겁니다. 그는 저에게도 그 누구와도 혼인하지 않겠다고 했으니까요."

헤리엇의 말에 레이놀즈의 얼굴이 어두워졌다. 이미 알고 있는 사실이었지만, 이튼의 의지를 다시 한 번 확인하자 미간이 찌푸려졌다.

"그랬을 테지. 하지만 변할 것이다. 만약 그댈 사랑한다면, 당연히 마음을 바꿀 테지. 그것이 그 어떤 결과를 초래하던, 사내에게 사랑이란 그런 것이다."

사랑이라고? 사랑이란 전제가 붙는다면, 그렇게 거부하던 혼인도 가능하다는 건가?

손끝이 차갑게 변해 있었다. 심장이 자꾸만 무겁게 가라앉으며, 몸속에 흐르는 피가 차갑게 식는 느낌이었다.

"그럼 제가 두 번째 제안을 받아들인다면 어떻게 되는 것입니까?"

헤리엇의 말에 레이놀즈가 눈을 가늘게 떴다. 조금도 흔들림 없던 여인이 조금은 긴장한 듯 보였다. 곧게 허릴 펴고 당당하게 서 있는 모습은 여전했지만, 뭔가 분위기가 변해 있었다. 그것이 무엇이든, 눈앞의 여인은 긴장하고 있었다.

"그댄 이튼을 사랑하지 않는 모양이군."

"이튼 역시 마찬가지라고 생각합니다. 그는 절, 사랑하지 않습니다."

훗! 헤리엇의 말에 레이놀즈의 입매가 차갑게 굳어졌다. 아직 이 어린 숙녀는 이튼에 대해 잘 모르는 모양이었다. 이튼이 마음에 두지도 않는 여인에게 자신의 이름을 부르게 하지 않는다는 걸. 또한 그의 냉혹한 아들은 섣불리 누군가에게 곁을 두는 성격이 아니란 것도. 아버지인 자신도 차갑게 밀어내는 그였다.

"뭐, 그거야 두 사람의 문제일 테고. 우선 그대가 두 번째 제안을 받아들이게 된다면, 철저히 이튼을 버려야 할 것이다. 절대 그 녀석이 먼저 그댈 놓는 일은 없을 테지. 그러니 그대가 철저하게 그 녀석을 버려줬으면 해. 두 번 다시 그대를 돌아보지 않도록. 그래야 버킹햄 공작가와의 정략혼을 추진할 수 있을 테니까."

헤리엇은 마른침을 삼켰다. 어느새 바짝 말라 버린 입안은 버석한 모래알 같아 침을 삼키는 것조차 어려웠다. 이튼의 말처럼 아무것도 선택하지 않을 생각이었다. 그저 그의 뒤에 숨어 그의 옆에 있을 작정이었다. 하지만 너무 쉽게 생각한 모양이었다.

콘웰 공작가의 후계자란 자리, 쉬운 자리가 아니었으니까. 또한 콘웰 공작가의 안주인이 될 공작부인이란 자리 역시 마찬가지였다. 후계를 이어야 할, 크나큰 의무를 지닌 자리. 그 자리에 가장 어울리지 않는 사람이 바로 그녀였다.

"답은 언제까지 해야 하는 것입니까?"

"그 어떤 답이든, 런던에 와서 듣기로 하지."

"런던이라고요?"

"그래. 우선 이튼을 런던으로 불러들여야 하거든. 그런데 그것마저 거절하더군. 그러니 우선 그대가 런던으로 와주길 바라고 있다."

"런던으로 가는 건 어렵지 않습니다. 하지만 제가 런던으로 간다고 해도, 이튿이 올지는 확신할 수 없는 일입니다."

"아니, 그대가 런던에 온다면 분명 올 것이다."

레이놀즈가 책상에서 일어섰다. 그리곤 품속에서 붉은 인장에 찍혀 있는 황금색 봉투를 헤리엇에게 건넸다.

"초대장이다. 내가 그댈, 런던으로 부르는 초대장. 모든 것을 준비해 놓도록 하지. 런던의 사교계 역시 그대를 환영할 것이다. 그러니 답을 들고 런던에 오도록 해. 기다리지."

헤리엇은 레이놀즈가 건넨 초대장을 물끄러미 내려다보았다. 이것 역시 이튿에겐 말하지 말아야 할 것 중 하나겠지?

"이튿에겐……."

"당연히 비밀이다. 제안이 될지 거래가 될지는 헤리엇 그대의 선택이니까."

하지만 레이놀즈는 당연히 헤리엇이 그의 제안을 받아들일 것으로 생각했다. 아니라고 했지만, 눈앞에 서 있는 여인 역시 이튿에게 빠져 있는 것이 분명했다.

그런데 왜 두 사람은 망설이고 있는 것인지 이해할 수 없었다. 아니, 이튿이 망설이고 거부하는 이유는 너무도 잘 알고 있었다. 하지만 눈앞의 여인까지 망설이고 있었다.

혹시, 이튿과 혼인하지 못할 이유라도 있는 건가?

뭐, 그렇다고 하더라도 레이놀즈완 상관없었다. 그가 원하는 것은 이튿이 런던으로 돌아오는 것이었다. 데본에 와서 이튿이 예전의 명석하고 촉망받던 모습으로 되돌아간 것을 직접 확인한 지금, 레이놀즈의 생각은 더욱 확고해졌다.

망설이던 헤리엇이 레이놀즈가 건네는 초대장을 받아 들었다. 초대장의 거친 질감이 헤리엇의 손끝에 느껴졌다. 이 초대장이 갖는 무계감에 헤리엇은 당장에라도 이 초대장을 돌려주고 싶었다. 하지만 헤리엇은 초대장을 돌려주는 대신, 코트 주머니 깊숙이 밀어 넣었다.

"화이트 가 3번지, 콘웰 공작가. 마음이 정해지거든, 그곳으로 오도록 해. 그 어떤 대답이든 상관없다."

레이놀즈의 말에 헤리엇이 허릴 굽혀 작별 인사를 했다. 그리곤 천천히 서재를 가로질러 문으로 걸어가기 시작했다. 그녀의 등 뒤로 레이놀즈의 차가운 시선이 느껴졌다. 심장이 욱신거렸다. 무겁게 내리누르는 압박감에 답답했다. 레이놀즈에게서 도망치듯 서재의 문을 연 순간, 헤리엇은 숨을 멈췄다.

"아……."

이튼이었다. 서재 문을 열자마자, 벽에 기대 서 있던 이튼이 헤리엇의 손목을 붙잡았다. 그리곤 서재의 문이 닫히기 전에 책상 앞에 서 있던 레이놀즈를 차갑게 쏘아본 후, 거칠게 문을 닫아버렸다.

"아버지가 무슨 말을 했든 잊어버려. 넌 내 곁에 있으면 돼."

이튼의 목소리가 귓가에 맴돌았다. 아니, 심장을 아프게 파고들었다. 이 지독히도 싫은 불편함, 그리고 수십 개의 바늘이 그녀의 심장을 찌르는 이 느낌…….

이 감정은 뭘까? 아니, 모르고 싶었다. 외면하고 싶다고, 헤리엇은 생각했다. 그의 손에 이끌려 그를 따라 걷는 동안 코트 주머니 속에 들어 있는 초대장이 그녀의 어깨를 무겁게 내리눌렀다. 외면하고 싶은 것은 자신이 느끼는 아릿한 아픔만이 아니었다. 콘웰 공작인 레이놀즈가 건넨 초대장, 이 위험한 초대장을 가장 외면하고 싶었다.

제8장 사교계

다우닝 가(街), 그레빌 백작가(家).

사교계 시즌이 되자, 가장 분주해진 사람은 바로 그레빌 백작부인이었다. 런던 사교계의 여왕이라고 불리는 그레빌 백작부인은 엄청난 부를 상속받은 미망인이었다.

이윽고, 그레빌 백작가의 응접실 벽에 걸린 커다란 회중시계가 오후 3시 정각을 알렸다. 영국 최고의 대부호답게 응접실은 최고급 가구와 벽지, 그리고 장식품으로 꾸며져 있었다.

땡, 땡, 땡! 스위스 장인이 만든 회중시계의 웅장한 저음이 낮게 드리워지며 조용하던 저택 안을 울리자, 기다렸다는 듯 제복을 입은 고용인들이 부엌에서 나왔다.

한눈에 봐도 고가인 듯 보이는 중국 도자기가 반짝반짝 빛나는 은쟁반에 담겨 일사불란하게 티룸으로 옮겨졌다. 순식간에 오후의 티타임에 초대된 손님들을 위해 티룸 중앙에 놓인 원형의 테이블 위에 놓였다. 찻주전자의 개수는 하나, 하지만 찻잔은 초대된 손님은 주인을 포함해 4명인 듯 네 개였다. 잠시 후, 뒤따라 들어온 고용인이 은은한 향기를 뿜어내는 꽃을 테이블에 놓자 누가 봐도 아름다운 오후의 티파티를 위한 티테이블이 세팅되었다.

그때, 유리문을 열고 그레빌 백작의 미망인인 아이린이 우아한 모습으로 티룸으로 들어섰고, 그 뒤를 세 명의 귀부인이 따르고 있었다.

"자, 어서들 들어오세요. 산책한 후라 따뜻한 차가 그리웠거든요."

"그렇지 않아도 차가 마시고 싶었던 참이랍니다."

아이린의 말에 동의하며, 뒤따라 들어오던 40대 후반의 버킹햄 공작부인이 환하게 미소를 지었다. 그리곤 주인인 아이린의 안내를 받으며, 버킹햄 공작부인의 영애 소피아와 스펜서 부인이 각자 자리에 앉았다. 그리곤 저택의 주인만큼이나 아름답게 세팅된 티테이블을 홀린 듯 내려다보았다.

"이건 구하기 힘들다고 들었는데……."

버킹햄 공작부인의 손이 테이블 위를 덮고 있는 레이스 테이블보로 향했다. 레이스 수집이 취미인 공작부인은 크림색의 아름답고 고급스러운 레이스에서 눈을 떼지 못했다. 최근 방직 기술이 발달하면서 시중에서 거래되는 레이스는 대부분 수제품이 아니었던 것이다.

"제가 구할 수 있는데, 하나 구해 드릴까요? 하지만 워낙 주문양이 많아 시간이 좀 걸릴 텐데……."

"부탁할게요, 아이린. 이런 최고급 레이스를 구할 수 있다면, 기다리는 것쯤 상관없답니다. 그리고 값은 후하게 드리지요."

"구하는 대로 연락드리지요. 그럼 차를 드실까요?"

레이스 테이블보를 내려놓은 공작부인이 앞에 놓인 값비싼 중국 도자기에 시선을 주었다. 테이블보에 정신을 빼앗기긴 했지만, 티 테이블 위에 세팅된 모든 것들이 최고급품임을 한눈에 알 수 있었다. 영국 왕실의 티파티보다 더 화려하고 고급스럽다고 하더니 그 것이 사실인 모양이었다.

"정말 소문처럼 아름답군요."

버킹햄 공작부인이 테이블 위에 놓인 찻잔을 들어 올리며 눈을 빛 냈다. 그러자 아이린은 별것 아니라는 듯 어깨 으쓱해 보였다. 그리 곤 옆에 다소곳이 앉아 있는 소피아를 바라보았다. 버킹햄 공작가의 장녀인 소피아는 올해 열일곱의 아름다운 숙녀였다. 작년에 사교계 에 데뷔한 후, 끊임없이 청혼자가 줄을 선다는 소문이 돌 정도였다.

"소문처럼 아름다운 분은 바로, 소피아 양을 두고 하는 말 같군 요. 올해 열일곱이 된 건가요?"

"그렇답니다. 올해엔 마음에 드는 신랑감을 찾아야 할 텐데 걱 정이군요."

공작부인이 차를 마시고 있는 소피아를 바라보았다. 말과는 달 리 소피아를 바라보는 공작부인의 눈빛엔 자부심으로 가득했다.

"그런 걱정은 하지 않으셔도 될 것 같군요. 제가 장담컨대, 올 사교 시즌에 가장 많은 청혼을 받게 될 분이 바로 소피아 양일 겁 니다. 소피아, 차 맛이 어떤가요? 중국에서 가져온 차랍니다."

아이린이 주전자를 들어 차를 따랐다. 그러자 깊이 있고 그윽한 차향이 티룸으로 퍼지기 시작했다.

"향은 물론 맛까지 정말 최고예요. 이렇게 초대해 주셔서, 감사 합니다, 백작부인."

소피아가 찻잔을 들어 올려 차를 마셨다. 그 모습이 얼마나 우아한지, 아이린의 눈동자에 찬탄의 빛이 떠올랐다. 정말 아름답고 기품 있는 숙녀였다. 1년 사이 소녀티를 벗고 한껏 성숙한 소피아는 그야말로 여자로서 최고의 전성기였다.

"고맙기는요. 저야말로 소피아 양과 차를 마실 수 있어 기쁘답니다."

훗! 올해 사교계에 데뷔하는 숙녀 중 이 정도의 미모와 교양을 갖춘 숙녀는 찾아보기 힘들 것 같았다. 거기다 소피아 버킹햄과 결혼하게 된다면, 그녀가 가져올 지참금 역시 어마어마한 금액이었다. 아마 올해는 소피아 버킹햄의 마음을 누가 차지할 것인가가 최대 관건일 것 같았다. 제발 어리석은 사내들이 소피아를 차지하기 위해 결투만은 하지 않기를 빌 뿐이었다.

"그나저나, 소피아 양도 결혼을 해야 할 텐데……. 마음에 두고 있는 신사분이라도 있나요?"

아이린이 슬쩍 말을 흐리며, 찻잔을 내려놓았다. 그리곤 공작부인과 소피아를 의미심장한 표정으로 바라보았다.

"마음에 두는 신사분이라니요? 종일 집에 앉아 수를 놓는 것이 취미인 아이랍니다. 그런 분은 아직 없답니다."

소피아를 대신해 공작부인이 딱 잘라 부정했다.

"생각해 보니 그렇군요. 소피아 나이 또래의 아가씨라면 템스 강에서 종종 뱃놀이를 한다고 들었습니다. 그런데 소피아 양이 함께 있었다는 얘긴 듣지 못한 것 같군요."

"뱃멀미가 있어서, 함께 가자는 제안을 거절했답니다."

"아, 그렇군요."

뱃멀미라? 정말 그것이 이유일까? 사실 얼만 전 아이린은 아주 흥미로운 소문을 들었던 것이다. 그 소문은 다름 아닌 콘웰 공작가의 새로운 상속자가 된 이튼 에드워드 스튜어트의 정략혼을 콘웰 공작이 추진하고 있다는 내용이었다. 하지만 문제는 런던을 떠나 있는 이튼이 런던으로 돌아오지 않고 있었다. 그런데 며칠 전 콘웰 공작이 런던을 떠나, 데본에 다녀오다니. 분명 정략혼에 대한 얘기가 있었을 것이라 확신했다.

"저는 또, 이미 마음을 정한 상대가 있어서 신부수업 중인가 했답니다."

아이린의 말에 공작부인의 턱이 미묘하게 씰룩였다. 감정을 숨기려 했지만, 아이린이 정곡을 찌르자 놀란 모양이었다.

버킹햄과 콘웰이라. 그야말로 런던 최고의 두 명문가의 결합인 건가?

"신부수업이야, 혼인을 앞둔 숙녀로선 당연히 해야 할 과정이라고 생각한답니다. 한 가문의 안주인이 되어, 가문의 대를 잇는 것이 여인으로서 지켜야 할 가장 큰 의무일 테니까요."

소피아가 차분한 목소리로 대답했다. 그러자 아이린은 고갤 끄덕이며, 소피아의 생각에 동의했다. 하지만 아이린의 머릿속은 다른 생각으로 가득했다.

4년 전 일어난 그 사건. 아이린 역시 그 사건에 대해 정확히는 알지는 못했지만, 떠도는 소문으론 하나같이 악마가 나타났다는 어이없는 내용이었다. 그 사고로 콘웰 공작의 차남인 이튼은 미치광이가 되었고, 그 약혼녀는 죽었다고 했다. 미치광이가 된 이튼이라. 대체 4년 전 무슨 일이 있었던 걸까? 아이린은 그것이 몹시도 궁금했다.

"전 이번 시즌에 소피아에게 맞는 신랑감이 나타나길 바라고 있답니다."

공작부인이 아이린의 침묵을 견디다 못해, 조금은 어색한 표정으로 말했다. 그리곤 서둘러 접시 위에 놓인 쿠키를 집어 한 입 베어 물었다. 아마, 공작부인과 소피아의 태도로 보건대, 아직 소문이긴 했지만 버킹햄 공작가 역시 콘웰 공작가와의 정략혼을 바라는 눈치였다.

"향이 정말 좋군요. 쿠키며, 파이도 정말 맛있고. 역시 그레빌 백작부인은 최고만을 고집한다고 하더니, 사실이었군요."

그때까지 차를 마시며, 세 사람의 대화를 듣고 있던 스펜서 백작부인이 찻잔을 집어 들며 끼어들었다. 그제야 아이린을 비롯한 세 사람은 티룸에 스펜서 백작부인도 함께라는 사실을 깨달았다. 영국 최고의 수다쟁이인 스펜서 백작부인의 작고 가는 눈동자가 먹이를 노리는 매처럼 티룸 안을 장식한 가구며, 테이블 위에 놓인 값비싼 중국 도자기를 훑고 있었다.

"스펜서 백작부인께서 좋아하시니, 기쁘군요. 여기, 마들렌도 드셔보세요. 이번에 프랑스에서 요리사를 데려왔는데, 솜씨가 일품이랍니다."

아이린에 테이블 위에 놓인 마들렌을 권하자, 스펜서 백작부인이 손을 뻗어 마들렌의 맛을 보았다. 그리곤 고개를 크게 주억거리며 만족스러운 얼굴을 했다.

"그나저나 소문에 콘웰 공작께서 데본에 다녀오셨다고 하던데, 혹시 돌아오는 걸까요? 스펜서 백작부인이시라면, 사교계 정보통이시라 아실 것 같은데요."

아이린의 직접적인 물음에 공작부인의 눈빛이 조금 흔들리는 것이 보였다. 또한 옆에 앉아 있던 소피아 역시 엉덩이를 뒤척이며, 불편해하는 기색을 볼 수 있었다.

훗, 정말 표정을 숨기질 못한다니까. 아이린의 입가에 의미심장한 미소가 떠올랐다.

"어머, 돌아온다는 그분이…… 혹시 콘웰 공작가의 차남인 이튼을 말하는 건가요? 아니, 이젠 글로스터 백작이라고 해야겠군요. 사실 4년 전에 갑자기 런던을 떠나 버린 탓에 얼마나 아쉬웠던지. 그 서늘한 눈매 하며, 정말 완벽한 청년이었는데 말이에요. 아마 이젠 청년에서 더 멋진 남자가 되어 돌아오겠군요."

스펜서 백작부인이 즐거운 듯 떠벌리기 시작했다. 아직 모든 소문의 시작인 스펜서 백작부인 역시 두 가문 사이에 오가는 정략혼에 대한 소문을 듣지 못한 모양이었다.

"만약 글로스터 백작이 런던으로 돌아온다면, 백작과 함께 옥스퍼드를 졸업한 3인방 역시 돌아올지도 모르겠군요."

"옥스퍼드 3인방이라면, 햄프턴 공작가의 장남, 에이든과 네빌 백작을 말하는 건가요?"

"제 기억엔 아마, 그랬던 것 같군요. 그리고 지금 네빌 백작님은 브리튼 출판사의 소유주라고 하더군요."

아이린의 말에 스펜서 백작부인의 눈동자가 빛나기 시작했다. 사실 브리튼 출판사는 지금 런던의 숙녀들 사이에 크게 유행하는 책에 대부분을 출간하는 출판사였다.

"이번 시즌은 무척이나 기대되는군요. 하지만 안타깝게도 내 주변엔 시집을 보낼 숙녀가 없군요. 정말 아깝군요, 아까워. 호호호!"

스펜서 백작부인의 웃음소리에 버킹햄 공작부인의 미간이 찌푸려졌다. 사실 버킹햄 공작부인이 수다쟁이인 스펜서 백작부인이 친분을 유지하고 있는 이유는 스펜서 부인이 수다쟁이인 동시에 런던 최고의 중매쟁이였기 때문이었다.

"잠깐, 그렇다는 건 옥스퍼드 3인방이 그레빌 백작부인의 파티에 올지도 모르겠군요. 어서 말해봐요, 아이린. 백작부인의 파티에 참석하는 건가요?"

이제야 생각난 듯 스펜서 부인이 경망스럽게 손바닥을 쳤다. 아이린은 기대와 흥분으로 반짝이는 스펜서 부인의 눈동자를 보며, 잠시 뜸을 들이듯 말을 아꼈다. 그러자 옆에서 조용히 차를 마시고 있던 버킹햄 공작부인과 소피아 역시 동작을 멈췄다. 시치미를 떼고 있었지만, 그녀의 대답을 초조하게 기다리기 시작했다.

"이미 초대장을 보냈답니다. 그래서인지, 저 역시 이번 파티가 무척이나 기대되는군요."

아이린이 찻잔을 내려놓으며 환하게 웃었다. 그러자 스펜서 백작부인의 눈동자가 더욱 빛나기 시작했다. 아마 오늘 저녁이면, 그레빌 백작가의 파티에 영국 최고의 신랑감들이 참석한다는 소문이 퍼질 게 분명했다. 그렇게 된다면, 혼기가 찬 숙녀가 있거나 이번 시즌에 데뷔를 앞둔 숙녀가 있는 가문에선 너도나도 할 것 없이 그레빌의 파티에 오려고 기를 쓸 테지.

훗, 그렇지 않아도 그레빌 백작가의 파티 초대장을 받기 위해 줄을 서는 사람이 있을 정돈데, 앞으론 더 치열해지겠군. 아이린은 만족스러운 미소를 지으며 차를 즐겼다. 아이린은 오늘 알게 된 사실만으로도 충분했다. 콘웰 공작가와 버킹햄 공작가의 정략혼이라.

하지만 과연, 얌전하고 정숙해 보이는 소피아 버킹햄이 글로스터 백작을 감당해 낼 수 있을지는 미지수였다. 아마 소피아는 이튼의 매력이 정신없이 빠져들겠지만, 이튼에게 소피아는 너무도 무료하게 느껴질 게 분명했다.

훗! 소피아가 아니라면, 대체 어떤 숙녀일까? 차갑고 냉혹한 글로스터 백작의 마음을 사로잡을 숙녀는. 또한 옥스퍼드 3인방의 마음을 차지할 숙녀들 역시 궁금했다.

홍미로운 소문과 함께 귀족들의 가장 큰 축제, 사교계 시즌이 이제 막 시작되려 하고 있었다.

이른 아침, 런던의 희뿌연 안개를 밀어내며 런던 시내로 마차 한 대가 들어왔다. 아직 해가 떠오르지 않은 런던 시내는 자욱한 안개로 인해 한 치 앞도 볼 수 없었다. 그리고 그 안개 속을 덜컹, 덜컹 소릴 내며 달리는 마차에서 연신 진흙이 떨어져 도로 위에 기다란 줄을 만들었다.

마차는 좁은 시골길을 계속 달려온 듯 희뿌연 먼지가 내려앉아 있었고, 말의 고삐를 잡은 마부 역시 장시간의 여행으로 지친 기색이 역력했다. 그나마 시골길을 벗어나 런던 시내로 들어오자, 더는 뿌연 먼지를 잔뜩 들이켜지 않아도 된다는 사실에 마부는 안도했다. 또한 밤부터 내리던 비가 그쳐, 더는 진흙탕이 된 도로를 달릴 필요가 없다는 것 역시 그랬다. 그렇게 새벽의 안개를 뚫고 무겁게 달리던 마차는 다우닝 가를 지나, 화이트 가로 접어들고 있었다.

덜컹, 덜컹!

빠른 속도로 도로 위를 달리는 마차가 또다시 흔들렸다. 그러자 고요하던 마차 안에선 짜증 섞인 여인의 목소리가 새어 나왔다. 이어 마차의 커튼을 거칠게 밀어내며 마가렛은 주위를 살피기 시작했다. 그리곤 안개 속에서 모습을 드러낸 런던을 보며 안도의 한숨을 내쉬었다.

"대체 언제 플리트 가에 도착하는 거죠? 너무 피곤해 당장 푹신한 침대에서 자고 싶어요."

올리비아가 투덜거리는 소릴 들으며 미간을 찌푸린 마가렛이 마차 밖을 내다보았다. 지금 마차는 화이트 가를 지나가고 있었다. 화이트 가는 영국에서 가장 명망 있는 귀족 가문 중에서도 가장 부유한 귀족들이 사는 곳이었다. 최고 중의 최고. 그래서인지 대부분의 영국 귀족들은 화이트 가에 집을 갖는 것이 하나의 꿈이기도 했다.

"화이트 가만 지나면, 곧 도착이니 똑바로 앉도록 해."

마가렛이 숙녀답지 못하게 삐딱한 자세로 앉아 있는 올리비아를 나무랐다. 그리곤 묵묵히 자리에 앉아 있는 헤리엇을 보며 눈살을 찌푸렸다.

하지만 헤리엇은 마가렛의 시선을 무시한 채 창문 밖으로 보이는 줄지어 선 저택들을 바라보았다. 데본을 떠나, 런던에 오다니. 안개 속에 모습을 숨기고 있는 건물들을 바라보며, 헤리엇은 주먹을 꼭 쥐었다. 콘웰 공작의 제안에 헤리엇은 어쩔 수 없이 런던행을 택할 수밖에 없었다. 이튼은 아무것도 할 필요 없다고 했지만, 헤리엇의 생각은 달랐다. 아무리 발버둥 쳐도 귀족가의 후계자는 자신의 의무에서 벗어날 수 없었다. 그건, 이튼 역시 마찬가지였다. 그래서 헤리엇은 런던에 올 수밖에 없었다. 그가 그녀를 쉽게 떨쳐 버릴 수 있게. 탐욕스럽고 이기적인 여인이라 욕하며, 그녀를 버릴 수 있게. 지금은 그의 손을 먼저 놓을 용기가 그녀에겐 없었다. 비겁하게도.

휴! 무겁게 내려앉은 마음을 억누르며, 헤리엇은 천천히 눈을 감았다. 그러자 그녀의 의식은 자연스럽게 이튼에게 향했다.

그가 올까? 콘웰 공작의 말처럼, 그녀를 따라 런던으로 올까?

지금쯤 이튼은 그녀가 보낸 편지를 받아보았을 게 분명했다. 그리고 그 편지를 받은 이튿은…… 분노하고 있을 테고. 아마, 미친 듯이 화를 낼지도 몰랐다. 그것도 아니라면, 다신 그녀를 보려 하지 않을 테고.

거기까지 생각에 미치자, 꼭 감긴 헤리엇의 눈꺼풀이 파르르 떨리기 시작했다. 그리곤 몸을 잔뜩 웅크리곤 마차에 몸을 깊숙이 묻었다.

"플리트 가에 도착하면, 네가 머물 곳은 따로 정하는 것이 좋겠구나. 갑자기 런던행이라니. 내가 얼마나 놀랐는지 아니? 내게 한마디 말도 없이……."

마가렛은 여전히 불쾌한 표정으로 눈을 감고 앉아 있는 헤리엇을 쏘아보았다. 그러다 문득 뭔가 떠오른 듯 말도 안 된다는 얼굴을 하곤 헤리엇을 향해 몸을 바짝 붙여왔다. 그리곤 잔뜩 경계심을 내보이며 입을 열었다.

"설마, 너! 사교계에 데뷔한다고 나서는 꼴불견 같은 짓은 하지 않겠지?"

마가렛은 숨을 죽인 채 헤리엇의 대답을 기다렸다. 갑작스럽게 데본을 떠나 런던에 오는 일주일 내내 저런 얼굴이었다. 음식은커녕 물 한 모금도 마시지 않고 싸늘한 얼굴로 마차에 앉아 있는 헤리엇이 도통 무슨 생각을 하는지 짐작조차 할 수 없었던 것이다. 그런데 그녀의 질문에도 헤리엇은 대답은커녕 눈도 뜨지 않고 있었다.

냉정하기 그지없는 헤리엇이 이상해진 건, 분명 콘웰 공작을 만나고 온 후였다. 대체 공작가에서 무슨 일이 있었는지 마가렛은 너무도 궁금했다.

"그런 일은 없을 겁니다. 만약, 그렇다고 하더라도 새어머니와 올리비아에게 누가 되는 일은 없게 할 테고요. 머무를 곳 역시, 정해지는 대로 나갈 생각이니 걱정 마세요."

힘없이 낮게 가라앉은 목소리였지만, 마가렛은 아무런 대꾸도 할 수 없었다. 이 상황에서 더 다그쳤다간, 런던에 있는 동안 써야 할 경비를 한 푼도 받지 못할 수도 있었던 것이다. 쳇! 어차피 따로 거처까지 마련한다고 한 마당에 그녀가 신경 쓸 일은 더는 없을 것 같았다. 만약에 파티에서 만나게 되더라도 모른 척 무시하면 그만이었다.

덜컹, 덜컹!

또다시 마차가 흔들렸다. 흔들리는 마차 안에서 어느새 잠에서 깬, 젠이 걱정스러운 듯 헤리엇의 손을 붙잡았다. 그렇게 네 사람을 태운 마차는 화이트 가에서 방향을 바꿔 플리트 가를 향해 달리기 시작했다.

캄캄한 어둠 속에 선 이튼은 원형 탑 서고에 새겨진 부조를 싸늘하게 쏘아보았다. 12세기 콘웰 공작가의 1대 공작이었던, 로이든. 그리고 그가 사랑한 여인, 아우로라를 바라보는 이튼의 눈빛엔 짙은 그늘이 내려앉아 있었다.

신에게 바쳐진 여인, 아우로라. 그런 신성한 여인을 숲의 호수에서 우연히 만난 후, 로이든은 사랑하게 되었다고 들었다. 신에게 바쳐진 신성한 여인이란 사실을 알고도 어쩌지 못한 채 목숨을 걸 만큼.

하지만 신의 선물을 탐한 인간에게 내려진 저주는 처참했다. 마치 부조에 새겨진 전쟁이 신 아레스, 그가 한눈에 사랑에 빠진 아우로라와 두 사람에게 저주를 내린 미의 여신 아프로디테처럼.

그 저주의 힘은 시간이 흐른 지금까지도 계속되고 있었다. 뿌리 깊고 지독한 저주와 운명의 고리가 수백 년이 지난 지금에도 로이든의 후손인 콘웰 가의 남자들에게 이어졌던 것이다. 당시 로이든은 아우로라를 평생 가질 수 없었다고 했다. 아니, 다시 환생해 운명처럼 아우로라를 만나게 되더라도 그 사랑의 끝은 죽음이라고 했었다.

죽음이라? 생각해 보니, 이튼은 한 번도 그 저주의 내용을 궁금해한 적이 없었다는 것을 떠올렸다. 혈족 중 장자에게만 이어지는 저주였기 때문에 차남인 이튼과는 전혀 상관 없는 가문의 이야기일 뿐이었다. 그런데 어디서부터 어긋났는지는 모르지만, 그 지독한 그 운명이란 것은 이튼의 심장을 검은 칼로 찌른 것이다.

저주라. 이튼이 알고 있는 콘웰 가의 저주는 혈족 중 누군가가 몸속에 저주의 피를 갖고 태어난다는 것이다. 그것은 성년이 지난 후 발현되었고 대부분 죽음으로 끝이 났다.

문득 다른 생각이 들었다. 자신의 손에 의해 자행될 죽음, 이 죽음이란 것이 다른 의미가 있을 것 같았다. 그의 생각은 문에 새겨진 부조를 보며, 더욱 굳어졌다.

도망치는 아우로라를 향해 손을 뻗는 군신 아레스. 아레스의 눈동자엔 지옥 같은 고통과 사랑하는 여인을 잃은 슬픔이 고스란히 드러나 있었다. 그리고 지독한 배신감과 함께 떠오른 분노 역시.

사랑하는 여인이 자신에게서 도망치는 것을 참을 수 없었을 테지. 지독한 배신감과 서늘한 냉기가 심장을 좀먹을 테고, 죽이고 싶은 충동에 시달렸을지도 몰랐다. 신화 속에선 아우로라가 인간 남자와 사랑에 빠졌다고 나와 있었으니까.

사랑. 그래 사랑한다면 그럴 수 있었을 테지. 지독한 배신감과 분노에 사랑하는 여인을 죽일 수도 있었다.

하지만 이튼은 달랐다. 여인 따위 그에겐 아무것도 아니었다. 뜨거운 피를 태우던 육체의 쾌락 역시 하찮은 것이었다. 한때 헤리엇의 온기와 그녀를 안을 때마다 느낀, 지독한 희열에 심장이 뜨겁게 요동쳤지만, 단지 그것뿐이었다.

그의 손에 힘이 가해지자, 손에 들린 종이가 일그러졌다. 헤리엇이 그에게 남긴 편지였다. 런던으로 가겠다는 내용을 담고 있는 헤리엇의 편지를 이튼은 차가운 바닥에 던져 버렸다.

홋, 아버지의 거래를 받아들이다니. 내가 아무것도 하지 말라고 했었는데……. 그저 내 옆에 있으라고 했을 텐데. 내 말을 거부하고, 도망치듯 런던으로 가버리다니. 헤리엇은 그가 아닌 아버지 콘웰 공작을 선택한 것이다.

헤리엇 역시 다른 여인들과 똑같은 여인이었을 뿐이었다. 공작부인이란 신분에 눈이 먼, 탐욕스러운 여인.

'거래란 몸은 뜨겁되, 머릿속은 냉정해야 하지. 그리고 마음은 계산적이어야 하고. 그것이 바로, 거래야.'

그를 찾아온 헤리엇에게 그가 한 말이었다. 이번엔 철저히 거래만 할 생각이었다. 그를 기만한 헤리엇에게 그만한 대가를 꼭 치르도록 할 생각이었다. 헤리엇이 원하는 것이 공작부인이란 직위라면, 절대 주지 않을 생각이었다. 철저히 그 꿈을 짓밟아줄 생각이었다.

싸늘하게 식어버린 심장에 또다시 충동적인 살기가 떠올랐다. 생각보다 분노가 컸다. 그를 바라보던 헤리엇의 검은 눈동자가 떠올랐다. 그 눈동자는 너무도 깊고 맑아, 그의 지독한 본 모습까지 그대로 비쳤었다. 그래서 믿고 싶었다. 그녀를 안았을 때 그의 품에서 흐느끼던 헤리엇을 믿었고, 함께하고 싶다고 생각했다.

하지만 모두 다 거짓이었다. 거짓. 바닥에 떨어져 있는 구겨진 편지를 내려다보는 이튼의 눈동자가 약하지만 붉은 핏빛을 띠고 있었다. 그렇게 이튼의 심장은 붉은 기운에 휩싸여, 잔혹한 살기를 띠며 싸늘하게 식어가고 있었다.

❖

화이트 가 3번지에 있는 콘웰 공작가는 화이트 가에서도 가장 큰 규모를 자랑하는 저택이었다. 검은색 청동으로 조각된 대문을 지나, 마차로 한참을 달려 현관 앞에 도착할 때까지 헤리엇은 긴장 감으로 심장이 조여들었다. 대문에서 현관까지 가는 짧은 길이었 지만, 영국에서 콘웰 공작이 갖는 위엄과 힘을 느낄 수 있었다.

마차가 멈춰 서자, 현관 앞에 서 있던 집사인 제롬이 다가와 마차 문을 열어주었다. 그러자 헤리엇 역시 조심스럽게 마차 밖으로 발을 내려놓으며 제롬의 손을 잡았다.

"공작님께서 기다리고 계십니다."

헤리엇의 손을 놓은 제롬이 서둘러 저택으로 향했다. 그러자 헤 리엇 역시 그의 뒤를 따라 천천히 저택 안으로 들어섰다. 복도를 따라 안으로 들어가자 응접실로 보이는 커다란 방이 나타났다. 아 름다운 방이라고 생각하며, 헤리엇은 제롬을 따라 응접실을 가로 질러 안으로 들어갔다. 그러다 위압감이 들 정도로 커다란 갈색의 마호가니로 만든 문 앞에서 걸음을 멈췄다. 아마, 이곳이 콘웰 공 작의 개인 서재인 모양이었다.

"들어가십시오."

문을 연 제롬이 옆으로 비켜섰다. 콘웰 공작과의 두 번째 만남이 었지만, 헤리엇은 심장이 조여드는 긴장감을 느끼며 주먹을 꼭 쥐 었다. 천천히 숨을 가다듬은 헤리엇은 서재 안으로 한 발을 내디뎠 다. 이젠 돌아갈 수 없었다.

콘웰 공작에게 다가가는 헤리엇의 표정이 조금 전과는 달리 변해 있었다. 긴장으로 굳어진 얼굴이 아닌, 단호한 표정을 한 헤리엇은 당당한 모습으로 콘웰 공작 앞에 섰다.

"왔군. 대답은 가져왔겠지?"

"제 답은 이것입니다."

헤리엇이 주머니에서 종이를 꺼내 콘웰 공작에게 건넸다. 그것을 본, 콘웰 공작의 눈빛이 날카로워졌다. 그가 데본에서 헤리엇에게 준 초대장이었던 것이다.

"무슨 뜻이지?"

"초대를 받아들이겠다는 뜻입니다. 다만, 제…… 방식대로."

헤리엇의 방식대로라니. 레이놀즈는 눈앞에 서 있는 헤리엇을 날카롭게 쏘아보았다. 다시 보아도 정말 아름답고 당찬 여인이었다. 아니, 헤리엇에겐 아름답다, 라는 말로는 모든 걸 표현할 수 없는 뭔가가 있었다. 깊고 검은 눈동자에 어린 단호함이 그랬고, 작고 여린 체구에서 뿜어져 나오는 심상치 않은 분위기 역시 그랬다. 평범한 숙녀라면 가질 수 없는 지성, 그래 헤리엇이란 여인에겐 숨길 수 없는 날카로운 지성이 엿보였다. 그리고 다른 숙녀들이 절대 가지지 못한 의지까지도.

"기대되는군. 그대의 방식이란 것이."

레이놀즈의 입가가 다시 부드러워졌다. 그리곤 헤리엇이 건넨 초대장을 받아 들더니, 또 다른 초대장을 헤리엇에게 주었다.

"그레빌 백작부인이 여는 파티의 초대장이지. 아마 런던에선 궁정 무도회 다음으로 가장 화려하고 큰 규모의 파티라고 하더군. 그곳에서 난 이튼을 공식적으로 콘웰 공작가의 후계자로 소개할 생각이거든. 어때, 참석할 수 있겠나?"

초대장을 받아 든 헤리엇이 고갤 끄덕였다.

"하지만 그때까지 이튼이 런던으로 올까요? 제 생각엔……."

"분명 올 거야. 내기해도 좋아."

헤리엇은 확신에 찬 얼굴로 대답하는 레이놀즈를 올려다보았다. 무슨 이유에선지 콘웰 공작은 이튼이 런던에 올 것이라고 확신하고 있었다.

"알겠습니다. 그럼 전, 돌아가 보겠습니다."

"아, 잠깐. 지낼 곳이 마련되지 않았다면, 이곳으로 가보도록 해. 내가 모든 걸 다 말해놓았으니, 불편한 것은 없을 것이다."

레이놀즈가 헤리엇에게 열쇠와 함께 주소가 적힌 종이를 건넸다.

"아닙니다. 제가 지낼 곳은……."

"이곳으로 하는 게 좋을 것 같군. 지금 런던은 사교 시즌으로 몰려든 귀족들로, 저택을 구하는 것이 하늘의 별 따기거든."

열쇠를 받아 든 헤리엇이 잠시 말이 없었다.

"감사히, 잘 쓰겠습니다, 공작님."

헤리엇이 레이놀즈에게 고갤 숙여 인사를 했다. 그리곤 서재를 나가려는 순간, 레이놀즈가 헤리엇을 불렀다.

"헤리엇!"

"네, 공작님."

"앞으로 그댈 헤리엇이라고 불러도 되겠지?"

"아, 네."

"내 도움이 필요하거든 언제든 날 찾아오도록 해. 그대에겐 언제나 콘웰 공작가의 문은 열려 있을 테니까."

헤리엇이 고갤 끄덕인 후 서재를 나갔다. 레이놀즈가 헤리엇을 보기 위해 창가로 걸어갔다. 자신만의 방식이라. 대체 저 서늘한 눈매의 숙녀는 무슨 계획을 세운 것인지 궁금했다. 순간 그의 입가에 미소가 떠올랐다. 고집스러움까지 닮은 건가? 레이놀즈는 그런 헤리엇이 마음에 들었다. 신중하고 이성적인 태도며, 애써 부인하고 있었지만 이튼을 생각하는 마음 역시 좋았다. 이런 현명한 숙녀가 이튼 곁에 있어준다면, 안심이 될 것 같았다.

"소피아는 정숙하고 아름답긴 하지만, 딱 그것뿐이지. 이튼을 사로잡을 매력은……."

그렇게 생각하자, 레이놀즈는 헤리엇 쪽으로 마음이 굳어졌다.

"제롬, 가까이에 있거든 들어와."

"네, 백작님."

서둘러 서재 안으로 들어온 제롬이 레이놀즈 앞에 섰다.

"하녀장 로라를 로즈힐로 보내도록 해."

"로라를 로즈힐로 보내신다고요?"

"그래. 아마 로라라면 짧은 시간 동안 헤리엇이 사교계에 데뷔할 수 있도록 도울 수 있을 거야."

"아, 네. 그렇게 하겠습니다, 공작님."

레이놀즈의 명령에 제롬이 서둘러 서재를 나갔다. 로즈힐이라니, 로즈힐은 대대로 콘웰 공작부인에게만 상속되는 저택이었다. 그런데 그곳을 데본의 작은 시골 백작의 딸인 헤리엇에게 내주다니. 부엌으로 가는 제롬의 걸음걸이가 다급해졌다. 콘웰 공작의 의중을 하녀장 로라에게 알리기 위해선 한시가 급했던 것이다.

젊은 귀족들이 모이는 사교 클럽 문을 열고 안으로 들어서던 에이든이 주위를 두리번거렸다. 그리곤 혼잡한 클럽 안에서 혼자 술잔을 기울이고 앉아 있는 네빌을 발견하곤 서둘러 그에게 다가갔다. 같은 런던에 머물고 있었지만, 바쁜 일상 때문에 이렇게 시간을 내지 않으면 만나는 것도 힘들 정도였던 것이다. 아마, 이튼이 있었더라면 두 사람의 사이가 이렇게 소원하진 않을 터였다.

사실 이튼과 에이든은 어렸을 때부터 함께 자란 소꿉친구였고, 네빌은 이튼과 에이든이 옥스퍼드에 들어가 의기투합해 알게 된 사이였다.

"네빌, 많이 기다린 모양이군."

"아니야, 나도 조금 전 도착했어. 그나저나 좋아 보이는군. 얼마 전 데본에 다녀왔단 소문은 들었지. 그래, 이튼은 어땠지? 잘 지내고 있을 테지?"

에이든이 자리에 앉기도 전에 네빌은 이튼에 대한 이야기를 꺼냈다. 그러자 에이든 역시 편하게 네빌의 맞은편에 앉아 얘길 시작했다.

"글쎄? 사실 그렇게 좋아 보이진 않더군. 공작님의 부탁으로 데본에 가서 이튼을 만나긴 했지만, 그는 런던으로 돌아올 생각이 전혀 없는 모양이야."

"하지만 소문은 좀 다른 것 같아. 공작님께서 공작가의 상속자가 된 이튼과 버킹햄 공작가와의 정략혼을 추진한다는 소문으로 런던이 들썩이는 중이거든."

"버킹햄 공작가라면, 혹시 소피아 버킹햄을 말하는 건가?"

"아마, 결혼 적령기에 있는 숙녀라면 소피아가 아닐까 해. 여동생의 나이가 올해 열넷이라고 했던 것 같거든."

네빌의 말에 에이든이 고갤 끄덕였다. 소피아 버킹햄이라?

"아마 소문일 뿐일 거야. 그것도 아니라면, 공작님의 바람일 뿐이실 테지. 내가 본 이튼은 절대 런던으로 돌아올 것 같지 않았거든."

에이든의 말에 네빌이 조금은 실망한 표정을 했다. 4년 전 런던을 떠난 후, 보지 못한 친구가 그리웠던 것이다.

"아쉽군. 이튼이 돌아오면, 다시 우리 세 사람 어울려 다닐 수 있을 텐데 말이야."

네빌이 추억에 젖은 듯 씁쓸한 미소를 지었다. 네빌에게 이튼은 대학 시절 내내 함께하던 유일한 친구였기 때문에 더욱 그랬다.

"나도 그때가 그립군."

"며칠 후에 데본에 갈 생각인데, 같이 가겠나?"

"데본에? 난 됐네. 얼마 전, 데본에서 이튼을 보고 왔거든."

"그럼, 나 혼자 다녀와야겠군."

"그런데 사교 시즌 중에 데본에 가다니. 설마, 첫눈에 반한 숙녀라도 있는 건가?"

에이든이 장난스럽게 네빌의 팔을 툭 치며 말했다. 그러자 네빌은 묘한 미소를 지으며, 잔을 들어 올렸다. 그 모습에 에이든의 눈동자가 빛나기 시작했다.

"정말 마음을 준 여인이 있는 건가? 대체 언제 데본까지……."

"그저 우연이었지."

"우연이라…… 사실 인연이란 건 우연처럼 오는 것이니까. 축하하네. 나 역시 얼른 보고 싶군. 능력 있는 브리튼 출판사의 안주인이 될 여인이 누군지 말이야. 예쁜 숙녀겠지?"

에이든이 다시 한 번 궁금한 듯 물었다. 하지만 네빌은 이상하게 말을 아꼈다.

"사실, 짝사랑이지. 이번에 그녀를 만난다면, 정식으로 교제를 신청할 생각이네."

"뭐, 짝사랑? 하하하하! 천하의 네빌 백작이 짝사랑이라니. 만약 이 사실을 자넬 흠모하는 숙녀들이 안다면, 손수건을 흩날리며 기절을 하겠군."

"에이든, 자네만 하겠나? 지난번, 오페라 극장에서 자넬 보기 위해 모여든 숙녀들 때문에 한동안 통행이 통제되었다는 소문이 돌더군. 사실인가?"

네빌의 말에 에이든의 미간이 살짝 찌푸려졌다. 사실 그건 과장된 소문일 뿐이었다. 세 명의 숙녀들이 그의 앞을 가로막는 난감한 사태가 있었다. 그나저나 요즘 숙녀들은 무척이나 대범한 모양이었다. 신사용 화장실 앞에서 그를 기다리고 있을 줄이야. 에이든은 그때 일을 떠올리며 미간을 찌푸렸다.

"그렇지 않아도 여동생 캐서린이 올해 사교계에 데뷔를 앞둔 터라, 죽을 맛이지. 어머니께서 캐서린을 데리고 파티에 참석하라는 명령을 내리셨거든. 아마 명령을 따르지 않는다면, 날 하이에나처럼 몰려드는 숙녀들 앞에 산 채로 넘겨줄지도 모를 일이야."

에이든이 고갤 절레절레 흔들자, 네빌 역시 안됐다는 듯 그의 등을 두드려 주었다. 혼인이란 족쇄를 차고 싶어하지 않는 젊은 귀족들에겐 그야말로 사교계 시즌은 고역이었다.

"올핸 꼼짝없이 모든 파티에 참석하게 되겠군. 신의 가호가 있기를 빌겠네."

"맞아, 나에게 필요한 건 신의 가호지. 하이에나의 먹잇감이 되지 않기 위해서는."

"홋, 하지만 숙녀들만 조심한다고 되는 건 아니지. 하이에나의 우두머리 격인 스펜서 백작부인은 조심해야 할 거야. 유명한 중매쟁이니까."

"그래, 그 충고 잘 새겨두도록 하지. 그나저나, 칼 프레데릭의 다음 소설이 궁금하군."

"아마, 지금쯤 열심히 작업 중일 거야."

"칼 프레데릭을 만난 모양이군."

"직접 만나지는 못했지만, 멀리서 보긴 했지. 상상 이상이었어."

네빌의 입가에 미소가 떠올랐다. 그 모습을 보며, 에이든은 고갤 갸웃했다. 마치 칼 프레데릭을 떠올린 것이었지만, 네빌의 입가엔 사랑하는 연인을 떠올린 것처럼 보였다.

설마, 칼 프레데릭이 네빌이 마음에 담았다던 연인? 젠장, 네빌에게 그런 취미가 있었던 건가? 에이든은 이 사실이 믿기지 않았지만, 네빌의 얼굴은 분명 그런 것이었다.

"데본에 갈 때, 술을 사가는 것이 좋겠어. 이튼이 좋아할 거야."

에이든의 말에 네빌이 고갤 끄덕였다. 네빌은 가득 찬 술잔을 기울이며, 얼마 전 자신 앞으로 도착한 편지를 떠올렸다. 그 편지는 칼 프레데릭이 미치광이 백작을 소재로 글을 쓰겠다는 내용이었다. 사실 지금 런던은 그가 출간한 두 번째 소설 가면으로 술렁이고 있었다. 몰락한 귀족가에서 태어난 주인공은 열여섯이 되던 날, 원치 않았던 가문의 진실을 알게 된다. 그 후 주인공은 자신의 진실을 숨기기 위해, 또 다른 가면을 쓰고 신분을 숨긴 채 살아가게 된다. 그러다 주인공 앞에 한 남자가 나타나고 사랑에 빠지게 되지만, 두 사람은 커다란 사건에 연루되어 역경을 헤치고 나아가는 이야기였다.

사실 연애 소설이 주된 내용인 가면은 브리튼 출판사가 일주일에 한 번 간행하는 신문의 최하단, 그것도 공간을 채우기 위해 신기 시작한 소설이었다. 그런데 이 소설이 처음엔 귀족가의 숙녀들과 신흥 귀족들 사이에서 전염병처럼 퍼져 유행하기 시작하더니 6

개월 넘은 지금, 출판사에 그다음 이야기를 묻는 질문이 쇄도하기 시작했다. 그렇게 가면은 결국, 책으로 출간된 것이다.

그때부터 영국의 식민지 소식과 정치 경제를 다루던 브리튼지는 칼 프레데릭의 소설 가면을 통해, 대중적인 형태를 띤 주간지로 발전하게 되었다. 그 후, 유명 소설가들이 너도나도 앞다퉈 브리튼에서 책을 출간하길 원하게 된 것이다.

처음 그가 알고 있는 칼 프레데릭이 여자란 사실을 알았을 땐, 너무도 놀랐었다. 그것도 귀족가에서 제대로 된 교육을 받은 숙녀란 사실을 알았을 땐, 정말 믿을 수 없었다. 하지만 지금 네빌의 심장이 흥분으로 뛰고 있었다.

3년 동안 칼 프레데릭과 편지를 주고받는 동안, 네빌은 칼 프레데릭에게 흥미를 가지게 되었던 것이다. 처음엔 마음이 통하는 친구였지만, 시간이 흐르고 오가는 편지의 횟수가 거듭될수록 마음속에 다른 종류에 감정이 싹트기 시작했다. 데본에 가야겠다고 결정한 것은 순전히 그의 충동이었다. 네빌은 편지의 수신이 찍힌 데본의 잡화점으로 여행객을 가장해 방문했고, 거기서 런던에 있는 브리튼 출판사로 편지를 부치던 헤리엇을 보게 된 것이다.

그 후, 네빌은 상사병에 걸린 사람마냥, 그녀가 그리웠다. 네빌은 데본에서 헤리엇과 이튼을 동시에 만난다고 생각하자, 즐거움에 입가에 미소가 떠올랐다.

❖

로즈힐의 문이 열렸다. 10년 전 콘웰 공작부인의 죽음과 함께 굳게 닫혀 있던 저택의 문이 열리자, 고요하던 저택 안은 묵은 먼지를 털어내기 위해 빠르게 움직이는 고용인들로 북적였다. 콘웰 공작가의 하녀장, 로라는 로즈힐의 새로운 주인을 맞기 위해 고용인들을 일사불란하게 지휘하기 시작했다. 깐깐한 성격답게 로라의 지휘 아래 로즈힐은 예전의 아름다움을 되찾기 시작한 것이다. 이제 부엌 저장 창고 안에 신선한 채소와 육류를 채우면 끝이었다.

로라는 복도를 따라 반듯하게 깔린 아름다운 페르시아 카펫을 보며 만족스러운 미소를 지었다. 콘웰 저택의 하녀장인 로라가 로즈힐의 하녀장으로 온 것은 주인이신 콘웰 공작의 명령 때문이었다.

그리고 그 명령은 로즈힐에 오는 숙녀를 사교계에 무사히 데뷔시켜야 한다는 것이었다. 대체 어떤 분이기에 콘웰 공작께서 직접 명령을 내린 것인지, 로라는 로즈힐에 묵게 될 숙녀가 누군지 몹시도 궁금했다. 하지만 한 가지 분명한 것은, 오늘 만나게 될 숙녀가 어쩌면 로즈힐의 진짜 주인이 될지도 모른다는 것이다. 그리고 로즈힐의 주인이란, 공작부인이 된다는 것을 의미했다.

공작부인이라? 콘웰 공작께선 10년 동안 수없이 밀려드는 혼처를 거절해 오신 분이었다. 돌아가신 공작부인을 몹시도 사랑했던 것이다. 대체 어떤 인물일까? 하지만 분명한 건, 새로운 로즈힐의 주인은 콘웰 공작가에 아주 중요한 인물일 것이라고 직감했다.

"서둘러야 할 것이다. 공작님께서 특별히 부탁하신 분이다."

어쩌면…… 콘웰 공작부인이 될지도 모를 분이시지. 그 말은 입안으로 삼킨 로라는 다시 한 번 집 안 구석구석을 살폈다. 사실 로즈힐은 콘웰 공작가에서 공작부인에게 선물로 주는 저택이었던 것이다.

"로라 님, 마차가 도착했습니다."

하녀의 말에 로라는 입고 있던 드레스 자락을 정돈했다. 그리곤 허리에 맨 앞치마 역시 바짝 잡아당겨, 주름 하나 없이 반듯하게 편 후, 서둘러 현관으로 걸어갔다. 그러자 마차에서 내리는 헤리엇을 볼 수 있었다.

헤리엇 루이자 헤이스팅스. 헌팅턴 백작가의 영애인 헤리엇의 첫 인상은 무척이나 서늘한 느낌의 미인이란 것이었다. 유행과는 전혀 상관 없이 수수한 옷차림의 헤리엇에게선 타고난 기품이 느껴졌다.

"오셨습니까? 저는 하녀장, 로라라고 합니다."

로즈힐을 바라보던 헤리엇이 로라를 향해 돌아섰다. 우아함이 느껴지는 걸음걸이였다. 또한, 지금껏 보았던 내놓으라 하는 가문의 숙녀 중 이 정도의 아름다움과 기품을 가진 숙녀는 본 적이 없었다. 정교한 조각품을 연상시키는 아름다운 얼굴과 검은 눈동자에 담긴 지성은 누구도 흉내 낼 수가 없는 그런 것이었다. 아마, 입고 있는 옷과 스타일만 조금 바꾼다면, 사교계에서 가장 아름다운 숙녀가 될 수 있을 것 같았다.

"헤리엇이에요. 함께 온 아인, 젠이라고 해요."

헤리엇의 소개에 젠이 서둘러 마차에서 내렸다. 그리곤 로라에게 인사를 건넸다.

"앞으로 로즈힐에 계시는 동안, 제가 헤리엇 님을 모시게 될 것입니다. 아직 저녁을 먹기엔 이른 시각이니, 응접실로 차를 준비하도록 하겠습니다. 그동안 저택 안을 둘러보시는 것이 어떻겠습니까?"

"부탁할게요, 로라."

"네, 헤리엇 님. 그리고 짐은 걱정 마십시오. 2층 침실에 가져다 놓겠습니다."

"고마워요, 로라."

헤리엇은 깐깐한 인상의 로라를 향해 미소를 지었다. 검은색 드레스에 앞치마를 두른 로라는 무척이나 마른 몸이었다. 하지만 마른 이유는 신경질적인 성격 때문이 아니라, 완벽에 가까운 성격 때문인 듯했다. 다정하고 눈물 많은 루엔과는 달리, 냉정한 콘웰 가의 하녀장. 헤리엇은 왠지 그런 로라가 마음에 들었다.

헤리엇이 현관 안으로 들어서자, 앞에 서서 대기 중이던 하인이 헤리엇을 응접실로 안내했다. 하녀 아이를 따라 안으로 들어가는 동안 등 뒤로 로라와 젠이 이야기하는 소리가 들려왔다.

로즈힐. 정말 이름처럼 아름다운 저택이었다. 바로크 양식의 웅장한 건축인 로즈힐은 저택 내부는 물론 저택을 둘러싼 정원까지 그야말로 온통 아름다운 장미로 가득했다. 런던 최고의 명문가답게 하나같이 값비싼 물건으로 가득한 저택은 그 자체가 자산이 될 정도였다. 복도에 깔린 양탄자만 보아도 페르시아에서 가져온 최고급품임을 알 수 있었다.

"로즈힐의 전 주인이 누구셨지?"

헤리엇의 질문에 앞서가던 하녀 아이가 당연한 것을 묻느냐는 얼굴로 헤리엇을 돌아보았다. 그녀가 모르고 있다는 사실이 이상하다는 듯.

"당연히 공작부인께서 사용하시던 저택입니다. 대대로 콘웰 가의 안주인께 결혼과 함께 상속되는 것이라고 들었거든요."

하녀의 대답에 헤리엇이 걸음을 멈췄다. 콘웰 공작인 레이놀즈가 그녀에게 한사코 로즈힐에 머물도록 고집한 이유가 바로 이것 때문이었나? 만약 이튼이 런던에 온다면, 분명 헤리엇을 찾을 테고 그녀가 로즈힐에 머물고 있다는 사실을 알게 될 테지.

그렇게 되면, 콘웰 공작과 헤리엇의 의도 역시 명백히 알게 될 터였다. 그의 어머니께서 물려받은 저택에 머물고 있으니. 휴!

"날, 더 미워하겠군."

또다시 심장이 바늘에 찔린 듯 아려왔다. 아니, 어쩌면 벌써 그녀 따위 잊었는지도 모르겠군. 거짓말쟁이 따위, 그에겐 아무것도 아닐 테니까. 철저히 자신을 경멸할 테지. 그리고 그의 말을 듣는 대신, 콘웰 공작의 손을 잡은 헤리엇에게 상응하는 대가를 물어올지도 몰랐다.

그가 말하는 거래. 그래, 아마 이제 그와 한 거래를 지켜야 했다. 그 냉혹하고, 계산적인 거래. 그녀를 향한 이튼의 지독한 분노와 함께.

장미 문양이 섬세하게 조각된 거울 앞에 선 아이린은 런던 최고의 디자이너인 스콧 부인이 건넨 드레스를 요리조리 비춰 보았다. 흠! 유심히 거울을 바라보던 아이린은 딱히 이유를 찾지 못한 채 자꾸만 눈살을 찌푸렸다.

사실 스콧 부인이 건넨 하늘빛 드레스는 무척이나 아름다웠다. 디자인 역시 지금까지 유행하던 스타일과는 달리, 여성스러움을 한껏 강조하는 아름다운 드레스였던 것이다. 마리앙투아네트가 입었던 모슬린으로 만든 슈미즈 가운과 비교하자면, 디자인과 장식적인 면에서 훨씬 세련되게 변형되어 있었다. 하지만…… 40대 초반인 아이린에겐 묘하게 어울리지 않는 구석이 있었다.

그래, 이 드레스의 주인에게 필요한 것은 아름다움과 함께 젊음인 것 같군. 그런 결론에 다다르자, 아이린은 아쉬운 듯 드레스를 바라보았다. 40대로는 보이지 않게 젊고 아름다운 미모를 유지하고 있는 아이린이었지만, 이 드레스를 입자 묘하게 그녀의 얼굴에

서 빛이 사라지는 느낌이었다.

너무도 아쉬웠다. 이 드레스를 입고 사교계 파티에 나간다면 모든 사람의 이목을 끌 것은 확실했다. 그 정도로 이 하늘빛 드레스는 입지 못하는 것이 아쉬울 정도로 아름다웠던 것이다.

"정말 아름다우세요, 백작부인."

안절부절못하고 서 있던 스콧 부인이 서둘러 아이린에게 칭찬의 말을 건넸다. 그러자 순간, 아이린은 욕심을 부려보고 싶다는 생각마저 들었다. 하지만 이내 아이린은 마음속에 이는 욕심을 잘라냈다. 사실 지금껏 아이린이 사교계의 명망 있는 귀부인으로 오랫동안 자리매김할 수 있었던 이유는 엄청난 부와 함께 그녀가 지금껏 지켜온 귀부인으로서의 품격과 자존심 때문이었던 것이다.

런던의 사교계는 수많은 귀족이 모인 만큼, 질투와 시기에 눈이 멀어 극단으로 치닫는 일이 종종 있었다. 신사들은 어리석게도 자존심 때문에 목숨을 건 결투를 하는 일도 있었다. 하지만 그중 아이린이 가장 경계하는 부류가 바로, 말 많은 귀족가의 앵무새였다. 아마 혼인을 앞두고 신랑감을 찾아야 하는 숙녀라면 가장 경계해야 할 대상이 바로, 말 많은 귀부인들이었다. 그들은 사교계의 모든 소문을 만들어내는 소문 제조기들이었던 것이다.

사실 작년 사교계 시즌 중 한 어린 숙녀가 데뷔했고, 운 나쁘게도 바람둥이로 악명이 높은 신사와 단둘이 정원으로 나간 일이 있었다. 10분 후, 그 숙녀가 다시 파티장으로 돌아왔을 땐, 이미 그 숙녀의 체면과 평판은 바닥으로 곤두박질친 상태였다. 그리고 그 숙녀의 이름 뒤엔 꼬리표처럼 정숙하지 못한 여인이란 평판이 따라붙었던 것이다. 결국 그 어린 숙녀는 사교 시즌이 끝나기도 전에 고향으로 돌아가야만 했다.

아마, 아이린이 무도회에서 이 드레스를 입고 나간다면, 과도한 자만심이라고 비웃을 게 뻔했다. 아무리 많은 돈을 주어도 젊음을 유지하는 묘약은 살 수 없을 거라면서, 아이린이 가진 것들을 깎아내릴 게 분명했다. 소문에 있어서는 아이린 역시 예외일 순 없었던 것이다.

"백작부인, 제가 만든 이브닝드레스가 마음에 들지 않으신 모양이군요."

아이린이 자꾸만 거울 속에 자신을 비춰 보는 모습을 숨죽인 채 지켜보던 스콧 부인은 참다못해 다시 말을 건넸다. 상류사회에서 가장 큰 영향력을 지닌 사람이었기 때문에 자신이 새로 디자인한 드레스를 아이린이 입어줬으면 하는 바람 때문이었다. 그래야 이번 사교 시즌에 자신이 만든 드레스가 새로운 유행을 선도하게 될 게 터였다.

그레빌 백작부인인 아이린. 막대한 부를 지닌 아이린은 기품과 아름다움을 겸비한 영국 사교계의 유명 인사였다. 그녀가 주최한 파티나 각종 행사는 물론 폴스덴 레이시(Polesden lacey. 영국 사교계에서 유행한 여름 별장 중 하나)에 초대받기 위해 웃돈에 선물까지 주는 일 역시 허다할 정도였다. 그래서 스콧 부인 역시 사교계에 막강한 힘을 지닌 아이린을 놓치고 싶지 않았다.

"이 드레스는 지금 프랑스 왕실에서 유행 중이랍니다. 여성스러움을 강조한 하이웨스트에 어깨를 감싸는 귀여운 퍼프 소매까지. 그리스 신화의 여신들을 모델로 만든 드레스랍니다. 아마 런던에선 이 드레스를 소화해 낼 분은 아름다운 미모와 우아함을 동시에 갖춘 백작부인밖엔 없을 겁니다."

스콧 부인이 유럽 왕실에서 유행 중인 드레스라는 사실을 강조했지만, 아이린은 여전히 반응이 없었다.

"스콧 부인, 이 드레스 정말 아름답군요."

그제야 스콧 부인의 얼굴이 환해졌다. 하지만 아이린이 뱉은 다음 말에, 짙은 그늘이 드리워졌다.

"하지만 나이 든 나에겐 어울리지 않는 디자인이군요. 아무리 욕심이 난다고 해도, 어울리지 않는 옷을 입을 순 없는 법이니까."

"욕심이 나신다면, 입으셔야죠. 조금 전에도 말씀드렸다시피, 백작부인께서 이 옷을 입지 않으신다면, 이 드레스에 어울릴 숙녀는 아무도 없을 테니까요."

스콧 부인의 입에 발린 칭찬에 아이린의 입가에 미소가 어렸다. 사심이 담긴 칭찬이었지만 아무리 나이가 들어도 아이린은 칭찬에 약한 여인이었던 것이다.

"칭찬 고마워요. 하지만 이 드레스는 주인이 따로 있을 것 같군요. 갈아입고 나올게요. 내가 주문한 다른 드레슨 모두 준비되었겠죠?"

"네. 주문하신 모자와 숄. 그리고 각 드레스와 세트를 이룬 장갑과 신발까지. 완벽하게 준비해 두었답니다."

스콧 부인의 말에 아이린이 고갤 끄덕인 후, 탈의실로 들어갔다. 하지만 혼자 남겨진 스콧 부인은 여전히 아쉬운 표정을 짓고 있었다. 드레스는 마음에 드는 눈치였지만, 마음을 뒤흔들 정도는 아닌 모양이었다.

딸랑, 딸랑!

그때 의상실 현관에 달아놓은 종소리와 함께 문이 열렸다. 그리곤 한눈에 봐도 이제 막 시골에서 올라온 숙녀 한 명이 의상실 안으로 들어섰다. 그리고 그 숙녀 뒤로 두 명의 하녀가 뒤따르고 있었다. 젊은 하녀는 앞서 들어온 주인처럼 촌스러웠지만, 뒤에 들어온 중년의 하녀는 티끌 하나 없는 완벽한 제복 차림이었다. 분명, 런던에서도 가장 부유한 집안의 하녀장쯤 되는 것 같았다. 스콧 부인은 세 사람이 보이는 부자연스러움에 고갤 갸웃하며, 숙녀로 보이는 여인에게 다가갔다.

"찾으시는 물건이라도? 아니면, 예약 주문한 드레스가 있나요?"

분명 저런 차림으로 의상실 문을 열고 들어왔으니, 찾는 물건은 커녕 예약 주문한 물건 따위 당연히 없을 것 같았다. 하지만 스콧 부인은 베테랑답게 상냥한 목소리로 웃어 보였다.

"저희 아가씨께 어울릴 드레스가 있을까요? 이틀 후가 파티라 시간이 촉박한 상황이지만, 분명 방법은 있을 것으로 생각해요. 만약 이틀 동안 드레스를 완성할 수 있다면, 맞추도록 할게요. 하지만 그것이 불가능하다면 이렇게 큰 의상실에선 주문했다가 마음에 들지 않아 반품되는 드레스가 하나쯤은 있을 것 같은데. 있으면 저희가 구입하도록 하죠."

"아, 드레스. 이틀 후가 파티인 모양이군요. 하지만 어쩌죠? 저희 의상실은 마음에 들지 않아 반품되는 드레스는 없어서요."

스콧 부인은 젊은 숙녀를 대신해 조금은 딱딱한 표정으로 자신의 용건을 말하는 제복 차림의 하녀를 보며, 긴장하고 말았다. 시골뜨기 숙녀의 고용인 신분이긴 했지만, 런던에서 가장 큰 의상실에 쳐들어와 맞추지도 않는 드레스를 내놓으라고 하다니. 그 배짱만큼은 대단하단 생각이 들었다.

"로라, 실례야. 당장 사과해 줘."

"죄송합니다, 헤리엇 님. 급한 마음에……. 실례했다면, 사과드리겠습니다."

헤리엇의 차가운 목소리에 로라는 서둘러 의상실의 주인에게 사과했다. 그리곤 고갤 들어 의상실에 걸려 있는 수많은 드레스를 쭉 훑어보았다. 하나같이 아름답고 화려한 드레스였다. 하지만 안타깝게도 옷걸이에 걸린 드레스엔 모두 주인의 이름이 붙어 있었던 것이다.

로라는 작게 한숨을 내쉬며, 아쉬움을 삼켰다. 사실 헤리엇의 옷장을 정리하던 로라는 턱없이 부족한 드레스를 보며, 입을 다물 수가 없었다. 사교계에 진출하기 위해 온 숙녀라면, 적어도 드레스는 10벌 이상 있어야 했고, 거기에 승마복과 이브닝드레스, 그리고 각각의 드레스에 맞는 갖가지 장신구들까지 옷장을 가득 채워야 했다. 그런데 2층 침실에 붙어 있는 드레스 룸엔 코트 한 벌과 평상복 두 벌, 그리고 드레스지만, 유행이 한참 지난 드레스가 딱 한 벌 걸려 있었던 것이다.

"아니요, 괜찮습니다. 사정이 워낙 급하시니, 어쩔 수 없었겠지요. 그런데 왜 이제야 오신 거죠? 이틀 후면, 사교계 시즌이 시작되는 마당에 이제야 드레스를 구하러 오시다니 말이에요."

"개인적인 사정이 있어서, 늦었답니다."

"그러셨군요. 하지만 사정이 딱하긴 한데, 지금 드레스를 구할 수 있는 곳은 없을 겁니다. 이미 한 달 전부터 예약한 드레스를 시간에 맞춰 제작하느라, 어느 의상실이든 눈코 뜰 새 없이 바쁠 테니까요."

"그렇겠군요. 로라, 이만 돌아가는 게 좋겠어."

"돌아가다니요. 전, 절대 그럴 수 없습니다. 공작님께서 아신다면, 아마 저에게 불호령이 떨어질 테니까요. 만약 여기가 아니라면, 런던에 있는 모든 의상실을 방문해서라도 꼭 아가씨께 어울리는 드레스를 찾을 겁니다."

생각보다 로라의 생각은 확고했다. 그런 로라를 보며, 헤리엇은 조금은 난처한 얼굴을 했다.

"정말, 그런 얼굴로 고집을 피우면 내가 할 말이 없어지잖아."

헤리엇은 오늘 처음 본, 로라가 자신을 위해 이렇게까지 하는 모습을 보자, 차마 더는 그녀의 행동을 막을 수 없을 것 같았다. 헤리 엇은 조금 전까지 전혀 관심 없다는 표정이었지만, 다시 고갤 들어 스콧 부인을 보았을 땐 진지한 표정으로 바뀌어 있었다.

"전, 데본에서 온 헤리엇 헤이스팅스입니다. 사교계 파티에 입고 갈 드레스를 급히 구하고 있는데, 어디로 가야 할지 알려줄 수 있나요? 사실 이틀 후, 그레빌 백작부인의 파티에 초대를 받았답니다. 중요한 파티라 꼭 참석해야 하거든요. 만약 손님 중에 몸에 맞지 않아 가져가지 않은 드레스가 있다면……."

"그런 옷이라면, 여기 있군요."

그때 탈의실 문이 열렸다. 그리곤 드레스를 벗기 위해 탈의실로 들어갔던 아이린이 밖으로 나오며, 흥미로운 표정으로 멀뚱히 서 있는 헤리엇을 천천히 살피기 시작했다.

"백작부인, 그런 옷이라니요. 이 드레스는……."

"아, 참. 그렇군요. 스콧 부인, 여기 받아요."

아이린이 소파로 걸어가 드레스를 입어보기 위해 벗어놓았던 코트 주머니에서 금화를 꺼내 스콧 부인에게 건넸다.

"이제 드레스에 대한 값을 치렀으니, 이 드레스의 주인은 제 것이 되겠죠?"

"아, 그건 그렇지만……."

스콧 부인은 자신이 만든 가장 아름다운 드레스를 저 촌뜨기 시골 처녀가 입는다고 생각을 하자, 속이 쓰렸다. 아마 아이린이 입었다면 숙녀들과 귀부인들의 부러움이 되었을 테지만, 저 시골뜨기가 입는다면 웃음거리가 될 것이 분명했던 것이다.

"스콧 부인, 생각해 봐요. 어차피 이 드레스 저에게 팔 생각이었으니, 내가 나보다 더 이 드레스에 어울릴 주인을 찾아준다면, 스콧 부인 역시 좋을 것 같은데. 어때요?"

아이린의 말에 스콧 부인이 헤리엇을 유심히 살피기 시작했다. 처음 보았을 때의 경악스러움이 사라지자, 촌스러운 옷차림에 가려져 있던 숙녀의 우아한 자태가 눈에 들어왔다. 보닛과 외투를 입고 있었지만, 몸매며 분위기는 그리 나쁘지 않은 것 같았다. 그리고 보닛 아래 보이는 얼굴 역시 생각보다 예뻤다. 순간 스콧 부인의 눈동자가 빛나기 시작했다.

"혹시 보닛을 벗어볼 수 있나요? 입고 계시는 코트 역시도……."

"보닛과 코트를요?"

"마음이 넓으신 백작부인께서 아가씨께 제가 디자인한 드레스를 양보하고 싶은 모양입니다. 이 드레스가 아가씨께 어울릴지 보려는 것이니, 실례가 안 된다면 꼭 벗어주셨으면 합니다."

스콧 부인의 정중한 부탁에 헤리엇이 경계심을 풀고 고갤 끄덕였다. 그리곤 조금은 놀란 표정으로 서 있는 헤리엇에게 로라가 재빨리 다가가더니, 스콧 부인의 요청대로 헤리엇의 외투와 보닛을 벗기기 시작했다.

"헤리엇 님, 다 되었습니다."

로라가 보닛과 코트를 들고 옆으로 비켜서자, 그제야 스콧 부인과 아이린은 코트와 보닛을 벗은 헤리엇을 볼 수 있었다.

"세상에나, 정말 아름다운 얼굴이에요."

"네, 특히 저 은빛 머리카락은 눈을 뗄 수가……. 아, 죄송합니다. 제가 그만 아가씨께 큰 무례를……."

스콧 부인이 서둘러 사과를 하며 고갤 숙였다. 생각지도 않은 아름다움에 놀라, 무례하게도 자신보다 신분이 높은 숙녀의 외모를 평가한 것이다. 시골에서 올라온 촌뜨기라고 생각했는데, 보닛을 벗은 은빛 머리카락의 숙녀는 너무도 아름다웠다. 또한 허릴 곧게 펴고 서 있는 자태 역시 타고난 기품이 느껴졌다. 진흙 속에 숨어 있던 진주를 발견한 느낌이 이런 것일까? 스콧 부인은 헤리엇을 보자, 머릿속에 떠오른 영감으로 손이 근질거리기 시작했다.

"내가 보는 눈이 있었군요."

그때까지 헤리엇을 바라보던 아이린이 환하게 웃으며 말했다. 그리곤 헤리엇에게 다가오더니, 그녀가 스콧 부인에게 값을 치른 하늘빛 드레스를 헤리엇에게 건넸다.

"이 드레스의 주인은 내가 아니라, 아가씨인 모양이에요. 조금 전 듣기로, 헤리엇 양이라고 들은 것 같은데?"

"네, 데본에서 온 헤리엇 헤이스팅스입니다."

"데본에서 왔군요. 그럼, 제가 데본에서 온 헤리엇 양의 첫 사교계 데뷔 선물로 이 드레스를 드리고 싶은데, 받아주겠어요?"

"네? 아니에요, 그럴 필요 없습니다. 값은 치르겠습니다."

헤리엇이 아이린을 바라보며 서늘한 표정으로 대답했다. 이유가 없는 친절은 없음을 헤리엇 역시 너무도 잘 알고 있었던 것이다. 그런 헤리엇을 보며, 아이린 역시 진지한 얼굴을 했다.

"사실, 전 아주 이기적인 사람이랍니다. 조금 전 이 드레스를 입고 거울에 내 모습을 비춰 보았을 때, 이 드레스가 너무도 마음에 들었거든요. 하지만 곧 깨닫게 되었답니다. 나보다 드레스가 더 돋보인다는 사실을요. 아쉽지만, 아무리 아름다운 드레스라도 입는 사람을 가리는 옷을 입는다는 건 언제나 부담스러운 일이거든요. 하지만 이기적이게도, 전 이 아름다운 드레스를 다른 사람이 입는 것 역시 싫거든요."

"네? 하지만 저 역시……."

"헤리엇 양, 당신은 예외예요."

아이린의 말에 헤리엇의 표정이 눈에 띄게 굳어졌다.

"예외라니, 그게 무슨 뜻이죠? 만약 절 동정하는 것이라면……."

"동정이 아니라, 그리움 때문이라고 하면 어떨까요?"

그리움? 대체 뭐에 대한 그리움이지? 라고 생각한 순간, 아이린의 눈동자가 누군가를 떠올리는 듯 그윽해졌다.

"사실 처음엔 내가 드레스에 지급한 돈만큼만 받고 드레스를 헤리엇 양께 팔 생각이었답니다. 하지만 데본이라고 하니, 친구가 문득 떠올랐거든요."

"친구요?"

"네, 내 친구도 아가씨처럼 예뻤답니다. 혼인하기 전까지는 언제나 붙어 다닐 정도로 친했죠. 그러고 보니, 정말 닮았어요. 엘리도 헤리엇 양처럼 아름다웠거든요."

"저와 닮았군요. 그런데 연락은……."

"안타깝게도 내 친구는 20년 전에 죽었답니다."

"아, 그랬군요."

"그러니 받아줘요. 내가 내 친구의 딸에게 선물하듯, 헤리엇 양에게 선물할 수 있게 해줘요."

"하지만……."

헤리엇은 손에 놓인 하늘빛 드레스와 눈앞의 아름다운 귀부인을 번갈아 보았다. 자신의 친구가 떠올랐다고는 하지만, 자꾸만 망설여졌다. 그리고 동시에 알 수 없는 호의를 베푸는 눈앞의 귀부인에게 경계심이 생기기는커녕, 친구를 잃고 슬퍼하는 귀부인에게 동정심마저 생겼다.

무엇보다 귀부인은 그녀의 친구를 엘리라고 했다. 만에 하나, 엘리가 엘레나의 애칭이라면, 눈앞의 귀부인이 어머니의 친구일 수도 있었다. 말도 안 되는 생각일수도 있었지만, 헤리엇은 모든 가능성을 열어놓고 싶었다. 루엔, 만약 루엔이라면 알지도 몰랐다.

"혹시 성함이라도 알 수 없을까요? 꼭, 사례하고 싶어서요."

헤리엇이 한사코 사례하겠다고 하자, 잠시 생각에 잠긴 듯 보이던 아이린의 입가에 알 듯 모르듯 미소가 떠올랐다.

"헤리엇 양, 아마 곧 만나게 될 거예요. 그것도 아주 가까운 시일 안에. 만약 날 보게 된다면, 제일 먼저 날 아는 체해줄 수 있겠어요? 그게 내가 원하는 방식의 사례거든요."

"그거야 어렵지 않은 일입니다. 하지만 그걸로 되는 건지……."

"그걸로 충분해요. 그럼, 나중에 봐요. 스콧 부인, 내 드레스들 집으로 가져다주겠어요?"

"곧, 저택으로 배달해 드리겠습니다."

아이린이 의상실을 나가지 전, 헤리엇을 향해 미소를 지어 보였다. 또한 헤리엇의 뒤에 서 있는 로라가 입은 제복에 새겨진 가문의 이니셜 역시 놓치지 않았다.

콘웰 공작가. 분명, 깐깐해 보이는 하녀장 로라가 입은 앞치마 부분에 콘웰 공작가를 상징하는 이니셜이 새겨져 있었다.

훗! 데본이라. 데본엔 분명, 콘웰 공작의 후계자인 이튼이 4년 동안 머물던 곳인데…….

흥미롭군. 정말 흥미로워. 은빛 머리카락의 아름다운 숙녀를 콘웰 공작가의 하녀가 뒤따르고 있다니. 설마, 저 아가씨가 이튼의 신부가 될 사람은 아니겠지? 훗! 만약 그렇다면, 런던 사교계에 대파란이 일겠군.

또한 그렇게 된다면, 버킹햄 공작가와의 정략혼은 물거품이 될 수도 있었다. 뭐, 그거야 이틀 후, 파티에서 알게 되겠지.

문을 열고 밖으로 나간 아이린은 마차에 타기 전, 의상실 안을 다시 한 번 바라보았다. 헤리엇이라고 자신을 소개한 숙녀 역시 창문을 통해 아이린을 바라보고 있었다. 아이린은 다시 한 번 헤리엇에게 고갤 끄덕여 보인 다음, 마차에 올랐다.

은빛 머리카락이라. 사실 탈의실에서 얼핏 엿들은 이야기를 조합한 결과 뭔가 흥미로운 사건이 숨어 있을 것 같은 예감이 들었었다. 그렇게 호기심으로 시작한 일이, 헤리엇을 본 순간, 그녀의 가장 친한 친구인 엘레나 리치먼드가 떠오른 것이다.

아마 엘레나가 딸을 낳았다면, 저 정도의 나이였을까? 아이린은 문득 엘레나가 20년 전에 보내온 편지와 상자를 어디에 두었는지 생각했다. 하지만 그것도 잠시 아이린을 태운 마차가 이내 출발했다. 그러자 그 모습을 지켜보던 헤리엇은 작게 한숨을 내쉬었다.

"혹시, 조금 전 저 귀부인의 성함을 알 수 있을까요?"

"헤리엇 님, 저 부인은 그레빌 백작부인이십니다."

그때까지 옆에 서서 헤리엇의 드레스를 들고 있던 로라가 살짝 귀띔했다. 그러자 스콧 부인의 입가에도 의미심장한 미소가 떠올랐다.

"정말, 저분이 아이린 그레빌 백작부인이라구요?"

"제가 말씀드렸잖아요. 아가씬 정말 운이 좋다고. 자 이쪽으로 와보세요. 이 드레스와 어울리는 신발과 장신구들은 저기 작은 방에 가서 고르시면 된답니다."

헤리엇은 여전히 얼떨떨한 얼굴로 스콧 부인을 뒤따랐다. 그레빌 백작부인이라니. 헤리엇은 스콧 부인의 도움으로 장신구를 고르는 동안에도 조금 전 만난, 우아하고 아름다운 그레빌 부인을 떠올렸다. 뭔가에 잔뜩 홀린 느낌이었다. 그렇게 아이린 그레빌 백작부인과의 우연한 만남을 시작으로 헤리엇의 사교계 데뷔는 시작되고 있었다.

브리튼 출판사 건물 앞에 선 헤리엇은 잠시 걸음을 멈췄다. 그리곤 쓰고 있던 코트의 후드를 깊게 눌러쓴 후, 최대한 얼굴을 드러나지 않게 했다. 어느새 어둠이 내려앉기 시작한 밤저녁이었기 때문에 머리에 깊게 눌러쓴 후드를 벗겨내지 않는다면, 그녀가 누군지 알아볼 사람은 전혀 없었다. 더욱이 런던엔 아는 사람이 없었기 때문에 더욱 그랬다.

스콧 부인의 의상실에서 나온 헤리엇은 로라를 먼저 로즈힐로 돌려보냈다. 그리곤 오늘이 아니면 늦을 것 같은 생각에 서둘러 브리튼 출판사가 있는 이곳으로 걸음을 옮긴 것이다.

"아가씨, 여긴 어디예요?"

"브리튼 출판사야."

"브리튼 출판사라면, 아가씨 책을 내준 그곳이요?"

"그래. 쉿! 조용히 해. 이러다 들키기라도 하면 큰일이니까."

"들키긴요? 분명 런던 사람들은 칼 프레데릭이 아주 잘생기고 멋진 신사라고 생각할 텐데 말이에요. 출판사로 숙녀들이 보낸 러브레터도 있다고 했었죠?"

젠의 농담에 지금까지 런던에 도착한 후 내내 굳어 있던 헤리엇의 얼굴이 천천히 풀어지기 시작했다. 하지만 또다시 어둠 속에 당당하게 서 있는 건물을 보자, 자꾸만 긴장으로 손에 땀이 배어 나왔다. 여인의 모습이라 자신을 칼 프레데릭이라고 생각할 사람은 아무도 없었지만, 자꾸만 사람들과 시선이 부딪힐 때마다 등줄기가 긴장으로 쭈뼛 서는 느낌을 떨쳐 버릴 수 없었다.

훗! 다음번엔 남장이라도 해야 하는 건가? 그래야 완벽하게 자신의 정체를 들키지 않을 수 있을 것 같았다.

"잠깐, 여기서 기다리고 있어. 얼른 가서 이 편지를 우편함에 넣고 올 테니까."

"네, 얼른 다녀오세요."

헤리엇이 코트 깃을 잡아당겨 얼굴을 가린 후, 서둘러 건물 안으로 들어갔다. 그리곤 주머니 속에 넣어둔 편지를 꺼내 우편함에 밀어 넣었다. 그러자 서서히 안도감이 밀려들었다.

"이제 됐어."

사실 헤리엇이 서둘러 브리튼 출판사로 향한 것은 칼 프레데릭이 런던에 왔으니, 데본으로 돈을 보낼 필요가 없다는 사실을 편집자에게 알리기 위해서였다. 그리고 조만간 돈을 가지러 출판사에 들르겠다는 내용도 함께였다.

중요한 일을 끝마쳤다는 안도감 때문이었을까? 건물 밖으로 나오기 위해 문으로 손을 뻗던 헤리엇은 바깥에서 문을 열기 위해 서 있는 남자를 보지 못했던 것이다.

"앗!"

짧은 비명과 함께 헤리엇의 몸이 균형을 잃고 앞으로 쏠리는가 싶더니, 순식간에 신사의 가슴에 얼굴을 부딪쳤다.

"죄송합니다. 앞을 보지 못해서."

헤리엇은 서둘러 붙잡았던 남자의 코트 깃을 놓고는 뒤로 물러섰다. 그리곤 고갤 깊숙이 숙여 최대한 얼굴을 가렸다. 그런 헤리엇은 눈에 값비싼 비단으로 된 남자의 구두가 눈에 들어왔다.

"다치지 않으셨나요? 아마, 얼굴을 가린 코트 때문에 문을 여는 절, 보지 못한 모양이군요. 누굴 찾아온 겁니까?"

이유는 알 수 없었다. 무척이나 친절한 남자의 목소리에 헤리엇은 서둘러 두어 발자국 뒤로 물러섰다. 예고도 없이 남자가 손을 뻗어 그녀가 쓰고 있는 코트의 후드를 벗겨낼 것 같은 묘한 느낌을 받았던 것이다. 하지만 다행히도 그녀의 우려와는 달리 남자는 미동도 하지 않은 채 그 자리에 서 있었다.

"심부름을 왔다가 돌아가려던 참이었습니다. 그럼, 이만."

헤리엇이 서둘러 남자를 지나쳐 도망치듯 밖으로 나왔다. 그리곤 어둑어둑해진 도로 위에 서 있는 젠에게 빠른 걸음으로 걸어갔다. 그러는 동안 헤리엇의 시선은 건물 입구로 향했다. 다행히 남자는 건물 안으로 들어갔는지 보이지 않았다.

"아가씨!"

"젠, 어서 가자."

헤리엇이 서둘러 젠과 함께 건물 사이 골목으로 모습을 감추자, 건물 안에 있던 네빌 백작이 문을 밀고 밖으로 나왔다. 그리곤 조금 전 그가 본 사실을 믿기 힘들다는 듯 얼떨떨한 표정을 하고 있었다. 하지만 조금 전 심부름 왔다던 하녀의 말에 우편함에 넣어둔 편지를 확인한 순간 의심은 확신으로 바뀌었다. 칼 프레데릭의 편지였던 것이다. 그리고 그가 보았던 여인은 분명, 헤리엇이었다.

이유를 알 순 없었지만 헤리엇이 런던에 온 모양이었다. 네빌은 흥분을 감추지 못한 채 편지의 내용을 살폈다. 조만간 출판사로 자신을 만나러 오겠다는 내용이었다.

대체 언제 온 걸까? 아니, 왜 온 거지? 설마 나이가 꽉 차, 이번 사교 시즌에 신랑감을 구하기 위해 온 건 아닐 테지? 아니, 만약 그것이 런던에 온 이유라면, 네빌에겐 좋은 기회였다. 우연을 가장

해, 헤리엇을 만나야 했다.

"훗!"

정말 믿을 수 없었다. 지금껏 운명이란 것이 존재한다는 사실을 믿지 않았지만, 처음으로 네빌은 그 운명이란 것이 존재할지도 모른다는 생각을 했다. 아니, 믿고 싶어졌다.

네빌의 심장이 흥분으로 자꾸만 뛰었다. 헤리엇 루이자 헤이스팅스. 그녀가 지금 런던에 있었다. 조금 전엔 그의 가슴에 얼굴을 부딪치기까지 했다. 네빌은 심장 부근을 손으로 꾹 눌렀다. 아직도 헤리엇의 온기가 느껴지는 것 같은 착각에 괜스레 뒷목이 뜨거워졌다.

"모든 파티에 참석하려면, 먼저 에이든에게 연락부터 해야겠군."

제9장 무도회

자정에 다 된, 시각. 로즈힐의 2층 욕실에 있는 커다란 욕조에 뜨거운 물이 채워졌다. 뜨거운 김이 마치 새벽 호수의 안개처럼 느껴질 만큼 자욱하게 욕실을 채웠다. 잠시 후 욕실에 들어온 젠은 가득 채워진 욕조를 보며, 만족스러운 미소를 지었다. 그리곤 미리 준비해 가져온 작은 바구니를 욕조 옆에 내려놓더니, 마른 장미 꽃잎과 함께 오밀조밀 예쁘게 묶인 꾸러미를 들어 욕조 안에 넣었다. 그러자 깨끗했던 물이 연한 핑크빛으로 물들더니, 어느새 욕실 안은 그윽하고 은은한 장미향이 뜨거운 습기와 섞여들었다.

목욕 준비를 끝낸 젠이 서둘러 침실로 향했다. 그리곤 화장대를 책상 삼아 의자에 앉아 열심히 뭔가를 쓰고 있는 헤리엇에게 다가갔다.

"아가씨, 목욕 준비 다 끝냈습니다. 식기 전에 어서 오세요."

젠이 물이 식을세라 헤리엇을 재촉하자, 헤리엇은 들고 있던 펜을 내려놓고는 의자에서 일어섰다. 젠을 따라 욕실로 들어서자, 그 윽한 장미향이 콧속으로 스며들었다. 욕조 위에 떠 있는 마른 장미 꽃잎과 함께 여러 개의 예쁜 꾸러미에서 흘러나온 향인 듯했다.

"하녀장인 로라 님께서 주셨어요. 이게, 올리비아 님께서 사용 하던 입욕제보다 더 고급스러운 거 있죠. 향 자체부터가 달라요. 아마 오늘 밤은 충분히 숙면을 취할 수 있을 거예요. 그래야 촉촉 하고 윤기 있는 피부를 유지할 수 있답니다. 제 생각인데, 아가씨 를 위해 일부러 준비한 것 같아요."

젠이 잔뜩 신이 난 표정으로 헤리엇을 바라보았다. 어제 오후, 스콧 부인의 의상실에서 돌아온 후부터 젠은 하녀장 로라를 존경 의 눈빛으로 바라보기 시작했다.

"그래? 고맙다고 전해줘."

"네, 제가 말씀드릴게요. 어서, 욕조로 들어가세요. 전 내려가서 차를 가지고 올라올게요. 로라 님께서 반신욕을 하시는 동안 차를 드시는 것이 좋겠다고 하셨거든요. 그래야 충분히 잠을 주무실 수 있을 거라고 하시면서요."

헤리엇이 젠을 바라보았다. 젠 역시 그녀가 런던에 오는 내내 잠 을 자지 못했다는 사실을 알고 있었던 모양이었다. 아마, 차 역시 걱정이 된 나머지, 로라에게 도움을 청한 듯했다.

"그래, 차를 마시는 게 좋겠어."

"제가 얼른 가져올게요."

"알았으니까 천천히 해. 서두르다 계단에서 넘어지지 말고."

"아가씨도 참, 제가 어린아인 줄 아세요? 이젠 그런 걱정은 하지 않으셔도 돼요."

욕실을 나가는 젠은 여전히 흥분한 표정이었다. 헤리엇은 피식 웃음이 새어 나왔다. 평생 데본의 시골 마을에 살던 젠이었다. 자신 역시 영국에서 가장 번화한 도시인 런던이 신세계처럼 느껴지는데, 젠에겐 눈이 휘둥그레질 만큼 커다란 문화 충격일 게 분명했다. 헤리엇은 입고 있던 드레스를 벗어 탁자 위에 올려놓았다. 그리곤 속옷인 슈미즈를 마저 벗고는 욕조로 걸어가 천천히 발을 들여놓았다.

첨벙, 첨벙. 그녀의 움직임에 맞춰 욕조에 담긴 물이 출렁였다. 따뜻한 물에 온전히 몸을 담그자, 헤리엇은 그제야 자신이 지쳐 있었다는 사실을 깨달았다. 그리곤 욕조 깊숙이 몸을 묻자, 지금까지 긴장으로 굳어졌던 몸이 천천히 이완되기 시작했다. 나른하고 기분 좋은 평안함에 헤리엇은 천천히 눈을 감았다.

"하아!"

기분 좋은 신음이 살짝 벌어진 입술 사이로 흘러나왔다. 은은한 장미향을 품은 물이 그녀의 투명한 피부에 닿을 때마다, 향기를 머금은 듯 촉촉해졌다. 첨벙! 헤리엇은 몸을 움직여 욕조 가장자리로 가 팔을 욕조 난간에 두고 살짝 머릴 기댔다. 그러자 그녀의 움직임에 뜨거운 물이 또다시 그녀의 벗은 등과 탐스럽게 올라온 그녀의 새하얀 가슴을 욕심껏 어루만졌다. 런던에 와 처음으로 느끼는 평온함이었다.

데본을 떠나 런던에 오기로 결정한 순간부터, 심장에 쇠사슬을 매단 듯 숨을 쉬는 것조차 버거운 하루하루였다. 헤리엇은 평소처럼 행동하고 있었지만, 방심한 순간 찾아드는 심장의 욱신거림에 입술을 깨물어야 했다. 호수에 있을까? 아니면 원형의 서고에 틀어박혀 있을지도 모르겠군. 잔뜩 화가 난 얼굴로 말이야. 어느새 헤리엇의 머릿속은 또다시 서늘한 눈을 한 이튼에게 향해 있었다.

작게 한숨을 내쉬던 헤리엇은 등 뒤로 느껴지는 작은 인기척에도 눈을 뜨지 않았다. 아마 부엌으로 뜨거운 차를 가지러 갔던 젠이 돌아온 모양이었다.

"젠, 차는 나중에 마셔야겠어. 지금은 좀 더 이 느긋함을 만끽하고 싶어졌거든."

헤리엇은 런던에 도착한 후, 처음으로 타인의 시선에서 벗어나 달콤한 휴식을 취하고 있었다. 콘웰 공작을 만난 후, 런던에 오기까지 하룻밤도 제대로 잠을 잔 적이 없었다. 그렇게 열흘을 지내다 보니, 헤리엇의 뒷목은 긴장으로 굳어 딱딱했다. 그리고 그 굳었던 긴장감이 뜨거운 욕조에 몸을 담그자, 긴장이 풀리며 조금씩 이완되기 시작했다.

"감히, 느긋함이란 말을 하다니!"

움찔. 헤리엇은 싸늘한 냉소를 품은 남자의 목소리에 본능적으로 눈을 떴다. 하지만 고갤 돌릴 수가 없었다. 등줄기를 훑는 날카로운 시선이 느껴졌고 그에게서 나는 짙은 사향 냄새가 장미의 그윽한 향과 섞여 그녀의 폐부로 찌를 듯 들어왔다.

그였다. 이튼. 그가 데본이 아닌, 런던에 있었다. 그것도 그녀가 있는 바로 이곳에. 그 사실을 깨닫자, 심장이 미친 듯이 뛰기 시작했다.

뚜벅, 뚜벅! 욕실로 들어오는 그의 발걸음 소리가 들려왔다. 그 소리가 가까워질수록 헤리엇은 긴장으로 주먹을 꽉 쥐어야 했다. 잠시 후 그가 멈췄고, 헤리엇은 고갤 들었다.

두근! 차가운 얼굴이었다. 어쩌면 두려움이 느껴질 만큼, 위험스러운 분위기였다. 얼음처럼 차가운 냉기에 심장이 얼어붙을 만큼. 그녀의 입술이 미세하게 달싹였다.

"······이튼."

❖

자정 무렵, 굳게 닫혀 있던 로즈힐의 비밀 통로가 열렸다. 어둠 속에서 담 아래 설치된 장치로 손을 뻗은 이튼은 손에 잡힌 작은 대리석을 힘껏 밀어 넣었다. 그러자 견고해 보이던 대리석이 뒤로 밀리는가 싶더니, 덜컹거림과 함께 담쟁이넝쿨 아래 숨겨져 있던 문이 모습을 드러냈다. 4년 만인 건가? 데본으로 떠나기 전, 이튼은 화이트 가에 있는 콘웰 저택이 아니라 로즈힐에서 지냈었다. 무엇보다 로즈힐은 어린 시절을 보냈던 곳이었기 때문에 어머니께서 돌아가신 후에도 이 비밀 문을 통해 자주 찾았었다.

비밀 통로의 문을 열고 안으로 들어간 이튼은 익숙한 듯, 한 치의 망설임도 없이 걸음을 옮기기 시작했다. 달빛조차 스미지 못한 통로는 칠흑처럼 어두웠다. 하지만 이튼은 벽에 설치해 둔 횃불을 켜지도 않은 채 앞을 향해 걸었다. 마치 어둠처럼 고요한 그의 움직임 때문에 그가 통로를 지나며 만들어내는 차가운 냉기가 아니었다면, 침입자의 존재조차 깨닫지 못할 정도였다.

그렇게 비밀 통로 안을 걷던 이튼은 익숙한 듯 2층 침실로 이어지는 통로로 걸음을 옮겼다. 잠시 후, 이튼의 발걸음이 작은 문 앞에서 멈췄고, 벽의 한쪽을 더듬거리다 손끝에 걸리는 걸쇠를 잡아당기자 또다시 문이 열렸다.

열린 문 사이로 향긋한 꽃 향이 밀려들어 왔다. 그러자 짙은 어둠과 함께 지독한 냉기를 품은 통로 안으로 습윤하고 달콤한 향이 섞여들었다.

침실은 어두웠다. 침대 옆에 놓아둔 등불만으로 넓은 침실을 밝히기엔 무리가 있었던 것이다. 첨벙, 첨벙! 은은한 장미향과 함께 욕실 쪽에서 소리가 났다. 헤리엇은 지금 잠을 자기 전, 욕실에서 목욕하고 있는 모양이었다.

이튼의 입가가 차갑게 비틀렸다. 그리고 열린 문을 밀고 안으로 들어간 순간, 이튼은 걸음을 멈췄다. 뜨거운 온기와 섞인 달콤한 향. 장미향이라고 생각했던 향은 비누 향이 아니었던 모양이었다. 바짝 독이 오른 심장에 습기를 머금은 짙은 여인의 체향이 폐부를 뚫고 들어오자, 이튼의 몸이 바짝 긴장하기 시작했다.

매혹. 그래, 매혹적인 향이었다. 그의 본능을 깨우고, 지독히도 날 선 심장을 뚫고 뜨거운 피가 끓어오를 만큼, 그에겐 치명적인 유혹의 향이었고, 눈을 뗄 수 없을 만큼 아름다운 몸이었다. 벽에 걸린 촛대 위에 켜진 불빛이 물속에서 일렁이는 헤리엇의 새하얀 등을 비추고 있었다. 욕조에 기댄 채 눈을 감고 있는 그녀의 얼굴에 음영이 져 있었다. 얼굴을 감싼 은빛의 머리카락이 가녀린 목덜미에서 흘러내려 온전히 모습을 드러냈다.

고혹적이란 뜻이 이런 것이었나?

아름다운 곡선을 이룬 여인의 뒷모습. 그리고 여린 어깨너머로 살짝 솟아오른 봉긋한 가슴이 사내의 몸에 피를 끓게 했다. 의식하지도 않은 사이 뿜어져 나오는 색기는 그래서 무서운 힘을 갖는 것 같았다. 아니, 그에겐 숨을 멈춘 만큼 지독한 힘을 발휘했다.

"젠, 차는 나중에 마셔야겠어. 지금은 좀 더 이 느긋함을 만끽하고 싶어졌거든."

헤리엇이 인기척을 느낀 듯 말했다. 그녀의 입가에 부드러운 미소가 걸리자, 이튼의 입매가 차갑게 굳어졌다.

"느긋함이라니……."

날카로운 채찍처럼 매서운 목소리가 욕실을 울렸다. 그의 목소리에 놀란 헤리엇의 등이 눈에 띄게 굳어지는 것을 보자, 그제야 이튼은 묘한 만족감을 느꼈다. 잠시 두 사람 사이에 팽팽한 긴장감이 흘렀다. 그녀 역시 그의 시선을 느끼고 있었다.

"……이튼."

보면서도 믿기지 않는 눈치였다. 그를 올려다보는 헤리엇의 눈빛이 흔들리고 있었다. 그가 거만한 표정으로 헤리엇에게 다가왔다. 그리곤 욕조 앞으로 허릴 굽히더니, 헤리엇의 젖은 머리카락으로 거칠게 손을 뻗어왔다.

"아앗!"

자비라곤 없는 서늘한 눈이었다. 타인을 보듯 차갑게 굳은 이튼의 눈동자가 헤리엇의 심장을 아프게 파고들었다.

"로즈힐이라니…… 감히 네가……."

이튼은 그러쥔 손에 힘을 주었다. 그러자 헤리엇이 입술을 꾹 다물고 아픔을 참았다. 이튼은 그런 헤리엇을 보며, 처음으로 잔혹한 만족감을 느꼈다. 그녀가 고통을 참으며 그를 바라보는 모습에 가득 차올랐던 분노가 조금은 사라지는 느낌이었다.

잔혹함. 이성적인 그와는 전혀 상관 없는 감정일 것이라 생각했다. 타인이 어떤 감정을 느끼든 자신과 아무런 상관도 없었으니까. 그런데 지금, 누군가의 고통을 보며, 만족감을 느끼다니. 자신의 마음속에 그런 본성이 숨겨져 있다는 사실에 놀라고 있었지만, 어쩌면 이튼은 그 모습이 자신의 본모습일지도 모른다고 생각했다.

"여긴 어떻게……? 아니, 런던엔 언제……?"

"마치 주인처럼 말하는군. 아버지께서 당신에게 약속한 것이 바로, 이것인가?"

헤리엇은 입술을 깨물었다. 로즈힐이 혼인과 동시에 콘웰 공작부인에게 전해지는 선물이란 사실을 알았을 때부터, 예상은 했었다. 이튼이 이 상황을 용납하지 않으리라는 것도. 그리고 그녀를 더욱 경멸할 것이란 사실도. 하지만 막상 차갑게 굳은 이튼을 보자, 헤리엇의 심장 역시 묵직하게 가라앉고 있었다.

"이튼…… 난……."

똑똑!

"아가씨, 젠이에요. 차를 가져왔어요."

이내 문이 열리는 소리가 들리고 젠이 방 안으로 들어오는 인기척이 느껴졌다. 순간 헤리엇의 표정이 긴장으로 굳어졌다.

"젠이……."

"난 상관없어. 하지만 넌, 난처하겠군."

이튼이 헤리엇을 내려다보았다. 물의 뜨거운 온기에 욕실 안은 어느새 뿌연 김이 서리기 시작했다. 그리고 그에게 머리채를 붙잡힌 채 욕조에서 반쯤 몸을 일으킨 헤리엇은 속옷조차 입지 않은 알몸이었다. 그의 시선에 헤리엇의 온몸이 순식간에 붉어졌다. 갑자기 나타난 이튼으로 인해, 그녀가 지금 아무것도 걸치지 않은 상태란 사실을 잊고 있었던 것이다.

"아가씨! 아직 목욕 중이세요?"

"어, 젠. 오랜만에 하는 목욕이라, 조금 더 있고 싶어서."

다행히 미친 듯이 뛰는 심장과는 달리 헤리엇의 목소리는 평소처럼 차분했다.

"그래요? 하지만 너무 오래 욕조에 계시면, 감기에 걸릴 수도 있어요. 런던은 데본과는 달리 습기가 많아 건강엔 별로인 것 같아요. 자욱한 안개도 그렇고. 그럼 차라도 드실래요?"

침실을 가로지르는 발걸음 소리가 들렸다. 순간 헤리엇은 이튼을 간절한 눈빛으로 올려다보았다. 그리곤 손을 뻗어 그녀의 머리카락을 쥐고 있는 이튼의 손을 붙잡았다. 물기에 젖은 가느다란 손이 이튼의 손을 붙잡자, 미묘하지만 그의 턱이 굳어졌다.

"부탁…… 해요."

하지만 이튼은 그녀를 날카롭게 쏘아볼 뿐, 여전히 미동도 하지 않았다. 밖에서 금방이라도 욕실 문을 열고 젠이 들어올 것 같아 헤리엇은 초조함에 심장이 뛰었지만, 이튼의 눈동자는 너무도 무심했다. 그의 말처럼 전혀 상관 없다는 듯. 헤리엇이 손에 힘을 주며, 다시 입을 열었다.

"제발!"

한순간 그의 눈동자가 흔들린 것도 같았다. 하지만 헤리엇이 그의 표정을 다시 확인하긴 불가능했다. 그 순간, 이튼이 그녀의 머리카락을 놓아주며 자리에서 일어섰다.

"아가씨!"

"어, 잠깐만."

그의 시선이 느껴졌다. 그녀의 몸을 바라보는 그의 눈빛에 헤리엇은 입술을 깨물었다. 의식하지 않으려 할수록, 헤리엇의 몸은 바짝 굳어 마음처럼 움직여 주지 않을 정도였다. 욕조에서 나온 헤리엇이 옆에 놓인 커다란 타월로 몸을 단단히 감았다. 손이 떨려 타월을 여미는 것이 몹시도 더뎠다. 헤리엇은 바짝 마른 입술을 축이며, 젖은 머리카락에서 물이 흐르는 것도 모른 채 서둘러 욕실 문을 열고 밖으로 나갔다.

"어머, 왜 벌써 나오셨어요? 전, 차만 드리고 잠시 후에 다시 오려고 했거든요."

젠이 헤리엇의 머리카락에서 흐르는 물을 보며, 서둘러 탁자로 걸어가 수건을 가져왔다. 그리곤 젖은 머리카락을 닦기 시작했다.

"고마워, 젠."

"좀 더 목욕하신다고 하시지 않으셨어요?"

"아, 생각해 보니 네 말처럼 감기에 걸리지도 모르겠다는 생각이 들었거든. 내일 밤에 파티에 참석해야 하는데, 감기에 걸리면 큰일이잖아."

젠이 고갤 끄덕이며, 헤리엇에게 찻잔을 건넸다. 헤리엇은 최대한 담담한 표정으로 차를 마셨다.

"좋군. 이제 너도 가서 쉬도록 해."

"아니에요. 아가씨께서 목욕이 끝나면 욕실 청소를 해야……."

"시간이 너무 늦었어. 내일 하는 게 좋을 것 같아. 어서 가서 쉬도록 해."

"정말 그래도 될까요? 사실 종일 여기저기 뛰어다니느라 피곤하던 참이었거든요."

젠의 말에 헤리엇은 안도했다. 젠이 고집을 부리며 욕실을 청소하겠다고 하면 어쩌나 내심 걱정이었다. 그렇게 된다면, 욕실에 있는 이튼을 보게 될 테니까. 헤리엇이 찻잔을 탁자에 내려놓은 후, 문으로 걸어가기 시작했다. 그리곤 서둘러 문을 열어주며 젠을 배웅했다. 헤리엇의 태도에서 뭔가 서두르는 기색이 느껴졌지만, 젠은 헤리엇 역시 자신처럼 피곤해서라고 생각하고는 아무런 말도 하지 않았다.

"좋은 꿈꾸세요. 드디어 내일이 아가씨의 첫 사교계 데뷔니까요."

"그래, 내일 봐."

젠이 방을 나가자, 헤리엇은 잠시 복도를 보며 서 있었다. 그리곤 젠이 어둠 속으로 사라지고 더는 보이지 않는 것을 확인한 후에야, 문을 잠갔다. 한시름 돌렸다는 생각에 안도의 한숨이 새어 나왔다. 하지만 그녀에겐 더 큰 문제가 남아 있었다.

"간 모양이군."

뒤에서 들려오는 이튼의 목소리에 헤리엇의 어깨가 눈에 띄게 굳어졌다. 서둘러 마음을 가다듬은 헤리엇은 담담한 얼굴로 뒤를 돌아보았다. 그녀의 방에 서 있는 이튼은 위압적일 만큼 서늘했다. 호의라곤 전혀 없는 차갑고, 냉정한 미치광이 백작 그 자체였다. 순간, 헤리엇의 심장이 욱신거렸다.

"어머니께서 즐겨 드시던 차군. 로라가 로즈힐에 있는 모양이군."

이튼은 조금 전 젠이 가져다 놓은 찻잔을 내려다보고 있었다.

"하녀장을 아세요?"

"잘 알지. 어머니의 하녀였고, 지금은 콘웰 공작가의 하녀장이니까."

헤리엇을 돌아보는 이튼의 입가가 차갑게 비틀렸다. 로즈힐에 로라까지. 아버지인 콘웰 공작의 의도는 분명했다. 헤리엇 루이자 헤이스팅스를 공작가의 다음 안주인으로 결정했다는 뜻이었다. 더는 이튼의 생각 따윈 중요하지 않았다. 콘웰 공작가의 수장으로서 아버지 레이놀즈는 이튼에게 그가 자신의 의무를 다해야 한다고 말하고 있었다.

젠장! 이튼은 또다시 욕지기가 목구멍까지 치밀어 올라오는 것을 가까스로 삼켰다. 그리곤 문 앞에 서 있는 헤리엇을 물끄러미 응시했다.

"내일 참석할 파티라면, 그레빌 백작부인의 파티를 말하는 모양이지?"

"네. 공작님께서 초대장을 주셨습니다."

하지만 헤리엇은 공작이 했던 말을 이튼에게 전하지 않았다. 공작은 그곳에서 콘웰 공작가에 차기 수장은 이튼임을 귀족들 앞에서 알릴 생각이라고 했었다. 하지만 잔뜩 꼬여 있는 이튼을 보자 이런 말까지 전했다간 분명 파티에 오지 않을 게 분명했다. 사실, 헤리엇은 그가 무슨 생각을 하는지 짐작조차 할 수 없었다. 그가 런던에, 그리고 그녀의 앞에 있다는 사실 역시 믿을 수 없었으니까.

"기대는 않는 게 좋아. 난 절대, 동의하지 않을 테니까. 콘웰 공작가의 작위도, 그리고 공작가의 안주인을 노리는 너 역시 받아들일 생각 같은 건 전혀 없어."

이튼이 헤리엇에게 다가왔다. 서두르지 않고 천천히. 맹수가 먹이를 노리듯 그녀에게서 시선을 떼지도 않은 채 걸어오는 그를 보며 헤리엇은 심장이 꽉 조여들었다. 콘웰 저택의 서재에서 그를 만났을 때 느꼈던, 위압적인 분위기였다. 감정이라곤 없는 차갑게 굳은 얼굴. 그의 말처럼, 이제 이튼은 그녀에게 아무런 감정도 없는 모양이었다. 차가운 경멸과 분노 외엔.

"여자의 눈물과 강아지의 절뚝거림을 믿지 마라. 특히 거짓을 품고 천사의 얼굴을 하는 여잔."

이튼이 손을 뻗어 헤리엇의 턱을 붙잡았다. 차가웠다. 온기라곤 없는 얼음처럼 차가운 손. 헤리엇은 그의 손에 붙잡힌 채 그를 똑바로 바라보아야 했다.

"너도 똑같았어. 탐욕에 눈이 먼 여자일 뿐이었던 거야. 아니, 다른 여자들은 자신의 탐욕을 숨기지 못해 지루했다면, 넌 조금 흥미롭긴 했지. 하지만…… 이걸로 끝이야."

화가 난 듯 그의 손가락에 힘이 들어갔다. 그리곤 그녀의 고갤 한쪽으로 기울이더니, 그가 고갤 숙여왔다. 그의 숨결이 그녀의 뺨에 느껴지자, 헤리엇은 숨을 삼켰다.

"이튼, 무슨…… 흡!"

순간 강한 힘에 떠밀린 헤리엇은 뒷걸음칠 수밖에 없었다. 이내 침대가 두 사람의 무게에 흔들렸고, 어느새 헤리엇은 침대 위에 누워 있었다. 그녀의 몸을 짓누르는 그의 무게가 느껴졌다. 강한 압박감과 함께 사내의 차가운 눈빛에 담긴 감정을 읽은 순간, 헤리엇은 입술을 깨물었다.

"윽!"

그의 더운 입김이 목덜미에 닿는 순간, 등줄기에 전율이 흘렀다. 하지만 다음 순간 헤리엇은 목덜미를 물 듯 강하게 빨아 당기는 아픔에 헤리엇은 거친 숨을 뱉어내야 했다.

목덜미가 뜨거웠다. 벌을 주려는 듯 그녀의 여린 목덜미에 자국을 남기는 그와 달리, 헤리엇은 고통과 함께 느껴지는 나른한 감각에 꼼짝도 하지 못했다. 헤리엇은 처음으로 어쩌면 쾌락과 고통은 함께일지도 모른다는 생각이 들었다.

"훗!"

헤리엇이 또다시 아픔으로 몸을 떨었다. 그리곤 입술을 깨물며, 고통을 참아내기 위해 눈을 질끈 감았다. 하지만 다음 순간 아픔이 조금은 사라지는 것 같았다. 그녀의 살에 박아 넣었던 날카로운 이가 사라지고, 자신이 낸 상처를 훑듯 그의 혀가 그 자릴 대신했다. 아픔을 달래듯 느릿느릿 움직이던 입술이 열기를 품고 달라붙었다.

아, 젠장! 이튼은 참을 수 없는 갈증을 느꼈다. 그녀의 목덜미에 자국을 남긴 이유는 그녀를 곤란하게 만들기 위해서였다. 숙녀의 목덜미에 남아 있는 사내의 흔적이라. 아마 내일 아침 헤리엇은 자신의 목에 남아 있는 이 자국을 발견했을 때 당혹스러워할 게 분명했다. 아마 목에 붉은 흔적을 가진 채로 파티에 참석하지도 못할 테지.

"이튼……."

물기에 젖은 헤리엇의 맨살에 입술을 댄 순간 주체할 수 없는 뜨거운 피가 날뛰기 시작한 것이다. 이미 헤리엇의 몸이 주는 지독한 쾌락을 아는 그의 몸은 본능적으로 반응하고 있었다. 헤리엇의 향기는 심장을 태울 듯 너무도 달콤했다.

"아, 젠장."

결국 이튼은 그 유혹에 버티지 못하고 그녀의 목덜미에서 입술을 뗀 후, 그녀의 입술에 키스를 퍼부었다.

분노일 수도 있었다. 또한, 그녀에게 느끼는 지독한 분노에도 불구하고 거부하지 못하는 자신의 지독한 욕망에 대한 분노. 분노의 크기만큼 거칠게 그녀의 입술을 열고 안으로 들어온 그의 혀가 헤리엇의 여린 혀를 휘감곤 강하게 빨아 당겼다. 그녀의 어깨를 내리 누르던 힘이 사라지고, 그의 손이 그녀의 몸을 휘감고 있던 수건을 끌어 내렸다. 그리곤 달빛에 아름답게 솟아난 새하얀 가슴을 힘껏 움켜쥐었다.

훗! 헤리엇은 목구멍으로 흘러나오려는 신음을 꾹꾹 눌러 삼켰다. 침실 앞을 지나던 누군가가 그녀의 신음을 들을지도 모른다는 생각에 입술을 깨물었다. 그에게 붙잡힌 가슴이 일그러지며, 단단해진 붉은 정점이 그의 손끝에서 아릿하게 비틀렸다.

흠칫! 순식간에 등줄기를 타고 나른한 쾌락이 흘러내렸다. 그녀의 몸 역시 이미 그가 줄 쾌락의 열기에 반응하며 뜨거워지고 있었다.

다리 사이 은빛 수풀 속에 숨겨져 있는 여린 속살이 젖어들었다. 나른한 열기에 몸을 뒤척일 때마다, 아랫배가 움찔거리며 간질거렸다.

"훗, 이튼……."

그의 입술이 멀어지자, 헤리엇이 눈을 떠 그를 올려다보았다. 그녀를 내려다보는 이튼 역시 욕망으로 짙어진 검은 눈을 하고 있었다. 당장에라도 그녀의 다릴 벌리고 그녀의 안으로 밀고 들어가고 싶은 욕망에 온몸이 뻐근해져 왔다. 잔뜩 흐트러진 채 그를 바라보는 헤리엇은 독 같았다. 그의 모든 것을 파괴하는 지독한 독. 그의 이성도, 그의 분노도 모두 그녀로 인해 파괴되고, 또 회복되기도 했다.

욕망으로 일렁이던 그의 눈빛이 한순간 차가워졌다. 그리곤 그녀의 가슴을 쥐고 있던 손이 더러운 것이라도 만진 듯 재빨리 떨어졌다. 순식간에 싸늘하게 식어버린 그의 차가운 모습에 헤리엇은 입술을 깨물었다. 그의 차가운 기운에 온몸이 얼어붙는 느낌이었다.

그가 몸을 일으켜 침대에서 내려가자, 헤리엇 역시 몸을 일으켰다. 스륵! 그녀의 몸을 감싸고 있던 타월이 흘러내렸다. 서둘러 흘러내린 타월을 잡아당겨 드러난 그녀의 가슴을 가리려 했다. 하지만 이튼이 먼저였다. 그가 내뱉는 잔인한 말에 헤리엇은 한순간 경직된 채 꼼짝도 할 수 없었다.

"요부인 너에겐 이게 더 잘 어울리는군."

순식간에 밀려든 모멸감에 헤리엇은 입술을 깨물었다. 하지만 그에게 자신이 느끼는 감정을 들키고 싶지 않았다. 자신이 그를 원하고 있다는 사실을 숨길 생각은 없었지만, 그 마음까지 들키고 싶지 않았다. 헤리엇이 고갤 들곤 고집스럽게 말했다.

"그 요부에게 홀린 건, 이튼 당신이죠."

그의 눈빛이 차갑게 굳어졌다. 주먹을 쥔 그의 손에 힘이 들어가는 것 역시 보였다. 두 사람의 시선이 공중에서 부딪혔다. 팽팽하게 날 선, 긴장감. 서로를 강하게 원하는 남녀의 욕망과 분노가 뒤범벅된 묘한 분위기가 두 사람을 휩쓸었다.

그렇게 서로를 쏘아보던 두 사람 중, 이튼이 먼저 입을 열었다. 싸늘한 얼굴처럼 냉기가 뚝뚝 떨어지는 목소리였다.

"네 의도를 알았으니, 나 역시 더는 고민할 필요가 없어졌거든. 앞으로 기대되는군."

그의 입가가 싸늘하게 비틀렸다. 또한 헤리엇을 쏘아보는 눈동자 역시 의미심장하게 빛나고 있었다.

"다음번, 여기서 널 만났을 땐 그렇게 건방진 얼굴을 하지 못할 것이다. 당돌한 혀 역시, 놀리지 못할 테고. 널 찾는 이유는 거래에 대한 대가를 철저하게 받아내는 것뿐이니까."

그 말을 끝으로 이튼이 돌아섰다. 어둠 속에서도 그의 등을 똑똑히 볼 수 있었다. 그녀에 대한 거부와 감정을 잘라낸 냉정한 그를 보자, 헤리엇은 입술을 깨물었다.

"이튼, 잠깐만 기다려……."

하지만 다음 순간 침실엔 그녀 혼자 남겨져 있었다. 당황한 헤리엇이 침대에서 일어났다. 차가운 공기가 방으로 밀려든 순간, 그가 벽으로 사라져 버렸다.

"이튼……."

서둘러 벽으로 다가갔지만, 이미 문은 닫힌 채였다. 아마, 이곳에 비밀 통로로 통하는 문이 있는 모양이었다. 이제야 헤리엇은 그 누구에게도 들키지 않고 이튼이 어떻게 로즈힐에 들어올 수 있었는지 알 수 있었다.

로즈힐의 비밀 통로. 그리고 그가 마지막으로 내뱉은 말로 미루

어볼 때 그는 이 비밀 통로를 자주 이용할 모양이었다. 그녀와 한 거래의 대가를 받기 위해서.

다리에 힘이 빠지는 느낌이었다. 휘청거리며 다시 침대로 돌아온 헤리엇은 무너지듯 침대에 걸터앉았다. 이제 시작이었는데, 처음부터 이렇게 휘청거리다니. 헤리엇은 주먹을 꼭 쥐며, 마음을 다잡았다.

이튼, 그가 런던에 있다. 그녀를 좇아 그가 왔다. 그의 차가운 태도에도 헤리엇의 심장은 고장이라도 난 듯 미친 듯이 뛰었다. 그는 이미 그녀에게 그런 존재였다. 그가 그녀를 철저히 미워하고, 밀어내고, 짓밟고, 그녀를 그의 옆자리에서 끌어내리려 할지라도 헤리엇은 그를 미워할 수도, 또한 거부할 수도 없었다.

이런 감정, 미친 게 분명했다. 미치광이 백작을 소재로 글을 쓰기 위해 콘웰 공작가의 저택을 찾은 그때부터, 어쩌면 헤리엇은 미쳐 있었는지도 몰랐다. 그래, 그녀는 이미 미쳐 있었다. 이튼, 그에게.

천장에 달려 있던 아름답고 화려한 샹들리에가 대리석이 깔린 그레빌 백작가의 무도회장 바닥에 내려졌다. 사교계 시작을 알리는 첫 무도회를 앞두고 아이린은 천장에 달린 샹들리에에서 먼지를 털어내라고 명령한 것이다. 8명의 장정이 끙끙거릴 정도로 엄청난 무게 때문인지, 몇 번이나 바닥에 떨어져 내릴 듯 위태로운 행보를 거듭했지만, 다행히 샹들리에를 장식한 크리스털은 흠 하나 없이 완벽했다.

대기 중이던 하녀들이 깨끗한 천으로 켜켜이 쌓인 먼지를 닦아내기 시작했다. 그렇게 반나절을 씨름한 끝에 깨끗하게 닦인 샹들리에에의 크리스털 드롭(촛농 접시의 장식)과 크리스털 술 장식(술 장식으로 된 크리스털 드롭의 장식 세트)이 햇살을 받아 눈부시게 빛났다.

"아직인가?"

"아닙니다, 백작부인. 이제 샹들리에에 고정된 줄을 잡아당겨, 천장에 다시 고정하면 끝입니다."

"그래? 어서 서둘러 줘. 샹들리에가 설치되면, 손님들을 위한 다과 테이블을 준비해야 하니까. 조각가에게 맡긴 설탕 공예는 어떻게 됐지? 최상품으로 준비한 것이겠지?"

"네, 지금쯤 완벽하게 준비를 끝냈을 겁니다."

집사 로한이 서둘러 고용인들에게 다가갔다. 로한의 명령에 8명의 장정이 샹들리에에 연결된 4개의 끈을 붙잡았다. 그리곤 8명이 동시에 같은 힘으로 조심스럽게 움직이기 시작하자, 바닥에 놓여 있던 샹들리에가 공중으로 떠오르기 시작했다.

차랑, 차랑! 크리스털이 부딪히는 청명한 소리와 함께 유리창으로 들어온 햇빛에 샹들리에의 투명한 크리스털이 찬란한 광채를 발하며 빛나기 시작했다. 황홀할 정도로 눈부신 빛이었다. 보는 사람의 마음을 들뜨게 할 정도로 찬란한 빛. 아이린은 무도회장 입구에 서서 만족스러운 미소를 지었다.

"사다리, 사다리를 가져와."

집사의 명령에 대기 중이던 고용인이 기다란 사다리 4개를 가지고 왔다. 서둘러 사다리에 올라, 천장에 샹들리에를 고정하기 시작했다.

"양초는 모두 새것으로 교체된 것이겠지?"

"네, 백작부인. 이제 양초에 불을 붙일 겁니다."

집사가 사다리에 올라가 있던 고용인들에게 고갤 끄덕여 보이자, 네 명이 동시에 양초에 불을 붙였다. 그러자 이제 막 밤이 찾아든, 어둑어둑한 무도회장이 순식간에 환해졌다. 수백 개의 불빛에 의해 샹들리에를 장식한 크리스털 장식이 일제히 빛을 뿜어내기 시작한 것이다. 아름다웠다. 그리고 아름다운 만큼, 기대되었다.

"이제 시작이군. 로한, 곧 손님들이 도착할 거야. 철문을 열고, 저택은 물론 정원 구석구석까지 한곳도 빠짐없이 불을 밝히도록 해. 음식들 역시 빠진 게 없나 마지막으로 점검하는 것 잊지 마."

"새로 만든 유리 정원에도 불을 밝힐까요?"

"당연하지. 오늘을 위해 만든 것인데."

아이린의 입가에 미소가 떠올랐다. 그레빌 백작가를 찾은 귀족들이 유리 정원을 본 후, 어떤 감탄사를 연발할지 상상하자 기분이 좋아졌다. 아이린은 서둘러 무도회장을 빠져나가 복도를 따라 걸으며, 바닥에 깔린 카펫과 벽에 걸린 장식품들을 꼼꼼히 확인했다.

"오늘이야말로 최고로 화려한 무도회가 되겠어."

조금 전 콘웰 공작가에서 이튼이 그레빌의 무도회에 참석하겠다는 전갈을 보내왔다. 거기다 에이든 햄프턴과 네빌 백작까지. 하지만 아이린이 제일 기대가 되는 사람은 따로 있었다. 스콧 부인의 의상실에서 만난, 헤리엇 루이자 헤이스팅스. 오늘 무도회의 중심은 바로, 데본에서 온 헤리엇의 등장일 게 분명했다.

런던의 신사들이 오늘 밤부터 열병을 앓을지도 모르겠군. 대체 그런 보석이 지금까지 어디에 숨어 있었던 건지. 아이린의 입가에 미소가 떠올랐다. 특히 그 검은 눈동자. 정말 엘레나와 꼭 닮아 있었다. 아이린은 엘레나와 함께 처음으로 사교계에 데뷔했던 때가 떠올라, 심장이 두근거렸다. 그 설레고 행복했던 시간으로 되돌아갈 수만 있다면 얼마나 좋을까? 아이린은 죽은 엘레나를 떠올리며, 안타까운 미소를 지었다.

잠깐, 그러고 보니 엘레나가 결혼한 백작의 이름이 뭐였더라? 아이린은 20년 전 들었던 이름을 떠올리며 미간을 찌푸렸다. 그러다 아이린의 눈동자가 놀라움으로 커졌다.

헤이스팅스. 그래, 바로 데본의 헌팅턴 백작이었다.

"맙소사. 그럼 헤리엇이 엘레나의 딸?"

놀라움이 사라지자, 아이린의 눈동자가 촉촉해졌다. 믿을 수 없었다. 아니, 스콧 부인의 의상실에서 헤리엇을 본 순간부터 낯설지 않았다. 헤리엇을 떠올리자, 아이린의 심장이 뜨거워졌다. 헤리엇이 엘레나의 딸이었다니.

"백작부인, 서두르셔야 할 것 같습니다."

2층 계단 끝에 도착했을 때, 그녀를 기다리고 있던 하녀장이 서둘러 아이린에게 다가왔다.

"그래, 알았어."

땡! 땡! 땡! 땡! 땡! 땡!

그때, 응접실에 있는 거대한 회중시계가 정각 여섯 시를 알렸다. 그 웅장하고 아름다운 소리와 함께 영국 귀족들의 최고의 행사인 사교계 시즌이 막 시작되었음을 알렸다.

그레빌 백작가의 현관 앞에 마차가 멈췄다. 줄지어 선 화려한 마차들 사이에서 유독 장식 하나 없이 수수한 마차의 등장은 무척이나 이례적인 것이었다. 그래서인지 계단을 오르던 귀족들이 마차에서 내리는 사람이 누군지 확인하기 위해 뒤를 돌아봤다. 영국에서 가장 화려하고 아름답기로 이름난 그레빌 백작부인의 무도회였다. 사교계의 최신 유행의 흐름과 정보를 가장 먼저 알 수 있었고, 모든 소문과 핑크빛 염문이 시작되는 곳이기도 했다.

그래서인지 그레빌 백작부인의 파티에 초대된 귀족들은 그 어떤 파티보다 화려하고 아름답게 치장하는 것이 하나의 관례처럼 되어 있었다. 가문의 명예가 걸린 보이지 않는 전쟁터라고 해도 과언이 아닌 셈이었다.

더군다나 올 시즌 최초의 파티였기 때문에 그레빌 백작부인의 무도회에 참석하는 숙녀들은 그 어느 때보다 돋보이는 치장을 위해 열을 올렸다. 특히, 소문만 무성하던 콘웰 공작가의 상속자인 이튼 스튜어트와 햄프턴 공작의 상속자 에이든 햄프턴, 그리고 브리튼 출판사의 소유주인 네빌 백작까지 참석한다는 말이 돌면서, 그야말로 이번 사교 시즌엔 최고의 신랑감을 잡기 위한 경쟁 또한 극심해질 전망이었다.

그런데 장식은커녕, 가문의 문장도 없는 마차라니. 그레빌 백작가의 집사인 로한은 초라한 마차로 걸어가며, 마땅찮은 얼굴을 했다. 하지만 문을 열기 위해 손을 뻗은 순간, 그만 얼음처럼 굳어져 버렸다. 어둠 속에서도 위압감이 들 정도로 차가운 분위기의 남자는 다름 아닌, 이튼이었다.

"어, 어서 오십시오, 글로스터 백작님."

정원에 설치된 가로등에 사내의 조각 같은 얼굴을 비추자, 로한은 당황한 듯 말을 더듬었다. 분명 백작부인에게 콘웰 공작가의 상속자가 무도회에 올 것이란 말은 들었지만, 막상 얼굴을 마주하자 완벽에 가까운 모습에 주눅이 들고 말았다. 하지만 이튼은 집사인 로한에겐 시선조차 주지 않은 채 차가운 눈을 들어 저택을 올려다보았다. 무도회에 참석하는 것이 마땅찮은 모양이었다. 로한은 그가 뿜어내는 서늘한 냉기에 주춤 뒤로 물러섰다.

"햄프턴가의 에이든과 네빌 백작은 도착했나?"

"에이든 님께선 동생분이신 캐서린 님과 함께 와 계십니다. 하지만 네빌 백작님께선 아직……."

이튼은 집사의 말이 끝나기도 전에 연미복 위에 입은 코트 깃을 여몄다. 그리곤 붉은 카펫이 깔린 계단을 오르기 시작했다. 그를 바라보고 있던 귀족들 역시 놀란 얼굴로 옆으로 비켜섰다. 4년 만에 무도회에 나타난 이튼의 존재감은 가히 위압적이었다.

고갤 숙이고 옆으로 비켜선 숙녀들 역시 들고 있던 화려한 부채 사이로 이튼을 흘끔거리며 얼굴을 붉혔다.

정작 이튼은 자신에게 쏟아지는 시선 따위 안중에도 없는 듯, 무감한 얼굴로 저택으로 들어섰다. 이미 그의 등장만으로도 무도회장은 술렁이기 시작했다.

잠시 후, 또 다른 마차 하나가 멈췄다. 그때까지 넋이 빠진 얼굴로 서 있던 집사 로한이 서둘러 마차에서 내리는 숙녀에게 다가갔다.

"초대장을 보여주십시오."

"아, 여기."

집사는 초대장을 받아 들며, 곁눈으로 숙녀의 수수한 옷차림을 살폈다. 푸른빛이 도는 드레스는 아무리 보아도 그레빌 백작부인의 파티에 어울리지 않았다. 최고급 실크와 벨벳으로 된 드레스는 고급스럽기는 했지만, 뭔가 고전적인 느낌이 물씬 풍겼다. 오늘 무도회에 참석한 숙녀들 대부분은 목선과 풍만한 가슴을 드러낸 화려한 드레스였다. 그런데 눈앞의 숙녀는 모든 부분을 다 가린 몹시도 정숙한 드레스를 입고 있었다.

홋, 이런 차림으로 그레빌 백작부인의 파티에 오다니. 아마 유행엔 전혀 관심 없는 노처녀거나, 아니면 시골에서 온 갓 올라온 귀족가의 딸인 모양이었다. 집사 로한이 고갤 저으며 숙녀의 얼굴을 확인하기 위해 고갤 들었다.

"아……."

"무슨 문제라도 있는 건가요?"

아름다웠다. 순간 말을 잃을 정도로. 눈앞의 숙녀는 달빛을 머금은 은빛 머리카락을 늘어뜨린 채였다. 하지만 그 아름다운 머리카락보다, 그를 놀라게 한 것은 그를 물끄러미 바라보는 검은 눈동자였다. 순식간에 집사의 얼굴이 붉어졌다. 40이 넘은 중년의 나이에 아름다운 숙녀를 보고 얼굴을 붉힌 적은 오늘이 처음이었다. 티 하나 없는 상앗빛 피부 위에 갸름한 턱. 그리고 신비로운 분위기가 물씬 풍기는 아름다운 얼굴까지. 로한의 눈엔 수수한 옷차림 따윈 눈에 들어오지 않았다.

"아닙니다. 들어가십시오."

로한은 처음과는 달리 깍듯하게 허릴 숙이곤, 초대장을 건넸다. 흰색 벨벳 장갑을 낀 손이 초대장을 받아 들었다. 그리곤 드레스 자락을 살짝 들어 붉은 카펫 위로 발을 내디뎠다.

"혹시, 성함이……?"

"데본에서 온, 헤리엇입니다. 헌팅턴 백작가의 딸이죠."

봄바람처럼 부드러운 목소리였다. 로한에게 예의 바른 미소를 지어 보인 후 헤리엇이 다시 계단을 오르기 시작했다. 손바닥에 땀이 배어 나왔다. 처음으로 참석하는 무도회였다. 의식하지 않으려 했지만, 자꾸만 긴장되었다. 그리고 무도회장에서 이튼을 보았을 때, 그가 어떤 얼굴을 할지가 가장 걱정이었다.

헤리엇은 긴장을 떨쳐 내기 위해 드레스 자락을 붙잡은 손에 힘을 주었다. 그리곤 붉은 카펫을 밟고 올라갈 때마다, 돌아가고 싶다는 망설임을 떨쳐 냈다.

그레빌 저택은 낮보다 더 밝았다. 로즈힐 역시 아름다웠지만, 그레빌 저택은 아름답다는 표현보다 화려하고 섬세하다는 표현이 맞을 듯했다. 무도회장 앞에서 잠시 걸음을 멈춘 헤리엇은 무도회장 안으로 들어가기 전에 옷매무새를 바로잡았다.

이미 무도회장 안은 사람들로 가득했고, 아름다운 음악 소리에 섞여 귀족들의 들뜬 목소리가 들려왔다. 간간이 들려오는 웃음소리와 흥분이 묻어 있는 숨소리까지. 헤리엇은 사교계의 무도회라는 것이 어떤 느낌인지 알 수 있었다.

"들어가지 않을 생각이시라면, 잠시 실례해도 될까요?"

헤리엇은 뒤따라 들어오던 숙녀의 목소리에 뒤로 한 발짝 물러서며, 뒤를 돌아보았다. 그러자 금발 머리의 아름다운 숙녀가 헤리엇을 보며 서 있었다.

"먼저 들어가세요."

"그럼, 저 먼저."

소피아가 헤리엇을 지나쳐 안으로 들어서자, 귀족들의 시선이 일제히 소피아에게 향했다. 오늘 무도회에 참석한 신사들 대부분이 소피아의 추종자라고 해도 과언이 아니었다. 또한, 숙녀들 역시 소피아를 최고의 경쟁 상대로 꼽고 있었기 때문에 오늘 소피아가 입고 온 드레스며, 장신구에 모든 신경이 쏠려 있었다.

"소피아 버킹햄이군요. 정말 사교계의 꽃답게 아름다움 그 자체예요. 올해에도 소피아 버킹햄의 미모를 뛰어넘을 숙녀는 없을 것같군요."

소피아 버킹햄이란 이름에 헤리엇은 고갤 들고 무도회장 안으로 들어간 금발의 미인을 시선으로 좇았다. 허릴 곧게 펴고 안으로 들어가는 소피아에게선 섬세한 아름다움이 느껴졌다. 잘록한 허리며, 풍만한 가슴을 가진 소피아는 정숙함과 섹시함을 동시에 가진 여인이었다. 저 정도 미모라면, 분명 이튼 역시 관심을 보일 게 분명했다.

헤리엇은 잠시 자신의 드레스를 내려다보았다. 암청색의 드레스는 아름답긴 했지만, 소피아의 진줏빛이 감도는 화사한 드레스와 비교하자면 무척이나 칙칙해 보였다.

"오늘이 첫 데뷔인 모양이죠?"

잠시 망설이고 서 있는 헤리엇에게 갈색 머리의 숙녀가 말을 걸어왔다. 조금 전 소피아 버킹햄보단 화려한 미모는 아니었지만, 눈앞의 숙녀 역시 아름다웠다. 지적인 분위기의 미인이라는 표현이 어울릴 것 같았다.

"아, 네."

"전, 켈리라고 한답니다. 아마, 앞으로 파티에서 종종 보게 될 거예요. 사실 런던의 사교계는 생각보다 아주 좁거든요."

"헤리엇입니다."

"헤리엇 양, 지금 들어가지 않을 거면 저 먼저 들어가야겠어요. 사실 지금 무도회장 안에서 함께 온 샤프롱이 눈을 부릅뜨고 기다리고 있거든요."

"아, 네."

켈리가 헤리엇을 지나쳐 무도회장 안으로 들어가려다 말고 다시 말을 건넸다.

"위로가 될진 모르지만, 저 역시 처음 데뷔 파티에서 얼마나 떨었는지. 이가 딱딱 부딪히는 바람에 파티 내내 이를 앙다물고 있어야 했답니다. 그렇지 않으면, 입을 열 때마다 이가 딱딱! 소릴 내는 통에, 꼭 호두까기 인형 같았거든요."

켈리의 농담에 헤리엇이 피식 웃음을 터뜨렸다.

"이제 긴장이 좀 풀린 모양이군요. 그럼, 성공적인 데뷔가 되길 빌게요."

켈리가 헤리엇에게 윙크를 해 보이곤, 무도회장 안으로 들어갔다. 헤리엇은 새로 알게 된 켈리 덕분에 마음이 조금 진정되었다. 다시 숨을 고른 헤리엇은 고갤 들고 무도회장으로 들어섰다. 하지만 다음 순간, 헤리엇은 발에 못이 박힌 듯 움직일 수 없었다.

이튼, 그였다. 무도회장 안엔 수백 명의 귀족이 있었다. 하지만 그 속에서도 그의 존재감은 엄청났다. 한순간 빨려들 듯 헤리엇의 시선이 그에게 향했다. 귀족들 사이에서 싸늘한 분위기를 풍기며 서 있는 이튼은 위험한 본성을 숨기고 있는 맹수처럼 느껴졌다. 무도회가 마음에 들지 않는지 불쾌한 표정을 숨기지 않고 있었다.

그렇게 무겁게 가라앉아 있던 그의 시선이 그녀에게로 향했다. 두근! 그녀와 눈이 마주친 순간, 무감하던 그의 눈동자에 싸늘한 냉기가 어렸다. 착각인 걸까? 여전히 싸늘한 얼굴이었지만 조금 전까지 지루해 보이던 그의 눈동자가 생기로 반짝이는 것 같았다.

이튼의 시선이 오래도록 헤리엇에게 머물렀다. 그러자 하나둘 그의 시선을 따라 귀족들의 시선이 무도회장 입구로 향했다.

"잠시, 실례하겠습니다."

그때 한 남자가 황급히 입구 쪽으로 걸어왔다. 그러다 무도회장 입구에 서 있던 헤리엇과 살짝 부딪혔다. 휘청! 흔들리는 헤리엇의 팔을 붙잡은 네빌이 놀란 얼굴을 했다. 그리곤 걱정스러운 얼굴로 헤리엇을 바라보았다.

"괜찮으십니까?"

"아, 네."

"죄송합니다. 제가 서두른 탓에 큰 결례를……."

부드럽게 울리는 목소리가 왠지 귀에 익었다. 설마? 신중한 표정으로 고갤 든 헤리엇은 눈앞의 신사를 살폈다. 그녀의 예상대로 브리튼 출판사 앞에서 보았던 바로 그 남자였다. 다행히 남자는 자신을 알아보는 것 같진 않았다.

"아닙니다, 그럼."

"잠시만……."

도망치듯 자릴 벗어나는 헤리엇을 붙잡기 위해 네빌이 손을 뻗었다. 하지만 헤리엇의 팔엔 닿지 못했다. 네빌은 멀어져 가는 헤리엇을 보며, 눈을 빛냈다. 그리곤 헤리엇이 숙녀들이 모여 있는 테이블로 걸음을 옮기는 것을 확인하고 나서야 자신을 향해 손을 흔드는 에이든과 이튼이 있는 곳으로 걸음을 옮기기 시작했다.

"늦었군, 네빌."

"내일 아침 발행될 신문 기사가 늦게 끝나는 바람에 늦었지 뭔가. 이튼, 4년 만이군."

네빌이 이튼의 손을 잡고 반가운 듯 그를 품에 안았다. 그러자 이튼 역시 지금껏 뿜어내던 차가운 냉기를 누그러뜨리곤 네빌의 등을 두드렸다.

"오랜만이군, 네빌. 그동안 잘 지낸 모양이지? 얼굴이 좋아 보이는군."

"쉽게 생각했었는데, 의외로 신문사 일이 생각보다 많더군. 그래서 정신없이 시간을 보냈지."

"어디 신문사뿐인가? 지금은 출간하는 책마다 인기몰이 중이지. 그런데 조금 전 그 숙녀는 누군가? 처음 보는 얼굴 같던데."

에이든이 호기심 어린 표정으로 숙녀들 사이에 서 있는 헤리엇을 슬쩍 보았다. 그러자 네빌 역시 이끌리듯 헤리엇을 찾아 움직였다. 화려한 부채를 들고 얼굴을 가린 채 곁눈으로 신사들을 살피는 숙녀들 사이에서 헤리엇은 차분한 모습으로 서 있었다. 화려하게 치장한 종달새들 가운데, 고고한 한 마리의 공작새처럼 서 있는 헤리엇은 왠지 눈에 띄었다.

"좀 다른 분위기의 숙녀군. 올해 처음으로 사교계에 데뷔한 모양이지?"

"그렇겠지. 하지만 나도 조금 전 처음 만났을 뿐, 아는 게 없다네."

두 사람의 대화에 이튼의 입매가 마땅찮은 듯 굳어졌다. 참석하지 않을 것으로 생각했다. 하지만 헤리엇은 그의 예상과는 달리 그레빌 백작부인의 파티에 나타났다. 이튼의 시선이 또다시 헤리엇에게 향했다. 목까지 올라오는 암청색의 드레스는 청교도적인 분위기가 물씬 풍겼다. 하지만 그의 눈엔 화려한 드레스를 입고 한껏 자신의 몸매를 뽐내는 숙녀들보다, 훨씬 관능적이었다. 젠장! 이튼이 테이블에 놓여 있던 음료를 집어 들었다. 그리곤 천천히 들이켰다.

"나, 잠깐 다녀와야겠어."

"어딜……? 설마 조금 전 그 숙녀에게 간다는 말은 아니겠지?"

"음악이 시작되었잖아."

네빌의 말에 에이든이 믿을 수 없다는 얼굴을 했다. 이튼 역시 조금은 놀란 듯 날카로운 눈으로 네빌을 주시했다.

"정말 춤이라도 신청하려는 건 아니겠지?"

대답 대신 네빌은 지나가던 고용인의 쟁반에서 시원한 에이드 잔을 집어 들더니, 두 사람에게 흔들어 보였다. 춤이 아니라, 음료를 건네러 가려는 모양이었다. 말릴 새도 없이 네빌이 사람들 틈을 헤치고 헤리엇에게 다가가는 것이 보였다. 이튼은 이미 비어버린 음료 잔을 꽉 쥐었다. 갈증이 났다. 차가운 얼굴은 여전히 무감했지만, 자꾸만 불쾌감이 밀려들었다.

"이튼, 무슨 일 있는 건가? 안색이 좋지 않군."

"답답하군. 잠깐 바람 좀 쐐야겠어."

이튼이 걱정하지 말라는 듯 에이든의 어깨에 손을 올려놓았다. 그리곤 서둘러 무도회장을 빠져나가기 시작했다.

"어머, 글로스터 백작님께서 밖으로 나가시는 모양이에요."

부채로 얼굴을 가린 채 이튼을 바라보던 한 숙녀가 낮게 속삭이는 소리가 들려왔다. 사실 헤리엇 역시 이튼이 밖으로 나가는 것을 보고 있었다. 당장에라도 그를 따라나가고 싶었지만, 그를 바라보는 시선이 너무 많았다. 만약 헤리엇이 그를 따라 밖으로 나간다면, 또 어떤 소문이 사교계에 나돌지 장담할 수 없었다.

기다려야 할 것 같았다. 헤리엇이 작게 한숨을 내쉰 후, 손을 씻기 위해 파우더 룸으로 가기 위해 걸음을 옮기려는 순간 한 남자가 그녀 앞을 막아섰다.

조금 전, 무도회장 앞에서 부딪힌 바로 그 신사였다. 검은 연미복 차림의 네빌은 이튼만큼은 아니지만, 키가 컸다. 단정하게 빗어 올린 머리와 잘생긴 얼굴에선 이튼에겐 없는 부드러움이 느껴졌다. 헤리엇은 그런 네빌을 보며, 조금 초조했다. 그가 왜 자신을 찾아왔는지 그 이유를 짐작조차 할 수 없어서였다. 헤리엇은 초조함을 숨긴 채 서늘한 얼굴로 입을 열었다.

"무슨 일이시죠? 제게 무슨 볼일이라도 있으신가요?"

"조금 전 결례에 대해 정식으로 사과하고 싶어서 왔습니다. 다치신 곳은 없으십니까?"

아, 그제야 헤리엇은 안심한 얼굴로 그를 바라보았다.

"이렇게 다시 사과하실 만큼의 결례는 없었습니다. 저 역시 오시는 걸 보지 못했거든요."

"그렇다니 다행입니다. 전, 네빌이라고 합니다."

"네?"

"사람들은 절 네빌 백작이라고 부르지만, 친구들은 네빌이라고 부른답니다."

"아, 네. 네빌 백작님."

헤리엇이 네빌이란 이름 대신, 백작이란 호칭으로 부르자 네빌의 입가에 미소가 떠올랐다. 그녀가 경계심이 많다는 사실을 며칠 전 브리튼 출판사 앞에서 부딪혔을 때, 눈치채고 있었다.

"실례가 안 된다면, 성함을 알 수 있을까요?"

"아, 제 이름은……."

순간 헤리엇은 목구멍이 꽉 막힌 듯 말을 할 수가 없었다. 주변의 시선이 느껴졌다. 무도회장은 수천 명을 수용할 정도로 컸고, 지금 악사들의 연주와 함께 중앙 댄스플로어에선 왈츠가 한창이었다. 그런데 지금 헤리엇은 수많은 귀족의 시선을 받은 채 네빌 백작과 이야기하고 있었다. 대체 뭐지? 이 당혹스러운 분위기는? 헤리엇은 그녀에게 날아드는 날 선 시선에 목이 말랐다.

"혹시 이걸 찾으시는 겁니까?"

네빌은 들고 온 에이드 잔을 헤리엇에게 내밀었다. 독심술이라도 하는 건가? 헤리엇은 음료 잔을 건네는 네빌을 물끄러미 응시했다.

"사람이 많은 곳에선 언제나 시원한 음료가 필요한 법이죠."

"감사합니다, 백작님."

잔을 받아 든 헤리엇은 시원한 음료를 한 모금 마셨다. 레몬 향의 달콤함이 입안을 가득 채웠다. 그러자 당혹스럽던 마음이 조금씩 가라앉기 시작했다. 귀족들의 호기심 어린 시선 역시 이젠 견딜 만했다.

"돌아가 보셔야 하는 것 아닌가요?"

헤리엇의 말에 네빌이 에이든을 돌아보았다. 그러자 에이든이 의미심장하게 웃으며 들고 있던 잔을 네빌을 향해 들어 보였다. 다행인 것은 그나마 이튼이 자리에 없다는 것이었다.

"아마, 신경 쓰지 않을 겁니다. 제가 아름다운 숙녀분께 춤 신청을 하는 것을 신기해하는 것뿐이거든요."

춤을 신청한다고? 헤리엇이 미간을 살짝 찌푸렸다. 앞에 서 있는 네빌은 처음 보는 숙녀에게 춤을 신청할 정도로 바람둥이처럼 보이진 않았다. 부드러운 인상이었지만, 그건 그가 웃고 있기 때문일 뿐 이튼처럼 그 역시 쉽게 말을 걸 수 있을 정도로 가벼워 보이진 않았다.

네빌 백작. 그는 분명, 브리튼 출판사의 편집자였다. 3년 동안 그와 편지를 주고받는 동안 헤리엇은 그를 친구처럼 느끼게 되었다. 그리고 직접 그를 만나자, 자신도 모르게 그를 편한 친구처럼 받아들이고 있었다. 무례하단 생각은 들지 않았다. 다만, 칼 프레더릭이란 이름으로 그를 다시 만나야 했기 때문에 조심해야 할 것 같았다.

"백작님, 유감스럽게도 춤을 출 줄 모른답니다. 만약 제가 춤을 배우게 된다면, 백작님과 처음으로 춤을 추고 싶군요."

헤리엇의 말에 네빌의 눈동자가 빛나기 시작했다. 댄스 신청을 거절당했는데도, 당혹스럽기는커녕 심장이 뛸 정도로 기분이 좋았다.

"기다리고 있겠습니다. 춤을 배우실 때까지."

네빌이 손을 뻗어 헤리엇의 손을 살짝 붙잡았다. 그리곤 아름답고 고귀한 신분의 숙녀에게 경의를 표하듯 고갤 숙여 장갑 낀 헤리엇의 손등에 입을 맞췄다. 그리곤 에이든이 있는 곳으로 돌아가는 것이 보였다. 그 모습을 지켜보고 있던 귀족들은 혼자 남겨진 헤리엇을 호기심 어린 표정으로 바라보았다. 네빌 백작이 관심을 보인 숙녀라니, 귀족들은 이례적인 사건을 두고 조금씩 술렁이기 시작했다.

귀족들의 시선이 부담스러워진 헤리엇은 무도회장을 벗어나기 위해 걸음을 옮기기 시작했다. 사람들의 시선과 열기에 답답함을 느끼기도 했지만, 이튼을 만나야 할 것 같았다. 싸늘하게 그녀를 바라보던 그의 시선이 마음에 걸렸다. 헤리엇은 이미 사라지고 없는 그를 따라 서둘러 밖으로 나갔다.

정원으로 나가는 유리문을 밀고 밖으로 나가자, 시원한 바람이 헤리엇의 머리카락을 쓸어 넘겨주었다. 달아올랐던 뺨을 식히며, 헤리엇은 주위를 두리번거렸다. 대체 어디로 간 걸까? 처음 발을 들여놓은 그레빌 백작가의 정원은 너무도 아름다웠다. 또한 미로의 한 형태를 본떠 만들었는지 너무도 복잡했다. 헤리엇은 초록의 측백나무 사이로 서 있는 가로등을 따라 무작정 걷기 시작했다. 이렇게 정원을 헤매다 보면, 어딘가에 있을 이튼을 만날 것 같았다.

어둠을 밝히는 등불을 따라 한참을 걷다 보니, 헤리엇은 어느새 정원 한쪽에 있는 유리 정원 앞에서 걸음을 멈췄다.

투명한 유리로 된 정원은 달빛을 받아 아름답게 빛나고 있었다. 잠시 망설이던 헤리엇은 손을 뻗어 유리문을 밀고 안으로 들어갔다. 그러자 따뜻한 공기와 함께 향긋한 꽃 향이 폐부 깊숙이 밀려 들어 왔다. 순간 달콤한 향기와 함께 그의 향이 났다. 어떻게 알 수 있느냐고 묻는다면, 뭐라고 대답할 순 없었지만 본능적으로 그의 향을 느낄 수 있었다.

헤리엇은 한 걸음, 한 걸음 달빛이 비쳐 드는 천창을 향해 다가갔다. 그리고 얼마 가지 않아, 헤리엇은 걸음을 멈췄다. 등을 보이고 서 있었지만, 분명 그였다. 다른 이에겐 차갑고 냉혹한 뒷모습일지도 몰랐지만, 헤리엇에겐 심장이 꽉 조여들 만큼 심장을 두근거리게 하는 모습이었다.

"왜, 여기에 있는 거지? 파티에서 남자들을 홀리고 있을 것이라고 생각했는데 말이야."

그가 서늘한 얼굴로 돌아섰다. 유리로 된 정원 한가운데 서 있는 이튼의 어깨 위로 달빛이 비치고 있었다. 헤리엇은 그런 이튼을 보며, 어둠과 잘 어울리는 사람이고 생각했다. 짙은 어둠을 닮은 그는 위험스러울 정도로 냉혹했고, 또한 무자비해 보였다.

"당신을 쫓아왔어요."

"잘못 선택했군. 여기선 널 반길 사람은 아무도 없거든. 불청객, 그것이 바로, 너다."

"그럼 무도회장엔 있다는 뜻인가요?"

"그건 네가 더 잘 알겠지. 또 어떤 남자에게 거짓말을 늘어놓을지 말이야."

이튼이 헤리엇에게 다가왔다. 그리곤 손을 뻗어 그녀의 턱을 붙잡고는 그를 바라보게 했다.

"레몬 향이 나는군."

"에이드를 마셨거든요."

순간 이튼의 눈빛이 날카로워졌다. 또 뭐가 마음에 들지 않는지 그녀의 턱을 붙잡은 손에 힘이 들어갔다. 그리곤 불편한 심기를 드러내며, 헤리엇의 목덜미를 쏘아보았다.

"옷으로 가린 모양이군."

"와야 했거든요."

"그렇게 콘웰 공작부인의 자리가 탐이 난 모양이지? 아니면, 내가 아니더라도 다른 누군가를 붙잡으려 했는지도 모르지."

"네, 탐이 나더군요. 사실 무도회장에 오고 나니, 더욱 간절해졌어요."

이튼…… 당신이. 당신을 보는 숙녀들의 눈이 다 멀어버렸으면 하고 바랄 정도로.

순간 이튼의 눈빛이 차갑게 변했다. 마음에 들지 않았다. 헤리엇도, 그리고 헤리엇을 보던 그 시선들도. 모든 것이 그의 신경을 자극하고 있었다.

"흥, 이젠 숨기지도 않는군."

"숨길 수 없을 만큼, 갖고 싶으니까요. 윽!"

붙잡힌 턱이 아팠다. 하지만 헤리엇은 그가 자신을 밀어내는 것이 더 아팠다. 차갑게 외면한 것이 더 참기 힘들었다.

"넌, 절대 가질 수 없을 거야. 아버지께서 너에게 어떤 약속을 했든, 난 절대 혼인 따위 할 생각 없으니까."

"그럼, 어떻게 해야 당신을 가질 수 있는 거죠?"

"뭐?"

"어떻게 해야 당신이 내 것이 되는지 물었어요."

이튼은 눈을 가늘게 뜨곤 헤리엇을 내려다보았다. 콘웰 공작부인의 자리가 아니라, 자신을 원한다는 건가? 순간 불쾌하던 마음이 다른 뭔가로 바뀌려 했다. 하지만 이내 이튼의 입가에 차가운 냉소가 떠올랐다. 믿을 수 없었다. 무엇 하나 자신에게 진실한 적 없는 여인이었다.

"또다시 날 속일 작정인 모양이군."

"내가 속인다면, 속아줄 건가요?"

이튼의 눈빛이 차갑게 변했다. 그리곤 더러운 것이라도 된 듯 헤리엇의 턱을 놓아주었다. 아픔은 사라졌지만, 그의 손길이 사라지자 헤리엇은 묘한 상실감을 느꼈다. 분노라도 좋았다. 그가 그녀를 외면하는 것은 더 견딜 수 없을 것 같았으니까.

"아니, 절대."

꿈도 꾸지 말라는 듯 단호한 목소리로 말한 이튼이 헤리엇을 지나쳐 걸어가기 시작했다.

"이튼!"

그가 멀어지려 하자, 헤리엇이 손을 뻗어 그의 옷자락을 붙잡았다.

"뭐지? 또 다른 거짓말이라도 남아 있는 건가?"

"제가 원하는 게, 콘웰 공작부인의 자리라고만 생각하는 건가요?"

"그럼 아니란 건가?"

"이튼, 당신일 수도 있잖아요. 그 무엇도 아닌······."

그를 바라보는 헤리엇의 눈동자가 그윽해졌다. 하지만 이튼은 여전히 차가운 모습이었다.

"믿지 않아. 내 옆에 있으라는 제안을 거절한 건, 너였으니까."

이튼이 헤리엇의 손을 거칠게 털어냈다. 그리곤 유리 정원을 나가기 위해 한 발짝 내딛는 순간, 유리 정원 밖에서 사람들의 인기척이 들려왔다. 이튼은 걸음을 멈추곤, 모든 신경을 곤두세웠다.

"정말 아름답군요. 유리 정원을 만드시다니. 안은 더 아름답겠죠?"

"네, 아름다울 뿐만 아니라 따뜻하답니다. 그래서 동양에서 가져온 신비한 꽃들이 피어 있지요. 이쪽으로 오세요."

아이린이 귀부인들을 데리고 유리 정원의 문 쪽으로 걸어오는 소리가 들렸다. 순간 이튼과 헤리엇의 시선이 마주쳤다. 만약 이곳에서 단둘만 있었다는 사실을 귀부인들에게 들키기라도 한다면, 두 사람 다 커다란 추문에 휘말릴 수 있었다.

젠장! 이튼이 욕설을 뱉어내며 재빨리 헤리엇의 손목을 붙잡았다. 그리곤 몸을 숨기기 위해 구석으로 걸어간 이튼이 달빛이 닿지 않은 어두운 구석으로 헤리엇을 밀어 넣은 후, 밖에서 그녀를 볼 수 없도록 온몸으로 막아섰다. 헤리엇은 좁은 통로와 이튼 사이에 갇힌 채 숨을 죽였다.

이내 덜컹 소리와 함께 문이 열렸다. 그리곤 아이린을 비롯해 귀부인들이 안으로 들어섰다.

"어머, 정말 따뜻하군요."

"세상에, 정말 아름답군요."

"며칠 후, 유리 정원에서 다과회를 열 생각이랍니다."

"다과회라니, 정말 기대되는군요."

"초대장을 보낼 테니 꼭 참석해 주세요."

"백작부인의 초대라면, 당연히 와야지요."

웃음소리와 함께 귀부인들은 정원을 구경하기 시작했다. 그리고 대충 구경이 끝나자, 아이린이 귀부인들을 향해 입을 열었다.

"그럼, 다시 무도회장으로 돌아갈까요?"

아이린이 앞장서 유리 정원을 나서자, 귀부인들 역시 그녀의 뒤를 따라 유리 정원을 나갔다. 문이 닫힌 후에도 두 사람은 꼼짝도 하지 않고 서 있었다. 그러다 답답함을 느낀 헤리엇이 이튼을 올려다보며 조심스럽게 입을 열었다.

"이제 갔나 봐요."

하지만 이튼은 꼼짝도 하지 않고 있었다. 좁은 기둥 사이를 나가려면, 그녀를 막고 있는 그가 먼저 움직여야 했다. 하지만 이튼은 그녀를 보내줄 생각이 없는 듯, 꼼짝도 하지 않았다.

"이튼……."

심장이 뛰었다. 그녀를 물끄러미 내려다보는 그의 시선에 헤리엇은 입안이 바짝 타들어갔다. 조금 전까지만 해도 싸늘하게 그녀를 외면하던 그였다. 하지만 그녀의 입술을 바라보는 그의 눈빛이 열기로 끈적거렸다. 당장에라도 입술을 부딪쳐 올 것처럼, 뺨에 닿는 그의 입김이 너무도 뜨거웠다.

"……이튼."

또다시 그를 불렀다. 그러자 다가오지 않던 그의 입술이 참을 수 없다는 듯 그녀의 입술을 스쳤다. 순간 헤리엇은 그의 입술이 닿은 자리가 따끔거렸다. 그가 뿜어내는 열기에 심장이 뛰었다. 갑자기 밀려든 갈증에 헤리엇은 혀를 내밀어 입술을 축였다.

하지만 더는 가까이 다가오지 않았다. 짙어진 눈동자는 분명 그녀를 원하고 있었지만, 그 감정을 그는 온몸으로 거부하고 있었다. 망설이는 그를 보며, 헤리엇이 발끝을 살짝 들어 올렸다. 그러자 그녀의 입술이 그의 입술에 닿았다. 까칠한 그의 입술에 부드러운 헤리엇의 입술이 닿자, 이튼의 몸이 긴장으로 굳어지는 것을 느꼈다. 밀려드는 욕망만큼, 헤리엇의 팔을 붙잡은 그의 손에도 힘이 들어갔다. 하지만 다음 순간, 이튼이 뒤로 물러섰다. 그리곤 언제 그랬냐는 듯 싸늘한 눈으로 그녀를 내려다보았다.

"더는 속지 않아."

그가 그녀를 밀어내며, 차갑게 돌아섰다. 그리곤 그녀를 혼자 남겨둔 채 유리 정원을 나가 버렸다. 혼자 남겨진 헤리엇은 입술을 꼭 깨물었다. 지독한 상실감에 눈물이 날 것 같았다. 그는 무슨 말을 해도, 다시는 그녀를 믿지 않을 모양이었다. 헤리엇은 눈을 꼭 감고는 주먹을 쥐었다. 하아! 세상에서 잃고 싶지 않은 것이 하나 있다면, 그건 바로…… 그였다.

"이젠 그에게 모든 걸 말하는 것밖엔 없는 건가?"

용기를 내야 할 것 같았다. 처음엔 그를 떠나보낼 생각이었지만, 이젠 달랐다. 그를 얻기 위해서, 용기를 내야 했다.

무도회장으로 돌아온, 이튼은 에이든과 네빌을 찾았다. 당장에라도 답답한 무도회장을 나가 집으로 돌아가고 싶었지만, 아직 돌아가기엔 이른 시각이었다.

"이튼, 여기."

에이든이 이튼을 발견하곤 그를 향해 손을 흔들었다. 이튼은 무도회장을 가로질러, 에이든과 네빌에게 걸어갔다. 그러다 에이든 옆에 서 있는 두 명의 숙녀를 발견하곤, 미간을 찌푸렸다. 에이든을 닮은 검은 머리카락의 숙녀는 그의 여동생인 캐서린이 분명했지만, 금발의 화려한 미인은 처음 보는 얼굴이었다.

"이튼, 내 여동생 캐서린은 기억하고 있겠지?"

"캐서린, 오랜만이구나."

이튼이 말을 건네자, 캐서린의 뺨이 붉게 달아올랐다. 4년 전 마지막으로 캐서린을 보았을 때가 열두 살이었으니, 오늘이 열여섯이 된 캐서린의 첫 데뷔 무도회인 듯했다.

"이쪽은 소피아 버킹햄 양. 조금 전 파우더 룸에서 캐서린을 도와준 모양이야."

"소피아 버킹햄입니다."

소피아가 이튼을 보며, 살짝 미소를 지었다. 새하얀 뺨은 어느새 장밋빛의 홍조가 떠올라 있었고, 눈동자는 생기로 반짝였다. 아닌 척하고 있었지만, 소피아 버킹햄이 이튼에게 관심이 있다는 것은 한눈에 봐도 알 수 있었다.

"지루하군."

감정이라곤 전혀 느껴지지 않는 건조한 목소리였다. 순간 소피아는 자신을 두고 하는 말이라 생각했는지, 입매가 눈에 띄게 굳어졌다. 하지만 다음 순간 이튼이 자신에겐 시선조차 주지 않고 있다는 사실을 깨닫곤 그나마 안심했다.

소피아는 자존심이 상했다. 런던의 신사들 대부분이 자신에게 말을 걸기 위해 애쓰고 있었지만, 이튼은 관심조차 없는 듯 보였다. 대신 서늘한 얼굴로 테이블에 놓인 음료를 집어, 목이 타는 듯 벌컥벌컥 들이켰다. 무척이나 무례했지만, 눈을 뗄 수 없을 만큼 매력적이기도 했다. 냉소를 머금은 차가운 모습에 심장이 떨릴 만큼.

그때, 이튼의 눈빛이 날카로워졌다. 소피아는 이튼의 시선을 따라, 무도회장 안으로 들어오는 헤리엇을 바라보았다. 헤리엇 역시 이튼의 시선을 느낀 듯 그가 있는 곳으로 고갤 돌렸지만, 이내 고갤 돌리곤 귀부인과 숙녀들이 모여 있는 테이블로 걸어가 버렸다.

뭐지? 이튼과 저 여자. 두 사람 사이에 뭔가 묘한 기류가 흐르고 있음을 소피아는 직감적으로 느낄 수 있었다.

"네빌, 정말 단단히 빠진 모양이군."

에이든의 장난 섞인 말투에 이튼과 소피아의 시선이 네빌에게 향했다. 이튼은 네빌 역시 헤리엇을 보고 있다는 것을 알아차렸다. 이튼이 눈살을 찌푸리며, 고갤 돌리다 자신을 바라보고 있던 소피아와 눈이 마주쳤다.

"그게 무슨 말씀이죠, 오라버니?"

캐서린이 검은 눈망울을 빛내며, 순진하게 물어왔다. 그러자 에이든은 네빌을 보며 의미심장하게 웃었다.

"그런 게 있지. 그나저나, 캐서린. 이제 오늘 내가 해야 할 의무는 끝난 것이겠지?"

"끝나긴요. 전 지금까지 오라버니를 제외하곤, 단 한 명도 댄스 신청을 받지 못했어요. 그러니, 책임지세요."

"뭐, 대체 그게 무슨 말이지?"

"제가 오늘 파티를 얼마나 기다리고 있었는지 알고 계시잖아요. 그러니 다음 춤도 저랑 춰주세요."

"뭐?"

"제발요. 만약 거절하면, 어머니께 이번 시즌에 열리는 모든 파티에 참석하겠다고 말하겠어요. 그렇게 되면 오라버니 역시……."

"좋아. 대신 이번이 마지막이야. 다녀올 테니, 두 사람 다 춤을 출 상대를 찾아보는 게 어때? 간만에 왈츠를 췄더니, 재미있기도 하고."

에이든이 순순히 손을 들자, 캐서린이 환하게 웃으며 에이든의 손을 잡고 댄스 플로어 쪽으로 걸어가기 시작했다.

"이튼."

네빌이 이튼의 팔을 툭 치며, 앞에 서 있는 소피아를 가리켰다. 이튼이 귀찮다는 표정으로 소피아를 보자, 소피아 역시 이튼을 바라보았다.

"어서 나가봐. 숙녀를 기다리게 하면 실례지."

젠장! 네빌의 속삭임에 이튼은 속으로 욕설을 뱉어냈다. 그러다 자신을 쏘아보고 있던 헤리엇과 눈이 마주쳤다. 이내 시선을 피하긴 했지만, 헤리엇이 이튼과 소피아를 보고 있었던 것이 분명했다. 숨기려 하고 있었지만, 헤리엇의 표정이 굳어 있었다.

훗, 질투하는 건가? 어쩌면, 불안할지도 모르겠군. 아버지께서 소피아 버킹햄과 정략혼을 추진하고 있다고 말했을 테니까.

"소피아 양, 저와 춤을 추시겠습니까?"

이튼의 댄스 신청에 소피아가 수줍게 웃으며 고갤 끄덕였다. 그리곤 그녀에게 내밀어진 이튼의 손을 붙잡고 댄스 플로어로 가는 동안 소피아는 우월감에 고갤 들었다. 이튼은 런던의 귀족 중, 가장 영향력 있는 가문의 후계자였다. 또한, 그에게서 뿜어져 나오는 강한 카리스마와 완벽한 외모까지. 소피아는 그가 마음에 들었다.

두 사람이 댄스 플로어로 걸어가자, 춤을 추고 있던 귀족들이 옆으로 비켜섰다. 그리곤 위험스러운 분위기를 풍기는 조각처럼 완벽한 외모의 이튼과 금발의 화려한 미로를 뽐내는 사교계의 꽃 소피아를 부러운 눈빛으로 바라보았다. 정말 완벽한 그림이었다. 두 사람이 서로를 바라보며, 마주 서자 멈췄던 음악이 시작되었다. 그리곤 귀족들의 시선을 한 몸에 받으며 이튼과 소피아는 음악에 맞춰 우아한 동작으로 왈츠를 추기 시작했다.

헤리엇은 소피아 버킹햄과 춤을 추고 있는 이튼을 외면했다. 그녀의 눈에도 두 사람은 너무도 잘 어울렸다. 아름다운 명문 귀족가의 영애, 소피아 버킹햄. 데본의 작은 시골의 백작가의 딸보단 훨씬 좋은 조건일 게 분명했다. 그리고 소피아라면, 콘웰 공작가의 대를 이를 아들을 낳아줄 수 있었다.

"어머, 헤리엇 양. 여기 있었군요."

그레빌 백작가의 주인으로서 귀족들에게 인사를 하던 아이린이 헤리엇을 발견하곤 서둘러 다가왔다. 사실 무도회가 시작한 내내, 아이린은 헤리엇을 찾고 있었다. 헤리엇 역시 아이린을 발견하곤 침울한 표정을 감췄다.

"아, 백작부인."

"다시 만나게 되었군요."

"그날 의상실에서 그레빌 백작부인이란 말을 들었을 땐, 놀랐답니다. 다시 한 번, 감사드립니다."

헤리엇의 말에 아이린이 고갤 끄덕였다. 그리곤 무례하지 않게 헤리엇의 드레스를 살폈다. 당연히 스콧 부인의 의상실에서 보았던 하늘빛 드레스를 입고 올 것으로 생각했었다. 그런데 예상과는 달리 헤리엇은 다른 드레스 차림이었다.

"안타깝군요. 그 하늘빛 드레스를 입지 않다니."

"아, 그 드레스는 개인적인 사정이 있어서……."

헤리엇은 목까지 올라오는 자신의 드레스를 내려다보았다. 그녀가 입고 있는 드레스는 하녀장인 로라가 콘웰 공작부인의 옷이라며 가져온 것이다. 드레스를 만든 천은 단연 최고였지만, 10년 전에 제작된 드레스라 유행과는 거리가 멀었다.

"하지만 이 드레스도 헤리엇 양에게 잘 어울리는군요. 기품이 느껴진다고 할까요? 헤리엇 양의 은빛 머리카락과 정말 잘 어울려요. 제가 다 부러울 정도군요."

헤리엇은 조금은 과한 칭찬에 아이린을 올려다보았다. 그러자 아이린은 헤리엇만 볼 수 있게 살짝 눈을 찡긋했다.

"감사합니다, 백작부인."

"그럼, 이제 약속을 지킬 차례군요."

"약속이라면, 무슨?"

"이제부터 무도회장에 모인 귀족들에게 헤리엇 양을 소개할 생각이거든요."

아이린이 의미심장한 표정으로 헤리엇을 바라보았다. 하지만 헤리엇은 그런 아이린에게 경계심을 가질 수밖에 없었다. 스콧 부인의 의상실에서부터 지금까지 아이린이 왜 그런 수고를 하는지 전혀 감을 잡을 수가 없었다.

"네? 하지만 그럴 필요는……."

아이린 역시 헤리엇의 얼굴에서 당혹스러움을 읽은 듯, 조금 미안한 얼굴을 했다. 헤리엇의 입장에선 그녀의 지나친 친절이 부담스러울 게 분명했다.

"엘레나 리치먼드였답니다. 하나밖에 없는 친구의 이름이. 그리고 오늘에서야 생각이 나더군요. 내가 가장 좋아했던 친구 엘레나는 데본의 헌팅턴 백작과 결혼했다는 것을."

"지금 엘레나 리치먼드라고 하셨나요?"

"네. 그리고 엘레나의 딸 이름이 바로, 헤리엇이란 것도. 헤리엇, 정말 반갑구나."

"아……."

헤리엇의 눈동자가 놀라움으로 커졌다. 그레빌 백작부인인 아이린이 어머니의 친구였다니. 믿을 수 없었지만, 사실인 듯했다. 아이린이 헤리엇의 손을 꼭 잡았다.

"전……."

"그간의 이야긴 차차 하도록 해. 오늘은 아름다운 숙녀를 사교계에 소개할 생각이거든. 자, 이제부터 시작이니 마음 단단히 먹어야 할 거야. 아마, 내일 아침이면 런던에 너에 대한 소문으로 파다할 테니까."

그 후, 헤리엇은 아이린의 손에 이끌려 수많은 귀족에게 소개되었다. 그리고 소개가 다 끝나갈 때쯤 아이린의 말처럼 런던의 사교계엔 헤리엇에 관한 이야기로 가득했다.

또한 사교계의 가장 핫한 소문 중의 하나는 그레빌 백작의 무도회에서 함께 춤을 춘, 이튼과 소피아 버킹햄이었다. 그림처럼 완벽한 두 사람을 두고, 곧 그들의 혼인이 임박했다는 소문이 다시 고갤 들었다. 그렇게 런던 사교계의 첫 무도회는 시작부터 숱한 소문을 만들어내며 화려한 막을 내렸다.

자정이 넘은 시각, 그레빌 백작부인의 무도회장에서 빠져나온 세 사람은 새벽까지 문을 연 사교 클럽으로 향했다. 4년 만이었다. 이튼이 갑작스러운 사고로 죽음의 문턱에서 살아 돌아온 후, 그는 아무런 설명도 없이 데본에 있는 콘웰 영지로 떠나 버린 것이다.

그리고 얼마 전, 콘웰 공작가의 장남이 대서양을 횡단하던 배 안에서 사망했다는 소식이 런던에 전해졌다. 그 소식과 함께 차남이었던 이튼이 콘웰 공작가의 상속자가 되었고, 결국 런던으로 돌아와야 했다.

에이든은 마주 앉은 이튼을 보며, 술잔을 가득 채웠다. 데본에서

와는 달리 말끔해진 이튼의 모습에 우선 안심했다. 데본에 있는 동안 이튼에게 무슨 일이 있었는지 알 수는 없었지만, 4년 전과는 달리 그에겐 뭔가 위험스러운 분위기가 풍겼다.

"콘웰 공작께서 데본에 직접 가셨다는 소문이 사실이었군. 런던에서 이튼, 자네를 다시 보게 되다니. 대체 공작님께서 어떤 협박을 하신 건가? 런던에 돌아오지 않는다면, 강제로 혼인이라도 시킨다고 하시던가?"

에이든이 웃으며 농담을 건네자, 이튼은 아무런 대꾸도 하지 않았다. 협박이라. 그래 어쩌면 엄청난 협박인지도 몰랐다. 어찌 되었건, 레이놀즈는 헤리엇을 이용해 그를 런던에 부르는 데 성공하셨으니까.

"흰소리 그만하고, 술이나 마시는 게 좋겠군."

이튼은 더는 말하고 싶지 않는다는 듯 술잔을 부딪쳤다. 그러자 에이든 역시 이튼의 마음을 이해한 듯 잠자코 술을 마셨다.

"사실 내 코가 석 자라 요즘 죽을 맛이라네. 오늘만 해도 캐서린과 춤을 10번이나 채우느라 발에 땀이 날 정도였거든. 남은 사교 시즌 동안 캐서린의 손에 이끌려 또 얼마나 많은 파티에 참석하게 될지, 벌써 걱정이 되는군."

에이든이 한숨을 내쉬며 불만을 터뜨리자, 그때까지 옆에 앉아 술잔을 기울이던 네빌이 피식 웃음을 터뜨렸다.

"그래, 오늘 춤을 추는 걸로 봐선 체력을 키워야 할 것 같더군. 열정적인 캐서린에 비해, 에이든 자넨 힘이 없달까?"

"쳇, 4년 만에 처음으로 춤을 췄더니 아직 몸이 익숙해지지 않은 것뿐일세. 아마, 네빌 자넨……."

순간 에이든의 눈빛이 의미심장하게 빛나기 시작했다. 무도회장에서 한 숙녀에게 시선을 떼지 못하던 네빌이 떠오른 것이다.

"잠깐, 그러고 보니 그 숙녀…… 데본에서 왔다던 그 헤리엇 양 말이야."

에이든이 헤리엇을 언급하자, 이튼과 네빌 두 남자가 동시에 긴 장했다. 이튼 역시 무도회장에서 네빌이 헤리엇을 바라보는 시선을 눈치채고 있었다. 이튼의 냉랭한 분위기를 알아채지 못한 에이든과 네빌은 이야기를 계속했다.

"헤리엇 양이 왜?"

"네빌, 설마 첫눈에 반한 건 아니겠지? 벌써 무도회장 안에선 자네가 헤리엇 양에게 공개 구혼이라도 한 것처럼 떠들어대더군."

"소문이야 발이 없는 말이니까. 하지만 걱정이군. 오늘 내 행동으로 헤리엇 양이 사람들 입에 오르내리는 게 말이야."

네빌의 말에 이튼은 술을 마셨다. 알코올이 목을 타고 내려가자, 목구멍이 타는 듯 뜨거웠다.

"평판에 관한 걱정까지 하다니. 뭐, 아름답긴 하더군. 다른 종달새들처럼 말이 많은 것도 아니고, 서늘한 인상에 신비한 분위기의 얼굴까지. 하지만 고집은 세 보이더군. 매서운 눈매가 평범한 숙녀처럼은 보이지 않았거든."

"그게 매력이 아닐까? 에이든 자네 역시, 하이에나처럼 신랑감을 찾아다니는 머리 빈 숙녀들은 질색이라고 하지 않았나?"

"그랬지. 하지만 헤리엇 양 역시 사교계에 데뷔한 이상, 신랑감을 찾기 위해 나온 게 분명해. 그래도 괜찮은 건가, 네빌?"

에이든의 질문에 네빌은 신중한 얼굴을 했다. 그리곤 어깨를 으쓱하며 대답했다.

"지금 당장 족쇄를 차고 싶으냐고 묻는 것이라면, 아직은 아니다에 가깝지. 하지만 정말 괜찮은 여인이 나타난다면, 놓치고 싶지 않다는 게 내 지금 생각이네."

"헛, 하루 만에 결혼에 대한 생각을 바꾸다니. 이튼, 자네 생각은 어떤가?"

"난, 관심 없어. 그게 누구든."

이튼이 두 사람의 대화엔 관심 없다는 듯 말했다. 하지만 그의 얼굴은 말과는 달리 차츰 굳어지는 것을 막을 수 없었다. 그저 헤리엇이 아름답고, 괜찮은 여인이란 말을 들은 것뿐이었다. 그런데도 이튼은 턱이 팽팽히 긴장할 만큼, 불쾌했다.

"뭐, 이튼이야 여자에겐 도통 관심이 없으니까. 네빌, 만약 자네가 헤리엇 양에게 관심이 있는 것이라면 서두르는 게 좋을걸."

"그게 무슨 뜻이지?"

네빌이 영문을 알 수 없다는 듯 에이든을 바라보았다. 그러자 작게 한숨을 내쉬더니, 한심하다는 듯 말했다. 아마 헤리엇의 뒷모습을 좇느라 무도회장에서 헤리엇을 바라보던 귀족들을 보지 못한 모양이었다. 특히 그레빌 백작부인이 헤리엇의 팔을 잡고 무도회장을 돌며, 헤리엇을 자신의 양녀라도 되는 듯 소개하기 시작하자 호기심은 호감으로 급속도로 바뀌고 있었다.

"헤리엇이란 그 숙녀, 첫 데뷔와 동시에 수많은 추종자를 갖게될 것 같거든. 아마, 경쟁률이 소피아 버킹햄 못지않을 것 같더군. 그나저나, 네빌. 헤리엇 양이 어디에 묵고 있는지 알고는 있겠지?"

"아니, 이제 천천히 알아봐야지."

네빌의 자신만만한 표정에 에이든이 어이없다는 얼굴을 했다. 뭔가 믿는 구석이 있지 않다면, 대단한 자신감이었다. 뭐, 네빌 역시 런던에서 가장 인기 있는 남편감 중의 하나니 가능성은 높은 건가?

"대단한 자신감이군. 하지만 조심하는 게 좋을걸? 여인의 마음이란, 종잡을 수 없거든. 쉽게 답을 찾을 수 없는 어려운 수학 문제보다 더 어렵지."

에이든의 놀림에도 네빌은 그저 웃을 뿐이었다. 사실 에이든은 안도하는 중이었다. 지난번 칼 프레데릭에 대해 말하던 네빌을 보며, 그쪽 성향이 있는 건 아닌지 걱정했었다.

"쳇, 우리 중에 혼인이란 족쇄를 차려는 어리석은 멍청이가 있었다니."

"헤리엇 양은 내 댄스 신청도 거절했어. 그런데 혼인이라니……."

"하지만 춤을 배운다면, 네빌 자네와 가장 먼저 추겠다고 약속했다고 하지 않았나? 그것이라면, 다른 사람들보다 한 발짝 앞서 있는지도 모르겠군."

"그렇다면 좋겠지만, 사교계에 데뷔하는 숙녀라면 누구나 왈츠를 배우는 법이지. 아마, 거절의 한 방법일 뿐이었을 것이라 생각하네."

"자네, 중증이군. 거절당해 놓고도 기분 좋아하는 걸 보면. 혹시, 자네 마조히스트는 아니겠지?"

"절대, 그런 취향은 없네."

하지만 에이든의 말대로 기분 좋은 것은 사실이었다. 헤리엇 루이자 헤이스팅스와 직접 만나 말을 건네다니. 네빌은 앞에 놓인 술잔을 기울였다. 뜨거운 알코올이 목구멍을 타고 들어가, 온 심장을 뜨겁게 덥혀놓았다.

"그나저나, 이튼. 소피아 버킹햄 양은 어떻던가? 런던에서 가장 아름답고 우아한 숙녀와 춤을 추다니. 사실 자네가 소피아 양에게 춤을 신청했을 때, 얼마나 놀랐는지. 아마, 이튼 자넨 오늘 밤을 기점으로 런던 귀족들에 공공의 적이 되었단 사실을 잊지 말게."

그 말과 함께 에이든이 사교 클럽을 둘러보며, 피식 웃었다. 세 사람이 귀족들의 사교 클럽 안으로 들어섰을 때부터 세 사람을 바라보는 시선이 심상치 않았던 것이다. 하지만 이튼은 여전히 자신을 바라보는 시선 따윈 관심 없는 눈치였다. 무도회장부터 잔뜩 찌푸린 얼굴이더니, 바에 앉은 후에는 더 말이 없어졌고, 이젠 술잔만 기울이고 있었다.

"보석 역시 그 가치를 아는 자에게만 해당하는 것이겠지. 관심조차 없는 내겐, 그저 춤은 춤일 뿐이야. 또한, 처음부터 춤 같은 것 전혀 추고 싶지 않았거든."

단지…… 단지 헤리엇에게 보여주고 싶었다. 데본을 떠나올 때부터 계속되어 온 지독한 패배감. 이성을 좀먹는 그 지독한 불쾌감을 헤리엇에게 똑같이 느끼게 해주고 싶었다.

"하지만 이튼 자네가 오기 전부터, 런던엔 버킹햄 공작가와 콘웰 공작가의 정략혼에 대한 소문이 있었지. 아마, 오늘 무도회를 통해 그 소문이 더 신빙성을 갖게 될 것 같더군."

"소문은 소문으로 끝날 것이네. 난, 다신 약혼도, 혼인도 하지 않을 생각이니까."

날카로운 칼날처럼 단호한 목소리였다. 또한, 짙은 아픔이 담긴 말이기도 했다. 이튼의 말에 에이든과 네빌의 얼굴에서 동시에 미소가 사라졌다. 두 사람 역시 4년 전까지 이튼에겐 약혼녀가 있었던 것을 기억하고 있었다. 그리고 그 약혼녀가 어떻게 이튼을 철저히 배신했고, 무참하게 그를 짓밟았는지도. 그 지독한 사건 후, 이튼은 죽음의 문턱에서 가까스로 살아 돌아왔다.

에이든과 네빌 역시 4년 전 사건을 정확히 알지는 못했지만, 약혼녀였던 질리안이 이튼을 죽음의 문턱까지 밀어 넣었다는 것만은 알고 있었다. 그리고 그를 살인자로 만들기 위해 사악한 음모를 꾸 몄다는 것 역시. 두 사람이 사고 소식을 듣고 콘웰 공작가로 갔을 때, 이튼은 날카로운 칼에 찔려 생사의 문턱을 헤매고 있었다.

아마, 이튼은 그때의 사건을 계기로 더는 여자를 믿지 못하는 모 양이었다. 혼인 역시도 절대 하지 않을 생각인 듯했다.

하지만 그것은 불가능한 일이었다. 그가 아무리 큰 상처를 마음 에 품고 있다고 할지라도, 그는 자신에게 주어진 의무를 짊어져야 했다.

형의 죽음으로 이튼은 콘웰 공작가의 상속자가 되었다. 귀족으 로 태어난 이상, 가문의 명예와 존속은 목숨을 걸고라도 지켜야 할 의무였다. 거부하고 싶다고 해서 거부할 수 있는 그런 것이 아니었 다. 절대적인 맹약. 그것이 귀족가의 장남으로 태어난 자의 숙명이 었으니까.

"이튼, 그럼 런던으로 왜 돌아온 건가?"

에이든의 질문에 이튼은 술잔을 가득 채운 호박색 액체를 물끄 러미 바라보았다.

왜였을까? 처음부터 아버지 콘웰 공작의 명을 따를 생각이 없었 다면, 런던으로 돌아오는 것이 아니라 데본에 머물러 있었어야 했 다. 절대 돌아오지 말았어야 했다. 절대!

하지만 이튼은 지금 런던에 있었다. 미치도록 거부하고 싶은 의무 의 족쇄가 기다리고 있는 런던에 제 발로 찾아든 것이다. 죽기 전엔 절대, 런던에 오지 않겠다는 결심에도 불구하고, 그는 런던에 있었다.

"내게 여자가 있네. 빌어먹을 여자가!"

"여자가……?"

에이든과 네빌이 동시에 입을 열었다. 하지만 더는 물어볼 수 없었다. 이튼의 목소리에 담긴 분노와 지독한 갈증만으로도 그 여인에 대한 그의 마음을 충분히 짐작할 수 있었다.

젠장! 이튼은 치밀어 오르는 욕설을 내뱉으며, 술잔을 들었다. 은빛 머리카락의 마녀 때문이었다. 이 모든 게, 그의 평온하던 삶이 또다시 지독한 폭풍우가 불기 시작한 건, 헤리엇 때문이었다. 그를 런던으로 이끈 것은 다름 아닌, 헤리엇이었으니까.

그에겐 독이었고, 이젠 지독한 족쇄였다. 그녀가 있는 곳이라면, 그곳이 지옥이라 할지라도 그는 올 수밖에 없었다. 그녀에게 아무리 지독한 말을 쏟아내고, 그녀를 차갑게 외면해도 그의 본능은 이미 그녀를 찾고 있었다. 이렇게 술잔을 기울이는 지금 역시 로즈힐의 비밀 통로를 지나 그녀에게 가고 싶은 충동을 억누르고 있었다.

젠장, 정말 젠장할이었다.

좌락! 깊은 잠에 빠져 있던 헤리엇은 커튼이 걷히는 소리와 함께 유리창으로 들어오는 햇살에 차츰 잠에서 깨어났다. 늦은 밤까지 이어진 무도회 때문인지, 헤리엇의 몸은 녹초가 된 것처럼 무겁게 가라앉고 있었다. 이런 파티를 일주일에 4번 이상 참석해야 한다니. 웬만한 체력이 아니라면, 시즌 중에 병이 나 집으로 돌아가거나 졸도하는 숙녀가 속출한다는 말이 그저 소문만은 아닌 듯했다.

"아가씨, 일어나셨어요?"

창문을 열고 방 안을 환기 시키던 젠이 서둘러 헤리엇에게 다가왔다. 그리곤 탁자에 놓아둔, 따뜻한 홍차를 헤리엇에게 건넸다.

"내가 늦잠을 잔 모양이지?"

"평소보다는 늦게 일어나셨지만, 늦잠은 아니라고 하셨어요. 로라 님께서 사교 시즌 중엔 대부분이 정오가 되어서야 일어나신다고 하셨거든요."

그리곤 침대에 기대 차를 마시고 있는 헤리엇을 의미심장하게 바라보더니, 서둘러 앞치마에서 한 뭉텅이의 봉투를 꺼내 헤리엇의 무릎 위에 내려놓았다.

"이게 다 뭐야?"

"오늘 아침에 도착했어요. 초대장인 것 같아요."

"초대장?"

"네, 로라님께서도 지금껏 이렇게 많은 초대장을 받은 것은 처음이라고 하셨어요. 사실 로라 님과 전 아가씨 드레스 때문에 얼마나 걱정을 했는지. 하지만 그럴 필요가 없었던 모양이에요. 이제야 런던의 귀족 나리들께서 아가씨의 미모를 알아보다니. 아가씨, 초대받은 파티에 다 참석하실 거죠?"

헤리엇의 대답을 기다리는 젠의 눈동자가 흥분으로 빛나는 게 보였다. 하지만 헤리엇은 젠처럼 무작정 좋아할 수는 없었다. 헤리엇이 런던에 온 이유는 파티에 참석해 남편감을 찾기 위해서가 아니었다. 헤리엇은 관심 없는 듯 무릎에 쌓인 초대장을 옆으로 밀었다.

"아니, 당분간은 그 어떤 파티에도 가지 않을 생각이야."

"하지만…… 이렇게 많은 초대장이 왔는데 모두 거절하는 건……."

"모두 거절할 생각은 없어. 이 중 몇 개는 참석할 생각이니까. 하지만 파티에 참석하는 것보다 더 중요한 일이 있거든."

헤리엇이 찻잔을 탁자에 놓고는 침대에서 내려섰다. 그리곤 씻기 위해 방을 가로질러 욕실로 걸어가자, 젠 역시 헤리엇의 뒤를 따라왔다.

"더 중요한 일이라고요? 그게 뭔데요?"

"브리튼 출판사를 찾아가는 것. 그리고 맡겨둔 인세를 지급받는 것."

"아, 그렇죠. 그래야 백작님께 빌린 돈을 갚으실 수 있을 테니까요. 아 참, 그나저나 백작님은 무도회에 오셨나요? 그곳에서 만나, 함께 춤도 추고 담소도 나누셨을 테죠? 아, 상상만 해도 제 가슴이 두근거린다니까요. 어서, 말씀 좀 해보세요. 백작님은 만나신 거죠?"

허릴 숙여 세수하던 헤리엇의 얼굴이 굳어졌다. 젠의 말처럼 무도회장에서 그를 보았다. 그는 무도회장에 있던 귀족 중, 단연 최고였다. 심장이 두근거릴 만큼. 아니, 욕심이 생길 만큼. 그리고 그는 무도회장에서 가장 아름다운 숙녀와 춤도 췄다. 그녀가 아닌, 소피아 버킹햄과.

"춤은 추지 않았어."

"왜요? 설마 백작님께서 댄스 신청을 하지 않으신 건가요?"

"응. 내가 아니라, 다른 숙녀에게 하셨어."

"말도 안 돼. 백작님께선 절대 맘에 없는 분과는 시선조차 주지 않는 성격이시잖아요. 데본에 있을 때도, 아가씨만 보시느라 제가 옆에 있는지도 모르셨다고요. 그런데 다른 숙녀분과 춤을 추시다니……."

젠은 이튼이 헤리엇이 아닌 다른 여인과 춤을 췄다는 사실을 믿을 수가 없는 모양이었다. 사실 헤리엇 역시 그랬다. 그가 다른 여인과 춤을 추다니. 하지만 이튼은 보란 듯이 소피아 버킹햄의 손을 잡고 댄스 플로어로 나가 왈츠를 추었던 것은 사실이었다.

"성격이 변한 모양이야. 아니면, 나에게만 냉혹한 것일지도 모르지."

헤리엇이 옆에 놓인 수건을 들어 얼굴을 닦았다. 그리곤 욕실을 나와 드레스 룸으로 향했다. 드레스 룸을 들어간 헤리엇은 옷걸이에 걸려 있는 드레스를 꺼내 들었다. 그러자 젠이 서둘러 헤리엇이 옷을 갈아입는 것을 돕기 시작했다.

잠옷을 벗고 옷을 갈아입는 동안 젠의 시선이 헤리엇의 목덜미에 가닿는 것을 느낄 수 있었다. 젠의 시선에 헤리엇은 서둘러 드레스를 잡아당겨, 목에 있는 붉은 자국을 가렸다. 아무리 젠이라 할지라도 이튼이 만든 흔적을 누군가 본다는 게, 몹시도 민망했다.

"질투하신 게 분명해요."

말이 없던 젠이 불쑥 입을 열었다. 그러자 헤리엇이 말도 안 된다는 얼굴을 했다.

"그렇지 않고선 말이 안 되잖아요. 아가씨를 쫓아 런던까지 오셨어요. 그런데 정작 무도회에선 다른 숙녀분과 춤을 추시다니. 질투가 분명해요. 잘 생각해 보세요. 백작님께서 질투하실 만한 상황이 있었는지 말이에요."

질투라니? 아무리 생각해도 이튼이 질투를 할 것 같진 않았다. 하지만…… 젠의 말처럼 질투라면……. 헤리엇은 어젯밤 무도회에서 있었던 일을 떠올렸다. 그러다 네빌이 자신에게 음료를 건넨 일이 떠올랐다.

"무도회에서 신사 한 분이 나에게 음료를 가져다준 적은 있지만……."

"보세요, 분명 질투라니까요. 헤헤, 그런 차가운 얼굴을 하고선 질투를 하시다니. 아가씨, 절 믿어보세요. 백작님께선 분명 질투를 하신 거예요. 만약 제 말을 믿지 못하시겠거든, 다음 파티 때 아가씨께 말을 걸어온 신사분께 좀 더 친절하게 대해보세요. 우연인 척 부채도 바닥에 떨어뜨리시고요."

"그렇게 하면, 뭘 알 수 있는데?"

"불같이 화를 내시는 백작님이요. 질투라는 감정이 그런 것이거든요. 숨길 수가 없죠."

젠이 헤리엇을 보며, 의미심장하게 웃어 보였다. 그의 감정을 알아보라는 젠의 제안에 헤리엇 역시 솔깃했다. 유리 정원에서 냉정하게 그녀를 밀어내던 이튿날이었다. 두 번 다시 그녀를 보지 않을 것처럼 싸늘했다. 하지만 젠의 말처럼 그것이 질투였다면…… 그렇게 생각하자, 무겁게 가라앉았던 마음이 조금은 가벼워지기 시작했다.

"젠, 부탁이 하나 있는데. 혹시, 나에게 맞는 남자 옷을 구할 수 있을까?"

"남자 옷이요? 그건 또 뭘 하시게요?"

"브리튼 출판사에 가려고. 네빌 편집자를 만나 돈을 받아야지."

"아, 그렇군요."

젠이 그제야 알았다는 듯 고갤 끄덕였다. 하지만 이내 걱정스러운 얼굴로 헤리엇을 바라보았다.

"들키기라도 하면 어쩌죠? 아가씨가 칼 프레데릭이란 걸 알면, 아마……"

"그래서 변장을 하려는 거야. 수염도 붙이고, 가발도 쓰고. 그러니 모두 구해줘."

"걱정 마세요. 제가 구해볼게요."

"그리고 런던 외곽에 집도 알아봐야겠어."

"집을요? 하지만 로즈힐에……"

"로즈힐은 잠시 머무는 것뿐이야. 젠, 난 데본으로 돌아가지 않을 생각이거든."

"네? 그게 무슨……? 아, 백작님과 혼인하시면 당연히 그럴지도 모르겠군요."

젠이 고갤 주억거리며 기쁜 듯 말했다. 하지만 헤리엇은 아무런 말도 하지 않지 않았다. 지금은 젠에게 집을 구하는 이유도, 또 데본에 돌아가지 않는 진짜 이유를 말할 순 없었다. 만약 그 얘길 듣는다면, 분명 반대할 테니까.

우선은 브리튼 출판사를 찾아가, 그녀가 맡겨놓은 인세를 받아야 했다. 그리고 그 인세로 헤리엇은 이튼에게 빌린 돈을 다 갚을 생각이었다. 그렇게 되면, 두 사람 사이의 거래는 끝이었다. 거래에 묶인 관계가 아니라, 온전히 서로를 바라보는 동등한 관계가 된다. 동등한 관계라. 그래, 헤리엇이 이튼에게 원하는 관계가 바로, 그것이었다. 거래 따위로 그에게 안기는 것이 아니라, 온전히 서로를 향한 마음으로 마주하는 것.

"젠, 갖고 싶은 게 있다면, 솔직해져야 하는 것이겠지?"

특히 이튼 같은 사내를 갖고 싶다면, 더욱 그래야 할 것 같았다.

"당연하죠."

젠의 대답에 헤리엇이 손을 꼭 쥐었다. 절대 욕심낼 수 없다고 생각했었다. 하지만 해볼 생각이었다. 하지만 그가, 아니, 콘웰 공작이 자신이 콘웰 공작가의 상속자를 낳아줄 수 없는 몸이란 사실을 안다면, 그래도 그녀를 받아줄지는 의문이었다. 아니, 절대 받아들이지 못할 테지. 콘웰 공작은 그 사실을 헤리엇에게 분명히 했었다. 헤리엇이 콘웰 공작가의 상속자를 낳아준다면, 혼약을 허락하겠다고.

미치도록 달콤한 약속이었다. 그의 숨겨진 여인이 아니라, 정식으로 그의 곁에 그의 아내란 이름으로 머물 수 있었으니까. 하지만 헤리엇은 그 미치도록 달콤한 약속을 받아들일 수 없다는 말을 전하기 위해 콘웰 공작인 레이놀즈를 찾아 런던에 온 것이었다. 그저 이튼의 옆에 있고 싶었다. 데본의 작은 숲, 사냥터지기의 오두막에서 미치광이 백작의 여자로.

하지만 모든 것이 변했고, 이젠 불가능하다는 사실을 알았다. 콘웰 공작가의 차남이었을 땐 가능했지만, 작위와 가문의 존속을 의무로 짊어질 상속자가 된 이상 불가능했다.

헤리엇은 무도회장에서 귀족들 사이에 서 있는 그를 본 순간, 더욱 그 사실을 실감했다. 그가 왜 세상의 모든 것과 단절된 채 미치광이 백작이란 이름으로 데본의 저택에서 은둔 생활을 하는지 알 수 없었지만, 이젠 데본의 숲으로 돌아갈 수 없었다. 그레빌 백작부인의 무도회에 참석함으로써 상황은 이미 변해 있었다. 그는 런던에 있어야 했다. 아니, 콘웰 공작가의 다음 주인, 그의 자리로 되돌아와야 했다.

"하지만 젠. 솔직해지면, 그를 잃을 수도 있어. 그래도 말해야 하는 걸까?"

"아가씨, 지금 무슨 말씀을 하시는 건지……. 만약 백작님께서 다른 숙녀분과 춤을 추신 것을 두고 걱정하시는 것이라면, 염려 마세요. 제가 본 백작님은 아주 무서운 분이시지만, 절대 쉽게 마음이 변할 분 같진 않았으니까요."

젠이 헤리엇에게 다가왔다. 그리곤 그녀의 손을 꼭 잡고는 위로하듯 말했다.

"그래, 이튼은 그런 남자니까. 하지만 만에 하나……."

헤리엇은 차마, 다음 말을 잇지 못했다. 자신이 아이를 낳을 수 없다는 건, 루엔과 아버지 윈슬러밖에 모르는 사실이었다.

"아가씨! 만약, 그러니까 혹시라도 아가씨께서 앓고 계시는 병 때문에 그러시는 것이라면…… 그것은 말씀하지 마세요."

젠의 눈동자가 눈물로 글썽이는 것이 보였다. 헤리엇의 손을 붙잡은 손 역시 떨리고 있는 것을 느낄 수 있었다. 욱신! 알고 있었던 가? 젠 역시 헤리엇이 열여섯 첫 월경과 함께 시작된 원인 모를 고열을 앓고 난 후, 그녀가 아이를 가질 수 없게 되었다는 사실을 알고 있었던 모양이었다. 리치먼드 가의 저주를.

"젠, 알고 있었던 거야?"

"용서해 주세요, 아가씨. 2년 전, 우연히 아가씨와 루엔 님께서 나누시던 말씀을 들어 알고 있었습니다. 그동안 모르는 척했던 건, 그래야 할 것 같았거든요."

헤리엇은 순간 다리에 힘이 빠지는 느낌이었다. 휘청거리는 다릴 끌고 의자에 앉은 헤리엇은 무겁게 가라앉은 마음을 꾹꾹 눌러 참았다.

"아가씨, 절대 백작님께 들키지 마세요. 꼭꼭 숨기셔야 합니다. 그리고 때가 되면, 그때 말씀드리세요. 백작님께서 절대 아가씨를 놓지 못하게 되었을 때요."

"젠!"

"전, 다른 것은 모릅니다. 그저 아가씨께서 행복하셨으면 좋겠어요. 그러니 절대 다른 생각은 마세요. 오직 아가씨의 행복만 생각하세요."

심장이 타는 듯 욱신거렸다. 그녀의 아버지 헌팅턴 백작도, 그리고 그녀를 키워준 유모 루엔도 그녀에게 혼인은 불가능하다고 했었다. 절대 꾸어선 안 되는 희망이라고 했었다. 자신 또한 그렇게 생각했다. 절대 가져서는 안 되는 헛된 꿈이라고. 하지만 헤리엇은 젠의 말을 듣고서야, 자신이 가장 듣고 싶었던 말이 이것이란 사실을 깨달았다. 그래, 더는 망설이지 않을 생각이었다. 자신이 가진 치명적인 결점을 의식해 먼저 도망가지 않을 생각이었다.

"고마워, 젠. 내가 먼저 포기하진 않을게."

헤리엇의 대답을 들은 젠이 그녀를 꼭 끌어안았다. 그리곤 눈물을 훔치곤 식사가 준비되는 대로 부르러 오겠다는 말을 남기고 방을 나갔다. 혼자 남겨진 헤리엇은 잠시 그렇게 의자에 앉아 있었다. 그러다 문득 뭔가 떠오른 듯 의자에서 일어섰다.

이튼이 사라졌던 벽. 그 벽 앞에 선 헤리엇은 물끄러미 벽에 걸린 태피스트리를 바라보았다. 데본의 원형 탑의 서고에 새겨진 부조와 똑같은 그림의 태피스트리(Tapestry. 여러 가지 색깔의 위사를 사용하여 손으로 짠 회화적인 무늬를 나타낸 미술적 가치가 높은 직물)였다. 같은 그림이 데본과 로즈힐에 동시에 걸려 있다니. 뭔가 묘한 느낌이 들었다.

"혹시, 이건가? 로즈힐의 비밀 통로가?"

헤리엇은 조심스럽게 손을 뻗어 태피스트리가 걸린 벽을 천천히 살피기 시작했다. 그러다 전쟁의 신 아레스가 들고 있던 방패에 새겨진 콘웰 공작가의 문장을 발견하곤 손을 뻗었다. 덜컹! 소리와 함께 태피스트리에 가려졌던 벽을 슬쩍 밀자, 단단하던 벽이 움직이기 시작했다. 찾은 모양이었다. 로즈힐의 비밀 통로를.

제10장 저와 춤을 추시겠습니까? 1

금속의 날카롭고 서늘한 기운이 심장 바로 아랫부분을 관통했다. 아무런 고통도 느껴지지 않았다. 푸른빛이 감도는 날 선 검이 빠져나간 자리에서 붉은 피가 흘러나왔지만, 고통은 없었다. 등줄기를 타고 흐르는 지독한 냉기가 그의 심장을 얼어붙게 한 모양이었다.

아니, 그의 이성을 날려 버린 알 수 없는 분노. 그 짙은 냉기가 몸속의 모든 감각을 마비시킨 모양이었다. 이튼의 눈엔 붉은 피와 자신을 쏘아보는 원망의 눈빛만이 가득했다.

"당신을 저주해요. 죽는 날까지, 당신을 저주해요. 당신은 인간이 아니야. 당신은 악마야! 붉은 눈의 악마. 살인자!"

저주를 퍼붓는 여인의 눈빛이 번뜩였다. 그리곤 바닥에 놓여 있던 총을 집어 들더니, 이튼의 심장을 겨누었다. 죽음이란 것은 더는 두렵지 않았다. 그를 바라보는 질리언의 눈빛 속에 담긴 원망과 두려움. 그리고 지독한 미움만이 그의 심장을 움켜쥔 듯 그를 괴롭혔다.

어린 시절부터 알아온 그의 약혼녀였다. 애틋한 연정은 없었지만, 의무인 만큼 받아들였다. 정략혼은 콘웰 공작가에서 태어난 그가 짊어져야 할 운명이었으니까. 그런데 그런 질리언이 그를 향해 총을 겨누고 있었다.

"악마의 신부는 될 수 없어. 그 누구도 당신을, 사랑하지 않아. 감정 따위 없는 괴물의 신부가 되려는 여인은 없을 테니까. 당신은 그 여인을 죽일 거야. 그 끔찍한 고통을 꼭 맛보게 될 거야. 사랑하는 여인이 당신 때문에 죽는 모습을. 그 고통을."

질리언의 눈빛이 비이성적일 만큼 반짝였다. 그리곤 그에게 저주를 퍼붓던 그녀의 입가에 의미심장한 미소가 떠올랐다. 심장이 서늘할 정도로 사악한 미소였다.

탕!

"헉, 헉!"

어둠 속을 울리는 총소리에 이튼은 눈을 번쩍 떴다. 숨을 쉴 수가 없었다. 목구멍까지 차올랐던 숨을 뱉어낼 수 없어, 심장이 꽉 조여들었다. 강박과도 같은 두려움이 침대에 누워 어두운 천장을 쏘아보는 이튼의 눈동자에 어렸다.

"하아, 젠장!"

욕설을 뱉어내던 이튼이 천천히 손을 뻗어 심장을 어루만졌다. 없었다. 끈적하고 기분 나쁜 피가 만져지지 않았다. 그의 폐부를 파고들던 지독히도 비릿한 피 냄새도.

꿈인 모양이었다. 다시는 떠올리고 싶지 않은 꿈을 런던에 돌아오자마자, 꾸기 시작한 것이다. 불쾌했다. 온몸이 땀에 젖어 끈적이는 것도, 머릿속을 떠나지 않는 그 저주 역시. 그리고 동시에 헤리엇이 미치도록 보고 싶었다. 아이러니하게도 그녀가 너무도 간절했다.

똑똑, 똑똑!

"주인님, 워릭입니다."

언제부터 문을 두드렸는지 알 수가 없었다. 다만 방문을 두드리는 워릭의 목소리가 조금은 초조하게 느껴졌다. 이튼이 침대에서 몸을 일으키자, 몸을 덮고 있던 얇은 시트가 흘러내렸다. 그러자 이른 새벽의 푸른빛 속에 군살 없이 완벽한 알몸이 모습을 드러냈다. 심장 부근에 난, 커다란 상처 자국 역시 새벽의 차가운 기운에 유난히 도드라져 보였다.

"무슨 일이지, 워릭?"

"주인님, 일어나셨군요. 들어가겠습니다."

상황이 급했는지, 워릭은 이튼의 대답도 듣지 않고 방으로 들어왔다. 그리곤 탁자 위에 놓인 양초에 불을 밝히고는 땀으로 젖은 이튼을 걱정스러운 얼굴로 바라보았다.

"기분 나쁜 꿈이라도 꾸신 겁니까?"

"긴 여행으로 조금 피곤했을 뿐이야."

이튼이 침대에서 일어나 욕실로 걸어갔다. 끈적하게 들러붙은 땀을 차가운 물로 씻어내기 위해서였다. 그렇게 한다면, 기분 나쁜 땀보다 머릿속에 달라붙은 불쾌감이 조금은 사라질 것 같았다.

"아버지께서 오신 모양이군."

"서재에서 기다리고 계십니다."

차가운 물에 몸을 씻던 이튼은 작게 한숨을 내쉬었다.

"곧 내려가지. 워릭, 차를 준비해 주겠나?"

"네, 서재에 준비해 두겠습니다."

워릭이 욕실을 나가자, 이튼은 차가운 물속에 얼굴을 묻었다. 하지만 원하는 것만큼 시원하지 않았다. 뼛속까지 얼릴 듯 차가운 냉기가 그리웠다. 데본의 지독히도 차가운 호수가.

욕실에서 나온 이튼은 워릭이 미리 준비해 놓고 간 수건으로 대충 몸을 닦았다. 그의 삶이 변하고 있었다. 그가 원하지 않는 전혀 다른 방향으로. 그리고 지금은 그 흐름에 휩쓸려 갈 수밖에 없을 것 같았다. 서둘러 옷을 갈아입은 이튼은 아버지 레이놀즈를 만나기 위해 서재로 향했다.

침묵. 낮게 가라앉은 런던의 자욱한 안개처럼, 두 사람 사이엔 보이지 않는 긴장감이 흘렀다. 이튼은 찻잔을 내려놓으며, 아버지 레이놀즈를 바라보았다. 그러자 레이놀즈 역시 소파에서 몸을 일으키더니, 탁자 위에 찻잔을 내려놓았다. 이튼을 내려다보는 레이놀즈의 얼굴엔 근엄히 느껴졌다.

"소피아 역시 아름다운 숙녀지. 정숙할 뿐 아니라, 예의도 바르고. 아마, 콘웰 공작가에 들어온다면, 콘웰 가를 위해 건강한 아들을 낳아줄 것이다. 그리고 훌륭한 아내와 어머니로서 자신의 의무를 충분히 잘 수행할 테지."

레이놀즈의 말에 이튼의 입매가 굳어졌다. 소피아라? 헤리엇에게 로즈힐을 내어주었으면서, 아직도 버킹햄 공작가와의 정략혼을 염두에 두고 있는 건가?

"아버지께선 헤리엇을 선택하신 게 아니셨습니까?"

"넌, 그렇게 생각했던 모양이구나. 데본의 헌팅턴 백작의 딸을 네 배필로 생각했다고 말이다."

"지금 아니라고 말씀하시는 겁니까?"

이튼의 물음에 레이놀즈의 입가에 미소가 떠올랐다. 이튼의 눈동자에 떠오른 불쾌감을 읽은 레이놀즈는 이 상황이 몹시도 즐거운 모양이었다.

"그 아이 역시 네 배필로 훌륭한 아이더구나. 다른 숙녀들과는 달리 고집도 세고, 생각도 있는 것 같고. 하지만 그 아인 아직 내 제안에 답을 하지 않았다. 너와 혼인시켜 주겠다는 내 제안에 말이다."

레이놀즈의 대답에 이튼이 눈살을 찌푸렸다. 대답하지 않았다니. 런던에 온 이유가 아버지 레이놀즈의 제안을 받아들였기 때문이 아니었다는 건가?

"그게 무슨 말씀이십니까? 로즈힐을 헤리엇에게 내주신 이유가 헤리엇이 아버지의 제안을 받아들여서가 아니었습니까?"

"뭔가 단단히 오해한 모양이구나, 이튼. 내가 로즈힐을 헤리엇에게 내준 이유는 내 뜻을 너에게 전하기 위해서였다. 콘웰 공작가의 상속자로서 너의 의무를 다하라는. 난 그 아이에게 로즈힐을 내어준다면, 너 역시 좋아할 것으로 생각했는데, 아닌 모양이구나. 아님, 소문처럼 소피아 버킹햄과의 정략혼 쪽으로 마음이 기운 것은 아니겠지?"

이튼의 입매가 눈에 띄게 굳어졌다. 눈빛 역시 차가워졌다. 젠장! 런던에 오자마자, 레이놀즈의 손바닥 안이 된 것이다. 아마 어젯밤 헤리엇이 어머니 드레스를 입고 무도회에 참석했다는 사실 역시 알고 있을 게 분명했다.

"그런 적 없습니다."

"어쩌면 순박한 시골 처녀보단, 세련되고 아름다운 숙녀 쪽을 선택한 것은 당연한 일일 테지. 내 입장에선 버킹햄 공작가와 혼인하게 된다면, 더 바랄 게 없거든."

"그럼 아버지께선 처음부터 그 누구라도 상관없으셨던 것입니까?"

이튼의 말에 레이놀즈의 눈빛이 날카롭게 빛났다. 당연한 것을 묻느냐는 듯. 그저 레이놀즈는 이튼에게 이번엔 정략혼이 아닌, 사랑하는 여인과 함께할 기회를 주고 싶었던 것뿐이었다.

"이미, 네게 말했을 텐데? 선택은 네 몫이라고. 데본에서 한 내 제안을 잊지 말거라, 이튼. 버킹햄 공작가의 소피아든, 아니면 헌팅턴 백작가의 헤리엇이든. 공작가에게 후계를 낳아줄 여인이라면, 누구든 상관없다는 것을."

"저 역시 말씀드린 것으로 압니다. 절대, 혼인 같은 것은 하지 않겠다는 것을요."

"그럼, 런던에 왜 온 거지?"

똑같은 질문이었다. 하지만 이튼을 쏘아보는 레이놀즈의 눈빛은 이미 모든 것을 다 알고 있다는 듯 날카로웠다. 그가 런던에 올 수밖에 없었던 이유를 레이놀즈는 알고 있었다. 그리고 또 하나. 아무리 무시하고 거부한다 해도 벗어날 수 없는 족쇄, 그건 다름 아닌 귀족으로 태어난 자가 져야 할 가문에 대한 의무였다. 숙명과도 같은.

"이튼, 선택은 네 몫이란 걸, 잊지 말거라!"

그 말을 끝으로 레이놀즈가 자리에서 일어섰다. 그리곤 콘웰 공작가로 돌아가려는 듯 문을 향해 걸어가기 시작했다. 그러다 문득 뭔가 떠오른 듯, 레이놀즈의 발걸음이 멈췄다.

"일주일 후, 콘웰 저택에서 무도회를 열 생각이다."

"그게 무슨 말씀이십니까?"

"버킹햄 공작가와 로즈힐에도 이미 초대장을 보냈다."

"기다리지 마십시오. 절대 가지 않을 것입니다."

생각할 여지도 없이 이튼은 단칼에 거절했다. 하지만 이튼을 바라보는 레이놀즈의 시선 역시 단호했다. 지금 레이놀즈는 아버지가 아닌, 콘웰 공작가의 수장으로서 명령하고 있었다.

"이건 명령이다. 그곳에서 네 뜻을 보이거라."

그 말은, 헤리엇과 소피아 중 하나를 선택하라는 뜻이었다.

"싫습니다."

"이튼, 벗어날 수 없다면 도망치는 것이 아니라 받아들이는 것 역시 방법이다."

그러다 보면, 그 안에서 또 다른 방법을 찾게 될 수도 있으니까.

"그래서 형님을 대서양으로 보내셨습니까?"

이튼의 차가운 목소리에 평온하던 레이놀즈의 눈빛에 짙은 어둠이 내려앉았다. 그 눈빛에 담긴 짙은 회한에 이튼은 자신이 내뱉은 질문을 바로 후회했지만, 이미 늦은 후였다. 사실 이튼 역시 아버지 레이놀즈가 형의 항해를 막지 않은 이유를 의심해 왔었다. 죽음을 방조한 것이라고. 하지만 불행히도, 형이 아니었다. 콘웰 공작가의 저주는 형이 아닌, 자신에게서 발현된 것이다.

"그건 네 형의 선택이었다. 그 누구도 아닌. 네가 데본에 숨어들었던 것처럼."

문을 열고 나가는 레이놀즈를 보며, 이튼은 주먹을 꽉 쥐었다. 런던에 돌아오자마자, 그의 마음 역시 초조해지기 시작한 모양이었다. 꼭꼭 묻어둬야 할 상처를 들추는 어리석은 짓까지 해버리다니. 머리가 지끈거렸다. 또다시 두통이 시작될 것 같았다. 극심한 두통과 그리고 함께 찾아오는 참을 수 없는 열기도…… 이젠 돌아갈 수 없었다. 더는 겁쟁이처럼 숨을 수도 없었다.

"빌어먹을!"

아이린이 스콧 부인의 의상실에 들어서자마자, 응접실에 자릴 잡고 앉아 차를 마시던 스펜서 부인이 아이린을 발견하곤 눈을 빛냈다. 그리곤 서둘러 자리에서 일어나 아이린의 가녀린 팔을 두툼한 손으로 꼭 잡았다.

"아이린, 드디어 왔군요."

"스펜서 부인, 무슨 일이시죠?"

"무슨 일은요? 당연히 무도회장에서 그레빌 백작부인께서 소개한 헤리엇 양에 대한 얘길 하고 있었답니다. 어서, 이쪽으로 와서 앉으세요. 이곳에 계신 부인들께서도 백작부인께서 말했던 하늘빛 드레스를 구해볼까 해서 왔다가, 모두 헛걸음 중이거든요."

스펜서 부인이 눈을 빛내며 아이린을 끌다시피 데리고 가, 자신의 옆자리에 앉게 했다. 그리곤 어서 이야기보따리를 풀어보라는 듯 아이린을 재촉했다.

아이린은 그곳에 모여 있는 눈에 익은 귀부인들을 향해 눈인사를 건넸다. 하지만 몇몇은 처음 보는 얼굴도 있었다. 스펜서 부인이 노골적으로 호기심을 나타내는 것과는 달리, 짐짓 관심 없는 척 차를 마시는 데 열중하고 있는 귀부인들을 보며 미소를 삼켰다. 아마 결혼 적령기의 딸을 가진 귀부인이라면, 모든 신경은 아이린의 말에 쏠려 있을 게 분명했다.

"전, 어제 두통으로 파티에 참석하지 못한 탓에 소문만 전해 들었답니다. 그 헤리엇이란 숙녀가 네빌 백작의 춤 신청을 거절했다고 하던데, 사실인가요? 지금 사교계에선 콘웰 공작가의 상속자인 이튼 님과 소피아 양 못지않게 그 숙녀에 관한 관심이 대단하답니다."

"그런 일이 있었던 모양이더군요. 뭐, 워낙 현명한 성격이라 다른 숙녀들처럼, 덜컥 손을 허락하지는 않은 모양이더군요."

아이린이 남편감 찾기에 혈안이 되어 있는 다른 숙녀들의 행태를 꼬집었다. 그러자 차를 마시던 귀부인들이 찔렸는지 헛기침을 하며, 시선을 피하는 것을 볼 수 있었다. 아이린은 스콧 부인이 가져다준 찻잔을 들며, 천천히 향을 음미하며 마셨다.

"차 맛이 좋군요, 스콧 부인."

"감사합니다, 백작부인."

그렇게 애를 태우던 아이린이 찻잔을 내려놓은 것은 차를 반쯤 마신 후였다. 그리곤 초조한 듯 자신에게 쏠려 있는 귀부인들의 시선을 바라보며 마침내 입을 열었다.

"헤리엇 양은 저의 가장 친한 친구였던, 리치먼드 공작의 외손녀랍니다."

"리치먼드 공작가라면? 혹시, 엘레나 리치먼드 님의 따님이신 건가요?"

"네, 엘레나의 딸이 바로, 헤리엇이지요. 지금은 공작가가 지닌 영지가 대부분 사라진 상태지만, 명문 귀족임엔 틀림없답니다."

"그랬군요. 어쩐지, 헤리엇 양에게선 다른 숙녀들과 다른 기품이 넘치더라니."

아이린의 말에 스펜서 부인이 호들갑스럽게 끼어들며, 맞장구를 쳤다.

"하지만 헤리엇 양이 입은 드레스는 좀, 고전적이긴 하더군요."

옆에 앉아 있던 한 귀부인이 입을 삐죽이며 말했다. 그러자 주변에 있던 귀부인 역시 고갤 끄덕이는 것이 보였다. 아마 작은 흠이라도 찾고 싶은 질투심 때문인 듯했다.

"사실 오늘 제가 스콧 부인의 의상실에 온 이유 역시 바로 그것이랍니다."

"그게 무슨 말씀이시죠?"

"헤리엇 양의 드레스를 주문하러 왔답니다. 스콧 부인, 최대한 빨리 이브닝드레스를 포함해 승마복에 이르기까지 옷을 10벌 주문하고 싶은데. 가능할까? 그리고 추가로 더 많은 드레스를 주문하고 싶은데. 옷감에서 장식은 최고급으로 해줘. 가격은 얼마가 나와도 좋아."

옆에 서 있던 스콧 부인을 포함에 귀부인들 역시 놀란 얼굴을 했다. 최고급으로 10벌이라니. 그레빌 백작부인이 가진 부가 엄청나다는 것쯤은 모두가 다 알고 있는 일이었지만, 친구의 딸에게 엄청난 돈을 쓰다니. 다시 한 번 귀부인들은 아이린의 가진 부를 부러워할 수밖에 없었다.

"저기 백작부인, 헤리엇 양의 드레스라면 이미 주문을 받았답니다."

"그게 무슨 말이죠, 스콧 부인?"

찻잔을 내려놓은 아이린이 의아한 표정으로 스콧 부인을 올려다보았다. 그러자 스콧 부인은 환하게 웃으며, 대답했다.

"의상실 문이 열리자마자 손님이 찾아오셨더군요. 그리곤 헤리엇 양의 드레스를 이미 주문하고 가셨습니다. 백작부인처럼 얼마가 되어도 좋으니, 최고급으로 해달라고 하셨습니다. 스무 벌씩이나."

"정말 그랬나요?"

대체 누가? 아이린은 머릿속에 떠오른 의문을 삼키며, 다시 찻잔을 들어 올렸다.

"네. 그래서 여기 계시는 분들의 드레스 주문을 받지 못하게 되었답니다."

"그런 일이 있었군요."

아이린의 대답에 옆에 앉아 있던 스펜서 부인이 다시 끼어들었다.

"정말 운이 좋은 아가씨군요. 런던에서 가장 부유한 그레빌 백작부인이 이렇게나 마음을 쓰다니."

"앞으로 저택에 자주 불러 시간을 가질 생각이랍니다. 저에겐 자매와도 같았던 엘레나의 딸이니, 저에게도 딸이나 마찬가지니까요."

아이린의 발언에 주변에 있던 귀부인의 눈이 놀라움으로 커졌다. 리치먼드 공작가가 명망 있는 귀족 가문이긴 했지만, 거의 몰락한 상태였기 때문에 신부가 가져갈 지참금이 턱없이 부족할 것이란 건 충분히 짐작되는 일이었다. 하지만 만약 그레빌 백작부인의 양녀가 된다면, 이야기가 달라졌다. 그레빌 백작부인의 씀씀이를 잘 아는 귀부인들은 헤리엇이 버킹햄 공작가문 못지않은 지참금을 갖게 될 것이란 사실을 분명히 알 수 있었다.

"정말 헤리엇 양은 운 좋은 아가씨가 분명하군요. 그나저나 콘웰 공작가에서 무도회를 연다는 초대장을 보내왔던데, 받으셨나요?"

스펜서 부인이 팔에 걸고 있던 조그만 주머니 안에서 콘웰 공작가의 문장이 찍힌 초대장을 꺼내 귀부인들 앞에 내려놓았다. 그러자 귀부인들의 시선이 모두 그 초대장으로 향했다.

"콘웰 공작가에서요?"

"네, 아마 공작부인이 돌아가신 후 처음이니 10년 만이겠군요. 그레빌 부인 댁에도 초대장이 갔겠죠?"

"네, 외출 전에 확인했답니다."

"데본에서 글로스터 백작님께서 돌아오시더니, 이제 본격적으로 백작님의 혼인을 서두르시는 모양이에요. 어쩌면 이번 무도회에선 글로스터 백작님의 마음을 알 수 있을지도 모르겠군요. 아니, 벌써 정해진 건가? 무도회에서 소피아 양과만 춤을 췄으니 말이에요."

"저도 두 사람이 댄스 플로어에 함께 있는 모습을 보곤, 얼마나 놀랐는지. 정말 잘 어울리는 한 쌍이더군요."

"네, 그림처럼 완벽한 모습이었어요. 아마, 그 무도회에 참석한 숙녀들이라면 뼈저리게 느꼈겠죠. 자신들에겐 기회조차 안 올 거란 걸요. 호호호호!"

스펜서 부인이 즐거운 듯 조금은 경망스럽게 웃자, 옆에 앉아 있던 귀부인들이 불편한 얼굴을 했다. 결혼 적령기에 있는 숙녀가 있는 귀족가에선 최고의 신랑감을 하나 놓친 것이나 진배없었다.

딸랑, 딸랑!

그때 의상실의 문이 열리고 버킹햄 공작부인과 소피아가 들어오는 것이 보였다.

"어머, 또 다른 소문의 주인공이 등장하셨네요."

스펜서 부인의 말에 귀부인들의 시선이 문 쪽으로 향했다. 그렇게 사교계는 또다시 콘웰 공작가의 파티로 술렁이기 시작했다.

햇살이 눈부시게 내리쬐는 런던의 오후였다. 사교 시즌이 시작된 런던의 낮은 화려한 밤과는 달리 한적했다. 햇살이 비치는 잔디 위엔 햇살을 즐기기 위해 나온 귀족들이 모포를 깔고 앉아 책을 읽고 있었다. 그리고 강 주변을 산책하며, 평화로운 시간을 즐기는 귀족들도 있었다.

벤치에 앉아 책을 읽던 헤리엇이 템스 강에서 불어온 바람에 고갤 들었다. 흘러내린 은빛 머리카락을 쓸어 올리던 헤리엇은 강으로 시

선을 돌렸다. 그리고 뱃놀이를 즐기고 있는 한 무리의 숙녀들을 바라
보았다. 그리고 그 숙녀 중, 올리비아를 발견하곤 미간을 찌푸렸다.

로즈힐로 들어온 후, 새어머니인 마가렛과 올리비아에 대해 잊
고 있었다는 사실을 깨달은 것이다. 아마 그녀처럼 올리비아 역시
짙은 안개가 자욱한 런던의 하늘의 구름을 뚫고 나온 햇빛을 즐기
기 위해 친구들과 템스 강에 나온 모양이었다.

"아가씨, 여기."

잔디 위에 모포를 깔고 앉아 있던 젠이 서둘러 헤리엇에게 차가
운 음료를 건넸다. 그러자 무릎 앞에 내려놓았던 책을 덮고는 잔을
받아 들었다.

"고마워, 젠. 가서 산책이라도 하고 오는 게 어때?"

"산책은 아가씨께서 하시는 것이 좋겠어요. 여기까지 나와서 책
을 읽으시다니, 지루하지 않으세요? 전, 책이라면 머리가 지끈거
리는데 말이에요."

"난 걷는 것보단, 책을 읽는 게 더 좋아. 런던에 온 후, 책을 읽
은 시간은 물론 글을 쓸 시간도 없어 초조하던 참이었거든."

헤리엇은 시원한 음료를 마시며, 잔디 위를 걷고 있는 귀족들을
바라보았다. 그러다 검은색 프록코트를 입은 장신의 신사가 나이
든 귀부인의 팔을 잡고 걷는 모습이 눈에 들어왔다. 눈에 띄게 뭔
가를 하는 것은 아니었지만, 신사는 귀부인의 느린 걸음에 맞춰,
지루할 정도로 천천히 걷고 있었다. 멀리 떨어져 있었기 때문에 신
사의 등을 보는 게 다였지만, 느낄 수 있었다. 차갑고 서늘한 분위
기와는 달리 그 신사가 노부인을 무척이나 배려하고 있음을.

"멋진 풍경이야."

신사와 노부인의 모습을 바라보던 헤리엇의 입가에 미소가 떠올

랐다.

"맞아요, 아가씨. 런던은 뭔가, 낭만적인 것 같아요."

젠이 주위를 둘러보며, 눈을 빛냈다. 데본의 시골 마을과는 전혀 다른 풍경이 그녀의 마음을 사로잡은 모양이었다. 템스 강으로 나온 지 벌써, 두 시간이 지났다. 데본과는 달리 런던은 시간이 빠르게 흐르는 느낌이었다. 잔디 위를 스치는 바람도, 그리고 템스 강의 물살을 스치는 바람 역시 빠르게 지나가고 있었다. 헤리엇은 벤치에 내려놓았던 책을 집어 들었다. 그리곤 읽기에 집중하기 시작했다.

"여기서 또 뵙는군요, 헤리엇 양."

인기척과 함께 헤리엇의 얼굴에 그늘이 졌다. 고갤 든 헤리엇은 햇살을 등지고 자신을 향해 웃고 있는 네빌을 발견하곤, 불편한 듯 눈살을 살짝 찌푸렸다. 런던에 와서 처음으로 갖는 휴식이었다. 그래서인지 헤리엇은 그녀에게 주어진 여유로움을 그 누구에게도 방해받고 싶지 않았다.

"네빌 백작님이시군요."

"제가 방해를 한 모양입니다. 죄송합니다."

네빌이 그녀의 안색을 살피며 조금 미안한 얼굴을 했다. 그러자 헤리엇 역시 서둘러 평소의 얼굴로 되돌아왔다.

"사실 오랜만에 갖는 휴식이라, 방해받고 싶지 않다는 생각을 하던 참이었습니다. 하지만 괜찮습니다. 그런데 무슨……?"

"그러셨군요. 전 친구를 만나기 위해 오던 참인데, 벤치에 앉아 계시는 헤리엇 양을 발견하곤 반가운 마음에 저도 모르게. 혹시, 이 느낌 아십니까? 오랫동안 만나지 못해 보고 싶었던 친구를 본 느낌. 이상하게 들리실지 모르지만, 헤리엇 양을 보면 제가 그렇습니다."

"아, 그 느낌이 뭔지 저 역시 알고 있습니다. 저에게도 편한 친구 같은 분이 계시니까요."

"그렇다니 다행입니다. 혹시나, 저의 성급함을 꾸짖지나 않을까 걱정하던 참이었답니다."

헤리엇은 네빌을 바라보며, 작게 한숨을 내쉬었다. 그가 그녀에게 느끼는 감정이 뭔지 알 수 있었다. 그녀 역시, 네빌을 만날 때마다 친구를 만난 듯 편안했다. 사실 칼 프레데릭이란 이름으로 그를 만나야 했기 때문에 최대한 그와 거릴 두어야 했지만, 자꾸만 그런 경계심을 잊게 했다. 아마 그 이유가 네빌이 그녀를 배려하고 있기 때문인 듯했다.

"저기, 아가씨. 전 잠시 산책을 다녀오겠습니다. 말씀 나누세요."

두 사람의 눈치를 보고 있던 젠이 서둘러 자리에서 일어섰다. 그리곤 두 사람을 위해 자릴 피해주었다. 사실 그럴 필요 없다고 말하고 싶었지만, 젠이 이미 자릴 뜬 후였다. 그때 네빌이 헤리엇이 읽고 있던 책을 보며, 흥미를 나타냈다. 그리곤 벤치에 편안히 기대선 그가 눈을 빛내며 말을 건넸다.

"수상록이군요. 몽테뉴를 좋아하십니까?"

"그냥 앉아 있기 무료해 읽던 참이었습니다."

헤리엇의 말에 네빌의 입가에 미소가 떠올랐다. 사실 대부분의 귀족들은 숙녀들이 이런 골치 아픈 책을 읽는 걸 반기지 않았다. 남자의 영역을 침범당하는 것이라 생각하며, 불쾌해했다. 그리고 한편으론 생각이 많고 똑똑한 여자는 다루기가 어렵다고 생각했다. 여자와는 지식과 사상을 교류하는 존재가 아니라, 침대에서 욕망을 채우고 가문의 대를 이를 존재일 뿐이었으니까.

"이 책이 마음에 들지 않으면, 다른 책을 집어 든다. 그리고 아무것도 할 일이 없어서 심심해질 때에만 책에 골몰한다. 나는 결코 새로운 책을 탐하지 않는다."

네빌이 수상록에 쓰인 독서에 관한 내용 중 한 구절을 암송했다. 그러자 경계심 가득하던 헤리엇의 표정이 조금은 누그러지기 시작했다.

"수상록을 읽으신 모양이군요."

"저 역시, 심심해질 때에만 책에 골몰하는 편이라."

헤리엇이 자연스럽게 네빌에게 책을 건넸다. 그리곤 책을 받아 든 네빌이 천천히 책을 훑는 것을 지켜봤다. 헤리엇의 눈빛이 반짝였다. 데본의 콘웰 저택에서 이튼과 소네트의 한 구절을 암송했을 때처럼, 흥분되었다. 사실 헤리엇은 지금까지 누군가와 책에 관한 생각을 공유한 적이 거의 없었다. 그래서인지 헤리엇은 무척이나 들뜨기 시작했다. 어느새 템스 강을 산책하던 귀족들의 시선이 두 사람에게 향하기 시작했다는 것도 모른 채 헤리엇은 네빌의 다음 말을 기다렸다.

"사실 전, 수상록 중에서 가장 마음에 드는 구절은 따로 있답니다."

"그게 뭔지 궁금하군요."

"좋은 결혼이란 것이 있다면, 그것은 사랑의 동반과 조건을 거부한다. 좋은 결혼은 우정의 조건을 재현하도록 노력하는 것이다. 또한, 좋은 결혼은 절조와 믿음과 무수히 많은 유용하고도 견실한 상호 간의 봉사와 의무로 가득한 안온한 공동생활이어야 한다."

"결혼에 대한 구절이군요."

"헤리엇 양은 그 구절에 대해 어떻게 생각하는지 궁금하군요."

헤리엇에게 책을 건네는 네빌의 눈동자가 빛나고 있었다. 그녀의 대답이 무척이나 궁금한 모양이었다.

"저에게 좋은 결혼이란, 봉사와 의무는 아니랍니다. 결혼에 사랑이란 감정은 당연히 동반되어야 할 필요조건이구요. 이 부분에선 백작님과 제 생각이 조금 다르군요."

"원래 토론이란, 다른 의견을 가진 상대를 설득하는 것이니까요."

"그럼 백작님께선 절 설득하실 생각이신가요?"

"네, 앞으로 만날 때마다 함께 지식을 나누며 토론할 생각입니다. 저에게 설득당할 수 있도록."

"저 역시 토론을 즐길 뿐만 아니라, 고집이 세죠. 앞으로 즐거울 것 같군요."

헤리엇의 대답에 네빌의 입가에 미소가 떠올랐다. 응당, 숙녀에게 결혼이란 의무와 봉사였다. 가문과 남편에 순종하는 삶이야말로 여인이 지켜야 할 가장 큰 덕목이었으니까.

"그나저나 헤리엇 양께서는 결혼에 대해 흥미로운 생각을 지니고 계시군요."

네빌의 말에 헤리엇의 입가에 미소가 떠올랐다.

"더 흥미로운 얘길 해드릴까요? 사실 전, 결혼이란 제도는 여인에겐 불공평하다고 생각하고 있답니다. 결혼과 동시에 여인에겐 끝없는 의무만을 강요하는 제도니까요. 반면 남자들에겐 더할 나위 없이 좋은 제도라고 생각합니다. 아들을 낳는 의무가 끝나면, 자유를 찾아 새장 밖으로 날아가면 그만이니까요."

"그럼, 헤리엇 양께선 결혼을 원치 않으신 겁니까?"

"얼마 전까진, 원치 않았답니다. 다른 삶을 계획 중이었으니까요."

그렇다는 건, 지금은 결혼을 하고 싶다는 뜻이군. 아마, 에이든의 생각대로 헤리엇이 런던에 온 이유가 정말 결혼 때문인 듯했다.

"다른 삶이라. 전, 헤리엇 양이 생각했다는 다른 삶이 뭔지 궁금하군요."

네빌의 관심에 헤리엇은 그를 물끄러미 바라보았다. 햇살이 비치는 태양 아래 본 네빌은 차분한 성격에 부드러운 인상의 미남이었다. 주변의 숙녀들이 흘끗거릴 만큼 충분히 매력이 있었다. 하지만 왜일까? 헤리엇은 그런 네빌과 마주하고 있는 동안 심장이 두근거리기보단, 평온해졌다. 그에겐 뭐든 자신에 생각을 스스럼없이 말할 수 있을 것 같았다. 오래된 친구처럼.

"네빌 백작님께서 관심 가질 정도로 대단한 삶은 아니었답니다. 그저 평범한…… 엇! 이런!"

네빌에게서 시선을 돌려, 템스 강 쪽을 바라보던 헤리엇이 뭔가를 발견한 듯 놀라 자리에서 벌떡 일어섰다. 그러자 헤리엇의 무릎에 놓여 있던 책이 바닥에 떨어졌다.

"헤리엇 양, 무슨 일이십니까?"

갑작스럽게 자리에서 일어선 헤리엇을 보며, 네빌 역시 벤치에 기댔던 몸을 바로 했다. 그리곤 헤리엇이 바라보고 있는 쪽으로 시선을 돌렸다. 처음엔 강 위에서 한가롭게 뱃놀이를 즐기는 귀족들이 보였다. 그러다 강에 떠 있던 나룻배 중, 하나가 급작스러운 돌풍에 휩쓸린 듯 위험스럽게 흔들리고 있는 것이 보였다.

"위험해요. 가봐야겠어요."

"네? 그게 무슨?"

당황한 네빌이 헤리엇을 붙잡기 위해 손을 뻗었다. 위험했다. 또한 이 상황에서 강 위에 떠 있는 배를 구할 방법은 없었다. 하지만 헤리엇은 그의 팔을 뿌리치고 잔디를 가로질러 빠른 걸음으로 강으로 향했다. 올리비아였다. 위태롭게 흔들리는 배 안에서 휘청거리고 있는 숙녀는 다름 아닌, 올리비아였다.

"헤리엇 양!"

그녀의 이름을 부르며 네빌이 뒤쫓아오는 소리가 들려왔다. 하지만 헤리엇은 뒤를 돌아볼 여유 같은 건 없었다. 헤리엇이 강가에 도착할 무렵, 풍덩 소리와 함께 휘청거리던 올리비아가 물속에 빠졌다. 그 모습이 눈동자 가득 밀려들어 왔고, 헤리엇은 있는 힘껏 뛰었다. 여기저기서 웅성거리는 소리가 들려왔다. 배 안에 남아 있던 숙녀들 역시 당황한 나머지 울음을 터뜨릴 뿐, 올리비아를 도울 여력이 없어 보였다.

강가에 닿자, 헤리엇은 금방이라도 뛰어들 기세로 신고 있던 구두를 벗었다. 그리곤 생각할 겨를도 없이 물속으로 발을 들여놓았다. 어린 시절부터 수영은 자신 있었다. 그래서인지 차가운 물살을 가르며, 앞으로 나아가는 동안 헤리엇은 두려움 따윈 없었다. 강물이 다리를 적시고 허리까지 닿을 때쯤, 누군가 강한 힘으로 헤리엇의 손목을 붙잡았다.

"지금 뭐 하는 거지, 헤리엇? 죽을 셈인가?"

강한 힘과 함께 돌려세워진 헤리엇은 자신을 무서운 눈으로 쏘아보고 있는 남자를 발견하곤, 자신도 모르게 안도했다.

"이튼……."

그의 이름을 부르는 헤리엇의 얼굴에 안도감이 어리는 것을 이튼 역시 똑똑히 볼 수 있었다. 젠장! 무모할 정도로 대범한 헤리엇이었다. 그래서 이튼은 헤리엇에게 눈을 뗄 수가 없었다. 사실 조금 전까지 네빌과 이야기를 나누고 있던 헤리엇을 본 순간, 심장에 날카로운 바늘이 박힌 듯 불쾌했다. 당장에라도 친구인 네빌에게서 그녀를 떼어놓고 싶었다. 차가운 얼굴로 감정을 삼키던 이튼의 눈에 헤리엇이 강을 향해 뛰는 모습이 보였다. 그리고 그녀의 시선 끝에 닿아 있는 나룻배에선 한 어린 숙녀가 위험스럽게 흔들리고 있었다.

설마? 라고 생각한 순간, 그의 다리가 움직였다. 강가에 구두를 벗은 헤리엇이 강으로 뛰어드는 것을 보며, 이튼의 심장이 쿵 내려앉았다. 망할, 젠장할! 욕설이 끝없이 새어 나왔다. 그리곤 미친 듯이 그녀의 뒤를 따라 강으로 뛰어들었다.

"죽고 싶어서 머리가 어떻게 된 모양이군. 따라와, 어서!"

"하지만 사람이……."

"네가 아니더라도 다른 사람이 구할 거야. 그러니……."

이튼이 그녀의 허릴 꽉 붙들었다. 그리곤 강 밖으로 나가려는 듯 힘껏 잡아끌었다.

"여동생이에요."

"그게 무슨 말이지?"

"아버지께서 재혼하셨어요. 올리비아는 재혼하신 어머니의 딸이에요."

이튼이 미간을 찌푸린 채 헤리엇을 바라보았다. 그리곤 그녀의 간절한 눈빛에 욕설을 내뱉고는 그녀를 물 밖으로 밀어내며, 소리쳤다.

"나가서 기다려."

"하지만 이튼!"

"네가 있으면 방해돼. 그러니 밖으로 나가 잔디 위에 있는 내 코트를 입고, 기다려. 내가 돌아올 때까지."

이튼이 강물을 가르며 빠르게 헤엄쳐 가는 것을 헤리엇은 멍한 눈으로 바라보았다. 멀어져 가는 이튼을 보며, 헤리엇은 젖은 손을 들어 심장을 꾹 눌렀다. 그가 오다니. 믿을 수 없었다. 하지만 그녀를 위해 물속에 뛰어든 이는 다른 누구도 아닌 이튼이었다.

"아가씨! 어서 나오세요!"

헤리엇은 젠을 돌아보았다. 그녀가 벗어놓은 구두를 두 손으로 꼭 쥐곤 동동걸음을 치고 있는 젠을 보자, 헤리엇은 천천히 밖으로 나왔다. 하지만 헤리엇의 시선은 여전히 올리비아를 붙잡고 물 밖으로 헤엄쳐 나오는 이튼에게 향해 있었다. 헤리엇이 강 밖으로 나오자, 초조한 얼굴로 기다리고 있던 젠이 헤리엇의 손을 붙잡았다.

"아가씨!"

"나는 괜찮아, 젠. 가서 닦을 것 좀 가져와 줘."

젠이 서둘러 닦을 것을 가지러 간 사이, 헤리엇이 잔디 위를 살폈다. 그리곤 바닥에 떨어져 있는 이튼의 코트를 집어 들었다. 검은색 프록코트에선 익숙한 이튼의 체향이 났다. 그러다 헤리엇은 걱정스러운 얼굴로 자신을 바라보고 있던 네빌과 눈이 마주쳤다.

"괜찮으십니까, 헤리엇 양?"

네빌이 입고 있던 코트를 벗어 차가운 물에 젖어 떨고 있는 그녀의 어깨 위에 걸쳐 주려 했다. 그러자 헤리엇이 손을 내밀어 정중히 거절했다.

"이미 코트를 빌려주신 분이 계십니다."

하지만 말과는 달리 헤리엇은 이튼의 코트를 입을 수 없었다. 그의 코트를 꽉 붙들곤, 서둘러 올리비아를 데리고 물 밖으로 나오는 이튼에게 걸어갔다. 다행히 잔디 위에 누워 있는 올리비아의 상태는 그리 위험해 보이지 않았다.

"제가 할게요. 올리비아, 괜찮니?"

"콜록, 콜록! 콜록콜록!"

헤리엇이 올리비아를 흔들었다. 그러자 지쳐 눈을 감고 누워 있던 올리비아가 기침하며, 물을 뱉어내더니 헤리엇을 올려다보았다. 입가가 추위로 새파랗게 변해 있었다. 헤리엇이 무릎을 꿇고 앉아 올리비아를 일으켜 세웠다. 그리곤 젠이 가져온 모포를 올리비아의 어깨에 단단히 여며주었다.

"이제 괜찮아."

"……언니."

"올리비아, 올리비아!"

그때 잔디를 가로질러 마가렛이 빠른 걸음으로 다가오는 것이 보였다. 사색이 된 얼굴로 걸어오던 마가렛이 헤리엇을 발견하곤 미간을 찌푸렸다. 하지만 어느새 헤리엇을 밀어내고 올리비아 옆에 앉았다.

"대체 어떻게 된 거야? 물에 빠지다니!"

"모르겠어요. 자리에서 일어섰는데, 갑자기 바람이……. 추워요, 어서 돌아가요."

올리비아의 말에 마가렛이 서둘러 그녀를 부축해 일으켜 세웠다. 그리곤 헤리엇에게 고갤 끄덕여 보인 후, 서둘러 잔디 위를 걸어가기 시작했다.

"예의가 없는 모녀군."

이튼이 멀어져 가는 마가렛과 올리비아를 보며 차갑게 말했다. 괜한 짓을 했다는 듯이.

"딸이 죽을 뻔했으니, 경황이 없을 테죠."

"이해심이 많군. 나는 고마워할 줄 모르는 인간에겐 절대 호의를 베풀지 않는 주의라서."

헤리엇이 이튼을 돌아보았다. 온통 물에 젖은 이튼은 쓸데없는 짓을 했다는 표정으로 헤리엇을 바라보고 있었다.

"코트를 입으라고 했을 텐데?"

"아, 그게……. 입을 수 없었어요. 저보다 백작님께 더 필요할 것 같았거든요."

헤리엇이 젠이 가져온 수건을 이튼에게 건넸다. 그러자 이튼이 헤리엇에게 수건을 받아 들곤 젖은 머리와 얼굴을 닦으며 불쾌한 듯 그녀를 바라보았다.

"여기, 코트를 입는 게 좋겠어요. 낮이긴 하지만 열이라도 나면……."

물기를 닦아내던 이튼이 헤리엇을 내려다보았다. 그녀 역시 강물에 젖어 드레스가 몸에 찰싹 달라붙어 있었다. 이튼이 눈살을 찌푸리며, 헤리엇이 건네는 코트를 받아 들었다. 그리곤 자신이 입는 대신, 헤리엇의 어깨에 걸쳐 주며 단단히 여몄다. 그 누구도 그녀를 보는 걸 원치 않는다는 듯.

"다른 코트가 필요한 게 아니라면, 입도록 해."

"하지만……."

"제발, 걱정시키지 말고 입도록 해. 난 남자야. 이 정도 추위쯤, 견딜 수 있어."

"아, 네. 고마워요."

헤리엇의 뺨이 붉어졌다. 차갑게 말은 했지만, 그녀를 바라보는 이튼의 눈동자는 달랐다. 그가 자신을 걱정하고 있음을 충분히 느낄 수 있었다. 그런 헤리엇을 보며, 이튼이 표정을 누그러뜨리며 다시 한 번 코트 깃을 단단히 여며주었다.

"다신 무모하게 강에 뛰어드는 행동 같은 건, 하지 마. 여긴 데본이 아니니까."

그의 단호한 목소리에 헤리엇은 고갤 끄덕일 수밖에 없었다. 그렇게 그녀의 대답을 들은 이튼은 그녀를 지나쳐 조금 떨어진 곳에 서 있는 네빌에게 걸어가 버렸다. 헤리엇이 이튼을 보기 위해 고갤 든 순간, 그녀를 물끄러미 바라보고 있던 네빌과 시선이 마주쳤다.

아, 네빌 백작. 헤리엇은 그녀를 빤히 쳐다보고 있는 네빌을 보며, 입을 다물었다. 그러자 네빌이 헤리엇에게 고갤 숙여 인사를 건넨 후, 이튼과 함께 잔디를 가로지르는 것이 보였다.

네빌 백작이 친구와 약속이 있었다고 했었다. 아마, 그 친구가 이튼이었던 모양이었다. 헤리엇은 멀어지는 두 사람을 보며, 이튼의 코트를 꽉 붙들었다. 코트에 배인 그의 체향이 콧속 깊숙이 스며들었다.

"백작님께서 아가씨를 도우신 거죠? 아가씨께서도 백작님께서 강으로 뛰어드시는 것을 보셨어야 했어요. 제 심장이 쿵 내려앉는 줄 알았다니까요. 정말, 멋진 분이세요. 아가씨를 위해 강에 뛰어드는 위험도 감수하시다니."

헤리엇에게 다가온 젠이 흥분한 목소리로 낮게 속삭였다. 하지만 헤리엇의 귓가엔 젠의 속삭임이 들리지 않았다. 멀어져 가는 이튼에게서 눈을 뗄 수가 없었다. 심장이 두근거렸다. 물에 젖어 차가워진 몸과는 달리 심장에서 열이 났다.

그가 올까? 비밀 통로를 통해, 오늘 밤 로즈힐에…….

"젠, 우리도 돌아가자. 로라가 걱정할 거야."

"네, 어서 돌아가요."

잠들 수 없었다. 밤이 깊어 날이 바뀐 지 한참이었지만, 헤리엇은 잠을 이룰 수가 없었다. 그가 오늘 밤, 로즈힐을 찾아올 것이라곤 확신할 수 없었지만, 헤리엇의 시선은 자꾸만 태피스트리가 걸린 벽으로 향했다.

"오지 않을 모양이군."

보고 싶었다. 강물에 뛰어들어 온몸이 젖은 채로 집으로 돌아갔을 이튼을 생각하면, 오지 않는 편이 나았다. 하지만 생각과는 달리 헤리엇의 시선은 자꾸만 벽에 걸린 이튼의 코트 쪽으로 향했다. 자리에서 일어선 헤리엇이 코트가 걸린 벽으로 걸어갔다. 그리곤 손을 뻗어 이튼이라도 된 듯, 조심스럽게 코트를 쓸어내렸다.

"내일 직접 가봐야겠어. 코트를 가져다줄 겸, 감기에 걸렸는지 확인도 해야 하고."

헤리엇이 코트에 얼굴을 묻었다. 그가 그리웠다. 심장이 고장이라도 난 듯 자꾸만 두근거렸다. 그렇게 한참을 서 있던 헤리엇이 코트를 바로 한 후, 어렵사리 침대로 향했다. 입고 있던 나이트가운을 벗고 침대에 누웠지만 잠이 오지 않았다. 급기야 눈을 질끈 감은 후, 잠을 청하기 위해 이불을 목까지 끌어당기는 동안에도 헤리엇은 그를 만나러 갈 핑계를 찾고 있었다. 헤리엇은 베개에 얼굴을 묻었다. 그리곤 몸을 뒤척이는데 목덜미에 서늘한 바람이 느껴졌다.

덜컹! 귀를 기울이지 않으면 들리지 않을 정도로 작은 소음이었지만, 헤리엇의 귀엔 똑똑히 들렸다. 비밀 통로가 열리는 소리를. 순간 헤리엇이 베게에서 고갤 들었다. 그리곤 몸을 반쯤 일으켜, 벽 쪽으로 고갤 돌린 순간 어둠 속에 서 있는 이튼을 볼 수 있었다.

"……이튼."

"날, 기다린 모양이군."

비밀 통로를 통해 들어온 차가운 바람과 함께 그의 체향이 방 안을 가득 채웠다.

"올 것이라 생각했으니까요."

"나에게 할 말이 있는 모양이군."

어둠 속에 있던 이튼이 헤리엇을 향해 다가왔다. 그리곤 침대 바로 앞에 선 채 그녀를 물끄러미 내려다보았다. 할 말이라? 이튼에게 하고 싶은 말은 많았다. 하지만 그녀를 내려다보는 이튼의 눈빛은 뭔가 다른 것 같았다.

"혹시, 공작님을 만나신 건가요?"

"아버지께서 아주 재미있는 말씀을 하시더군. 네가 아버지의 제안에 대한 답을 하지 않았다고 말이야. 왜 그랬지? 대답만 하면, 모든 것이 다 네 것이 될 텐데 말이야."

이튼의 물음에 헤리엇은 잠시 생각에 잠긴 듯 어둠 속을 응시했다. 그리고 다시 이튼을 향해 시선을 돌렸을 땐, 헤리엇의 눈빛은 그 어느 때보다 고요했다. 흔들리지 않는 마음처럼.

"당신과 먼저 약속했으니까요. 당신 옆에 있으라는 약속이요."

거래가 아니라, 약속 때문이란 건가? 그녀의 대답에 이튼의 심장은 안도감에 낮게 가라앉았다.

"내 곁에 있기 위해, 런던에 왔다는 건가?"

"공작님께선 그 어떤 대답이든, 런던에서 듣겠다고 하셨어요. 아니, 지금 생각해 보니 어쩌면 그 제안은 처음부터 당신을 런던에 부르기 위한 미끼였을지도 모른다는 생각이 드는군요."

그래, 처음부터 그랬던 것 같다. 이상하게도 콘웰 공작인 레이놀즈는 이튼이 그녀를 뒤쫓아 런던에 올 것이라 확신했었다.

"훗, 아버지께서 뛰어난 사냥꾼이란 걸 잊지 말았어야 했는데."

딱딱하게 굳어 있던 이튼의 어깨가 내려앉았다. 처음부터 이튼은 레이놀즈가 친 덫에 꼼짝없이 당할 수밖에 없었다는 걸 깨달았다. 그를 런던으로 유인한 헤리엇이란 미끼는 그의 눈을 가리고, 이성을 마비시키는 치명적인 약점이었으니까.

"당신이 미끼였군. 그것도 아주 치명적인 미끼."

깊게 한숨을 내쉬는 이튼의 숨결이 뜨거웠다. 맥이 풀린 듯 이튼이 침대 기둥에 기대앉고는 피곤한 듯 눈을 감았다. 헤리엇 역시 침대에서 내려와 그의 팔을 붙잡았다. 뜨거웠다.

"이튼, 몸이 좋지 않은 것이라면……."

헤리엇이 걱정스러운 얼굴로 그를 불렀다. 그러자 이튼이 눈을 떠 헤리엇을 내려다보았다. 헤리엇의 검은 눈동자 속에 담긴 감정을 본 이튼이 그녀의 손을 꽉 붙잡았다. 그리곤 지금까지 하지 않고, 의식 저 밑바닥에 묻어놓았던 얘길 꺼내기 시작했다.

"4년 전까지 내겐 약혼녀가 있었지. 흔히 있는 정략혼."

약혼녀라고? 그에게 약혼한 상대가 있었다는 건가? 그의 말에 헤리엇의 심장이 꽉 조여들었다. 하지만 헤리엇은 자신의 감정을 숨긴 채 평소대로 말했다.

"그럼, 지금은 없다는 건가요?"

"그래. 4년 전, 자살했지. 내가 보는 앞에서."

순간 헤리엇은 숨을 삼켰다.

"맙소사. 그게 사실인가요?"

"그래. 내 심장에 칼을 꽂은 후, 나를 보며 웃더군. 그리고 자신의 머리에 총을 쐈지."

"아!"

헤리엇은 그의 말을 듣는 순간, 두 손으로 입을 막았다. 너무도 충격적인 일이었기 때문에 아무런 말도 할 수 없었다. 그리고 그의 눈동자에 어린 짙은 그림자. 그 그림자 속에 어린, 지독한 상처를 느낄 수 있었다. 짙은 그늘이 이 이야기를 꺼내는 것 자체도 쉽지 않다는 사실을 말해주고 있었다.

"왜 그런 참혹한 일이 벌어진 거죠?"

헤리엇의 물음에 이튼은 잠시 말이 없었다. 그리곤 흔들림 없이 자신을 바라보는 헤리엇의 검은 눈동자를 물끄러미 내려다보았다.

그리곤 마침내 결심이 선 듯 다시 무감한 목소리로 입을 열었다.

"그 당시엔 나를 배신한 질리언과 에드윈 때문이라고 생각했었지. 질리언은 야망이 큰 여인이었거든. 작위 하나 물려받지 못하는 공작가의 차남인 나보단, 후작의 작위를 물려받은 에드윈의 신부가 되길 원했으니까."

"높은 신분에 오르기 위해 당신을 배신했다는 건가요?"

"어떤 여인에겐 그것이 가장 큰 의미이기도 한 법이지."

"어떻게 알게 된 거죠? 당신의 약혼녀인 질리언이 당신을 배신했다는 것을요."

"나에게 전갈을 보냈더군. 급히 만날 일이 있다고. 그런데 그곳에서 정사를 벌이고 있는 질리언과 에드윈을 발견했지."

"아, 지독하군요. 그런 식으로 사실을 알리다니."

헤리엇의 얼굴이 분노로 새하얗게 변했다. 그리곤 무작정 그의 손을 꼭 잡았다. 그 지독한 배신감이 어땠을지는 충분히 짐작할 수 있었다.

"아팠겠군요."

"아팠던 걸까?"

아팠던 걸까? 감추고 부정하고 싶었지만, 어쩌면 헤리엇의 말대로 상처였을지도 모른다는 생각이 들었다. 믿음에 대한 배신. 아마 그것이었을 테지. 사실, 이튼은 침대에 누워서 지독한 쾌락이 몸부림치는 질리언과 친구인 에드윈을 보면서 아무것도 느껴지지 않았었다. 그저 구역질이 났다. 일부러 자신을 그곳으로 부른 두 사람의 행동이. 그리고 자신을 기만하며, 비웃었을 두 사람이.

"나에게도 화가 났겠군요. 당신을 배신하고, 공작님을 따라 이곳에 왔다고 생각했을 테니까요. 공작부인이란 자릴 차지하려고 혈안이 된 탐욕스러운 여자라고 생각했겠죠."

헤리엇이 씁쓸한 표정으로 이튼을 올려다보았다. 의도치 않았지만, 결국 헤리엇 역시 그에게 불신을 준 것은 사실이었으니까.

"헤리엇, 당신과는 달라."

달랐다. 질리언에게 느낀 감정과 헤리엇에게 느낀 분노는 전혀 다른 종류의 것이었으니까. 더 지독하고 아릿한 것이었다. 심장이 차갑게 얼어붙는 분노가 아니라, 온몸을 태울 듯 뜨겁게 용솟음치는 그런 감정이었다. 상처 주고 싶은 마음과 믿고 싶은 마음. 동전의 양면처럼, 정반대의 감정이 그를 미치게 했다.

하지만 이튼은 그것 역시 아무것도 아님을 깨닫고 만 것이다. 템스 강에 올리비아라는 여인을 구하기 위해 뛰어들던 헤리엇을 본 순간, 아무것도 중요하지 않게 되었다. 이성이 아니라, 본능이 먼저 반응하고 있었다. 절대 그녀를 잃고 싶지 않다고.

그녀가 자신을 속인 거짓말쟁이든, 야망을 위해 자신을 유혹한 여인이라 해도 상관없었다. 아무것도, 중요하지 않았다. 그저 어떤 형태로든 헤리엇이 자신의 곁에 있기를 원했다. 잃고 싶지 않았다. 그 짧은 순간, 이튼은 그렇게 생각했다.

"아, 그렇죠. 질리언은 당신의 약혼녀였으니까요. 하지만 전……."

조금은 당황한 표정으로 헤리엇이 그에게서 벗어나려 했다. 그러자 이튼이 그녀의 손을 단단히 붙잡곤 그러지 못하게 했다. 그녀를 붙잡는 강한 힘에 헤리엇이 고갤 들었다.

"이튼……."

"달라. 질리언은 내게 의무였지만, 당신은 아니니까. 당신은…… 내게 의무 같은 게 아니야."

헤리엇은 그의 심장을 움켜쥐고 흔들 수 있는 유일한 여인이었다. 이성적인 그를 참혹한 분노와 생각이라곤 전혀 하지 못하는 명청이로 만들 수 있는 유일한 사람이었다.

"그럼, 난 당신에게 뭐죠?"

심장이 두근거렸다. 갑자기 왜 그런 용기가 났는지 알 수 없었다. 아마, 그녀를 내려다보는 이튼의 눈동자가 처음으로 흔들리는 것을 보며 그런 용기가 생긴 모양이었다.

"이튼……."

듣고 싶었다. 그에게 그녀가 어떤 존재인지. 그녀의 재촉에 이튼이 작게 욕설을 내뱉는 것이 들렸다. 그리곤 그녀를 그의 품으로 바짝 끌어당겼다.

"당신은 마녀야. 내 심장을 집어삼킨, 마녀."

"흡!"

뜨거웠다. 헤리엇의 입술을 스치는 그의 입술이. 입가에 닿는 뜨거운 숨결에 헤리엇은 숨을 삼켰다.

"기다리지. 당신이 내게 말할 준비가 될 때까지."

입술을 간질이는 그의 숨결이 간지러웠다. 하지만 그것보다 그의 말속에 담긴 의미가 그녀의 심장을 움켜쥔 듯 울컥 뜨거워졌다. 그녀를 믿겠다고 했다. 아무것도 말한 게 없는 그녀를. 그가 믿겠다고 했다. 그의 마음에 상처에도 불구하고.

"이튼, 난……."

순식간에 뜨거운 입술이 헤리엇의 입술을 삼켰다. 강한 힘에 떠밀려, 어느새 그녀의 몸이 침대 위에 눕혀졌다. 등에 닿는 폭신한 감촉과 함께 그녀의 몸 위로 그의 무게가 느껴졌다. 손을 뻗어 그녀의 턱을 붙잡아 올린 후, 깊숙이 입안을 파고들었다. 그녀의 혀를 휘감고 강하게 빨아 당기는 그의 혀가 무척이나 뜨거웠다.

"이튼, 잠깐⋯⋯."

헤리엇이 그를 밀어냈다. 하지만 이튼은 한번 그녀의 입술을 맛보자, 떨어지고 싶지 않은 듯 더욱 깊숙이 그녀의 입술을 빨아 당겼다.

"훗, 잠깐⋯⋯. 당신, 너무 뜨거워요. 어디 아픈 건 아니겠죠?"

가까스로 그를 밀어낸 헤리엇이 그의 안색을 살피기 시작했다. 그리곤 손을 뻗어 조심스럽게 머리카락을 쓸어 올리곤 이마에 손을 댔다. 그러자 이튼의 검은 눈동자가 그녀를 응시했다. 짙어진 눈동자엔 감기로 인한 열 때문인지, 아니면 참아왔던 욕망 때문이지 알 순 없었지만 젖어 있었다.

"상관없어."

그녀의 손을 밀어내며, 이튼이 다시 그녀의 입술을 찾았다. 상관없었다. 사실 템스 강에서 돌아온 후, 이튼은 온몸이 차갑게 식는 느낌이었다. 몸은 뜨거웠지만, 자꾸만 밀려드는 냉기에 침대를 파고들었다. 헤리엇이 데본을 떠났다는 사실을 안 순간부터, 오늘까지 편히 잠든 날이 없었다. 아마, 지친 몸으로 헤리엇을 쫓아 차가운 템스 강으로 뛰어든 탓에 열이 오른 모양이었다. 그렇게 저녁 내내 이튼은 워릭이 건넨 약을 먹고 잠을 청했다. 하지만 열에 시달리던 그가 정신을 차렸을 땐, 이미 그는 로즈힐의 비밀 통로 앞에 있었다.

몸을 움직이는 것조차 고통스러웠고, 짙은 열감에 입술이 바짝 타들어가는 느낌이었지만 올 수밖에 없었다. 몸이 힘들수록 머릿속은 온통 헤리엇뿐이었다. 그리고 지금, 그녀의 입술을 파고든 순간 살 것 같았다. 워릭이 건넨 약보다, 헤리엇이 그에겐 치료약이었다.

"흡⋯⋯ 이튼."

"인내심이 바닥이야. 더는 참을 수 없어."

그가 거칠게 헤리엇의 잠옷을 벗겨냈다. 그의 뜨거운 손이 몸에 닿을 때마다, 헤리엇은 흠칫흠칫 몸이 떨렸다. 그 지독한 열감이 두려웠다. 그리고 그녀를 내려다보는 그의 눈동자 역시 이미 붉게 변해 있었다.

매혹적인 붉은색. 그 아름답고 위험스러운 색깔에 헤리엇의 심장 역시 무섭게 반응하고 있었다. 그의 뜨거운 손이 그녀의 가슴을 꽉 붙잡았다.

"홋!"

뜨겁고 아릿한 감각에 헤리엇의 입술을 통해 여린 신음이 새어나왔다. 순간 헤리엇은 입술을 깨물었다. 불안한 듯 문을 바라보는 헤리엇의 시선을 느낀 듯 그가 고갤 들었다. 그리곤 천천히 몸을 일으키더니, 침대에서 내려가 방문을 잠그는 것이 보였다. 털썩 소리와 함께 침대로 걸어오는 동안 이튼이 옷을 벗기 시작했다. 셔츠 단추를 풀고, 바지를 벗어 바닥에 떨어뜨렸다. 그리곤 망설임 없이 침대에 오르자 그의 무게에 침대가 흔들렸다.

"불을 꺼주세요."

입술을 겹치려는 듯 고갤 숙이는 이튼을 향해 헤리엇이 탁자 위에 놓인 촛대를 올려다보았다. 그러자 그의 입가에 처음으로 장난스러운 미소가 떠올랐다.

"부끄러운 모양이군."

"모르겠어요. 하지만 자꾸 긴장돼서……."

사실 이튼 역시 마찬가지였다. 그녀를 처음 안는 것도 아니었다. 하지만 침대에 누워 있는 헤리엇을 보자, 심장이 미친 듯이 뛰고 있었다. 그가 몸을 일으켜, 불을 껐다. 그러자 방은 창문을 통해 들어오는 달빛 외엔 어둠뿐이었다. 하지만 그 어둠 속에서도 이튼은 헤리엇을 똑똑히 느낄 수 있었다. 그녀가 뱉어내는 밭은 숨소리도,

그리고 시트를 꽉 쥐는 그녀의 손길에서 느껴지는 팽팽한 긴장감까지. 온몸에 날이 선 듯 선명하게 느껴졌다.

"헤리엇."

낮게 가라앉은 그의 목소리에 헤리엇이 고갤 들었다. 그러자 그의 손이 그녀의 가녀린 턱을 붙잡곤 또다시 깊숙이 입술을 부딪쳐왔다. 다급한 격정이 느껴졌다. 입술을 훑는 그의 입술에선 짙은 열기가 어려 있었다. 그의 말처럼 인내심이 바닥이 난 모양이었다. 헤리엇이 손을 뻗어 그의 목덜미에 팔을 감았다. 그리곤 그녀 역시 입술을 벌리곤 그의 키스에 응하기 시작했다.

훗! 자꾸만 허리가 들썩였다. 단단히 휘감긴 혀에서 아릿한 고통과 함께 등줄기를 타고 나른한 쾌락이 흘러내리자, 온몸이 타는 듯 뜨거워졌다. 턱을 붙잡고 있던 그의 손이 옷을 밀어내곤 그녀의 가슴을 움켜쥐었다. 그가 단단하게 일어선 붉은 유두를 손끝으로 비틀자, 흠칫 몸이 떨려왔다. 순식간에 허리가 야릇하게 비틀렸다. 아랫배를 조이는 나른한 열기와 함께 자꾸만 다리 사이 은밀한 부분이 젖어들기 시작했다.

"흡!"

꽉 닫힌 헤리엇의 입술 사이로 신음이 새어 나왔다. 최대한 흘러 나오려는 신음을 참기 위해 입술을 깨물었지만, 쉽지 않았다. 자꾸만 흥분으로 온몸이 떨려왔고, 그 격정을 주체할 수 없었다. 그의 손이 그녀의 다릴 붙잡곤 힘껏 위로 밀어 올리는 것이 느껴졌다.

"미안, 더는 한계야."

그 말과 함께 단단하게 발기한 그의 일부가 순식간에 그녀의 안으로 밀고 들어왔다. 촉촉하게 젖은 속살을 밀치고 강하게 파고는 힘에 헤리엇은 한순간 숨을 삼켰다. 한 번의 움직임으로 그녀의 가장 깊숙한 곳까지 들어온 그를 느끼며, 헤리엇은 아랫배에 힘을 주었다.

"하아, 헤리엇."

그의 입술 새로 만족스러운 신음이 새어 나왔다. 무섭게 날뛰던 감정이 조금씩 안정을 찾는 느낌이었다. 그리고 그의 어깨를 짓누르던 무게도, 또한 지독한 분노 역시 한순간 사라지며, 지독한 쾌락으로 바뀌었다.

애액으로 젖은 촉촉한 내벽이 한 치의 틈도 없이 밀착되었다. 그를 단단히 휘감고 깊숙이 안으로 빨아 당기는 그녀의 안이 주는 쾌락은 상상 이상이었다. 그가 천천히 허릴 움직였다. 그녀의 안으로 더 깊숙이 들어가기 위해, 그녀의 내벽 끝까지 빠져나온 그가 강한 힘으로 다시 그녀의 안으로 파고들었다.

홋! 그의 움직임이 빨라질수록 헤리엇의 입술에선 연신 가쁜 숨이 새어 나왔다. 그의 목덜미에 휘감긴 그녀의 팔에 힘이 들어갔다. 불덩이처럼 뜨거운 그의 일부가 그녀의 내벽을 가르며 진퇴를 거듭할수록 자꾸만 머릿속이 새하얗게 변하기 시작했다. 등줄기를 타고 흐르는 짙은 쾌감에 자꾸만 허리가 비틀리며, 그를 강하게 조였다. 짙은 욕망에 온몸이 타버릴 것 같았다. 손바닥은 물론, 온몸이 짙은 열기로 땀이 배어 나오기 시작했다.

"하아, 홋!"

그의 손이 땀으로 젖은 그녀의 가슴을 꽉 움켜쥐곤 붉은 유두를 힘껏 빨아 당겼다. 흡! 동시에 그녀의 내벽 끝까지 꿰뚫듯 그가 힘껏 안으로 파고들었다. 처음부터 하나였던 것처럼, 그녀의 몸 안에 단단히 뿌리를 내린 그가 틈 하나 없이 빡빡하게 그녀를 채웠다.

얼굴이 붉어질 만큼 음란했다. 뒤엉킨 몸이 짙은 욕망으로 흔들릴 때마다, 참을 수 없을 만큼 강하게 서로를 빨아 당겼다. 더욱 깊숙이, 더욱 거칠게 땀으로 젖은 살이 부딪쳐 녹아들 때마다, 결합된 부분에선 끈적끈적한 열기가 두 사람을 집어삼켰다. 절대 떨어지지 않겠다는 듯 쾌락으로 젖은 속살이 자꾸만 파르르 떨리며 그를 삼키고 있었다.

"이튼, 키스해 줘요."

더는 쾌락을 삼킬 수 없어 헤리엇이 그의 귓가에 나직이 속삭였다. 입술을 깨물고 신음을 삼키려 할수록 참을 수가 없을 것 같았다. 그의 입술이 그녀의 입술을 삼켰다. 그리곤 그녀의 입술에서 새어 나오는 거친 신음을 삼키며, 그녀의 안으로 격정적으로 파고들었다. 부족했다. 그녀의 안을 허기진 맹수처럼 파고들었지만, 그의 갈증을 채우기엔 턱없이 부족했다. 이튼이 그녀의 다리로 손을 뻗어 자신의 허리를 단단히 휘감게 했다. 그리곤 지독한 욕망을 품고 거칠게 그녀의 안으로 밀려들었다.

"흡! 하아, 훗!"

그에게 붙잡힌 입술 새로 젖은 신음이 새어 나오는 건 어쩔 수 없었다. 온몸이 쾌락으로 떨리고 있었다. 지독한 열기에 헤리엇의 눈동자에 눈물이 흘러내렸다. 그녀의 입술을 훑던 그의 혀가 그녀의 눈가를 쓸었다.

"헤리엇, 괜찮나?"

그의 물음에 헤리엇의 뺨이 붉게 달아올랐다. 하나도 괜찮지 않았다. 온몸을 뒤흔드는 날 선 쾌락에 자꾸만 흐느낌이 밀려 올라왔다. 그런데 괜찮냐고 묻다니.

"훗! 이튼, 사랑해 줘요."

그녀의 속삭임에 그가 거칠게 숨을 들이쉬는 소리가 들려왔다. 그 후론, 아무것도 생각할 수 없었다. 남녀의 거친 신음이 방 안을 채웠다. 어둠 속에서 한 덩어리처럼 얽혀 위험스럽게 흔들리는 육체가 숨이 막힐 만큼 관능적이었다. 끝나지 않을 것 같은 쾌락이 끝을 향해 치닫고 있었다. 한데 섞여드는 숨결 역시 무척이나 농밀했다. 격정으로 몸을 휘던 헤리엇의 몸이 흠칫 떨기 시작했다. 이미 헤리엇은 통제할 수 없을 만큼 짙은 쾌락의 끝에 도달한 것이다.

하지만 이튼은 아직 갈증을 채우지 못한 듯 진퇴를 거듭했다. 이마에 맺힌 땀이 떨어져, 헤리엇의 가슴골 사이로 흘러내렸다. 붉게 변했던 그의 눈동자가 더욱 짙어져, 위험스러울 정도로 반짝였다. 쾌락의 끝에 다다랐던 헤리엇이 또다시 찾아온 열기에 그의 어깨를 깨물었다. 그리곤 쾌락을 견디며, 그의 일부를 끊을 듯 강하게 빨아 당겼다.

"흑!"

이튼은 깊은 신음을 뱉어냈다. 아릿한 아픔과 함께 지독한 쾌락이 찾아들었다. 거칠게 그녀의 내벽을 파고들던 그의 움직임이 한순간 멈췄다. 그리곤 그녀 안에서 그의 일부를 빼낸 후, 옆에 놓여 있던 타월에 그의 모든 걸 뱉어냈다. 거친 숨을 뱉어내는 그의 가슴이 크게 들썩였다.

그녀의 몸 위로 쓰러지듯 내려앉은 그의 무게를 느끼며 헤리엇은 그를 꼭 끌어안았다. 불덩이처럼 뜨겁던 그의 몸이 열이 내린 듯 차가웠다. 다행이었다. 안도감에 헤리엇은 그의 가슴에 얼굴을 묻었다. 그러자 이튼 역시 그녀를 꼭 끌어안고는 흘러내린 이불을 끌어당겨 단단히 덮었다.

"몸은 괜찮나요?"

"너무 늦은 질문이군."

"하지만 내가 물었을 땐……."

헤리엇이 억울하다는 듯 고갤 들곤 그를 올려다보았다. 그러자 이튿의 입가에 미소가 떠올랐다.

"한결 가벼워졌어. 그러니, 어서 자도록 해. 피곤하군."

이튿의 눈꺼풀이 무겁게 가라앉았다. 그리곤 그녀의 머리카락에 얼굴을 묻곤 잠 속으로 빠져들었다. 괜찮다고 했지만, 지쳐 있었던 게 분명했다. 잠든 그의 얼굴을 내려다보며, 헤리엇은 조심스럽게 그의 머리카락을 쓸어 넘겼다. 손끝으로 달빛에 비친 그의 얼굴의 윤곽을 따라 움직였다.

"돌아가지 않아도 되는 건가?"

잠이 오지 않았다. 나른한 만족감과 함께 그의 체온이 주는 안정 감에 잠이 올 법도 했지만, 헤리엇은 그의 얼굴을 마음껏 바라볼 기회를 놓치고 싶지 않았다. 눈을 떴을 땐, 차갑던 얼굴이 잠이 들 자 무척이나 부드러워 보였다.

"가지 않았으면 좋겠다. 이렇게 계속……."

헤리엇이 팔을 베고 누웠다. 잠시 후, 이튿을 물끄러미 바라보던 헤리엇의 눈동자에 졸음이 밀려들었다. 그의 고른 심장 소릴 들으 며, 헤리엇은 잠이 들었다. 다음 순간, 이튿이 눈을 떴다. 이번엔 잠 든 헤리엇을 이튿이 물끄러미 바라보다, 침대에서 몸을 일으켰다.

돌아가야 했다. 이튿이 침대에서 내려오기 위해 몸을 일으키다, 순간 움직임을 멈췄다. 뭔가가 그의 다리를 붙들고 있었던 것이다. 시트를 들췄다.

"언제 이런 앙큼한 짓을 한 거지?"

그의 다리와 함께 묶인 가녀린 여인의 다리였다. 가지 않았으면 한 다고 했다. 그런데 이런 허접한 끈으로 그를 묶어놓다니. 하지만 이 튿은 움직일 수 없었다. 그의 힘으로 단번에 찢어버리면 그만일 천이 었지만, 그 어떤 강철보다 강하게 그를 얽어매어 놓았던 것이다.

샤워를 끝낸 이튼이 방을 나왔다. 데본의 호수에서 수영하는 것보단 상쾌하지 못했지만, 땀을 씻어내자 한결 기분이 좋아졌다. 사실 어젯밤 내내 온몸을 휩쓸던 열기가 가시자, 이튼의 머릿속은 햇살이 내리쬐는 런던의 하늘처럼 쾌청했다. 데본을 떠나온 후, 처음 느껴보는 가벼움이었다. 그리고 헤리엇. 오늘 새벽, 그녀의 앙큼한 행동을 떠올리자 이튼의 입가에 저절로 미소가 떠올랐다.

머리카락의 물기를 털어낸 후, 이튼은 서둘러 에이든과 네빌이 기다리고 있는 1층 응접실로 향했다. 분명 어제 템스 강에 있었던 일이 걱정돼, 상태를 확인하기 위해 들른 모양이었다. 저택은 고요했다. 런던으로 돌아온 후에도 이튼은 콘웰 공작인 레이놀즈가 보낸 고용인들을 모두 돌려보냈다. 그리고 데본에서처럼 워릭과 단둘이 생활하고 있었다. 계단을 내려오던 이튼은 찻잔이 든 쟁반을 들고 응접실로 향하는 워릭을 발견하곤 걸음을 멈췄다.

"워릭!"

"주인님, 내려오셨습니까? 서두르십시오. 친구분들께서 기다리고 계십니다."

"그래."

이튼이 계단을 내려와 워릭과 함께 응접실로 향했다. 앞서 걷던 이튼이 워릭의 시선에 걸음을 멈췄다. 그러자 이튼을 흘끗흘끗 쳐다보던 워릭이 놀라 고갤 숙이는 것이 보였다. 휴! 아마 그는 어젯밤 그의 밤 외출이 궁금한 모양이었다.

"귀족들의 사교 클럽에 간 건 아니니 그런 얼굴 할 필요 없어."

"아, 당연히 그런 걱정은 하지 않았습니다."

워릭이 서둘러 고갤 숙이며 이튼의 말을 부인했다. 사실 데본에 머물고 있는 4년 동안 간혹 술을 마시기 위해 제나의 오두막에 갔을 뿐, 한 번도 여자를 가까이하지 않던 이튼이었다. 만약 여자를 품기 위해 런던에서 가장 유명한 사교 클럽인 헬(Hell)에 간 것이라면 오히려 다행일지도 몰랐다. 하지만 그곳이 아닌, 다른 그 어떤 곳에 갔을 것 같아 워릭은 걱정되었다. 그 어떤 곳이라 함은, 예를 들자면, 갑자기 런던에 오기로 마음을 바꾼 이유이기도 한, 로즈힐에 머물고 있는 헤리엇이었다.

"그래? 그럼, 뭐가 궁금한 거지?"

"사실, 며칠 전부터 저택을 감시하는 자가 있는 것 같습니다."

"그게 무슨 말이지?"

"누군지 정확히 알 수는 없지만, 그레빌 백작부인의 무도회에서 돌아온 후부터인 것 같습니다."

워릭의 말에 이튼이 미간을 찌푸리며 생각에 잠겼다. 그러다 작게 한숨을 내쉬며, 걱정하지 말라는 듯 워릭을 바라보았다.

"아버지께서 사람을 붙이신 모양이야. 내가 런던을 떠나 다시 데본으로 돌아가는 것을 막고 싶으실 테니까."

"그렇다면, 다행입니다. 하지만 최대한 조심하시는 게……."

"그래, 조심하도록 할게."

이튼이 다시 움직였다. 응접실 문을 열고 안으로 들어선 이튼은 소파에 앉아 있던 에이든과 창가에 기대 있던 네빌을 발견하곤 그들에게 다가갔다. 에이든은 이튼의 모습에 안심한 듯 농담을 던졌다.

"훗, 얼굴을 보니 괜찮은 모양이군. 어젠 템스 강에서 아름다운 숙녀를 구했다지? 런던에 돌아오자마자, 소문을 흩뿌리고 다니다니. 아마, 사교계의 숙녀들 사이에 자네에 대한 인기가 하늘 모르고 치솟겠군."

"실없는 소리 할 거면, 돌아가게."

이튼이 소파에 앉자, 이튼의 뒤를 따라 들어온 워릭이 탁자 위에 쟁반을 내려놓았다.

"차를 준비해 왔습니다."

"고맙군, 워릭."

"다시 만나뵙게 되어 반갑습니다, 에이든 님. 그리고 네빌 백작님. 말씀 나누십시오, 전 이만 나가보겠습니다."

에이든과 네빌에게 인사를 건넨 워릭이 서둘러 응접실을 나갔다. 그러자 창가에 기대 서 있던 네빌 역시 탁자로 걸어와 소파에 앉았다. 이튼은 맞은편에 앉은 두 사람을 보며, 살짝 미간을 찌푸렸다.

"무슨 일인가? 설마 강물에 뛰어든 내 상태가 걱정돼 온 것 같진 않은데 말이야."

"사실 어린 시절부터 수영이라면 이튼 자네를 따를 자가 없었지."

에이든이 찻잔을 집어 들며 이튼을 보며 웃었다. 그러자 그때까지 말이 없던 네빌이 이튼을 바라보았다. 그리곤 진지한 얼굴로 입을 열었다.

"오늘 우리가 이곳에 온 이유는 칼 프레데릭 때문이네."

"칼 프레데릭? 자네 출판사에서 글을 쓰던 그 사람 말인가?"

"그렇다네. 사실 오늘 프레데릭을 만나기로 했지. 만약 관심이 있다면, 함께 가보는 건 어떤가?"

"난 관심 없네."

네빌의 제안에 이튼은 차가운 얼굴로 딱 잘라 거절했다. 그러자 에이든이 서둘러 네빌의 말에 덧붙여 말했다.

"하지만 이튼, 자네도 흥미가 생길 것이네. 프레데릭은 가문의 저주라는 아주 흥미로운 것에 관심이 많은 인물이니까."

에이든이 농담인 척 슬쩍 말을 건넸다. 그러자 이튼의 입가가 미묘하게 굳어지는 것이 보였다. 어린 시절부터 함께 자라온 에이든은 콘웰 공작가에 전해 내려오는 저주에 대해 알고 있었다. 콘웰 공작가의 저주가 구체적으로 어떤 내용인지 알지는 못했지만, 4년 전 이튼이 죽음의 문턱을 넘은 후 데본으로 떠난 이유가 그 저주와 관련 있음을 어렴풋이 느끼고 있었다. 언뜻 본, 이튼의 붉은 눈. 에이든은 그 붉은 눈을 떠올리며, 걱정을 떨쳐 버릴 수 없었다. 그래서 평소와 달리 그를 채근하는 중이었다. 어떤 형태로든 이튼이 콘웰 공작가의 저주에서 벗어나길 원했으니까.

"수백 년을 이어온 가문이라면 그런 해묵은 이야기 한둘은 당연히 있을 테지. 그게 뭐 그리 큰 대수라고 이 난리인 줄 모르겠군."

이튼이 별일 아니라는 듯 싸늘하게 말했지만, 목이 타는 듯 찻잔을 집어 들었다. 에이든이 평소와 달리 왜 이렇게 집요하게 그를 설득하는지 그 이유를 알기 때문이었다.

"그렇긴 하지. 하지만 그것을 떠나서 새로운 인물을 만난다는 건 언제나 즐거운 일이니까. 특별한 일 없다면 함께 가보는 게 어떤가?"

"그래, 이튼. 어쩌면 뜻밖의 인연을 만나게 될지도 모르는 일이니까."

뜻밖의 인연이라? 그 말속에 함축된 묘한 느낌에 이튼이 네빌을 물끄러미 응시했다. 하지만 네빌은 평소와 똑같이 평온한 얼굴로 차를 마시고 있었다. 대체 뭐지? 평소와 달리 조금은 초조해 보이는 네빌의 모습에 이튼은 미간을 찌푸렸다. 분명, 뭔가 숨겨진 뜻이 있음이 확실했다.

"그렇게 말한다면야."

마음을 바꾼 이튼이 소파에서 일어서서 응접실 문을 열고 밖으로 나갔다. 그리곤 대기 중이던 워릭을 향해 명령했다.

"워릭, 외출해야겠어. 코트와 마차를 준비시켜 주겠나?"

잠시 후, 세 사람을 태운 마차가 브리튼 출판사를 향해 움직이기 시작했다.

심장이 급격히 뛰기 시작했다. 로즈힐의 비밀 통로를 나서기 전, 거울을 통해 본 헤리엇의 모습은 완벽하게 신사의 모습으로 바뀐 후였다. 그래서인지 마차를 타고 브리튼 출판사에 오는 동안, 점점 자신감이 붙어가고 있었다.

하지만 예상치 못했던 이런 당혹스러운 상황에 직면하고 나자, 자꾸만 불안감이 밀려들어 심장이 조여들었다. 헤리엇은 세 사람의 날카로운 시선을 피해 천천히 숨을 내쉬곤, 당혹스러움과 긴장감을 감추기 위해 최대한 차가운 얼굴을 했다. 등줄기를 타고 서늘한 기운이 흘러내렸고, 손바닥에 땀이 배어 나왔다.

대체 일이 왜 이렇게 된 거지?

헤리엇은 눈앞에 앉아 있는 세 명의 신사를 보며, 미간을 찌푸렸다. 다행히 가발 위에 깊이 눌러쓴 모자와 입술과 턱을 가리기 위해 붙인 수염이 그녀의 얼굴의 반을 가린 채였지만, 헤리엇은 자신에게 날아드는 세 남자의 날카로운 시선에 긴장할 수밖에 없었다. 특히 이튼과 에이든의 잔뜩 경계하는 시선과는 달리, 친근한 미소를 지으며 앉아 있는 네빌의 시선이 더 신경 쓰였다.

마치, 마치……. 아니, 절대 그럴 리 없지. 내가 남장을 했다는 사실을, 네빌이 절대 알 수 없을 테니까.

"이렇게 직접 만나게 되다니, 반갑습니다. 브리튼 출판사의 네빌입니다."

"칼 프레데릭입니다."

헤리엇이 자신을 향해 손을 내민 네빌의 손을 조심스럽게 붙잡았다. 헤리엇은 자신의 손을 꽉 잡은 네빌의 손을 내려다보았다. 신사들 사이에선 악수가 일반적이겠지만, 헤리엇에겐 난생처음 있는 일이었다. 묘한 느낌이었다. 뭔가 동등한 관계가 되었다는 만족감에 헤리엇의 날 선 신경이 천천히 가라앉기 시작했다.

"여기에 있는 두 사람은 가장 친한 친우입니다. 런던에서 글을 쓰게 된다면, 이 친구들이 많은 도움이 될 것 같아 함께 왔습니다."

"아, 네."

헤리엇이 이튼과 에이든을 향해 고갤 숙여 인사를 건넸다. 그러자 지금껏 관심 없다는 듯 창밖을 바라보던 이튼의 시선이 그녀에게 날아들었다.

"흠, 큼큼!"

헤리엇은 급작스럽게 날아든 이튼의 시선에 목구멍이 꽉 막혀왔다. 일이 꼬이는 느낌이었다. 그에게 말할 수 없는 비밀이 자꾸만 생기다니. 헤리엇은 자꾸만 무겁게 가라앉는 마음을 어쩔 수 없었다.

"감기에 걸린 모양이군요. 런던은 안개로 인해 습기가 많아 천식에 걸리기 쉽죠."

"런던은 처음이라. 생각보다 안개가 많아 놀라던 참이었습니다."

헤리엇이 네빌에게 말하고 있었지만, 자꾸만 그녀의 시선은 이튼에게 향하고 있었다. 차갑게 굳은 얼굴로 다시 창밖을 바라보고 있는 이튼은 이 자리가 무척이나 지루한 듯 보였다. 다행히 이튼은 눈앞에 앉아 있는 칼 프레데릭이 헤리엇임을 눈치채지 못하고 있었다.

"익숙하지 않은 날씨는 건강을 해치는 가장 큰 요인이죠. 항상 조심하셔야 할 겁니다."

"아, 네. 걱정해 주셔서 감사합니다."

헤리엇이 이튼에게서 네빌에게로 다시 시선을 돌린 순간, 자신을 물끄러미 응시하고 있던 네빌과 눈이 마주쳤다. 또다시 헤리엇은 마른침을 삼켰다. 뭔가 다른 느낌이었다. 3년 동안 두 사람은 서신을 주고받으며, 친구가 되었다. 하지만 네빌의 시선은 보고 싶었던 친한 친구를 바라보는 눈빛이 아니었다.

뭔가 더 뜨겁고, 끈끈한……. 이를테면, 호감을 느낀 연인을 바라보는 눈빛이라고 해야 하나? 아니, 말도 안 되는 소리였다. 네빌 백작이 남자인 칼 프레데릭에게 호감을 느끼다니. 그저 친근함의 표현일 뿐일 테지.

"불편하시다면, 코트와 모자를 벗는 게 어떻겠습니까? 제가 옷걸이에 걸어놓겠습니다."

"아닙니다. 런던은 생각보다 추워, 입고 있는 게 좋을 것 같군요. 그리고 곧, 돌아가 봐야 합니다."

헤리엇이 조금은 차가운 목소리로 대답했다. 그리고 이곳에 오래 있을 수 없다는 것을 분명히 했다. 그러자 네빌이 조금은 아쉬운 얼굴로 헤리엇을 바라보았다.

"런던에 날씨가 건강을 해치지 않을까 걱정이군요. 그런데 데본엔 언제 돌아가실 생각인지 궁금하군요. 사실 이렇게 만나고 보니, 좀 더 많은 것을 하고 싶다는 욕심이 생기던 참이었답니다."

"아, 그게. 최대한 빨리 돌아갈 생각입니다. 그나저나, 제가 요청했던 것은 어떻게 되었는지 궁금하군요."

"아, 그렇지."

헤리엇의 재촉에 네빌이 자리에서 일어나 미리 준비해 둔 서류를 가져와 헤리엇에게 건넸다. 그리곤 서류를 받아 차분한 모습으로 꼼꼼히 살피는 헤리엇을 물끄러미 바라보았다.

"이 서류를 가져가면, 은행에서 금화를 찾을 수 있겠지요?"

"은행에 말을 해놓았으니, 언제든 가셔서 찾으시면 됩니다."

"네."

또다시 헤리엇은 고갤 숙여 서류를 살폈다. 네빌은 그런 헤리엇을 보며, 입가에 미소를 지었다. 남장하고 나타나다니. 사실 그렇지 않을까 짐작은 했었다. 아직 그를 믿지 못한 상황에서 자신을 드러내기엔 위험부담이 클 테니. 하지만 깊게 모자를 눌러쓴 헤리엇의 얼굴은 남자라고 하기엔 너무도 아름다웠다. 수염으로 갸름한 턱과 선이 고운 입술을 숨겨 그나마 남자로 보였다. 대체 어디서 이런 것을 다 구한 것인지. 네빌은 헤리엇의 용의주도함에 혀를 내둘렀다.

"데본으로 돌아가기 전에 사교 클럽에서 술이라도 한잔하는 건 어떻겠습니까? 사실, 다음 작품에 관한 얘기도 듣고 싶군요. 서신으로 생각을 전하는 것보단, 얼굴을 마주하고 얘길 하는 게 더 좋을 것 같거든요. 어떻습니까?"

"아, 사교 클럽이라면, 귀족들의 전용 공간을 말하는 건가요?"

"네, 그렇습니다."

서류를 꼼꼼히 검토하던 헤리엇이 흥미를 나타냈다.

"런던에 오면, 꼭 한 번 가고 싶다는 생각은 있었습니다."

"그래요? 잘됐군요. 사실 런던에서 가장 유명한 귀족 전용 사교 클럽 헬(Hell)을 소개해 드리고 싶었거든요."

"헬이요?"

"네. 무척이나 흥미로운 곳이랍니다."

네빌이 쐐기를 박듯 말했다. 귀족 전용 클럽, 헬이라. 숙녀인 헤리엇은 절대 갈 수 없는 그곳에 가자는 네빌의 제안을 쉽게 거절할 수 없었다. 사실 꼭 한 번 가고 싶었다. 결국, 망설인 끝에 헤리엇은 자신의 정체를 들킬지 모른다는 불안감보단, 호기심 쪽을 택했다.

"연락드리겠습니다. 그럼, 전 이만 돌아가 봐야겠군요. 감기로 몸이 좋지 않아, 쉬어야 할 것 같거든요."

헤리엇이 서둘러 서류를 집어 들곤 자리에서 일어섰다. 그러자 네빌과 에이든이 자리에서 일어나 헤리엇을 배웅했다. 하지만 이튼은 무슨 이유에서인지 자리에서 일어나지 않은 채 문을 나가는 헤리엇의 뒷모습을 차갑게 쏘아볼 뿐이었다.

"어리군. 이제야 솜털이 날 것 같은 얼굴인데, 덥수룩한 수염이라니. 아마, 애송이인 걸 감추려고 수염을 붙인 모양이야. 하지만 애송이치곤, 강단은 있는 것 같더군."

이튼이 차가운 표정으로 단정하듯 말했다. 그러자 네빌이 소파에 앉으며, 애매하게 웃을 뿐이었다.

"내 생각도 마찬가지네. 네빌, 정말 조금 전 그 사람이 칼 프레데릭이 맞는 건가? 이제야 갓 대학에 입학했을 정도로 어린 티가 나더군. 아니, 숙녀라고 해도 믿을 만큼……."

"숙녀네."

순간 네빌의 대답에 사무실 안에 정적이 감돌았다. 다만 충격적인 사실을 고백한 네빌만이 태연한 얼굴을 하고 있었다. 에이든이 말도 안 된다는 얼굴로 입을 열었다.

"대체, 그게 무슨 말인가, 네빌? 농담이라면 하나도 재미없으니,

그만두게.”

“자네들을 믿고 말하는 것이니, 꼭 비밀을 지켜주면 좋겠군. 칼 프레데릭은 사실 숙녀네.”

네빌을 바라보는 이튼과 에이든의 눈빛이 믿을 수 없다는 듯 가늘어졌다. 그리곤 조금 전 그들 앞에 앉아 있던 칼 프레데릭을 떠올리며, 퍼즐 조각을 하나하나 맞추기 시작했다. 그저 자신을 애송이로 보이고 싶어하지 않는 자존심 강한 미소년이라고 생각했었는데, 여인이었다니.

“대체 그 숙녀가 누군가? 네빌 자넨 알고 있겠지?”

에이든이 놀란 표정으로 네빌의 대답을 재촉했다. 하지만 네빌은 의미심장한 미소를 지을 뿐이었다.

“쳇! 혼자만 알고 있을 모양이군.”

“차차 말하도록 하지. 대신 오늘은 우리끼리 한잔하는 건 어떤가? 술이 그립군.”

네빌이 웃으며 자리에서 일어서자, 에이든 역시 뒤따라 일어섰다. 하지만 여전히 호기심을 떨쳐 버리지 못한 얼굴이었다.

“정말 놀랍군. 칼 프레데릭이 숙녀였다니. 아니, 사실 생각해 보니 그 유려하고 섬세한 문체는 여인이었기 때문에 가능했을지도 모르겠군. 그런데 네빌, 자네 엉큼하군. 다 알고 있으면서 시치미를 떼다니.”

에이든의 말에 또다시 네빌의 입가에 미소가 떠올랐다. 그러다 에이든은 문득 지난번, 사교 클럽에서 술을 마시며 칼 프레데릭에 대해 말하던 네빌을 떠올렸다.

훗, 그때부터 칼 프레데릭이 숙녀인 것을 안 모양이군.

“이튼, 어서 가세. 가서 네빌이 술술 불 때까지 술을 먹이자고.”

에이든의 재촉에 이튼이 자리에서 일어섰다. 그러다 자신을 바라보고 있던 네빌과 눈이 마주쳤다. 뭔가 할 말이 있는 듯 그의 얼굴엔 복잡한 감정이 떠올라 있었다. 대체 뭐지? 하고 생각한 순간, 네빌이 서둘러 이튼에게서 시선을 피하는 것이 보였다. 브리튼 출판사에 그를 억지로 끌고 오다시피 한 것도 그렇지만, 칼 프레데릭의 정체까지 두 사람에 알리다니. 사실 이튼과 에이든에게 칼 프레데릭이 여자란 사실을 말할 이유가 없었다.

칼 프레데릭이라······.

분명 네빌의 태도로 보아, 그 숙녀는 세 사람이 모두 알고 있는 존재가 분명했다. 아니, 최소한 이튼과 네빌이 알고 있는 것은 분명했다. 칼 프레데릭이라.

향수병의 펌프를 누르자, 매혹적인 향기를 품은 미세한 물방울이 공기 중에 분사되었다. 창문을 통해 들어오는 오후의 햇살에 달콤하게 빛나는 입자는 어느새 헤리엇의 매끄러운 살갗에 내려앉았다. 향수병을 내려놓은 젠이 진주로 된 머리띠를 다시 한 번 고쳐 주었다.

"오늘 파티에서 아가씨보다 더 아름다운 숙녀분은 없을 거예요. 하녀장님도 그렇게 생각하시죠?"

젠이 눈을 빛내며 옆에 서 있는 로라를 돌아보았다. 그러자 깐깐한 눈으로 헤리엇을 살핀 후, 로라 역시 만족스러운 미소를 지었다.

"네, 아마 백작님께서도 좋아하실 겁니다."

백작님이란 말에 거울을 보던 헤리엇의 뺨이 분홍빛으로 물들었다. 로라가 이튼을 언급하자, 묘하게 심장이 두근거렸다.

"사교계엔 나보다 훨씬 아름다운 숙녀들이 많아. 아마 오늘도 다른 숙녀에게 춤을 신청하시겠지. 지난번엔 버킹햄 공작가의 영애이신 소피아 양과 춤을 추었거든."

"오늘은 절대 아니에요. 장담하건대, 오늘은 아가씨한테서 눈을 떼지 못하실 거예요. 다른 신사분들께서 아가씨께 춤을 신청하기 위해 줄을 설 테니까요."

젠이 절대 그럴 일 없다는 듯 고갤 가로저었다. 그러자 헤리엇은 다시 한 번 거울에 비친 자신의 모습을 살피기 시작했다. 아이린이 양보해 준, 하늘빛 드레스는 무척이나 아름다웠다. 선이 곧고 가는 헤리엇의 몸매를 한껏 강조하며 여신처럼 신비로운 분위기를 자아내게 했다. 거기다 헤리엇의 은빛 머리카락 사이로 보이는 진주 장식 역시 그녀를 사랑스럽게 보이게 했다.

"아, 내 정신 좀 봐. 헤리엇 님, 잠시만 기다려 주십시오. 오늘 아침 일찍 백작님께서 뭘 보내오셨는데, 잊고 있었습니다."

로라가 문득 생각이 난 듯 잠시 탁자 위에서 뭔가를 찾기 시작했다. 그리곤 한눈에 봐도 고급스러워 보이는 검은색 상자를 들곤 헤리엇에게 되돌아왔다.

"이게 뭐지?"

"오늘 파티에 오실 때 하시라고 하셨습니다."

검은 상자를 받아 든 헤리엇이 물끄러미 상자를 내려다보았다. 한눈에 봐도 보석인 듯했다. 젠도 무척이나 궁금한 듯 눈을 빛냈다.

"아가씨, 어서 열어보세요. 백작님께서 무얼 보내셨는지요."

"어, 알았어."

망설이던 헤리엇이 화장대 위에 놓인 검은 상자의 뚜껑을 열었다. 찬란하게 빛나는 광채. 헤리엇은 그 아름다운 광채에 순간 말을 잇지 못했다.

"세상에나, 목걸이예요."

"이 목걸이는……."

콘웰 공작부인이 이튼의 스무 살 생일에 맞춰 선물한 목걸이였다. 그런데 그 소중한 목걸이를 헤리엇에게 선물하다니. 로라는 상자에 놓인 목걸이를 다시 한 번 유심히 살폈다.

"왜? 아는 목걸이라도 돼?"

"아, 아닙니다. 입고 있으신 드레스와 잘 어울린다고 생각했을 뿐입니다. 어서 해보세요."

목걸이를 보고 조금 놀란 듯 보이던 로라가 아무 일 아니라는 듯 말했다. 그리곤 상자 안에서 다이아몬드로 장식된 목걸이를 꺼내 헤리엇의 목에 채워주었다.

"이제야 완벽해진 느낌이에요. 아가씨, 정말 아름다우세요."

헤리엇은 거울에 목에 걸린 목걸이를 비춰 보았다. 섬세하게 세공된 목걸이는 가녀린 그녀의 목에서 눈부시게 빛나고 있었다. 하지만 그것보다 헤리엇의 심장을 두근거리게 한 것은 그의 배려였다. 아마, 오늘 파티에 참석한 숙녀들은 보석 한두 개 정도는 모두 하고 올 게 분명했다. 그렇게 차가운 얼굴로 이런 생각을 하다니. 헤리엇의 입가에 미소가 떠올랐다.

"고맙다고 해야겠어."

헤리엇이 의자에서 몸을 일으켰다. 그리곤 전신을 비춰 볼 수 있는 거울에 다시 한 번 자신의 모습을 꼼꼼히 살폈다. 그에게 가장 아름다운 숙녀로 보이고 싶었다. 젠의 말처럼, 자신 외엔 시선을 주지 못할 만큼.

똑똑! 그때 노크 소리와 함께 방문이 열렸다. 그리곤 로즈힐의 집사가 모습을 드러냈다.

"헤리엇 님, 현관에 손님이 찾아오셨습니다. 헤리엇 님을 파티에 모시고 가기 위해 오셨다고 하셨습니다."

"날 파티에요? 하지만 약속한 적이 없는데……."

"어머, 백작님이신가 봐요. 중요한 파티라, 아가씨를 에스코트하기 위해 오신 것이 분명해요."

젠이 흥분한 목소리로 헤리엇에게 말했다. 그러자 헤리엇이 그럴 리 없다는 듯 젠을 돌아보았다.

"아니야."

"하지만 그건 모를 일이잖아요. 이런 목걸이까지 보내주신 걸 보면요. 어서 내려가요. 백작님과 함께 파티에 가셔야죠."

"로라, 지금 내려가 봐야겠어."

"네, 바로 콘웰 공작가로 출발하실 수 있도록 준비하겠습니다."

헤리엇이 천천히 방을 나왔다. 복도를 따라 걷는 동안 헤리엇의 심장이 미친 듯이 뛰고 있었다. 계단 난간을 붙잡고 한 칸 한 칸 발을 디딜 때마다 구름 위를 걷듯 가벼웠다. 1층 현관 앞에 도착한 헤리엇은 잠시 걸음을 멈췄다.

호흡을 가다듬기 위해서였다. 만약 이 상태로 이튼을 보았다간, 입가에 미소가 떠나지 않을 것 같았다. 그랬다간, 콘웰 공작가의 파티에서도 들뜬 마음을 주체할 수 없을 것 같았다. 천천히 숨을 내쉰 헤리엇은 소금 찐꾀는 달리 차분한 표정으로 현관문을 열었다. 그러자 어둠이 내려앉기 시작한 현관 앞에 검은 연미복 차림의 남자의 등을 볼 수 있었다.

"약속도 없이 오시다니, 만약 길이 엇갈리기라도 했다면……."

현관 밖으로 한 발짝 발을 내딛던 헤리엇이 놀라 걸음을 멈췄다. 그리곤 입가에 어렸던 미소 역시 사라지기 시작했다. 누구지? 이튼이 아니었다.

"실례지만 누구시죠?"

그녀의 물음에 남자가 헤리엇을 향해 천천히 돌아섰다.

"약속도 없이 왔는데, 이렇게 반겨주시다니 감사할 뿐입니다, 헤리엇 양."

"아, 네빌 백작님."

당혹스러움에 얼굴이 굳어지려 했지만, 헤리엇은 예의가 아닌 것 같아 최대한 담담한 얼굴을 했다. 다행스럽게도 어둠이 내려앉은 덕에 네빌은 그녀의 굳은 얼굴을 눈치채지 못한 듯했다.

"그럼 출발할까요? 지금 가야만, 파티에 늦지 않으실 겁니다."

"아, 전⋯⋯."

헤리엇이 머뭇거리자, 네빌이 헤리엇을 향해 손을 내밀었다. 난처했다. 분명 이튼이라고 생각했었는데, 네빌이라니.

"조심히 다녀오십시오, 헤리엇 님."

집사의 말에 헤리엇이 미간을 찌푸리며 입술을 깨물었다. 그리고 다녀오겠다는 말을 하기 위해 뒤를 돌아본 순간, 놀라 서 있는 젠과 로라를 볼 수 있었다.

헤리엇은 작게 숨을 내쉰 후, 그녀에게 뻗어진 네빌의 팔을 살짝 붙잡았다. 예상과는 달리 헤리엇에게 동반자가 생긴 것이다. 그렇게 헤리엇은 네빌과 함께 마차에 올랐다. 두 사람을 태운 마차는 화이트 가에 있는 콘웰 공작가를 향해 가기 시작했다.

to be continued⋯